D1924706

»Das Buch schließt mit ... dem Hochzeitsfest von Kadmos und Harmonia – der letzten Gelegenheit, bei der die olympischen Götter und die ihnen unterworfene Rasse der Menschen freundschaftlich miteinander verkehrten. Harmonia ist die Tochter von Aphrodite und Ares, Liebe und Krieg, und ihr Bräutigam derjenige, der das Alphabet in die griechische Zivilisation einführte. Als die beiden am Ende von Kadmos' Leben durch den wütenden Dionysos aus Theben vertrieben werden, treten sie ein in die moderne menschliche Situation – Wanderer auf dem Antlitz der Erde, geschieden vom Göttlichen, die mit Hilfe der Schrift und durch die Harmonie ihrer Kunst das mythische Leben beschwören, dem sie einst nahe waren und von dem sie nun in lebenslanger Sehnsucht zehren«, so der Rezensent des *Times Literary Supplement*.

»Aber wie hat alles angefangen?« So lautet eine der Leitfragen des Buchs, mit deren Hilfe Calasso behende von einer Geschichte zur anderen, von einem Motiv zum nächsten, vom Hundertsten ins Tausendste gerät, ohne seinen Zusammenhang, ohne das riesengroße, leichtgeknüpfte Netz der Figuren und Motive, mit dem der Mythos die Welt überzieht, auch nur einen Augenblick aus dem Auge zu verlieren.

insel taschenbuch 1476

Roberto Calasso

Die Hochzeit von Kadmos und Harmonia

Roberto Calasso
Die Hochzeit von Kadmos und Harmonia

Aus dem Italienischen
von Moshe Kahn
Mit zahlreichen Abbildungen

Insel Verlag

Titel der Originalausgabe:
Le nozze di Cadmo e Armonia

insel taschenbuch 1476
Erste Auflage 1993
Insel Verlag Frankfurt am Main und Leipzig 1993
© 1988 Adelphi edizioni s. p. a. Milano
© der deutschen Übersetzung: Insel Verlag
Frankfurt am Main 1990
Alle Rechte vorbehalten
Redaktion der Übersetzung und Übersetzung des
ersten Kapitels: Reimar Klein
Vertrieb durch den Suhrkamp Taschenbuch Verlag
Umschlag nach Entwürfen von Willy Fleckhaus
Druck: Nomos Verlagsgesellschaft, Baden-Baden
Printed in Germany

1 2 3 4 5 6 – 98 97 96 95 94 93

Diese Dinge sind niemals geschehen,
aber sie sind immer.

Salustios,
Von den Göttern und von der Welt

I

Am Strand von Sidon versuchte ein Stier sich im Liebesgezwitscher. Es war Zeus. Ein Schauer überlief ihn, wie damals, als die Bremsen ihn stachen. Diesmal jedoch ein süßer Schauer: Eros setzte ihm das Mädchen Europa auf den Rükken. Dann warf sich das weiße Tier ins Wasser, und sein gewaltiger Leib ragte weit genug daraus hervor, um das Mädchen nicht naß werden zu lassen. Er wurde von vielen gesehen. Triton antwortete mit seinem Muschelhorn auf das Hochzeitsgebrüll. Europa hielt sich zitternd an einem der langen Hörner des Stieres fest. Auch Boreas sah sie, wie sie die Wasser durchpflügten. Boshaft und eifersüchtig, pfiff er beim Anblick jener zarten Brüste, die sein Luftstoß entblößte. Athena errötete, als sie von oben ihren Vater, auf dem eine Frau ritt, erspähte. Auch ein achäischer Seemann sah sie und erblaßte. War es vielleicht Thetis, die es verlangte, den Himmel zu sehen? Oder bloß eine Nereide, bekleidet dies eine Mal? Oder hatte Poseidon, der Betrüger, abermals ein Mädchen entführt?

Bei alldem sehnte Europa das Ende dieser verrückten Seefahrt herbei. Sie konnte sich allerdings vorstellen, was sie erwartete, wenn sie wieder an Land kommen würde. Und sie rief den Winden und Wassern eine Botschaft zu: »Sagt meinem Vater, daß Europa ihr Land verlassen hat, auf dem Rücken eines Stieres, meines Entführers, meines Seemanns, meines – so nehme ich an – zukünftigen Bettgefährten. Gebt, ich bitte euch, meiner Mutter diese Kette.« Sie war im Begriff, auch Boreas anzurufen, damit er sie mit seinen Flügeln emporhebe, wie er es mit seiner Braut getan hatte, der Athenerin Oreithyia. Doch sie biß sich auf die Zunge: warum den einen Entführer mit einem anderen vertauschen?

Aber wie hatte alles angefangen? Eine Schar von Mädchen spielte am Fluß und pflückte Blumen. Szenen dieser Art sollten auch manch anderes Mal den Göttern unwiderstehlich erscheinen. Persephone wurde geraubt, »als sie mit den vollbusigen Mädchen spielte« und Rosen, Krokusse, Violen, Iris, Hyazinthen und Narzissen pflückte. Vor allem die Narzisse, »die wunderbare, strahlende Blume, die damals allen, den unsterblichen Göttern und den sterblichen Menschen, einen ehrwürdigen Anblick bot«. Und Thalia wurde von Zeus in Adlergestalt gepackt, als sie zwischen den Blumen auf einem Berge Ball spielte. Und Kreusa fühlte, wie sich die Hände Apollons um ihre Pulse schlossen, als sie auf den Hängen der Akropolis von Athen Safranblüten sammelte. Auch Europa und ihre Freundinnen waren dabei, Narzissen, Hyazinthen, Veilchen und Thymian zu pflücken.

Plötzlich sahen sie sich von einer Herde von Stieren umzingelt. Darunter einer von blendendem Weiß, mit kleinen Hörnern, die wie leuchtende Edelsteine aussahen. Nichts Drohendes ist in seinem Ausdruck. So daß Europa, die am Anfang furchtsam war, diesem weißen Maul ihre Blumen hinstreckt. Der Stier stöhnt vor Lust, wirft sich wie ein Hündchen ins Gras und bietet seine kleinen Hörner den Kränzen dar. Die Prinzessin wagt es, auf seinen Rücken zu steigen, die Beine seitwärts gewendet. Nun bewegt die Herde sich unauffällig vom trockenen Flußbett zum Strand. Scheinbar unentschlossen nähert der Stier sich dem Wasser. Dann ist es zu spät: Schon stürzt sich das weiße Tier in die Wellen, mit Europa auf dem Rücken. Sie wendet sich um: Mit der rechten Hand hält sie sich an einem Horn fest, mit der anderen stützt sie sich auf das Tier. Der Luftzug läßt ihre Kleider flattern.

Aber wie hatte alles angefangen? Europa hatte, als sie in ihrem Zimmer im ersten Stock des königlichen Palastes schlief, gegen Morgen einen seltsamen Traum gehabt: Sie befand sich zwischen zwei Frauen, die eine war Asien, die andere war das Land, das ihm gegenüber liegt und keinen Namen hat. Jede wollte sie für sich. Asien kam Europa wie eine Frau aus ihrem Heimatort vor; die andere war ihr

Europa wird von dem Stier entführt

vollkommen fremd. Und die Fremde schleppte sie schließlich mit kräftigen Händen weg. Weil Zeus es so wolle, sagte sie: Europa sollte ein asiatisches Mädchen sein, das von einer Fremden geraubt wird. Der Traum war vollkommen deutlich, wie eine Szene am Tag. Europa wachte erschrocken auf und blieb lange Zeit still im Bett sitzen. Dann war sie, wie immer, mit ihren Gefährtinnen aus dem Haus gegangen. An der Mündung des Flusses lief Europa beim Brausen der Wellen mit ihrem goldenen Korb zwischen den Rosen umher.

Auf der Wiese erschien ein Stier von blonder Farbe, mit einem weißen Kreis auf der Stirn. Er strömte einen Duft aus, der den der Blumen überdeckte. Er blieb vor Europa stehen und leckte ihr den Hals. Sie streichelte ihn und wischte dabei den Schaum ab, der reichlich aus dem Maul des Tieres troff. Der Stier kniete vor ihr nieder und bot ihr seinen Rücken dar. Kaum aber war sie aufgestiegen, sprang er in Richtung des Meeres fort. Voll Schrecken blickte Europa zum Strand und rief, einen Arm ins Leere streckend, ihre Gefährtinnen. Dann hielt sie sich, schon inmitten der Wellen, mit einer Hand am großen Horn fest und drückte mit der anderen den emporgerafften Rand des Peplos gegen die Brust. Und hinter ihrem Rücken hatte sich der Peplos zu einem purpurnen Segel aufgebläht.

Aber wie hatte alles angefangen? Europa machte sich mit ihren Gefährtinnen auf den Weg, in der Hand ihren prächtigen goldenen Korb. Hephaistos hatte ihn angefertigt, zwei Generationen zuvor, um ihn Libye zu schenken. Und Libye hatte ihn ihrer Tochter Telephassa geschenkt, die ihn dann ihrer Tochter Europa zum Geschenk gemacht hatte. Er war der Talisman des Geschlechts. Es war darauf, in Gold getrieben, eine umherirrende Färse zu sehen, die in einem Meer aus Email zu schwimmen schien. Zwei geheimnisvolle Männer standen am Ufer und beobachteten die Szene. Auch ein goldener Zeus war dabei, der die bronzefarbene Färse leicht

mit der Hand berührte. Im Hintergrund ein silberner Nil. Jene Färse war Io, die Ururgroßmutter Europas.
Auch in ihrer Geschichte war es um Raub und Verwandlung gegangen. Von einer Bremse gequält, hatte sie auf ständiger, angstvoller Wanderschaft alle Meere durchquert. Einem von ihnen, das nach Italien zu lag, hatte sie sogar ihren Namen gegeben. Zeus' Liebe hatte Wahnsinn und Unglück über sie gebracht. Alles hatte mit gewissen eigentümlichen Träumen angefangen, als Io Priesterin im Heraion bei Argos war, dem ältesten unter den Heiligtümern, dem Ort, der der Zeit das Maß gab: lange zählten die Griechen die Jahre nach der Folge der Priesterinnen im Heraion. Die Träume raunten von der glühenden Liebe, die Zeus für sie empfand, und rieten ihr, zu den Wiesen von Lerna zu gehen, wo Ochsen und Hammel ihres Vaters weideten. Nicht mehr als eine der Göttin geweihte Priesterin, sondern als ein dem Gott geweihtes Tier, gleich jenen, die in den Gehegen der Heiligtümer frei umherliefen: so stellten die Träume sie vor. Und das wurde sie. Aber das Heiligtum dehnte sich eines Tages aus, so daß es die ganze Welt samt ihren unermeßlichen Meeren umfaßte, die sie rastlos durchstreifen sollte, stets getrieben von der gräßlichen Bremse. Je mehr der Horizont sich weitete, um so heftiger setzte sie ihr zu. Als sie zu einem anderen Gepeinigten, Prometheus, gelangte, wünschte sie vor allem zu sterben; sie wußte noch nicht, daß sie ein Lebewesen vor sich hatte, das litt wie sie, ohne auf den Tod hoffen zu dürfen. Aber wie für Prometheus sollte auch für sie die Qual zu Ende gehen. Eines Tages, nach ihrer Ankunft in Ägypten, würde Zeus sie mit der Hand berühren. So wurde die verrückte Färse wieder zum Mädchen und vereinigte sich mit dem Gott. In Erinnerung an jenen Moment nannte sie ihren Sohn Epaphos, das bedeutet leichtes Anrühren mit einer Hand. Epaphos wurde dann der König Ägyptens, und es hieß, er wäre der Stier Apis.
Als Europa zu den blühenden Wiesen am Meer hinabging, hielt sie ihr Schicksal, aus Edelmetallen getrieben, in der

Hand. Wie es in der Musik geschieht, stellte ihre Melodie im Verhältnis zu derjenigen ihrer Vorfahrin Io die Umkehrung dar. Ein Stier würde sie aus Asien in jenes Land entführen, das Europa heißen sollte, so wie Jahre zuvor die verzweifelte, durch alle Meere führende Irrfahrt einer Färse, die auf griechischer Erde geweidet hatte, in Ägypten zu Ende gegangen war, mit der leichten Berührung durch die Hand von Zeus. Und eines Tages würde das Mädchen Europa einen goldenen Korb geschenkt bekommen. Sie hielt ihn zerstreut in der Hand.

Aber wie hatte alles angefangen? Will man Geschichte, so ist es Geschichte der Zwietracht. Und die Zwietracht entsteht durch den Raub eines Mädchens oder durch das Opfer eines Mädchens. Und eines geht dabei ständig ins andere über. Es waren die »Wölfe in Händlergestalt«, die, aus Phönizien herübergekommen, in Argos die *tauropárthenos*, die »dem Stier geweihte Jungfrau«, Io genannt, entführten. Wie ein Fanal von den Bergen entzündete dies die Flamme des Hasses zwischen den beiden Kontinenten. Seitdem liegen Europa und Asien miteinander im Kampf, und Schlag folgt auf Schlag. So raubten die Kreter, die »Wildschweine der Ida«, Asien das Mädchen Europa. Sie kehrten auf einem Schiff von der Form eines Stieres nach Hause zurück. Und gaben Europa ihrem König Asterion zur Braut. Dieser selbe Name himmlischen Ursprungs würde auch einer der Namen eines Enkels von Europa sein: jenes stierköpfigen Jünglings, der im innersten Winkel des Labyrinths lebte, in Erwartung der Opfer. Häufiger wurde er Minotauros genannt.

Aber wie hatte alles angefangen? Als die phönizischen Händler in der Argolis angekommen waren, brachten sie fünf oder sechs Tage damit zu, ihre Waren zu verkaufen, die sie vom Roten Meer, von Ägypten und Assyrien mit sich führten. Das Schiff lag vor Anker, und am Ufer hatten die Leute des Ortes sich eingefunden, um die Dinge, die von so

weit her kamen, zu betrachten, anzufassen und zu erhandeln. Die letzten Waren warteten noch auf ihre Käufer, als eine Gruppe von Frauen hinzutrat, unter ihnen Io, die Tochter des Königs. Sie setzten das Handeln und Kaufen fort. Plötzlich stürzten die Händler-Seefahrer sich auf sie. Einige konnten fliehen. Io jedoch und andere mit ihr wurden geraubt. Dieser Raub ist es, auf den dann die Kreter antworteten, als sie in Phönizien die Tochter des Königs, Europa, entführten. Die Phönizier freilich erzählen die Geschichte anders: Io habe ein Liebesverhältnis mit dem Kapitän des fremden Schiffes gehabt. Sie sei schon schwanger gewesen und habe sich dessen geschämt, als sie aus freien Stücken mit den Phöniziern an Bord gegangen sei.
Aus diesen Ereignissen ist die Geschichte entstanden: Der Raub der Helena und der Trojanische Krieg sowie, noch weiter zurück, die Fahrt des Schiffes Argo und der Raub der Medea sind Glieder derselben Kette. Eine Lockung spielte, gleich einem Pendel, zwischen Asien und Europa: Bei jedem Ausschlag wechselte eine Frau – und mit ihr ein Trupp Räuber – von einem Ufer zum anderen über. Es gab aber, wie Herodot bemerkte, zwischen den beiden Seiten doch einen Unterschied: »Nun gilt Weiberraub zwar als Freveltat, doch auf Rache zu sinnen für die Geraubten ist töricht, weise dagegen, keinen Gedanken auf sie zu verwenden; denn es ist klar, wenn sie es nicht gewollt hätten, wären sie nicht geraubt worden.« Die Griechen haben nicht weise gehandelt: »Wegen eines Weibes aus Sparta zogen sie eine große Flotte zusammen und richteten dann, in Asien angekommen, die Macht des Priamos zugrunde.« Seitdem hat der Krieg zwischen Asien und Europa nicht aufgehört.

Sie landeten auf einer großen Insel, aber das war noch nicht das Ziel. Sie machten sich auf den Weg in die Hügel. Erst bei Gortyn, unter einer ausladenden, schattigen Platane, vereinigten sich Zeus und Europa. Zeus war ein Adler. Er verschwand hinterher. Doch ließ er bei der Geliebten einen

Wächter zurück. In der Stille der Mittagshitze hörte Europa das ferne Klappern von bronzenen Hufen. Ein unablässiges Getrappel. Es war eine Maschine oder ein Wesen aus einer anderen Zeit, ein Abkömmling der aus den Eschen entsprungenen Nymphen. Beides traf zu: Es war Talos, wieder ein Stier, der Wächter-Stier, Hüter der Insel; oder, wie es auch hieß, ein mechanischer Riese, von Hephaistos geschaffen. Auf seinem Körper trat eine lange Ader hervor, die vom Hals bis zu den Hufen – oder den Füßen – lief. Dort staute ein bronzener Nagel den Blutschwall zurück und brachte ihn in Wallung. Dieser Nagel war das Geheimnis seines Lebens sowie auch das des Gusses mit verlorener Form. Talos rannte umher und warf Steine auf alles: ins Leere gewöhnlich oder, wenn sie sich näherten, auf die Fremden. Im Palast von Sidon hörte Europa, wenn sie erwachte, die Stimmen der Freundinnen, die sie zum Meer begleiten würden; hier hörte sie beim Erwachen die Stille und auf dem Grunde der Stille einen fernen Ton, der dann zu einem Hämmern anschwoll. Aber sie sah niemanden. Sie wußte, daß Talos weiter um die Küsten der großen Insel herumlief: die Küsten Kretas, Europas.

Io, Telephassa, Europa, Argiope, Pasiphae, Ariadne, Phädra. Diese Namen sprechen uns von einem großen, leuchtenden, gänzlich ungetrübten Antlitz, das von weitem Licht spendet, das alle erhellt, wie der Mond. »Bleiche, mächtige Gestalten, schrecklich, einsam, düster und trostlos, unselige Liebende, auf geheimnisvolle Weise zu titanischen Greueltaten verurteilt. Was wird aus euch werden? Was wird euer Schicksal sein? Wo werden sich eure furchtbaren Leidenschaften verbergen können? Welches Entsetzen, welches Mitleid flößt ihr ein, welch ungeheure, fassungslose Traurigkeit erweckt ihr in den Menschen, die aufgerufen sind, über so viel Schande und Schrecken, so viele Verbrechen und so großes Unglück nachzusinnen«, heißt es bei Gustave Moreau.

Diodoros Siculus: »Sie behaupten auch, die Verehrung der Götter und die Opfer und die Riten der Mysterien seien von Kreta aus zu den anderen Menschen gelangt, und wenn sie dies sagen, glauben sie, ein sehr starkes Argument vorzubringen. Der Initiationsritus, den die Athener in Eleusis feiern, der berühmteste von allen, kann man sagen, und der von Samothrake sowie derjenige, den Orpheus in Thrakien bei den Kikonen eingesetzt hat, all diese Riten werden im geheimen überliefert, während in Knossos, auf Kreta, es von alters her Sitte ist, daß derartige Initiationsriten in aller Öffentlichkeit vollzogen und allen mitgeteilt werden, und was bei den anderen als unnennbar überliefert wird, hält man hier vor keinem, der es wissen will, verborgen.«

Das Mysterium war auf Kreta allbekannt, niemand suchte es zu verbergen. Die »unnennbaren Dinge«, denen wir auf Schritt und Tritt in Attika begegnen, lagen offen vor aller Augen. Das bedeutete jedoch nicht im mindesten eine Herausforderung. Mit seinen hundert Städten ohne schützende Mauern erschien Kreta wie ein riesiges Spielzeug. Nur ein Seebeben oder die Plünderer, die wer weiß woher übers Meer kamen, konnten ihm etwas anhaben, nicht aber die Anmaßung der Kultur, die sich ihrer selbst bewußt sein will – und sich dabei zugrunde richtet.
Als ein paar Jahrtausende später ein berühmter Kulturmorphologe die Insel in Augenschein nahm, war er fassungslos; denn in der ganzen Fülle seiner Fundstücke konnte er nicht den kleinsten Hinweis auf ein historisches, politisches oder auch nur biographisches Bewußtsein entdecken, wie es hingegen Ägypten seit jeher beherrscht hatte. Für einen Mann, der gierig ist auf die stolzen Zeichen der großen Kulturen, behielt Kreta etwas Kindliches, schwer zu Fassendes, der Aufgabe nicht Angemessenes.

Auf den Tafeln von Linear B finden wir viele Götternamen: Etwa die Hälfte davon hat in Gestalt olympischer Götter weitergelebt, die andere Hälfte ist verschollen. Wir wissen nichts von ihnen: Es sind bloße Namen von Unbekannten, die neben denen von Zeus, Poseidon und Hera erscheinen. Als ob die Olympier einst viel mehr gewesen wären und den Schatten von jenen verschwundenen göttlichen Brüdern mit sich führten.

Kreta: numerierte Kornkrüge in den Speichern, Siegel mit Tieren in Mischgestalt, zarte Fresken, elfenbeinerne Knoten, Angebotslisten, Honig, eingeschnittene Mohnkapseln, Bukranien und Doppeläxte. Säulen aus Zypressenholz, Paläste mit Treppen und Lichtschächten, Grabsteine ohne Namen. Haufen winziger Götterbilder, keine Statuen, keine steinernen Doppelgänger. Nichts göttlich Vertikales, es fehlt die trügerische Präsenz des aufgerichteten Steins.

Die Geschichten führen kein Einzelleben: Sie sind Zweige einer Familie, denen man rückwärts und vorwärts nachgehen muß. Im Rausch der Überfahrt auf dem Rücken des weißen Stiers trägt Europa als noch unbewußte Kräfte die Schicksale ihrer in Liebe entflammten Enkelinnen, Phädra und Ariadne, in sich, die sich aus Scham und Verzweiflung erhängten. Und zwischen den himmlischen Wurzeln dieses Geschichtenbaumes stoßen wir auf die Irrfahrten der toll gewordenen Färse, der Ahnin Io, die ihrerseits das Bild einer anderen toll gewordenen Färse, der Mutter von Phädra und Ariadne, in sich schließt: dasjenige der Pasiphae, die sich ebenfalls aus Scham erhängt hat.

Von einem Felsen aus sieht Ariadne Phädra auf der Schaukel zu. Sie wartet versunken. Es sind zwei junge Prinzessinnen, in Knossos. Töchter des Minos und der Pasiphae. Sie haben zahlreiche Brüder und Schwestern. Auch einen Stiefbruder, Asterion, mit einem Stierkopf. Sein Vater ist der große weiße Stier, mit dem sich Pasiphae verband. Asterion ist in einem Gebäude eingeschlossen, das von einem athenischen Baumeister errichtet wurde, der floh, weil er, wie man sagt, jemanden umgebracht hatte. Wirklich ein seltsames Ding, dieser überdachte Bau. Die Prinzessinnen kannten das Labyrinth schon, aber so, wie es alle sehen konnten: Es war ein Tanzplatz. Sie wußten nicht, niemand hätte ihnen gesagt, daß, als die Kreter sich allzusehr mit den Griechen einzulassen begannen und ihr Vater Minos sich aufmachte, das Festland anzugreifen, auch der Zeitpunkt gekommen war, die eigenen Geheimnisse zu verhüllen – und schließlich sich ihrer zu schämen. Der Athener Dädalus errichtet auf Kreta ein Gebäude, das hinter seinen Mauern sowohl das Mysterium (die Vorzeichnung der Tanzfiguren) als auch die Schande (Asterion, den Minotaurus) verbirgt. Von da an, und bis auf den heutigen Tag, ist das Mysterium auch dasjenige, dessen man sich schämt.

Dieser Wechsel hing seinerseits vom Fortgang der Dinge in der Geschichte der Metamorphose ab. Die Formen manifestierten sich, insofern sie sich verwandelten. Und jede Form besaß eine vollkommene Klarheit, solange sie sich selber gleichblieb. Man wußte jedoch, daß sie einen Augenblick später von einer anderen ersetzt werden konnte. Bei Europa und Io wirkt die Erscheinung noch als verhüllender Schleier. Der brüllende Stier, die toll gewordene Färse finden zu einem gewissen Zeitpunkt wieder zur Gestalt des Gottes und des Mädchens zurück. Aber im Laufe der Generationen wird die Metamorphose immer schwieriger, und immer klarer zeigt sich der fatale Charakter der Wirklichkeit: ihre Irreversibilität. Schon Pasiphae mußte sich im Innern einer hölzernen Kuh, eines großen Spielzeugs mit Rädern, verbergen. Und dieses Spielzeug wird dann bis zu den Wiesen von Gortyn geschoben, wo der Stier, das Ziel ihres Verlangens, weidet. Aus ihrer Vereinigung geht ein Geschöpf hervor, das sich nie wieder in ein Tier oder einen Menschen zurückverwandeln kann. Es ist für immer ein Hybride. Und wie der Baumeister einen leblosen Gegenstand erfunden hatte, um die Mutter zu präsentieren, so muß er später einen anderen

Gegenstand, das Labyrinth, erfinden, um den Sohn zu verstecken. Der Minotaurus wird dann getötet, Pasiphae stirbt als Gefangene, in Schande. Man hatte keinen Zugang mehr zu den Formen und fand aus ihnen nicht mehr heraus. Man muß Gegenstände konstruieren und Ungeheuer hervorbringen, damit die Macht der Metamorphose weiterwirken kann, wenn der Schleier der Erscheinung verschlissen und zerrissen ist.

»Weil es auf Kreta üblich ist, daß auch die Frauen den Spielen beiwohnen, wurde Ariadne, die anwesend war, bei Theseus' Erscheinen von Staunen ergriffen; und sie bewunderte seine Kühnheit, als er, einen nach dem anderen, alle Gegner überwand.« Während Ariadne den Blick auf den Fremden gerichtet hält, geht es mit Kreta zu Ende. Ehe Ariadne verraten wurde, hat sie ihre Insel verraten wollen.

Dionysos umwirbt sie, dann klagt er sie an, dann tötet er sie, dann findet er sie wieder, dann verwandelt er sie in den Kranz am nördlichen Himmel – die Corona borealis. Doch ist dies nun ein anderer Dionysos als der, den Ariadne in ihrer Kindheit kennengelernt hatte. Damals hieß er nicht einmal Dionysos. Er war der Stier: der Stier in totaler Gestalt, der vom Himmel herabsteigt wie Zeus, aus den Wassern emportaucht wie Poseidon und unter den Platanen von Gortyn weidet. Er umfing alles, er war im Honig und im Blut der Opfertiere, er war in den schlanken Hörnern, die die Altäre umgrenzten, und in den Bukranien, die an den Wänden des Palastes entlangliefen. Jungen mit Armreifen, Lendenschurz und gewellten Haaren packten ihn im Lauf bei den Hörnern. Seit je folgte der Stier Ariadne, begleitete sie, behielt sie im Auge.

Jetzt entfernt sich der Stier, und es nähert sich der athenische Held. Sie scheinen Feinde, doch der Wechsel geht reibungslos vonstatten. Die Szene ist schon vorbereitet. Keine monströsen Geschichten mehr, nur noch schäbige Geschichten erwarten Ariadne. Nicht mehr der Königspalast der Kindheit, sondern die Säulenhallen und der Platz, wo listige, unbarmherzige Männer die erste Gelegenheit ergreifen, um sich hinterrücks anzufallen, wo das Wort, das auf der Insel zur Berechnung der Lagervorräte diente, souverän wird, sich mit Leidenschaft füllt und Ehrfurcht erweckt. Ariadne sollte das alles nicht mehr erleben: Sie kam nur bis zur Hälfte des Weges, blieb auf einer anderen, kahlen und felsigen Insel zurück. Sie überließ sich dem Schlaf, damit jener Gott und jener Mensch verschwänden, die ihrer Natur zufolge nur erscheinen und verschwinden dürfen.

Theseus verwandelte den göttlichen Brauch, Mädchen zu rauben, in eine Gewohnheit der Menschen. Jede seiner Fahrten ist durch den Raub einer Frau bezeichnet, ob es sich nun im Süden um die Kreterin Ariadne oder im Norden um die Amazone Antiope handelt. Etwas Sportlich-Dreistes war immer bei seinen Unternehmungen. Und manche von ihnen nahmen ein wenig rühmliches Ende, denn Theseus hatte es eilig, sich von seinen gerade erst eroberten Trophäen wieder zu befreien, um zu neuen Taten zu schreiten. Noch mit fünfzig Jahren raubte er Helena, die im Heiligtum der Artemis Orthia tanzte. Dies Unternehmen vollbrachte er zusammen mit dem Freund Peirithoos, im Grunde dem einzigen Menschen, dem er treu bleiben sollte.
Sie hatten sich als Gegner kennengelernt und hätten einander töten sollen. Doch als sie sich erblickten und zum Kampf antreten wollten, betrachteten sie sich gegenseitig voller Bewunderung. Einem jeden gefiel die Schönheit und die Kraft des anderen. Von da an gingen sie gemeinsam auf Abenteuer aus. Und niemals war Theseus so glücklich wie zu Zeiten der Freundschaft mit Peirithoos, als sie sich tückische Streiche ausdachten, sie in die Tat umsetzten und später zum besten gaben. Die beiden kannten sich aus, sie hatten die Welt gesehen, hatten mythische Tiere erlegt und Mädchen aus königlichem Hause geraubt. Nichts hätte sie trennen können, am allerwenigsten eine Frau.

Eines Tages fühlte sich Peirithoos allein, seine Frau Hippodameia war vor kurzem gestorben. So beschloß er, seinen Freund Theseus in Athen zu besuchen. Und dem Witwer trat ein anderer Witwer entgegen: Phädra hatte sich erhängt. Wie schon so oft führten sie lange Gespräche, und bald war von neuen Unternehmungen die Rede. In Sparta gibt es ein Mädchen, sagte Peirithoos, sie ist zehn Jahre alt und schöner als jede Frau. Sie heißt Helena. Warum entführen wir sie nicht? Als sie sich Helenas bemächtigt hatten, würfelten sie um sie. Theseus gewann.

Und eines Tages kamen sie, wiederum gemeinsam, in jenen chiffrierten Unterhaltungen, die das größte Vergnügen des Lebens waren (sowohl die Frauen als auch das reine Abenteuer blieben im Grunde dahinter zurück), auf den Gedanken, daß ihnen, nachdem sie die Erde so ziemlich in allen Richtungen durchstreift hatten, noch die Möglichkeit blieb, in die Unterwelt einzudringen. Warum sollten sie nun, so wie sie irdische Prinzessinnen geraubt hatten, nicht auch göttliche Königinnen entführen? Kann sich nicht, wer mit dem Reich der Lebendigen sein Spiel getrieben hat, auch mit dem Reich der Toten einen Scherz erlauben? So stiegen Peirithoos und Theseus in den Hades hinab, um dessen Königin zu entführen.

Theseus ist derjenige, der aufsteht und fortgeht. Auch Helena, die glückliche Gefangene, kann ihn nicht zurückhalten, obgleich man Repressalien befürchtet und die stärksten Freunde des Entführers sich zusammentun müssen, um sie zu beschützen. Peirithoos hatte im Vorübergehen von dieser Möglichkeit gesprochen: den Peloponnes noch weiter hinunterzuziehen, bis zum Kap Tenaros, wo sich der Eingang zum Hades auftut, und die mächtigste unter den Königinnen zu entführen. Und Theseus bricht mit ihm auf. Es handelte sich diesmal nicht darum, eine Zwölfjährige (oder war sie erst zehn?) zu entführen, die im Artemis-Heiligtum tanzt,

noch ging es darum, von einem strahlenden jungen Mädchen die Tänze des Labyrinths zu lernen. Diesmal war es ein schwierigeres Unterfangen: »Diese versuchten, die Gattin des Dis aus dem Ehegemach zu entführen.«
Die Strafe, die das Totenreich für Theseus bereithält, ist klug ersonnen, eine höhnische Antwort auf die Verhöhnung. Hades empfing sie in artigster Manier. Er möchte hören, was sie wünschen, und läßt sie auf goldenen, in den Felsen gehauenen Sitzen Platz nehmen. Doch ein unsichtbares Band hält die beiden Freunde an diese Sitze gefesselt. Sie können nicht mehr aufstehen. Peirithoos, »derjenige, der im Kreis herumläuft«, und Theseus, der Entführer, müssen auf ihren Sitzen im Totenreich die eigene Natur vergessen. Wenn Herakles später Theseus befreit, indem er ihn mit Gewalt von jenem Sitz losreißt, bleiben Fleischfetzen daran hängen. Das sei der Grund, so hieß es, weshalb die athenischen Jungen kleine und dünne Gesäßbacken haben.

Rund um Athen, das damals freilich noch nicht Athen hieß, gab es Räuber und wilde Tiere, die die Wanderer überfielen und quälten. Eines Tages brachte ein Bote, der vom Meer gekommen war, die Nachricht, ein Jüngling sei jene Straßen entlanggezogen und habe sie alle überwältigt. Sinis und Phaia und Skiron und Kerkyon und Prokrustes und andere noch dazu. Aber wie sah der Jüngling denn aus? – fragte man. Er hatte ein Schwert mit elfenbeinernem Griff von der Schulter hängen und hielt in jeder Hand einen blanken Speer. Eine spartanische Mütze bedeckte seine rotblonden Locken. Auf der Brust leuchtete unter einem Umhang aus thessalischer Wolle der Purpur hervor. In seinen Augen brannte ein böses Feuer.

Theseus trug die Haare vorne kurz – damit man ihn im Kampf nicht beim Schopfe fassen könnte, sagte er – und hinten lang und zusammengeflochten. Die Locken, die ihm auf die Stirn herabfielen, hatte er in Delphi Apollon geop-

fert. Als er in der Umgebung von Athen auftauchte, war er sechzehn Jahre alt und trug einen langen ionischen Chiton. Seine Haare waren hinten zu einem schönen Zopf geflochten. Die Arbeiter, die am Tempel des delphischen Apollon bauten – es fehlte nur noch das Dach –, riefen ihm Scherzworte zu. Was trieb sich denn ein Mädchen in heiratsfähigem Alter dort allein herum, unter der Akropolis? Theseus antwortete nicht. Er näherte sich einem Wagen, an den ein Stier gespannt war. Er band das Tier los und schleuderte es in die Luft. Sie sahen es hoch über das noch ungedeckte Dach hinaus fliegen. Zum ersten Mal war ein Stier in Theseus' Leben aufgetaucht.
Doch wie viele andere sollten ihm noch begegnen! Der Minotaurus von Kreta, in dessen Jünglingskörper er sein Schwert bohren wird. Der Stier von Marathon, den er zur Freude der Athener bändigen wird. Ein Stier, der, dem Meer entstiegen, seinem Sohn Hippolytos den Tod bringen wird. Und noch bei vielen anderen, weniger bedeutungsvollen Gelegenheiten sollte er mit dem Stier in Berührung kommen. So eng waren ihre Beziehungen, daß er einen Stierkopf auf die Münzen setzte, die er in seiner Stadt, dem heiligen Athen, wie er selbst sie benannt hatte, zum ersten Mal prägen ließ.

Es gibt in Theseus einen Zug von Frevelhaftigkeit, eine unbezähmbare Frechheit, die auf Alkibiades vorausweist. Wenn er sich mit seinem Freund Peirithoos zur Reise in die Unterwelt entschließt, um Persephone noch einmal zu entführen, wie in einer Parodie, so denkt man an Alkibiades, den seine Verleumder beschuldigten, bei den Mysterien Vagabunden und Hetären auftreten zu lassen. Und wie Alkibiades selbst einst in vollem Festgepränge dem Zug nach Eleusis auf der Heiligen Straße voranschreiten wird, so leitet Theseus die geheimsten Riten der Stadt. Sie spielten mit den Geheimnissen, weil sie sie kannten, weil sie von Geburt an zu ihnen gehörten.

Theseus verläßt Ariadne nicht aus einem bestimmten Grund oder wegen einer anderen Frau, sondern weil er sie vergißt, in einem Moment, der alle Momente in sich aufhebt. Wenn Theseus zerstreut ist, dann ist irgend jemand verloren. Ariadne hat dem Fremden geholfen, den Halbbruder mit dem Stierkopf zu töten, sie hat den Königspalast ihrer Eltern verlassen und ist bereit, Theseus in Athen die Füße zu waschen, wie eine Sklavin. Aber Theseus erinnert sich nicht, ist schon woanders mit seinen Gedanken. Und der Ort, wo Ariadne zurückbleibt, wird ein für allemal die Stätte der verlassenen Liebe. Theseus ist nicht grausam, weil er Ariadne verläßt. Dann wäre seine Grausamkeit so wie die vieler anderer. Theseus ist grausam, weil er Ariadne auf der Insel Naxos verläßt. Nicht mehr das Haus, wo man geboren ist, schon gar nicht das Haus, wo man aufgenommen zu werden hoffte, und auch nicht ein Dorf dazwischen. Es ist ein Strand, an den die Wellen tosend branden, ein abstrakter Ort, wo nur die Algen sich bewegen. Es ist die Insel, auf der niemand wohnt, der zirkulär obsessive Ort, von dem es kein Entkommen gibt. Aus allem blickt der Tod. Dies ist ein Ort der Seele.

Vom Körper der verlassenen Ariadne fallen die Kleider ab, Stück für Stück. Es ist eine Trauerszene. Unbeweglich wie die Statue einer Bacchantin, gerade erst aus dem Schlafe erwacht, blickt die Tochter des Minos in die Ferne, die ewige Leere, wo Theseus' schnelles Schiff schon verschwunden ist, und ihre Gedanken taumeln zwischen hohen Wellen. Das leichte Band, das die blonden Haare hielt, fällt herab, der Umhang öffnet sich über dem Busen, und die weißen Brüste zeigen sich ohne die stützende Binde. So liegen am Ende die Kleider, in denen sie für immer fortgegangen war, zu ihren Füßen verstreut. Die Wellen spielen damit zwischen Algen und Sand.

Während Ariadne, nackt, in die leere Ferne starrte und daran dachte, daß sie hätte in Athen sein wollen, Theseus' Braut, und ihm das Bett bereiten, in dem sie dann freilich nicht schlafen würde, und einer anderen aufwarten, die dagegen in diesem Bett schliefe, und Theseus ein Wasserbecken reichen, worin er sich nach dem Bankett die Hände waschen könnte, während Ariadne im Geist all die kleinen Gesten durchging, mit denen sie dem entschwundenen Geliebten ihre Dienstbarkeit bezeigen wollte, stieg ein neuer Gedanke in ihr auf: Vielleicht hatte eine andere Frau ähnliche Gefühle gehabt wie sie, und ihre Hingabe und Aufopferung waren nichts Einmaliges, wie sie anfangs so gerne geglaubt hatte. Und wer war diese andere? Die Königin, die Allscheinende, die Schamlose, ihre Mutter, Pasiphae. Im Grunde war auch sie, eingeschlossen in eine hölzerne Färse auf Rädern, ein plumpes und sperriges bemaltes Spielzeug, bereit gewesen, einem beliebigen Viehhüter zu Diensten zu sein. Sie hatte den Hals gebeugt, damit sie das Joch auflegten, hatte vor einem stumpfsinnig im Grase weidenden Stier Liebesworte gestammelt. Verborgen im schwülen, vom Geruch des Holzes erfüllten Dunkel, störte sie die Flöte des Viehhüters, denn sie verlangte nur einen einzigen Ton zu hören: den des brüllenden weißen Stieres.

Dann kam Ariadne noch ein Gedanke, der aus dem ersten folgte: Wenn sie, Ariadne, nur die Leidenschaft ihrer Mutter Pasiphae wiederholte, wenn sie Pasiphae war, dann war Theseus der Stier. Aber Theseus hatte den Stier, ihren Bruder, getötet, und zwar mit ihrer, Ariadnes, Hilfe. Hatte sie also Theseus geholfen, sich selbst zu töten? Oder waren es in dieser Geschichte immer nur sie, die den Tod fanden, die erhängte Pasiphae und Ariadne selbst, die sich anschickte, sich zu erhängen, und ihre Schwester Phädra, die sich eines Tages erhängen würde? Die Stiere hingegen und die, die sie töten, scheinen einander immerfort abzulösen, als ob töten und getötet werden für sie bloß ein Wechsel wäre wie sich aus- und sich ankleiden. Der Stier kannte nicht den senkrechten, letzten, der Erde entzogenen Tod einer Erhängten.

Als das athenische Schiff mit dem blaulackierten Bug in Kreta eintraf, als Theseus dem König Minos, der sich wie immer eines der athenischen Mädchen herausgreifen wollte, Einhalt gebot, als Theseus bei den Spielen den verhaßten, selbstherrlichen General Tauros, der alle zu besiegen pflegte, überwand, kam Ariadne auf den Gedanken, daß vielleicht dieser respektlose Fremde imstande sein würde, den Kreis zu sprengen, in dem der Stier ihre Familie gefangenhielt. So verriet sie denn den göttlichen Stier, der sie in einer Höhle geblendet hatte, verriet ihren Stier-Bruder, verriet ihre Mutter, die nach dem Stier verrückt war, verriet ihren Vater, der es unterlassen hatte, den weißen, dem Meer entstiegenen Stier zu opfern, und ihn statt dessen auf die Weide geschickt hatte, weil er zu schön war, um getötet zu werden. Nachdem sie sie alle verraten hatte, fand sie sich an einem öden Strand wieder, von Theseus verlassen. Aber dem Stier hatte sie nicht entgehen können.

Als Dionysos erschien, falsch und verführerisch, allzu pünktlich und allzu vergnügt, hatte Ariadne das Gefühl, daß Dionysos und Theseus keine Rivalen, sondern gewissermaßen Komplizen waren. Im Lärm der Flöten und Tamburine brachte Dionysos diese Gedanken zum Schweigen. Ariadne war geblendet von dem göttlichen Ruhm, den Dionysos ihr verhieß. Und mit einem spöttischen Lächeln im Innern dachte sie an Theseus, der ja gerade durch seine Treulosigkeit diesen Ruhm herbeigeführt hatte. Sie erkannte die List der Geschichte: Wenn Theseus nicht eidbrüchig gewesen wäre (doch er hatte bei Athene geschworen – die Erinnerung gab ihr einen Stich –, und Athene verachtet das Heiraten), hätte Dionysos sie nicht zu sich emporgehoben. Es ist sinnlos zu weinen wie ein Mädchen vom Lande, wenn man einen Gott an der Seite hat. Aber Dionysos bleibt an niemandes Seite. Ein Gott ist nie beständige Gegenwart. Und Dionysos

brach schon wieder auf mit seinem lärmenden Gefolge, nach Indien. Abermals war Ariadne allein.
Als der Gott wiederkam, reich an Schätzen und Sklaven, sah Ariadne dem Triumphzug zu und bemerkte den verliebten Blick, den Dionysos auf eine junge Inderin, eine Königstochter, warf, die zu seiner orientalischen Beute gehörte. Eines Tages stand Ariadne dann wieder an einem Strand und weinte, die offenen Haare im Wind. In seinem rücksichtslosen Übermut hatte Dionysos das von einem Mann ihr angetane Unrecht getilgt, um ihr wenig später dasselbe Unrecht erneut zuzufügen, es also zu vermehren und zu verschärfen. Diese indische Konkubine war eine Schande für ihr Bett. Ariadne weinte, und ein quälender Gedanke ließ sie nicht los: Möge Theseus es niemals erfahren! Doch wie naiv ... War es nicht inzwischen klar, daß Dionysos und Theseus keine wirklichen Feinde waren? In diesen beiden entgegengesetzten Gestalten trat immer wieder ein und derselbe Mann auf, der sie beständig verriet, während sie es beständig dazu brachte, verlassen zu werden. »Ich habe mich daran gewöhnt, einen Mann für immer zu lieben.« Diese Fähigkeit, für immer zu lieben, war eine Strafe, sie ließ ihr keine Hoffnung, ihrem Kreis, ihrem leuchtenden Kranz, zu entkommen.

Die Geschichte Ariadnes ist ganz mit einem Kranz verflochten. »*Mon cousin* kommt«, dachte die junge Prinzessin von Knossos, als man ihr sagte, daß Dionysos auf der Insel gelandet sei. Sie hatte diesen – wie es hieß, überaus schönen – Verwandten, der im Feuertod seiner Mutter geboren worden war, noch niemals gesehen. Dionysos erschien bei ihr, doch wollte er nicht im Palast bleiben. Er nahm sie beim Arm und führte sie in eine der vielen Höhlen Kretas. Und dort war durch die Finsternis das blendende Licht eines Kranzes gedrungen. Feuriges Gold und indische Edelsteine. Dionysos gab Ariadne den Kranz, als Geschenk zu dieser ihrer ersten Hochzeit. Der Kranz, Zeichen des Vollkommenen, »Bote der verheißungsvollen Stille«, war eine mächtige Verführung gewesen. Aber »verführen« heißt »zugrunde richten«, wie es die griechische Sprache will: *phtheirein*. Der Kranz ist die Vollendung der Täuschung, die in sich geschlossene Täuschung, er ist jene Vollendung, welche die Täuschung in sich einschließt.

Als Ariadne den Blick auf Theseus' Schönheit richtete, war sie schon kein junges Mädchen mehr, das mit seinen Schwestern im Palast von Knossos spielt. Sie war die Gemahlin eines Gottes, auch wenn niemand von der Hochzeit wußte. Der einzige Zeuge war jener strahlende Kranz gewesen. Aber auch Theseus hielt, als er nach dem Besuch im Palast seines Vaters Poseidon aus dem Meer wieder auftauchte, einen Kranz aus kleinen, tropfenden Apfelblüten, die Licht ausstrahlten, in der Hand. Er schenkte ihn Ariadne, wie Dionysos ihr seinen Kranz geschenkt hatte. Und gleichzeitig hatte Ariadne Theseus den Kranz des Dionysos geschenkt. Auf der einen Seite wiederholte Theseus eine Geste des Gottes, auf der anderen verriet Ariadne den Gott, damit der Fremde den Minotaurus, der dem Stier-Gott gehörte, töten könne. Vom Licht des strahlenden Kranzes geführt, drang Theseus in die dunklen Gänge des Labyrinths ein. In diesem Licht blinkte sein Schwert auf, ehe es sich in den Körper des Jünglings mit dem Stierkopf senkte. Ariadne trieb also die Täuschung auf die Spitze: Sie verriet nicht nur den göttlichen Gemahl, sondern gab auch noch dem Mann, der gerade an seine Stelle trat, sein Hochzeitsgeschenk.

Aber lag die Täuschung nicht schon am Anfang, schon im Geschenk des Gottes? Ariadne ist in dem Moment die Getäuschte, in dem sie täuscht: Sie glaubt, es bestünde ein Gegensatz zwischen Theseus und dem Gott, sieht in jenem den Mann, der sie als seine Gemahlin nach Athen, aus dem Kreis des Stieres hinausbringen wird. Als Dionysos auf Naxos wieder erschien, schwenkte er einen strahlenden Kranz. Ariadne sah ihn an und dachte an die anderen Kränze, mit denen jedesmal für sie die Täuschung begonnen hatte. Jetzt wußte sie, daß es immer derselbe Kranz gewesen war. Jetzt war die Geschichte wirklich zu Ende, und als Gefangene dieses strahlenden Kranzes würde Ariadne am Himmel allein bleiben: Corona borealis.

In den kretischen Geschichten steht ein Stier am Anfang und ein Stier am Ende. Am Anfang betet Minos, daß der weiße Stier Poseidons den Fluten entsteigen möge, und verspricht, falls er erscheint, ihn dem Gott zu opfern. Der Stier erscheint, doch Minos hält sein Versprechen nicht. Dieser Stier ist zu schön, er will ihn nicht töten, er will ihn als sein Eigentum behalten. Dieser Stier ist es, für den in der Gattin des Minos, Pasiphae, eine unselige Leidenschaft entbrennen wird.

Am Ende fängt Theseus den marathonischen Stier, der wiederum der gleiche ist, der in Kreta dem Meer entstiegen war. Nach dem Liebesabenteuer mit Pasiphae war der Stier verwildert, und Minos hatte Herakles gerufen, der ihn einfangen sollte. Der Heros hatte ihn gefangen und aufs Festland gebracht. Lange Zeit war der Stier dann auf der Peloponnes umhergezogen, um schließlich nach Attika zu gelangen. Und dort hatte ihn niemand bändigen können, auch Androgeos nicht, ein Sohn des Minos, der doch bei den Spielen alle Athener besiegte. Theseus bändigt ihn, bei Marathon. Und überläßt ihn seinem Vater Aigeus, der ihn dem Apollon opfert. Alles, was zwischen diesem Anfang und diesem Ende liegt, das Schicksal Ariadnes, ist in der Verschiebung eines Opfers enthalten: von Poseidon zu Apollon, von Kreta nach Athen. Dieser Übergang bringt vielfachen Tod. Die stummen Toten des Opfers gehören zum Ritus. Der Mythos aber macht sich die anderen Toten zu eigen, jene, die im Umkreis der Opferstätte fallen, Eisenspäne im magnetischen Feld. Wie das Blut, so entspringen dem Opfer auch die Geschichten. So gewinnen die Gestalten der Tragödie Kontur. In den kretischen Geschichten sind es Pasiphae, der Minotaurus, Ariadne, Phädra, Minos, Hippolytos und Aigeus selber.

Theseus vergißt, als er von Kreta zurückkommt, die schwarzen Segel einzuziehen, und Aigeus stürzt sich von der Akropolis hinab in die Tiefe. Es war eine letzte Glosse zur Opferverschiebung.

»Einige Bewohner von Naxos geben schließlich noch eine besondere Version der Geschehnisse, derzufolge es zwei Minosse und zwei Ariadnen gegeben hätte, eine, die sich mit Dionysos auf Naxos vermählt hat, die Mutter von Staphylos und seinem Bruder; und eine andere, spätere, von Theseus geraubte und verlassene, die mit einer Amme namens Korkyna, deren Grab sie noch zeigen, nach Naxos gekommen ist. Dieser Ariadne, die ebenfalls auf der Insel gestorben ist, wurden nicht die gleichen Ehren erwiesen wie der ersteren: Die Feste der einen werden mit Spielen und Vergnügungen gefeiert, während man der anderen bloß Opfer darbringt in Trauer und Trübsinn.«
Ariadne hat von Anfang an ein doppeltes Schicksal, und die Riten auf Naxos feierten dies Doppelgeschick, ohne es zu einem Wechsel von Tod und Auferstehung abzumildern. Diejenige, welche die »Gemahlin« des Dionysos ist, die einzige Auserwählte im Gefolge der Frauen, das ihn umgibt, die, welcher er dann sogar seinen Namen schenkt, indem er sie die Freie nennt, ist auch die Frau, die Dionysos töten läßt. Der Gott wandte sich an Artemis, die stets bereit ist, den Bogen zu spannen. Er bat sie, Ariadne mit einem Pfeil zu durchbohren. Überdies wollte er Zeuge sein bei dem Mord. Dann beschönigt die Zeit alles. Auf den Wänden von Pompeji blieb das Bild einer Götterhochzeit zurück.

Die Gestalten des Mythos leben viele Leben und erleiden viele Tode, anders als die Personen des Romans, die immer nur auf eine Handlung festgelegt sind. Doch in jedem dieser Leben und dieser Tode sind alle anderen zugleich gegenwärtig, in jedem schwingen sie mit. Wir haben nur dann die Schwelle zum Mythos überschritten, wenn wir plötzlich einen Zusammenhang zwischen dem bemerken, was unvereinbar ist. Auf Naxos verlassen, wurde Ariadne von einem Pfeil der Artemis durchbohrt, auf Geheiß von Dionysos, dem unbewegten Augenzeugen; oder: Ariadne erhängte sich auf Naxos, nachdem sie von Theseus verlassen worden war; oder: Sie war, von Theseus schwanger, nach einem Schiffbruch auf Kypros gelandet, wo sie in den Wehen starb; oder: Ariadne wurde auf Naxos von Dionysos und seinem Gefolge überrascht und feierte mit ihm göttliche Hochzeit, ehe sie zum Himmel aufstieg, wo wir sie noch heute unter den nördlichen Sternbildern sehen; oder: Ariadne wurde auf Naxos von Dionysos überrascht und folgte ihm von da an bei seinen Unternehmungen wie eine Geliebte und wie ein Soldat – als Dionysos im Gebiet von Argos gegen Perseus kämpfte, folgte ihm Ariadne bewaffnet unter den Scharen der tollen Bacchantinnen, bis Perseus das todbringende Medusenhaupt vor ihr in die Luft streckte und Ariadne versteinerte. Sie wurde ein Stein auf einem Feld. Keine Frau, keine Göttin starb so viele Tode wie Ariadne. Jener Stein in der Argolis, jenes Sternbild am Himmel, jene Erhängte, jene bei der Geburt Gestorbene, jenes Mädchen mit der durchbohrten Brust: das alles ist Ariadne.

Wäre es ohne die Bremse, deren sich Hera zur Rache bediente, je zur Geschichte gekommen? Wo wir uns auch umschauen unter den Taten der Heroen, stets treffen wir auf den festen und unversöhnlichen Blick der Göttin, jenes Kuhauge, das sich niemals zu schließen scheint. Schon mit seinem Namen (»Ruhm der Hera«) zeigt Herakles an, daß der Ruhm nichts anderes ist als ein Ergebnis der Verfolgung durch Hera.

Aber wie hatte alles angefangen? Zeus und Hera, Bruder und Schwester, waren zwei Kinder, die unverzüglich die heimliche Liebe entdeckten. »Ohne Wissen ihrer lieben Eltern vereinigten sie sich im Bett«, sagt Homer. So verlebten sie in Liebe die allerlängste Kindheit. »Zeus gab sich damals dreihundert Jahre lang der Liebe [zu Hera] hin.« Im Ohr klang ihnen das beständige Rauschen des Imbrasos, des Flusses auf Samos. Sie umarmten sich zwischen dem Fluß und dem Meer. Sie wurden niemals müde, die Welt jenseits jener Wasser war für sie nicht vorhanden – und Zeus schob den Augenblick auf, da er die Herrschaft über sie antreten würde. Jahrtausende später fand man im feuchten Sand des Imbrasos ein Relief, das einst ein hölzernes Bett gekrönt hatte. Darauf ist in aufrechter Haltung Zeus zu sehen, der auf eine Hera mit entblößten Brüsten zutritt und ihre rechte Brust in die Hand nimmt.

Hera ist die Göttin des Bettes – sie sorgt sich sogar, wenn der alte Okeanos und Tethys, die sie als Kind aufgezogen haben, dem Bett entsagen. Der Schleier, der erste Schleier, ist für sie der *pastós,* jener Vorhang, der den *thálamos* am Hochzeitstag umgab. Auf Samos, in Paestum finden sich Zeugnisse dafür, daß das Bett das wichtigste Einrichtungsstück ihres Kultes war. Auch als Hera sich mit Zeus auf dem Gipfel des Gargaron vereinigt, läßt die Erde eigens einen Blumenteppich wachsen, »der sie, dicht und weich, ein wenig über dem Boden hält«, ein künstliches Bett, das dann, an Stelle des *pastós,* eine goldene Wolke einhüllt. Das Bett war für Hera der Ursprungsort, der Bezirk der erotischen Hingabe. In ihrem erhabensten Heiligtum, dem Heraion bei Argos, war auf einer Votivtafel zu sehen, wie Heras Mund sich liebevoll um Zeus' erigierten Phallus schließt. Ein ähnliches Bild hatte keine der Göttinnen, selbst Aphrodite nicht, in ihren Heiligtümern zugelassen.

Und eben im Heraion begann die Geschichte von Zeus' erstem Betrug, auf den alle Racheaktionen zurückgehen. Um Hera zu betrügen, wählte Zeus eine ihrer Priesterinnen, das menschliche Wesen, das, als Schlüsselbewahrerin des Heiligtums, ihr am nächsten stand: Io. In ihrem Aussehen, ihren Kleidern war Io gehalten, dem Bild der Göttin, der sie diente, zu gleichen. Sie war eine Kopie, die eine Statue zu imitieren versuchte. Zeus aber wählte die Kopie, er wollte die minimale Differenz, die genügt, um die Ordnung zu erschüttern, um das Neue, die Bedeutung, hervorzubringen. Und er wollte sie, *weil* sie eine Differenz darstellte, *weil* sie eine Kopie war. Je geringfügiger die Differenz, um so gewaltiger die Rache. All die anderen Abenteuer von Zeus, all die anderen Racheakte Heras treiben nur immer wieder das Rad der Notwendigkeit an, das Hera einst in Schwung gebracht hatte, um die Frau zu bestrafen, die ihr selbst am meisten glich.

II

Zwischen den Göttern besteht ein Geben und Nehmen, eine strenge Buchführung, die die Zeiten durchzieht. Als Ariadne getötet werden sollte, wurde Artemis für Dionysos bereitwillig zur Meuchelmörderin. Doch eines Tages sollte auch Artemis, die stolze Jungfrau, erstaunt die Hilfe dieses schillernden, mit Makel behafteten Gottes beanspruchen. Auch sie würde jemanden bitten müssen, in ihrem Auftrag zu töten, mit einer Waffe seiner Wahl. Dies fiel Dionysos zu.

Eine Sterbliche hatte sie verspottet, Aura, ein Mädchen der Berge, hoch gewachsen, mit schlanken Armen und windschnellen Beinen. Nur mit Wildschweinen und Löwen kämpfte sie und verschmähte schwächere Tiere als Beute. Ebenso verachtete sie Aphrodite und ihre Taten. Jungfräulichkeit und Kraft wollte sie, nichts sonst. Als Aura an einem heißen Tag auf Lorbeerzweigen schlief, wurde sie durch einen Traum beunruhigt: der wilde, seine Kreise ziehende Eros schenkte Aphrodite und Adonis eine junge Löwin, derer er sich mittels eines Zaubergürtels bemächtigt hatte. (War dies etwa Aphrodites eigener? War der erotische Schmuck möglicherweise eine Waffe zum Raubtierfang geworden?) Im Traum sah Aura sich selbst an der Seite der Aphrodite und des Adonis, ihre Arme hatte sie um die Schultern der beiden gelegt. Sie waren eine zärtliche, blühende Gruppe. Eros näherte sich mit der Löwin und überreichte seine Beute mit diesen Worten: »Blumenbekränzte Göttin, hier führe ich Aura vor dich, das Mädchen, das nur die Jungfräulichkeit liebt. Sieh, der Gürtel hat den törichten Willen der unbesiegbaren Löwin gebeugt.« Aura wachte voller Angst auf. Zum ersten Mal hatte sie sich in doppelter Gestalt gesehen: sie war Beute und zugleich Jägerin, die ihre Beute betrachtet. Sie wurde wütend auf den Lorbeerbaum und damit auf Daphne: wie konnte eine Jungfrau ihr einen derartigen Traum eingeben, der einer Hure würdig gewesen wäre? Dann vergaß sie den Traum.

Thetis auf einem Seedrachen

An einem anderen heißen Tag führte Aura den Wagen der Artemis zu den Wasserfällen des Sangarios, wo die Göttin ein Bad nehmen wollte. Neben dem Wagen hatten die Dienerinnen der Göttin sich die Stirnbänder abgenommen, hoben den Saum ihres Chitons auf und entblößten im Lauf ihre Knie. Sie waren die hyperboreischen Jungfrauen. Upis nahm den Bogen von Artemis' Schulter und Hekaerge den Köcher. Loxo band ihr die Schuhe auf. Vorsichtig stieg Artemis ins Wasser. Sie preßte die Beine aneinander und hob ihren Chiton in die Höhe, sobald das Wasser ihn benetzte. Aura starrte sie mit einem unbarmherzig forschenden Blick an. Ihre Augen untersuchten den Körper ihrer Herrin. Dann schwamm sie um sie herum und streckte sich dabei der Länge nach im Wasser aus. Neben der Göttin hielt sie inne, schüttelte ein paar Tropfen von ihren Brüsten und sprach: »Artemis, weich sind deine Brüste und prall, doch wozu? Wozu trägst du auf deinen Wangen einen rosigen Schimmer? Nicht wie Athene bist du, deren Brust wie die eines Knaben gespannt ist. Oh, sieh doch nur auf meinen Körper, wie er duftet vor Kraft. Wie Schilde sind rund meine Brüste. Wie eine Sehne ist gestrafft meine Haut. Vielleicht aber weißt du die Pfeile des Eros zu gebrauchen oder ihnen zu erliegen. Niemand, der deiner ansichtig wird, dächte an die unverletzbare Jungfrau.« Artemis hörte ihr schweigend zu. »Tödliche Funken stoben aus ihren Augen.« Sie sprang aus dem Wasser, legte sich Chiton und Gürtel wieder an und entschwand wortlos.

Sie war sogleich auf die Gipfel des Taurusgebirges geeilt, um den Rat der Nemesis einzuholen. Diese fand sie, wie immer, vor ihrem Rade sitzend. Auf ihrem Thron hockte ein Greif. Nemesis erinnerte sich vieler Beleidigungen, die man Artemis zugefügt hatte. Doch waren diese stets von Männern gekommen oder höchstens einmal von einer fruchtbaren Frau, wie Niobe, die jetzt ein feuchter Felsen inmitten dieses Gebirges ist. Oder war es wieder einmal nur die übliche alte Ehekomödie? Hatte Zeus etwa wieder einmal gestichelt, daß sie endlich heiraten solle? Nein, erwiderte Artemis, diesmal war's eine Jungfrau, die Tochter des Lelanthos. Sie wagte es nicht, die Beleidigungen zu wiederholen, die Aura sich erdreistet hatte, über ihren Körper und ihre Brüste auszusprechen. Nemesis sagte, daß sie Aura nicht wie Niobe in einen Felsen verwandeln würde. Denn unter anderem waren sie miteinander verwandt, das Mädchen gehörte zum alten Geschlecht der Titanen, wie Nemesis auch. Aber sie würde ihr die Jungfräulichkeit nehmen, was möglicherweise keine geringere Bestrafung sei. Dafür sollte dieses Mal Dionysos sorgen. Artemis nickte zustimmend. Als wollte Nemesis Aura ihr zukünftiges Schicksal vor Augen führen, eilte sie zu ihr in ihrem von Greifen gezogenen Wagen. Sie knallte ihre Schlangenpeitsche in den Nacken der Jungfrau, damit diese ihr stolzes Haupt vor ihr neige. Und Auras Leib wurde vom Rad der Notwendigkeit erfaßt.

Nun konnte Dionysos ans Werk gehen. Bei seinem letzten Abenteuer war er einer anderen kriegerischen Jungfrau begegnet: Pallene. Mit ihr war etwas passiert, für das es in seinen zahlreichen Geschichten keinerlei Beispiele gab. Er mußte sich Pallene in einem Ringkampf vor versammelten Zuschauern stellen, allen voran aber vor ihrem blutschänderischen Vater. Pallene war mit ihren langen, um den Hals geschlungenen Zöpfen und einer roten Binde über der Brust auf dem Sandplatz erschienen. Ein weißer Stoffetzen bedeckte nur spärlich ihre Scham. Ihre Haut glänzte von Öl. Der Kampf dauerte lange. In manchen Augenblicken gelang es Dionysos, die Innenfläche ihrer wunderbar weißen Hand zu drücken. Und mehr als diesen Körper zu bezwingen, wünschte er, ihn zu berühren. Er wollte diesen lustvollen Sieg hinauszögern, doch indessen wurde er sich bewußt, daß er so außer Atem war wie ein gewöhnlicher Sterblicher. Ein Augenblick der Unachtsamkeit genügte, und schon versuchte Pallene, Dionysos vom Boden zu heben und niederzuwerfen. Das ging zu weit. Dionysos befreite sich, und nun war er es, der die Gegnerin hochhob. Aber dann legte er sie sanft auf den Boden, während seine Blicke verstohlen über ihren Körper und über ihr volles, im Staub ausgebreitetes Haar glitten. Doch Pallene stand schon wieder auf den Beinen. Da wollte Dionysos sie mit einem Nackengriff und einem Stoß gegen das Knie endgültig niederwerfen. Doch hatte er sich verrechnet und verlor das Gleichgewicht. Er spürte den Staub im Rücken, während Pallene sich rittlings auf seinen Bauch setzte. Einen Augenblick später befreite sich Pallene und ließ Dionysos auf der Erde liegen. Und wieder einen Augenblick später war es Dionysos gelungen, sie niederzuwerfen. Nun standen sie gleich, und Pallene wollte weiterkämpfen. Da trat ihr Vater Sithon dazwischen und sprach Dionysos den Sieg zu. Schweißgebadet hob der Gott den Blick zum König auf, der auf ihn zukam, um ihn zu bekränzen, und durchbohrte ihn mit dem Thyrsos. Dieser Mörder mußte in jedem Fall sterben. Und Dionysos überreichte der Tochter als Gabe seiner Liebe den Thyrsos, von dem das Blut des Vaters herabtroff. Nun stand ihnen die Hochzeit bevor.

Inmitten des Festlärms beweinte Pallene ihren Vater, der zwar grausam, aber doch schließlich ihr Vater gewesen war. Zärtlich wies Dionysos auf die von den Winden verwitterten Köpfe ihrer ehemaligen Freier, die wie Erstlingsfrüchte draußen an den Türen aufgesteckt waren. Und um sie zu besänftigen, sagte er ihr, sie könne unmöglich die Tochter dieses schrecklichen Mannes sein. Eher wäre ein Gott, Hermes vielleicht oder Ares, ihr wirklicher Vater. Und während er ihr mit diesen Worten gut zusprach, keimte undeutlich bereits eine Ungeduld in Dionysos auf. Pallene war jetzt eine gebändigte Geliebte. Bald schon würde sie ihm treu ergeben sein, so wie viele andere auch. Doch nur ein einziges Mal hatte Dionysos das erregende Gefühl kennengelernt, mit einer Frau, die er begehrte, ohne sie freilich besiegen zu können, eng umschlungen im Staub zu liegen. Er spürte das Verlangen nach einem unbezwingbaren Körper.

Allein entfernte er sich ins Gebirge. Er träumte unentwegt

von einer starken, nicht zu packenden Frau, die ihm im Kampf genauso zusetzen könnte wie er ihr. Der Augenblick näherte sich, da Eros ihm ein rasendes Verlangen nach einem noch unbezähmbareren Körper eingab. In raschen Wallungen spürte Dionysos, daß sich in diesen Wäldern eine noch kraftvollere, noch schönere und abweisendere Frau als die Ringkämpferin Pallene verborgen hielt: Aura. Und ihm war bereits klar, daß sie ihm ausweichen und sich ihm niemals ergeben würde. Dieses Mal streifte Dionysos allein und still umher, froh, daß die Bacchantinnen nicht bei ihm waren. Versteckt hinter einem Busch sah er einen von Auras weißen Schenkeln aus dem dunklen Laub hervorragen. Die Hunde um sie herum winselten. Da glaubte Dionysos zu zerfließen wie eine Frau. Niemals zuvor hatte er sich so wehrlos erlebt. Das Wort an dieses Mädchen zu richten kam ihm so vergeblich vor, wie zu einer Eiche zu sprechen. Doch eine Hamadryade, die zwischen den Wurzeln einer Pinie wohnte, gab ihm die Antwort, die er suchte: Niemals würde er mit Aura ein Schlaflager teilen. Nur im Wald könne er sie besitzen, wenn er zuvor ihre Hände und Füße fessele. Und er möge daran denken, ihr nur ja kein Geschenk zurückzulassen.

Während Dionysos erschöpft schlief, erschien ihm noch einmal Ariadne. Warum nur verließ er alle Frauen, so wie er sie verlassen hatte? Warum entschwand Pallene nun aus seiner Erinnerung, die er, solange sie sich miteinander im Staub wälzten, so sehnlich begehrt hatte? Im Grunde sei Theseus besser gewesen als er. Am Ende entschloß sich Ariadne sogar zu einer ironischen Geste: Sie gab ihm eine Spindel mit der Bitte, er möge sie seinem nächsten Opfer überreichen. So würden die Menschen eines Tages sagen: Dem Theseus schenkte sie den Faden, dem Dionysos die Spindel.

Immer noch war es sehr heiß, und Aura suchte eine Quelle. Dionysos dachte, daß ihm von allen seinen Waffen nur eine einzige verblieb: der Wein. Als Aura ihre Lippen zur Quelle hinabneigte, wurde sie von einer unbekannten Flüssigkeit benetzt. Niemals hatte sie etwas Ähnliches erlebt. Verwundert und ermattet legte sie sich in den Schatten eines großen Baums. Nun schlief sie. Barfüßig, leise kam Dionysos näher. Sogleich nahm er ihr Köcher und Bogen ab und versteckte sie hinter einem Felsen. Die Furcht wich nicht von ihm. In jenen Tagen kehrte er in seinen Gedanken immer wieder zu einer anderen Jägerin zurück, die er kennengelernt hatte: Nikaia. Es war, als hätte ihr Körper die gesamte Schönheit des Olymps geraubt. Auch sie floh die Männer, und als Hymnos, der Viehhüter, sich ihr genähert hatte, um ihr von seiner aufrichtigen Leidenschaft zu sprechen, hatte sie seine Worte unterbrochen, indem sie ihm einen Pfeil in die Kehle jagte. Damals geschah es, daß in den Wäldern wie ein Kinderlied die Worte widerklangen: »Der Hirt, der schöne, ist nun tot, den Tod bracht' ein schönes Mädchen.« Das Kinderlied erklang in der Erinnerung des Dionysos, während seine geschickten Hände Auras Füße mit einer Schnur zusammenbanden. Dann zog er eine andere Schnur um ihre Handgelenke. Aura schlief noch immer in sanftem Rausch, und Dionysos besaß die Gefesselte. Es war ein entseelter, auf der nackten Erde schlummernder Körper, doch die Erde selbst wogte, um die Vermählung zu feiern, und die Pinienkrone wurde von der Hamadryade geschüttelt. Während Dionysos von Auras Körper unbeschreibliche Freuden empfing, die durch die feige Tat nur noch erhöht wurden, drang die Jägerin in einen trüben Traum ein, der einen anderen Traum fortsetzte. Ihre Arme lagen nun nicht mehr schlaff auf denen der Aphrodite und des Adonis, sondern hatten sich mit dem fremden Fleisch zu einem einzigen Knoten verschlungen; ihre Handgelenke wanden sich unter der schrecklichen Qual einer Lust, die nicht die ihre, sondern die der anderen war, sich aber gleichwohl durch die zusammengeschlossenen Pulsadern auf sie übertrug. Und da sah Aura nun, daß sich ihr Kopf wie der der gefangenen Löwin neigte. Sie stimmte ihrem Untergang zu. Dionysos löste sich von ihr. Immer noch leise, holte er auf Zehenspitzen Bogen und Köcher und legte sie neben dem unbedeckten Körper Auras

nieder. Er band ihr Knöchel und Handgelenke los und ging in den Wald zurück.
Als sie erwachte, sah Aura, daß ihre Schenkel nackt und das Band über ihren Brüsten aufgeknotet waren. Sie fühlte, wie sie wahnsinnig wurde. Schreiend stieg sie ins Tal hinab. So, wie sie einst Löwen und Wildschweine erlegt hatte, erlegte sie jetzt Viehtreiber und Hirten mit ihren Pfeilen. Ihr Weg war von Blutbächen gesäumt. Sie durchbohrte die Jäger, denen sie begegnete. Als sie zu einem Weinberg kam, tötete sie die Winzer, die dort arbeiteten, denn sie wußte, daß sie dem Dionysos dienten, einem feindlichen Gott, auch wenn Aura überzeugt war, ihm niemals begegnet zu sein. Sie gelangte zu einem Tempel der Aphrodite und peitschte die Statue der Göttin. Danach hob sie sie vom Sockel und schleuderte sie mit der um ihre marmornen Hüften gewickelten Peitsche ins Wasser des Sangarios. Dann versteckte sie sich wieder in ihrem Wald. In ihren Gedanken fragte sie sich, welcher der Götter sie geschändet haben könnte, und verfluchte sie der Reihe nach. Am liebsten hätte sie Pfeile in deren Heiligtümer geschleudert und die Götter selbst getötet. Allen voran Aphrodite und Dionysos. Und was Artemis anging, so verdiente sie Auras tiefste Verachtung: Die jungfräuliche Göttin hatte sie nicht zu beschützen gewußt, wie sie ja auch nichts auf Auras spöttische und gleichzeitig doch so lustige Bemerkungen über ihre prallen, schweren Brüste zu erwidern wußte. Aura wollte sich den Schoß öffnen, um die Frucht des Unbekannten herauszureißen. Sie bot sich einer Löwin dar, doch die Löwin wollte von ihr als Opfer nichts wissen. Aura hätte gerne ihren Gatten gekannt, um ihn zu zwingen, ihr gemeinsames Kind zu verzehren.
Da erschien ihr Artemis mit einem höhnischen Grinsen. Sie lachte über Aura, weil diese so langsam ging, mit dem schweren Schritt schwangerer Frauen, und nicht mehr in windschnellem Lauf. Und was wäre Aura schon ohne ihre Leichtfüßigkeit? Die Göttin fragte sie auch, welches Geschenk Dionysos, ihr Gemahl, ihr denn zurückgelassen

habe, ob es vielleicht Klappern wären, damit ihre Kinder damit spielen könnten. Dann verschwand sie. Aura irrte weiter umher. Und bald schon spürte sie die ersten Wehen. Sie dauerten lange. Und während Aura litt, erschien ihr Artemis wieder, um sie zu verspotten. Zwillinge brachte Aura zur Welt. Dionysos war stolz auf die Kinder, befürchtete aber, daß Aura sie töten könnte. Da rief er die Jägerin Nikaia herbei: auch sie hatte er mit Wein getäuscht, auch sie hatte er im Schlaf geschändet, auch sie hatte er verlassen, auch sie hatte ihm eine Tochter geboren: Telete, die »Initiation«, die »höchste Vollendung«.

Die Wiederholung ist für einen Gott ein Zeichen der Erhabenheit, die Besiegelung der Notwendigkeit. Jetzt lebte Nikaia, dieses strahlende Mädchen, wie eine Arme am Webstuhl, sie, die Blutbäche aus der Kehle eines sanftmütigen Viehhüters hervorschießen ließ, nur weil dieser es gewagt hatte, ihr ein paar Worte der Liebe zu sagen. (Hätte Dionysos die Spindel der Ariadne vielleicht ihr schenken sollen?) Doch jetzt würde Nikaia feststellen können, daß ihr Schicksal von einer anderen geteilt wurde. Jetzt würde sie sich trösten können, sagte Dionysos, weil ihr klar werden würde, daß sie zur Ordnung der Götter gehörte. Damit aber war ihre Rolle noch nicht zu Ende gespielt: Sie sollte zur Komplizin des Gottes werden, ihm helfen, wenigstens einen der Zwillingssöhne zu retten, die Aura im Begriff war zu vernichten. Die Welt, die ganze weite Welt, jene, die fernab der Wälder existierte, in der es Tempel gab und Schiffe und Märkte, erwartete zwei neue Kinder: das eine war Nikaias Tochter Telete, das andere war einer der beiden Zwillingssöhne in den Händen der von Schmerzen geschüttelten Aura.

Aura indessen hob die beiden Neugeborenen zum Himmel empor, zum Wind, der sie in ihrem Leben angetrieben hatte, und weihte sie den sanften Luftzügen. Sie wünschte, daß sie zerschmettert würden. Sie legte die Neugeborenen einer Löwin zum Fraß vor. Doch eine Pantherkatze schlich in die

Höhle: zärtlich leckte sie die Körper der beiden Säuglinge ab und säugte sie, während zwei Schlangen den Eingang zur Höhle bewachten. Da ergriff Aura einen der beiden Söhne mit ihren Händen, warf ihn in die Luft und stürzte sich, als er in den Staub fiel, über ihn, um ihn zu zerfleischen. Artemis schritt entsetzt ein: sie nahm den anderen Sohn und floh, zum ersten Mal in ihrem Leben ein Kind im Arme haltend, in den Wald.

Aura fand sich erneut allein. Sie stieg zu den Ufern des Sangarios hinunter, warf Bogen und Köcher in den Fluß und tauchte in ihn ein. Die Wellen bedeckten ihren Körper. Aus ihren Brüsten schoß jetzt Wasser hervor. Den geretteten Säugling übergab Artemis dem Dionysos. Der Vater nahm die beiden Kinder, welche die Mädchen, über die er im Schlaf gekommen war, zur Welt gebracht hatten, und führte sie zu den Stätten der Mysterien. Auch Athene drückte den Knaben an ihre jungfräuliche Brust. Dann übergab sie ihn den Bacchantinnen von Eleusis. In Attika wurden Fackeln zu seinen Ehren entzündet. Iakchos hieß der in Eleusis erschienene Neuling. Wem der Vorzug zuteil wurde, ihn zu sehen, den erwartete ein glückliches Leben. Den übrigen blieb verschlossen, was Glück bedeutete.

Für Dionysos war die Zeit des Herumstreifens und der Eroberungen zu Ende. Ihm blieb nur der Aufstieg in den Olymp. Ariadne kehrte bisweilen in seine Gedanken zurück. Er trug eine Blumengirlande zu ihrem Gedächtnis auf den Berg. Danach setzte er sich am Tisch der Zwölf nieder. Sein Platz befand sich neben dem des Apollon.

Die erste Liebe des Dionysos war ein Junge. Er hieß Ampelos. Er spielte mit dem jungen Gott und den Satyrn an den Ufern des Paktolos in Lydien. Dionysos beobachtete das lange Haar im Nacken des Jungen und das Licht, das von seinem Körper ausging, während er aus dem Wasser stieg. Er war eifersüchtig, wenn er ihn mit einem Satyrn ringen sah und ihre Beine sich dabei ineinanderschlangen. Dann wollte er der einzige sein, der die Spiele mit Ampelos teilen durfte. Sie waren beide »erotische Athleten«. Sie wälzten sich auf der Erde, und Dionysos ergötzte sich, wenn Ampelos ihn niederwarf und sich rittlings auf seinen nackten Bauch setzte. Danach wuschen sie sich im Fluß den Staub und Schweiß von der Haut. Sie ersannen neue Kampfspiele. Ampelos gewann immer. Er setzte sich ein Geflecht von Schlangen als Kranz auf den Kopf, wie er es auch den Freund tun sah. Und ebenso tat er es ihm gleich, wenn dieser einen gefleckten Chiton trug. Er lernte, mit Bären, Löwen und Tigern vertraulich umzugehen. Dionysos machte ihm Mut; doch einmal warnte er ihn: Keines der wilden Tiere brauchst du zu fürchten, nur vor den Hörnern des wütenden Stiers nimm dich in acht.

Eines Tages war Dionysos allein, als er eine Begebenheit beobachtete, die ihm wie ein dunkles Vorzeichen erschien. Ein gehörnter Drache war in den Felsen erschienen. Auf dem Rücken trug er ein Reh. Er warf es auf einen steinernen Altar und bohrte ein Horn in den kleinen, wehrlosen Leib. Auf dem Stein blieb eine Blutlache zurück. Dionysos beobachtete das Geschehen und litt, doch in sein Leid mischte sich unbezähmbar ein Lachen, als wäre sein Herz in zwei Teile gespalten. Danach fand er Ampelos wieder, und sie streiften weiter umher, ständig auf der Jagd. Ampelos machte es Spaß, auf einer Schilfrohrflöte zu spielen, doch er spielte schlecht. Dionysos aber hörte nicht auf, ihn zu loben, weil er ihn unterdessen anschauen konnte. Bisweilen erinnerte Ampelos sich an die Warnung des Dionysos vor dem Stier, und er verstand sie immer weniger. Er kannte inzwischen sämtliche wilden Tiere, sie alle waren seine Freunde: Warum sollte gerade der Stier ihm entgehen? Und so traf er eines Tages, als er allein war, einen Stier in den Felsen. Dieser war durstig, und die Zunge hing ihm heraus. Er trank, dann richtete er seinen Blick auf den Jungen, er rülpste, und Speichel troff aus seinem Maul. Ampelos wollte ihm die Hörner streicheln. Er machte sich eine Schilfpeitsche und eine Art Zaumzeug. Über den Rücken des Stiers breitete er ein geflecktes Fell und bestieg ihn. Einige Augenblicke lang fühlte er sich berauscht wie noch bei keinem Tier vorher. Doch die eifersüchtige Selene sah ihn von oben und schickte ihm eine Bremse. Der Stier, nervös geworden, fing an zu galoppieren. Er wollte dem widerwärtigen Stachel entfliehen. Jetzt konnte Ampelos das Tier schon nicht mehr unter Kontrolle halten. Ein letzter Stoß schleuderte ihn zur Erde. Man hörte einen trockenen Laut: sein Genick war gebrochen. Nun schleifte ihn der Stier mit seinem Horn, das sich immer tiefer ins Fleisch bohrte, mit sich fort.

Dionysos fand ihn blutüberströmt im Staub, aber Ampelos war immer noch schön. Die Silene, im Kreis aufgestellt, begannen die Klagegesänge. Doch Dionysos konnte nicht mit ihnen singen. Seine Natur erlaubte ihm keine Tränen. Er dachte daran, daß er Ampelos nicht in den Hades begleiten könne, weil er ja unsterblich war: er nahm sich vor, das gesamte Geschlecht der Stiere mit seinem Thyrsos zu töten. Eros, der das Aussehen eines behaarten Silens angenommen hatte, näherte sich ihm, um ihm Trost zuzusprechen. Er sagte ihm, daß der Stachel einer Liebe nur durch den Stachel einer anderen Liebe geheilt werden könne. Deshalb solle er sich umsehen. Ist die Blume gepflückt, pflanzt der Gärtner eine neue. Da weinte Dionysos nun doch um Ampelos. Dies war das Zeichen für ein Ereignis, das sein Wesen verändern sollte und das Wesen der Welt.

Jetzt eilten die Horen ins Haus des Helios. Eine neue Begebenheit kündigte sich auf dem Himmelsrad an. Dazu mußten die Tafeln der Harmonia befragt werden, auf welche Phanes mit uranfänglicher Hand die Weltereignisse der Reihe nach eingeritzt hatte. Helios zeigte auf die Tafeln, die an einer Wand seines Hauses befestigt waren. Die Horen blickten auf die vierte Tafel: Dort waren der Löwe und die Jungfrau zu sehen, außerdem Ganymed mit einem Becher in der Hand. Sie lasen das Bild: Ampelos würde der Weinstock werden. Wie er dem Gott, der nicht weint, die Tränen brachte, würde er der Welt Freude bringen. Daraufhin kam Dionysos wieder zu sich. Als die aus dem Körper des Ampelos gewachsenen Trauben reif waren, pflückte er die ersten ab, zerdrückte sie sanft zwischen seinen Händen, mit einer Gebärde, die er schon immer zu kennen schien, und betrachtete seine rotfleckigen Finger. Dann leckte er sie ab. Er dachte: Ampelos, dein Ende ist nur ein Beweis für die Schönheit deines Körpers. Selbst im Tod hast du deine rosige Farbe nicht verloren. Kein anderer Gott, ganz gewiß nicht Athene mit ihrem nüchternen Ölbaum und ebensowenig Demeter mit ihrem stärkenden Brot, hatte etwas in seiner Macht, das dieser Flüssigkeit gleichkam. Es war, was dem Leben fehlte, wonach das Leben verlangte: der Rausch.

Vor Jugendlichkeit strahlend, im dröhnenden Klang seines Festzugs, brach Dionysos auf Naxos über die verlassene Ariadne herein. Eros umkreiste ihn wie eine weiche Hummel. In den Händen der ihm folgenden Frauen befanden sich dichtumwundene Thyrsoi, bluttriefende Stücke eines jungen Stiers, Körbe voll heiliger Gegenstände. Dionysos war aus Attika herübergekommen. Dort hatte er eine Tat vollbracht, die niemand mehr vergessen würde: er hatte die Kunst des Weinmachens enthüllt. Hinter sich ließ er eine wunderbare Flüssigkeit und den Körper eines anderen verlassenen Mädchens. Nach dem Vorbeizug des Dionysos erhängte sich Erigone an einem Baum. Doch ihre Geschichte hatte keinen fürstlichen Rahmen, noch würde sie, Vers für Vers, von einer Reihe von Dichtern überliefert werden. Erigone fand erst spät ihre Dichter, zwei von jenen Gelehrten der Spätantike, über die die Zeit inzwischen hinweggegangen war und die sich gleichsam verpflichtet fühlten, auf bis dahin verdeckt gebliebene Dinge hinzuweisen: Eratosthenes und Nonnos, zwei Ägypter.

Das Brot wurde dem attischen Land von Demeter geoffenbart, und ein heiliger Ort, Eleusis, war diesem Ereignis geweiht. Der Wein wurde Attika von Dionysos enthüllt, unter einfachen Leuten, doch nur ein Maskenfest mit Puppen und Schaukeln würde an jenen Tag erinnern. Die Sache war von etwas Anrüchigem umgeben, und der Erinnerungsritus versetzte sie in eine Welt des kindlichen, nicht geheuren Spiels.

Dionysos erschien als Unbekannter Gast im Haus eines alten Gärtners in Attika. Ikarios lebte mit seiner Tochter Erigone zusammen, er liebte es, neue Bäume zu pflanzen, sein Haus war bescheiden. Er empfing den Unbekannten mit der Geste Abrahams, der den Engel zu sich einlädt. Und er bereitete seinen Sinn für den Empfang des Gastes in seinem Haus. Aus dieser Geste fließt jede Gabe. Erigone ging, um Ziegenmilch für den Gast zu melken. Doch Dionysos hielt sie sanft auf in ihrer Bewegung, die ein Philologe eines Tages als »einen adorablen *faux pas*« bezeichnen würde. Er war im Begriff, ihrem Vater »wegen des rechtschaffenen Sinnes und der Ergebenheit, die er besaß«, etwas zu enthüllen, was niemand vorher je gekannt hatte: den Wein. Erigone schenkte dem Vater nun Becher um Becher von dieser neuen Flüssigkeit ein. Ikarios fühlte sich glücklich. Da erklärte Dionysos ihm, daß diese neue Flüssigkeit vielleicht mächtiger wäre als das Brot, das Demeter anderen Bauern enthüllt hatte, denn sie könne ebenso die Müdigkeit vertreiben wie den Schlaf bringen; außerdem löse sie die Schmerzen auf, die die Seele durchbohren, verflüssige und vertreibe sie. Jetzt aber würde es darum gehen, diese Offenbarung anderen kundzutun, wie es Triptolemos einstmals tat mit dem Korn.

War das der Augenblick, in dem Erigone von Dionysos verführt wurde? Wir wissen es nicht. Nur ein Vers des Ovid hat überlebt wie ein Stück Strandgut und erzählt uns davon. Arachne hatte die Stirn, mit Athene in der Kunst des Webens zu wetteifern. Ihr Tuch zeigte den Raub der Europa durch den Stier: Man sah, wie das Mädchen ängstlich seine Füße aus dem Wasser herauszog. Auch Leda war zu erkennen unter den Flügeln des Schwans, ebenso Danae, über die sich der Goldregen ausgoß. Asteria sah man als Gefangene eines Adlers. Und man erkannte auch Erigone, welche von Dionysos mit der Traube getäuscht wurde *(»... falsa decepe-rit uva«)*. Mehr hören wir nicht bei Ovid. Doch die Szenenfolge, die Arachne gewoben hatte, stellte in herausfordernder Absicht nur solche Geschichten dar, die für die Götter beschämend waren. Erigone also war durch jene wunderbare Traube verführt und getäuscht worden. Andere berichten uns, daß Dionysos und Erigone auch einen Sohn hatten: er hieß Staphylos, »Weintraube«, wie auch der Name eines Sohnes lautete, den andere dem Dionysos und der Ariadne zuschrieben.

Ikarios befolgte die Anweisung des Dionysos. Er bestieg seinen Wagen und fuhr durch ganz Attika, wo er diese Pflanze mit dem köstlichen Saft vorzeigte. Eines Abends trank er mit ein paar Hirten. Einige fielen in tiefen Schlaf. Es war, als würden sie nie wieder aufwachen. Die Hirten begannen Argwohn gegen Ikarios zu schöpfen. Vielleicht war er ja nur gekommen, um sie zu vergiften, damit er ihre Herden wegführen konnte? Da regte sich Mordlust in ihnen. Sie umzingelten Ikarios. Einer hatte eine Sichel in der Hand, ein anderer einen Spaten, der nächste eine Axt und wieder der nächste einen großen Stein. Gemeinsam fielen sie über den Alten her. Und am Ende durchbohrte ihn einer mit dem Spieß aus der Küche.

Im Augenblick des Sterbens erinnerte Ikarios sich einer kleinen Geschichte, die sich vor nicht langer Zeit zugetragen hatte. Dionysos hatte ihm beigebracht, wie man den Rebstock einpflanzt und pflegt. Ikarios verfolgte sein Wachstum mit jenen liebevollen Blicken, die er für Bäume hatte, und wartete darauf, daß er den Saft mit seinen Händen herauspressen könnte. Eines Tages überraschte er einen Ziegenbock, der die Blätter des Rebstocks fraß. Da wurde er furchtbar zornig und tötete das Tier auf der Stelle. Jetzt wußte er, daß er selbst der Ziegenbock war.

Aber noch etwas anderes hatte es mit dem Ziegenbock auf sich gehabt. Ikarios hatte ihn gehäutet, und als er sich das Fell des toten Tieres überstreifte, fing er an, gemeinsam mit anderen Bauern um den zerfleischten Tierleib zu tanzen. Ikarios wußte im Augenblick seines Todes nicht, daß dies der Ursprung der Tragödie gewesen war, doch wußte er, daß die Geschichte des Ziegenbocks in Beziehung zu dem stand, was jetzt mit ihm geschah, wo die Hirten ihn kreisend umschritten und jeder mit einer anderen Waffe auf ihn einschlug, bis er den Spieß sah, der ihm das Herz durchbohren sollte.

Sämtliche Versuche, den Ursprung der Tragödie zu rekonstruieren, gelangen am Ende immer an einen Scheideweg. Auf der einen Seite steht der Satz des Eratosthenes: »Die Einwohner von Ikaria tanzten damals zum ersten Mal um den Ziegenbock.« Demnach wäre die Tragödie also der Tanz und der Gesang *um* den Ziegenbock. Auf der anderen Seite steht Aristoteles, nach dessen Meinung die Tragödie der Tanz und der Gesang *der* Ziegenböcke war. Seit Generationen wiederholt sich ein müßiger, alter Streit um diesen Scheideweg, der keiner ist. »Wer sich als Satyr (Ziegenbock) verkleiden will, muß zunächst einen Ziegenbock töten und ihn häuten.« Eratosthenes und Aristoteles sagen also im Grunde das gleiche, nur daß Aristoteles die erste, entscheidende Stufe des Vorgangs ausläßt: die Tötung des Ziegenbocks. Mithin verdanken wir dem Eratosthenes (außer der ersten, annähernd genauen Messung des Erdumfangs) eine außerordentlich einfache Definition des Vorgangs, aus dem die Tragödie hervorgeht. Es gibt drei Phasen: Ikarios tötet den Bock; Ikarios häutet den Bock und bläht einen Teil der Haut zu einem Schlauch auf; Ikarios und seine Freunde tanzen um den Bock herum, stampfen auf den Schlauch, tragen

Teile des Ziegenfells an ihrem Körper. Daher ist der Tanz *um* den Ziegenbock zugleich auch der Tanz *der* Ziegenböcke. Es ist, als würde sich ein langer, verwickelter, in Dunkel gehüllter Vorgang schlagartig vor unseren Augen auf wenige Elemente reduzieren, abgenutzt zwar, aber doch in der Lage, eine ungeheure Kraft freizusetzen.

Unter allen zum Himmel aufgestiegenen Frauen war Erigone die ärmste, die, über welche wir am wenigsten wissen. Sie wurde Aletis genannt: die Umherschweifende, die umherirrende Seele, die Bettlerin. Und doch wird ihr Hund Maira einmal eine herausragende, zentrale Stelle für jedes Unheil und für jedes Wohlergehen einnehmen: er wird Sirius. Eines Tages wurde Erigone von Maira winselnd aufgeweckt. Der Vater war seit Monaten verschollen. Die Tochter suchte überall nach ihm, streifte stumm umher. Erigone fühlte, wie Maira an ihrem Gewand zog. Der Hund wollte sie zu einem Ort führen. Es war ein Schacht unter einem großen Baum, in den man Ikarios' toten Körper geworfen hatte. Erigone bestattete ihn. Danach kletterte sie auf den Baum und erhängte sich. Maira bewachte die beiden Toten und legte sich dann selbst zum Sterben hin.

Bald wurde Attika von einer einzigartigen Selbstmordwelle heimgesucht: wie die Gymnasiasten im Deutschland Wedekinds bei Frühlingserwachen, so erhängten sich in Athen die Mädchen ohne ersichtlichen Grund. Das Orakel des Apollon empfahl das Gegenmittel: ein Fest zu Ehren jener Bauerntochter sollte eingerichtet werden, die an einem Ast des großen Baums über dem Schacht hing. Im Mittelpunkt des Festes stand das Spiel der Schaukeln. Danach wurden Puppen und Masken ins Blätterdach der Bäume gehängt, welche im Wind hin und her schaukelten.

Unterdessen hatten sich die Mörder des Ikarios auf die Insel Keos geflüchtet. Es waren die Hundstage, die von Sirius beherrscht werden, und eine vernichtende Hitze überfiel die Insel. Alles war vertrocknet und starb. Dieses Mal sprach

Apollon durch seinen Sohn Aristaios, den König dieser Insel. Die Mörder des Ikarios müßten ihre Strafe finden. Gleich nach ihrem Tod fingen die kühlen Etesien an zu wehen, jener *Meltemi*, der das Leben in Griechenland erträglich macht, und seit damals kommt er, zugleich mit den Hundstagen, alljährlich wieder.

Von einem Felsen aus sieht Ariadne ihrer Schwester Phädra auf der Schaukel zu. Ihre Mutter, Pasiphae, erhängt sich. Ariadne erhängt sich. Phädra erhängt sich. Erigone erhängt sich. Zwar ist Erigone keine Prinzessin, doch wird sie es sein, die als Erhängte zum Himmel aufsteigt. Ihre himmlische Wohnung wird das Sternbild der Jungfrau sein. Ariadne ist in ihrer Nähe am Himmel, jedoch als Gemahlin des Dionysos. In Erigone haben wir die erste der Frauen, die sich erhängen. Und mit ihr kehren wir zur Schaukel zurück. Vorbild für dieses Spiel ist »die goldene Schaukel am Himmel«, von welcher der *Rigveda* erzählt. Jedesmal, wenn die Sonne sich den Wendepunkten nähert, droht sie verrückt zu werden; die Welt zittert, weil das Gestirn seine Richtung einfach beibehalten könnte, statt seinen Lauf umzukehren. Und genau dort zeichnet sich jener Kreisbogen ab, der die goldene Schaukel am Himmel darstellt. Ist die Sonne am äußersten Punkt dieser Schwingung angekommen, kehrt sie zurück, wie das athenische Mädchen, dessen Schaukel ein Satyr anschwingt. Doch damit dies geschehen kann, sind Menschenopfer vonnöten. Eine Anzahl von schuldigen Opfern, wie die Mörder des Ikarios. Doch vor ihnen auch ein vollkommen unschuldiges Opfer: Erigone. Die Schwingung kommt in der senkrechten Position der Erhängten zur Ruhe.

Der Baum, an dem Erigone hängen bleibt, ist nicht nur groß, er ist gewaltig: er durchdringt die ganze Erde, und seine Zweige verlieren sich unter den Sternbildern. Am Himmel hält Erigone eine Ähre in der Hand. Eine Weintraube wies sie ab, weil sie ihrem Vater und ihr selbst den Tod gebracht hatte. Die letzten Worte des Ikarios waren: »Der Süße [Dionysos] ist der Feind Erigones.« Die Waise, die sich erhängte, erinnert uns an den nicht absorbierten Tod, an den Tod, der frei in der Luft schwebt, mit den Seelen der Toten, mit Puppen und Masken, die an einem Baum hängen.

Erigone ist eine Isis, die das mystische Gesetz der Umkehrung in die extreme Gegenposition zur Himmelsherrscherin versetzt: Sie verkörpert die höchste Machtlosigkeit auf Erden, die des armen, umherwandernden Waisenmädchens. Allerdings war auch Isis eine Bettlerin in der Welt, als sie auf der Suche nach dem Körper ihres Bruders Osiris war. Am Himmel finden sich Isis und Erigone im selben Sternbild vereint: der Jungfrau. In ihrer Nähe sehen sie im Sirius den Hund, der ihnen zu Hilfe kam: Anubis der Isis, Maira der Erigone. Nach dem Tod des Osiris reißt Isis sich ein Lockenbüschel aus. Ebenso reißt Erigone sich nach dem Tod des Ikarios ein Lockenbüschel aus. Nicht weit von der Jungfrau und dem Hund entfernt finden wir ihre Locken als Haar der Berenice verstirnt, das auch »Locke« genannt wird oder gar »Locke der Ariadne«. Und Nonnos gebraucht das gleiche Wort, *bótrys,* sowohl im Sinn von »Locke« wie im Sinn von »Weintraube«. Dionysos folgte Erigone sogar zum Himmel hinauf, zum Zeichen der Trauer.

Dionysos kam zu den Anthesterien nach Athen, zugleich mit den Seelen der Toten, und mit ihnen verschwand er auch wieder. Die großen, versiegelten Amphoren wurden geöffnet, der junge Wein strömte heraus. Man transportierte ihn auf Eselskarren zum Dionysos-Heiligtum in den Sümpfen und pries den Gott. Es handelte sich um einen unwirklichen Ort: Da, wo sich das kleine Heiligtum erhob, gab es keinen Sumpf, und es hatte dort niemals einen gegeben. Aber die Götter wohnen in einer anderen Natur, jenseits der unseren: zu ihr gehörte der Sumpf, aus dem Dionysos emporsteigen sollte. Bauern kamen zusammen, Sklaven und Arbeiter der Groß-

grundbesitzer. Sie tanzten und warteten auf das Fest. Das Heiligtum wurde bei Sonnenuntergang geöffnet, und nur an diesem einen Tag des Jahres. Ein unreiner Tag. Die mit frischem Pech bestrichenen Türen der Häuser erinnerten an die umherirrenden Geister, die am Ende verjagt werden würden. Alle anderen Heiligtümer waren verschlossen und mit Seilen gesichert. Der Lebensnerv der Stadt war gelähmt.
Ein Trompetensignal am Abend gab den Auftakt zu einem Trinkerwettstreit. »Der König trinkt, die Königin lacht!« Aber sie tranken, ohne zu sprechen, ohne Gesang, ohne Gebet. Viele hatten sich unter den zahlreichen Dächern zusammengefunden, ein jeder mit seinem großen Krug. Und dennoch herrschte die gleiche Stille, die der Ausrufer während der Opferzeremonien forderte. Selbst die Kinder hatten ihren Tisch und einen Krug, doch schwiegen auch sie. Ein unsichtbarer Gast weilte unter ihnen: Orest, der Befleckte, der einst Zuflucht in Athen gesucht hatte. Niemand hatte es gewagt, ihn bei sich aufzunehmen, niemand aber auch, ihn davonzujagen. Athen liebt die Schuldigen. Allein an einem Tisch sitzend, mit einem Krug nur für ihn, hatte der Muttermörder schweigend getrunken. Und dies war am ersten Tag des Festes gewesen, der Choen. Wein und Blut vermischten sich miteinander, wie damals, als Ikarios von den Hirten getötet worden war. Aus den großen Amphoren waren, zusammen mit dem Wein, auch die Toten hervorgequollen, die nun hinter Masken verborgen umhergingen. Oftmals waren es Frauen: Nymphen oder andere Geschöpfe des Dionysos. Sie baten um Speisen und Wein, Bettlerinnen wie Erigone. Keine von ihnen durfte unerhört bleiben. Am Ende brachten alle ihre Krüge und Efeukränze zum Heiligtum des Dionysos zurück, wie zerbrochenes Spielzeug. Taumelnd und torkelnd erschienen sie am Abend im Schein der Fackeln, als die vierzehn vom König erwählten Ehrenjungfrauen ihr geheimes Gelöbnis auf die Schilfkörbe ablegten. Danach bewegte sich ein neuer Festzug vom Heiligtum zum Haus des Archonten und Königs auf der *Agorá.* Und dort, in seinem

Innern, im Bett des Königs selbst, würde Dionysos dessen Platz einnehmen und die Königin, die Basilinna, besitzen. Dieser Ort war kein Tempel, sondern das Haus eines hohen Beamten, und die Basilinna war keine Priesterin des Gottes. Zum Schauplatz seiner Präsenz bestimmte Dionysos, für eine Nacht, das Bett eines bedeutenden Bürgers. An jenem Tag war er von einem Schiff in Piräus an Land gegangen als ein von weither gekommener Seemann. Sein Schiff war feierlich bis zur Stadt hinaufgezogen worden. Nun forderte er eine Liebesnacht, von der niemand wissen durfte. Ein noch nasser Bug schob sich durch die Tür eines Schlafzimmers im Zentrum der Stadt.

Dionysos kommt und nimmt. Groß war der Skandal, als sich in der Rolle der Basilinna eines Tages die Tochter der Neaira fand, einer gefeierten Hetäre, die nicht einmal aus Athen stammte. Diese hatte ihren Körper schon viele Male verkauft und sich beizeiten bemüht, auch den ihrer Tochter zu verkaufen, bis es dem Kuppler und Verleumder, der ihren Ehemann spielte, gelungen war, das Mädchen mit einem Athener aus dem alten Geschlecht der Koroiniden zu verheiraten, der dann Archon und König wurde. So hatte sich der Gott von einem Mädchen empfangen gesehen, das es längst gewohnt war, mit Kunden und Zuhältern umzugehen.

Dionysos, von den Frauen von Argos gefeiert als ein aus dem Wasser emportauchender Stier, ist der Gott, der mit den Frauen auf vertrautestem Fuß steht. Seine Feinde »behaupteten, daß er die Mysterien und Riten einführte, um so die Frauen der anderen zu verführen«. Wenn die Chariten ihm ein Geschenk machen, ist es eben ein Peplos, ein Frauengewand. Dionysos fällt nicht über die Frauen her wie ein Beutejäger, der ihren Oberkörper umklammert, dann plötzlich losläßt und schon wieder weit weg ist. Dionysos stellt ihnen ständig nach, weil ihre physische Beschaffenheit in ihm zusammenfließt. Der Saft der Rebe ist ihm eigen wie alle Säfte des Lebens. Als »Herrscher über das Feuchte« ist Dionysos selbst flüssig, ein umschließender Strom. »Verrückt nach Frauen«, »verrückt nach Mädchen«, so wird er mehrfach von Nonnos genannt, der ihn als letzter rühmte und pries. Die christliche Bosheit des Klemens von Alexandria gedenkt des Dionysos als *choiropsáles,* »der, der die Vulva berührt«, mehr noch: der sie mit seinen Fingern so zum Zittern zu bringen versteht wie die Saiten einer Lyra. Und in Sikyon wurde er auch als »Ephor der weiblichen Körperteile« verehrt. Dionysos ist der einzige Gott, der sich nicht als männlich erweisen muß, auch im Krieg nicht. Als sein Heer nach Indien aufbricht, gleicht es einem Festzug von lärmenden Mädchen.

Der Phallus des Dionysos ist in erster Linie halluzinogen, und erst danach gebieterisch. Seine Natur ist dem Pilz verwandt, dem Parasiten, dem giftigen Kraut, das in der Höhlung des Thyrsos gepflückt wird. Er kennt nicht die agrarische Treue, er legt sich nicht in die gezogene Furche, in der Jasion die Demeter begattet, er bahnt sich den Weg nicht durch blühendes Korn, sondern durch unzugänglichste Wälder. Er ist eine metallische Spitze, verhüllt unter harmlosen grünen Blättern. Er will nicht berauschen, um das Wachstum zu fördern; vielmehr stützt das Wachstum erst den Rausch, so wie der Stiel den Kelch. Dionysos ist kein Gott, der sich fürs Weben und Knüpfen schickt, sein Geschäft ist das Lösen und Aufheben. Die Weberinnen sehen in ihm ihren Feind. Und doch kommt der Augenblick, da sie vom Webstuhl aufspringen und ihm auf die Berge nachjagen. Dionysos ist der Strom, dessen Fließen wir in der Ferne vernehmen, wie fernes Rollen; und eines Tages kann er alles überfluten, als wäre der Zustand, in dem die Dinge offen und in nüchterner Begrenzung zutage liegen, nur ein kurzes Zwischenspiel, dem ein rasches Ende bevorsteht.

Über Jahrhunderte hatten die Dichter, die Philosophen und die Mythensammler die Szene der badenden Göttin erzählt und kommentiert, in all ihren vielen Varianten: Ob es Artemis war, die von Aktaion heimlich beobachtet wurde, oder Athene unter den Augen des Teiresias oder Persephone unter denen des allsehenden Zeus. Und doch mußte man erst bis zum Grabgesang der heidnischen Welt, ein Jahrhundert nach Konstantin, gelangen, damit in den Versen des Nonnos die dem Bad vorausgehende Szene sichtbar werden konnte. Es war nicht nur die Mittagshitze, welche die mythischen Körper zum Wasser trieb. Im Fall der Semele ging es vor allem darum, Blut abzuwaschen, viel Blut.

Aber wie hatte alles angefangen? Die Prinzessin Semele führte ihre Mauleselinnen durch die Straßen von Theben und schwang dabei eine silberne Peitsche. Plötzlich erinnerte sie sich eines sonderbaren Traums aus der vergangenen Nacht. Darin war ihr ein ausladender Baum erschienen, zwischen seinen Blättern hing eine große, noch unreife Frucht, bedeckt von der Feuchtigkeit des Taus. Ein Feuerstrahl von oben verbrannte den Stamm, doch die Frucht blieb unversehrt. Die Flügel eines Vogels waren zu sehen, welche die Frucht zum Himmel davontrugen. Oben wurde die Himmelsdecke von einem männlichen Schenkel zerrissen, der dort herausragte, und eine Hand nähte die Frucht in ihn ein, das Versteck mit goldenen Spangen sichernd. Dann öffnete sich die geschwollene Stelle, und heraus kam die stierförmige Gestalt eines Mannes. Semele wußte, daß sie selbst dieser Baum war.

Sie erzählte diesen Traum ihrem Vater. Kadmos ließ Teiresias rufen. Semele konnte sich die Antwort vorstellen: ein Opfer. Wenn etwas ungewiß ist und Furcht erregt, tötet man ein Tier. Doch welches Tier? Einen Stier, sagte Teiresias. Und Semele müsse ihn mit eigener Hand opfern. Sie selbst entzündete das Feuer auf dem Altar. Sie stand in unmittelbarer Nähe des Opfertiers, und im Augenblick der Tötung schoß ein Blutstrahl auf ihren Bauch. Als sie über ihre Zöpfe strich, fühlte sie, daß ihre Haare beschmiert waren. Und als sie an sich herunterblickte, sah sie, daß ihr Chiton ganz voll

Blut war. Da lief sie, im Schutz des hohen Schilfes, zum Asopos. Bald darauf war das Blut vergessen. Sie schwamm in diesem Wasser, das ihr seit je vertraut war, mit emporgehobenem Kopf gegen die Strömung. Im Wind schüttelte sie das Entsetzen der Nacht ab.

Von oben sah Zeus der Semele beim Baden aufmerksam zu. Der Stachel der Liebe hatte ihn verletzt. Die ausgebreitet unter ihm liegende Erde kümmerte ihn nicht mehr, er starrte nur auf jenen kleinen Wasserlauf mit Schwimmerin. Semele wurde von ihren Mauleselinnen beäugt, die geduldig auf ihre Herrin warteten, und von Zeus. Der Blick des Gottes glitt über die nasse Haut, von den Fingern bis hinauf zum entblößten Hals. Nur die Geheimnisse ihres Schoßes überging er. Und er hielt bei der Brust inne, die wie eine Rüstung glänzte. Von den Spitzen ihrer Brüste flogen ihm scharfe Speere entgegen und bohrten sich in die von Eros geöffnete Wunde. Diese Prinzessin war ihm einen Augenblick lang wie eine andere Prinzessin vorgekommen, wie Europa, die er in Sidon geraubt hatte. Nein, dies war nicht Europa, doch das Blut ihres Geschlechtes verband sie miteinander – Kadmos war nämlich der Bruder der Europa – ebenso wie der Glanz ihrer Schönheit, die Patina dieses Glanzes. Zeus verließ im Geist den Himmel, um neben Semele herzuschwimmen. Er blickte ungeduldig auf die Sonne, denn nur in der Nacht würde er Semeles Schlaflager erreichen können.
Im Dunkel hoben sich lautlos die Sperrbalken des Palastes von Theben. Zeus beugte sich über das Nachtlager Semeles als Stier mit menschlichen Gliedern. Dann war er ein Panther. Danach ein Jüngling mit Rebschößlingen in den Lokken. Schließlich verharrte er in der vollkommenen Gestalt: der der Schlange. Zeus verlängerte den Liebesakt wie eine unendliche Geschichte: Er rekapitulierte die Geschichte des Gottes, der gerade gezeugt wurde. Die Schlange glitt über Semeles zitternden Körper und berührte sie zärtlich mit der Zunge am Hals. Dann umschlang er ihren Oberkörper mit

einer seiner Windungen, band einen Schuppengürtel um ihre Brüste und spritzte eine honigartige Flüssigkeit über sie. Diese Flüssigkeit war jedoch kein Gift. Nun preßte die Schlange ihren Mund auf den Mund der Semele, und ein Speichel aus Nektar floß hinüber auf ihre Lippen und wirkte in ihr als Gift, während auf dem Nachtlager sich Blätter des Weinstocks emporrankten und Tamburinklänge durch die Dunkelheit drangen. Die Erde lachte. Dionysos wurde in dem Augenblick empfangen, als Zeus den Namen ausrief, mit dem er über Jahrhunderte hinweg angerufen werden sollte: »Euoi!«

III

Delos war ein menschenleerer Felsrücken, der in der Strömung trieb wie ein Asphodelenstiel. Dort, wohin nicht einmal Dienerinnen flüchten, um sich im Unglück zu verstekken, wurde Apollon geboren. Zu dieser vergessenen Klippe waren vor Leto die Seehunde gekommen, um ihre Jungen zur Welt zu bringen. Doch eine Palme stand dort. An ihr hielt sich die Mutter fest, allein, und stützte ihre Knie auf das dürre Gras. Und Apollon erschien. Da verwandelte sich alles in Gold, angefangen von den Fundamenten. Aus Gold auch das Wasser des Flusses und die Blätter des Ölbaums. Dieses Gold sollte sich bis in die Tiefen des Meeres verbreiten und Delos fest verankern. Von da an war es keine dahintreibende Insel mehr.

Der Olymp unterscheidet sich von jeder anderen himmlischen Wohnstatt durch die Gegenwart dreier unnatürlicher Gottheiten: Apollon, Artemis, Athene. Auf keine Funktion zu reduzieren, gebieterische Hüter des Einzigen, haben sie jenen dünnen, undurchsichtigen Vorhang zerrissen, den die Natur um ihre eigenen Kräfte webt. Glasur und Leere, Profil und Pfeil – das sind ihre Elemente, nicht Wasser oder Erde. Etwas Autistisches steckt in den unnatürlichen Göttern des Olymps. Apollon, Artemis und Athene schreiten in ihren Glanz gehüllt einher. Sie blicken auf die Welt, wenn sie ihr einen Schlag versetzen müssen, doch sonst richtet sich ihr Blick in die Ferne, wie auf einen unsichtbaren Spiegel, wo sie ihre Gestalt, getrennt von allem übrigen, wiedererkennen. Wenn Apollon und Artemis ihren Bogen zum Töten spannen, sind sie unbeschwert, in Gedanken versunken, ihr Auge ruht auf dem Pfeil. Ringsum sind Niobes Kinder bereits durchbohrt, an einem Felsen oder auf der nackten Erde niedergesunken. Die Falten des Gewandes der Artemis zittern nicht einmal: die gesamte Spannung liegt im linken Arm, mit dem sie den Bogen hält, und im rechten, der sich hinter die

Schulter zurückbiegt, wo ihre Finger einen neuen todbringenden Pfeil aus dem Köcher ziehen.

Auf den Knien des Zeus saß das kleine Mädchen Artemis. Vor sich sah sie ihre Wünsche und zählte sie dem Vater alle auf: für immer Jungfrau bleiben; viele Namen tragen, um den Bruder herauszufordern; einen Bogen und Pfeile besitzen; die Fackel tragen und dazu einen Chiton mit Fransen bis zum Knie, um wilde Tiere zu jagen; ein Gefolge von sechzig Okeaniden; und, als Dienerinnen, zwanzig Nymphen aus Amnisos, die sich um die Sandalen und die Hunde kümmern sollen; über alle Berge verfügen; auf Städte könnte sie aber verzichten. Während sie sprach, versuchte sie vergebens, den Bart des Vaters zu fassen. Zeus lachte und nickte zustimmend. Er würde ihr alles geben. Artemis verließ ihn, sie wußte, wo sie hingehen mußte: zunächst auf die gipfelreichen Berge Kretas, danach bis zum Okeanos. Und dort wählte sie sechzig Nymphen aus. Sie alle waren neun Jahre alt.

Die ewige Jungfräulichkeit, welche die kleine Artemis als erstes Geschenk von ihrem Vater Zeus erbittet, ist das unüberwindliche Zeichen der Distanz, die Begattung, *mîxis*, ist »Vermischung« mit der Welt. Jungfrau ist das Zeichen der Absonderung und Erhabenheit. Was als Korrelat mit ihm einhergeht, wenn das Göttliche die Welt berühren will, ist die Vergewaltigung. Im Bild des Raubes wird das kanonische Verhältnis des Göttlichen mit der durch Opfer reif und gar gewordenen Welt festgehalten: Jetzt ist der Kontakt zwar erlaubt, aber es ist nicht mehr die gemeinsame Tafel, vielmehr ist es der rasche, zwanghafte Übergriff, der die Blüte des Geistes knickt.
Es gibt zwei Formen der Beziehung zwischen Göttern und Menschen: das gesellige Mahl und die Vergewaltigung. Die dritte Form, die der modernen Zeit, ist die Gleichgültigkeit, aber sie impliziert, daß die Götter sich bereits zurückgezo-

gen haben. Mithin wird es, wenn sie gleichgültig sind, auch für die Menschen gleichgültig, ob sie leben oder nicht. Das ist die eigentümliche Situation der Moderne. Um zu den früheren Zeiten zurückzukehren: es gibt eine Zeit, da saßen die Götter neben den Sterblichen, bei einem Festmahl wie dem für die Vermählung von Kadmos und Harmonia in Theben. Götter und Menschen erkennen sich sofort, manchmal haben sie gemeinsame Abenteuer erlebt, wie Zeus und Kadmos eben, und in diesem Fall war es der Mensch, der dem Gott eine wertvolle Hilfe leistete. Sie machen sich die Teile des Universums nicht streitig, die bereits zugeteilt sind, sie kommen lediglich zu einem gemeinsamen Fest zusammen und kehren hinterher wieder zu ihren Geschäften zurück. Dann gibt es noch eine andere Phase: die, in der der Gott *nicht* unbedingt erkannt zu werden braucht. Da muß denn der Gott die Rolle übernehmen, die er bis auf den heutigen Tag nicht mehr aufgegeben hat: die des Unbekannten Gastes. Eines Tages luden die Söhne Lykaons, des Königs von Arkadien, einen unbekannten Landarbeiter, in dem Zeus sich verbarg, zum Festmahl. »Weil sie herausfinden wollten, ob sie einen wirklichen Gott bewirteten, opferten sie einen kleinen Jungen und vermengten sein Fleisch mit dem der heiligen Opfertiere, denn sie dachten sich, daß ihre Tat schon entdeckt werden würde, wenn der Besucher ein wirklicher Gott war.« Zeus, wutentbrannt, stürzte den Tisch um, und dieser Tisch war die Ebene der Ekliptik, die von da an geneigt blieb. Es folgte eine gewaltige Überschwemmung.

Nach diesem Festmahl erscheint Zeus nur noch selten als Unbekannter Gast. Diese Rolle ist, von Ausnahmen abgesehen, auf andere Götter übergegangen. Wenn Zeus jetzt den Fuß auf die Erde setzen möchte, ist seine Erscheinungsform oft die der Vergewaltigung. Dies ist das Symbol für den göttlichen Übergriff, für die verbliebene Fähigkeit der fernen Götter, in den Geist und den Körper der Sterblichen einzudringen. Die Vergewaltigung ist ein Besitz, der eine

Besessenheit ist. Nachdem die gesellige Vertrautheit mit dem Göttlichen weggefallen ist und auch der zeremonielle Kontakt der Opferung nachgelassen hat, ist die Seele dem Wind der Gewalt ausgesetzt, der liebenden Verfolgung, dem Stachel der Besessenheit. Von solchen Geschichten ist die Mythologie durchwoben: sie erzählen, wie die Seele und der Körper auf Erden immer noch das Göttliche erleiden, auch wenn sie es längst nicht mehr suchen und die rituellen Wege des Kontakts unsicher geworden sind.

Die Götter des Olymps, die Zwölf, akzeptierten es, ganz als Menschen zu erscheinen. Zum ersten Mal verzichtete eine Götterschar auf Abstraktion und Tierköpfe. Nichts Undarstellbares mehr auf dem Grund einer Blüte oder einer Swastika, nicht länger eine mißgestaltete Kreatur oder ein vom Himmel gefallener Stein oder ein Strudel, sondern eine glatte, kalte Haut oder eine unwirkliche, angenehme Wärme. Und ein Körper, an dem man Muskelwölbungen und lange Adern erkennen konnte.
Auf lange Zeit war das ein neuer Rausch und ein neuer Schrecken. Alle vorhergehenden Gestalten erschienen schüchtern und vorsichtig, sie ließen sich nicht auf das höchst gewagte Spiel ein, das eben darin lag, sich in der Welt der Menschen zu tarnen, nachdem der gesamte Kreis der Metamorphose durchschritten war. Und diese letzte Vermummung war erregender als jede andere. Sie war auch die gefährlichste. Es konnte nämlich auch vorkommen, daß die göttliche Verschiedenartigkeit in ihrer ganzen Fülle nicht mehr erfaßt wurde. Auf der Erde begegneten sie jemandem, der sie allzu vertraut anstarrte und sie womöglich herausforderte. Dem waren vor allem Apollon, Artemis und Athene ausgesetzt, die unnatürlichen Götter, die sich auf die Distanz gründeten. Es konnte passieren, daß irgendein dahergelaufener Hirte für sich in Anspruch nahm, die Hirtenflöte besser zu spielen als Apollon; dagegen kam es nicht vor, daß irgendeine Hetäre den Anspruch erhob, Aphrodite in ihren

eigenen Werken zu unterweisen. Die Erdenwesen stellten eine Versuchung dar: Sie waren anziehend, weil sie voller Geschichten und Ränke waren, und auch, weil sie sich bisweilen in eine starrsinnige Vollkommenheit einkapselten, die sich nicht auf den Himmel berief; aber sie waren auch heimtückisch, bereit, hinterrücks anzugreifen und Hermen zu verunstalten. Es entwickelte sich ein Gefühl, das die voraufgegangenen Zeiten nicht kannten: das des verkannten, provozierten, bagatellisierten Gottes. Auch darum folgten zahllose Racheakte und Strafen aufeinander, wie Depeschen von einem unablässig arbeitenden Büro.

Daß Theseus ein Geschöpf des Apollon war, läßt sich aus vielen Zeichen und Ehrfurchtsbezeigungen erkennen, die sich durch seine Abenteuer ziehen. Theseus hat ständig mit Ungeheuern zu tun, und Apollon ist der erste, der Ungeheuer tötet. Die Locke, die ihm in die Stirn hing, bietet der junge Held dem Apollon in Delphi dar. Als er in Athen erscheint, schleudert Theseus einen Stier in die Luft: doch ist es bezeichnend, daß dies im Innern eines Tempels des delphischen Apollon geschieht. In diesen Tempel kehrt Theseus vor seiner Abreise nach Kreta zurück, mit einem in ein Wolltuch eingewickelten Zweig vom heiligen Ölbaum, damit der Gott ihm beistehe. Als er den Stier von Marathon einfängt und die Athener ihn bejubeln, läßt er ihn dem Apollon opfern. Nachdem er den Minotauros getötet hat, führt Theseus auf Delos den Kranichtanz auf, der als Chiffre das Geheimnis des Labyrinths in sich schließt. Und Delos ist die erste Stätte Apollons.
Doch Apollon schweigt. In Theseus' ganzem Leben wird Apollon nur einen Satz sprechen: »Nimm dir Aphrodite als Führerin.« Das ist der entscheidende Satz. Sämtliche Abenteuer des Theseus sind von einer erotischen Aura umgeben. Bei der kretischen Unternehmung ist Apollon derjenige, der aus dem Schatten heraus die Führung übernimmt. Die Aufgabe ist zu heikel, als daß der Gott sich zu erkennen geben

könnte. Auf dem Schauplatz tritt der Gegensatz zwischen Dionysos und dem Helden Theseus zutage; im Dunkeln wird ein Pakt zwischen Apollon und Dionysos geschlossen. Dabei ging es um die *translatio imperii* von Kreta nach Athen: Die Götter lösten sich ab, von den okkulten Windungen des Labyrinths zur frontalen Klarheit der Akropolis. Und dies alles wurde möglich durch Theseus, weil man von anderen Dingen erzählen sollte: von geopferten Mädchen, Liebschaften, Duellen, verlassenen Geliebten und Selbstmorden, und das menschliche Melodram hatte die Aufgabe, mit seinen Arien und seiner Geschwätzigkeit den stummen Kern des göttlichen Pakts zu verhüllen.

Diese Wachablösung, welche mit der Fahrt des Theseus nach Kreta stattfindet, setzt eine Affinität zwischen Apollon und Dionysos jenseits des offenkundigen Gegensatzes voraus. Doch diese Affinität wollen sie nicht deutlich machen, auch weil sie ihnen nicht zur Ehre gereicht. Hier sind die beiden Götter vor allem dadurch miteinander verbunden, daß sie beide von einer Sterblichen verlassen wurden. Ariadne verrät Dionysos um Theseus' willen; Koronis betrügt Apollon mit dem sterblichen Ischys. Um die geliebte Frau und Verräterin zu töten, rufen sie Artemis herbei, die göttliche Meuchelmörderin, die immer bereit ist, den Bogen zu spannen. Und beim Tod der durchbohrten Frau sind sie schweigend zugegen. Es kann für die beiden Götter keine größere Komplizenschaft geben als diese: sich mit der gleichen Geste an dieselbe Mörderin gewandt zu haben, um die Frau, die sie geliebt haben, umbringen zu lassen.

Koronis wusch sich die Füße im Boibias-See. Apollon erblickte sie, und es verlangte ihn nach ihr. Für ihn war sein Verlangen eine plötzliche Regung, die ihn unerwartet durchfuhr und von der er sich auf der Stelle befreien wollte. Er senkte sich auf Koronis herab wie die Nacht. Die Annäherung zwischen ihnen war stürmisch, berauschend und schnell. Im Kopf des Apollon überlagerten sich die Inbesitznahme eines Körpers und das Abschnellen eines Pfeils. Die Begegnung ihrer Körper war nicht Mischung wie bei Dionysos, sondern Zusammenprall. So hatte er eines Tages Hyakinthos getötet, den Jüngling, den er am meisten liebte: beim Spiel, indem er einen Diskus warf.

Koronis war von Apollon schon schwanger, als sie sich zu einem Fremden hingezogen fühlte, der aus Arkadien kam und Ischys hieß. An Koronis' Seite wachte ein schneeweißer Rabe. Apollon hatte ihn der Geliebten als Wächter zugeteilt, »damit niemand ihr Gewalt antue«. Der Rabe sah, daß Koronis sich Ischys hingab. Da flog er nach Delphi zu seinem Herrn, um sie zu verraten. Er sagte, er habe Koronis' »verborgenes Tun« entdeckt. Apollon warf in seinem Zorn das Plektron weg. Der Lorbeerkranz fiel in den Staub. Haßerfüllt blickte er den Raben an, dessen Federn sich pechschwarz verfärbten. Dann bat Apollon seine Schwester Artemis, Koronis in Lakereia zu töten. Der Pfeil der Artemis drang in die Brust der Verräterin. Und mit ihr zugleich erschoß sie viele andere Frauen längs der abfallenden Ufer des Boibias-Sees. Bevor sie starb, hauchte Koronis dem Gott zu, daß er auch ihr gemeinsames Kind getötet habe. Da versuchte Apollon, sie wiederzubeleben, jedoch vergebens. Seine ärztlichen Künste erwiesen sich als unzureichend. Doch als der mit Duftessenzen eingeriebene Körper der Koronis auf den Scheiterhaufen gelegt wurde, der so hoch war wie eine Mauer, und das Feuer ihn bereits angriff, öffneten sich die Flammen vor der gierigen Hand des Gottes, damit er aus dem Schoß der Toten unverwundet Asklepios herausreißen konnte – den, der heilt.

Ariadne, Koronis: zwei Geschichten, die sich gegenseitig rufen und antworten. Nicht nur gibt es einen gemeinsamen Meuchelmörder: Artemis, sondern vielleicht auch einen gemeinsamen Verführer der vom Gott geliebten Frau: Theseus. Ischys ist eine ungewisse Figur, von der wir kaum

mehr wissen als den Namen. Dagegen wissen wir viel über Theseus: es heißt, daß er Ariadne verließ, »sobald er in ungeheuerer Liebe zu Aigle entbrannte, der Tochter des Panopeus«. Worte, die man bei Hesiod liest, doch Peisistratos wollte genau diesen Vers ausmerzen. Wurde hier über den Helden zu viel enthüllt? Eine in Epidauros gefundene Marmorstele, unter der der Name des Isyllos steht, erklärt uns, daß Aigle (oder Aigla) »sich wegen ihrer Schönheit auch Koronis nannte« und den Asklepios geboren hatte. Aigle bedeutet »Glanz«, wie Ariadne-Aridela »die Glänzende« ist. Koronis deutet auf eine Schönheit hin, die jenseits des diffusen Glanzes angesiedelt ist: auf die Ausprägung einer Form. Aber wer ist »Aigle, Tochter des Panopeus«? Ihr Vater war der König, nach dem die kleine Stadt Panopeus in der Phokis benannt ist: »Panopeus' lieblicher Tanzplatz«, heißt es bei Homer. Auf diesem Platz tanzten die Thyiaden, Adeptinnen des Dionysos. Es war eine Station auf dem langen Festzug, der sie von Athen nach Delphi führte, damit sie »dort geheime Riten für Dionysos vollzögen«. Und schon erinnern wir uns an den Platz, wo Ariadne das Labyrinth tanzend darstellte. Außerdem erklärt uns Pausanias, daß die Einwohner von Panopeus »keine Phoker sind, sondern ursprünglich Phlegyer waren«. Und schon erinnern wir uns, daß Koronis die Tochter von Phlegyas dem Thessalier war, dem Helden, nach dem sich die Phlegyer benannten. Mit seinem Volk wanderte Phlegyas in die Phokis und herrschte dort.
Koronis, Aigle: Töchter eines phokischen Königs, in der Nähe eines Platzes, auf dem die Adeptinnen des Dionysos tanzten, an der Straße zum Heiligtum des Apollon. Es besteht eine Zwillingsverwandtschaft zwischen Koronis und Aigle, wie auch zwischen Koronis-Aigle und Ariadne, die wiederum auf eine verborgenere Zwillingsverwandtschaft ihrer göttlichen Liebhaber hindeutet: Dionysos und Apollon. Ist denn Koronis nicht der Name einer der Nymphen, die auf Naxos den Dionysos großzogen? Und begegnen wir unter den anderen Ammen des Dionysos nicht wiederum

dem Namen Aigle? Und ist Koronis nicht auch der Name eines der Mädchen auf dem Schiff des Theseus bei der Rückkehr von Kreta? *Koróne* ist der gebogene Schnabel des Raben, aber es ist auch der Blumenkranz. Und war denn Ariadnes Geschichte nicht eine Geschichte von Kränzen? *Koróne* ist auch das Heck des Schiffes und der Höhepunkt des Festes. *Koronís* ist das geschlängelte Zeichen, welches das Ende eines Buches markierte: Siegel der Vollendung. Auf einer attischen Vase sehen wir Theseus, der ein Mädchen raubt, das Korone heißt, während zwei andere seiner Frauen, Helena und die Amazone Antiope, vergeblich versuchen, ihn zurückzuhalten. Korone wird von den Armen des Helden umschlossen und in die Luft gehoben, und dennoch verweilt sie, mit drei Fingern der linken Hand, im zierlichen Spiel mit den Locken des Zopfes von Theseus. Peirithoos, der seinen scharfen Blick rückwärts wendet, gibt dem Entführer Rükkendeckung. »Ich habe gesehen, laufen wir«, steht neben dieser Szene, geschrieben von der Hand des anonymen Künstlers, in dem wir – der Stil läßt keinen Zweifel – Euthymides erkennen.

Ariadne und Koronis haben den fremden Mann dem Gott vorgezogen. Für sie ist der Fremde die »Stärke«, die Ischys seinen Namen gibt. Und Theseus war der Starke schlechthin. Unter allen Frauen, mit denen die Götter sich vereinigt haben, war Koronis vielleicht die unverschämteste. Bereits vom »reinen Samen« Apollons schwanger, elegant in ihre Peplen gehüllt, so wie Pindar sie in die Erinnerung ruft, fühlt sie »die Liebe zum Fernen« und folgte dem aus Arkadien kommenden Fremdling auf eine Bettstatt. Pindars Sentenz kommentiert: »Es ist aber ein Geschlecht bei / Menschen das eitelste, / Welches, verachtend das Heimische, / Nachschaut dem Fernen, / Vergebliches jagend / Mit unerfüllbaren Hoffnungen.« Für Koronis war das Naheliegende der Gott, von dem sie bereits einen Sohn, den künftigen Asklepios, in ihrem Körper trug. Es ist, als würde die Fülle des griechischen Himmels hier, aus einer Laune heraus, einen Sprung bekommen. Der arkadische Fremdling war noch fremder als der Gott und daher berückender. Die Glasur der göttlichen Erscheinungen ist von plötzlichen Rissen überzogen. Aber dadurch atmet er mit der Natürlichkeit der Literatur, die den imponierenden Gestus des heiligen Textes nicht kennt.

Von Koronis blieb ein Haufen Asche übrig. Doch Jahre später sollte auch von Asklepios nur ein Haufen Asche übrigbleiben, weil er es gewagt hatte, einen Toten wieder zum Leben zu erwecken, woraufhin Zeus ihn mit dem Blitz erschlug. Dies eine Mal weinte Apollon, »zahllose Tränen vergoß er, als er zum heiligen Volk der Hyperboreer kam«. Es waren Tropfen aus Bernstein, die in den Eridanos rollten. Ringsumher stank es noch immer nach der Leiche Phaetons, der in diesen himmlischen wie irdischen Fluß gestürzt war. Und seinen Tod beklagend, rauschten hohe Schwarzpappeln auf, in denen man die Töchter des Helios erkennen konnte.

Das Schicksal der Einäscherung durchzieht die Geschichten von Apollon und Dionysos wie eine böse Narbe. Semele, die immerhin die Mutter des Dionysos war, wird zu Asche; Koronis und Asklepios werden zu Asche, und sie sind die Geliebte und der Sohn des Apollon. Das Himmelsfeuer fällt auf den nieder, der aus dem Bereich des Menschlichen ausbricht. Und dies kann sowohl durch den Verrat an einem Gott geschehen als auch dadurch, daß man einem Menschen das Leben wiederschenkt oder einen Gott hinter dem Schleier der Erscheinung sieht. Außerhalb der Grenzen des Erlaubten herrscht das Feuer. Apollon und Dionysos leben oftmals am Rand dieser Linie, auf göttlicher wie auf menschlicher Seite, sie entfachen Schwankungen in den Menschen, dieses Ausbrechen aus ihren eigenen Grenzen, an dem sie noch mehr zu hängen scheinen als an ihrem Menschsein, mehr als am Leben selber. Und manchmal überträgt sich dieses riskante Spiel auch auf die beiden Götter. Apollon versteckte seine Tränen unter den Hyperboreern, während er seinen von Schwänen gezogenen Wagen durch die Lüfte lenkte. Ebenfalls den Himmel herunterfahrend, würde eines Tages aus diesem Land der Zauberer Abaris in Griechenland erscheinen, ein Bote Apollons. Durch die Luft schwirrte der gigantische Pfeil der Ekstase.

Das Leben des Theseus und das des Herakles waren von Anfang an bis zum Ende miteinander verknüpft. Als Theseus, noch ein Kind, Herakles in einem Löwenfell sah, hat er eine Axt nach ihm geworfen. Er glaubte, es wäre wirklich ein Löwe. Diese Reaktion deutete auf eine dunkle Feindseligkeit hin, die später von Bewunderung überlagert wurde. In seiner Kindheit »träumte Theseus nachts von den glorreichen Taten des Herakles, und am Tag fühlte er den Ehrgeiz, es ihm gleichzutun«. Er wurde nicht müde, Geschichten über den Helden zu hören, »vor allem, wenn sie von jenen erzählt wurden, die ihn gesehen hatten und bei manchen seiner Unternehmungen oder Reden selbst dabeigewesen waren«. Vor allem waren sie Vettern. Frühzeitig verließ Theseus das Haus seiner Eltern in Troizen und begab sich auf Wanderschaft. Von da an und für viele weitere Jahre sollten Theseus und Herakles ähnliche Taten vollbringen, die sich manchmal, wie bei einem Wettkampf, überlagerten. Wenn die beiden Helden sich in fernen Ländern trafen, glichen sie gedungenen Söldnern, die sich immer da einfinden, wo Blut fließt. Und wenn Herakles eines Tages in den Hades hinabsteigt, um Theseus zu befreien, kann dies als eine Tat gelten, die man einem alten Waffenbruder schuldig ist. Und dennoch ist die Entfernung zwischen ihnen enorm. Ihr Tun mag ähnlich aussehen, in Wirklichkeit aber war es entgegengesetzter Natur, so wie bestimmte archaische *koûroi* in die Nähe der archaisierenden ägyptischen Skulpturen derselben Zeit gerückt werden konnten, während eine unauslöschliche Diskrepanz der inneren Zeit sie voneinander trennte: die einen blickten auf eine unwiederbringliche Vergangenheit, ihre

Starrheit suchte sie ohne Hoffnung zurückzugewinnen; die anderen stellten die Spannung dar, kurz bevor sie sich löst, als wollten sie zum letzten Mal die alexandrinische Weichheit zurückdrängen, die sich über sie breiten sollte.

Herakles ist gezwungen, dem Tierkreisrad seiner Mühen bis zu den Grenzen der Welt zu folgen, er ist ein allzu menschlicher Held, blind wie alle, wenn auch stärker und fähiger als alle anderen, und in den Himmel wird er befördert wegen himmlischer Notwendigkeiten. Herakles wird niemals erfahren, wozu seine Mühen eigentlich dienen, und was ihm seine Lebenschronik als Grund hinstellt, klingt wie Spott. Alles nur wegen eines boshaften Königs. Theseus wandert zwischen der Argolis und dem Epirus hin und her, segelt nach Kreta und zum Schwarzen Meer; aber er hat einen festen Mittelpunkt: Athen. Seine Taten sind die eines Abenteurers, der auf Herausforderungen antwortet, der seinen Launen, seiner Neugier, seinem Vergnügen folgt. Wenn der alles entscheidende Schritt im Leben die Initiation ist, wird es Theseus sein, der Herakles in Eleusis einführt, der Jüngere und unter den Göttern weniger Umstrittene. Herakles allein hätte keinen Zutritt. Er würde ein Fremder bleiben, ein Uneingeweihter. Warum? Das Leben des Heroen hat, wie die Initiation, verschiedene Stufen. Auf der ersten sind Theseus und Herakles miteinander verbunden: es ist der Übergang, in dem jemand endlich aus dem Flammenkreis der Kraft heraustritt. Wie Plutarch mit der Bündigkeit der großen Griechen schrieb, »schien es, als hätte jene Zeit Menschen hervorgebracht, die wegen der Geschicklichkeit ihrer Hand, der Schnelligkeit ihrer Beine und der Kraft ihrer Muskeln die normale Natur übertrafen und nie ermüdeten. Niemals aber benutzten sie ihre körperlichen Vorzüge, um Gutes zu tun oder anderen zu helfen, sondern gefielen sich in ihrer brutalen Arroganz und empfanden Freude, ihre Kraft für wilde, bestialische Unternehmungen einzusetzen, indem sie die, die ihnen in die Hände fielen, unterjochten, mißhandelten und umbrachten. Achtung, Aufrichtigkeit, Gerechtigkeit und

Menschlichkeit waren für sie Tugenden, die von denen geachtet wurden, die nicht den Mut besaßen, Böses zu tun, und Angst hatten, Böses zu erleiden, aber den nichts angingen, der über die Kraft verfügte, sich zu behaupten.« Sowohl Theseus als auch Herakles benützen die Kraft zum ersten Mal zu einem anderen Zweck als zur reinen Überwältigung. Sie werden zu »Streitern für das Leben der Menschen«. Und mehr als auf reine Kraft setzen sie auf die auf die Kraft angewandte Kunst: »Theseus soll die Ringkunst als erster erfunden haben. Und von seiner Zeit an gab es eine Unterweisung im Ringen. Vor ihm kam es nur auf Größe und reine Kraft an.«

Dies ist nur die erste Stufe im Leben eines Helden. Es ist die Stufe, auf der man mit anderen Menschen kämpft. Aber es gibt eine höhere Stufe, einen ausgedehnteren Bereich, den es zu erobern gilt, und dort genügt nicht einmal die Verbindung von Stärke und Intelligenz: das Gebiet, in dem Menschen und Götter sich begegnen und aneinandergeraten. Wiederum befinden wir uns in einem Reich der Kraft: doch dieses Mal der göttlichen Kraft. Der Held ist nicht in der Lage, dieses Reich zu betreten, sofern er allein ist, sofern er ausschließlich auf seine eigene Kraft setzt. Er bedarf der Hilfe einer Frau. An diesem Punkt trennen sich für immer die Wege des Herakles und des Theseus. Herakles erfährt die Frauen als Verhängnis. Er kann sie vergewaltigen, wie es mit Auge geschieht; er kann fünfzig während einer Nacht schwängern, wie es mit den Töchtern des Thespios geschieht; er kann zu ihrem Sklaven werden, wie es bei Omphale geschieht. In keinem Fall aber kann er sich ihre Weisheit zu eigen machen. Er weiß nicht einmal, daß in ihnen die Weisheit zu finden ist, die ihm fehlt. Tief in seinem Herzen hegt er einen dunklen Argwohn gegen die Frauen, als ahnte er voraus, daß das Geschenk einer Frau ihm den Tod bringen wird, und zwar einen qualvollen Tod. Herakles ist »der unversöhnliche Gegner der Weiberherrschaft«, weil er fühlt, daß er sie nicht verdrängen könnte. Als die Argonauten zur

Insel Lemnos kommen und sich, ohne es zu wissen, unter die Mörderinnen der eigenen Ehemänner wagen, ist Herakles der einzige, der an Bord bleibt.
Keine Verhaltensweise könnte dem Geist des Theseus entschiedener widersprechen, der selbst das Segel setzte, um auf die Suche nach den Amazonen zu gehen. Und sofort täuscht Theseus ihre Königin Antiope. Er lädt sie auf sein Schiff ein, entführt sie, weckt ihre Liebe, macht sie zu seiner Braut und zur Mutter des Hippolytos. Mehr noch, und hierin zeigt sich der wahre theseische Wesenszug: am Ende »starb Antiope wie eine Heldin«, als sie an der Seite des Theseus für die Rettung Athens kämpfte. Und sie kämpfte gegen ihre Gefährtinnen, die unterhalb der Akropolis ihr Lager aufgeschlagen hatten. Sie waren in Attika eingefallen, um ihre Königin zu rächen. Theseus weiß, daß die Frau das Geheimnis besitzt, das ihm mangelt. Daher benützt er sie bis zur letzten Konsequenz, damit sie alles verrät: ihre Heimat, ihr Volk, ihr weibliches Geschlecht, ihr Geheimnis. So wurde Herakles, als er, ein Fremdling und Unreiner, nach Eleusis kam, nur deshalb aufgenommen, weil Theseus »sich für ihn verbürgt hatte«. – »Nichts ohne Theseus!« Dieses Motto, das die Athener über Jahrhunderte wiederholten, besagt: Theseus ist nicht nur ein Held, sondern er führt den Helden in die Mysterien ein; ohne ihn könnte der ungeschliffene Held die Vollkommenheit der Initiation nicht erlangen: *teleíosis, teleté*.

Das Miasma des Heiligen verfolgt Herakles sein ganzes Leben lang, läßt ihn in Wahnsinn verfallen, am Ende tötet es ihn. Theseus dagegen scheint die blutigen Spuren, die ihn begleiten, die große Gewalt, die vielen Toten jedesmal auszulöschen. Herakles gibt den Göttern Gelegenheit zu einem langen Spiel. Theseus dagegen wagt es, sich für eines seiner Spiele sogar der Götter zu bedienen. Aber es wäre kleinlich gedacht, wenn man ihn für jemanden hielte, der aus allem seinen Vorteil zu ziehen versteht. Ihm, der Athen gegründet hatte, wurde auch das Privileg zuteil, als erster aus dieser Stadt vertrieben zu werden. »Nachdem Theseus den Athenern die Demokratie geschenkt hatte, gelang es einem gewissen Lykos, den Helden anzuzeigen und ihn verbannen zu lassen.« Am Ende wird auch Theseus getötet. Er stirbt zerschmettert zu Füßen eines Felsens, in der Verbannung. Jemand hatte ihn hinterrücks hinabgestoßen. »Zuerst blieb die Tatsache, daß Theseus tot war, vollkommen unbeachtet.« Doch sein Spiel dauert an jenem Ort fort, dem Theseus den Namen gegeben hat: Athen, die heiligste, die gottloseste aller Städte.

Herakles hat das Mitleid heutiger Menschen verdient, weil er ein spätes Opfer des Zodiakus ist. Und die Heutigen wissen nicht mehr so recht, was das bedeutet. Sie sind es nicht mehr gewohnt, ihre Unternehmungen nach den Vorgaben des Himmels zu bemessen. Herakles ist der Held als Arbeitstier: er muß in allen zwölf Teilen des Tierkreises das riesige Himmelsfeld umpflügen. Deshalb gelingt es ihm nicht, jene Distanz zu sich selbst zu finden, die der moderne Mensch fordert und die in Theseus glorios zum Ausdruck kommt. Zeichen dieser Distanz sind Launenhaftigkeit und Provokation, die sich miteinander vermischen und mit den vorgeschriebenen Unternehmungen alternieren. Für Herakles ist dagegen alles vorgeschrieben, bis hin zu der grauenhaften Verbrennung, die ihn tötet. Ihn begleitet ein schmerzlicher Ernst. Und allzu selten überkommt ihn ein Lachen. So muß denn der Held auch das Lachen der anderen ertragen.
Die Hinterbacken des Herakles waren wie ein alter Lederschild, geschwärzt, weil sie zu lange der Sonne ausgesetzt waren, dem glühenden Atem des Cacus und des kretischen Stiers. Als Herakles die beiden frechen Kerkopen gefangennahm, die ihn bestahlen und ihm den Schlaf in Gestalt lästiger Bremsen raubten, hängte er beide, nachdem er sie gezwungen hatte, wieder menschliche Gestalt anzunehmen, mit den Füßen an einem Balken auf, den er, das Gewicht

zentrierend, auf seine Schultern lud. Der Kopf der beiden kleinen Strolche baumelte in Höhe der mächtigen Hinterbacken des Helden, die das Löwenfell unbedeckt ließ. Da erinnerten sich die Kerkopen an die ahnungsvollen Worte ihrer Mutter: »Ihr meine kleinen Weißhintern, nehmt euch vor dem Augenblick in acht, wo ihr dem großen Schwarzhintern begegnet.« Die beiden aufgehängten Diebe schüttelten sich vor Lachen, während die Hinterbacken des Heroen bei seinem festen Schritt unablässig auf und nieder hüpften. Im Weitermarschieren hörte der Held hinter seinem Rücken das erstickte Kichern der beiden. Er war traurig. Nicht einmal seine Opfer nahmen ihn ernst. Er setzte die beiden Spitzbuben auf die Erde und begann mit ihnen zu lachen. Andere erzählen, er habe sie getötet.

Mythische Begebenheiten sind auch Landschaftsveränderungen. Die Burg von Argos blickte über ein Land, das wegen seiner Dürre berühmt war. Und vom trockenen Staub gelangte man zum Schlamm der Sümpfe von Lerna. Der Argolis fehlte es an klarem, fließendem und sich ständig erneuerndem Wasser. Um hier eine Änderung zu bewirken, war die blutrünstige Geschichte der Danaiden nötig. Aus Ägypten kam ein Schiff mit fünfzig Rudern an, an jedem Ruder ein Mädchen, fünfzig Schwestern, die Danaiden, mit ihrem Vater. Geleitet von »einer eingeborenen Abneigung gegen den Mann«, flohen sie vor einer Zwangsvermählung mit ihren fünfzig Vettern, den Söhnen des Aigyptos. Und bei der Flucht wollten sie an die Ursprungsstätte ihres Geschlechts zurückkehren, wo die Wanderungen ihrer Stammmutter Io ihren Ausgang genommen hatten. Sie sprachen eine fremde Sprache, ihre Haut war von der afrikanischen Sonne gebräunt. Der alte König von Argos, Pelasgos, erkannte bei ihrer Ankunft sogleich, daß sich gegen diese Invasion nichts ausrichten ließ. Pompöse Barbarengewänder flatterten ihm entgegen, Nomadenaugen aus der Wüste blickten ihn an, doch aus der Achsel des linken Arms einer jeden

Danaide ragte ein in weißes Wolltuch gehüllter Olivenzweig hervor. Dies war das einzige griechische Zeichen, und es war deutlich: sie baten um Asyl. Sie fügten hinzu, daß, würde ihrem Flehen nicht entsprochen, sie sich erhängen würden. Sie wurden noch deutlicher: sie würden sich an den Statuen des Heiligtums erhängen und dazu die Gürtel ihrer Peplen benutzen. Fünfzig erhängte Mädchen an fünfzig Statuen! Was für ein Miasma, schwer wie die dunstige Luft Ägyptens! Da ließ man es besser auf einen Krieg ankommen.
Pelasgos empfing die wunderschönen Barbarinnen in der Stadt. Er war ein wenig verlegen: er wußte nicht, ob sie in den Häusern der Bürger nächtigen sollten oder an abgetrennten Stätten, die ihnen zur Verfügung gestellt würden. Er fühlte, daß er sein Königreich für diese unbekannten, fremden Mädchen aufs Spiel setzte, die tags zuvor an Land gekommen waren. Doch er wagte es nicht, sie abzuweisen. Jedesmal, wenn er zu zweifeln begann, tauchte das Bild von fünfzig Statuen mit fünfzig erhängten Mädchen vor ihm auf. Von der Burg aus erkannte man allmählich die Umrisse der Schiffe der unverschämten Jünglinge, die kamen, um ihre Cousinen zu rauben. Sie waren Ägypter und verehrten nur ägyptische Götter, kein Heiligtum auf griechischem Boden hätte ihre Raubgier aufhalten können. Pelasgos hatte auf einen Kompromiß gehofft. Es würde schon reichen, wenn dieser Piratenüberfall das Aussehen einer friedfertigen Hochzeit bekäme. Fünfzig Paare auf einem riesigen Fest vereint. Die Danaiden beugten sich schließlich. Doch näherte sich jede dem Brautbett mit einem versteckten Dolch. Neunundvierzigmal stieß in jener Nacht die Hand einer Frau die Klinge in den Körper des neben ihr liegenden Mannes. Nur die älteste Schwester beging Verrat: Hypermnestra. Sie ließ ihren Bräutigam Lynkeus entfliehen. In der blutigen Nacht gab man sich Fackelzeichen von der Höhe des Hügels. Hypermnestras Schwestern trennten neunundvierzig Köpfe ab und warfen sie in die Sümpfe von Lerna. Danach schichteten sie die Leichen ohne Kopf vor dem Tor von Argos auf.

Nicht sehr viel ist bekannt von dem, was nachher mit den Danaiden geschah. Man weiß, daß sie von Athene und Hermes entsühnt wurden. Und man weiß, daß rings um das glutheiße Argos Quellen reinsten Wassers entdeckt wurden. Dies ist zusammen mit dem Blutbad das große Werk ihres Lebens. Danach entschied ihr Vater, daß sie sich noch einmal vermählen sollten. Das war nicht leicht. Kein Brautwerber erschien mit Hochzeitsgaben. So verfuhr man umgekehrt: jede Danaide wurde als Geschenk an einen Wettkampfsieger vergeben. Hypermnestra fehlte, sie war mit Lynkeus geflohen; und Amymone, die von einem Gott, Poseidon, geraubt worden war. Danaos ließ die achtundvierzig Mädchen, wie ein Chor gruppiert, an der Ziellinie des Wettlaufs Aufstellung nehmen. Wer als erster den Peplos einer Daniade berührte, würde sie zur Frau bekommen. Es war, wie Pindar bemerkt, die »rascheste Vermählung«. Noch vor Mittag war alles erledigt.

Ebenfalls in Reih und Glied, mit ihren verzaubernden Namen – Autonoe, Automatis, Kleopatra, Pyrene, Iphimedusa, Asteria, Gorge, Hyperippe, Kleite –, treffen wir sie in der Unterwelt wieder, nicht weit von Sisyphos entfernt, der seinen Felsblock wälzt. Jede von ihnen trägt eine Amphore. Reihum gießen sie Wasser in einen großen, bodenlosen Krug. Das Wasser fließt aus und versickert. Viele erblickten in ihnen das Bild des Unglücks, das einem Tun entspringt, dem die Erfüllung ständig versagt bleibt. Doch Bachofen betrachtete die achtundvierzig Mädchen mit anderen Augen. Ihm erschienen sie nicht inmitten der Schatten der Unterwelt, sondern in einer urweltlichen Landschaft mit Schilfrohren und Sümpfen, dort, wo der Nil vielarmig ins ausgedörrte Land vordringt. Die Danaiden waren aus Afrika in die am stärksten versengte Gegend der Peloponnes gekommen und hatten die Feuchtigkeit als Geschenk mitgebracht. Auch ihre Stammutter Io zeigte sich gern mit einem Schilfrohr, dem Gewächs der Sümpfe, in der Hand. Für Bachofen bedeutete das ewige Wasserausgießen in ein Gefäß ohne Boden nichts Vergebliches oder Verzweifeltes. Im Gegenteil, es war gewissermaßen ein Sinnbild des Glücks. Er erinnerte an ein anderes mythisches Mädchen: Iphimedeia. Sie hatte sich in Poseidon verliebt, wie Io in Zeus. Daher ging sie oft am Strand entlang, stieg ins Meer, schöpfte das Wasser der Wellen und goß es über ihre Brust. Schon dies war Liebe. Dann, eines Tages, erschien Poseidon, umschloß sie und zeugte zwei Söhne mit ihr. Das Tun der Iphimedeia hat etwas Glückseliges und nie Endendes, es ist die Bewegung der weiblichen Materie auf den anderen, auf jedweden anderen zu. Unerfüllte Bewegung, die sich nur in ihrer unermüdlichen Wiederholung erfüllt.

Die Griechen nahmen zwar das Geschenk der Feuchtigkeit an, wiesen die Danaiden jedoch ab. *Lérne kakôn*, »Lerna der Übel«, war ein sprichwörtlicher Ausdruck. Er erinnerte an einen anderen, *Lémnia kaká*, das von den Frauen von Lemnos begangene Verbrechen. Es handelte sich um zwei parallele Blutbäder. Beide Male waren Amazonen die Mörderinnen. Beide Male wurde allen Männern, außer einem, die Kehle durchschnitten, Hypsipyle auf Lemnos hatte Erbarmen mit ihrem Vater Thoas; Hypermnestra in Argos hatte Erbarmen mit ihrem Bräutigam Lynkeus. »Von allen Verbrechen ist das der Frauen von Lemnos das gewaltigste«, liest man bei Aischylos. Es war der Gipfel der Ruchlosigkeit. Mit der Zeit erwuchs in den Sümpfen von Lerna aus den neunundvierzig verwesten Köpfen der Söhne des Aigyptos eine Hydra mit unzähligen Häuptern. Herakles wird sie töten, der Vernichter der Amazonen und Nachkomme der Hypermnestra, der einzigen Verräterin unter den Töchtern des Danaos.

Aischylos schrieb zwei Trilogien, in deren Mittelpunkt die Entsühnung steht: die *Orestie* und *Die Danaiden*. Die erste dieser Trilogien ist uns vollständig überliefert, von der zweiten ist nur die erste Tragödie erhalten, *Die Schutzflehenden*, und ein paar Fragmente. In der ersten Trilogie entsühnt Athene den Orest von einem Verbrechen, das er begangen hat, dem Muttermord. In der anderen entsühnt Aphrodite Hypermnestra von dem Vorwurf, ein Verbrechen nicht begangen, nämlich ihren Bräutigam nicht getötet zu haben. Auf diese beiden Entsühnungen gründet sich das klassische Athen.

Die *Orestie* hat die Zeit unversehrt überdauert, und ihre Thematik ist allgemein bekannt. *Die Danaiden* dagegen sind untergegangen, und nur wenige erinnern sich an die fünfzig Töchter als an ein exemplarisches Tragödienthema. Denkbar ist jedoch, daß sich die beiden Entsühnungen in der Vorstellung des Aischylos spiegelbildlich zueinander verhielten, daß die beiden Trilogien das gleiche Gewicht hatten und sich die Waage hielten. In der einen wird der Mann entsühnt, in der anderen die Frau. Die Schuld des Orest fällt jedem unmittelbar ins Auge; dagegen ist die Schuld der Hypermnestra wesentlich paradoxer: wie kann man von Schuld sprechen, wenn man einen vorsätzlichen, meuchlerischen Mord *nicht* begeht? Doch die Gewichte des Aischylos stimmen. Das wahre Verbrechen der Hypermnestra besteht im Verrat an den Schwestern. Er liegt in der Loslösung der afrikanischen Amazone von ihrem Stamm. Und dies ist eine Schuld, die Athen begreift und in sich aufnimmt, wie es Antiope, die Königin der Amazonen, nachdem sie die Gattin des Theseus geworden ist, aufnehmen wird. Es ist eine auf geheimnisvolle Weise fruchtbare Schuld. Antiope gebiert Hippolytos, den wunderschönen, in weißes Leinen gehüllten Orphiker, der die Frauen flieht; Herakles, der Feind der Amazonen, stammt von Hypermnestra ab. Das aufgepfropfte Amazonenreis ist kostbar und zart und bringt umgekehrte, nützliche Wirkungen hervor. Wie Athene den Orest, verteidigt Aphrodite Hypermnestra mit Worten höchster Beredsamkeit: »Der reine Himmel liebt's, des Lands sich zu bemächtigen, / und hochzeitliche Liebe erfaßt die Erde; / vom Himmel rauscht der Regen nieder, / er macht die Erde fruchtbar, diese gebiert den Sterblichen / das Weideland für ihre Herden / und Demeters Leben / und die Frucht der Bäume. Aus der feuchten Vermählung ersteht alles, / was ist. Und der Urgrund dafür bin ich.« Griechenland war ein hochzeitliches Land, angezogen von der göttlichen Jungfräulichkeit. Aber es fürchtete die Amazonen, die Unbehausten, Unvermählten. Hypermnestra hatte sie verraten. Daher mußte sie gerettet werden.

Apollon war der erste, der Ungeheuer erlegte; danach kamen Kadmos, Perseus, Bellerophon, Herakles, Jason, Theseus. Dieser Reihe der Bezwinger von Ungeheuern entspricht die Reihe der Verräterinnen: Hypermnestra, Hypsipyle, Medea, Ariadne, Antiope, Helena, Antigone. Diese Frauen haben keinen Gott zum Ahnherrn, sondern als Stammutter eine Priesterin: Io, die Hera verrät, ihre Göttin, in deren Heiligtum sie lebte, als »Schlüsselverwahrerin«. – »Io zeigt uns das Erwachen des Weibes aus dem langen Schlafe ungetrübter Kindheit, unbewußten, aber vollkommenen Glücks zur folternden Liebe, die fortan ihres Lebens Wonne und Pein bildet. Zeus' Göttlichkeit hat sie geblendet.«

Die heroische Tat der Frau ist der Verrat. Sein Einfluß auf die Ereignisse ist nicht geringer als der der Tötung von Ungeheuern. Ist das Ungeheuer erlegt, bleibt die Befleckung, die den Helden verfolgt. Danach bleibt die Kraft der ausgetrockneten Hülle, die der Held als Waffe zum eigenen Vorteil benutzt. Herakles bedeckt sich mit dem Fell des nemeischen Löwen, Perseus schwingt im Kampf das alles versteinernde Haupt der Gorgo. Danach kommt die Leere und das menschliche Rumoren. Der Isthmos wird befahrbar, Handel entwickelt sich, Oden werden gedichtet, in denen man der Ungeheuer gedenkt.

Die Auswirkungen des weiblichen Verrats sind möglicherweise subtiler und weniger direkt, aber keineswegs weniger zerstörerisch. Helena provoziert einen Krieg, der das gesamte Geschlecht der Helden hinmäht und ein völlig neues Zeitalter einleitet, in welchem man sich der Helden nur noch in Gesängen erinnert. Und auch als zivilisatorischer Akt ist der weibliche Verrat nicht weniger wirkungsvoll als die Tötung von Ungeheuern. Das Ungeheuer ist ein im Zweikampf besiegter Antagonist; die Verräterin tilgt beim Verrat ihre Herkunft, löst ihr Leben aus seinem natürlichen Zusammenhang heraus. Ariadne markiert den Untergang Kretas, wo sie geboren ist; Antiope stirbt im Kampf gegen die Amazonen, ihre Untertanen, die, wie es ihre Treue verlangte, gekommen sind, um sie zu retten; Helena führt die Helden, die sie geliebt hat, in den Untergang; Medea verläßt ihr Zauberland und kommt, am Ende ihrer Abenteuer, in das Land des Gesetzes, Athen; Antigone verrät das Gesetz ihrer Stadt für eine barmherzige Handlung gegenüber einem Toten, der nicht zu dieser Stadt gehört. Wie eine Spirale dreht sich der weibliche Verrat um sich selbst, verleugnet stets das Bestehende. Er ist nicht Verneinung im Sinn eines frontalen, tödlichen Zusammenpralls, sondern Verneinung als eine langsame Abspaltung von sich selbst, ein Aufbäumen gegen sich selbst, ein Sich-Auslöschen in einem Spiel, das entweder begeistert oder vernichtet, und gewöhnlich begeistert und vernichtet es zugleich.

Die Tötung von Ungeheuern und der weibliche Verrat sind zwei Handlungsweisen der Verneinung. Die erste schafft einen freien Raum, hinterläßt dort eine beschwörende Leere, wo eine zu große Fülle, ein Zuviel an Köpfen und Tentakeln, eine Schuppenpanzerarabeske war. Der weibliche Verrat verwandelt die Raumelemente nicht, sondern verändert ihre Anordnung. Gewisse Figuren auf dem Schachbrett kehren ihre Macht um. Weiß schlägt Weiß. Schwarz schlägt Schwarz. Die Folge ist vor allem Verwirrung, Ratlosigkeit. Die Rollen werden zum ersten Mal vertauscht. Und immer ist es eine Frau, die sie vertauscht. Es gibt eine Beschränktheit des Helden, die ihn zwingt, immer nur in eine Richtung zu gehen. Daher bedarf der Heroe einer Vervollständigung, einer anderen Art der Verneinung. Die Verräterin vervollständigt das Werk des Heroen: Sie vollendet es und löscht es aus. Dies geschieht mit Zustimmung des Helden. Es gehört zum zivilisatorischen Werk des Helden, daß er sich selbst eliminiert. Denn der Heroe ist ungeheuerlich. Gleich nach den Ungeheuern sterben die Heroen.

Mit den Heroen tut das Leben der Menschen den ersten Schritt über das Notwendige hinaus: ins Wagnis, in die Herausforderung, in die List, in den Betrug, in die Kunst. Und mit den Heroen eröffnet sich eine neue Welt der Liebe. Die Frau hilft, Ungeheuer zu erlegen und Talismane zu erobern. Sie ist die leuchtende Mystagogin, sie schwankt zwischen der Helle der Ariadne und dem Strahlen der Medea. Aber noch eine andere Form der Liebe führen die Heroen ein: die Liebe zwischen Mann und Mann. Herakles und Jolaos, Theseus und Peirithoos, Achilles und Patroklos, Orest und Pylades: sie alle kannten, wie es Aischylos ausdrückte, »die heilige Vereinigung der Schenkel«, um deretwillen Achilles den Patroklos tadelt, er habe sie vergessen – einfach weil dieser bereits tot war.
Mit den Helden tritt die Liebe zwischen Männern auf und erreicht sofort einen Höhepunkt; und eben weil sie Helden waren, gelang es ihnen, das zu beseitigen, was für die Griechen unüberwindbare Hemmnisse waren: die starre Rollentrennung, die hartnäckige Asymmetrie zwischen *erastés* und *erómenos,* zwischen Liebhaber und Geliebtem, die die Liebesbeziehung nur eine viel zu kurze Zeit dauern ließ, indem sie sie strengen Regeln unterwarf. Die grausamste Einschränkung bestand darin: während dem Liebhaber ein schnelles, stürmisches Vergnügen zustand, war dem Geliebten ein sexuelles Vergnügen untersagt; dieser durfte sich nur widerwillig hingeben, etwa so, wie es das bürgerliche neunzehnte Jahrhundert den Ehefrauen empfahl. Und der Liebhaber durfte dem Geliebten, während er sich über ihn hermachte, nicht in die Augen sehen, damit er nicht verlegen

Pan lehrt Apoll das Flötenspiel

wurde. Dies alles wird durch die Heroen überwunden. Ihre Verbindung dauert bis zum Tod, sie hört nicht auf, bloß weil Behaarung die Körperteile des Geliebten bedeckt und seine durch Abenteuer verbrannte Haut ihre Weichheit verloren hat. Dann erst gelangt man nämlich zu dem ersehnten Punkt, an dem der Unterschied zwischen Liebhaber und Geliebtem sich allmählich verliert. Bei Orest und Pylades »wäre es schwierig gewesen zu sagen, wer von den beiden der Liebhaber war, weil nämlich das Bild der Zärtlichkeit des Liebhabers wie in einem Spiegel reflektiert wurde«. So wie sich, in einem späten Spiegel, in diesen Worten des Pseudo-Lukian das reflektiert, was das beständigste und vergeblichste erotische Begehren griechischer Männer war.

Für die Helden ist, wenn es um die Tötung von Ungeheuern geht, Apollon mit der Pythonschlange das Vorbild, in der Knabenliebe hingegen ist es Apollon mit Hyakinthos und Kyparissos. Doch gibt es eine Episode im Leben des Gottes, die etwas noch weniger Bekanntes enthält als diese oftmals verhängnisvollen Liebesbeziehungen. Es handelt sich um die Geschichte des Knechtsdienstes Apollons bei Admetos, dem König von Pherai in Thessalien. Von ihm wissen wir, daß er schön war, berühmte Viehherden besaß, prunkvolle Feste liebte und über die Gabe der Gastfreundschaft verfügte. Dies wissen wir, sonst fast nichts. Aber wir wissen viel über das, was für ihn getan wurde. Aus Liebe zu Admetos war Apollon, der stolzeste Gott, bereit, als ein Lohnarbeiter zu erscheinen. Lange Zeit war der Gott »in Liebe entbrannt zu dem jugendlichen Admetos«, ein gewöhnlicher Viehhüter, der die Herden dieses Königs aus der Provinz weidete, sein strahlendes Haar nicht mehr pflegte und sogar seine Lyra nicht mehr bei sich hatte und statt dessen auf Rohrflöten spielte.

Seine Schwester Artemis wurde seinetwegen rot vor Scham. Aus Liebe zu Admetos war seine Gattin Alkestis, die schönste unter den Töchtern des Pelias, bereit zu sterben, so wie ein Unbekannter, den niemand bedroht, den Platz einer Geisel einnimmt, wenn es um deren Leben geschehen ist. Aus Liebe zu Admetos machte Apollon die Moiren betrunken: das war vielleicht das unerhörteste Fest, von dem wir Kunde haben und über das wir dennoch nichts sagen können, außer daß es stattfand. Die Moiren, Mädchen mit schönen Armen, die das Leben eines jeden einzelnen spinnen, erscheinen in Plutarchs Vorstellung als »Töchter der Ananke«, der Notwendigkeit. Und die Notwendigkeit, erinnert Euripides, der sie kennengelernt hatte, »als er die Musen besuchte und die Berggipfel«, ohne jemals »auf Stärkeres zu stoßen«, ist die einzige Macht, die keine Altäre besitzt und keine Statuen. Ananke ist die einzige Gottheit, die keine Opfer erhört. Ihre Töchter können nur durch Trunkenheit überlistet werden. Doch Trunkenheit überkommt sie höchst selten. Apollon aber erreichte dies, einzig aus Liebe zu Admetos, weil er einen Aufschub seines Todes erwirken wollte.

Apollon liegt seit langem in Fehde mit dem Tod. Zeus hatte ihn zum Knechtsdienst bei Admetos gezwungen – oh, welch willkommener Dienst –, weil Asklepios, der Sohn des Apollon und der Verräterin Koronis, es gewagt hatte, einen Mann wieder zum Leben zu erwecken. Zeus schleuderte seinen Blitz auf Asklepios, und Apollon tötete aus Rache dafür die Kyklopen, die den Donnerkeil geschmiedet hatten. Darauf folgte die furchtbare Bestrafung Apollons durch Zeus. Er wollte ihn in den Tartaros stürzen, und nur weil Leto, seine frühere Geliebte, ihn anflehte, beschloß er, Apollon als Knecht nach Thessalien zu Admetos zu schicken. Mit seinen anderen Geliebten, wie Hyakinthos und Kyparissos, endete die Liebe stets im Tod. Ohne Absicht zwar und mit Schmerz: und doch war es am Ende immer Apollon selbst, der sie tötete. Der von dem Gott beim Spiel mit dem Geliebten geschleuderte Diskus zertrümmert den Kopf des Hyakinthos. Kyparissos flieht vor Apollon, der ihm nachstellt, und verwandelt sich voller Verzweiflung in eine Zypresse. Bei Admetos geschieht das Gegenteil: aus Liebe will Apol-

lon ihn dem Tod entreißen, und so riskiert er selbst wiederum das, was für einen Gott dem Tod gleichkommt, das Exil. Für Admetos nahm Apollon noch eine andere, vielleicht noch schwerere Prüfung auf sich: nämlich die, sich vom Geliebten bezahlen zu lassen, wie ein *pórnos,* wie ein beliebiger Freudenjunge ohne jedes Recht, der fremd ist in der eigenen Stadt und verachtet wird vor allem von den eigenen Liebhabern. Dies war das erste *bonheur dans l'esclavage.* Und daß ausgerechnet Apollon derjenige war, der dies ertragen mußte, machte das Unternehmen nur noch erstaunlicher.
So gelangte Apollon, der Liebhaber schlechthin, an ein Extrem, an das später kein menschliches Wesen gelangen sollte. Nicht nur vertauschte er die Rollen von Liebhaber und Geliebtem, wie es nachher bei Orest und Pylades, bei Achilles und Patroklos geschah, sondern er ging so weit, daß er der Prostituierte seines Geliebten wurde, mithin eines jener Wesen, »die als die Übelsten unter den Entarteten angesehen werden« und zu deren Verteidigung niemand in Griechenland je ein Wort zu sagen wagte. Und als Knecht seines Geliebten versuchte er, die Grenzen des Todes zu verrükken, die nicht einmal Zeus, nicht einmal für seinen Sohn Sarpedon, anzutasten gewagt hatte.

Aber wer war Admetos? Als er von Apollon erfuhr, daß der Zeitpunkt seines Todes hinausgezögert werden könnte, sofern ein anderer Mensch an seiner Statt sterben würde, suchte Admetos nacheinander seine Freunde und Angehörigen auf. Jeden fragte er, ob er gewillt wäre, ihn im Tode zu vertreten. Niemand war dazu bereit. Daraufhin wandte sich Admetos an seine beiden betagten Eltern, in der festen Meinung, sie würden es tun. Doch auch sie lehnten ab. Da war die Reihe schließlich an seiner jungen, wunderschönen Gattin. Und Alkestis war bereit. Die Griechen bezweifeln, daß die Frau dem Mann gegenüber zur *philía* fähig ist, jener Freundschaft, die aus der Liebe kommt (*»philía dià tòn*

érota« mit Platons Worten) und die allein die Männer zu kennen glauben. Aber Alkestis war imstande, die *philía* bis zur völligen Selbsthingabe zu erheben. Sogar Platon muß einräumen, daß Orpheus im Vergleich zu ihr »weichlich zu sein schien wie ein Spielmann, der er ja war«, weil er auf der Suche nach Eurydike lebend in den Hades hinabgestiegen und nicht, wie Alkestis, einfach bereit gewesen war zu sterben, ohne Aussicht auf Rückkehr und Rettung. Es stimmt zwar, daß Alkestis das einzige Beispiel für weibliche *philía* ist, das die Griechen anführen können, aber es ist ein überwältigendes Beispiel, und zwar derart, daß die Götter es Herakles erlaubten, sie der Unterwelt zu entreißen, als die junge Frau schon im Begriff stand, die stillen Wasser des Sees der Toten zu überqueren. So wurde Alkestis den Lebenden, dem betrübten Admetos zurückgegeben. Dreifach war der König von Pherai gerettet worden: von einem Gott, von einer Frau, von einem Heroen. Und dies alles nur deshalb, weil Admetos sich gastfreundlich erzeigt hatte.
In dieser Geschichte, die sich, weil übernatürlich, nicht dingfest machen läßt, liegt die höchste Ungewißheit über dem, der das Objekt der Liebe ist: Admetos. Euripides läßt Alkestis auf der Bühne sterben, wie eine Heroine bei Ibsen, und bevor sie stirbt, öffnet sie ihr Herz. Von Apollons Leidenschaft bleiben vielsagende Zeichen zurück, auch wenn die Texte nur an vereinzelten Stellen von seiner Liebe zu Admetos sprechen und von der Tatsache, daß Admetos ihn wie seinen Knecht bezahlt hat, ohne die beiden Aspekte je miteinander zu verknüpfen. Von Admetos wissen wir, daß er seinen alten Vater beschimpfte, weil er nicht bereit war, an seiner Stelle zu sterben. Das Übrige ist dunkel, nicht weniger als es ein Gott für die Sterblichen sein kann. Und aus den Texten leuchtet nur ein einziger Wesenszug von ihm hervor: Admetos war gastfreundlich.

Aber wer ist Admetos? Im Bann von Alkestis und Apollon, seinen Liebhabern bis zur Selbstaufgabe, könnten wir das

Objekt ihrer Liebe womöglich im Dunkeln belassen. Doch verweilen wir ein wenig, um ihn näher zu betrachten: untersuchen wir die Landschaft und die Namen. Und da sehen wir, daß Admetos zu Recht in den Bereich der Schatten gehört.

Die Landschaft ist Thessalien: ein Land, das »in alten Zeiten ein See war, ringsum von himmelhohen Bergen eingeschlossen« (einer von ihnen ist der Olymp), und das eine innige Beziehung zu tiefen Gewässern bewahrt hat, die von Zeit zu Zeit aus vielen Schlünden hervorbrechen und es aus vielen Flußläufen überschwemmen; fruchtbares Land, gelb und rauh, reich an Pferden, Herden und Hexen. Dort herrscht nicht die kalte Transparenz der Athene, sondern eine große Göttin, die aus der Finsternis kommt: Pheraia. In der Hand hält sie zwei Fackeln und wird nur selten genannt. Auch dies entspricht dem Genius Thessaliens, eines Landes, wo die Gottheit der urweltlichen Anonymität näher ist, wo die Götter sich nur selten mit menschlichem Antlitz zeigen und wohin die Olympier gewöhnlich nicht hinabsteigen. Wenn der Gott dort erscheint, bricht er wild und ungestüm herein, wie das Pferd Skapheios, das mit seiner Mähne aus dem Felsen hervorsprengt, der unter seinen Hufen zerbirst. Die in Thessalien umhergaloppierenden Pferde sind Geschöpfe aus der Tiefe, die durch dieselben Erdspalten heraufgeschleudert werden, aus denen sich die poseidonische Welle über die Erde ergießt. Sie sind die Toten, in glänzendem Weiß oder Schwarz. Pheraia ist ein lokaler Name der Hekate, der nachtwandelnden, unterweltlichen Göttin, die das Dunkel mit Fackeln zerteilt, der Pferde-, Stier-, Löwen- und Hundsgöttin, die auf dem Rücken des Stiers, des Pferdes, des Löwen erscheint, Kinder aufzieht und Herden vermehrt. Sie ist in Thessalien die Starke *(Brimó)*, mit Hermes verbunden, welcher der Sohn des Starken ist (*Ischys*, der Liebhaber, den Koronis dem Apollon vorzog). Und »Stärke« *(alké)* ist auch im Namen der Alkestis. In diesem Land gibt sich die Gottheit, ehe sie Gestalt annimmt, als bloße Stärke zu erkennen. Aber Pheraia, so sagt das Lexikon des Hesychios, ist auch die »Tochter *(kóre)* des Admetos«. Vielleicht saßen Alkestis und Admetos, noch bevor sie zu einem Herrscherpaar in der Provinz wurden, bereits nebeneinander als Herrscherpaar in der Unterwelt?

Nun enthüllt sich die Landschaft. Es ist ein üppiges Land von Toten, dieses Thessalien, wo Apollon für ein »großes Jahr« Knecht sein wird, so lange, bis die Sterne nach neun Jahren wieder in ihre ursprüngliche Position zurückgekehrt sind. Der Aufenthalt des Apollon in Thessalien ist ein unterweltlicher Zyklus. Wenn Zeus dieses Land ausgewählt hatte, um Apollon dort statt mit dem Tartaros zu bestrafen, so konnte es sich nur um einen Ort des Todes handeln. Der Name Admetos bedeutet »unbezwingbar«: aber niemand ist so unbezwingbar wie der Herr über die Toten. Nun gewinnen die wenigen Wesenszüge, die wir von ihm kennen, einen neuen Sinn: niemand ist so gastfreundlich wie der König der Toten; sein ist die Herberge, die niemals die Türen verschließt, zu keiner Stunde des Tages und der Nacht; niemand besitzt größere Herden. Wenn Admetos seine Freunde und Angehörigen auffordert, für ihn zu sterben, tut er nichts Abnormes: darin besteht ja sein tägliches Wirken. Und daß Admetos ganz selbstverständlich erwartet, durch einen anderen im Tod ersetzt zu werden, erklärt sich jetzt: er ist der Herr über den Tod, er empfängt die toten Körper und verteilt sie über seine weitläufigen Besitzungen.

Hier zeigt sich, daß Apollons Liebe wahrhaft extrem ist, mehr als bisher deutlich wurde: aus Liebe will Apollon den Herrn über die Toten dem Tod entziehen. Nun erst wird die Liebe des Apollon und der Alkestis ganz als Provokation erkennbar: sie ist eine Liebe zum menschenraubenden Schatten. In Alkestis wird das offenbar, was die *kóre*, die von Hades auf der narzissenblühenden Wiese geraubt wurde, niemals sagte: daß dieser Gott des Unsichtbaren nicht nur ein Räuber ist, er ist ein Liebhaber.

Die Texte äußern sich zurückhaltend über Apollons Knechtsdienst, weil damit Bereiche berührt werden, die man besser verhüllt. Über den Knechtsdienst des Herakles bei Omphale haben die Dichter mit Ironie geschrieben. Doch über den Knechtsdienst Apollons bei Admetos hat dies keiner zu tun gewagt. Was bleibt, ist das *exemplum* einer Liebe, die jede Schande und jedes Leiden vergessen läßt. Apollonios Rhodios ist der Meinung, daß Apollon mit dem Exil bei den Hyperboreern bestraft worden sei, nachdem er die Kyklopen getötet hatte, und nicht bei den Thessaliern. Und daraufhin Tränen von Bernstein weinte, auch wenn ein Gott nicht weinen kann. Doch das absolut Unerhörte der Geschichte lag nicht nur im skandalösen Leiden (und in der skandalösen servilen Liebe) Apollons, des »reinen Gottes, des Flüchtlings des Himmels«. Dahinter ließ sich etwas anderes erkennen. Eine alte Prophezeiung, das Geheimnis des Prometheus: die Vorankündigung der Entthronung des Zeus durch seinen strahlenden Sohn.
Apollon spielt oftmals auf der Grenze des Todes. Aber Zeus bewacht ihn von oben: er weiß, daß dieses Spiel, wenn es sich selbst überlassen bleibt, die Heraufkunft eines neuen Zeitalters einleiten würde, die Zerrüttung der olympischen Ordnung. Im geheimen, in einem Geheimnis, auf das man äußerst selten auch nur anspielt, ist Apollon für Zeus das, was Zeus für Kronos war. Und der Ort, an dem die Macht des einen auf die Macht des anderen prallt, ist immer der Tod. Selbst unter der Sonne der Toten, inmitten der Viehherden Thessaliens, vergißt Apollon seine Herausforderung nicht und will, wenn auch nur für einige Zeit, den geliebten, unbezwingbaren Admetos jenem Augenblick entreißen, in dem »der festgesetzte Tag Gewalt ihm antut«. Der stille Konflikt zwischen Vater und Sohn sieht diesem Augenblick entgegen.

Die wunderbare Asymmetrie, auf der die athenische Liebe zu Knaben und Jünglingen beruht, wurde mit allerausführlichster Genauigkeit vom Geometer des Erotischen beschrieben: von Platon. Die gesamte Metaphysik der Liebe konzentriert sich in jener Handlung, mit der der Geliebte seine Anmut *(cháris)* dem Liebhaber schenkt. Diese Handlung ist der eigentliche Schauplatz des erotischen Dramas, des erotischen Mysteriums. Wie soll man das einschätzen? Wie kann man dahin gelangen? Für die Barbaren ist es etwas Verdammenswertes; für jene Griechen, die, wie die Spartaner oder Böotier, sinnlich, aber nicht wortgewandt sind, ist es einfach nur schön und als solches verpflichtend: sich dem Liebhaber hinzugeben, ist Vorschrift des Staates. Aber wie immer sind die Athener ein bißchen komplizierter und buntscheckiger *(poikíloi)* als ihre Nachbarn, auch im Hinblick auf das »Gesetz über die Liebe«. Sie sind nicht so unverschämt, von einer Anmut zu sprechen, die dann zur Pflicht erklärt wird. Was kann man sich also ausdenken, um das Geschenk der Anmut zu erhalten, auf das kein gesicherter Anspruch besteht? Das Wort.

Wie Krieger eine Festung belagern und ungezählte Kriegslisten ersinnen, damit das seit langem schon vor ihnen liegende Objekt endlich in ihre Hände fällt, so ist der athenische Liebhaber ein Krieger des Wortes: er umkreist den Geliebten mit Reden, die ihn wie Soldaten umzingeln. Und diese Reden sind keine plumpen Galanterien, sondern der funkelnde Beginn dessen, was später – mit einem griechischen Wort, an dessen Ursprung man sich nicht mehr erinnert – »Metaphysik« genannt werden wird. Daß sich das Denken vom erotischen Dialog herleitet, erweist sich für die großen Athener im wörtlichsten Sinn als wahr. Mehr noch: diese innige Verbindung zwischen einem gleich einer Festung zu erobernden Körper und dem metaphysischen Höhenflug ist für Platon das Bild des Eros selber. Und sonst gibt es nur Barbaren, die einfach nichts begreifen; oder andere, nicht so wortgewandte Griechen, und diese leiden an einer »Trägheit der Seele«. Auch ihnen bleibt der schönste aller Kriege verwehrt: der Krieg der Liebe.

Was nun den Liebhaber betrifft, hat Athen eine perfekte Doppelbödigkeit ersonnen, die ihn auf seinem stets ungewissen Weg begeistert. Einerseits ist dem Liebhaber alles erlaubt, und jede Maßlosigkeit wird ihm verziehen. Er allein darf seinen Schwur brechen, ohne daß die Götter ihn bestrafen, weil es »keinen Schwur in Dingen der Aphrodite gibt«. Und mehr noch: er darf rasen, darf sich als nächtliche Lagerstatt die verriegelte Schwelle des Geliebten wählen, und niemand wird ihn deshalb tadeln. Doch gleichzeitig stößt der Liebhaber dauernd auf Schwierigkeiten: zur Palästra geht der Geliebte in Begleitung eines wachsamen Pädagogen, den ihm sein Vater zur Seite gestellt hat, damit der Junge sich auf keinen Fall von einem im Hinterhalt lauernden Liebhaber ansprechen läßt. Und die Altersgenossen des Jungen sind noch schlimmer: sie behalten ihn ständig im Auge, und sollte er je Bereitschaft zeigen nachzugeben, schimpfen sie ihn aus, machen ihm klar, wie schändlich diese beginnende Leidenschaft sei, die, vermöge der Worte des Liebhabers, zum ersehnten Austausch von Anmut führen soll: dann nämlich, wenn der Liebhaber »Einsicht und jede andere Tugend« in den Mund, in den Körper des Geliebten einhaucht *(eispneîn*, »einhauchen«, ist, was dem Liebhaber vor allem zukommt; und *eíspnelos*, »Einhauchender«, war ein anderes Wort für »Liebhaber«), während der Geliebte sich hingibt, weil er »Bildung und jegliche Art der Weisheit« begehrt. Darin liegt der schwierige, der einzig zulässige »Punkt der Übereinstimmung« zwischen den beiden asymmetrischen Gesetzen, die das Leben des Liebhabers und das des Geliebten bestimmen. An diesem flüchtigen, paradoxen Punkt »ist es schön für einen geliebten Jungen, seine Anmut dem Liebhaber hinzugeben; aber nur an diesem und keinem anderen Punkt«. Soweit Platon. Das also war das Leben des Liebhabers: das prekärste, das riskanteste, das provozierendste, was die Athener ersonnen haben.

Nachdem die Frauen von Lemnos ihre Männer erschlagen hatten, traf sie die göttliche Rache in einer Form, die ausschließlich auf sie angewandt wurde: sie fingen an zu stinken. In dieser Rache schimmert der Vorwurf durch, den Griechenland gegen die Frauen erhoben hat. Sie wurde als ein übermäßig starker Duft betrachtet, der sich zersetzt und zu einem alles umhüllenden Modergeruch wird, als ein Zauber, der »vor Begehrlichkeit sprüht, duftgeschwängert und strahlend«, der jedoch betäubt und den man von sich abschütteln muß. Nur aus kleinen Dingen wird dies für uns erkennbar, wie aus dem Abschnitt des Pseudo-Lukian, wo von dem Mann erzählt wird, der »durchtränkt von Weiblichkeit« vom Bett aufsteht und sich sogleich auf kaltes Wasser stürzen will. Ehrfurcht und Abscheu vermischen sich in der Sensibilität der Griechen gegenüber der Frau: auf der einen Seite herrscht Schrecken vor einer ungeschminkten Frau, »die sich morgens von ihrer Bettstatt erhebt und häßlicher ist als eine Äffin«; auf der anderen Seite herrscht Argwohn gegenüber dem geschminkten Gesicht als einer Waffe der *apáte*, der unüberwindlichen Täuschung. Die Schminke und die weiblichen Launen steigern sich gegenseitig zu einer berückenden, ermattenden Weichheit. Dann doch lieber der Schweiß und der Staub der Palästra! »Der Schweiß der Jungen riecht gut, besser als das ganze Kästchen mit den duftenden Essenzen einer Frau.«
In diesen Reaktionen auf das Weibliche stößt man, wie bei nervösen Zuckungen, auf etwas Uraltes. In den spätesten, privatesten und idiosynkratischsten Stimmen vernehmen wir einen Widerhall, der uns in älteste Zeiten zurückführt, zu den Schrecken des Amazoneneinfalls, zur Abscheu vor dem Verbrechen der Frauen von Lemnos.

Ein erotisches Tabu lag bei den Griechen über der Passivität beim Koitus. Wenn die Geliebten *(erómenoi)* so viele Dinge beachten und so vielen Regeln gehorchen müssen, damit ihr Verhalten sich unmißverständlich von dem der Freudenjungen unterscheidet, die, »obwohl sie einen männlichen Körper haben, die Sünden einer Frau begehen«, so liegt das nicht nur an der Unwürdigkeit, die man demjenigen vorwirft, der die Rolle der Frau übernimmt und damit seinen eigenen sexuellen Rang umkehrt. Sondern es ist die weibliche Lust selbst, die Lust an der Passivität, welche in sich suspekt ist und möglicherweise eine tiefe Boshaftigkeit verbirgt. Diese täuschende Lust stachelt dazu an, gegen jene Art von Häßlichkeit zu wüten, welche der Physiologie und Anatomie dieser ästhetisch niedriger stehenden Wesen eigen ist, die gezwungen sind, »unförmige, hervorspringende Brüste zur Schau zu stellen, die sie wie Gefangene an sich binden müssen«, eben weil man spürt, daß diese Häßlichkeit eine höhnische Macht verbergen könnte, die sich dem Zugriff des Mannes entzieht. Ziemlich vage blieben an diesem Punkt die Athener, die dagegen nicht müde wurden, über die Kasuistik der Knabenliebe zu diskutieren.

Das, was Frauen tun können, wenn sie allein und vom Mann unbeobachtet sind, scheint von einem ehrfürchtigen, ominösen Schweigen umgeben zu sein. Bisweilen wagt man den Namen der Liebe zwischen Frauen nicht auszusprechen, und es ist peinlich, wenn man sieht, wie in gewissen diesbezüglichen Passagen der moderne Übersetzer das verbotene Wort mit »lesbischer Liebe« wiedergibt, ohne die Unangemessenheit zu bemerken. »Lesbische Liebe« sagte den Griechen überhaupt nichts, während das Verb *lesbiázein* bedeutete: »die Geschlechtsteile lecken«, und das Wort *tribádes*, »Reiberinnen«, die Frauen bezeichnete, die andere Frauen lieben, als ob sie in ihrer Liebesraserei die eigene Vulva aufreiben wollten.

Aber es war nicht sosehr die Liebe zwischen Frauen, die Entrüstung hervorrief – die Griechen entrüsteten sich zu ihrem Glück nur schwer –, als vielmehr der im allgemeinen Bewußtsein nistende Verdacht, Frauen hätten eine undechiffrierbare erotische Selbstgenügsamkeit, deren Zeichen möglicherweise jene Riten und Mysterien wären, die sie unter

Ausschluß der Männer feierten. Und der schlimmste Argwohn hinter all dem betraf die Lust beim Koitus. Nur Teiresias hatte sich hier der Wahrheit genähert, und genau das war der Grund gewesen, weshalb er geblendet wurde.
Eines Tages gab es einen Streit zwischen Zeus und Hera, und sie ließen Teiresias kommen, um ihn zu fragen, wer die größere Lust beim Koitus empfände, der Mann oder die Frau. Teiresias antwortete, daß, wenn die Lust aus zehn Teilen bestünde, neun davon auf die Frau entfielen und nur ein Teil auf den Mann. Auf diese Worte hin brach Hera in Zorn aus und wollte Teiresias blenden. Aber warum brach Hera in Zorn aus? Konnte sie sich nicht jener Überlegenheit rühmen, die sie sogar von Zeus abhob? Nein, hier wurde an ein Geheimnis gerührt, das die Seher zu hüten, nicht aber zu enthüllen berufen sind. Dieser sexuelle Klatsch machte nun aber weiterhin die Runde. Jahrhunderte später wiederholte er sich, und zwar, wie immer, ein wenig abgewandelt: jetzt hieß es, die Lust der Frau sei nur doppelt so groß wie die des Mannes. Doch auch das reichte schon aus: darin lag die Bestätigung eines alten Zweifels, so alt zumindest wie die Ungezügeltheit der Töchter des Helios. Vielleicht wußte die Frau, dieses in den Gynäkeen gefangengehaltene Wesen, wo »auch nicht das kleinste Teilchen des wahren Eros Eingang findet«, wesentlich mehr als ihr Beherrscher, der ständig zwischen Palästren und Säulenhallen umherschweifte.

»Entscheidet euch, ob ihr die für die Besseren haltet, die junge Männer lieben, oder die, die Gefallen an Frauen finden. Ich für mein Teil, der ich von beiden Leidenschaften erfaßt worden bin, bin wie eine genaue Waage, mit beiden Schalen auf gleicher Höhe«, sagte Theomnestos. Die Griechen haben sich seit alters her mit der Frage herumgeschlagen, ob die Liebe zu jungen Männern oder die zu Frauen den erotischen Vorzug verdiente. Es wurde sogar behauptet, Orpheus sei von den Frauen zerfleischt worden, weil er als erster die Überlegenheit der Liebe zu jungen Männern behauptet hatte. Auch wenn die Partie anfänglich zugunsten der jungen Männer entschieden worden war, wollte es die Regel in der Folgezeit doch, daß man dies nicht allzu deutlich aussprach. Schließlich, nachdem wir die späten, redseligen Jahre des Pseudo-Lukian erreicht haben, vernehmen wir ein Geschnatter von Stimmen, die immer noch über diesen Punkt diskutieren: mißgünstige, schmeichlerische, unsichere oder auch arrogante. Lykinos anwortet auf die Frage des Theomnestos in der bestmöglichen Weise: er erzählt eine Geschichte. Eines Tages ging er zufällig unter den Bogengängen von Rhodos dahin und traf zwei alte Bekannte: Charikles, einen jungen Mann aus Korinth, und den temperamentvollen Kallikratides aus Athen. Das Gesicht des Charikles zeigte, wie immer, einen Hauch von Schminke. Er dachte, daß er so den Frauen gefallen würde. Und niemals hatte es an Frauen in seiner Umgebung gefehlt. Sein Haus war voll von Tänzerinnen und Sängerinnen. Dort hörte man ausschließlich Frauenstimmen, außer der eines alten, inzwischen längst unverdächtigen Kochs und denen von ein paar kleinen Sklavenknaben. Es war das genaue Gegenteil vom Haus des Kallikratides, der Palästren besuchte und sich nur mit bartlosen, schönen Jungen umgab. Wenn ihr Bart anfing, während der Umarmung auf seiner Haut zu kratzen, wurden sie in die Verwaltung versetzt, und andere traten an ihre Stelle. Die drei Freunde hatten beschlossen, gemeinsam ein paar Tage in Muße zu verbringen und sich über eben dieses Thema zu unterhalten: Wem gebührt der erotische Vorzug, den Jungen oder den Frauen?

Für Kallikratides waren die Frauen ein »Abgrund«, ähnlich den Felsspalten, in die man in Athen die Verbrecher hinabstürzte. Charikles dagegen hatte für Jungen nichts übrig und dachte ununterbrochen nur an Frauen. Als die drei Freunde in Knidos anlegten, wollten sie gleich die berühmte Aphrodite des Praxiteles ansehen. Bereits auf dem Weg zum Tempel der Aphrodite spürten sie, wie die Luft ihnen mit leichten Brisen entgegenwehte. Es war die Aura. Der Hof des Heiligtums wies nicht die sonst üblichen strengen grauen Steinplatten auf, sondern Pflanzen und Früchte. In diesem Garten, der sie umschloß, stachen die Myrte mit ihren Beeren und andere, auf die Göttin anspielende Sträucher hervor. Auch die Pflanzen des Dionysos waren zahlreich vertreten, weil »Aphrodite noch reizvoller ist, wenn Dionysos sie begleitet, und die Gaben von beiden süßer sind, wenn sie miteinander vermischt werden«. Am Ende überschritten die drei Freunde die Schwelle des Tempels. In seiner Mitte erkannten sie in parischem Marmor die Aphrodite des Praxiteles, nackt, die Mundwinkel leicht in die Höhe gezogen, leicht arrogant. Mit dieser Schönheit vor Augen, fing Charikles sofort an zu schwärmen. Alles könne man um dieser Frau willen ertragen, sagte er und reckte den Hals, um sie zu küssen. Kallikratides sah dem schweigend zu. Hinter der Statue gab es eine Tür, und die drei Freunde baten eine Wächterin, die den Schlüssel hatte, sie ihnen zu öffnen. Da wurde Kallikratides von der Schönheit der Gesäßrundungen der Aphrodite überwältigt. Er schrie vor Bewunderung, und Charikles hatte Tränen in den Augen.

Danach schwiegen sie und betrachteten weiter den marmornen Körper. Auf der Rückseite eines Schenkels bemerkten sie auch ein dunkles Zeichen, das wie ein Fleck auf einem Kleid aussah. Lykinos äußerte die Vermutung, daß es ein Fehler im Marmor sei, und fand auch hierin einen Grund, Praxiteles zu bewundern, weil es ihm gelungen sei, an dieser nicht ohne weiteres sichtbaren Stelle den Fehler im Stein zu verbergen. Aber die Wächterin, die inzwischen die Tür aufgeschlossen hatte und neben den drei Besuchern stand, sagte, die wahre Geschichte dieses Flecks sei eine ganz andere.

Sie erzählte, daß ein junger Mann aus einer wohlbekannten Familie den Tempel einst häufig besuchte und sich in die Göttin verliebt hatte. So verbrachte er ganze Tage in andächtiger Verehrung. Er stand bei Morgengrauen auf, um zum Heiligtum zu gehen, und kehrte nach Sonnenuntergang widerwillig heim. Vor der Statue flüsterte er, im vertraulichen

Gespräch der Liebe, undeutliche Worte. Er unterbrach sich nur gelegentlich, um vier Orakelknochen einer libyschen Gazelle zu werfen: angstvoll wartete er auf den Wurf der Aphrodite. Bei diesem Wurf trägt jede Seite eine andere Zahl. Eines Abends, bei Sonnenuntergang, als die Wächter kamen, um den Tempel abzuschließen, versteckte er sich hinter der Tür dort, wo jetzt die drei Besucher standen. Danach verbrachte er mit der Statue »eine unbeschreibliche Nacht«. Die Spuren seines Liebesakts blieben auf der Statue zurück. Auf dem weißen Marmor bezeugte der Fleck das, was die Statue über sich hatte ergehen lassen müssen. Nach dieser Nacht veschwand der junge Mann. Es wurde erzählt, er habe sich ins Meer gestürzt. Als die Wächterin schwieg, rief Charikles sogleich: »Die Frau wird sogar geliebt, wenn sie aus Stein ist. Denkt euch nur, wenn sie lebendig gewesen wäre ...« Doch Kallikratides lächelte und sagte, diese Geschichte unterstütze seine Ansicht; denn jener Jüngling hätte, obwohl er mit der Statue eine ganze Nacht lang allein und in völliger Freiheit verbracht hat, den Marmor wie einen Jungen umarmt und die Frau nicht von vorne nehmen wollen. Über diesen Punkt begannen die beiden Gegner erneut zu streiten, und nur mit Mühe brachte Lykinos sie dazu, den Tempel zu verlassen und ihr Gespräch anderswo fortzusetzen. Unterdessen strömten die Tempelbesucher herbei.

Das moralische Bewußtsein des Altertums leitete sich großenteils von der Reflexion über die Liebe zu jungen Männern her, die sich auf die Verherrlichung der *areté* und die Verneinung des Offenkundigen gründete: der Lust. Die *areté*, diese »Vortrefflichkeit«, die immer auch »Tugend« war, weil ihr die moralisierende Bedeutung von allem Anfang an innewohnte und nicht etwa erst von den Späteren böswillig übergestülpt wurde, die *areté* steigert ihre Glut da, wo sie sich mit der Liebe zu jungen Männern verbindet. Als kantische, interesselose Einsamkeit hätten die Griechen sie nur wenig geschätzt. Höchstes Sinnbild der *areté* in Griechenland ist das Schlachtfeld von Chaironeia, das übersät war mit den Leichen junger Thebaner. Diese Körper lagen jeweils zu zweit beisammen: sie alle waren Liebespaare, die nebeneinander in die Schlacht gegen die Makedonier gezogen waren. Dies war die letzte Schlacht Griechenlands. Danach verwandelten Philipp II. und Alexander es in ein Museum.

»Nichts Schönes und Liebenswertes kommt zu den Menschen ohne die Chariten«, sagt Theokrit. Aber wie waren die Chariten zu den Menschen gekommen? Als drei rohe, in Orchomenos vom Himmel gefallene Steine. Erst in später Zeit wurden neben diesen Steinen Statuen errichtet. Was vom Himmel fällt, ist das für alle Zeit nicht zu Beherrschende, und doch muß sich der Mann diese Steine oder diese Mädchen mit den schönen Zöpfen erobern, wenn er will, daß seine Gesänge »voll des Atems der Chariten« sind. Wie fängt er das an? Von den *Chárites* geht man zur *cháris* über, von den Grazien zur Grazie. Und über das Verhältnis zu ihr belehrt uns Plutarch: »Die Alten, Protogenes, nannten *cháris* das spontane Einverständnis der Frau mit dem Mann.« Die Anmut, das nicht zu Erobernde, gibt sich also nur dem hin, der versucht, sie durch erotische Belagerung zu erobern, auch wenn ihm klar ist, daß er niemals in die Zitadelle eindringen kann, wenn die Zitadelle sich ihm nicht anmutig öffnet.

Das Verhältnis zwischen *erastés* und *erómenos*, zwischen Liebhaber und Geliebtem, war außerordentlich formalisiert und folgte gewissermaßen den Vorschriften eines Rituals. In Sparta oder auf Kreta, Hochburgen der Männerliebe, begegnete man noch deutlichen Spuren dieser Riten. Auf Kreta wußten die Eltern eines jeden Jungen, daß ihnen eines Tages die Entführung ihres Sohnes angekündigt würde. Dann erschien der Liebhaber, entführte den Jungen ohne jeden Widerstand von seiten der Eltern, wenn sie ihn akzeptabel fanden, und verschwand mit ihm auf dem Land. Dort lebten sie, unsichtbar für jeden, zwei Monate lang zusammen. Der Geliebte kehrte schließlich zurück und zeigte sich in der Stadt mit »einer Rüstung, einem Ochsen und einem Becher«, den feierlichen Geschenken des Liebhabers. In Athen, das zu beweglicheren, moderneren Formen neigte, aber im Grunde nicht weniger streng war, drückte sich der Ritus in strikt geregelten Verhaltensweisen aus, die zwar in das lärmende Treiben des öffentlichen Platzes eingetaucht, aber wie Tanzschritte gleichwohl erkennbar waren. Der Liebhaber trieb sich in den Palästren herum, gab sich zerstreut, und sein Blick fiel auf die jungen Männer, die im Staub miteinander übten. Dies war die Urszene allen Begehrens. Die Liebhaber beobachteten die Jungen, warfen heimliche Blicke auf die »Schenkel und Hüften, wie es die Opferpriester und Seher bei ihren Opfertieren machen«. Sie spähten nach den Abdrücken der Genitalien im Sand. Sie warteten, daß es Mittag wurde, wenn aus Öl, Sand und Schweiß »dem Knaben weich und wollig um die Scham das gekräuselte Haar blüht, wie der Flaum auf dem reifenden Pfirsich«. Der Ort war von sinnlichem Prickeln durchtränkt, doch durfte man das Prikkeln nicht benennen, weil es allen gemeinsam war, auch den Sklaven und Metöken, während die an diesem Morgen angetretene Liebesreise auf eine Vollkommenheit abzielte, auf einen Ruhmesglanz, die nur einem zukommen konnte, einem Athener, dem Auserwählten, dem Jungen, der, mit Listen und Blumenkränzen, der Geliebte werden würde.

Dieses Widerstreben, die Lust zuzugeben, würde immer fortbestehen, bis in die letzte Intimität hinein: »Im Liebesakt hat der Junge keinen Teil an der Lust des Mannes, wie es dagegen bei der Frau der Fall ist, sondern er betrachtet als Nüchterner den anderen, der von Aphrodite trunken gemacht worden ist.« Wenn der Liebhaber sich ihm nähert, bleibt der Geliebte aufrecht stehen, blickt nach vorn, kreuzt seinen Blick nicht mit dem des Liebhabers, der sich über ihn beugt, vor Gier fast verkrampft. Die Vasenmaler ziehen es vor, die Berührungen der Schenkel zu zeigen, nicht aber das Eindringen in den Anus: so kann der Geliebte seine aufrechte, gleichgültige, distanzierte Haltung bewahren. Doch eines Tages, bald schon, würde dies alles sich umkehren. Die ersten Barthaare kündeten bereits das baldige Ende seiner Zeit als Geliebter an. Sie wurden Harmodios und Aristogeiton genannt, weil sie den Jungen aus der erotischen Tyrannei befreiten. Dann treten die Jungen »aus dem Sturm und dem Strudel der männlichen Liebe« heraus, als erwarte sie eine Pause. Doch wenig später begeben sie sich wieder und auf neue Weise in diesen Sturm: statt belauert zu werden, während sie nackt in der Palästra kämpfen, sind sie es nun selbst, die andere Jungen an denselben Orten belauern, Beute witternd. Aus *erómenoi* sind *erastaí* geworden, und als Liebhaber entdecken sie endlich, was es heißt, von der Liebe besessen zu sein. Nur der Liebhaber ist *»éntheos«,* sagt Platon. Nur der Liebhaber ist »von Gott erfüllt«.

IV

Über die olympischen Götter kann man vor allem sagen, daß es sich bei ihnen um *neue* Götter handelte. Sie hatten einen Namen und eine Gestalt. Doch Herodot versichert uns, daß man »bis gestern« nicht wußte, »woher eigentlich jeder einzelne der Götter stammte oder ob sie schon immer da waren und welches Aussehen sie hatten«. Für Herodot bedeutete »gestern«: Homer und Hesiod, die nach seiner Rechnung vierhundert Jahre vor ihm gelebt hatten. Und für ihn sind sie es, die »den Göttern Beinamen gegeben, Ämter und Ehrungen unter sie verteilt und ihr Aussehen beschrieben haben«. Bei Hesiod läßt sich noch die kosmogonische Mühsal beobachten, die langsame Loslösung der Gestalten von allem, was zu abstrakt oder zu konkret ist. Erst zum Schluß, nachdem der Kosmos mehrmals erbebt war, »verteilte Zeus unter sie Vorrechte und Ehren«.
Aber der wirkliche Skandal ist Homer, seine Gleichgültigkeit gegenüber den Ursprüngen, das Fehlen allen Prunks, die Zumutung, nicht mit dem Anfang, sondern mit dem Ende zu beginnen, dem letzten der zehn verheerenden Kriegsjahre vor den Mauern von Troja, Jahre, die vor allem dazu dienten, ganze Heldengeschlechter auszulöschen. Und die Helden selber waren ein erst kürzlich aufgetretenes Phänomen: ihr Untergang wurde hier besungen. Die Olympier hatten ihrem Leben bereits einen konstanten Verlauf gegeben und schienen ihn für immer beibehalten zu wollen, als wäre er selbstverständlich. Die Erde mußte für Streifzüge, Launen, Intrigen und Varianten herhalten. Aber was war in der Zeit vor dem Olymp geschehen? Hier und da gibt es bei Homer Hinweise auf jene Ereignisse, freilich nur flüchtige. Niemand hat Lust, auf Einzelheiten einzugehen, zumal das Schicksal eines trojanischen Kriegers wesentlich mehr zu fesseln vermag.
Bei Homer gibt es etwas, das vorausgesetzt, aber nicht ausgesprochen wird, etwas, was dem Schweigen und dem Re-

den zugrunde liegt. Es ist die Vorstellung von Vollkommenheit. Was vollkommen ist, hat seinen Ursprung in sich und mag sich nicht über seine allmähliche Herausbildung verbreiten. Das Vollkommene kappt jede Verbindung zu dem, was es umgibt, weil es sich selbst genügt. Die Vollkommenheit erzählt nicht die eigene Geschichte, sondern bietet die eigene Vollendung dar. Zum ersten Mal in den Göttergeschichten kam es den Bewohnern des Olymps nicht so sehr darauf an, mächtig, als vielmehr vollkommen zu sein. Wie eine Obsidianklinge durchschnitt das Ästhetische zum ersten Mal Bindungen, Beziehungen, Devotionen. Was blieb, war eine im luftigen Raum isolierte Gruppe von Gestalten, vollendet, eingeweiht, vollkommen – drei Wörter, die das Griechische in einem Wort zusammenfaßt: *téleios.* Auch wenn die Statue erst später erschien, so war sie doch der Ausgangspunkt, die Erscheinungsweise dieser neuen Wesen.

Wenn die Griechen sich auf eine höchste Autorität berufen wollten, zitierten sie keine heiligen Schriften, sondern Homer. Griechenland gründete sich auf die *Ilias.* Und die *Ilias* gründete sich auf ein Wortspiel, auf den Austausch dreier Buchstaben. Briseis, Chryseis. Der Anlaß der Auseinandersetzung zu Beginn des Epos ist Briseis *kallipáreos,* »die schönwangige«: Agamemnon will, daß sie ausgewechselt wird, ersetzt durch Chryseis *kallipáreos,* »die schönwangige«. Nur drei Buchstaben trennen die beiden Mädchen voneinander. Und »nicht war das Mädchen der Anlaß«, daß es zum Streit kam, wiederholt Achilles kindisch, sondern die Auswechslung – als ahnte der Held, daß sich in dieser Handlung die Schlinge zuzog, die kein Held und niemand aus den auf die Helden folgenden Generationen wieder aufziehen würde.
Es ist der Tausch, der sich mit all seinen Mächten am Beginn der *Ilias* verdichtet: die Frau, genauer gesagt, die beiden Frauen, schönwangig und fast nicht zu unterscheiden, wie zwei Münzen gleicher Prägung; die Worte Agamemnons

und des Achilles, die wie Kraft und Gegenkraft *(antibíoisi epéessin)* aufeinanderprallen; der vom Priester Chryses für seine Tochter angebotene »unermeßliche«, »glänzende Loskauf«, die von den Achäern dem Priester angebotene »heilige Hekatombe«. Die Mächte des Tauschs treten stets paarweise auf: die Frauen, die Worte, die Angebote. Nur das Geld ist nicht dabei, das sich erst aus der Vermischung dieser Mächte bilden wird. Doch damit das Geld in seiner Reinheit entstehen kann, müssen sich die Helden zuvor auslöschen. Bereits Thukydides machte die Beobachtung, daß die Kraft, die während des trojanischen Feldzugs fehlte, eben das Geld war. Dieses »Fehlen von Geld« *(achrematía)* machte das Ganze viel weniger kraftvoll als das, was nachher folgen sollte, wenn auch wesentlich ruhmreicher.

»Helena ist die einzige Frau bei Homer, die klar unterscheidende, nur ihr zukommende Epitheta trägt«, bemerkt Milman Parry. Als *kallipáreos,* »schönwangig«, werden acht Frauen bezeichnet, kein anderes Epitheton ist so breit gestreut. Die *Ilias* ist die Geschichte eines doppelten Streits: einer geht um Helena, die Einzige, die niemand auszuwechseln wagen würde; und der andere um die »schönwangige« Briseis, die Agamemnon durch die »schönwangige« Chryseis ersetzen will. Zwischen der unangreifbaren Einzigkeit und der unangreifbaren Auswechslung bricht in der Ebene von Troja ein Krieg aus, der kein Ende haben konnte.

Wenn wir den vertraulichen Mitteilungen der Hera, seiner Schwester und Gemahlin, Glauben schenken wollen, dann »beschäftigte sich« Zeus »mit anderen Unternehmungen nicht als denen, die Bettstatt zu teilen mit sterblichen Frauen und unsterblichen«. Doch eine Frau zumindest verweigerte sich ihm, eine Unsterbliche zudem: Thetis. Verärgert beobachtete Zeus »sie auch weiterhin von oben, zum Widerwillen der Thetis«. Und legte den feierlichsten Schwur ab, daß Thetis, da sie ihn nicht wollte, auch keinen anderen unsterblichen Freund haben sollte. Hera zufolge gab Thetis nicht nach, weil sie »Achtung empfand und in ihrem Geiste erschreckt war« vor der himmlischen Gattin. So kam es, daß sie Freundinnen wurden. Doch Heras Anschauung ist hier, wie andere Male auch, allzu sehr auf sie selbst bezogen. Hinter Thetis' Weigerung steckte ein schwerwiegenderer Grund, genauer gesagt, der schwerwiegendste: aus ihrer Verbindung mit Zeus wäre nämlich der Sohn hervorgegangen, der dazu bestimmt war, den Vater zu verdrängen, der »Sohn, stärker als der Vater«, heißt es gleichlautend bei Pindar und bei Aischylos.

Dies wurde Zeus und den versammelten olympischen Göttern von der Urgöttin Themis enthüllt. Da erst verzichtete Zeus wirklich auf Thetis: er wollte nämlich »seine Macht auf immer erhalten«. Vielleicht kannte Thetis dieses Geheimnis bereits, vielleicht hatte sie sich deshalb dem Göttervater verweigert. Oder wenigstens könnte man dies per Analogie vermuten, denn Thetis war bei einer anderen Gelegenheit die einzige Frau, die die Herrschaft des Zeus beschützt hat, an jenem Tag nämlich, als die anderen olympischen Götter – darunter auch die aus seinem Haupt geborene Athene – ihn in Fesseln legen wollten. Da rief Thetis, die Meeresgöttin, die im Olymp nicht verkehrte, Briareos zu Hilfe, den fünfzigköpfigen, hundertarmigen Titanen, der Zeus rettete. Thetis hatte für das, was sie für Zeus »mit Worten und Taten« getan hatte, etwas bei ihm gut, und dies würde sie in Anspruch nehmen, um ihren Sohn Achilles zu beschützen.

Was der Grund für die Verschwörung der olympischen Götter war, welche planten, Zeus in tausend Knoten gefangenzunehmen, darüber schweigt Homer. Doch ein gefesselter Gott ist ein entmachteter Gott: nichts weniger als das hatten die olympischen Götter damals versucht. Weibliche Hilfe gab es mithin nicht nur für die Heroen, sondern auch für den höchsten der Götter. Auch Zeus wußte im unversehrten, festen Gefüge des Olymps, daß seine Herrschaft zeitlich begrenzt war. Mehr noch: wenn er zu Homers Zeiten noch weiterherrschte, so war dies ein künstlicher Zustand, denn das eine Mal hatte er seine Begierde nach einer Frau unterdrückt; und ein anderes Mal war er nur gerettet worden, weil dieselbe Frau Briareos zu Hilfe gerufen hatte, eines jener starken und unvollkommenen Geschöpfe der Urzeit, von denen man im Olymp nicht gerne sprach. Auch Zeus hatte schlau mit dem Schicksal gespielt, auch er hatte sein eigenes Ende hinausgezögert. Die Partie war noch nicht zu Ende.

Bevor Themis ihr geheimes Wissen den Olympischen enthüllte, vertraute sie es ihrem Sohn Prometheus an. In Ketten an einen Fels geschmiedet, dachte Prometheus an Zeus, der ohne Rast seinen »müßigen Liebesplänen« nachjagte, ohne zu wissen, welche seiner Eroberungen fatal für ihn sein würde. Diese launenhaften Abenteuer hatten etwas vom russischen Roulette an sich. Und Prometheus schwieg.
Damit erscheinen uns die Liebschaften des Zeus in einem neuen Licht. In ihnen verbarg sich höchste Gefahr. Jedesmal, wenn er sich einer Frau näherte, wußte Zeus, daß er möglicherweise den eigenen Untergang heraufbeschwor. Bis zu diesem Punkt wagen sich die Geschichten vor: aber für jeden erzählten Mythos gibt es auch einen nicht erzählten, ungenannten Mythos, der sich dunkel darin meldet und in Andeutungen, Splittern und Koinzidenzen aufscheint, ohne daß ein Autor es je wagen würde, ihn als eine zusammenhängende, selbständige Geschichte zu erzählen. Und hier muß der »Sohn, stärker als der Vater« nicht erst geboren werden, weil er schon da ist: es ist Apollon. Beim fortwährenden olympischen Festmahl blickten sich ein Vater und ein Sohn an, zwischen denen – für alle unsichtbar, außer für sie selbst – die gezähnte Sichel aufblitzte, mit der Kronos die Hoden des Uranos abgeschnitten hatte.

Wenn das Leben sich im Begehren oder im Schmerz oder auch im Nachdenken heftiger regte, wußten die homerischen Helden, daß ein Gott auf sie einwirkte. Sie erlitten und beobachteten ihn, doch das, was sich ereignete, war vor allem für sie selbst überraschend. Ihrer Regungen, ihrer Schandtaten, aber auch ihres Ruhmes in dieser Weise beraubt, waren sie wenig geneigt, den Ursprung der Taten sich selbst zuzuschreiben. »In dir nicht seh ich den Grund, der Grund liegt nur bei den Göttern«, sagt der greise Priamos, als er Helena am Skäischen Tor erblickt. Er konnte sie weder hassen, noch konnte er ihr die Schuld am neunjährigen Blutvergießen geben, auch wenn der Körper der Helena das eigentliche Bild dieses Krieges darstellte, der bald in einem Massaker enden sollte.

Keine Psychologie ist seitdem einen Schritt darüber hinausgelangt; sie hat für die Mächte, die auf uns wirken, lediglich längere, zahlreichere, unbeholfenere und weniger treffende Namen erfunden, die weiter entfernt sind von der Textur dessen, was mit uns geschieht, sei es Lust oder Schrecken. Moderne Menschen sind vor allem auf ihre Verantwortung stolz, doch wissen sie dabei nicht einmal, ob die Stimme, mit der sie antworten wollen, ihre eigene ist. Die homerischen Helden kannten ein so sperriges Wort wie »Verantwortung« nicht, und sie hätten auch nicht daran geglaubt. Für sie ist es, als würde jede Untat in einem Zustand geistiger Unzurechnungsfähigkeit begangen. Doch diese Unzurechnungsfähigkeit bedeutet hier: wirkende Gegenwart eines Gottes. Was für uns Unzurechnungsfähigkeit ist, ist für die homerischen Helden »göttliches Schwärmen« *(áte)*. Sie wußten, daß dieses Eindringen des Unsichtbaren oft den Untergang mit sich brachte, und so nahm denn im Lauf der Zeit *áte* die Bedeutung von »Untergang« an. Aber sie wußten auch, und Sophokles sprach es aus, daß »nichts Großes dem Leben der Sterblichen zuteil wird ohne die *áte*«.

Das von der »Anmaßung« *(hybris)* besessene Volk war das gleiche, das mit höchster Ungläubigkeit auf den Anspruch des Subjekts blickte, etwas zu *tun*. Was das Subjekt sicher zustande bringt, ist das Mittelmäßige. Sobald ein Hauch von Größe, im Bösen oder im Guten, ihn streift, ist das Subjekt nicht mehr das Handelnde. Danach, wenn die Stimmen es verlassen, fällt das Subjekt in sich zusammen wie irgendein beliebiges Medium. Für die homerischen Helden gab es nicht den Schuldigen, sondern die Schuld, eine gewaltige Schuld. Sie war das Miasma, das Blut, Staub und Tränen durchdringt. Mit intuitiver Gewißheit, die der moderne Mensch verloren und noch nicht wiedergefunden hat, unterschieden die Alten nicht zwischen dem Bösen im Geiste und dem Bösen der Sache, zwischen Ermordung und Tod. Die Schuld ist wie ein Felsbrocken, der die Straße versperrt; sie ist greifbar und bedrohlich. Möglicherweise erleidet der Schuldige sie nicht weniger als das Opfer. Gegenüber der Schuld hilft ausschließlich die kalte Berechnung der Stärke. Gegenüber dem Schuldigen gibt es immer eine letzte Unbestimmtheit. Niemals läßt sich genau feststellen, bis zu welchem Grad er wirklich schuldig ist, weil der Schuldige sich mit der Schuld verbindet und ihren Bewegungsgesetzen folgt. Vielleicht wird er erdrückt, vielleicht verlassen, vielleicht befreit. Unterdessen wälzt sich die Schuld weiter auf andere, bringt andere Geschichten hervor und andere Opfer.

Jede plötzliche Steigerung der Intensität bewirkte das Eintreten in die Sphäre eines Gottes. Und in dieser Sphäre kämpfte der Gott – oder verbündete sich mit anderen Göttern, auf einer anderen, von Gestalten belebten Szene. Von diesem Augenblick an geschah jede Tat, jede Auseinandersetzung parallel an zwei Orten. Eine Geschichte erzählen bedeutete, diese beiden Reihen von parallelen Ereignissen zu verknüpfen, beide sichtbar zu machen.

Agamemnon und Achilles geraten wegen des *géras* aneinander, jenes Teils der Kriegsbeute, der auf ungleiche Weise unter denen aufgeteilt wird, die Ansehen genießen. Als Zeus zu den anderen auf dem goldenen Fußboden des Olymps versammelten Göttern spricht, erinnert er sie daran, daß die Trojaner ihm lieb sind, weil sie ihm niemals den *géras* vorenthalten haben, nämlich den für den Gott bestimmten Teil bei den Opferungen. Und dies sagt er, während er das Schicksal des Agamemnon, des Achilles und das ihrer Gegner erörtert. Zwar verdoppelt sich jeder menschliche Begriff durch eine hinzutretende göttliche Bedeutung, aber die Worte bleiben oftmals identisch, und jede Geschichte spielt gleichzeitig im Himmel und auf der Erde. Die olympische Illusionskunst erweckt bisweilen sogar den Anschein, daß der Ort der Handlung nur ein einziger wäre. Als Helena den vom Schlachtfeld »wie gerade von einem Tanzfest gekommenen« Paris im Schlafgemach aufsucht, bringt Aphrodite ihr einen Stuhl. Doch die Nähe und Vertrautheit verringern in keiner Weise die Distanz. Den sprechenden Wesen ist bewußt, daß sie in gewissen Augenblicken Schönheit oder Kraft oder göttliche Anmut besitzen, und dennoch wird ihnen jedesmal etwas fehlen: der unendliche Grund ebenso wie das »unendliche Gelächter« der olympischen Götter beim Anblick des humpelnden Hephaistos in ihrem Festsaal – die Fähigkeit, »leichthin zu leben«, die nur den wenigen Gestalten zukommt, die wissen, daß sie ewig leben.

Ate hat glänzende Zöpfe und einen leichtfüßigen Schritt. Nicht einmal den Erdboden berührt sie. Sie läßt sich auf dem Haupt der Menschen nieder und umschlingt es mit einem Netz. »Sie zerstört alles Weiche.« Danach geht sie weiter zum nächsten Haupt. Nicht einmal vor den Göttern scheut sie zurück. Zeus beging einmal die Torheit sich zu rühmen, weil Alkmene im Begriff war, seinen Sohn Herakles zur Welt zu bringen. Voller Glück brachen die Worte aus seinem Herzen hervor, jedoch hatte sich Ate in seinem Herzen still eingenistet. Der Gott schwor, daß sein nächster Abkömmling über alle Nachbarn herrschen würde. Mit einem Sprung erreichte Hera die Stadt Argos: sie zögerte die Geburt des Herakles hinaus und beschleunigte die des Eurystheus, der ebenfalls ein Abkömmling des Zeus war. So kam es, daß Herakles über viele Jahre mühsamen Dienst bei Eurystheus tun mußte, der über alle Nachbarn herrschte.

Die homerische Gerechtigkeit unterscheidet nicht zwischen einer die Götter befallenden verhängnisvollen Schwärmerei und einer, die die Menschen befällt. Ates unbemerkbarer Fuß kann sich auf allen Häuptern niederlassen. Damals, als Zeus den Betrug entdeckte und »ein schneidender Schmerz ihn durchfuhr in der Tiefe des Herzens«, packte er Ate bei den Zöpfen und schleuderte sie auf die Erde hinab. Ate bohrte sich in die Spitze eines Hügels in Phrygien. Dort sollte eines Tages Troja entstehen.

Ananke, die Notwendigkeit, die in Griechenland über allem, selbst dem Olymp und seinen Göttern steht, hat niemals ein Gesicht erhalten. Homer verleiht ihr keine personenhafte Gestalt, sondern zeigt uns ihre drei Töchter, die spinnenden Moiren; oder die Erinnyen, ihre Botinnen; oder die leichtfüßige Ate. Allesamt weibliche Gestalten. Eine einzige Kultstätte ist der Ananke vorbehalten: an den Hängen von Akrokorinth, dem Berg der Aphrodite und ihrer heiligen Dirnen, begegnete man einem Heiligtum der Ananke und der Bia, der Gewalt. »Doch ist es alter Brauch, dort nicht hineinzugehen«, merkt Pausanias an. Was könnte man denn auch von ihr erbitten, die kein Gehör schenkt? Der Unterschied zwischen Göttern und Menschen zeigt sich vor allem in bezug auf Ananke. Die Götter erleiden sie und bedienen sich ihrer; die Menschen dagegen erleiden sie nur.
Während Achäer und Trojaner sich in die Schlacht werfen, wirken die höchsten Götter des Himmels und des Meeres, Zeus und Poseidon, unsichtbar in ihrer Umgebung. Aber was tun sie? »Sie schürzen den Knoten, der weder reißt noch sich löst, die Knie von vielen aber gelöst hat.« Die Krieger gestikulieren im Leeren, bis sie auf das Hindernis, den Feind, stoßen. Sie bewegen sich innerhalb des Netzes, das sie alle einhüllt und in dem sich bald unzählige Fäden zusammenziehen werden. Der Augenblick, in dem der Knoten sich zuschnürt, bringt den Tod, noch vor der Berührung mit dem tödlichen Metall. Was Zeus und Poseidon vor Troja tun,

unterscheidet sich nicht von dem, was Hephaistos mit Ares und Aphrodite tat, die er umschlungen im Bett antraf, und es unterscheidet sich auch nicht von der Umarmung, mit der Okeanos die Erde umschließt. Das Netz des Hephaistos war aus Gold, wie es sich für die Gegenstände des Olymps gehört, zugleich aber war es fein wie ein Spinnengewebe und sogar für die Götter unsichtbar, die über die Verwirrung der beiden darin gefangenen Liebenden lachten. Okeanos umschlingt die Erde in neun flüssigen Windungen.

Nach Parmenides ist das Sein selbst von den »Banden der mächtigen Ananke« gefesselt. Und in der Vision Platons erscheint ein gewaltiges, »an den Himmel gebundenes Licht, wie die Hanfseile, die um die Kiele der Dreiruderer geschlungen werden und so deren gesamten Umfang umschließen«. Wichtig ist in jedem Fall das Seil. Notwendigkeit ist ein verschlungenes Seil, sie ist ein verknoteter Strick *(peírar)*, der das Ganze innerhalb der Begrenzung *(péras)* hält. *Deî*, »es ist notwendig«, ein gründendes Wort, tritt zum ersten Mal in der *Ilias* auf: »Warum ist es notwendig *(deî)*, daß die Argiver Krieg gegen Troja führen?« Diese von einem neutralen Subjekt bestimmte Verbform, nämlich dem *Es* all dessen, was sich einem Willen entzieht, wurde von Onians auf *déo*, »binden, fesseln«, zurückgeführt und nicht auf *déo* im Sinne von »fehlen, entbehren«, wie andere Philologen behaupten. Das gleiche Bild, sagt Onians, finden wir »in einer Redewendung unserer täglichen Sprache wieder, ohne uns ihrer Bedeutung aus der dunklen Vergangenheit unserer Rasse bewußt zu werden«: *it is bound to happen* – »es ist gebunden zu geschehen«: »dies wird notwendigerweise geschehen«. Betrachten wir nun das Wort *anánke*. Chantraine kommt zu dem Schluß, daß »keine Etymologie über den eigentlichen Sinn von *anánke* und seinen Nebenformen Aufschluß gibt: ›Zwang‹ und gleichzeitig auch ›Verwandtschaft‹. Der Begriff, der diese semantische Doppelentwicklung rechtfertigen könnte, fände sich in *Bindung*«. Andere rücken das Wort in die Nähe der Vorstellung von »in die Arme nehmen«. In den *Trachinierinnen* sagt der Chor über den in das quälende Gewand des Nessos gewickelten Herakles: »Wenn im mörderischen Netze des Kentauren ihn eine *dolopoiòs anánke* quält ...« Wie ist diese *dolopoiòs anánke* zu verstehen? Als »trügerische Umarmung« oder als »trügerische Notwendigkeit«? Oder sowohl als das eine wie als das andere? Hier erscheint wieder das Netz, und wieder zeigt die Notwendigkeit sich als todbringende Umarmung. Mit erstaunlicher Monotonie taucht jedesmal das Netz mit den Maschen auf, die bereit sind sich zusammenzuziehen, es breitet sich über die ehebrecherische Bettstatt der Aphrodite, über das Schlachtfeld vor Troja, über das Sein, den Kosmos, den Körper des verbrannten Herakles. Diese Waffe genügt der Ananke, um auf alles einzuwirken. Viele in Griechenland zweifelten an den Göttern, aber niemand hat einen Zweifel an diesem unsichtbaren Netz angemeldet, das stärker noch ist als die Götter.

Als Alexander noch Gordion kam, fand er auf der Akropolis den Wagen vor, der mit einem Knoten an sein Joch gebunden war. Diesen Knoten vermochte niemand zu lösen. Eine Legende über diesen Wagen besagte, daß der, »der den Knoten zu lösen in der Lage wäre, mit dem der Wagen angebunden war, über Asien herrschen würde. Der Knoten bestand aus Kornelkirschrinde und man konnte weder sein Ende noch seinen Anfang erkennen. Weil Alexander aber nicht fähig war, den Knoten zu lösen, ihn aber andererseits auch nicht ungelöst lassen wollte, um keine Beunruhigung beim größeren Teil des Heeres aufkommen zu lassen, wird von einigen erzählt, daß er den Knoten mit dem Schwert durchschlug und behauptete, er habe ihn gelöst.« Aber es kursiert noch eine andere Version, derzufolge Alexander »den Bolzen der Deichsel herauszog [dies war ein in die Deichsel getriebener Holzpflock, der die Verbindung sicherte] und so das Joch von der Deichsel wegzog«. Danach »entfernten sich« Alexander und sein Gefolge »von dem Wagen in der Überzeugung, daß sich der Orakelspruch über die Lösung

Namen *pondus et mensura* trug, »Gewicht und Maß«. Eine vergebliche Revolte, aber eine göttliche. Die Ketten des Kronos werden zum goldenen Spinnennetz des Hephaistos. Die Götter wissen, daß die beiden Fangnetze ein und dasselbe Netz sind; was sich aber verändert, ist das ästhetische Erscheinungsbild, und darauf gründet sich das olympische Leben. Vor die Wahl zwischen Ananke und Eros gestellt, ziehen sie es vor, sich Eros zu unterwerfen, wenngleich sie wissen, daß Eros eine glasierte Tarnschicht über Ananke ist. Eine Tarnung im wörtlichen Sinn: die unnachgiebige Fessel Anankes, welche die Welt kreisförmig umschließt, wird von einem gesprenkelten Band überdeckt, das wir am Himmel als Milchstraße erkennen können oder auch, als perfekte Miniatur, auf dem Körper der Aphrodite, wenn die Göttin ihren »buntschimmernden Gürtel« trägt, »in welchem sie jeglichen Zauber bewahrte: Liebreiz, schmachtendes Sehnen, Gekos' und schmeichelnde Bitte wohnte darin, die selbst den Verstand der Verständigsten fortreißt.«
Dieser Gürtel, als Band über die Dunkelheit des Himmels geworfen, ist keine Täuschung, sondern Ausdruck der Herrlichkeit der Welt. Doch wenn Aphrodite ihn trägt, wird er auch zur Täuschung. Vielleicht war es aber genau das, was die Olympischen wollten: daß sich ein weiches Band der Täuschung über die unnachgiebige Fessel der Notwendigkeit lege. So geschah es, daß, als die Zeit gekommen war, Zeus den Kronos mit einer Täuschung entmachtete: jetzt zierte dieser Gürtel den Leib der Aphrodite.

Warum war den Olympiern der Gürtel der Täuschung lieber als die Schlange der Notwendigkeit, die sich um den Kosmos ringelt? Sie suchten ein bunteres Leben, ein Leben mit mehr Spiel. Nach Jahrtausenden der Unterwerfung unter die Sterne zogen sie es vor, den Eindruck zu erwecken, als ob sie Eros genauso unterworfen wären wie der Ananke, auch wenn ihnen bewußt war, daß es sich dabei um einen frevelhaften Betrug handelte. Deianeira spricht dies bei Sophokles aus, als ob es selbstverständlich wäre: »Eros beherrschet auch die Götter, wie's ihm in den Sinn kommt, und ebenso beherrscht er mich.«

Wenn ausschließlich Ananke die Herrschaft ausübt, wird das Leben steif und priesterlich. Und die Olympier mochten das Gravitätische Mesopotamiens nicht, wenngleich auch sie Opfer liebten. Sie nahmen nicht nur ewiges Leben für sich in Anspruch, sondern auch kindliche Sorglosigkeit. Als die Zeit kam, die Heroen zu vernichten, hätte eine Pest ausgereicht. Doch ein Krieg, ein langer, verwickelter Krieg war viel schöner. So setzten sich die Götter dafür ein, daß er ausbrach und andauerte, Zeus hätte sich nicht damit abgegeben, von oben die Verwüstungen einer Pest zu beobachten. Aber als sich Trojaner und Achäer wieder Schlachten liefern, ist er ganz versessen darauf, ihnen zuzusehen und auch bisweilen mit ihnen zu leiden: er sieht, wie Sarpedon, »der liebste ihm unter den Menschen«, die Rolle, »die ihm schon lange bestimmt zum Verhängnis«, zu Ende spielt, und kann nichts tun, um die tödlichen Hiebe des Patroklos von ihm abzuwehren. Einen Augenblick lang gibt er sich der Vorstellung hin, er könne ihn vom Schlachtfeld »entrücken«. Dies ist ein Augenblick sublimer olympischer Infantilität, der auf der Stelle von Hera zerstört wird. In den Worten der Göttin spricht die Stimme Anankes, verborgen hinter der Maske einer klugen Verwalterin.

Doch für alle Olympier ist der Krieg ein herrlicher Anblick. Als sich die Schlacht ankündigt, »schwebten Apollon mit dem silbernen Bogen und Pallas Athene in Gestalt von zwei Geiern auf die schützende Eiche des Zeus hernieder und vergnügten sich beim Anblick der Männer, in dichten Reihen versammelt, während ein Schauder die Schilde und Helme und Lanzen durchfuhr«.

Die achäischen Krieger rücken mit ihren bis zu den Schenkeln weißen, staubverkrusteten Körpern vor. Die schweren Hufe der Pferde wirbeln Staubwolken zum glühenden Himmel auf. In manchen Abschnitten ist der Boden sandig. Mygdon stürzt vom Wagen und bleibt mit dem Kopf in der Erde stecken, die Beine wirbeln in der Luft, bis seine eigenen Pferde ihn im Staub niedertrampeln. Zwei weibliche Gestalten treiben sich im Kampfgetümmel umher. Es sind Eris, der »Streit«, und Enyo, das »Kriegsgeschrei«. Eris trägt ein langes, dunkles, gewürfeltes Gewand, auf dem Kreise und Kreuze alternieren. Die Farbe des Gewandes setzt sich in den großen, weichen Flügeln fort. Ihre Arme sind nackt und weiß. Enyo glänzt vor Schweiß, ihr gehört das »gräßliche Schlachtengetümmel«. Es heißt, ihr größtes Vergnügen sei »der mit Blut durchtränkte Lehm«.

Es gibt einen Moment, in dem sich das für Griechenland Eigentümliche vom asiatischen Kontinent ablöst, wie eine der Inseln nahe der anatolischen Küste, deren gezackter Umriß noch der Kontur des riesigen Mutterleibes entspricht. Dieser Moment ist die Entdeckung eines Profils, einer neuen Klarheit, eines nüchternen Tageslichts. Es ist das Eingehen in Zeus, in die mittägliche Helle. *Éndios* ist das, was geschieht, wenn »die Erde sich erwärmte / Und funkelnder noch als Kristall der Himmel erstrahlte«. Bei den tragischen Dichtern bedeutet *dîos* nur noch »göttlich«, insofern es eine »Eigenschaft des Zeus« meint. Aber in homerischer Zeit bedeutet *dîos* vor allem »hell«, »strahlend«, »ruhmreich«. In Zeus erscheinen ist ein Sich-Zeigen lichtüberfluteter Körper vor der Tiefe des Himmels. Licht auf Licht. Wenn das Epitheton *dîos* den homerischen Gestalten zugeschrieben wird, dann weist das Wort nicht in erster Linie auf das »Göttliche« hin, das in ihnen ist, sondern auf die Helligkeit, auf den Glanz, der sie umgibt und vor dem sie sich abzeichnen. Die schweren Augäpfel der Sumerer sind die von Nachtvögeln, sie versinken in der Dunkelheit. Mit gewölbtem Fuß, die Mundwinkel zu einem grundlosen Lächeln in die Höhe gezogen, schreitet der homerische Held auf die dampfende Erde zu, und sein Wahnsinn ist der panische Wahnsinn des Mittags. Bevor die Stunde schlägt, kann er die isolierten und in sich abgeschlossenen Dinge erkennen, die gleichsam von einer kosmischen Schere abgetrennt und aus dem Himmel ins ausweglose Licht getrieben worden sind.

In seiner dunklen Zeit – vier Jahrhunderte ohne Schrift und ohne Mittelpunkt – entdeckte Griechenland wieder den strahlenden Glanz. Bei Homer ist das, was schön und gut ist, zugleich auch blendend. Rüstungen blitzen in der Ferne auf, Körper in der Nähe. Und dennoch waren die Griechen, während die Sänger die *Ilias* vortrugen, nicht von allzuviel Glanz umgeben. Die Paläste mit den hohen Decken waren verbrannt oder zerstört. Asiatischen Schmuck gab es nicht mehr. Auch keine Becher aus getriebenem Gold. Auch keine beeindruckenden Kriegswagen.
Der Glanz fand sich allein in ihrem Geist. Unter den Gegenständen, die sie berührten, waren Amphoren und Vasen, auf denen sich hartnäckig geometrische Darstellungen wiederholten, als hätten sie plötzlich geglaubt, daß nur eins von Bedeutung wäre: der Umriß, die Klarheit von Winkel und Linie, die Trennung. Auf der gigantischen Amphore des Dipylon folgen Bänder um Bänder mit geometrischen Motiven aufeinander, bis schließlich, von ihnen eingefaßt, eine Szene mit menschlichen Figuren auftaucht. Es handelt sich um eine Begräbniszeremonie, wo die Männer als schwarze Umrisse mit deutlich hervortretenden Muskeln erscheinen, doch ohne Gesicht. Der Körper des Toten liegt auf einer langen Bahre wie ein gefährliches Insekt. Der homerische Glanz und die Deutlichkeit dieses Insekts bedingen einander, halten einander die Waage. In jedem Zeugnis des archaischen Griechenlands ist das eine im anderen enthalten.

Jede Idee von Fortschritt wird von der Existenz der *Ilias* widerlegt. Die Vollkommenheit des ersten Abschnitts läßt jede Forderung nach Weiter- und Höherentwicklung lächerlich erscheinen. Aber die *Ilias* ist zugleich eine provokatorische Tat in bezug auf die Formen, sie fordert diese heraus und schließt sie in einen Fächer ein, der sich erst noch öffnen muß. Und dies eben dank der imperativen Klarheit, mit der aus ihrem Inneren das ausgeschlossen, ja gleichsam vertrieben ist, was in der Folge, über Jahrhunderte hinweg, im Wort Gestalt gewinnen sollte. Dieser vollkommene Beginn evoziert mit seinem Erscheinen fehlende Gegengewichte, Mallarmé.

Odysseus, der sich von allen achäischen Anführern dadurch unterscheidet, daß »er zu denken versteht«, während die anderen seinen einfallsreichen Verstand so ehrfurchtsvoll betrachten wie den pfeilschnellen Schritt Achills, fühlt sich doch darum nicht selbständiger gegenüber den Göttern. Er verfügt nicht über die kernige Redegewandtheit des Diomedes noch über die geschliffene Nestors, sondern er paßt den Augenblick und die Gelegenheit ab, um sie mit dem Wort, und ohne ein Wort zuviel, zu ergreifen. Odysseus ist der, der »aus einem glühenden Kohlenbecken herauszukommen« versteht. In dem Wort, das dieses »Zurückkommen« bezeichnet *(nostésaimen)*, schwingt die Bedeutung von »Heimkehr« *(nóstos)* mit: unbeschadet zurückkommen ist ein Heimkehren. Niemand versteht so heimzukehren wie Odysseus. Es gibt etwas Ruhendes, Festgefügtes, niemals Beschriebenes, von dem der Held weiß, daß er immer wieder seinen Fuß darauf setzen kann, auch wenn die Wogen noch so hoch gehen. Daß dies in seinem Geist nur eine kleine Insel darstellt, liefert den Maßstab für das räumliche Verhältnis zwischen jenem Felsbrocken und der ungeheuren Weite des Meeres. Und trotzdem ist dieses kleine, harte Geisteseiland etwas, das, wie seine mächtige Brust, festen Boden und dauernden Halt bietet. Odysseus kennt das Feuer, er begegnet ihm, tritt ihm entgegen. Aber vor allem *versteht es* Odysseus, aus dem Feuer *herauszukommen*, im Unterschied zu vielen Männern und Frauen, die dem Göttlichen nahestehen. Deshalb fühlt sich der imponierende Diomedes im Dunkel ruhiger, wenn er ihn wie einen wachsamen Schatten an seiner Seite weiß.

In der Nacht, in der die Lage der Achäer am verzweifeltsten ist, als sie durch den Angriff der Belagerten zu ihren Schiffen zurückgedrängt werden und er sich gemeinsam mit Diomedes auf eine riskante Mission begeben will, bei der sie dem feindlichen Lager ein paar Geheimnisse entreißen wollen, hört Odysseus aus dem Dunkel den Schrei eines unsichtbaren Reihers. Dies ist Athene, die ihm damit ihre Gegenwart anzeigt. Da wendet sich Odysseus an die Göttin, die ihm immer zur Seite gestanden hat. Er spricht nur wenige, knappe und intime Worte, weniger als die Hälfte derer, die Diomedes gleich nach ihm an sie richtet. Odysseus erinnert sie nicht an väterliche Präzedenzfälle und verspricht keine Opfer. Er bittet die Göttin: »Einmal noch liebe mich, Pallas Athene, sosehr es dir möglich ist.«

Zwischen dem naiven, überladenen Pomp des Diomedes und der schmucklosen Klarheit des Odysseus tut sich eine Geschichte auf, die noch Jahrhunderte, manche Rückkehr und Umwälzung braucht, um sich zu entfalten. Doch in jener Nacht ist alles in ihr noch verbunden, so wie sich noch die »furchtbaren Rüstungen« berühren, welche die beiden Helden gerade angelegt haben. Und die Göttin ist noch in gleicher Weise für beide präsent. Sie verständigen sich zuerst in ihr und dann erst untereinander. Dies ist »das Feuer vom Himmel«, an dem die Griechen teilhaben, bevor Odysseus es mit seiner Nüchternheit unversehrt durchschreitet. Bevor diese Nüchternheit als einzige überlebt, ohne jede Erinnerung an das Feuer, das sie durchschritten hat, uneingedenk auch jener alten Vertrautheit mit der Göttin, die sich von dem Helden auffordern ließ, ihn zu lieben, »einmal noch, sosehr es dir möglich ist«.

Achilles ist der einzige, mithin auch der einzige Sohn, »*enfant gâté* der Natur«: sechs seiner Brüder sind bei den Unsterblichkeitsriten seiner Mutter Thetis vor ihm gestorben. Sie hielten dem Feuer nicht stand. Die Flamme, die Achilles umzüngelte, hat ihn *beinahe* unsterblich gemacht. Und dies bedeutet: sterblicher als die Sterblichen. Ihm wurde das kürzeste Leben zuteil, weil er für Thetis den Sohn ersetzte, der Zeus hätte verdrängen sollen und niemals geboren wurde. Statt ein Gott mit einem längeren Leben als andere Götter, war er ein Mensch mit einem kürzeren Leben als andere Menschen, doch unter diesen kam er einem Gott am nächsten. Weil er die Stelle dessen einnahm, der Zeus das Ende bereitet hätte, hat ihn das Ende mit gebieterischer Evidenz gezeichnet. Achilles ist Zeit im Reinzustand, davonstürmende Zeit. Er besaß Eigenschaften – konzentriert in einem Bruchteil ihrer Dauer –, die denen der olympischen Götter am nächsten kamen: Intensität und Mühelosigkeit. Sein Zorn, der die *Ilias* in Gang setzt, ist intensiver als der eines jeden anderen Kriegers, und die Schnelligkeit seines Fußes läßt glauben, daß er die Luft ohne Widerstand zerteilt.

Kein Heroe hatte einen so vertrauten Umgang mit Frauen wie Achilles. Als Neunjähriger spielte er auf Skyros wie ein Mädchen unter anderen Mädchen, und erst der Trompetenstoß des Odysseus scheuchte ihn aus seinen Mädchenträumen auf. Von einer Meeresgottheit geboren, von zwei Najaden aufgezogen, wurde er von seinen Freundinnen Pyrrha genannt, die Blonde, die Rotblonde. Damals empfand er ein Glück, wie es niemandem sonst zuteil geworden war: ein Mädchen zu sein und ein Verführer von Mädchen. Er war eine fremdländische Freundin, die mit den Töchtern des Lykomedes spielte, doch die älteste von ihnen, Deidameia, brachte bald schon den Sohn ihrer »heimlichen Liebe« zur Welt: Neoptolemos. Auf Skyros, unterhalb eines Turms, gab es eine Wiese, über die der Wind blies, und dort pflückten die Töchter des Lykomedes viele Blumen. Sie hatten einen offenen Blick, runde Wangen und schwungvolle Bewegungen. Achilles, mitten unter ihnen, war nur daran zu erkennen, daß er die Haare mit einem härteren Ruck nach hinten warf.

Nach den Liebschaften seiner Kindheit trat die Frau Achilles im Zeichen des Todes entgegen. Und dieses Zeichen sollte nie mehr von ihr weichen. Die Windstille in Aulis dauerte an, und die Helden trainierten nervös ihre Körper vor den Zelten, um die Zeit des Wartens zu verkürzen. Achilles erging sich in Phantasien, daß »tausend Mädchen auf der Jagd nach seiner Bettstatt wären«, als das Mädchen erschien, das sich für auserkoren hielt, das Brautbett mit ihm zu teilen: Iphigenie.

Ein schreckliches Mißverständnis: ihr Vater Agamemnon hatte sie in die Hochzeitsfalle gelockt, um sie als Götteropfer zu töten. Klytämnestra sagte daraufhin zu Achilles: »Die Tochter stirbt, und dieses ist vielleicht ein schlimmer Bote dir zum Morgenrot des künft'gen Hochzeitstages.« Das Vorzeichen blieb unversehrt in der Schwebe.

Von da an wurden die Liebschaften Achills, die aus Mädchenspielen hervorgingen, von Blut umrahmt oder überflutet. Und Achilles selbst sollte, wie Iphigenie, den Tod finden, mit einem falschen Hochzeitskranz im Haar. Der Betrug des Agamemnon hatte etwas prophezeit, was allen, und gewiß auch ihm selbst, unbekannt war, etwas, das Iphigenie mit Achilles verband. Einmal heißt es sogar, daß sie einen Sohn hatten. Sie hätten ihn bekommen, ohne einander berührt zu haben, es sei denn in der Gemeinsamkeit des tödlichen Betrugs, dessen Opfer sie wurden.

Hierogamie und Opferung waren vor Zeiten ein und dasselbe. In der Geschichte wird dies Ungenannte allmählich getrennt. Der Gott des Uranfangs tötete sich und vereinigte sich zur gleichen Zeit. Die Menschen, die dessen eingedenk sind, können diesen Vorgang nicht nachahmen, sofern sie überleben wollen, und sind gezwungen, ihn in zwei Phasen zu zerlegen: Mord und Vereinigung, Opferung und Vermählung. Doch bleibt in der Opferung der Beigeschmack der Vermählung, so wie in der Vermählung der Beigeschmack der Opferung bleibt. Etwas Konkretes verbindet diese Handlungen miteinander: der Kranz. Bekränzt wird man, um zur Opferung und um zur Hochzeit zu gehen. Und die Doppeldeutigkeit dieses Kranzes bildet den beständigen und verschwiegenen Bezugspunkt der tragischen Szene: die Episoden des Mißverstehens, des Wiedererkennens, des Doppelsinns, die den Nerv des Tragischen spannen, rühren von diesem uranfänglichen Doppelsinn her, der im Kranz beschlossen liegt.

Es wäre naiv zu glauben, daß erst der moderne Mensch dies alles hat herauslesen können, so als würde die Tragödie es im Impliziten und Unbewußten verhüllen. Es scheint vielmehr, daß dies der kanonische Hintergrund der Tragödie gewesen ist. Sonst, um nur eins von vielen Beispielen zu nennen, würde der Chor des Euripides in der *Iphigenie in Aulis* nicht jäh von der Erinnerung an die Vermählung des Peleus mit der Thetis, bei der auch die Götter zu Tisch geladen sind, zur Beschreibung der Iphigenie als »gescheckter Färse« übergehen, aus deren »sterblichem Rachen man das Blut hervorschießen läßt« in Aulis, wo der Vater sie dem Augenschein nach zur Vermählung führen wollte. Dieser gespaltene, in zwei Stränge, Hochzeit und Opferung, geteilte Diskurs ist für Euripides nur ein einziger; und weil die beiden Stränge zusammengehören, ist der Wechsel vom einen zum anderen obligatorisch. In der gleichen Weise geht aus den Texten ganz klar hervor, daß die tragische Spannung die zwischen Ermordung und Opferung ist und sich entweder im Aufeinanderprallen oder im Auseinanderstreben der beiden Begriffe artikuliert. Alle erhaltenen Tragödien könnten in der Tat nach dem Aufprallwinkel klassifiziert werden, der zwischen Ermordung und Opferung entsteht, oder entsprechend der unterschiedlichen Anhäufung von Ambiguitäten beim Auftreten des einen und des anderen. In der *Iphigenie in Aulis* wird ständig das Verb *kteínein*, »töten«, wiederholt, während *thýein*, »opfern«, nur selten vorkommt: zwischen beiden vermittelt *spházein*, »die Kehle durchschneiden, schlachten«. Und trotzdem kreist diese Tragödie um eine Opferung und nicht um eine Ermordung. Umgekehrt ist im *Agamemnon* die Opferterminologie prävalent, obwohl es sich um die Chronik eines Mordes handelt.

Als Iphigenie bereit ist, sich töten zu lassen, wie sie selbst sagt, »von einem unmenschlichen Vater unmenschlich hingeschlachtet«, doch nur, »weil Griechenland, das unendliche, seine Augen auf sie gerichtet hat« und ihr Tod dazu beitragen wird, daß »über die Barbaren herrsche stets der Griechen Volk, doch umgekehrt Barbaren über Griechen nie und nimmer«, und zwar deshalb, weil »jene in ihrem Wesen Knechte sind, ein freies Volk jedoch die Griechen« – wenn eine solche Wortfolge schnell und sicher aus dem Mund der mykenischen Jungfrau quillt, kann man sagen, daß jede kosmische Vision des Opfers untergegangen ist. Das Opfer hat nichts mehr mit dem Gleichgewicht zwischen Göttern und Menschen zu tun, sondern zwischen Menschen und Menschen, zwischen den »Herrschern der Menschen« und jener stets zu fürchtenden Masse, die sich zwischen den Zelten zusammendrängt.

Unerhört und unbegreiflich aber ist an diesem Punkt die Entdeckung, daß das Opfer als gesellschaftliches Faktum ebenso wirksam ist wie das Opfer als kosmisches Faktum. Jede himmlische Spannung entfällt. Es bleibt ein ahnungsloses Mädchen, das vor einem Heer geschlachtet werden soll, welches besessen ist von der Begierde, dorthin zu segeln, wo Blut fließt (es ist Aphrodite, die es anstachelt, nicht Ares). Und diese Ermordung erweist sich als äußerst nützlich, sie ist das erste *pro patria mori*, das sich von jedem anderen abhebt und jedes andere entwertet, so wie die Rede des Perikles über die Demokratie Tausende von späteren Reden über dasselbe Thema entwertet. Noch bevor die Achäer die Segel in Richtung Troja setzten, hatte sich am Leib der Iphigenie eine radikale Säkularisation des Opfers vollzogen. Die Götter waren zwar unversehrt, aber die Beziehungen zu ihnen nahmen nun die gleiche Nüchternheit und Leidenschaft-

lichkeit an, wie sie dem Verhältnis zwischen Tochter und Vater, Knecht und Herr, Geliebtem und Liebhaber, Bräutigam und Braut eigen sind. Nur eine ungeheure Verschiedenheit von Kräften trennt den Himmel von der Erde, nicht etwa eine Verschiedenheit des Geistes, des Herzens oder der Zeremonien. Nachdem jedes kosmische Gerüst zwischen Göttern und Menschen zusammengebrochen ist, erscheint das Leben leichter, voller Glanz, doch zugleich auch einsam, flüchtig und unumkehrbar. Dies ist das vorherrschende Gefühl, das das lichte Zeitalter der Griechen von Homer bis Euripides durchzieht. Das Leben besteht nicht länger in einer Tauschpartie zwischen unsichtbaren Mächten, sondern in »der Süßigkeit, das Licht zu schau'n«. So spricht aus Iphigenie die *philopsychía,* die letzte wehmütige »Liebe zum Leben«. Und das Ende ist abrupt: »Das Licht des Tags zu schau'n ist für die Sterblichen das Süßeste, und die Unterwelt ein Nichts.«
In diesen dreisten Worten, die das »Nichts« der gesamten Geisterwelt zu behaupten wagen, erkennt man die Affinität, deretwegen Iphigenie als Braut für Achilles ausersehen war. Diese Erklärung, von Iphigenie vor ihrem Tod herausgeschleudert, nimmt die Antwort des Achilles an Odysseus in der Unterwelt vorweg, seine Verachtung für die nichtige Herrschaft über die Toten und den quälenden Wunsch nach einem Stück Leben, wie unbedeutend es auch sein mag.

Die gesamte klassische Welt, von den minoischen Freskenmalereien bis zu den römischen Festgelagen, ist mit Kränzen übersät. In Rom übte der *coronarius* ein einträgliches Handwerk aus, weil es unzählige Gelegenheiten gab, bei denen Kränze verwendet wurden. »In alter Zeit«, erinnert Plinius, »dienten Kränze dazu, die Götter und die öffentlichen und privaten Laren zu ehren, aber auch die Gräber und die Manen.« Danach wurden sie ebenfalls für Götterstatuen, Opfertiere und Brautleute verwandt. Danach für Athleten, die bei Wettkampfspielen gewonnen hatten. Danach für herausragende Dichter und Krieger. Danach als heiterer Schmuck bei Festgelagen. Liebhaber hängten Kränze an die Türen ihrer geliebten Knaben. Und Kleopatra erwog eines Tages sogar, Antonius mit den Blütenblättern eines Kranzes zu vergiften. Man kann sagen, daß sich die mediterrane Welt von den ägyptischen Mumien bis zu den christlichen Apologeten, die diesen heidnischen Brauch zu umgehen versuchen und ihm dennoch erliegen, lange Zeit in diesem kreisrunden Bild bewegt hat, in diesen bedeutungsvollen, vergänglichen Blüten, die den jeweiligen Umständen entsprechend ausgewählt wurden. So allgegenwärtig waren die Kränze, daß eine ganze Literatur über sie entstand. Nur wenige andere Themen schienen gleichermaßen geeignet für den gelehrten Wettstreit unter Sophisten beim Gastmahl. Doch wenn wir von ihrem liebenswürdigen Geplauder zum Ursprung zurückgehen, was begegnet uns dann?

Der erste Kranz war eine Ehrengabe des Zeus für Prometheus; er war also ein Geschenk der Götter an den Menschen, der das gebrochenste Verhältnis zu ihnen hatte, war Drohung und Erlösung. Dieser Kranz sollte die Qual der Ketten ausgleichen, in denen Zeus selber Prometheus lange gefesselt gehalten hatte. Jetzt verwandelte sich die kalte metallische Umklammerung in das, was Aischylos »die beste aller Fesseln« nannte: ein rundes Geflecht aus Blättern, Zweigen und Blüten. Nicht anders hatte sich der bunte Gürtel der Aphrodite über das erstickende Netz der Ate gelegt. Und wie in den Gürtel der Aphrodite die Täuschung eingewoben ist, läßt sich im Kranz des Prometheus der verwegenste Anspruch der Täuschung erkennen. Bei Hyginus lesen wir: *»Nonnulli etiam coronam habuisse dixerunt, ut se victorem impune peccasse diceret«* – »Einige sagten, daß [Prometheus] deshalb einen Kranz bekommen habe, damit er behaupten könne, die Straflosigkeit seiner Schuld sei sein Triumph.« Gleich dem Gürtel der Aphrodite ist der Kranz die Fessel der Notwendigkeit, doch jetzt gerät diese in Blütenblätter aufgelöste, von der Schönheit vereinnahmte Fessel

in die Nähe der anmutigen Überflüssigkeit des Ornaments. Der Schleier des ästhetischen Scheins kann auch die Verwegenheit dessen verbergen, der sich der Notwendigkeit entziehen will, der noch immer eine Straflosigkeit sucht, die von *anánke* nicht gewährt wird. Darauf will Hyginus anspielen.
Aischylos vertritt jedoch eine andere Anschauung. Für ihn ist der dem Prometheus geschenkte Kranz *antípoina,* eine »Vergütung«, die zugleich auch eine Befreiung ist. Prometheus hatte sie sich verdient, weil er dem Zeus enthüllt hatte, daß, sollte ihm Thetis einen Sohn gebären, dieser ihn verdrängen würde. So hatte Prometheus den Gott zuerst getäuscht und anschließend gerettet. Und jetzt verweilte er unter den Menschen und brachte ihnen, nach dem Feuer, eine neue Offenbarung: den Kranz. Von der Kette zum Kranz: auch er war eine Fessel, weil alles Starke, das auf uns eindringt, eine Fessel ist. Aber jetzt wurde sie leichter, wurde zerbrechlich und weich, umschloß sanft den Kopf, weil »im Kopf alle unsere Empfindungen sitzen«. Worin bestand das Kostbare, das sich in diesem Pflanzengeflecht verbarg? In der Vollkommenheit. Sie war das griechische Geschenk par excellence, das, wonach die Griechen bei jeder Gelegenheit trachteten.
Es war ein weiter Weg bis zu den Kränzen, die man bei Festgelagen verteilte. Ursprünglich war das Wesentliche des Kranzes die Trennung. Anfangs ein magischer Kreis, teilte er die Welt in das Heilige (bruchstückhaft präsent als Opfertier, als Braut, als Götterstatue) und alles übrige. »Alles, was zum Bereich des Kultischen gehörte, Personen und Tiere, Opfertiere oder Symbole, trug zum Zeichen der Weihe Kränze oder Binden und oftmals Kränze und Binden gleichzeitig.« Daher ist der Kranz »Bote der heiligen Stille«, Vorspiel der rituellen Tötung. Aber von diesem kultischen Ursprung aus schlugen die Griechen einen Weg ein, der ihnen allein vorbehalten war. Das Heilige ist durchdringend, es kommt über ein Mädchen, ein Tier, ein Götterbild und füllt sie an. Mithin geht das Heilige in die Fülle über und die Fülle

in die Vollkommenheit, da wir – um mit den Worten des Aristoteles zu sprechen – »den Göttern nur Vollkommenes und Makelloses darbieten«. In der *Ilias* ist die Rede von »Jünglingen, welche mit Wein flugs die Mischkrüge füllten« [»bekränzten«: *epestépsanto*]. Ein Kranz ist auch der Rand der Trinkschale, der Punkt, an dem die Fülle zum Überfluß wird. Der Kranz ist ein bewegliches *templum*, er vereinigt in sich die Auserwähltheit und die Gefahr. Das Vollkommene zieht den Tod auf sich, weil es keine Fülle ohne Überfluß gibt, und das, was im Überfluß vorhanden ist, ist das Übermaß, auf welches das Opfer sein Recht geltend macht. »Was bis zum Rand angefüllt ist, ist vollkommen, und das Bekränzen bedeutet eine gewisse Vollkommenheit«, lesen wir bei Athenaios. Die für die Opferung bestimmten Tiere wurden bekränzt, wenn man sicher war, daß sie vollkommen waren, »damit nicht etwas Nutzloses getötet wurde«.
Der Kranz schloß einstmals das Heilige in sich und sonderte es so von der gewöhnlichen Welt ab. Am Ende wird er das Vollkommene in seiner sich selbst genügenden Fülle in sich schließen. Indem sie umsichtig und stillschweigend die Ebenen verschoben, entzogen die Griechen den Kranz dem Ritus und dem Blut. Sie wollten, daß er das Vollkommene als solches auszeichnet. Von nun an sollte er keine Zeremonie mehr begleiten, die vollzogen wird, sondern etwas, das einfach nur da ist. Der Kranz ist nur die höchste, die herausgehobenste Stufe der Existenz. Sappho wendet sich an Dika: »Winde um deine Locken liebliche Kränze und flicht mit deinen zarten Händen Anishalme zusammen, denn die seligen Chariten blicken gerne auf Blumengeschmücktes und wenden den Blick ab von dem, der keine Kränze trägt.« Dika ist bereits das Vollkommene an sich, das den wohlwollenden Blick der Chariten auf sich zieht. Sie ist nicht mehr Iphigenie, die meint, sie trüge den Kranz als Braut, während dieser Kranz sie doch als Opfer aussondert, das auf dem Altar geschlachtet wird.
Die Griechen brachen aus dem Heiligen aus und wandten

sich, im Vertrauen auf die Suprematie des Ästhetischen, dem Vollkommenen zu. Es war ein sehr kurzer Ausbruch, der so lange anhielt, wie das Spannungsverhältnis zwischen dem Heiligen und dem Vollkommenen andauerte, so lange, wie das Heilige und das Vollkommene zusammenleben konnten, ohne einander zu beeinträchtigen. Aber kein anderer Stamm hatte dies versucht. Wenn wir ausgerechnet bei Sappho zum ersten Mal einen Kranz finden, der um seiner selbst willen den Blick der Chariten auf sich zu ziehen scheint, wenn mit ihr der rituelle Gebrauch ein Vorwand für die ästhetische Glasur zu werden scheint, verdanken wir diese unbekümmerte Spontaneität nicht etwa dem *kalón*, einer viel zu gewichtigen Kategorie, sondern der *abrosýne*, einem Wort, das sich nicht der Gunst der Philosophen erfreuen wird und das wir nicht übersetzen können, wenn wir in unserer Vorstellung nicht die Feinheit mit der Pracht, die Anmut mit dem Luxus mischen. »Ich liebe die *abrosýne*«, heißt es in einem anderen Vers der Sappho, und darin liegt vielleicht ihr einziges unbezweifelbares Bekenntnis.

Kranz, Kette, Girlande: es ist die gleiche Gestalt, und oftmals verwandelt sich eines ins andere. Als Amphiaraos den Palast in Korinth verließ, um vor den Mauern von Theben zu kämpfen, wußte er dank seiner seherischen Fähigkeiten genau, daß dieser Zug tödlich für ihn enden würde. Nur die Heimtücke seiner Gattin Eriphyle war in der Lage gewesen, ihn aus seinem Versteck herauszulocken und auf das Schlachtfeld des Polyneikes zu schicken: und zur Belohnung für diesen Verrat hatte Eriphyle von Polyneikes das Halsband bekommen, das Aphrodite der Harmonia geschenkt hatte. Im Hof des Palastes, den Helm schon auf dem Kopf und das Schwert zum Himmel gerichtet, wandte sich Amphiaraos noch einmal um und warf, während die Pferde, noch von den Zügeln gehalten, ungeduldig die Hälse bogen, einen letzten Blick auf seinen kleinen Sohn Alkmaion. Mit großer Geduld hatte er diesem Kind bereits erklärt, daß es eines Tages seine Mutter töten müsse, um seinen Vater zu rächen, der ihn jetzt zum letzten Mal grüßte. Der kleine Junge hatte ihm lachend zugehört, er war nicht bei der Sache und wollte spielen, doch diese Worte würden in seiner Erinnerung wieder auftauchen wie die Worte eines Kinderliedes. Jetzt sah ihn Amphiaraos, wie er, nackt und stark, vor einem Hintergrund von Frauen die Arme zum Gruß erhob. Weitere erhobene Arme waren hinter ihm zu erkennen, weiße Arme: sie waren die von Demonassa und Eurydike, seinen Töchtern, und er erkannte auch die hageren der alten Amme. Hinter allen, den Kopf in den Umhang gehüllt, Eriphyle: Amphiaraos begegnete ihrem eisigen Blick, der dem seinen im Haß nicht nachstand. Einer ihrer Arme war verborgen: sie hielt ihn gesenkt, und von der Hand hing bis zum Boden, groß und strahlend, die Halskette der Harmonia herab, eine Girlande goldenen Lichts.

In Szenen wie dieser, die den Beginn des Untergangs eines Geschlechts bezeichnen, respektiert ein jeder die ihm zukommende Rolle, als wäre alles in Ordnung, auch wenn sie wissen, was ihnen droht. Aber abseits gibt es immer eine kauernde Gestalt, die sich mit einer Hand an den Kopf greift. Es ist der, der sieht, aber nichts tun kann. Eines Tages wird er der tragische Dichter werden und diese Geschichten erzählen. Doch jetzt schweigt er. Äußerlich betrachtet, war an dieser Szene nichts Ungewöhnliches: es war der Aufbruch eines Heerführers in den Krieg, wie er sich noch viele Male hätte wiederholen können. Nur wer den Blick damals gesenkt gehalten hätte, hätte bemerkt, daß sich in diesen Augenblicken etwas Furchtbares ereignete. Es gab ein Gewimmel von Tieren: Eidechsen krochen furchtlos zwischen den Beinen der Anwesenden umher; ein Igel war in Gefahr, von der Ferse des Amphiaraos zerquetscht zu werden; ein großer, majestätischer Skorpion kroch langsam die Kannelüre einer Säule des Innenhofs hoch; ein Hase rieb sich nervös zitternd am Wagen; eine Eule hatte sich auf der Mähne eines Pferdes niedergelassen; jenseits des Hofes, zwischen

den Steinen, erhob sich, unbeweglich lauernd, der Kopf einer Schlange.
Viele Generationen waren seit jenem Augenblick aufeinandergefolgt, und man hatte die Geschichte von Amphiaraos und Eriphyle gesungen und kommentiert. Jetzt ruhte die Halskette der Harmonia, wie auch die, welche Menelaos der Helena geschenkt hatte, in Delphi, nachdem sie der Anlaß zu so vielen Untaten gewesen war. Während des zweiten Heiligen Kriegs plünderten die Phoker das Heiligtum. Ihre Anführer wollten die berühmten Geschmeide unter ihren Frauen aufteilen. Sie warfen das Los darüber. Die Halskette der Eriphyle ging an eine »Frau von traurigem und gekränktem Aussehen, die aber voller Würde war, während die Kette der Helena an eine ging, die durch ihre Schönheit und Zügellosigkeit hervorstach. Die letztere verliebte sich in einen Jüngling aus Epirus und floh mit ihm, während die andere die Ermordung ihres Gatten anzettelte.« Die, die geflohen war, soll sich später in das Leben einer Hetäre gestürzt haben, sie »warf ihre Schönheit all jenen hin, die sie demütigen wollten«. Die andere dagegen, die ihren Gatten getötet hatte, verbrannte bei lebendigem Leib in ihrem Haus. Das Feuer war von ihrem ältesten Sohn gelegt worden, der wahnsinnig war.
Die Kette, der Kranz, die Girlande: mit den Jahren fielen die Blätter und Blüten der Schönheit ab, es blieb nur die kalte Umklammerung eines Kreises, die nackte Notwendigkeit; und das, was einmal ganze Zyklen von Geschichten freigesetzt hatte, den thebanischen Zyklus, den trojanischen Zyklus, schrumpfte zu bloßen Fakten der Chronik, wo die Hauptdarstellerinnen nicht einmal mehr einen Namen besaßen und nichts als das reine Faktum in Erinnerung blieb: eine Flucht, ein Mord in einem Griechenland, das nur noch darauf wartete, sich vor Alexander dem Großen zu beugen, und das zu vergessen suchte. Aber all dies, und nicht weniger als dies, gehörte zum Wesen des Kranzes, der Kette, der Girlande.

Im Gürtel der Aphrodite, im Kranz, im Körper der Helena und in ihrem Bild überlagert das Schöne die Notwendigkeit, indem es sie in Täuschung hüllt. Das Notwendige besitzt seinen eigenen Glanz, und hinter allem Glänzenden spürt man eine metallische Kälte, wie von einer zum Schlag ausholenden Waffe. Der wirkliche Bruch des Griechentums, wie auch jeder andere seiner unumkehrbaren Schritte, vollzieht sich, wenn Platon zum ersten Mal behauptet, »wie sehr die Natur des Notwendigen und des Guten voneinander verschieden sind«. Und er meint damit eine ungeheure, unüberbrückbare Entfernung – die gleiche Entfernung, die zu Gottesleugnern »diejenigen« werden ließ, »welche die Astronomie und andere Künste des Notwendigen betreiben, nachdem sie, wie sie glauben, erkannten, daß die Dinge der Notwendigkeit gemäß entstehen und nicht durch die Absicht eines Willens, der mit Vollendung des Guten beschäftigt ist«. Damit wird nun das Schöne entweder umstandslos dem Guten unterstellt als dessen Agens, Instrument und Pädagoge – oder es schwebt in der Luft, wie ein unheilvoller Zauber *(goéteuma)*, der den Geist täuscht, um ihn noch tiefer unter das Joch der Notwendigkeit zu beugen. Noch bei Homer wird das Gute nicht einmal erwähnt: seine glücklichen und unglücklichen Krieger kennen lediglich den bunten Stoff der Notwendigkeit, sie sind zufrieden mit diesem Glanz, der sie am Ende tötet. »Nicht ohne Furcht kann der Sterbliche den bunten Schönheiten folgen«, sagt Agamemnon, bevor er wenige Augenblicke später unter dem Beil der Klytämnestra fällt.

Agamemnon, *»ánax andrôn«,* »der Herrscher über die Männer«, ist die personifizierte Königswürde. Als deren Träger muß er die Verbindungen mit dem Himmel und der Erde unterhalten. In seiner Person laufen die Wege des Tausches zusammen. Und am Anfang des Tausches steht immer eine Tötung, die Kraft, die das Rad in Bewegung setzt, die »die Stille der Winde« beendet. Für Agamemnon stellt sich dieser Anfang als die Opferung seiner Tochter Iphigenie dar. Der, welcher den Mechanismus des Tausches regelt, ist jener Einzige, der von der Einzigkeit eines jeden anderen absehen muß, mithin auch von der seiner Tochter. Aber der einzige Herr des Tausches, der Gebieter über die Ersetzung, kann auch die Auflehnung der Einzigkeit erfahren. Als Chryses, der Priester, um die Herausgabe seiner Tochter Chryseis bittet und Agamemnon von Achilles die Übergabe der Briseis fordert, um Chryseis durch sie zu ersetzen, kommt es zum Aufstand der Einzigkeit gegen den Tausch.

Achilles ist die Königswürde ohne Königreich, die ihre Anmut in sich trägt, ohne einer hierarchischen Ordnung zu bedürfen, die sie stützt. Wegen seiner Anmut und nicht wegen seiner Macht ist Achilles königlicher als die anderen. Und eben das ist der Grund, weshalb Agamemnon darauf besteht, ihm klarzumachen, daß er königlicher ist als er, wie es Nestor mit beinahe pedantischer Genauigkeit ausführt: »Du Sohn des Peleus, versteife dich nicht, einem König so offen zu widersprechen. Es gibt kein ähnliches Ansehen wie das eines zeptertragenden Königs, dem Zeus den Ruhm verliehen. Stark bist du, eine Göttin ist deine Mutter, doch er steht höher als du, weil er mehr Männern befehligt.« Auf der einen Seite steht der König, der darum ein solcher ist, weil sich in ihm eine Gesellschaft vereinigt; auf der anderen steht der einzelne, der in der Abgesondertheit seiner Gestalt, in der Einzigkeit seiner Gabe königlich ist. Mit Achilles tritt im homerischen Licht eine Eigenschaft auf, welche der wedischen Mathematik unbekannt war: das Einzige, nicht von sakralen Bindungen gestützt, wankend, flüchtig und dennoch nicht ersetzbar, nicht austauschbar, nur einer kurzen, vom Tod begrenzten Erscheinung anvertraut und eben deshalb unvergleichlich. Was nur ein einziges Mal und für kurze Zeit existiert, kann mit keinem anderen Gut verglichen werden.

Achilles hat sich in seiner Wut auf Agamemnon in sein Lager zurückgezogen. Dort schläft er mit Diomede, der »Schönwangigen«, so wie schon Briseis »schönwangig« war. Doch Achilles will nichts von der Ersetzung der Briseis wissen. Der alte Phoinix, der Achilles so liebt, wie ihn ein alter Erzieher nur lieben kann, auf dessen Brust der Held, als er noch ein kleiner Junge war, den Wein ausspuckte, kann sich diese absurde Hartnäckigkeit nicht erklären. Wie kann Achilles – »für ein Mädchen!« – die sieben Mädchen von Lesbos (und gewiß »nicht die schlechtesten«) ablehnen, die Agamemnon ihm, nebst vielen anderen Geschenken, anbietet, um ihn zu besänftigen? Es gelingt Phoinix in seiner Stammesergebenheit nicht einmal, den Anspruch des Einzigen zu erfassen. Doch es ist Achilles, dem das Epos die Worte anvertraut, die zum ersten Mal diese Entdeckung, dieses Gefühl benennen, das der ganzen späteren Geschichte seinen Stempel aufdrückt und bis heute unversehrt überlebt hat: einsamer Halt im unendlichen Schiffbruch der Kategorien, einsamer Punkt, der für alle noch heute evident ist, für die Gottlosen ebenso wie für die Frommen, in einer Zeit, die nicht mehr gottlos und nicht mehr fromm zu sein vermag. Dies sind die Worte Achills: »Ochsen und fette Hammel kann man durch Raub sich verschaffen; dreibeinige Schemel und Pferde mit blonden Mähnen kann man durch Kauf erwerben; doch das Leben eines Mannes *(andròs psyché)* findet man nicht wieder, noch kann man es rauben oder kaufen, sobald es das Gehege seiner Zähne verlassen hat.« Nicht nur haben diese Worte im Verlauf der Jahrhunderte keine Entgegnung gefunden, sondern sie haben sich zugespitzt, verschärft, und blieben allein, während Glaubensbekenntnisse und Prinzipien dahinwelkten. Wenn heute jemand, der keinem Glauben anhängt, sich weigert zu töten, dann leben die Worte des Achilles in ihm fort.

Die ästhetische Rechtfertigung des Daseins wurde nicht vom jungen Nietzsche erfunden, aber er hat sie als erster beim Namen genannt. Vorher setzte man stillschweigend voraus, daß das griechische Leben von den Olympiern beherrscht wurde. Die Vollkommenheit der Erscheinungswelt war unauflöslich verknüpft mit der Hinnahme eines Lebens ohne Erlösung, ohne Heil, ohne Erwartung einer Wiederholung, eines Lebens, das sich auf den vergänglichen Zauber seiner sichtbaren Formen beschränkte. Achilles ist Sohn einer Göttin, und dies verleiht ihm eine Stärke und Anmut, die die anderen nicht kennen, jedoch entscheidet er sich für ein kurzes, herrliches und unwiederbringliches Leben.

Das Leben, für das sich Achilles entschieden hat, ist, mehr noch als das Leben eines einzelnen, das Bild des Lebens selbst, wie es bei Homer impliziert ist. Achilles wird es sein, der in der Unterwelt die Worte sagt, die, spiegelverkehrt, denen entsprechen, die er bereits bei der Ablehnung der Geschenke des Agamemnon ausgesprochen hat. Dort erscheint der Held wie einer unter den vielen »gefühllosen Bildern erschöpfter Sterblicher«. Vom Leben ist nur eine lange Müdigkeit übriggeblieben. Odysseus versucht, ihn »glücklich« auch unter den Toten zu nennen, und gibt vor, ihn zu bewundern, weil er auch dort »große Macht« behalten habe. Aber noch einmal spricht Achilles Worte aus, die keine Entgegnung zulassen: »Beschönige mir nicht den Tod, edler Odysseus. Lieber würd' ich als Rinderhirt leben im Dienst eines bedürftigen Mannes und sitzen an kärglich gedecktem Tische, als hier über all die ausgezehrten Toten zu herrschen.« Nur weil das Leben unwiederbringlich und unwiederholbar ist, kann der Glanz der Erscheinungswelt eine derartige Intensität erlangen. Hier gibt es keine Bedeutung, keinen Einschlag, keine Spur von etwas anderem, wie es Platons Tyrannei später wird durchsetzen können. Hier ist die Erscheinung das Ganze, die Vollständigkeit selber von etwas, das nur im kurzen Augenblick seines Sichtbarwerdens existiert. Es ist dies eine momentane Gestalt, welche die Vollkommenheit anderer, ungehindert im Olymp fortdauernder Gestalt einfängt.

Zweimal führt Agamemnon die Aufsicht bei der Opferung einer Jungfrau: vor dem Beginn und nach dem Ende des Trojanischen Kriegs. Beim ersten Mal ist es seine Tochter Iphigenie, die der Vater unter dem Vorwand, sie solle die Frau des Achilles werden, nach Aulis lockt. Beim zweiten Mal ist es die Troerin Polyxene, die Achilles zur Vermählung im Tempel zu treffen glaubte, wo Apollon ihn, hinter einer Säule versteckt, aus dem Hinterhalt tötet. Iphigenie wird getötet, weil eine lange Windstille die achäischen Schiffe an der Ausfahrt hindert; Polyxene wird getötet, weil eine lange Windstille die achäischen Schiffe an der Heimreise hindert. Bei Iphigenie, der betrogenen Braut, hatte Achilles versucht, sich der Opferung zu widersetzen; bei Polyxene erscheint Achilles, der betrogene Bräutigam, als Geist und fordert sie als Opfer.
Ein perfekter Parallelismus regelt von Anfang an das Leben des Agamemnon und das des Achilles. Agamemnon steht niemals am Anfang der Opferung, sondern er führt sie durch, den Blick starr auf die Menge gerichtet, die seinem Befehl gehorcht und durch die Opferungen unter Kontrolle gehalten wird. Seine Sorge geht dahin, die Ermordung hinreichend als Opferung zu verbrämen, bevor er selbst von Klytämnestra wie ein Opfertier ermordet wird. Sein Schicksal vollzieht sich in einem Kreislauf, der keine Abweichungen zuläßt. Achilles stellt sich ihm allenthalben entgegen: er ist beide Male der ausersehene Bräutigam des Opfers. Beim ersten Mal, als er noch lebte, lehnt er die Opferung ab; beim zweiten Mal, als Toter, fordert er sie. Agamemnon führt das Gesetz der Menschen aus; Achilles will sich dem Willen der Götter entziehen oder aber ihre Rolle übernehmen. Agamemnon berührt das Opfer nicht, sondern gibt Befehl, es zu töten; demgegenüber wird es Neoptolemos sein, der Sohn Achills, der Polyxene den Dolch in die Kehle stößt. Agamemnon ist ein Verwalter des Todes; für Achilles ist der Tod jedesmal etwas überaus Anziehendes oder überaus Abstoßendes. Auf den beiden entgegengesetzten Seiten der

Szene stehen die beiden Helden. In der Mitte, in feierlicher Stille, werden die beiden Handlungen ausgeführt, die den Trojanischen Krieg eröffnen und beenden.
Iphigenie wird auf folgende Weise geopfert: »Nach dem Gebet gab Agamemnon den mit ihm die Opferhandlung vollziehenden Dienern ein Zeichen, seine Tochter Iphigenie zu ergreifen, dieweil diese sich, in ihre Peplen gehüllt, zusammenkauerte, und sie, gleich einer Ziege, auf den Altar zu heben und ihr, mit stummer Gewalt, den schönen buggeschwungenen Mund mit einem Knebel [oder dem Gebiß eines Pferdezaums?] zu verschließen, auf daß sie das Herrscherhaus nicht verfluche. Kaum war das safranfarbene Gewand zur Erde geglitten, schleuderte Iphigenie aus ihren Augen auf jeden der Opferdiener einen mitleidheischenden Pfeil, gleich einer gemalten Gestalt, die ein Wort gerne spräche, sie, die oftmals bei den Festmählern sang in den Hallen des väterlichen Palastes und mit ihrer reinen, jungfräulichen Stimme den Päan des dritten Spendengusses für den geliebten Vater liebevoll anstimmte.«
Polyxene wird auf folgende Weise geopfert: »Die Stämme jubelten ihm zu, und Agamemnon, der Anführer, wies die Jünglinge an, die Jungfrau loszulassen... Als sie die Worte des Heerführers vernommen und ihre Peplen zusammengerafft hatte, zerriß Polyxene sie von der Schulter bis zum Schoß nahe dem Nabel, sie zeigte ihre schönen Brüste, die einer Götterstatue würdig waren, und ein Knie auf die Erde drückend sprach sie die folgenden Worte, die kühnsten und unglücklichsten von allen: ›Sieh her, du Jüngling, dies ist meine Brust. Willst du sie treffen, triff sie. Ziehst du den Hals vor, hier, die Kehle ist bereit.‹ Und er [Neoptolemos], der aus Erbarmen mit dem jungen Mädchen innerlich zerrissen war, durchschnitt mit dem Eisen ihre Luftröhre; Blutströme schossen hervor. Doch sie, noch im Tode, wandte alle Aufmerksamkeit auf die richtige Art ihres Sturzes, das verbergend, was vor den Augen der Männer zu verbergen ist.« Danach streuten einige Krieger Laub über die Tote. Der

Scholiast merkt dazu an: »Blätter werden über Polyxene gestreut, als hätte sie den Sieg bei Wettkampfspielen errungen: das nämlich war die Ehre, die den Siegern zuteil wurde.«

Achilles sucht stets die feindliche, ferne Frau. Er verliebte sich in Polyxene, als er sie auf den Mauern von Troja erblickte, während sie Spangen und Ohrgehänge als Lösegeld für Hektors Leiche hinunterwarf. Für diese Frau wäre Achilles gestorben. Mit dem Hochzeitskranz im Haar trat er in den Tempel des Apollon Thymbraios, wo er einen Bruder der Polyxene, Troilos, umgebracht hatte. Er erwartete, daß Apollon sein Trauzeuge sein würde. Hinter einer Säule verborgen, schoß Apollon statt dessen seinen Pfeil auf Achilles' Ferse ab. Es handelte sich um eine verwickelte Geschichte von Verrat. Wie hatte Achilles nur auf den Gedanken kommen können, daß der Gott, der ihm schon immer feindlich gesinnt war, an seiner Hochzeit mit einer Tochter des Priamos freundlich teilnehmen würde? Und wie hätten seine achäischen Gefährten diesen Schritt aufgefaßt? Achilles kann Verrat begehen, aber nicht über Verrat reflektieren: seine Bewegungen sind plötzliche Aufwallungen, die leicht die Richtung ändern können. So wütet er über dem Körper der Penthesilea, und in diesem Augenblick ist er davon überzeugt, einen mächtigen trojanischen Krieger zu überwältigen, dem nicht einmal Aiax standhalten konnte. Dann löst er den Helm der sterbenden Amazone. Sein Blick begegnet im selben Moment dem Blick Penthesileas, in dem er sein Schwert von oben in ihre Brust stößt. In diesem Augenblick trifft ihn der Blitzstrahl der Leidenschaft. Er hatte die Amazone ans Pferd gebunden. Jetzt aber schloß er die kriegerische Jungfrau mit liebevoller Zärtlichkeit in seine Arme. In Staub und Blut vereinigte sich Achilles mit der leblosen, bewaffneten Penthesilea.
Der mißgestaltete Thersites wagte es, über diese Vergewaltigung zu lachen. Achilles tötete ihn mit einem Faustschlag. Für Penthesilea fordert er ein Leichenbegängnis wie für Pa-

troklos. Er überquerte das Schlachtfeld mit dem Leichnam der Amazone über der Schulter. Wieder waren die Achäer gegen ihn. Diomedes raste vor Zorn wegen des Todes seines Verwandten Thersites und versuchte, den Leichnam der Penthesilea in den Skamandros zu werfen, indem er sie an einem Fuß fortschleifte. Die anderen wollten sie brüllend den Hunden zum Fraß vorwerfen. Niemals war Achilles einer Frau begegnet, die ihm selbst so ähnlich war. Aber das entdeckte er erst, als er sie schon getötet hatte. Sie war eine Feindin und sie war tot: alles, was Achilles in einer Frau liebte.

Vor den Mauern von Troja liebte Achilles Briseis, Penthesilea, Polyxene. Jedesmal ein unheilvolles Schicksal. Doch eine andere Frau, die er noch niemals gesehen hatte, beschäftigte hartnäckig seine Gedanken: Helena. Als er in seiner Hütte aus Tannenstämmen in der Ebene von Ilion stand, war Helena für ihn die Frau, die »einen erschaudern läßt«. Aber des Nachts träumte er von ihr, »er stöhnte auf seinem Lager, wenn ihm in seiner Phantasie ihr Gesicht erschien«. Es wird auch erzählt, daß Thetis und Aphrodite wie zwei geübte Kupplerinnen eine Begegnung zwischen Achilles und Helena während einer Waffenruhe in die Wege leiteten. In der Regel aber heißt es, daß sich beide erst nach dem Tod Achills begegnet sind. Helena war, was sie immer schon war: ein Bild. Achilles wurde ihr fünfter Gatte.

An der Mündung der Donau kommen die Seefahrer an Leukè vorüber, der Weißen Insel. Dort gibt es Dünen, Felsen und Wälder. Es ist eine Insel für Schiffbrüchige und solche, die eine Opfergabe spenden wollen. Niemand hat es je gewagt, nach Sonnenuntergang auf dieser Insel zu bleiben. Und keine Frau hat je ihren Fuß auf diesen Sand gesetzt. Das einzige Bauwerk der Insel ist ein Tempel mit zwei Statuen: Achilles und Helena. In seinem Inneren sind wertvolle Weihgaben aufgeschichtet. Möwen sind die Wächter des

Tempels. Allmorgendlich tauchen sie ihre Flügel ins Meer und besprengen die Steine mit Wasser. Mit den Flügeln kehren sie den Fußboden. Auf der Weißen Insel lebt Achilles als Helenas fünfter Gatte. Einigen ist er in seiner strahlenden Rüstung erschienen, deren Glanz Homer einst geblendet hatte. In ihrer Umgebung sind Aiax Telamonios und Aiax Oiliades, Patroklos und Antilochos gesehen worden. Nachts singen sie mit lauter, klarer Stimme die Verse Homers. Einige Seefahrer, die draußen vor dem Strand ihren Anker geworfen hatten, haben auch ein Stampfen von Pferdehufen, Waffengeklirr und Schreie von Kriegern gehört.

Im Weißen geht Helena ihrem Ende entgegen, und im Weißen tritt sie ins Leben. Der Schaum der Wellen, aus dem Aphrodite geboren wurde, erstarrte zur weißen Schale eines Schwaneneis, das »an einen morastigen Ort« geworfen wurde. Die wogende Unendlichkeit des Meeres hatte sich zu einem stillen, von Schilf umsäumten Wasserspiegel zusammengezogen. Als das Ei in dem Sumpf aufsprang, trat Helena hervor. Einige behaupten, in derselben Eierschale hätten auch die Dioskuren gekauert. So ist Helena, die Einzige, von Anbeginn an mit Zwillingshaftigkeit und Spaltung verbunden. Die Einzige ist selbst die Gestalt des Doppelten. Wenn man von Helena sprechen wird, wird man niemals wissen, ob es sich um ihren Leib oder um ihr Bild handelt.
Wie alle jungen Spartiatinnen, spielte sie außerhalb des Hauses mit Jungen, »nacktbeinig und mit im Winde flatternden Peplen, in Stadien und auf Palästren«. Eines Tages blieb ein Fremder aus Athen, der von einem Freund begleitet wurde, stehen und sah ihr zu. »Da also entflammte Theseus zu Recht, der alles kannte, und du schienst ein würdiger Raub *(digna rapina)* für einen so bedeutenden Mann, dieweil du ölglänzend auf der Palästra spieltest, wie es der Sitte deines Volkes entspricht, ein nacktes Mädchen inmitten nackter Jünglinge.« Helena begegnete da dem ersten Mann ihres Lebens: sie war zwölf Jahre alt und Theseus fünfzig. Er sodo-

misierte sie und schloß sie in die Burg von Aphidna ein. Dort lebte die Mutter des Theseus, Aithra, und bald wurde Helena ihr anvertraut, weil Theseus auf weitere Unternehmungen mit Peirithoos brannte. Dieses Mal würden sie in den Hades hinabsteigen. Wütend setzten sich die Zwillingsbrüder Kastor und Pollux auf die Fährte ihrer Schwester. Sie betrafen in Aphidna ein, als Theseus schon fort war. Sie belagerten die Burg und eroberten Helena zurück. Unter den Sklavinnen, die sie raubten, war auch Aithra.

In Sparta wurde die Mutter des Helden die Magd der Helena. Sie sah, wie nacheinander achtunddreißig Freier im Palast erschienen und um die Hand der Prinzessin anhielten. Sie sah, wie Helena Menelaos wählte, sie erlebte die Hochzeit und dann die Geburt der Hermione. Eines Tages traf ein asiatischer Prinz ein, der schöner als jeder andere war und vollbeladen mit Kostbarkeiten, wie man sie in Sparta noch nie gesehen hatte. Als Helena ihm begegnete, fragte sie leise, ob er Dionysos sei oder Eros, und verwirrte sich augenblicklich. Der Prinz ritt mit Menelaos durch Lakonien, denn Helenas Gatte wollte als guter Gastgeber erscheinen und dem Prinzen alles zeigen, was es in seinem Reich an Bemerkenswertem gab. Helena sah ihn nur am gedeckten Tisch. Der Prinz erzählte von Abenteuern und auch von Liebesgeschichten. Er sah sie eindringlich an, während er so tat, als würde er trinken. Bisweilen entfuhr ihm ein Seufzer. Helena lächelte ihm zu. Eines Abends öffnete sich der Peplos der Helena einen Moment und gewährte »den Augen Zutritt« zu ihren weißen Brüsten. Dem Prinzen, der eben im Begriff war, einen Becher an die Lippen zu setzen, glitt der reichverzierte Henkel aus den Händen. Der Becher zerbrach auf dem Boden. Menelaos fuhr fort, über Dinge zu sprechen, die Männer angehen. Helena schwieg und beschäftigte sich mit der kleinen Hermione.

Der Prinz grinste: von allen möglichen Augenblicken hatte Menelaos ausgerechnet diese Tage für eine Reise gewählt. Er mußte nach Kreta, zur Bestattung seines Großvaters Katreus. Als er abreiste, legte er ihr in seiner ernsten Art ans Herz, sich um den Gast zu kümmern. Kein Schatten eines Mannes umgab Helena mehr. Nun schliefen sie und der Prinz allein im selben Palast. In den leeren Hallen rief Aphrodite die Archonten des Verlangens zusammen: Himeros, Pothos und die Chariten. Doch sichtbar, als Kupplerin, wirkte Aithra. Paris umklammerte das Handgelenk der Helena. Das trojanische Gefolge lud Helenas Reichtümer und die falschen Geschenke des Prinzen auf. Paris stand aufrecht auf einem vierspännigen Wagen. Neben ihm Helena, die, das Gewand hinter die Schultern geworfen, ihren halbnackten Körper der Nacht darbot, in der nur die Fackel des Eros, dem Wagen voraustanzend, ihren Schein verbreitete. Hinter dem fliehenden Paar schwenkte ein anderer Eros eine Fackel. Die beiden Liebenden stürmten mit ihrem Gefolge durch die roterdige, mit Ölbäumen bestandene Ebene, die von Sparta zur Küste hinabführte. Verloren inmitten der Trojaner folgte ihnen auch Aithra. Als sie das Wasser erreicht hatten, erblickten sie eine winzige Insel, ein Spielzeug, nur wenige Meter vom Ufer entfernt. Auf dieser Insel, wie in einem großen, von einem grünen Baldachin aus Pinien überdachten und von tiefen Gewässern umschlossenen Bett, verbrachte Helena ihre erste Nacht mit ihrem dritten Geliebten.

Helena verkörpert die Macht des Bildes – und das Bild ist der Ort, an dem die Abwesenheit die Herrschaft ausübt. Von ihren fünf Männern liebte sie vor allem Paris und Achilles. Und für Paris wie für Achilles war Helena in erster Linie ein Bild, und dann erst eine Frau. Seit Aphrodite dem Hirten auf dem Ida versprochen hatte, daß er Helena von Sparta besitzen würde, machte schon dieser Name allein die Tugenden und Reiche zunichte, die Athene und Hera ihm angeboten hatten. Von unheilvollen Weissagungen begleitet, brach der Hirte des Ida, der sich jetzt als ein Prinz herausstellte, mit Schiffen voller Schätze zu diesem Namen auf.

Zu Achilles ist zu sagen, daß er der einzige unter den achäischen Anführern war, der nicht als Freier der Helena nach Sparta geeilt war. Er zog in einen Krieg, in dem er, wie er wußte, den Tod finden würde, für eine Frau, von der er nur den Namen gehört hatte. In den neun Jahren der Belagerung hätte Achilles über Helena nur das sagen können, was Paris über sie gesagt hatte, noch bevor er von Troja aufbrach: *»Te vigilans oculis, animo te nocte videbam.«* Um so länger, unendlich, wird ihr gemeinsames Leben als Bilder auf Leukè sein, der weiß leuchtenden Insel.

Adrasteia, Moira, Tyche, Ananke, Ate, Aisa, Dike, Nemesis, Erinys, Heimarmene: dies sind die Gestalten der Notwendigkeit. Allesamt Frauen. Während Kronos, im ambrosischen Rausch versunken, träumt und träumend die Ausmaße des Universums berechnet, wachen diese Gestalten darüber, daß jedem Menschen sein Teil zukommt, weder zu wenig noch zu viel, damit nichts und niemand das Maß überschreitet. Doch ist das ganze Leben ein Übermaß. Deshalb sehen wir sie überall. Sie treten als Ammen, Schiffslenkerinnen, Weberinnen auf, kreisen in der Luft und tragen mit Türmen gezierte Kronen. Alle sind miteinander verwandt: Dike und Ananke sind Töchter des Kronos. Dike ist eine Priesterin der Adrasteia, die Moiren und die Erinnyen sind Schwestern. Sie haben Familienähnlichkeit mit dem Schicksal. Sie steigen von jenem fernen Grund auf, wo nur die abstrakte, gesichtslose Macht existiert – oder das hybride, zusammengewürfelte Sein. Sie schreiten »im Nebeldunst, in der schwarzen Wolke« einher, strecken weibliche Rümpfe über Balkone aus Rauch. Und diese Leiber sind nichts Konstantes: Moira hat Tempel ohne Statuen, in denen ein Kult gefeiert wird; oder bisweilen auch Statuen ohne Tempel, die keinen Kult erlauben. Je allumschließender sie sind, wie Ananke, um so weniger werden sie dargestellt, während die Botinnen der Notwendigkeit, die Erinnyen oder die Moiren oder Ate, eifrige Gäste bei den Menschen sind, schöne Gä-

ste, sofern sie nicht von Amts wegen furchteinflößend sein müssen, und sie unterhalten sich nur untereinander.
Unter diesen Frauen hatte eine einen fortdauernden, wunderschönen Leib: Nemesis. Prunkvolle Haartracht, weiße Gewänder. Sie ließ sich immer von einer Freundin begleiten, Aidòs. Eines Tages würde man ihre Namen mit »Rache« und »Scham« übersetzen. Doch damals, als sie gerade erst aus der schwarzen Wolke herausgetreten waren, war ihre Natur wesentlich komplexer und bunter. Was verband sie miteinander? Die Kränkung. Aidòs verhinderte, daß die Kränkung geschah. Nemesis stellte die unausweichliche Folge der Kränkung dar. Sie waren verbunden, weil sich das Leben als ein Wesen darbot, dem Verletzungen zugefügt werden, und das, sich wehrend, Verletzungen zufügt. Zeus beobachtete die Nemesis heimlich. Niemals vorher war so etwas mit einer Frau der Notwendigkeit vorgekommen: niemals hatte Zeus den Körper der Adrasteia, der Moira, der Tyche, der Ananke, der Aisa oder der Erinnyen begehrt. Und eine von ihnen, Ate, hatte er vor Wut sogar einmal vom Himmel hinabgeschleudert. Für seine galanten Abenteuer fühlte sich Zeus viel stärker von sterblichen Frauen angezogen; diese fatalen Gestalten aber wollte er lieber nicht bemühen; sie waren sich untereinander zu ähnlich, wie beunruhigende Zwillingsschwestern, außerdem uralt und im Grunde feindselig. Doch mit Nemesis war es anders. Etwas Ungeheuerliches mußte bei dieser erotischen Eroberung auf dem Spiel gestanden haben.
Niemals hatte Zeus für eine Frau so lange Wanderungen auf sich genommen, durch alle Länder und über alle Meere, »unter die Erde, unter das niemals von Sensen gemähte schwarze Wasser«, bis »zu den Grenzen der Erde«, zur flüssigen Schlange Okeanos. Nemesis, widerspenstig und verzweifelt, verwandelte sich in alle nur möglichen Tiere, während Zeus sie immer weiter verfolgte. Was geschah am Ende von so vielen Flügelschlägen, als die Landkarte und die Zoologie erschöpft waren? Da war eine Wildgans und ein Schwan.

Der Schwan ließ sich auf der Wildgans nieder und zwang sie, ihn zu ertragen. Zeus »verband sich mit ihr aus übermächtiger Notwendigkeit«. Was für eine bizarre Idee! Nemesis, Gestalt der Notwendigkeit, überwältigt von der Notwendigkeit. Nemesis, die Freundin der Aidòs, »im Herzen verletzt *aidoî kaì nemései* [ziemlich modern übersetzt: »von Scham und Rache«]«, während der Schwan über sie herfällt. Mithin: Nemesis durch sich selbst verletzt. Dies kann keins der üblichen Abenteuer des Zeus sein, das uns mit derartigen Paradoxa beleidigt. Doch wenn seine Abenteuer allzu grandios werden, läßt Zeus es zu, daß sie sich in Varianten darstellen, damit in jeder von ihnen ein Funken Wahrheit enthalten sei. So verhielt es sich auch mit Nemesis.

Zeus verbrachte eine halbe Liebesnacht mit Leda, die andere Hälfte überließ er ihrem Gatten, Tyndareos. Leda empfing in diesen Stunden vier Kinder, die sich zwischen dem Himmel und der Erde aufteilten: Helena und Pollux von Zeus, Klytämnestra und Kastor von Tyndareos. Diese Nacht war die zarte Kamee und die Wiederholung einer anderen Nacht, riskant und herrlich, die Zeus mit Nemesis verbracht hatte, so wie jene Nacht mit Nemesis eine zarte Kamee und eine Wiederholung der langen Verfolgung an jeden Punkt des Weltkreises war, die in der gewalttätigen Paarung des Schwans und der Wildgans ihren Abschluß gefunden hatte.

Die Notwendigkeit verführen: es konnte sich dabei nur um das schwierigste aller Liebesabenteuer handeln. Es war das, was die Menschen als Widerspruch bezeichnen würden. Und so war es auch: Nemesis hatte für Zeus nichts übrig und wies sein flehendes Werben zurück. Eine List war vonnöten, eine göttliche List. Zeus bat Aphrodite um Hilfe. Sie verabredeten miteinander, daß Zeus sich in einen Schwan verwandeln und Aphrodite, in Gestalt eines Adlers, so tun sollte, als würde sie ihn verfolgen. Nemesis feierte gerade ein Opfer, als sie einen herrlichen weißen Schwan mit letzten

Kräften auf sich zufliegen sah. Von einem hohen Felsen in der Nähe sah ihnen ein Adler zu, regungslos und bedrohlich, bereit, seine Schwingen auszubreiten und sich auf seine Beute zu stürzen. Der verängstigte Schwan näherte sich dem Schoß der Nemesis, die den Vogel nicht fortjagte. Sie wollte ihn vor dem bedrohlichen Adler schützen. Sie schlief mit ihm ein und umschloß ihn mit ihren Schenkeln. Sie schliefen. Und Nemesis schlief auch dann noch, als der Schwan sie vergewaltigte. Darauf kam aus dem Schoß der Nemesis ein weißes Ei zum Vorschein. Hermes nahm es an sich, brachte es nach Sparta und legte es Leda in den Schoß. Als das große Ei schließlich aufbrach, erkannte man in seiner Schale eine winzig kleine, vollkommene Frauengestalt: Helena.

Die Helena-Episode bezeichnet den Augenblick eines labilen, flüchtigen Gleichgewichts, in dem sich Notwendigkeit und Schönheit, dank Zeus' hinterhältiger List, überlagerten. Die Vergewaltigung der Nemesis war für Zeus das höchste theologische Wagnis seiner Herrschaft. Eine erzwungene Annäherung zwischen Schönheit und Notwendigkeit in Gang zu setzen, war eine Herausforderung an das Gesetz des Himmels. Nur der Olymp würde sie durchhalten können, nicht aber die Erde, wo diese Herausforderung die Lebenszeit der Helena in Brand setzte, die von Anfang an vom Untergang begleitet war und ihn zur Folge hatte. Aber dies war die Zeit, von der, nachdem sie entschwunden war, die Welt auch weiterhin träumte.

In der Brautnacht, als sich die Jungvermählten in ihr von Malerarbeiten noch feuchtes Schlafgemach zurückzogen, hatte Menelaos schwere Knie, und sein Geist war umnebelt. Die lange, ungewisse Brautwerbung, der Schwur über dem gevierteilten Pferd, die Ehrungen, die Feste, die Bankette – alles das mündete in dem machtvollen Drang, sich auf diese Bettstatt fallen zu lassen und zu schlafen. Helena war wach und dachte an ihre Freundinnen, die kurz vorher noch für

sie im Palast gesungen und getanzt hatten. Sie waren ein »junges Volk von weiblichen Gestalten«, zweihundertvierzig Mädchen, eingeölt wie junge Männer, die sich im Wettlauf entlang dem Euratos übten und jetzt an sie dachten, während Helena mit Menelaos zum ersten Mal die gleiche Bettdecke teilte.
Am nächsten Morgen, beim ersten Tageslicht, würden diese Mädchen Seerosen in der Nähe der Wiesen pflücken, über die sie sonst rannten, und sie zu einem Kranz winden. Diesen würden sie dann an den Ast einer großen Platane hängen, würden die schlammgeborenen Blüten zum Himmel emporheben und dem Wind überlassen. Eine von ihnen würde eine silberne Ampulle hervorziehen und tropfenweise ein Öl über die Platane gießen, das man bei Totenopfern benutzte. Andere würden in die Rinde des Baumes ritzen: »Verehre mich: ich bin der Baum der Helena.« In der Nacht war Helena wach und überließ sich ihren Phantasien.

Nach der Flucht aus Sparta, nach den Kriegsjahren in Troja, nach der wechselvollen Rückkehr nach Sparta, nach dem Tod des Menelaos, fand sich Helena von zwei Stiefsöhnen umgeben, die sie verabscheuten: Nikostratos und Megapenthes. Da dachte sie erneut an Flucht, diesmal allein, zu einer Freundin aus Kindertagen. Sie segelte bis Rhodos, wo Polyxo regierte, jetzt eine Witwe, eine der vielen über die Inseln verstreuten Witwen des Trojanischen Kriegs. Helena suchte schließlich Zuflucht bei einer Frau, bei der Erinnerung eines Kindes. Polyxo wollte ihren Gatten Tlepolemos rächen. Wie viele andere, gab sie Helena die Schuld an seinem Tod. Jedoch empfing sie Helena freundlich.
Zum ersten Mal wurde Helena nicht von Männern belästigt. Eines Tages lag sie im Bad und überließ sich ihren Phantasien, als ein paar Mägde der Polyxo, als Erinnyen verkleidet, hereinstürzten. Sie ergriffen sie nackt, zogen sie triefend aus dem Wasser, umklammerten sie mit vielen Händen und schleiften sie weg. Draußen wurde sie an einem Baum aufge-

hängt. Die große Platane in der Nähe von Sparta zeigte noch immer die Worte: »Verehre mich: ich bin der Baum der Helena«, als die Rhoder neben der Platane, an der sie sie erhängt fanden, ein Heiligtum der Helena Dendritis gründeten, der Helena vom Baum.

Am Strand von Sidon trieben die stürmischen Winde die Flüchtlinge aus Sparta, Helena und Paris, an Land. Dort, wo Europa vom weißen Stier geraubt worden war, suchten die weiße Tochter der Leda und ihr Liebhaber Zuflucht. Von Syrien aus segelten sie dann bis Ägypten, zum kanopischen Nilarm. »An diesem Strand stand und steht noch heute ein Heiligtum des Herakles: wenn sich irgendein Diener dorthin flüchtet, sich die heiligen Zeichen aufdrückt und sich dem Gott weiht, so darf ihn niemand berühren.« Die beiden Liebenden fühlten sich in Sicherheit. Aber es gibt Gestalten, die immer alles erfahren und gleichmütig zusehen: die ägyptischen Priester. Der König von Memphis, Proteus, war von ihnen bereits über die wahre Geschichte der beiden verschollenen Liebenden informiert worden, als er den Unbekannten geduldig befragte – und Paris wich aus. Am Ende fällte der König sein Urteil: er könne diesen Verbrecher, Paris, zwar nicht töten lassen, was er gerne getan hätte, weil dieser ein Fremdling und unberührbar sei. Aber er würde Helena und ihre Reichtümer behalten. Paris könne nach Troja zurückkehren, allerdings nur mit dem Bild der Helena.
Herodot ist der Ansicht, Homer habe diesen Teil der Helena-Geschichte genau gekannt und dies dadurch zu verstehen gegeben, daß er von »den bestickten Gewändern der Frauen von Sidon« sprach, »die Paris, der göttliche Held, selbst aus Sidon gebracht und über die Wogen geleitet, als er Helena eben entführte, die edelgeborene«. Aber warum verschwieg Homer dann diesen Teil der Geschichte? Und zudem einen so wesentlichen Teil? Denn daraus wurde deutlich, daß die Trojaner wußten, daß sie nicht Helena, sondern nur ihr Bild in ihren Mauern hatten. Zehn Jahre lang tobte

der Krieg um eine nicht vorhandene Frau, die die Trojaner nur allzu gern den Achäern übergeben hätten, wenn sie sich in ihren Händen befunden hätte. Warum nur hatte Homer dieses erstaunliche Ereignis aus der Vorgeschichte des Krieges verschwiegen? Herodot antwortet: »Weil diese Geschichte für die Gestaltung des Epos nicht paßte.« Worte, die einem die Sprache verschlagen. Dann stimmten also die jahrhundertealten Vorwürfe gegen Homer, diesen Gaukler und Betrüger? Aus einem eminent literarischen Grund hatte Homer den größten Skandal des Trojanischen Kriegs verschwiegen: all das Blut war vergossen worden für einen Frauenkörper, den es gar nicht gab, für ein Phantom, das sich nicht anfassen läßt. Jahrhundertelang, jahrtausendelang würde man jene Geschehnisse immer wieder neu erzählen und damit die Täuschung der Helden, die vor den Mauern von Troja gestorben waren, ins Endlose verlängern. Welche Bosheit hatte Homer bei dieser Manipulation geleitet?

Das Epos ist feste, reflektierende Oberfläche, wo die Intarsien formelhafter Redewendungen dicht aufeinander folgen. Homer wollte Helenas Geheimnis, nämlich die Tatsache, daß sie ein Bild war, nicht verbreiten, weil sonst auf der Oberfläche des Verses eine Leere entstanden wäre. Der Name Helena soll einen nicht weniger vollblütigen Menschen bezeichnen, als es die Riesengestalt des Diomedes ist. Und eben dann ist das Bild souverän, wenn es verborgen ist und die Körper von innen her aushöhlt.

Homer sah bereits seinen zukünftigen großen Feind: Platon, den Beschwörer der Abbilder, der nicht aufzuhaltenden Sturzfluten von Kopien, die die Welt ertränken. Platon durchleuchtete sie mit der Kunst des Denkens und wollte in ihnen den Zauber der Helena, der Einzigen, auflösen. Doch die Einzige überstrahlt jede andere, eben weil sie die Kopie in sich birgt, das Bild, die Zwillinge, die mit ihr zusammen geboren worden waren. Durch die von Platon über die Welt ausgegossenen Kopien aufs höchste verwirrt, sollte der Blick sich abwenden und woandershin richten, auf etwas Unsichtbares und Festes, *dorthin*, wo in der Stille die körperlosen Modelle ruhen. Die Ideen. Für die Einzige ist die Idee unheilvoll, nur darauf aus, sie zu verdrängen. Sie blicken sich mißtrauisch an, wie zu allem entschlossene Rivalinnen, von denen jede versucht, hinter die kosmetischen Tricks der anderen zu kommen. Um sich zu behaupten, faßt Helena Wurzel in der glasierten Oberfläche, läßt diese so erzittern, wie es weder die anderen Gestalten je fertigbrächten, die zwar prall, aber nicht doppelt sind, noch auch die Ideen, die keine Poren besitzen: dies ist die höchste Stufe der Existenz, die über jedes Anderswo spottet. Der Streit zwischen Homer und Platon hatte den Körper der Helena zum Gegenstand. Und beide haben gewonnen. In der tausendfach reproduzierten göttergleichen Frau erfüllt sich die platonische Verdammung der Kopie. Aber diese Frau ist ein Stern und usurpiert einen einzigartigen, gegen jede Schramme gefeiten Ort am Himmel.

Der Trojanische Krieg bleibt einmalig unter allen Kriegen, »nicht nur wegen seiner leidenschaftlichen Größe, sondern auch wegen seiner Dauer und der ungeheuerlichen Vorbereitungen«. Einmalig nicht nur auf der Erde, sondern auch im Himmel. Für die Zwölf war dieser Krieg »eine größere und schrecklichere Auseinandersetzung als die mit den Giganten.« So sah es Isokrates, die Stimme des goldenen Mittelwegs in Athen.
Aber wie konnte ein kosmisches Ereignis wie die Gigantomachie die olympischen Götter weniger beunruhigen als ein Krieg unter Menschen? Den Giganten traten die Olympier als neue Himmelsgeneration geschlossen gegenüber. Als sie jedoch auf die Szene in der Ebene von Troja sahen, brach zwischen ihnen eine Art Bürgerkrieg aus: »Wegen dieser Frau [Helena] kämpften sie gegeneinander.« War die Schönheit Helenas für die Menschen unerträglich, so war sie doch auch für die Götter nicht ungefährlich. Sie liefen damals

Gefahr, sich den Menschen zu sehr anzunähern und sich sogar an jenem entsetzlichen und eigentümlich menschlichen Schauspiel zu beteiligen, das ein Bürgerkrieg darstellt. Isokrates besitzt die bewundernswerte Fähigkeit, die Wahrheit abzurunden. Daher geht er über diesen Hinweis hinweg, der freilich bei ihm nur um so deutlicher ins Auge fällt.

Wenn also auch die olympischen Götter im Trojanischen Krieg ein Wagnis eingingen, so lag das daran, daß er jenen mächtigen »Umbruch« herbeiführen sollte, in dessen Folge sich der Schwerpunkt der Kultur für immer nach Griechenland verlagern würde und innerhalb Griechenlands nach Athen, der Stadt des Theseus, des ersten Mannes, der Helena, ein noch unreifes Mädchen, *erkannte* und sofort der Überzeugung war, daß er ohne »ihre Nähe« nicht mehr leben könne. In der Dämmerung Athens erschien Helena wie die *felix culpa,* die es ermöglicht hatte, die prunkhaften Barbaren zu zerschlagen. Am Ursprung dieser Entwicklung Griechenlands zur vorherrschenden Kultur, auf die Isokrates so stolz war, steht kein Gründungsheroe, kein König, kein Krieger, sondern eine Ehebrecherin, von der uns nur zwei Eigenschaften beharrlich überliefert worden sind: ihre Neigung zur Untreue und ihre Schönheit.

In dieser gewaltigen historischen Perspektive verschwanden zwar die Ehebrüche, nicht aber die Schönheit. Helena war der lebendige Beweis für den athenischen Lehrsatz: »die Schönheit, die von Natur aus über die Stärke herrscht«. Eine Herrschaft, die nur dann Geltung erlangt, wenn die Stärke bis zum Extrem getrieben wurde, bis zur Ausrottung der Helden. Genau an diesem Punkt setzt sie sich schließlich durch, so wie sie sich bei Theseus durchgesetzt hat, diesem Athleten der Stärke, »Herr seiner selbst«, der in den Sitten Athens »eine Spur seiner Sanftheit« zurückließ.

Mehr als die Frömmigkeit war es die Schönheit, welche verläßlich zwischen dem Leben der Stadt und dem der olympischen Götter vermittelte. Durch sie traten Sterbliche und Unsterbliche miteinander in Verbindung, ohne die Hilfe von

Riten. Auch Zeus verzichtete dann bereitwillig auf seine Stärke und »wurde demütig«, wenn er sich einer schönen Sterblichen gegenüber fand. Und bereitwillig »stellte er dieser Natur stets kunstvoll und nie mit Gewalt nach«. Die Achtung vor der Schönheit ist bei den Olympischen so groß, daß sie es sogar »ihren Frauen nachsehen, wenn sie von ihr überwältigt werden«. Keine der weiblichen Göttergestalten »versuchte jemals, das Geschehene so zu verbergen, als wäre es eine Schande«, wenn die Schönheit sie zu einem irdischen Abenteuer verleitet hatte; im Gegenteil, sie wollten, daß es besungen statt verschwiegen wurde. Dies ist wirklich ein Unterschied zu den Sterblichen, die schönen Frauen nicht vergeben können. Helena lebte umgeben von der Liebe einiger Männer, vom Haß unzähliger anderer und von dem sämtlicher Frauen. Jahrhundertelang mußte sie Beleidigungen und Lästerungen hinnehmen. Und doch war sie »die einzige Frau, von der sich Zeus mit ›Vater‹ ansprechen ließ«. So legte Helena die gleiche unverfrorene Anmaßung an den Tag wie die Göttinnen, als sie »eines Nachts dem Homer erschien und ihm auftrug, ein Epos über die Krieger von Troja zu schreiben, damit deren Tod beneidenswerter erschien als der Tod anderer; und so wurde dieses Epos teilweise wegen Homers Kunst, doch vor allem ihretwegen so anziehend *(epaphróditon)* und berühmt wie sonst keines«. Statt über ihre Schuld in Tränen auszubrechen, gab Helena, wie eine Herrscherin, bei Homer die *Ilias* in Auftrag, damit er ihre Vergehen besinge. Die Literatur folgte ihrer Weisung und machte sich Helenas aphroditischen Zauber zu eigen.

Athen erlebte die letzten Jahre der Freiheit, und durch Isokrates erzählte die Stadt sich ihre Geschichte. Die Rede über Helena scheint sich im *Panathenaikos* unmittelbar fortzusetzen, dem späten, grandiosen Hymnus auf Athen. Isokrates, »der bescheidenste unter den Rednern«, war vierundneunzig Jahre alt, als er ihn zu schreiben begann, und er arbeitete drei Jahre daran, im ständigen Kampf mit seiner Krankheit. Als dann die Nachricht von der Niederlage bei Chaironeia eintraf, entschloß er sich, den Hungertod zu sterben. Bald darauf sollten die Makedonier die Herren über Attika werden, wie es die orientalischen Feinde oftmals, aber vergeblich, versucht hatten. »Einigen zufolge schied er am neunten Tag der Nahrungsverweigerung aus dem Leben; andere wiederum sagen, am vierten Tag, als die Beisetzungsfeierlichkeiten für die Gefallenen von Chaironeia abgehalten wurden.«

Der Ursprung des Bilds liegt in der gedanklichen Vorstellung. Dieses launenhafte, immaterielle Wesen wiederholt die Welt, unterwirft sie gleichzeitig ungezügelter Kombinationslust, verzehrt ihre Formen und vermehrt sie unendlich. Es strahlt eine wunderbare Kraft aus, die Bestürzung angesichts dessen, was man im Unsichtbaren sieht. Es sieht ganz wie Willkür aus und gleicht dem, was aus dem Dunkel, dem Ungeschiedenen hervorgeht, so wie einst vielleicht die Welt entstanden war. Doch diesmal ist das Chaos die große, dämmrige Leinwand hinter unseren Augen, auf der sich das Licht verliert und abzeichnet. Diese Entstehung von Vorstellungen wiederholt sich in jedem Augenblick, in jedem einzelnen Menschen. Und dies sind noch nicht alle ihre Sonderbarkeiten. Wenn das Bild vom Geist Besitz ergreift, wenn es sich mit anderen, ähnlichen oder entgegengesetzten Gestalten verbindet, besetzt es nach und nach den Raum der Gedanken in einer sich ständig verfeinernden Verkettung. Was sich uns, losgelöst von allem übrigen, als das Wunder der Erscheinung präsentiert hatte, tritt jetzt, Bild für Bild, mit allem in Verbindung.
Am einen Ende der gedanklichen Vorstellung steht das Erstaunen über die Form, über ihre sich selbst genügende, souveräne Existenz. Am anderen Ende steht das Erstaunen angesichts der Kette von Verknüpfungen, die im Verstand den notwendigen Zusammenhang der Materie reproduzieren. Es ist schwierig, die beiden Extreme auf dem Fächer des Bildes zu erkennen, unmöglich ist es, sie gleichzeitig in den Blick

zu bekommen. Die bildhafte Gestalt dieser Idee war für die Griechen Helena, die aus dem Ei der Notwendigkeit herausgetretene Schönheit.

Die Spannung zwischen dem Bild und dem Körper der Helena war allzu stark: nach Homer waren die Griechen nicht mehr imstande, sie auszuhalten. Sie gaben ihr nach, und dies zeigt sich zuerst bei Stesichoros: nach seiner *Helena,* wo er sie als »Bigamistin und Trigamistin, als Frau, die ihre Männer verläßt«, dargestellt hatte, mußte er eine Verteidigungsschrift für Helena abfassen, die ihn aus Rache geblendet hatte. Bei Homer leben Körper und Bild stillschweigend zusammen: nach Homer lockert sich der Knoten, der sie zu einem einzigen Wesen verbindet, immer mehr, bis er sich schließlich ganz auflöst. Auf der einen Seite gibt es dann die schuldige Frau »mit den vielen Männern«, die mehrmals »aufgrund ihrer Schönheit verkauft« wurde, wie eine beliebige Hetäre. Auf der anderen Seite erscheint eine Helena, die, ein Opfer der himmlischen Bosheit, in Ägypten auf die Rückkehr des Menelaos wartet und die Angebote des dortigen Königs ausschlägt, gewissermaßen eine andere Penelope.
Dieser doppelgesichtigen Helena widmete Euripides zwei Tragödien, in denen er jeweils nur einen der beiden Aspekte ins Licht rückte: *Helena* und *Die Troerinnen.* Hier ist die wirkliche Geburtsstunde einer düsteren Ethik der Ehe anzusetzen, auf deren Grundlage sich eines Tages das gesamte Melodrama artikulieren wird. Jene anfängliche Schuld des Ehebruchs, die in keinerlei Verhältnis zur Schwere der Folgen steht, wird noch bis zuletzt ihren Eindruck nicht verfehlen, bis hin zu Debussys *Pelléas und Mélisande* und zur Hofmannsthal-Straussschen *Frau ohne Schatten.*

Helena ähnelte ihren Brüdern Kastor und Pollux aufs Haar, hatte »ein einfaches Herz« (was immer das bedeuten mag), sanfte Manieren, wunderbare Haare, einen kleinen Leberfleck zwischen den Augenbrauen, einen kleinen Mund, zur Vollkommenheit geformte Brüste. In Lindos weihte sie einen Kelch aus Bernstein, der genau ihre Maße hatte. Als Menelaos in Troja eindrang, um sie zu töten, »ließ er, so heißt es, als er ihre nackten Brüste erblickte, das Schwert sinken«.

In ihrem Leben tat Helena nichts anderes, als sich zu zeigen und zu betrügen. Wenig wissen wir von ihren Gefühlen, alles unterliegt dem Zweifel, denn sie besaß ein derartiges Talent zur Nachahmung (auch dies eine Gabe der Aphrodite), daß sie Echo genannt wurde. So hätte sie leicht jede Wahrheit simulieren können. Den Menschen brachte sie nichts Neues, ungeachtet der Verwüstungen, die sie verursacht hatte. Horaz schrieb mit der leichten Hand des Quiriten: »Denn längst vor Helena war schrecklicher Kriegsgrund oft die Vulva.« Auch wenn der eine oder andere ihr »Geschick beim Weben« zuspricht, auch wenn sie (wie viele andere auch) von den ägyptischen Weisen »vielfältige Lehren« empfing, ist Helena bar aller Tugenden, so wie keine der Gestalten, denen wir begegnen. Vielleicht besaß sie keine Psychologie. Und vielleicht konnte sie sie auch nicht besitzen. Wenn sie, wie am Skäischen Tor, weint, verbirgt ein Schleier, blendend wie der Blitzstrahl des Zeus, ihre Tränen. Ihre Sorge galt nur dem Äußerlichen, also auch dem Gesang. Als sie mit Menelaos in Mykene eintraf und dort ihre gerade von Orest erschlagene Schwester Klytämnestra vorfand, schnitt sich Helena zum Zeichen der Trauer die Haarspitzen ab, aber nicht zu viel, um nicht häßlich auszusehen. Nicht nur trug sie Homer auf, über sie zu schreiben, sondern sie verfaßte selbst – wie eine liebenswürdige Stimme aus Byzanz behauptet – ein dichterisches Werk über den Trojanischen Krieg, das wiederum Homer benutzt haben soll.

Napoleon begann als Romanschreiber, Helena wollte als Erzählerin ihrer selbst enden. Jedenfalls mußte eine starke Affinität zwischen ihr und der Dichtung bestanden haben, denn über keine andere Frau hat man dermaßen überschwenglich oder dermaßen rüde geschrieben. Bei Euripides, im *Kyklop*, spricht der Chor über Helena so: »Nun denn, so habt ihr dieses Mädchen Mann um Mann beschlafen, nachdem ihr sie beim Schopf gepackt, denn ihr gefällt es doch, den Mann zu wechseln?«

Nemesis floh vor Zeus bis an die Grenzen der Welt und verwandelte sich in immer neue Tiere, so wie die Erscheinung entflieht und sich verflüchtigt, bevor sie von ihrem Prinzip eingeholt und durchbohrt wird. Diese Vergewaltigung, der Flucht und Verwandlung vorangehen, wiederholt sich bei Peleus, der Thetis verfolgt und sich schließlich in Gestalt eines Tintenfisches mit ihr vereinigt. Die Wiederholung eines mythischen Ereignisses mit ihrem Variantenspiel weist darauf hin, daß etwas weit Zurückliegendes uns ein Zeichen gibt. Es gibt kein isoliertes mythisches Ereignis, genauso wenig wie es ein isoliertes Wort gibt. Der Mythos, ebenso wie die Sprache, gibt sich ganz in jedem seiner Fragmente. Wenn ein Mythos die Wiederholung und die Variante agieren läßt, tritt für einen Augenblick das Gerüst des Systems hervor, die verborgene, von Algen überzogene Ordnung.

Diese beiden Vergewaltigungen im Meer, denen Tiermetamorphosen voraufgehen, ragen einsam aus den vielen Liebesgeschichten heraus, in der gleichen Weise, wie die dabei empfangenen Kinder einsam hervorstechen: Helena und Achilles, die beiden Einzigen. Helena war Zeus' einzige Tochter auf Erden, wo es dagegen von männlichen Bastarden des Gottes nur so wimmelte. Achilles war insofern der Einzige, als er an die Stelle des wahren Einzigen trat: jenes ungeborenen Sohnes der Thetis, der Zeus verdrängen sollte. Und wenn Achilles, der Einzige, auch der Stellvertreter des Einzigen ist, verweist dies auf den Umstand, daß das Reich der Substitution das Reich des Einzigen in sich schließt, ohne welches es freilich weder Sinn noch Intensität besäße. Die archaischste Form der Jagd nach Liebesabenteuern, die

sich noch ganz in der Nähe der unablässigen Metamorphosen befindet, grenzte an die neuere Gefahr, die des Beginns eines nacholympischen Zeitalters.
Nachdem Zeus die Ursache für die Existenz der Helena und des Achilles geworden war, wurde ihm klar, daß er die Möglichkeiten seiner Herrschaft bereits bis zum äußersten angespannt hatte. Helena und Achilles waren nun einmal da, und nichts konnte die damit verbundenen Folgen aufhalten. Aber sie sollten nur eine flüchtige und abschließende Erscheinung sein. Beim Brand von Troja sollten sie umkommen. Danach hätten sie sich sogar zu jenen friedlichen Inseln der Seligen begeben können. Oder sie wären auf Leukè wieder zusammengekommen, als Bilder. Aber die Welt sollte mit dieser für die Götter gefährlichen, für die Menschen unerträglichen Spannung nicht mehr in Berührung kommen, es sei denn in der Erinnerung, im Gesang. Vier Reiche wurden hier genannt: das Reich der unblässigen Metamorphose ist das eines jeden Ursprungs, wenn die Sprache sich von den Dingen noch nicht gelöst hat und der Geist noch nicht von der Materie; das Reich der Substitution ist das des digitalen Prinzips, vor allem insoweit es Zeichen, Wort, unablässige Substitution ist; das Reich des Einzigen ist das, was sich seit je dem Zugriff der Sprache entzieht, es ist das Auftreten des Unwiederholbaren; das Reich des Zeus sind die griechischen Geschichten, zu denen wir noch immer gehören.

Eratosthenes zufolge endete die lange Flucht der Nemesis in den Gewässern Attikas vor Rhamnus, wo Zeus sich als Schwan auf der Wildgans niederließ. Dies war das einzige Mal, daß Nemesis in der Rolle derer auftrat, die etwas erleiden muß. Von da an begegnen wir ihr für Jahrhunderte und Jahrtausende in der Gestalt einer jungen Frau mit ruhigem, ernstem Gesichtsausdruck, die auf der ganzen Erde umherstreift, und bisweilen tritt ihr Fuß auf leblose Körper. Diese weit zurückliegende und von keinem Auge bezeugte Tierszene in der Meereswüste ist die einzige Episode, die wir aus ihrem Leben kennen. Und sie war auch das kühnste Unternehmen der Herrschaft des Zeus: die Notwendigkeit dazu zu zwingen, daß sie die Schönheit hervorbringt.

Als die Bewohner von Rhamnus der Nemesis ein Heiligtum weihen wollten, wandten sie sich an Phidias mit der Bitte, eine Kolossalstatue von ihr anzufertigen. Einige erzählen, die Nemesis von Rhamnus sei eine von Agorakritos, einem Schüler und Geliebten des Phidias, in Stein gehauene Aphrodite gewesen. Andere dagegen berichten, Phidias habe nichts dagegen gehabt, daß man die Statue für ein Werk seines Geliebten hielt. Diese Statue genoß über Jahrhunderte höchste Bewunderung. Varro gab ihr den Vorzug vor jeder anderen. Ein Fragment des Kopfes ist aufgefunden worden, den Rest müssen wir aus Beschreibungen und aufgrund von Münzen ergänzen. Auf dem Sockel sah man, wie Leda eine widerstrebende Helena ihrer wirklichen Mutter, Nemesis, zuführt. Wie aber war das Verhältnis zwischen Mutter und Tochter? Über Helena ist uns sehr viel überliefert worden, während wir von Nemesis als göttlicher Gestalt nur wenige und oft rätselhafte Einzelheiten kennen. Diese Göttin der Kränkung, die sich gegen sich selbst wendet, war von großer Schönheit, wenn man sie für eine Aphrodite halten konnte. Sie, die schlimmste Feindin der *hýbris,* hatte eine Tochter hervorgebracht, die bereits im Mutterleib eine Kränkung war, und damit hatte sie den Grund für die spektakulärste Entfaltung der *hýbris* in der griechischen Geschichte gelegt: den Trojanischen Krieg.

In der Hand hielt die Nemesis ein Dreieck oder auch ein paar Zügel oder einen Zweig vom Apfelbaum. Das Rad des Schicksals begleitete sie und konnte zum Rad an ihrem von Greifen gezogenen Wagen werden. Sie trug die Urne des Schicksals. Als »Königin der Ursachen und Richterin der Dinge« hatte sie immer schon die Macht, die Menschen in das »unauflösliche Netz der Notwendigkeit« *(»necessitatis insolubili retinaculo vinciens«)* einzuzwängen. Oft führte Nemesis eine Hand zur Schulter, als müsse sie ihren Chiton zurechtrücken. Und oft senkte sich ihr Blick auf die Brust, als würde sie nachdenken. Einige unter den Alten sagten, daß sie sich auf diese Weise in den Brustausschnitt spuckte, um Unheil fernzuhalten. Phidias (oder Agorakritos) setzte ihr eine reich mit Hirschen sowie mit der Nike verzierte Krone auf den Kopf. In der Hand hielt sie einen getriebenen Becher mit Negergestalten. Als Pausanias die Statue sah, betrachtete er verblüfft diesen Becher. Die Erklärungen, die er dazu hörte, überzeugten ihn wenig: es seien darauf Äthiopier dargestellt, weil der Vater der Nemesis Okeanos wäre und die Äthiopier doch in der Nähe des Ozeans lebten. Mit einem akribischen Exkurs über die Äthiopier bewies Pausanias, wie unbegründet diese Annahme war. Aber er wagte es nicht, eine andere Deutung zu geben, und ließ die Frage ruhen. Auch andere klassische Autoren sind nicht in der Lage, alle Attribute der Nemesis zu deuten. Das Dreieck stand für das Maß, die kosmische Regel, die jeden bestraft, der dieses Maß überschreitet. Aber worauf verwies der aphroditische Apfel? Und die mächtigen Hirsche rings um die Stirn? Und was hatte diese ständig wiederholte Geste zu bedeuten, mit der sie die Hand zur Schulter führte, zu der Spange in Form eines Greifen, ihres bevorzugten Tiers? Wollte sie sich besser verhüllen oder aber die Spange öffnen?

Nemesis kam aus Kleinasien. Früher als in Rhamnus wurde sie in Smyrna verehrt. Über den Kultstatuen schwebten drei goldene Chariten, ein Werk des Bupalos. Und in Smyrna entdecken wir, daß Nemesis keine Einzelgestalt war. Dort gab es zwei identische Nemesisgestalten, die sich dem Blick der Gläubigen darboten. Eines Tages war Alexander der Große zur Jagd auf den Berg Pagos gegangen. Auf dem Rückweg ruhte er sich unter einer großen Platane in der Nähe des Heiligtums mit den beiden Nemesisfiguren aus. Und im Traum erschienen ihm zwei völlig gleich aussehende Frauen, die einander ansahen und eine Hand auf der Spange ihres Chitons hielten: die eine ihre rechte, die andere ihre

linke Hand, wie in einem Spiegel. Sie empfahlen ihm, ein neues Smyrna zu gründen, auf der anderen Seite des Meles, des Flusses, »der das klarste Wasser und seine Quellen in einer Höhle hat, in der, wie man erzählt, Homer seine Dichtungen verfaßt haben soll«. Alexander gehorchte.
Aber warum erschien Nemesis, die Hüterin des kosmischen Gesetzes, die schlechterdings nur eine ist, ursprünglich in doppelter Gestalt? Vielleicht sind wir hier an den Ort gelangt, wo die lange Reise des Bildes ihren Ausgang nimmt. Helena wurde gleichzeitig mit den Dioskuren, ihren Zwillingsbrüdern, geboren. Sie war die Einzige, sie vereinigte in einem einzigen Körper alle Schönheit, die die austeilende Gerechtigkeit normalerweise über viele verstreut, entsprechend der Ordnung jenes *némein,* das viele Alte bereits mit der Nemesis in Verbindung brachten. Doch seit der Eierschale, in der sie geboren wurde, begleitete sie die Verdoppelung, die das Bild charakterisiert. Und nicht nur ihre Brüder, sondern auch ihre Mutter existierte doppelt. Und jetzt, als ihre Mutter Leda sie zu ihrer wirklichen Mutter Nemesis führte, bemerkte Helena, daß auch Nemesis doppelt vorhanden war. Nicht nur die Schönheit, sondern auch das Schicksal der Verdoppelung, die Ordnung des Bildes, gingen auf diese asiatische Mutter mit der geheimnisvollen Geste zurück, mit der Zeus sich hatte vereinigen wollen, um seine einzige Tochter unter den Menschen zu zeugen.

V

Phemonoe, Herophile, Demo, Sabbe: dies sind die Sibyllen, deren Namen uns erhalten sind. Von Palästina bis zur Troas haben sie ein paar verstreute Zeugnisse hinterlassen, manchmal auch Verse. Eines Tages kamen sie aus allen Richtungen des mittelmeerischen Raums und zogen gemeinsam nach Delphi hinauf, das »auch für einen rüstigen Mann schwierig zu erreichen« war. Herophile sah Helena voraus, »die in Sparta heranwachsen werde, zum Verderben Asiens und Europas«. In ihren Versen nennt sie sich bisweilen Artemis, sie behauptete auch, eine Schwester Apollons zu sein, oder seine Tochter. Sie fühlte sich dauerhaft dem Apollon Smintheus verbunden, dem Apollon der Mäuse, der die Pest ankündigt. In der Troas begegnet man dem Grab der Herophile zwischen den Bäumen des dem Apollon Smintheus heiligen Hains, und das Epitaph sagt: »Nahe den Nymphen und dem Hermes ruhe ich hier. / Nicht habe ich meine Herrschaft verloren.«

Als es mit Delphi zu Ende ging, wurde die Pythia wie eine Wirtschafterin im Pfarrhaus gewählt: sie mußte über fünfzig Jahre alt sein. Zuvor aber war sie ein junges Mädchen gewesen, das unter allen Mädchen von Delphi ausgewählt wurde: sie trug den einfachen Peplos der Mädchen, ohne den goldenen Saum. Eines Tages sah Echekrates, der thessalische Feldherr, die weissagende Jungfrau, wurde von Leidenschaft erfaßt, raubte und vergewaltigte sie. Von diesem Zeitpunkt an legten die Delpher eine Altersgrenze für die Seherin fest, die sich jedoch weiterhin wie ein junges Mädchen kleidete. Ganz anders sah es in den alten Zeiten aus. Die Sibyllen kamen von weit her und sangen von einem Felsen aus, an den sich später das Buleuterion und der Portikus der Athener anlehnten.

Vom Gott besessen, redeten sie in makellosen Versen. Mehr noch: die Menschen lernten damals erst, was das heißt: das vollkommene Wort; denn der Hexameter war ein Geschenk Apollons an Phemonoe, seine Tochter, seine Bergnymphe, seine Sibylle, gewesen. Der Gott wußte, daß die Macht von der Besessenheit herrührte, von der um die Quelle aufgerollten Schlange. Doch das war ihm noch nicht genug: seine Frauen, seine sehenden Töchter sollten den Vers offenbaren, nicht nur die Rätsel der Zukunft. Die Poesie bot sich als Form für jene zweideutigen Worte an, welche die Ratsuchenden erbaten, um Entscheidungen über ihr Leben zu treffen, und deren Sinn sie oft erst nach vollendeten Tatsachen verstanden. Und Apollon wollte keine ungestalten Schamaninnen, sondern Mädchen, die aus den Grotten des Parnaß hervorkamen, die den Nymphen noch ähnelten und wohlgeformte Verse sprachen.

Die neuzeitlichen Menschen haben sich das Funktionieren des Orakels oftmals wie die Zusammenarbeit zwischen einer Schar von Frauen des Typs der Eusapie Paladino und eiskalten parnassischen Priestern vorgestellt, die dem Gestöhne der Pythia den metrischen Schliff gaben (und damit natürlich, entsprechend ihren geheimen Plänen, dessen Bedeutung abwandelten). Aber die Sibyllen, diese von der Welt abgesonderten Frauen, die die ersten Seherinnen in Delphi waren, hatten keine Helfer nötig. Für sie bestand die Unvereinbarkeit nicht, die für den modernen Menschen ganz selbstverständlich ist: nämlich die zwischen Besessenheit und formaler Perfektion. Vor der undurchdringlichen Geschichte Delphis erscheinen Orpheus und Musaios gewissermaßen wie Parvenüs, zumindest im Hinblick auf die Sibyllen: »Wie man berichtet, sollen Orpheus aus Angeberei mit seinen Mysterien und wegen seiner sonstigen Dünkelhaftigkeit und Musäus, welcher Orpheus in allem nachahmte, es abgelehnt haben, ihr Können in einer musikalischen Komposition zu beweisen.« Dies geschah in Delphi. Und möglicherweise entzogen sich Orpheus und Musaios diesem Wettstreit nicht aus Hochmut oder aus Furcht vor ihren Konkurrenten, sondern weil, damals wie heute, der Felsen

Der delphische Dreifuß Apolls, von Greifen bewacht

noch sichtbar war, von dem aus Phemonoe die ersten Hexameter gesprochen hatte.

Apollon und Dionysos sind falsche Freunde, wie auch falsche Feinde. Jenseits ihrer Gegensätze, ihrer Begegnungen und ihrer Überlagerungen gibt es etwas, das sie für immer vereint und von allen anderen göttlichen Gefährten trennt: die Besessenheit. Sowohl Apollon wie Dionysos wissen, daß die Besessenheit die höchste Form der Erkenntnis und die höchste Macht darstellt. Und eben diese Erkenntnis, diese Macht wollen sie. Natürlich kennt auch Zeus die Besessenheit, ja, es genügt ihm schon, den rauschenden Eichen von Dodona zuzuhören. Aber Zeus ist alles, daher privilegiert er nichts. Apollon und Dionysos dagegen benützen die Besessenheit als ihre Waffe und lassen nur ungern zu, daß auch andere sie handhaben. Für Dionysos ist die Besessenheit unmittelbare, unangreifbare Wirklichkeit, die ihn auf all seinen Streifzügen begleitet, in städtischen Häusern ebenso wie auf rauhen Bergeshöhen. Wenn einer sie nicht anerkennt, läßt er sie wie ein wildes, entsetzliches Tier von der Leine. Dann stürzen sich die Proitiden, die webenden Schwestern, die dem Ruf des Gottes nicht folgen wollten, in wildem Lauf auf die Berge. Und bald schon beginnen sie zu töten, machen auch vor ahnungslosen Reisenden nicht Halt. Auf diese Weise schlägt Dionysos den, der *seine* Besessenheit nicht akzeptiert, die sein ist wie eine unversiegbare Quelle, die aus seinem Körper sprudelt, wie der dunkle Saft, dessen Geheimnis er offenbart hatte.
Für Apollon ist die Besessenheit eine Errungenschaft. Und wie jede Errungenschaft muß sie mit herrischem Gestus verteidigt werden. Wie jede Errungenschaft tendiert auch sie dazu, die Macht, die ihr vorausging, auszulöschen. Doch die Besessenheit, die Apollon anzog, war durchaus verschieden von der, die seit eh und je zu Dionysos gehörte. Apollon will, daß sich die göttliche Begeisterung im Takt des Metrums vollzieht, er möchte dem Fluß der Verzückung sofort

das Siegel der Form aufdrücken. Auch die Logik wird von Apollon, als verbindliches Metrum, dem fließenden Gedanken auferlegt. Gegenüber der sprühenden, ungeordneten, flüchtigen Intelligenz des Hermes zog Apollon eine Grenzlinie: Hermes sollte die Weissagung mit Würfeln und Knochen für sich beanspruchen dürfen, ihm konnte er sogar die Thrien, die Honigmädchen, überlassen, die er freilich geliebt hatte; aber für sich selbst beanspruchte Apollon das Wortorakel, das höchste, unüberwindliche.

In Delphi, dieser Ansammlung von Steinen, Marmor und Metall, kamen dem Besucher andere Bilder in den Sinn, die ersten, dem Apollon geweihten und heute verschwundenen Tempel. Der erste, eine Hütte aus Lorbeerzweigen, die im Tempetal gewachsen waren: der zweite aus Wachs und Federn; der dritte, von Hephaistos und Athene aus Bronze gebaut. Noch Pindar fragte sich: »Ihr Musen, welcher Rhythmus tönte im Tempel, der unter den wendigen Händen des Hephaistos und der Pallas Athene entstand?« Wir werden es nicht erfahren, aber Pindar glaubte, sich an die Fragmente eines Bildes zu erinnern: »Aus Bronze waren die Wände, aus Bronze auch strebten die Säulen empor, und golden sangen überm Giebel sechs Zauberinnen.« Diese Worte klangen bereits für Pausanias dunkel. Bestenfalls, so vermutete er, konnte es sich bei diesen Zauberinnen um eine »Anlehnung an die Sirenen bei Homer« handeln. Hingegen verbirgt sich hinter ihnen eine lange Geschichte, die Urgeschichte der Besessenheit.
Iynx war ein Mädchen, das über Zauberkräfte verfügte. Sie experimentierte mit Liebesdrogen. Nicht für sich selbst, sondern sie wollte, daß die Liebe wirksam würde. Eines Tages bot sie Zeus einen Trunk an. Der Gott nahm ihn zu sich, und sein Blick fiel auf Io, die im Gehege des Hera-Heiligtums in der Nähe von Argos umherirrte. Zeus fühlte, daß er von der Liebe zu Io besessen war. Damit nahm auf der Erde die Geschichte ihren Anfang, die in stetiger Flucht

bestand, in Verfolgungen und Verwandlungen. Das erste Opfer wurde die Zauberin selbst. Aus Rache verwandelte Hera sie in einen Vogel, der Wendehals heißt, weil er seinen Kopf in jähen Wendungen dreht. Als Jason in Kolchis eintraf, war ihm bewußt, daß er, um in den Besitz des Goldenen Vlieses zu kommen, die junge Zauberin Medea auf seiner Seite haben mußte. Aphrodite beobachtete ihn vom Himmel und war bereit, ihm zu helfen. Eine Zauberin kann nur von einem noch stärkeren Zauber überwunden werden. Da nahm Aphrodite den Wendehals, den »buntgefiederten, phantasierenden Vogel«, und band ihn unauflösbar auf ein kleines vierspeichiges Rad. Von da an sollte die Kreisbewegung des Rads für immer mit den jähen Kopfbewegungen des Vogels zusammengehen. Dieser kleine Gegenstand, dieses Spielzeug, ist das Uhrwerk, das Getriebe der Besessenheit. Er versetzt den Geist in eine kreisende, obsessive Bewegung, die ihn aus seiner Trägheit herausreißt und an ein göttliches Rad anschließt, das sich, wie die Sphären, unablässig dreht. Auf diesem Rad lassen sich auch die Gedanken der Götter erhaschen.

Jason lernte dieses Geschenk der Aphrodite zu gebrauchen. Und Medea verlor auf der Stelle jeden Respekt vor ihren Eltern. Die Gedanken des Mädchens waren gepeitscht von der Sehnsucht nach einem fernen Land, einem Namen, Griechenland, das für sie mit der Anwesenheit Jasons verschmolz. Da griff Medea zu ihren Zauberkünsten, zu ihren Kräutern und Salben, um den Fremdling zu retten und die eigene Familie zugrunde zu richten. Es waren also weder Apollon noch Dionysos, die Herren der Besessenheit, welche die *íynx* zu den Menschen brachten, diesen seltsamen Gegenstand, der das einzige sichtbare Instrument der Besessenheit ist. Vor diesen beiden kommt Aphrodite, die Göttin mit den »schnellsten Pfeilen«, weil die erotische Besessenheit jeder anderen Besessenheit zugrunde liegt. Für Aphrodite ist das, was in Delphi ein Änigma ist, ein Spielzeug. Von der Decke des Apollon-Tempels in Delphi sah man kleine Räder herunterhängen, an denen man einen Vogelkörper anbrachte. Es hieß, daß diese Räder eine Stimme, einen verführerischen Lockruf aussandten. Dies waren die Zauberinnen, von denen Pindar sprach – die Stellen, an denen der Geist sich mit der Kreisbewegung der Himmelssphären verbindet.

Apollon, noch ein Kind, richtet sich in den Armen seiner Mutter Leto auf und schießt seine Pfeile auf eine Riesenschlange, die auf den bebuschten Hängen von Delphi in großen Windungen zusammengerollt liegt. Apollon, ein Jüngling mit blondem, über die Schulter wallendem Haar, verfolgt in schnellem Lauf ein Mädchen. Als der Verfolger schon triumphiert, verwandelt sich das Mädchen in einen Lorbeerbaum. Jede dieser beiden Handlungen ist der Schatten der anderen. Wenn wir Python betrachten, erkennen wir in ihm auch die zarte Gestalt der Daphne. Wenn wir die Blätter des Lorbeerbaums betrachten, erkennen wir in ihnen auch die Schuppen Pythons.
Will man den Mythos ergreifen, fächert er sich in viele Varianten auf. Die Variante ist hier der Ursprung. Jede Tat ereignete sich auf diese oder eine andere oder noch eine andere Weise. Und in jeder dieser divergierenden Geschichten reflektieren sich die anderen, jede streift uns wie der Saum desselben Stoffes. Wenn uns aufgrund einer Laune der Überlieferung nur eine Version von einer mythischen Begebenheit erhalten geblieben ist, so ist sie ein Körper ohne Schatten, und wir müssen versuchen, ihren unsichtbaren Schatten im Geiste nachzuzeichnen. Apollon tötet das Ungeheuer, er ist der erste Töter des Ungeheuers. Aber was ist das Ungeheuer? Es ist die zwischen Sträuchern und Felsen schwer erkennbare Haut Pythons, und es ist die weiche Haut Daphnes, die sich schon in Lorbeer und Marmor verwandelt.

Apollon gelingt es nicht, die Nymphe zu besitzen, und möglicherweise will er es auch gar nicht. Hinter der Nymphe

sucht er den Lorbeerkranz, der ihm in der Hand zurückbleibt, als sich der Körper der Daphne auflöst: er will die Vorstellung. Unmöglich, daß Dionysos von der Nymphe abgewiesen wird oder daß sie vor ihm flieht, denn die Nymphe ist ein Teil seiner selbst. Nur eine Ausnahme gibt es: Aura, die in Nikaia noch einmal erscheint. Aber die Vergewaltigung der Aura führt in die Mysterien ein, und zwar durch die Frucht ihres Leibes: Iakchos. Daher kann sie, in ihrer ursprünglichen Verdoppelung, nur einzig sein.
Die Nymphe *ist* die Besessenheit, *nymphóleptos* ist der, der als Gefangener der Nymphe im Wahn phantasiert. Apollon besitzt die Nymphen nicht, er besitzt nicht die Besessenheit, sondern er erzieht und lenkt sie. Die Musen waren wilde, ungestüme Mädchen auf dem Helikon. Apollon bewirkte es, daß sie auf das gegenüberliegende Gebirge, den Parnaß, zogen; er war es, der sie mit Gaben vertraut machte, die diesen Haufen wilder Mädchen zu Musen werden ließ, mithin zu den Frauen, die sich des Geistes bemächtigen, wobei allerdings eine jede die Regeln für eine bestimmte Kunst aufstellte.

Von Plutarch, delphischer Priester des Apollon, ist eine Schrift überliefert, wonach Dionysos in Delphi die gleiche Bedeutung hatte wie Apollon. In den eiskalten Wintermonaten, den Monaten der wiederkehrenden Toten und der Irrlichter auf dem Parnaß, herrscht in Delphi Dionysos. In den übrigen neun Monaten herrscht Apollon, wenn er von seinem nordischen Gral, den Hyperboreern, zurückgekehrt ist. Es gibt keinen vollständigen Sieg, kein Sieg reicht aus, um das gesamte Jahr abzudecken. Weder Apollon noch Dionysos kann ständig regieren, keiner von beiden kommt ohne den anderen aus, keiner von beiden kommt um eine bestimmte Zeit der Abwesenheit herum. Wenn Apollon wieder erscheint und den Arm des Dionysos ergreift, sind noch die letzten Noten der Dithyramben zu hören. Und dann erklingt der Päan. Die einzige Kontinuität liegt im Klang.

Im *ádyton* der Pythia besitzt Apollon eine goldene Statue, Dionysos dagegen den Sockel seines Grabes. Doch alles scheint ohne Konflikte abzulaufen. Jetzt, da sie vereinte und alternierende Mächte sind, lassen Apollon und Dionysos nur ungern ihre Vergangenheit an diesem Ort durchscheinen. Kaum einer erinnert sich, daß unter dem bronzenen Deckel des Dreifußes, wo jetzt die Pythia sitzt, einmal die ausgerissenen Gliedmaßen des Dionysos Zagreus kochten. Und ebenso erinnert sich kaum jemand, daß Dionysos, wie einige sagen, der erste war, der auf dem Dreifuß sitzend weissagte. Wie sich auch kaum einer erinnert, daß sich eine Schlange um den Dreifuß wand. Dies alles hätte sich allzu deutlich mit den Geschichten des Feindes überlagert. Der Feind war Python, die Schlange; er stand mithin dem Dionysos nahe, dem Gott, der von Zeus in Gestalt einer Schlange gezeugt wurde und von Mädchen begleitet wird, die sich eine Schlange wie ein Band um die Stirn knoten; war Python als Vorläufer des Apollon in der Weissagekunst; war Python, der (oder die?) ebenfalls im *ádyton*, unter dem *omphalós* begraben war. Damit hätte sich Dionysos, der Stellvertreter Apollons während dessen Abwesenheit bei den Hyperboreern, in seiner verborgenen Gestalt als Feind Apollons zu erkennen gegeben, als Emanation Pythons, jener Macht, die von Apollon getötet wurde und die er dann in der Sonne verwesen ließ.

In seiner ruhmreichen Zeit und auch noch in der Zeit seines Niedergangs stellte sich Delphi als das Gegenteil dessen dar, was das klassizistische neunzehnte Jahrhundert als klassischen Geist definierte. Delphi war ein Handelsplatz, eine Anhäufung von Trophäen, eine Begräbnisstätte. Sein formales Grundprinzip verlangte nach Ansammlung. Schilde und Galionsfiguren, die militärische Sieger hier als Weihegaben niederlegten. Lyren, Tripoden, Wagen, Bronzetafeln, Kübel, Opferschalen, Kessel, Kratere, Spieße: das bot sich dem Blick im *mégaron* des Apollon-Tempels dar. Der Saal, von dem aus man in die Zelle der Pythia gelangte, war mit Gegenständen vollgestopft, die sich an den Wänden und um die Säulen stapelten und sogar noch von der Decke herabhingen. Jeder dieser Gegenstände bezeichnete ein Ereignis, war das Kompendium eines Lebens, oftmals vieler Leben und vieler Tode. Räder von leichten Wagen, frei aufgehängt, bewegten sich ein wenig, wenn ein Luftzug von draußen hereindrang. Bänder und Binden von Athleten wogten wie zarte Fächer und Wedel.

Wenn man den Apollon-Tempel in Delphi betrat und verwirrt stehen blieb inmitten der vielen metallischen Gegenstände, die sich schimmernd aus dem Schatten herauslösten, konnte man bisweilen im Hintergrund die Büste einer Frau erkennen (und über lange Zeit war es eine junge Frau), die aus dem Boden zu wachsen schien: sie trug den schlichten Peplos der Mädchen aus dem Dorf, es war die Pythia. Sie hockte auf dem Dreifuß wie auf einem Barhocker und folgte mit dem Blick den Neuankömmlingen, sobald sie sich am Eingang zum *mégaron* zeigten. Im Verhältnis zur Tempelhalle war die Zelle der Pythia, das *ádyton,* klein und ungefähr einen Meter niedriger. Seitlich davon befand sich eine Zelle mit einer Bank, wo die Ratsuchenden saßen. Sie konnten die Pythia, während sie ihre Weissagungen verkündete, nicht sehen. Sie war dabei von ihren heiligen Gegenständen umgeben: dem hohen, auf dem Fußboden über einem Erdspalt befestigten Dreifuß, dem in die Schnüre eines Doppelnetzes gewickelten Omphalos-Stein, dem Sockel vom Grab des Dionysos, einer goldenen Statue des Apollon, einem Lorbeerbaum, auf den nur ein spärliches Licht von oben fiel, und einem hinter ihr fließenden Rinnsal.

Es gibt einen Gegenstand, der eine außergewöhnlich hohe Stufe der Zivilisation bezeugt, hinter der die anderen uns bekannten Kulturstufen deutlich zurückbleiben: der Bronzekessel. In China zur Zeit der Shang-Dynastie war er ein kultischer Gegenstand, der den Mittelpunkt des Lebens dar-

stellte. Und noch heute können wir ausschließlich auf Grund dieser Bronzen jene Welt vor uns erstehen lassen. Damals gab es eine bestimmte (noch heute umstrittene) Anzahl kanonischer Formen dieses heiligen Gefäßes, die dann für mehr als zweitausend Jahre wiederholt wurden, wobei sie, während das Material sich änderte, immer zerbrechlicher und profaner wurden. Im dorischen Griechenland hatte dieses Gefäß eine einzige vorherrschende Form: die des Dreifußes. Während der Zeit der geometrischen Verzierung schien sich der formgestalterische Trieb der Griechen auf diese Gegenstände zu konzentrieren. Sie sind die heiligen Gegenstände schlechthin. Was eine unumgängliche und bescheidene Funktion erfüllt – wie Mahlzeiten kochen –, wird entschieden jeder Funktion entzogen, die nicht der Opfergabe dient. *Iaròn Diós*, »dem Zeus heilig«, lesen wir auf dem Rand eines dreifüßigen Kessels im Museum von Olympia. Und in China ebenso wie in Griechenland erscheinen Tiergestalten auf dem Bronzekessel: in China vor allem der *taot'ieh*, ein hybrides Ungeheuer, das andere Tiere und Ideogramme in sich schließt, vom Uhu bis zur Zikade, vom Leoparden bis zur Schlange; in Griechenland ist es vor allem der Greif mit seinem mächtigen, offenen Schnabel und seiner zuckenden Zunge, aber auch der Löwe oder der Stier.
In China prägt die Wahl dieser bereits während der Shang-Dynastie festgelegten kanonischen Formen bis auf den heutigen Tag die gesamte Kultur. Die Bronzegefäße mit ihrer grünen Patina verschwinden von einem bestimmten Augenblick an im Löß oder in Sammlungen. Doch werden die chinesischen Formen auch weiterhin genetisch dem Kanon der Bronzegefäße folgen. Dekorative Muster und architektonische Stilelemente knüpfen mehr oder weniger direkt an diesen Ursprung an. Auch in Griechenland kennzeichnet der Dreifuß einen strahlenden Beginn, aber dann verschwindet er für immer, weil er von einer anderen Form verdrängt wird: der menschlichen Gestalt. Von diesem Zeitpunkt an wurden in Delphi und in Olympia immer weniger Tripoden

aus Bronze, immer mehr dagegen Statuen geweiht. Dies waren oftmals Götter; aber bisweilen waren es auch Sieger in Kriegen oder Wettkampfspielen, die sich selbst weihten. Dies ist das Gegenteil dessen, was heute geschieht: als Preis erhält der Sieger nicht eine lächerliche Statuette, sondern die Erlaubnis, eine (oftmals beeindruckende) Statue zu errichten, die ihn darstellt und die er dem Gott weiht. Auf hohen Säulen erhoben sich Figuren, die jetzt einen Namen hatten. Und trotzdem erben diese Figuren, die das Gegenteil der strengen Anonymität eines Dreifußes sind, für einige Zeit dessen sakrale Qualität. Dagegen verschwinden Speise und Trank, die für den Gott im Kessel kochen. Diese Kraft ist in den Faltenwurf eines marmornen Peplos oder in ein Pferdegeschirr oder in die Flügel einer Sphinx übergegangen. Die Opfergabe ist nicht mehr etwas, das man auch essen kann: zum ersten Mal kann man jetzt nur betrachten.

Die ersten menschlichen Wesen, die die Olympier vom hohen Äther aus sahen, waren die Bergnymphen. Diese Frauen mit einem ungewöhnlich langen, freilich durch den Tod begrenzten Leben tauchten aus den Wäldern und aus der Macchia auf und wieder darin unter, oft auf der Jagd nach wilden Tieren. Sie entfachten in den Olympiern das erste Feuer der Begierde und waren gewissermaßen deren Initiation bei den irdischen Geschöpfen. Apollon war nicht immer glücklich in seinen Liebschaften, ob sie nun männlich oder weiblich waren. Irgend etwas ruinierte sie von einem bestimmten Augenblick an – eine tödliche Raserei, wie bei Hyakinthos oder bei Koronis. Aber es scheint, daß es wenigstens bei Kyrene keine Trübungen gegeben hat.
Er sah ihr lange von oben zu, während Kyrene auf dem Pelion jagte. Apollon freute sich, als er feststellte, daß sie häusliche Arbeiten verachtete. Der Webstuhl war nichts für sie. Bei Tag und bei Nacht zog sie hinaus, um den gefährlichsten unter den wilden Tieren nachzustellen. Dies erinnerte Apollon an seine Schwester Artemis. Und mehr noch

dies: Kyrene »liebte es, Jungfrau zu sein und eine unbefleckte Bettstatt zu haben«. Apollon stellte sich ahnungslos und rief ihren Vater, den Kentauren Chiron, zu sich, um von ihm zu erfahren, wer denn das Mädchen dort sei, das mit einem Löwen kämpfte. Chiron lächelte über die Unwissenheit des Gottes, der tat, als würde er sie nicht kennen. Unterdessen hatte Kyrene den Löwen wieder einmal erlegt. Apollon wollte, daß Kyrene ihre Jungfräulichkeit verlieren sollte, ohne dies zu bedauern, und so wählte er eine seiner geheimsten Erscheinungsformen: den Wolf. Diese Gestalt würde ihr und ihm selbst größtes Vergnügen bereiten. Danach würden die üblichen Hochzeitsriten folgen: auf einem goldenen Wagen würde er Kyrene nach Libyen geleiten, und Aphrodite würde sie in einen goldenen Palast inmitten eines üppig blühenden Gartens führen. Doch ihr schönster Beischlaf war der erste. Apollon machte Kyrene jenen Landstrich Afrikas zum Geschenk, wo sie wilde Tiere jagen konnte, und bestimmte andere Nymphen zu ihrem Gefolge. Dann wurde ihr Sohn Aristaios geboren. Er würde, wie auch ein anderer Sohn Apollons, Asklepios, die Gabe der Heilkunst besitzen. Die Musen erzogen ihn zur Weissagung und zum Honig.

Die Macht des Abstrakten entsteht als Ablehnung des epischen Enzyklopädismus, in dem das Urteil über die Macht der Götter und die Anleitung, wie man Bretter zusammennagelt, als Intarsien von gleicher Bedeutung und Häufigkeit an der Oberfläche der Erzählung auftraten. Dem stand gegenüber, was Anaximander oder Heraklit wollten: Sätze, die vollständige Zyklen der Realität unter sich begreifen und sie durch ihr eigenes blendendes Licht fast verdunkeln. Wenn der *lógos* erscheint, vernichtet er das Besondere, das Fragmentarische, das sich in jeder Erfahrung akkumuliert, und beseitigt den Zwang, jedes Detail zu wiederholen. Wie die Zahl, wie der Pfeil des Abaris durchbohrt der *lógos* in einem Bruchteil einer Sekunde das, was die Rhapsoden in endlosen,

dunstigen Nächten zusammenzuflicken und zu wiederholen gewohnt waren.
Dies war ein Rausch ohnegleichen. Aus dem Orient waren Geschichten gekommen, in denen es geheimnisvoller zuging als in anderen. Hier jedoch handelte es sich nicht mehr um Geschichten. Im Vergleich zu ihnen handelte es sich hier um nackte Aussagen, die den Dingen »das Siegel ›dessen, was ist‹« aufdrückten. Und dieses Siegel blieb in sich verschlossen, stolz, unverrückbar, wie das in den Tempel von Delphi eingemeißelte Epsilon. Dort entdeckten die Priester zum ersten Mal, daß sich jene Erkenntnis, die Macht bedeutet, nicht nur aus den geheimen Geschichten der Götter herleitet, sondern auch aus dem hypothetischen Syllogismus.

Täglich, beim ersten Morgenlicht, begann Ion vor dem Apollon-Tempel in Delphi zu kehren. Er fegte die Überreste von Opfergaben zusammen, beobachtete die vom Parnaß herunterschwebenden Raubvögel und drohte ihnen mit seinem Bogen, bevor sie auf die goldenen Dächer einhackten. Sorgfältig hängte er frische Girlanden aus Ölzweigen auf und schüttete aus Eimern frisches Wasser auf den Boden des Tempels. Dies war eine Mühe, die ihm lieb war, eine bescheidene und feierliche Aufgabe. Alles sollte geordnet aussehen, wenn die Menge der Ratsuchenden und Besucher sich über die Serpentinen des Heiligtums zu ergießen begannen. Dieser am Felsen klebende Sitz der Weissagung war alles, was Ion von der Welt kennengelernt hatte. Und hier, so dachte er, würde er für immer bleiben, wie in einem lebenslangen Waisenhaus. Eigentlich lebte er nur, weil Pythia eines Tages, um eben diese frühe Stunde, einen Korb auf den Stufen des Tempels gefunden und ihn aus einer sonderbaren Zuneigung heraus aufgehoben hatte. Aus einer sonderbaren Zuneigung heraus hatte der Gott erlaubt, daß der kleine Knabe zwischen den Altären spielend aufwüchse. Und dann hatte man ihn zum Schatzhüter des Apollon gemacht. Er wußte nichts von seinem Vater, nichts von seiner Mutter, er war weniger als ein Sklave, ein Niemand, Sohn eines Niemand, zugleich aber erblickte er in Apollon seinen Vater und in der Pythia seine Mutter. Er fühlte, daß er nur ihnen sein Leben verdankte. Alles übrige hatte keine Bedeutung und existierte kaum. Jung, rein, demutsvoll, lächelnd empfing er die Besucher und erklärte den Ort und die Zeremonien. Doch am schönsten war die Stunde der morgendlichen Stille, wenn er fegte und saubermachte und bisweilen um sich blickte.

In Delphi war man niemals allein: Hunderte von bemalten Statuen schritten aus allen Richtungen auf einen zu. Jetzt kannte er jede einzelne von ihnen und wußte ihre Geschichten zu erzählen. Herakles, die Giganten, Athene, der Thyrsos, die Gorgonen ... Die Kämpfe gingen ihm durch den Kopf, das stete Fliehen, die Ungeheuer, Waffen, Umarmungen, hinterlistigen Fallen. Er dachte über die Götter nach und sprach mit niemandem. Die Besucher berichteten ihm über grauenvolle Begebenheiten, die sich in der Welt zutrugen, jener Welt, die er niemals gesehen hatte. Doch Ion hörte mit einem leisen Lächeln zu und dachte, daß er diese Begebenheiten längst kannte. Es waren lauter Wiederholungen der stummen, bildhaft dargestellten Geschichten, die ihn umgaben, blasse Wiederholungen, verglichen mit den ins erste Morgenlicht getauchten Giebeln. Und vielleicht auch weniger bösartig. Ein Schwan näherte sich dem Altar. Auch er suchte die Brosamen der Opferreste. Ion jagte ihn fort, immer noch lächelnd, und sagte zu ihm, er solle nach Delos fliegen. In Delphi mußte alles angenehm duften, durfte es kein Zeichen des Verschleißes geben, den der Mensch mit sich brachte, keine Spuren auf dem Boden; alles sollte sein wie der Parnaß zur Morgenstunde, unberührt.

Danach versank er wieder in Gedanken: Beispiel und Vorbild für alles Böse sind die Götter, und es ist ungerecht, den Menschen Vorwürfe zu machen, wenn sie Handlungen nachahmen, die die Götter schon vor ihnen begangen haben. Bei seinen Denkspielen liebte er es besonders, die Liste der von Zeus und Poseidon begangenen Vergewaltigungen mit allergrößter Genauigkeit aufzustellen. Immer wieder gab es eine darunter, die ihm entfiel. Und Ion mußte lachen. Er wußte nicht, daß auch er selbst ein Teil dieser Geschichten war, ihm war nicht bewußt, daß er die Frucht einer solchen Vergewaltigung war, allerdings war sie von Apollon begangen worden, dem Gott, den Ion für seinen wirklichen Vater hielt – und der sein wirklicher Vater war.

Von Hand zu Hand, von Generation zu Generation wurde das Kettchen des Erichthonios weitergegeben, die hohe Reliquie des athenischen Herrscherhauses. Als Erechtheus sie seiner Tochter Kreusa schenkte, legte sie es sich als Armschmuck um ihr Handgelenk. Apollon packte ihre weißen Handgelenke mit festem Griff, als Kreusa eines Tages allein und gedankenverloren an den nördlichen Hängen der Akropolis Krokusse pflückte. Vom Gott sah sie kaum mehr als den Glanz seines Haares. Etwas von diesem Licht übertrug sich auf die Safranblüten, die Kreusa in ihrem Schoß, in einer Falte ihres Peplos gesammelt hatte. Kreusa rief: »O Mutter!« und kein anderer Laut entfuhr ihr, während Apollon sie bis zur Höhle des Pan zog, die etwas weiter oben lag. Nicht einen Augenblick lockerte der Gott den harten Griff um die Handgelenke des Mädchens. Kreusa spürte, wie die Glieder des Armkettchens in ihr Fleisch eindrangen. Apollon streckte sie in der Dunkelheit auf der Erde aus und riß ihre Arme weit auseinander. Dies war sein gewalttätigster, sein schnellster Liebesakt. Kein Wort, kein Stöhnen.
Als Apollon verschwunden war, blieb Kreusa unbeweglich in der Dunkelheit liegen, tief verletzt, vom Wunsch beseelt, den Gott zu verletzen. Sie schwor, daß niemand davon erfahren würde. Einige Monate später brachte sie das Kind allein in der Höhle zur Welt, und war an derselben Stelle, wo der Gott sie mit auseinandergebreiteten Armen festgehalten hatte. Dann wickelte sie den kleinen Ion in Windeln und legte ihn in einen runden Korb, auf ein Tuch, das sie als Kind

bestickt hatte: mit einem Medusenhaupt, dessen Züge sich noch unbeholfen, linkisch ausnahmen. Während sich Raubvögel und wilde Tiere näherten, um den kleinen Knaben zu verschlingen, waren seine Schreie das einzige, was an das Ohr des verhaßten, gleichmütigen, ins Lyraspiel versunkenen Gottes dringen konnte; keine andere Beleidigung stand Kreusa zur Verfügung, um die Beleidigung ihrer »bitteren Vermählung« nachzuahmen.

Apollon der Schiefe entwarf verschlungene Lebenswege für Kreusa und Ion. So sorgte er dafür, daß Mutter und Sohn sich erst erkannten, nachdem die Mutter den Sohn und der Sohn die Mutter umzubringen versucht hatten. Um Ion zu töten, hatte Kreusa zum todbringenden Blutstropfen der Medusa gegriffen, der noch in ihrem Armband aufbewahrt war. Doch der Tropfen fiel auf die Erde und tötete lediglich eine gierige Taube. Um Kreusa zu töten, hätte Ion beinahe das heilige Gesetz gebrochen, das die Bittstellerinnen beschützt. Doch seine Frömmigkeit fiel ihm auch diesmal in den Arm. Gegen den Altar des Apollon gepreßt, erwartete Kreusa den Tod durch die Hand ihres Sohnes, in welchem sie immer noch einen unbekannten Wächter von Delphi sah. Da trat die Pythia herein. In ihrer Hand hielt sie einen Korb. Sie öffnete ihn – und zog unter Binden und Weidenzweigen, die der Schimmel nicht befallen hatte, die linkische, unbeholfene Stickarbeit eines Kindes heraus, die in der Mitte eines Stücks Stoff, das von Schlangen befranst war wie die Ägis, das Haupt der Medusa darstellte.
Da erkannte die Mutter den Sohn. Nun hätte Ion König von Athen werden können. Denn auch er hatte, wie Erichthonios, neben dem Haupt der Medusa geruht. Auch er war von der Ägis umhüllt worden. Gewiß, dieses Mal handelte es sich nicht um die körperwarme Ägis von der Brust der Athene, sondern um ein beliebiges Stück Stoff, das von der Hand eines kleinen Mädchens verziert worden war. Aber auch das entsprach dem Lauf der Welt. Ein Wappenbild,

einzigartig und von überwältigender Kraft, verbreitete sich in zahlreichen Kopien, wurde in Tempelgiebel gemeißelt oder in einen Schal eingestickt. Und mit seiner Verbreitung verlor es an Kraft. Auch Göttergeschenke unterlagen der Zeit, dunkelten nach: der Todestropfen im Armband, das Kreusa noch immer am Handgelenk trug, war nunmehr verloren, und der Lebenstropfen, der »des Lebens Nahrung« enthält, war in Vergessenheit geraten. Niemand hat je daran gedacht, ihn zu gebrauchen. Jetzt waren Ion und Kreusa mit anderen Dingen beschäftigt: mit göttlichen Dingen, die irgendwie immer verspätet erscheinen, »und doch nicht machtlos sind in der Vollendung *(télos)*«.

Die über Delphi fliegenden Raubvögel schleuderten Schildkröten auf die Felsen, um ihren harten Panzer zu zerbrechen. Kroisos herrschte fernab von Delphi, jenseits eines großen Meers, und fühlte sich – wie viele andere auch – von diesem am Berg angewachsenen Priesternest beobachtet. So kam er auf den Gedanken, die Pythia und die sie umgebenden, zweifelhaften Gestalten, die als »Heilige« bezeichnet wurden, einer Prüfung zu unterziehen. Neben sechs weiteren in der Welt hochgeachteten Orakeln forderte er das Orakel von Delphi heraus zu weissagen, was er am hundertsten Tag nach dem Aufbruch seiner Boten tun würde.
Die Boten kehrten mit versiegelten Antworten zurück. Alle waren falsch. Doch die Pythia hatte, noch bevor sie die Frage hörte, in Hexametern geantwortet: »Sandkörner weiß ich zu zählen und auch die Wellen des Meeres. / Wer taubstumm ist, den vernehm ich, und wer schweigt, den versteh ich. / Gerüche sind zu mir gekommen vom Körper der Riesenschildkröte. / Sie brodelt im bronzenen Kessel zusammen mit Stücken von Lammfleisch. / Bronze befindet sich unter ihr, Bronze auch deckt sie von oben.« Nun hatte Kroisos an dem bewußten Tag »eine Schildkröte und ein Lamm in Stücke geschnitten und mit eigenen Händen in einem bron-

zenen Kessel zum Kochen gegeben; dieser Kessel hatte einen bronzenen Deckel«. Er behauptete, daß er sich diese Szene ausgedacht habe, weil sie ihm als die allerunwahrscheinlichste erschienen sei. Eine haltlose Lüge. Diese Szene war eine stumme Botschaft, mit der Kroisos auf das hinwies, was im Heiligtum schon immer geschah: auf dem Deckel eines bronzenen Dreifußes sitzend, verkündete die Pythia, in Dämpfe gehüllt, ihre Orakelsprüche. Aber kamen diese Dämpfe nur aus dem Erdspalt unter dem Dreifuß oder auch aus dem Dreifuß selbst? Von allem Anfang an wurde unter diesem Deckel Lammfleisch zusammen mit dem Fleisch von Schildkröten gekocht; das Lammfleisch wurde von den Thyiaden im Gefolge des Dionysos in der Nähe, nur wenig weiter oben, an den Hängen des Parnaß, in Stücke geschnitten; dagegen benützte Apollon den vom Schildkrötenfleisch abgelösten Panzer, wie Hermes es ihm beigebracht hatte, zum Bau der Lyra, auf welcher er dann vor seinen Thrien auf den Höhen des Parnaß spielte. In dem Kessel kochten Apollon und Dionysos gemeinsam: das war die Mischung, der scharfe Geruch von Delphi.

Mehr noch als die erstickte Stimme der Pythia oder der von den Archäologen vergeblich gesuchte Erdspalt ist ein von Tiermasken beschützter Bronzekessel, in dem etwas köchelt, das Gefäß der delphischen Macht. Etwas Dargebotenes, Geopfertes kocht darin. Aus dem Opfer kommt die Stimme, der Sinn. Dies ist der uralte Talisman, den die Feinde Apollons stehlen wollen, um ihn so der Stimme zu berauben. Eine Pythia oder ein Priester findet sich immer, aber die Macht liegt in einem Bronzegefäß, das von Geiern bewacht wird und an dem der Geruch von vielem Fleisch haftet. Die Pythia setzte sich auf seinen Deckel, um ihren Besitzanspruch deutlich zu machen. Der Niedergang des Orakels war an dem Tag vollendet, an dem Delphi all der zahllosen Tripoden beraubt war, die man dort als Weihegaben aufgestellt hatte. Darin kam nicht nur die Gier nach dem Metall zum Ausdruck, sondern auch der unbeirrbare Wille, die Talismane von dem Ort zu entfernen, an dem sie so lange ihre Macht ausgeübt hatten.

Kroisos wollte mit der Herausforderung aus seinem fernen Königreich dem Orakel zu verstehen geben, daß er es nicht nur mit Löwen und Bäckerinnen aus massivem Gold überhäufte, sondern sehr wohl das Grundgeheimnis seines Wirkens kannte. Wahrscheinlich gefiel dies dem Orakel nicht, denn jedes Orakel möchte erkennen, nicht aber erkannt werden. Als Kroisos Delphi vor dem schwerwiegendsten Schritt in seiner langen Herrschaft – dem Krieg gegen Kyros von Persien – um Rat ersuchte, war die Antwort der Pythia ausgesprochen doppeldeutig: »Du wirst ein großes Reich zerstören.« Kroisos dachte natürlich, es handele sich um das große Reich des Kyros, wohingegen das Orakel sein eigenes meinte. Besiegt, alt und von Kyros versklavt, wollte Kroisos als letztes Geschenk seine Ketten nach Delphi schicken. Weder vor ihm noch nach ihm hatte je ein König einen so vertrauten und langwährenden Umgang mit dem Orakel.
Die Antwort von Delphi an Kroisos, der Apollon Undankbarkeit vorwarf, weist ein großes Pathos und ein für das Orakel sonst ungewöhnliches Gefühl des Mitleids auf. Als ob er sich rechtfertigen wolle, antwortete Apollon dem steinreichen König, daß er alles getan habe, um das wenige, was das Schicksal gewährt, zugunsten des Kroisos dem Schicksal zu entreißen. So sei es ihm beispielsweise gelungen, den Fall von Sardes drei Jahre hinauszuzögern. Dies war eines der wenigen Male, wo der Gott offen und aufrichtig sprach. Er erklärte mit beinah demütiger Geste, daß sein Reich das Überschüssige, der überzählige Teil sei, den das Schicksal seiner Entscheidung überlasse. Und den habe er Kroisos geschenkt, so wie Kroisos ihm ein anderes Überschüssiges geschenkt habe, das Leben Tausender geschlachteter Tiere und Tausende Kilogramm Gold, die bis nach Delphi hinaufgebracht wurden.
Aber ist das Überschüssige denn nicht das Leben selbst?

Und ist das Leben denn nicht immer nur ein Teil des Lebens, eine unverhoffte Aussetzung des Urteils, wie die drei Jahre, die Kroisos erhalten hatte, wie die wunderbaren Augenblicke, in denen Apollon mit einem plötzlichen Unwetter die Flammen des für Kroisos aufgeschichteten Scheiterhaufens löschte? Mehr war nicht möglich. Als letztes Geschenk blieben die Ketten. Die hatten nichts Überschüssiges. Gegen sie hätte nicht einmal der Gott etwas auszurichten vermocht.

Mit dem Dialog zwischen Kroisos und Solon inszenierte Herodot das erste Rededuell zwischen Asien und Europa. Kroisos ist unter allen Mächtigen derjenige, der das meiste Gold besitzt. Solon ist der Gesetzgeber Athens, der auf eine zehn Jahre dauernde Reise gegangen ist, weil die Athener sich verpflichtet hatten, die Gesetze zehn Jahre lang nicht zu verändern. Doch Solon traut den Athenern nicht. »Dies war der wirkliche Grund für seine Abwesenheit, wenngleich er behauptete, die Welt kennenlernen zu wollen.« Zu den Merkwürdigkeiten der Welt zählt auch der Palast des Kroisos, dem Solon einen Besuch abstattet.

Kroisos möchte, daß Solon in ihm nicht nur den Mächtigsten, sondern auch den Glücklichsten unter den Menschen erkennt. Solon antwortet ihm, indem er als Beispiel für einen glücklichen Menschen einen unbekannten, auf dem Schlachtfeld gestorbenen alten Athener zitiert. Es kommt Solon nicht darauf an, dem Mächtigen einen einfachen Mann gegenüberzustellen. Das wäre banal. Ihm geht es vielmehr um die paradoxe Einstellung der Griechen zum Glück: das man nur mit dem Tod erlangen kann. Das Glück ist ein Merkmal des Lebens, das, um bestehen zu können, das Verschwinden des Lebens verlangt. Wenn das Glück eine Bestimmung ist, welche die Totalität eines Menschen betrifft, dann muß man warten, bis das Leben dieses Menschen sich mit dem Tod erfüllt.

Dieses Paradox steht nicht für sich allein, es ist vielmehr nur eines der zahlreichen Paradoxe der Totalität, für welche die

Griechen äußerst empfänglich waren. Ihr Fundament ist der Sprache eingeschrieben: *télos* – das griechische Wort par excellence – ist zugleich »Vollkommenheit«, »Vollendung«, »Tod«. Aus Solon sprach das Mißtrauen der Griechen gegenüber der geistigen Umnebelung dessen, der glücklich ist, und ihre Leidenschaft für die Logik. Doch vor allem überrascht die Eleganz der Worte Solons. Niemals ist eine derart treffende Umschreibung gefunden worden, um eine Wahrheit auszudrücken, die, direkt benannt, allzu krude und vielleicht nicht einmal eine Wahrheit wäre: daß es das Glück nicht gibt.

Später, in hellenistischer Zeit, quoll der Platz vor dem Apollon-Tempel in Delphi von Menschen über. Auf der linken Seite hielt der von den Delphern gestiftete bronzene Wolf die Wache. Auf der rechten Seite ragte inmitten der zahlreichen von Epidaurern und Megarern nach siegreichen Kriegen aufgestellten Apollon-Statuen die goldene Statue der Phryne des Praxiteles heraus, so als würde die Hetäre sich auch weiterhin mit ihren Verehrern im Gespräch befinden. Und dieses Gespräch war durch ihren Liebhaber möglich geworden, Praxiteles, der ihren Körper modelliert hatte. Eine dieser Apollon-Statuen war gigantisch: der Apollon Sitalkas erhob sich siebzig Fuß hoch auf einer Säule. Das war mehr als die doppelte Höhe der Tempelsäulen. Dann gab es da noch eine bronzene Palme und daneben eine vergoldete Statue der Athene, deren Goldbelag ein Schwarm von Raben teilweise weggepickt hatte, als die Athener sich auf ihren Kriegszug nach Sizilien begaben. So wenigstens liest man es bei Kleitodemos. Daneben sah man noch zahlreiche Bildnisse von Feldherren unterschiedlicher Herkunft. Und den bronzenen Esel der Ambraker sowie den Opferfestzug der Sikyonen: damit kamen sie einem Gelöbnis nach, demzufolge sie dem Apollon alljährlich eine derart große Anzahl von Tieren hätten opfern sollen, daß sie daran zugrunde gegangen wären. Das Bronzebild dagegen war ein dauerndes

Opfer. Außer der Phryne war noch ein weiteres massiv goldenes Bildnis einer nicht durch militärische Siege zu Ehren gekommenen Einzelperson vorhanden: Gorgias von Leontini, der Verteidiger der Helena, der gepredigt hatte, daß das Wort höchste Macht besäße.

Im Jahr 279 erreichten die von Brennus geführten Gallier die Thermopylen, die »warmen Tore« Griechenlands. Sie hatten nur einen Gedanken: Delphi zu plündern. Nichts anderes zog sie an. Weder für Athen noch für Theben noch für Sparta hatten sie einen Blick übrig: nur für die Schätze Delphis. Auch zu Brennus im fernen Norden war die Kunde von der »von Gold überquellenden Höhle des Gottes« gelangt. Die Griechen glaubten an eine Wiederholung der Geschichte: aber dieses Mal ohne jeden Glanz. Auf der einen Seite befanden sich – anstelle der Soldaten des persischen Großkönigs mit ihren spitz zulaufenden Helmen und ihrer bunten orientalischen Pracht – Banden von blonden »wilden Tieren voll Raserei und Wagemut, aber ohne jede Vernunft«, die ausschließlich mit bloßer Gewalt vorrückten, solange die Raserei, der *berserk*, sie vorwärts trieb, auch wenn sie von Pfeilen und Speeren durchbohrt wurden. Auf der anderen Seite dagegen standen die Spartaner des Leonidas, ein Haufen Verzweifelter aus der Provinz, Aitoler, Böoter, Phoker, denen es klar war, daß es nur zwei Möglichkeiten gab: entweder Sieg oder Vernichtung. Bei diesem Krieg ging es nicht, wie seinerzeit gegen die Perser, um die Freiheit, sondern ums Überleben.
Bei einem ersten Zusammenstoß an den Thermopylen gelang es den Griechen noch einmal standzuhalten, während viele Kelten von den Sümpfen verschlungen wurden: nie werden wir erfahren, wie viele. Da nun dachte Brennus an einen Flankenangriff, um so die Mitte zu schwächen. Vierzigtausend Fußsoldaten und ein paar hundert Reiter fielen in Aitolien ein. Sie schlachteten alle männlichen Bewohner ab, einschließlich der Neugeborenen. »Sie paarten sich mit den

sterbenden und den bereits toten Frauen.« Doch ins Heerlager an den Thermopylen kehrte weniger als die Hälfte der ausgezogenen Gallier zurück. Brennus versuchte es wieder: dieses Mal, begünstigt vom Nebel, umzingelte er die Griechen. Kurz bevor sich der Kreis schloß, zogen sich die Griechen in ihre Heimatorte zurück. Brennus wartete nicht einmal ab, bis sich seine Truppen vereinigt hatten: er befahl, nach Delphi vorzustoßen. Da geschah es wohl zum letzten Mal, daß der Gott des Dreifußes seine Macht spüren ließ. Den entsetzten Delphern antwortete das Orakel, daß es selbst auf sich achtgeben würde.

Als Verteidiger Delphis traten den Männern des Brennus nur Phoker und ein paar Aitoler entgegen, die in ihrem eigenen Land kämpften. Aber sie erwartete auch eine unsichtbare göttliche Koalition. Apollon wandte sich an die ursprünglichen Gottheiten des Ortes, die er selbst in den Schatten abgedrängt hatte: Poseidon und Pan. Die Erde, auf der die Gallier vorrückten, erbebte jeden Tag, weil Poseidon sie in der Tiefe bewegte. Und neben den Griechen sah man die Schatten der hyperboreischen Helden Hyperochos und Laodokos kämpfen, dazu die Weißen Jungfrauen. Es war der mythische, apollinische Norden, der gegen den biologischen, historischen Norden kämpfte. Auch Neoptolemos, der Sohn Achills – welchen Apollon in seinem Tempel in Delphi tötete, so wie er in einem seiner anderen Tempel den Achilles getötet hatte –, kämpfte inmitten der Blitze, die die Binsenschilde der Gallier in Brand setzten.

Die gesamte Vergangenheit Delphis, eine lange Geschichte von Ermordungen und Nachstellungen, eine verborgene, brodelnde Geschichte, verschmolz an diesem Tag, um nach außen eine geschlossene, unnachgiebige Front zu bieten, die aus Göttern bestand, aus Geistern und Soldaten. Für die Gallier war es ein Tag des Schreckens, doch der Schrecken wuchs noch während der Nacht. Da nämlich stieg Pan von der Korykischen Höhle herab und schleuderte den Schrekken unter die Barbarentruppen, denn »es heißt, daß grundloser Schrecken von Pan kommt«. Als die Dämmerung niedersank, hörten die Gallier das Stampfen von Hufen. Sie teilten sich in zwei Heere, und so standen sie sich gegenüber. »Beide Seiten glaubten in ihrem Taumel, Griechen und deren Waffen zu sehen und griechische Laute zu hören, und so verursachte der vom Gott gesandte Wahnsinn ein gewaltiges Blutbad unter den Galliern.« Noch zahlreicher als in der Schlacht fielen die Soldaten des Brennus in dieser Nacht, in der sie sich gegenseitig töteten. Brennus selbst war tödlich verletzt, und da entschloß er sich zu sterben, indem er Wein trank, der nicht mit Wasser vermischt war.

Es war ein Jahr der Dürre in Delphi. Eine Hungersnot folgte. Die Delpher wußten, daß sie mit den vorhandenen Vorräten nicht überleben würden. So beschlossen sie, allesamt, mit Frauen und Kindern, als Bittsteller vor das Tor des Königspalastes zu treten. Der König erschien und sah sie an. Neben ihm setzten die Diener ein paar Körbe mit spärlichem Inhalt ab. Der König nahm Gerste und Hülsenfrüchte aus den Körben und verteilte sie an die Bürger. Bei den Würdenträgern fing er an. Als dann die ärmeren Leute nachrückten, verschwanden die Hände der Diener immer tiefer im Korb und holten immer kleinere Mengen heraus. Am Ende waren die Körbe leer, aber vor dem König warteten noch immer viele arme Menschen. Unter ihnen befand sich ein kleines Mädchen, Charila, ein einsames Waisenkind, das niemand beschützte; es näherte sich dem König und bat um Nahrung. Das Gesicht des Königs verfinsterte sich, er löste sich eine Sandale vom Fuß und warf sie Charila ins Gesicht. Das Waisenmädchen kehrte in die Reihen der Armen zurück. Danach gingen alle nach Hause, ohne Nahrung.

Charila ging fort aus Delphi. An den Hängen der Phaidriaden erreichte sie eine Stelle, die sich auf eine tiefgrüne Schlucht öffnete. Neben einem großen Baum nahm Charila ihren jungfräulichen Gürtel ab und verknotete ihn zu einer

Schlinge um ihren Hals. Dann hängte sie sich an einem Ast auf. In Delphi dauerte die Hungersnot an. Nun tobten auch Seuchen, von denen die ausgemergelten Körper ohne weiteres befallen wurden. Der König bat die Pythia um Rat. »Versöhne dich mit Charila, der Jungfrau, die sich das Leben genommen hat«, lautete die Antwort. Aber der König wußte nicht, wer diese Charila war. Er stieg nach Delphi hinab und rief die Bewohner zusammen. Wer war Charila? Niemand wußte es. War sie vielleicht eine mythologische Gestalt, an die man sich nicht mehr erinnerte? War diese Jungfrau, die sich das Leben genommen hatte, ein Änigma, eines der üblichen delphischen Änigmen? Der Name Charilas wich nicht aus den Gedanken der Delpher. Eine der Thyiaden, Priesterinnen des Dionysos, war es, die sich an die Tat des Königs erinnerte, an die Sandale – und sie mit dem Umstand verknüpfte, daß das Mädchen von jenem Augenblick an verschwunden war. Sie kannte Charila, weil das Mädchen bald schon in ihre Priesterschaft hätte eintreten sollen. Sie sollte ihnen auf den Parnaß folgen, in die Kälte des Dezembers, und vielleicht hätten die Delpher sie eines Tages im Schneesturm gefunden, ihr Mantel »steifgefroren wie ein Stück Holz, den man spaltet, um ihn zu öffnen«. Doch in diesem Mantel würde der Körper einer Thyiade eingeschlossen sein, welcher der Kälte eine ungestüme Glut entgegensetzt. Die Thyiade brach mit ihren Gefährtinnen von Delphi auf. An einer unzugänglichen Stelle, inmitten von tiefem Grün, sah sie den Körper Charilas, der noch immer an einem Ast hängend im Wind baumelte. Thyiaden bedeutet »diejenigen, die rauschen«. Einige nannten sie auch Windsbräute. Liebevoll nahmen sie den Körper des Mädchens vom Baum. Dann legten sie ihn auf die Erde und begruben ihn. Als sie nach Delphi zurückgekehrt waren, erzählten die Thyiaden, wie sie Charila gefunden hatten. Jetzt ging es darum, sie durch Sühne zu besänftigen. Aber wie?

Die bedeutendsten Theologen von Delphi, die fünf Hosioi, die Priesterschaft der Thyiaden, der König: sie sannen nach.

Sie mußten die richtige Formel finden, um der Pythia zu antworten. Am Ende beschlossen sie, das Opfer mit einer Reinigungszeremonie zu verbinden. Aber wie sollte ein Opfer in einer Zeit der Not durchgeführt werden? Die delphischen Theologen wußten, daß das Opfer das Zeichen dafür ist, daß das Leben in einem Mißverhältnis zum Notwendigen steht: Mißverhältnis als Überfluß, zugleich aber auch als Mangel. In beiden Fällen, bei Verschwendung wie bei Verzicht, gibt es einen Teil, der entfernt werden muß, damit eine gleichmäßige Verteilung der Kräfte stattfinden kann, damit »es kein Zuviel gibt«, wie die apollinische Lehre verlangte. Der König hatte die Armen aus dem Leben entfernt, indem er sie bei der Verteilung der Nahrungsmittel überging. Als er Charila mit der Sandale traf, hatte er eine Opferung ohne Zeremonie vollzogen. Daraufhin hatte Charila diese Tat ins allgemeine Bewußtsein gehoben, indem sie sich erhängte. Doch ihr Opfer war nicht bemerkt worden. Die von Hunger und Seuchen bereits dezimierten Delpher hatten Charilas Verschwinden nicht wahrgenommen, sie hatten nicht begriffen, daß Charila kein Opfer des Hungers, sondern das einer Opferung geworden war. Sie hatten sie vergessen, weil sie ein allzu vollkommenes Opfer war: Jungfrau, Waise, von niemandem zur Kenntnis genommen, vom König beleidigt. Und die allzu vollkommenen Opfer rufen Angst hervor, weil sie eine unerträgliche Wahrheit ins Licht rücken. Die Theologen von Delphi waren tief eingedrungen in die Kunst der Dialektik und des hypothetischen Syllogismus, da sie ja dem Gott, »der Wahrheit vor allem anderen liebt«, treu ergeben waren. Für sie bestand das letzte Ziel nicht in grobschlächtiger Frömmigkeit, sondern in der Erkenntnis. Eine Schuld sühnen bedeutete nicht, etwas zu tun, was das Gegenteil der Schuld war, sondern die Schuld mit leichten Veränderungen zu wiederholen, um in der Schuld zu versinken, bis sie schließlich erkennbar wird. Die Schuld bestand nicht so sehr darin, gewisse Dinge getan zu haben, als vielmehr darin, sie begangen zu haben, ohne sich darüber im klaren zu sein. Die Schuld bestand darin, nicht bemerkt zu haben, daß Charila verschwunden war.

So bereitete man in Delphi eine Zeremonie vor. Die Bürger der Stadt traten vor den König und baten ihn um Nahrung, wie an jenem Tag, an dem Charila unter ihnen war. Der König verteilte die Nahrung, aber dieses Mal gab er jedem eine Portion, selbst den Fremden. Dann brachte man aus der Menge eine Puppe vor den König, die Charilas Aussehen hatte. Der König zog eine Sandale aus und schleuderte sie der Puppe ins Gesicht. Daraufhin nahm die Priesterin, welche die Thyiaden anführte, die Puppe, knüpfte eine Schnur um ihren Hals und brachte sie an die Stelle, wo sie Charila gefunden hatte. Sie hängte die Puppe an einen Ast des Baums und ließ sie im Wind hin- und herschaukeln. Dann begrub sie die Puppe neben Charilas Leiche. Mit dieser Zeremonie hatte die Hungersnot ein Ende. Von da an wiederholten die Delpher sie alle acht Jahre. Aber so, wie die Delpher nicht bemerkt hatten, daß Charila verschwunden war, bis die Pythia, als einzige Stimme, sie daran erinnerte, so sollte die Geschichte bald schon Charila und die Rituale vergessen, die in ihrem Namen über Jahrhunderte durchgeführt wurden, bis eine einzige Stimme, nämlich die eines delphischen Priesters, Plutarch, sie erwähnte.

Dies war nun eine der vielen »griechischen Fragen«, eines unter den zahlreichen Bruchstücken der Vergangenheit, an deren Bedeutung und Ursprung sich niemand mehr erinnerte. Mit Geduld und Gelehrsamkeit beantwortete Plutarch die Frage, die er sich selbst gestellt hatte und die für uns das einzige Zeugnis für die Existenz des kleinen Waisenmädchens darstellt: »Wer war Charila unter den Delphern?«

VI

Olympia ist das Bild des Glücks, und daher konnte es nur im Goldenen Zeitalter entstehen. Die damals lebenden Menschen errichteten dem Kronos einen Tempel in Olympia. Zu jener Zeit war Zeus noch nicht geboren. Die ersten, die in Olympia Wettläufe veranstalteten, waren die Wächter, denen Rhea den kleinen Zeus anvertraut hatte, damit sie ihn versteckt hielten. Die fünf Kureten, unter ihnen Herakles, kamen von Kreta nach Olympia, und Herakles war es, der als erster einen Sieger mit einem wilden Ölzweig bekränzte. Er hatte diesen Baum im fernsten Norden, jenseits der Donauquellen, erworben, um mit ihm die Ziellinie der Rennstrecke in Olympia in Schatten zu tauchen. Dies war für immer Olympia: der Schatten und das Ziel, das höchste Sich-Exponieren und das tiefste Sich-Zurückziehen, das perfekte Pendel. Doch dann zogen Generationen ins Land, und die Spiele in Olympia wurden in der Zeit zwischen der Herrschaft des Oxylos und der des Iphitos aufgegeben und gerieten in Vergessenheit. »Als Iphitos den Wettkampf erneuerte, hatten die Menschen noch kein Bewußtsein von den alten Spielen; nur allmählich erinnerten sie sich ihrer, und jedesmal, wenn sie sich wieder an etwas erinnerten, fügten sie dem Wettkampf etwas hinzu.« Dies ist das Bild des platonischen Erkenntnisvorgangs: es gibt nichts Neues, sondern nur Erinnerung. Das Neue ist das Älteste, was wir haben. Mit wunderbarer Naivität fügt Pausanias hinzu: »Man kann es sogar beweisen.« Und er präzisiert, wann diese Erinnerungen auftraten: »Bei der achtzehnten Olympiade erinnerte man sich des Pentathlons und des Ringkampfs.«

Wenn man die Wendeltreppe im Inneren des Tempels hochstieg, erreichte man die oberen Galerien und konnte von dort aus den Zeus des Phidias aus der Nähe betrachten. Dieses Werk hatte nach Ansicht Quintilians »der Religion der Menschen etwas hinzugefügt«. Gold und Elfenbein wurden nur durch Gemmen unterbrochen, außer am Thron, wo man auch Ebenholz erkennen konnte. Tiere und Lilien waren über das Gewand verstreut. Zeus war mit einem Olivenzweig bekränzt und hielt in seiner rechten Hand eine Nike mit einem Band und einem Kranz. Unter jedem Thronfuß waren weitere kleine Niken angebracht, die das Aussehen tanzender Elfen hatten. Aber noch etwas anderes spielte sich zwischen diesen Füßen ab: geflügelte Sphingen raubten mit ihren Krallen thebanische Knaben, und Apollon und Artemis durchbohrten noch einmal die Söhne und Töchter der Niobe. Und das Auge, das sich an die bewegte Dunkelheit gewöhnte, entdeckte immer neue Szenen auf den Verbindungsstreben des Throns. Je weiter man den Blick nach unten richtete, um so größer wurde die Zahl der Figuren. Neunundzwanzig auf den Verbindungsstreben: Amazonen, Herakles mit seinem waffentragenden Gefolge und Theseus. Ein Junge richtet sich das Stirnband: stellt er Pantarches dar, den jungen Geliebten des Phidias? Der Thron ist unzugänglich, von bemalten Absperrungen umgeben: wieder erkennt man Theseus und Herakles, dann Peirithoos, Ajax, Kassandra, Hippodameia, Sterope, Prometheus, Penthesilea, Achilles, zwei Hesperiden. Andere Gestalten wachsen aus dem oberen Teil des Throns: drei Chariten und drei Horen. Danach senkt sich der Blick auf den Fußschemel des Zeus, und auch da begegnen ihm Figuren: wiederum Theseus und noch einmal die Amazonen und goldene Löwen. Noch weiter unten macht der Blick auf dem Sockel, der diese gewaltige Statue des Zeus und seiner Parasiten trägt, noch mehr Szenen aus: Helios besteigt seinen Wagen, Hermes tritt hervor, gefolgt von Hestia, Eros empfängt Aphrodite, während sie dem Meer entsteigt und Peitho sie bekränzt. Auch Apollon und Artemis fehlen nicht, auch Athene und Herakles nicht, Amphitrite und Poseidon, und Selene auf einem Pferd. Zeus, dieser thronende und von Geschöpfen überkrustete Gigant, spiegelte sich auf einem schwarz polierten Steinfußboden wider, wo reichlich Öl für die Behandlung des Elfenbeins floß.

Keine andere Statue wurde von den Griechen so sehr bewundert, sogar von Zeus selbst, der einen Blitz seiner Zustimmung auf den schwarzen Fußboden schleuderte, als Phidias dieses Werk vollendet hatte und den Gott um ein Zeichen bat. Der goldelfenbeinerne Zeus aus Olympia wurde bei einem Palastbrand in Byzanz im fünften Jahrhundert zerstört. Uns bleiben die Münzen aus Elis, die ihn darstellen, und die Worte einiger bewundernder Besucher wie Kallimachos und Pausanias. Paulus Emilius sagte, Phidias habe dem Zeus die Gestalt Homers verliehen.

Die neuzeitlichen Menschen sind angesichts der Beschreibungen immer verunsichert und ratlos gewesen. Zuviel Farbe, zuviel orientalischer Prunk, womöglich eine Geschmacksverirrung. Sollten Phidias bei seiner ehrgeizigsten Unternehmung alle die Eigenschaften abhanden gekommen sein, die wir an den Friesen des Parthenons so bewundern? Der Fehler der modernen Menschen liegt darin, daß sie den Zeus des Phidias in derselben Weise als eine Statue betrachten wie den Hermes des Praxiteles. Aber er war etwas ganz anderes. Der Zeus des Phidias schimmerte abgeschottet in der Cella des Tempels und hatte möglicherweise eher etwas von einem Dolmen, einem Betilo, einem vom Himmel gefallenen Stein, an dem sich die anderen Götter und Helden festklammerten, um leben zu können. Über das Gold und das Elfenbein ergoß sich die Regsamkeit einer Ameisenkolonie. Zeus diente lediglich als Stütze für Tiere und Lilien, für Bogen und Gewänder, für alte, immer aufs neue wiederholte Szenen. Aber Zeus war nicht nur der unbeweglich thronende Wächter: Zeus war jede dieser Szenen, dieser durcheinandergebrachten und neu zusammengefügten Taten, die seinen Körper und seinen Thron in feinsten Schaudern zum Kräuseln brachten. Phidias hatte ganz unbeabsichtigt bewiesen, daß Zeus nicht allein leben kann: ganz unbeabsichtigt hatte er das Wesen des Polytheismus dargestellt.

Olympia steht für das Glück der Griechen, die sich aufs Unglück wohl verstanden. Auf der Peloponnes ist das üppige Grün von halluzinatorischer Leuchtkraft. Je seltener, um so intensiver, fast ein Äußerstes. Rings um Olympia vereinen sich alle Arten von Grün, so wie sich vorzeiten die Athleten sämtlicher Städte, in denen Griechisch gesprochen wurde, dort vereinten: von der herben Phosphoreszenz der Pinien von Aleppo bis hin zur dunklen Klarheit der Zypressen, den glänzenden Bändern der Zitronenbäume, den Urgewächsen des Schilfs, und dies alles vor dem Hintergrund sanfter Hügelkämme, die der Daumen Poseidons durch Erdbeben gestaltet hatte. Dieser Ort ist das Geschenk eines Mannes, der zu einem Fluß wurde: Alpheios. Nachdem er sich zwischen den kahlen, sengenden Bergrücken Arkadiens einen Durchbruch geöffnet und die Felsen des Lykaions benetzt hat, des Gebirges der Wölfe und Menschenfresser, auf dessen Höhen die Sonne niemals Schatten wirft, tritt der Alpheios am Ende überraschend aus den Schluchten von Karytaena hervor und ergießt sich in ein gewundenes Tal, das dem Zeus ebenso teuer ist, wie ihm das archaische Lykaion verhaßt gewesen war. Die Griechen pflegten die Natur eher unbenannt zu lassen, aber Pausanias preist den Alpheios gleich dreimal: »Der wasserreichste unter den Flüssen und sehr angenehm anzusehen«; »ein wunderbarer Fluß für die Liebe«, wegen seines Ursprungs; und schließlich war er für Zeus »der anmutigste aller Flüsse«.

Aber wer war Alpheios? Ein Jäger. Er erblickte die Göttin der Jagd, Artemis, verliebte sich in sie und stellte ihr mit der für die Menschen bezeichnenden eitlen Anmaßung nach. Durch ganz Griechenland hörte die Göttin Alpheios' Schritte hinter sich und lachte. Eines Nachts wollte sie mit ihren Nymphen ein Fest in Letrinoi feiern, unweit von Olympia. Bevor Alpheios dort eintraf, beschmierten die Göttin und die Nymphen ihre Gesichter mit Lehm. Alpheios sah weißliche Gesichter in der Nacht auftauchen. Welche von ihnen war die Göttin? Da mußte der Jäger, »der den Mut aufgebracht hatte zu dem Versuch, die Göttin zu vergewaltigen«, aufgeben: »Er mußte unverrichteter Dinge wieder abziehen.« In seinen Ohren tönte ein helles, höhnisches Lachen. Und trotzdem war Artemis, die grausamste Göttin, niemals freundlicher zu einem ihrer Bewunderer als bei diesem Mal. Statt ihn von ihren Hunden in Stücke reißen zu lassen, wie sie es mit Aktaion gemacht hatte, der sich ihr nicht einmal genähert hatte, ließ sie Alpheios unversehrt und eingeweiht weggehen. In den griechischen Erzählungen deuten mit Lehm verschmierte Gesichter auf ein hohes, furchterregendes Ereignis voraus. Die Titanen rieben sich mit Kreide ein, bevor sie Zagreus in Stücke rissen. Hier aber geht die Maskierung nicht dem frevelhaften Akt voraus, sondern dient dazu, ihn zu vermeiden. Der jungfräulichen Göttin wird kein Leid angetan, eben weil sie genauso aussieht wie ihre Nymphen. Sie tut das Gegenteil von dem, was die Aufgabe der Einzuweihenden ist, die sich eine Maske anlegen, um sich der Göttin ähnlich zu machen. Mit ihrer Geste löste Artemis ein drohendes Unheil in Lachen auf.

Alpheios begegnete der Göttin und ihren Nymphen als einer Gruppe von Masken oder Toten. Und es ist schwierig, sich unter Masken und Toten zurechtzufinden, denn dort sind selbst Göttinnen nicht mit Sicherheit zu erkennen, weil man die Schwelle zu einer anderen Welt überschritten hat. Das Lachen, das Alpheios auf seinem Rückzug begleitete, war für die Göttin das höchste Zeichen ihrer Zuneigung, eine zarte Rücksicht. Im Grunde hatte sie diesem stürmischen, ahnungslosen Mann die unüberbrückbare, zweideutige Distanz zwischen der Frau und der Göttin enthüllt: schon ein bißchen Lehm reichte dazu aus. Die Göttin der Jagd entzieht sich unwiderruflich, doch vor allem dann, wenn sie sich als Frau tarnt.

Doch Artemis wollte den Jäger beschützen. Sie konnte ihm ihren Körper nicht hingeben, und so wählte sie eine Nymphe, Arethusa, als Stellvertreterin aus. Und wieder begann Alpheios mit seiner Liebesverfolgung. In rascher Flucht

durchschwamm Arethusa das Meer und verwandelte sich in der Nähe von Syrakus in eine Quelle. Dieses Mal aber konnte Alpheios nicht aufgeben. Der Jäger wurde zum Fluß Alpheios, mündete kurz vor Pyrgos ins Meer und lebte über Hunderte von Kilometern, durch das gesamte Jonische Meer, als Tiefseeströmung. Als er mit seiner Schaumkrone wieder auftauchte, war er in Sizilien, in der Nähe Arethusas. Er mischte sein Wasser mit dem Wasser der Nymphe.
Daher entstand Olympia dank dem Alpheios. Daher brachte der Meister von Olympia in einer Ecke des Ostgiebels des Zeus-Tempels einen dünnen, muskulösen Jüngling mit hervortretenden Rippen an: dies war Alpheios, der erste an einem griechischen Tempel auftretende Fluß. Daher opferte man in Olympia der Artemis und dem Alpheios auf demselben Altar. Daher veränderte der Alpheios im Mittelalter seinen Lauf, um die Steine und die Opfergaben von Olympia zu überfluten und dieses in seinem Schlick aufzubewahren.

Alpheios war kein Naturelement, das danach strebte, eine gutmütige allegorische Person zu werden, wie ein alter Schauspieler, den man eines Tages in den Lünetten einer Renaissance-Villa wiederfinden kann. Nein, Alpheios war der Jüngling mit dem kurzen Haar und dem sehnigen Rükken, den der Meister von Olympia dargestellt hat und der sich eines Tages »aus Liebe in einen Fluß verwandelte«. Er war ein Jäger, der sich eines Tages dazu entschloß, Natur zu werden. Er war der einzige Liebhaber, der bereit war, sich in dem Augenblick, in dem seine Geliebte sich in Wasser verwandelte, selbst auch in Wasser zu verwandeln, ohne sich auf die Umrisse einer bestimmten Identität festlegen zu lassen. Auf diese Weise erlangte er eine Vereinigung, die kein Mann und keine Frau je gekannt hatten: die Vereinigung zweier Süßwasserläufe, die sich bald darauf gemeinsam ins Meer ergießen. Höchster Bürge für die Wahrheit der Geschichte von Alpheios war das delphische Orakel, das sie mit einigen seiner schönsten Verse bezeugen wollte: »Ortygia liegt im dämmernden Meer / über Trinakrien, wo des Alpheios Mündung aufsprudelt, / sich mischend mit den Quellen der schön fließenden Arethusa.«

Alpheios und Arethusa: Wasser mit Wasser, die aus der Erde hervorsprudelnde Quelle, die aus den Tiefen des Meers heraufsteigende Strömung, die Begegnung zweier von weither kommender Flüsse, die höchste erotische Annäherung, nicht endendes Glück, das Fehlen jeglicher Abschottung gegenüber der Welt, hervorsprudelnde Worte. Der Unterschied zwischen den Wellen des Ionischen Meers und denen des Alpheios liegt im Geschmack, vielleicht auch in einer leichten Verschiedenheit der Farbe. Der einzige Unterschied zwischen dem Wasser der Arethusa und dem Wasser des Alpheios liegt in der Schaumkrone des Alpheios, der aus dem Meer emporsteigt. Doch ihr Geschmack ist sehr ähnlich: beide stammen aus Olympia.

Die griechische Tätigkeit schlechthin: die Gestaltung von Gußformen. Ihretwegen beobachtete Platon neugierig die in Athen tätigen einfachen Handwerker (*demiourgoí*), und mit dem Namen ihrer Zunft bezeichnete er später den Erschaffer der Welt. Das Interesse des Griechen lag vor allem darin, auf allen Gebieten eine Gußform zu bilden. Er wußte, daß er sie nachher auf alle möglichen Materialien würde anwenden können. Wir verstehen das Bürgertum als etwas spezifisch Modernes, aber wenn wir darüber sprechen, gießen wir es in die Form der *mesótes*, die Aristoteles in der *Politeia* herausgearbeitet hat. Wenn ein Unternehmen ein Markenzeichen durchsetzen will, folgt es damit der Auffassung vom hierarchischen Primat des *týpos*, der Gußform, über jede andere Macht.
Das Bild, das den Ideen Platons am nächsten kommt, erkennen wir in den Gußformen für die Einzelteile des Zeus-Gewands, die in der Werkstatt des Phidias in Olympia gefunden wurden: gleiches, neutrales Material, unterschiedlich

nur die Wellen des Faltenwurfs. Am Ende bleibt der Abguß. Wir leben in einer Ansammlung von Abgüssen, deren Gußformen verlorengegangen sind. Am Anfang war die Gußform.

Mythische Geschichten sind immer Gründungsgeschichten. Allerdings können sie Ordnung ebenso begründen wie Unordnung. Griechenland hat sie geographisch ganz klar aufgeteilt: die einen sind nördlich, die anderen südlich des Golfs von Korinth angesiedelt. Im Norden stehen am Ursprung die Töter von Ungeheuern: Apollon für Delphi, Kadmos für Theben, Theseus für Athen. Und wie Apollon das Vorbild für alle Töter von Ungeheuern, zugleich auch Musiker und Führer der Musen war, so führte Kadmos das phönizische Alphabet in Griechenland ein, so vereinigte Theseus ein paar bescheidene Dörfer zu einer neuen Einheit, die von da an Athen hieß. Das zivilisatorische Siegel, das sich einer animalischen Materie aufprägt, ist ihnen allen gemeinsam.

Nichts dergleichen finden wir südlich des Golfs von Korinth, in dem Land, das sich Peloponnes nannte, »Insel des Pelops«, weil viele seiner Königreiche auf einen Mann zurückgingen: Gleichwohl gab es darunter alte und mächtige Reiche wie etwa Mykene, Argos oder Tiryns. Doch entbehrt die Geschichte des Pelops und der Pelopiden jeglicher zivilisatorischen Komponente, und wo sie erscheint, war sie unbeabsichtigt. Ihre Geschichte ist die Begründung einer unheilbaren Unordnung, einer Abfolge von familiären Racheakten, Verfluchungen, die auf ihre Urheber zurückschlagen, Taten, die sich zwangsläufig wiederholen, mörderische Täuschungen. Es ist das *karma* zwischen den Menschen und den Göttern, das hier selbst als Wirrwarr aufscheint. Alles fing an mit einem Festmahl, zu dem ein Sterblicher die Olympischen lud.

Pelops war der Sohn eines ungeheuer reichen Königs von Lydien, der Umgang mit den Göttern pflegte. Dieser König hieß Tantalos. Er redete viel, er redete zu viel. In seinem Palast erzählte er von Nektar und Ambrosia, die er im Olymp gekostet hatte. Bisweilen schien es, daß er kleine Mengen davon für sich zur Seite schaffte, die er dann anbot. Er sprach auch von den göttlichen Geheimnissen, von denen er Kenntnis erhalten hatte. Im Himmel hielt er ungezügelte Reden, die den Olympischen nicht immer behagten. Doch Zeus bezeigte ihm auch weiterhin seine Gunst und lud ihn ein. Einige behaupten, Tantalos sei sein Sohn gewesen.

Eines Tages wollte Tantalos seinerseits die olympischen Götter einladen. Pelops war damals fast noch ein Kind. Er beobachtete die Vorbereitungen und sah, daß ein großer bronzener Tiegel aufs Feuer gesetzt wurde. Dann erinnerte er sich noch an Hände, die ihn in Stücke rissen, aber er verlor nicht das Bewußtsein. Nun saßen die Götter geschart um den bronzenen Tiegel, in welchem der zerstückelte Pelops kochte. Tantalos setzte den Göttern das köstliche Essen vor, das er für sie hatte zubereiten lassen. Doch alle schwiegen, das Fleisch blieb auf den Tellern liegen. Nur Demeter, die in jenen Tagen seit dem Verschwinden ihrer Tochter Kore immer etwas abwesend, benommen und zerstreut war, nahm ein Stück von diesem Fleisch und aß es. Es war das Schulterblatt des Pelops. Bald darauf brach Zeus in rasenden Zorn aus. Alle Gunstbezeigungen, die er Tantalos bis dahin hatte zukommen lassen, verkehrten sich jetzt in grausame Strafen. Die anderen Götter saßen weiterhin schweigend vor ihren Tellern. Zeus befahl Hermes, die Körperteile des Pelops einzusammeln. Er sollte sie in den Tiegel zurücklegen und noch einmal kochen. Danach nahm Klotho, eine der Moiren, ein Stück nach dem anderen heraus und nähte sie zusammen, als würde sie eine Puppe reparieren. Im Rücken aber blieb ein großes Loch. Daraufhin setzte Demeter ein elfenbeinernes Schulterblatt an dieser Stelle ein. Rhea hauchte Pelops den Atem ein. Nun war der Knabe lebendig und unversehrt, er strahlte. Vor lauter Freude tanzte Pan um ihn herum. Poseidon war von der Schönheit des Pelops wie vom Blitz getroffen und beschloß, ihn auf der Stelle zu rauben. Auf einem von goldenen Pferden gezogenen Wagen floh er mit ihm zum Olymp. Er wollte Pelops zu seinem Geliebten und Mundschenk machen.

Nach seinem Aufenthalt bei Poseidon – wir wissen nicht, wie lange er dauerte – übernahm Pelops die Herrschaft im Königreich seines Vaters. Bald schon griffen die Nachbarreiche ihn an. Pelops beschloß, mit seinen Männern und seinen Reichtümern das Meer zu überqueren, um eine Frau zu suchen. Er wollte um eine ferne Fürstentochter werben, in einem Teil Griechenlands, der nach Westen blickt: um Hippodameia, Tochter des Oinomaos.

Rings um den Eingang zum Palast des Oinomaos auf dem Kronos-Hügel in Olympia waren dreizehn menschliche Köpfe angebracht. Pelops schritt als Fremdling über die Schwelle, er war der vierzehnte Jüngling, der um Hippodameia warb. Man erzählte ihm, daß Oinomaos noch ein paar Köpfe sammeln wollte, um sie dann alle in einem Tempel für Ares, seinen Vater, aufzustellen. Der König von Olympia kannte zwei heftige Leidenschaften: Pferde und seine Tochter Hippodameia. Er stellte beide unter den Schutz eines Gesetzes. In Elis durften keine Maultiere gezüchtet werden. Wer einen Eselshengst mit einer Pferdestute paarte, mußte sterben. Die Männer, die um Hippodameia warben, mußten die Zauberpferde des Oinomaos, ein Geschenk des Ares, an Schnelligkeit übertreffen. Er betrachtete diese fremden Könige als minderwertige Tiere, die seine herrliche Stute Hippodameia demütigen wollten, indem sie sie mit einem Bastard schwängerten. Für ihn bildeten die Pferde und die Tochter, die »Pferdezähmerin«, einen Ring. Ein Halbkreis ging in den anderen über. Manchmal, wenn er im Bett lag, sah er, wie sich aus den Bettdecken der Kopf einer weißen Stute emporreckte, und es war seine Tochter.

Pelops blickte um sich und dachte, daß er den Betrug mit

einem Betrug besiegen würde. Wenn die Pferde des Oinomaos ein Geschenk des Ares waren, wer anders als Poseidon würde über unbesiegbare Pferde verfügen? Und war denn Poseidon nicht sein erster Liebhaber gewesen? Allein, am Strand, rief Pelops den Gott an und erinnerte ihn an die Zeit ihrer Liebe. Wollte er ihn von der Lanze eines blutdürstigen Königs durchbohren lassen? Wollte er, daß sein Kopf neben den anderen Köpfen wie eine Jagdtrophäe aufgehängt würde? Einmal hatte er ihn mit einem fliegenden Wagen entführt: dieselben Pferde mußten ihn jetzt dem Tod entreißen. Poseidon war einverstanden. Pelops betrachtete seine wunderbaren Pferde und dachte im Stillen, daß Ares natürlich ein mächtiger Gott war, aber doch nicht mit Poseidon vergleichbar, der Felsen zertrümmerte, um seinen Tieren einen Weg zu öffnen – und sie aus dem Schaum des Meeres emporsteigen ließ. Aber auch das reichte noch nicht. Pelops war der Meinung, daß ein dreifacher Betrug sicherer war als einer allein. Und er wollte Hippodameia noch vor dem Wettkampf erobern. Hippodameia war schon seit langer Zeit an das Bett ihres Vaters gewöhnt. Mehr noch: sie half ihm sogar, es zu verteidigen. So hatte sie gesehen, wie dreizehn Fremdlinge ankamen, war auf deren Wagen gestiegen und hatte sie während des Rennens abgelenkt oder gestört, ganz so, wie der Plan ihres Vaters es vorsah. Sie wußte, wo ihre Gerippe landeten. Jetzt aber hatte dieser Fremdling, der am Rücken elfenbeinfarben glänzte, sie wie ein Blitzschlag getroffen. Zum ersten Mal sehnte sie sich nach einem anderen Bett. Sie beschloß den Tod ihres Vaters. Der Wagenlenker des Oinomaos war ein junger Mann, Myrtilos, der vor Sehnsucht nach Hippodameia verging. Am Abend vor dem Wettrennen versprach ihm Hippodameia, daß sie ihm ihren Körper hingeben würde, wenn er die Räder am Wagen des Oinomaos mit einem wächsernen statt mit einem eisernen Pflock befestigen würde. Myrtilos dachte nur an den Körper der Hippodameia und willigte ein. Pelops und Hippodameia verabredeten miteinander, daß sie Myrtilos, war der Sieg erst einmal errungen, so schnell wie möglich beseitigen würden.

Am Morgen des Wettkampfs gab es einen Augenblick schreckenerregender Stille. Alle waren versammelt und nahezu bereit. In ihrer Mitte, größer und unsichtbar, Zeus. In seiner Linken hielt er den Blitz, die andere Hand lag locker an seiner Hüfte, doch ging eine Spannung von ihr aus. Seine Brust war eine Mauer. Jeder schien mit seinem eigenen Schicksal beschäftigt zu sein. Niemand wußte, daß das Schicksal jenes Landstrichs und das vieler anderer Orte hinter der grünen Linie des Horizonts in diesen Augenblicken entschieden wurde. Die blutige Szene, die Oinomaos vorbereitet hatte und um die herum sich sein Leben nun schon lange drehte, sollte sich folgendermaßen abspielen: der Jüngling, der um Hippodameia wirbt, entführt diese auf seinem Wagen; Oinomaos räumt ihm einen Vorsprung ein – die Zeit, die man benötigt, um einen scharzen Widder zu opfern; danach besteigt er mit Myrtilos den Wagen und verfolgt die Flüchtigen.
Eine Magd zog Hippodameia die Sandalen an. Dies war der Augenblick, in dem sich Vater und Tochter dreizehnmal durch einen Blick verständigt hatten. Hippodameia sah ihren Vater an. Der Körper des Oinomaos besaß die Ruhe und Sicherheit des Alters und der zahlreichen Toten, die er mit seiner Lanze durchbohrt hatte. Er war nackt, nur seine Schultern waren von einem Tuch bedeckt, und er war dabei, sich den Helm bis zu den Augenbrauen überzustülpen, so daß zwischen Bart und Helm nur seine entschlossen blickenden Augen sichtbar waren. Heute nacht werden wir wieder zusammen schlafen, sagten seine Blicke. Hippodameia trug den komplizierten dorischen Peplos, der für ein Wagenrennen völlig ungeeignet war. Ihr Haar hatte sie in kleinen, vollkommen runden Locken in die Stirn gelegt, und sie fühlte eine plötzliche Kälte in ihrem Herzen, als wäre alles schon vorbei, noch bevor es eigentlich begonnen hatte, als

wären der Vater, der Palast und die aufgehäuften Gerippe bereits verbrannt. Pelops war völlig nackt und stützte sich auf seine Lanze. Das Elfenbein seines Schulterblatts schimmerte. Myrtilos hatte sich hingehockt und wartete bebend auf Anweisungen, während er mit seiner mageren und geschickten Hand unablässig eine seiner großen Zehen drückte. Sterope, die Gattin des Oinomaos, beobachtete diese Szene unbeweglich und ausdruckslos. Sie war aus der Liebesbeziehung zwischen einem Gestirn und einem Gott hervorgegangen, und man benutzte sie schon seit langem als Dienerin der Leidenschaft, die Oinomaos für Hippodameia empfand, und als Totengräberin der Männer, die um ihre Tochter warben. Sie hatte verlernt zu hoffen: wie immer der Wettkampf auch ausginge, ihr würde er einen Schrecken mehr bringen. Doch ihre Rolle war es, anwesend zu sein, als Königin. Nur ein abseits stehender alter Priester vergrub seine Finger in den Bart und sah etwas. Er war einer der Iamiden, jenes Geschlechts, das auf Veilchen aufgewachsen und von Schlangen mit Honig genährt worden war. Apollon hatte ihm die Gabe verliehen, die Stimmen der Natur zu verstehen und auch dann zu begreifen, wann das Wort unnütz ist.

Das, was folgte, das Wettrennen, war im Nu vorüber. Man konnte sehen, wie die Räder in der Sonnenhitze vom Wagen des Oinomaos absprangen und die Pferde den Körper des Königs zertrampelten. Man konnte hören, wie er Myrtilos verfluchte. Aber das war erst der Anfang: vier Generationen lang hörte das Wettrennen, der Staub, das Blut, das Brechen der Räder nicht mehr auf. Und nur wenige erinnerten sich noch, daß alles in dem Augenblick angefangen hatte, in dem Oinomaos das Messer über dem schwarzen Widder erhoben hatte und Poseidons Pferde Pelops und Hippodameia in einer Wolke hatten verschwinden lassen, in der sie sich anblickten: Komplizen im Verbrechen wie im Sieg.

Oinomaos stürzt beim Wagenrennen und gerät unter die Hufe der Pferde

Pelops ist nicht ein Einziger wie Theseus oder Kadmos. Er ist weder ein großer Krieger noch ein Held, noch ein Erfinder. Er ist lediglich Träger eines Talismans. Die in ihm nicht vorhandene Einzigkeit nimmt er in seinen Körper auf. Sein elfenbeinernes Schulterblatt ist das künstliche Bindeglied zum Göttlichen, es verdeckt den Urmangel des Menschen. Das, was diese Leere verhüllt und mit dem Körper des Pelops Gestalt gewinnt, konzentriert eine ungeheure Macht in sich. Diese Macht reicht weit über ihren Träger hinaus und überträgt sich als ein Überschuß in ständiger Depravation auf die nachfolgenden Generationen.
Der ins Fleisch des Pelops eingelassene Talisman wird zum goldenen Fell jenes Lamms, dessentwegen es zwischen seinen Söhnen Atreus und Thyestes zum Streit kommt und das Atreus in einer Truhe verwahrt, als handele es sich um einen Sack mit Geld. Pelops und die Pelopiden bis hin zu Orestes und weiter bis zu Penthilos sind nicht in erster Linie Einzelschicksale, sondern Kräuselungen in der Geschichte eines Geschlechts und eines Talismans, der es vernichtet. Dieses Geschlecht durchzieht die Peloponnes wie das graue Band einer alten Befestigung auf dem Kamm eines Berges.

Der auf den Wettkampf folgende Abend war traurig, denn alles spielte sich so ab, wie man es vorausgesehen und geplant hatte. Kaum hatten sie das Ziel erreicht, öffneten die Pferde Poseidons ihre Flügel und brachten die drei Sieger bis nach Euböa. Hippodameia sagte: »Ich bin durstig.« Pelops sammelte Wasser in seinem Helm. Der junge Myrtilos blickte Hippodameia an und versuchte, sie in seine Arme zu schließen. Hippodameia befreite sich leicht und sagte: »Warte noch.« Als Pelops mit dem Wasser zurückkam, gab sie ihm ein unmerkliches Zeichen mit dem Kopf. Die beiden Liebenden kannten das oberste Gesetz der Verbrecherwelt: nach dem Feind muß sofort der Verräter umgebracht werden, der die Möglichkeit geschaffen hat, den Feind umzubringen. Etwas später hielten sie die Pferde an der südlichen

Spitze von Euböa an, wo die Felsen schroff ins Meer abfallen. Myrtilos betrachtete die Felsen. Pelops stürzte ihn hinterrücks in die Tiefe. Von weitem, aber noch wahrnehmbar, war der Fluch zu hören, den Myrtilos sterbend gegen das Geschlecht des Pelops ausstieß.

Pelops war ein mächtiger König, mehr nicht. Er eroberte Land in allen Richtungen und nannte sein Reich Peloponnes. Besonders kühne Unternehmungen sind nicht von ihm überliefert. Eine ist dagegen erinnerlich, weil sie in einem niederträchtigen Verrat bestand. Einmal lud er Stymphalos, den König von Arkadien, zu einem freundschaftlichen Gespräch ein. Nie war es ihm gelungen, diesen König im Feld zu besiegen. Als Stymphalos unbewaffnet erschien, ließ Pelops ihn in Stücke schneiden, so wie sein Vater ihn selbst einst hatte in Stücke schneiden lassen. Dann befahl er, die blutigen Körperteile über das Land zu verstreuen. Es folgte eine Hungersnot in ganz Griechenland.
Hippodameia gebar dem Pelops zweiundzwanzig Kinder. Unter diesen gab es Könige, Herolde und Banditen. Doch der Lieblingssohn des Pelops war der dreiundzwanzigste, der Bastard Chrysippos, den er mit der Nymphe Axioche zeugte. Chrysippos war wunderschön, und Pelops war keineswegs erstaunt, als einer seiner Gäste, der edle Laios von Theben, welcher Knaben liebte, ihn entführte. Denn im Grunde hatte ja auch sein Leben auf diese Weise begonnen und hatte ihm Glück gebracht. Doch Hippodameia nährte einen stillen Haß. Auf der Bettstatt des Pelops hatte sie zweiundzwanzig Kindern das Leben geschenkt, und jetzt quälte sie nur ein einziger Gedanke: daß der dreiundzwanzigste, der Bastard, zum Erben ernannt werden könnte. Sie fühlte, wie das Blut ihres Vaters Oinomaos in ihr in Wallung geriet, sein heftiger Widerwille gegen alle Mischrassen. So fing sie an, ihre Lieblingssöhne Atreus und Thyestes zum Mord an Chrysippos zu drängen. Doch am Ende war sie es, die das Schwert des Laios in den zarten Körper des Knaben

stieß, der neben seinem Liebhaber schlief. Pelops verfluchte Hippodameia, Atreus und Thyestes und verjagte sie aus seinem Palast. Hippodameia nahm sich im Exil das Leben. Atreus und Thyestes kamen nach Mykene, weil der Thron dort verwaist war und das Orakel geweissagt hatte, daß ein Sohn des Pelops ihn besteigen würde. Nur einen Thron gab's, und es waren zwei Söhne des Pelops, die in Mykene erschienen.

Pelops' Ruhm war Olympia. In der Geschichte der Götter wurden die Spiele im Goldenen Zeitalter begründet, als die Kureten Wettrennen veranstalteten. In der Geschichte der Menschen gewannen die Spiele seit Pelops ihren Glanz. Der betrügerischste und blutigste Wettkampf hatte die einzige unantastbare Stätte des hellenischen Friedens, wo jede unredliche Machenschaft bestraft wurde, zu neuer Blüte gebracht. Dem Pelops weihte man einen heiligen Hügel von polygonaler Grundform, zwischen den Tempeln des Zeus und der Hera, mit Bäumen und Statuen. »Pelops wird von den Eleern mehr als jeder andere Held in Olympia verehrt, so wie Zeus mehr als jeder andere Gott.« Im Bezirk des Pelops opferten die Eleer alljährlich einen schwarzen Widder, mit der gleichen Geste, die Oinomaos vor seinem letzten Wagenrennen vollzogen hatte. Niemand darf von diesem Fleisch kosten, wenn er Zugang zum Tempel des Zeus erlangen will.
Als die Gebeine der Hippodameia nach Olympia zurückgebracht wurden, lag sie wieder neben Pelops, Gebein bei Gebein. Sie galten inzwischen als die Beschützer dieses Orts. Auch wenn die weiblichen Wettkämpfe nicht weniger alt sind als die der jungen Männer, so war doch Hippodameia die erste, die sechzehn Jungfrauen versammelte und sie mit offenen Haaren, mit über die Knie heraufgezogenen Chitonen und mit entblößter rechter Brust und Schulter laufen ließ. Auf diese Weise wollte sie der Hera für ihre Vermählung mit Pelops danken. Später weihte sie dem Tempel der

Hera einen Gegenstand: ein kleines elfenbeinernes Bett. Pausanias hat es noch gesehen und merkt dazu an: »Es soll ein Spielzeug der Hippodameia gewesen sein.«

Die Geschichte der Pelopiden ist eine zweifache Geschichte: eine Geschichte von Nachkommen, die sich Schritt für Schritt in immer entsetzlichere Greuel verstrickt; und eine Geschichte von Talismanen, die in aller Stille aufeinander folgen und die Schicksale der Menschen lenken. Am Anfang steht das elfenbeinerne Schulterblatt des Pelops; aber dann ist da auch sein Zepter, das er für seinen Sohn Atreus bestimmt hatte; es gibt das goldene Lamm, um das sich Atreus und Thyestes streiten; es gibt die Lanze des Pelops, die seine Großnichte Iphigenie in ihrem Schlafgemach aufbewahrte; und es gibt das alte hölzerne Götterbild der Artemis, das Orest von Tauris nach Griechenland bringt.
Pelops war schon lange tot, und der trojanische Krieg zog sich endlos hin, als die Seher verkündeten, daß Troja nur durch den Bogen des Herakles und das Schulterblatt des Pelops fallen könne. So segelten die Gebeine des Pelops nach Troja. Auf der Rückreise sank das Schiff, das sie an Bord hatte, vor Euböa, nicht weit von der Stelle, an der Myrtilos seit Jahren auf dem Meeresgrund ruhte. »Und viele Jahre nach dem Fall Trojas warf ein Fischer von Eretria namens Damarmenos seine Netze aus und zog den Knochen herauf. Er wunderte sich wegen seiner Größe und verbarg ihn im Sand, doch schließlich ging er nach Delphi, um zu erfahren, wer der Tote gewesen sei und was er mit dem Knochen tun solle. Nun fügte es sich, daß sich durch göttliche Vorsehung gerade zu diesem Zeitpunkt eine Abordnung aus Elis dort befand, um sich Rat zu holen, wie die Pest zu bekämpfen sei. Die Pythia antwortete ihnen, daß sie die Gebeine des Pelops wiederfinden müßten, und dem Damarmenos antwortete sie, er solle seinen Fund den Eleern übergeben. Dies tat er, und die Eleer zeigten sich ihm unter anderem dadurch erkenntlich, daß sie ihn und seine Nachkommen zu Hütern

des Knochens ernannten. Zu meiner Zeit gab es das Schulterblatt des Pelops schon nicht mehr, ich denke, weil es so lange auf dem Meeresgrund gelegen hatte und dem Wasser sowie dem Zahn der Zeit ausgesetzt gewesen war.« So liest man es bei Pausanias. Der Talisman hatte das Geschlecht überdauert, aber am Ende war er zerfallen. Zurück blieben die Hüter des Knochens.

Die in Pelops, dem Zerrissenen und Zerreißer, vorhandene Spannung spaltet sich in zwei Pole, in zwei Söhne: Atreus und Thyestes. Sie sind die feindlichen Brüder, wie viele andere auch, denen wir im Mythos, in der Geschichte, auf der Straße begegnen. Doch ihre Geschichte ist, verglichen mit den anderen, ein bißchen grausamer, allerdings auch komischer und abstrakter, sofern das Komische und das Abstrakte den Weg zur unerhörten Steigerung des Grauens weisen. Jede Geschichte von zweien ist eine Geschichte von dreien. Es gibt zwei Hände, die im selben Augenblick nach demselben Gegenstand greifen und ihn in entgegengesetzte Richtungen ziehen. Das Dritte ist in diesem Fall das goldene Lamm, der Talisman der Herrschaft. Die Zeiten haben sich geändert, und das Schulterblatt des Pelops ist nicht mehr ein in einen Körper eingesenkter, von einem Gott geschenkter Gegenstand, sondern ein äußerer Körper, den eine Hand ergreifen und dem Gott darbringen muß, in diesem Fall der Artemis. Die Hand des Atreus umfaßt das Lamm, um es zu erwürgen, dann versteckt er es im hintersten Winkel seines Hauses, er will den Talisman in einen Schatz verwandeln. Bis es Theyestes dann gelingt, ihm diesen Talisman mit Hilfe der Gattin des Atreus, der Kreterin Aërope, zu rauben, die er inzwischen verführt hat.

Dies könnte man für das erste Glied in der Kette der Untaten halten. Doch es wird uns sofort klar, daß es sich so nicht verhält: vor dem von Thyestes ersonnenen Betrug gibt es den Betrug des Atreus an der Artemis, der er das als Opfer versprochene Tier vorenthalten will. Bis zu diesem Zeitpunkt gaben sich die beiden Brüder in Sachen Verbrechen nichts nach. Beide hatten sie der Mutter geholfen, den Stiefbruder, den Bastard Chrysippos, aus dem Weg zu räumen. Und beide waren vom Fluch des Pelops getroffen worden, in dem der Fluch des Myrtilos gegen Pelops, der des Oinomaos gegen Myrtilos und, am Anfang von allem, der des Zeus gegen Tantalos, den Ahnherrn des Geschlechts, widerhallen und sich erneuern. Der Konflikt zwischen den beiden Brüdern ist vollkommen ausgewogen, und es wäre ganz müßig feststellen zu wollen, wer von beiden weniger ungerecht ist. Beide suchen das Ärgste. Der Unterschied liegt in der Form wie auch in den Akten der göttlichen Willkür, die zunächst Atreus begünstigt. Zeus ändert sogar den Lauf der Sonne und der Gestirne, nur um Thyestes so zu betrügen, wie Thyestes den Atreus betrogen hat, und damit Atreus aus dem Gottesgericht in der Frage der Herrschaft über Mykene als Sieger hervorgeht. Dieses Eingreifen entspricht dem Umstürzen des Tisches durch den erzürnten Zeus im Haus des Menschenfressers Lykaion: es ist ein Hinweis auf die aus dem Gleichgewicht geratende Erdachse, auf die neue Welt, die mit der Schräge der Ekliptik entsteht. Doch das Eingreifen des Zeus ist lediglich eine Episode in dem erregenden Duell der beiden Brüder, die, da sie die Autonomie des Menschen einmal entdeckt haben, nun ohne jede Zurückhaltung deren Mechanik erproben.

Nachdem der Talisman und mit ihm die Macht in die Hände des Atreus zurückgekehrt und Thyestes aus Mykene verjagt worden ist, könnte man erwarten, daß der Konflikt ein Ende hat oder allenfalls mit der Rache des Thyestes wiederauflebt. Statt dessen kommt es zu einer abermaligen Steigerung: es ist der Sieger, der sich am Besiegten rächen und mit dieser Rache jede andere in den Schatten stellen will. Thyestes kehrte nach Mykene zurück, auf Einladung des Atreus, der in jeder Weise den Wunsch zu erkennen gab, sich mit dem Bruder zu versöhnen. Er wurde mit einem üppigen Festmahl empfangen. In einem großen bronzenen Dreifuß kochten Stücke weißen Fleischs in reichlicher Menge. Atreus suchte einige aus und reichte sie dem Bruder mit einem starren Blick, der sprichwörtlich wurde: seitdem spricht man von »Atreusaugen«. Am Ende des Festmahls rief Atreus einen Diener herein. Dieser trug einen Teller voll mit menschlichen Händen und Füßen. Thyestes begriff, daß er das Fleisch seiner Söhne verzehrt hatte. Mit einem Fußtritt stürzte er den Tisch um. Er verfluchte das Geschlecht des Atreus.

Von diesem Augenblick an verliert der Kampf zwischen den beiden Brüdern jede psychologische Konnotation, wird reine Virtuosität, Gestaltung von Arabesken. Thyestes verschwindet erneut, auf der Flucht vor dem Grauen. Er hat nur einen Gedanken: eine Art der Rache zu ersinnen, die die des Bruders übertrifft, der sich ja mit der seinigen schon etwas Unüberbietbares hatte ausdenken wollen. Jetzt richtet sich Thyestes' Blick auf die nachfolgenden Generationen. Atreus zu töten, wäre viel zu einfach. Auch der Sohn muß getroffen werden, und der Sohn des Sohnes. Hier bedarf es göttlicher Hilfe. Thyestes pilgerte nach Delphi und bat Apollon um Rat. Der Gott antwortete nüchtern: »Schände deine Tochter«. Aus dieser Schändung würde der Rächer hervorgehen. Pelopeia, die Tochter des Thyestes, war damals nach Sikyon geflohen, zum König Thesprotos. Sie war eine Priesterin der Athene. Eines Nachts opferte sie gemeinsam mit anderen Mädchen der Göttin. Thyestes belauerte sie hinter einer Hecke. Die Priesterinnen tanzten um ein geschlachtetes Schaf. Pelopeia rutschte in einer Blutlache aus und beschmutzte sich ihren Peplos. Thyestes sah, wie sie sich von ihren Gefährtinnen entfernte und zu einem Bach ging. Pelopeia legte das befleckte Gewand ab. Da erkannte Thyestes zum ersten Mal die Schönheit seiner Tochter. Er warf sich auf diesen weißen Körper, wobei er sich das Haupt mit dem Überwurf verhüllte (oder trug er eine Maske? – wieso aber hatte er eine Maske bei sich?). Pelopeia wehrte sich wütend gegen den Unbekannten. Sie wälzten sich auf der Erde. Es gelang Thyestes, in sie einzudringen und seinen

Samen in sie zu ergießen. Am Ende war Pelopeia wieder allein. In der Hand hielt sie das Schwert des Unbekannten, das sie ihm hatte entreißen können. In dieser Nacht wurde Aigisthos gezeugt, »der Makellose«, wie Homer ihn nennt.

In der Zwischenzeit, nachdem Atreus die Söhne des Thyestes geschlachtet hatte, war eine große Trockenheit über Mykene gekommen. Ein Orakelspruch besagte, daß sie nur dann zu Ende gehen würde, wenn man den flüchtigen Thyestes zurückriefe. Atreus wußte, daß Thyestes sich bei Thesprotos aufhielt. So begab er sich nach Sikyon, doch Thyestes war erneut geflohen, nachdem er seine Tochter vergewaltigt hatte. Am Hof des Thesprotos lernte Atreus eine Priesterin der Athene kennen, in die er sich augenblicklich verliebte. Er bat den König um ihre Hand, denn er glaubte, Pelopeia sei dessen Tochter. Thesprotos ließ ihn in dem Glauben und gab im Pelopeia zur Frau. Atreus kehrte nach Mykene zurück, ohne den Bruder zwar, dafür aber mit einer neuen Gattin, die in ihrem Gepäck das Schwert eines Unbekannten versteckt hatte. Nachdem er von Aërope verraten und verlacht worden war, wollte er eine neue, makellose Familie. Neun Monate später gebar Pelopeia Aigisthos. Sie gab ihn in die Obhut von Hirten, damit diese ihn auf den Bergen großziehen und von einer Ziege säugen lassen sollten. Atreus dachte, Pelopeia habe einen momentanen, Nachsicht verdienenden Anfall von Wahnsinn gehabt. Er schickte seine Männer in die Berge, um nach dem Kind zu suchen. Sie fanden es und brachten es zurück. Dies war sein einziger Sohn, der nichts Unreines hatte, dachte Atreus; dieser war sein Erbe.

In Mykene war die Natur noch immer ohne Leben. Sie weigerte sich, Früchte hervorzubringen, weil Thyestes noch nicht zurückgekehrt war. Doch schließlich wurde er gefangen und in den Kerker geworfen. Atreus ließ den kleinen Aigisthos herbeirufen und übertrug ihm seine erste männliche Aufgabe: er sollte das Schwert nehmen, das die Mutter stets bei sich trug, und den Gefangenen damit im Schlaf durchbohren. Thyestes gelang es jedoch, den Angriff seines Sohnes im Kerker abzuwehren und ihm das Schwert aus der Hand zu winden. Er sah es an. Dann erkannte er es: Er hatte es in jener Nacht in Sikyon verloren. Er wies Aigisthos an, seine Mutter zu rufen. Als Pelopeia das Schwert und Thyestes erblickte, wurde ihr alles klar. Sie ergriff das Schwert und stieß es sich in den eigenen Leib. Thyestes zog es aus dem Fleisch der Pelopeia heraus und gab es, während es noch vom Blut der Mutter troff, dem kleinen Aigisthos. Er sagte ihm, er solle zu Atreus zurückkehren und es ihm zeigen, als Beweis, daß er den Befehl ausgeführt habe. In euphorischer Stimmung, überzeugt, sich des Bruders entledigt zu haben und endlich frei zu sein von dieser Obsession, dachte Atreus, daß er vor allem den Göttern danken müsse. Am Ufer des Meeres ließ er ein feierliches Opfer bereiten. Während er es darbrachte, näherte sich ihm der kleine Aigisthos und stieß das Schwert des Thyestes in den Körper des Atreus. Thyestes wurde König von Mykene. Eine neues goldenes Lamm tauchte in seiner Herde auf.

So endete fürs erste der Streit der beiden Brüder, zumindest in dem Sinn, daß einer vor dem anderen starb. Doch der Mühlstein, der durch sie in raschere Bewegung versetzt worden war, sollte auch weiterhin Knochen zermalmen, noch für ein, zwei, drei Generationen. Der Streit zwischen den feindlichen Brüdern war zu einem Krieg der Formen geworden, zu einem Zweikampf zwischen Fanatikern der Form. Wenn Thyestes am Ende einen vorläufigen Sieg errang, so liegt das daran, daß sein formaler Einfallsreichtum viel weiter ging als der des Bruders, der im Grunde über das kannibalische Festmahl nicht hinauskam. Der wirklich Moderne ist Thyestes, derjenige, der das schwindelerregende Mißverständnis veranlaßt und sich dadurch Befriedigung verschafft. Der Triumph des Thyestes wird bei Euripides in den *Frauen von Kreta* angedeutet (und von Seneca im *Thyestes* bestätigt). Die Kreterin Aërope, die Verräterin, welche in den

meisten Versionen Atreus mit Thyestes in Mykene betrügt, soll Thyestes bereits in Kreta kennengelernt haben. Er war ein in Lumpen gehüllter Flüchtiger, von seinem Bruder in die Verbannung geschickter Flüchtling, der aber die Fürstentochter augenblicklich eroberte, so wie Theseus die Ariadne. König Katreus überraschte die beiden auf einem Bettlager. Da nahm der Aërope und ihre Schwester Klymene und gab sie in die Hände eines anderen Königs, Nauplios, damit er sie ertränke oder als Sklavinnen verkaufe. Statt dessen entschloß sich Nauplios, Klymene zu heiraten und nach Argos mitzunehmen. Dort wählte sich Pleisthenes, der Sohn des Artreus – ein schwächlicher Sohn, weil die rachsüchtige Artemis es so gewollt hatte –, Aërope zur Gattin. Doch Aërope hatte zu diesem Zeitpunkt bereits den Agamemnon und den Menelaos von Thyestes empfangen.
Als Agamemnon nach seiner Rückkehr von Troja, in einem Netz verfangen und mit einem Fuß noch im Wasser des Bades, vom Rächer Aigisthos und von Klythämnestra erschlagen wird, fließt das Blut zwischen Thyestes und Thyestes, zwischen dem, der Sohn des Thyestes ist, und dem, der Sohn des Thyestes und der eigenen Stiefschwester ist. Im Haus der Atriden ist von Atreus nichts mehr übrig. Es wohnt darin nur noch der Fluch des Thyestes, den Kassandra wittert. Ein Fluch, der sich jetzt in sich selbst zurückbiegt, von allem getrennt, bloße Form, autistischer Ruhm.

Während Agamemnon, der Sohn des Atreus, vor den Mauern von Troja kämpfte, erwarteten alle, daß Aigisthos, der Sohn des Thyestes, seinen Platz im Bett der Klythämnestra und auf dem Thron von Mykene einnehmen würde. Doch die Akteure blieben lange Zeit untätig. Sie wollten die Vorfreude auf das Unausweichliche genießen. Wie ein Handelsreisender segelte Nauplios an den Küsten Attikas und der Peloponnes entlang. Er ging in den größten Häfen vor Anker und besuchte die Paläste, wo ein Thron leerstand. Abends erzählte er von Troja, von dem schwierigen, endlosen Krieg. Bis tief in die Nacht blieb er bei den vereinsamten Königinnen. Und so lud er sie schließlich zum Ehebruch ein. Freilich nicht mit ihm, sondern mit irgendeinem ehrgeizigen jungen Mann aus einer guten Familie in ihrer Umgebung. Das war seine Art, diesen leeren Thronen ins Gedächtnis zu rufen, daß sie seinen Sohn Palamedes dort, vor Troja, feige umgebracht hatten.

Als er seinen Auftritt in Mykene vor Klythämnestra wiederholte, bemerkte er, daß die Königin ein spöttisches, gedankenverlorenes Lächeln nicht unterdrücken konnte. Mußte denn wirklich jemand kommen, um ihr das nahezulegen, was ihr schon lange als unausweichlich vor Augen stand? Und auch Agamemnon war es klar. Er hatte den lästigen Sänger bei ihr zurückgelassen mit dem Auftrag, sie zu überwachen und ihm Nachrichten zu übermitteln. Dies war der erste Staatsintellektuelle. Doch eines Tages packte ihn Aigisthos beim Nacken und ließ ihn in ein Boot werfen. Man setzte ihn auf einer nur von Disteln bewachsenen Insel aus, damit die Raubvögel sich an seinem alten Fleisch sättigen konnten.

So betrat Aigisthos endlich den Palast von Mykene, zog die Sandalen des Agamemnon an, näßte dessen Bett mit seinem Schweiß, setzte sich auf seinen Thron und besaß Klythämnestra, mit Wut mehr als mit Lust. Aber genau das gefiel Klythämnestra. Zwischen ihnen bestand eine tiefe Übereinstimmung, und sie fingen an, sich auch äußerlich ähnlich zu werden wie manche alten Ehepaare. Mitunter sprachen sie abends vor dem Kaminfeuer darüber, wie sie Agamemnon umbringen würden, planten perfekt die Details, zogen andere Möglichkeiten in Erwägung und genossen dabei das Warten. Und auch nachher, als die Feuer von den Höhen des Athos bis hin zu den Höhen des Arachnaions die Ankunft des Heerführers verkündet hatten, als Agamemnon voller Schrecken über den Purpur geschritten war, als Aigisthos ihn zweimal durchbohrt und Klythämnestra ihm mit der Axt den Kopf abgeschlagen hatte, auch da stellten sie abends

Überlegungen an, wie sie Orest umbringen würden, wie er versuchen würde, sie umzubringen. Und schließlich kam der Augenblick, in dem Orest sich mit einer List Zugang zum Palast verschaffte und die Mutter samt ihrem Liebhaber tötete: das Verbrechen bot keinerlei Schwierigkeiten, wie eine über viele Jahre geprobte Bühnenszene, welche die Schauspieler nun schnell zu Ende bringen wollen, weil sie nach Hause möchten.

Die wüste Mechanik der Pelopiden scheint angesichts der edlen Debatte des Areopags über Orest zum Stillstand zu kommen. Und als die Stimme der Athene zu einer Lossprechung führt, erheben alle ihr Haupt wie von einem Alptraum befreit. Aber die Gerichtsverhandlung über Orest nützte den Athenern mehr als Orest. Sie erlaubte es ihnen, sich stolz über das Verbrechen zu stellen, das Verbrechen zu verstehen, und das hatte bis dahin niemand gewagt. Orest dagegen blieb so unglücklich wie zuvor. An dem Tag, an dem er in Athen erschienen war und alle ihm auswichen, ihm aber dennoch zu trinken gaben, wenn er nur für sich allein tränke, und dann alle anderen, auch die Kinder, ebenfalls anfingen, für sich allein zu trinken, aus kleinen Krügen, an diesem Tag hatte Orest begriffen, daß er sein ganzes Leben lang an diesem Tisch sitzen und allein trinken würde, selbst wenn er freigesprochen würde, selbst wenn er Herrscher wäre, selbst wenn er eine Frau an seiner Seite haben würde.
Und welche Frauen sollten dies sein? Seine Schwestern, Elektra und Iphigenie, die zu suchen und wiederzufinden er sich verdammt fühlte. Und die Schwestern waren die Familie. Die härteste Strafe des Orest bestand darin, daß, wohin er sich auch immer wandte, seine einzigen Geschichten Familiengeschichten waren. Auch Pylades, den er sich zum Freund erwählte, war im Grunde ein Verwandter. Und er gab ihn einer seiner Schwestern zum Mann. Die übrige Welt war für ihn gleichsam nicht vorhanden. Welche anderen

Frauen also? Orest suchte Hermione, auch sie eine Verwandte, eine zweifache Cousine. Aber dann wurde ihm klar, daß der Grund, weshalb er sie suchte, noch schlimmer war, und er fühlte sich gelähmt. Hermione war mit Neoptolemos verlobt, dem Sohn des Achill. Als Neoptolemos in Delphi von Apollon in dessen Tempel getötet worden war, so wie Apollon seinen Vater Achilles getötet hatte, nahm Orest seinen Platz neben Hermione ein. Er wußte sehr wohl, daß er in diesem Augenblick nicht Orest war: er war Agamemnon, der abermals die geliebte Briseis dem Achilles entreißt.

Orest war niemals Orest, außer im Wahnsinn, in den ihn die Erinnyen trieben. Oder in den kurzen Momenten, in denen der Wahnsinn zur Ruhe kam, wie etwa, als er auf einer kleinen Insel bei Gythion seinen Kopf auf einen Stein legte. Aber dann fuhr er plötzlich zusammen, als er hörte, daß gerade dort Helena und Paris ihre erste Liebesnacht verbracht hatten, und er entschloß sich, auf der Stelle weiterzureisen. Oder an jenem erstickend heißen Ort in Arkadien, wo ihm klar wurde, daß er die Erinnyen nicht mehr ertragen konnte, doch weniger sie selbst, denen er sich hoffnungslos ausgeliefert wußte, als vielmehr ihre Farbe, dieses tiefe Schwarz in der mittägigen Helle; und in seiner Verzweiflung hatte er sich einen Finger der linken Hand abgebissen. Daraufhin waren die Erinnyen weiß geworden.

Aber dieser Friede war nur von kurzer Dauer. Auch als weiße verbreiteten die Erinnyen Schrecken, vielleicht sogar in noch stärkerem Maß, und verfolgten ihn beständig, auch wenn sie manchmal einschliefen, auch wenn sie mitunter den Weg verfehlten, inkonsequent, aber hartnäckig. Er sah sie auf sich herabstürzen wie Statuenteile vom Himmel. Und es kam auch vor, daß er dem Schrecken nicht standhielt, wie einmal am düsteren Ufer von Tauris, und da begann er dann, wie ein Hund zu heulen: eine Herde weißer Kälber stürmte auf ihn zu, und Orest glaubte, es wären alles Erinnyen, die über ihn herfallen wollten.

Den eindeutigen Beweis, daß das, was er tat, nicht aus ihm

kam, sondern von etwas anderem ausging, das ihm im Grunde so fremd war wie ein in den Körper eingesenkter Stein, erhielt Orest, als er Erigone kennenlernte. Sie war eine Tochter des Aigisthos und der Klythämnestra, also sein Spiegelbild in der Nachkommenschaft des Thyestes, also seine erste Feindin. Er sah, wie sie gemeinsam mit Tyndaros, dem König von Sparta und Vater der Klythämnestra, nach Athen kam und vor dem Areopag Anklage gegen ihn erhob. Sie besaß den wilden Stolz der Artemis, den die Atriden niemals mehr hatten erlangen können, seit Atreus ihr das goldene Lamm vorenthalten hatte. Orest blickte sie an und sah sich selbst als Frau, gleichzeitig aber erblickte er das Wesen, das ihm am fremdesten war, am ungreifbarsten. Schließlich wurde ihm klar, daß dies das einzige Wesen war, das er begehren konnte: um es zu töten oder auf ein Bett zu werfen.

Während der Gerichtsverhandlung bewegte sich Orest wie eine von den delphischen Souffleuren gelenkte Marionette. Als er losgesprochen wurde, soll sich Erigone, wie einige erzählen, aus Wut erhängt haben. Nach der Lossprechung änderte sich das Leben des Orest nicht wesentlich. Es war ein unentwegtes Wandern. Am Ende kehrte er von Tauris zurück und hielt das kleine hölzerne Bild der Artemis fest in der Hand, das einzige Heilmittel gegen seinen Wahnsinn. Damals lieferte Orest der Erigone einen weiteren und entscheidenden Grund für ihren Haß gegen ihn. Aletes, der Bruder der Erigone, hatte sich des Königsreichs Mykene bemächtigt. Orest tötete ihn. Aber Aletis, »die Umherschweifende«, »die Bettlerin«, war auch ein anderer Name der Erigone in ihrem anderen Leben, als sie Tochter des Ikarios war. In seiner Raserei versuchte Orest, nachdem er Aletes umgebracht hatte, auch Erigone zu töten. Und das war, als wolle er sie zweimal töten. Doch Artemis entzog sie ihm. So viele Leichen hatten sich zwischen Orest und Erigone aufgetürmt, daß sich die beiden nicht einmal sehen konnten. Eines Tages wurde es Orest klar, daß er sich nur von ihr angezogen fühlte. Es gelang ihm, sie wiederzufinden. Orest und Erigone bekamen einen Sohn: Penthilos. In diesem Bastard vereinigten sich die Nachkommenschaft des Atreus und die des Thyestes, die mit allen erdenklichen Mitteln um die Legitimität gekämpft hatten, vor allem aber darum, den anderen von ihr auszuschließen. In seinem Blut waren diese Geschlechter dazu verurteilt, sich auf ewig miteinander zu vermischen. Es sei denn, das Blut des Penthilos bestünde, wie Euripides durchblicken läßt, einzig aus dem reinen Blut des Thyestes und seiner Söhne; in diesem Fall wären Orest und Erigone Geschwister gewesen und die Atriden ein Phantom, das niemals Gestalt gewonnen hatte.

Orest herrschte nunmehr über ein großes Königreich, das sich von Lakonien bis nach Arkadien erstreckte und das er teils ererbt, teils erobert hatte. Und dennoch fühlte er, daß mit ihm alles zu Ende ging – oder in weiter Ferne von neuem beginnen sollte, aber das würde eine ganz andere Geschichte sein. Ein Orakelspruch besagte, daß er auf der Insel Lesbos eine Kolonie gründen sollte. Lesbos? Dieser Name sagte ihm nichts, es war einer der wenigen Orte, wohin er niemals gelangt war. Nur ein Detail verband ihn mit Lesbos: man erzählte sich, daß von eben dieser Insel der grausame König Oinomaos nach Olympia gekommen wäre, der im Grunde sein Urgroßvater war. Vielleicht war Lesbos eine Rückkehr, eine Spange, die sich schloß, von Wasser bedeckt. Doch sollte Orest selbst auf Lesbos keine Kolonien mehr gründen. Penthilos ging dorthin und trug das Blut der Pelopiden, das in ihm wie in einem Schrein verschlossen war, wieder über das Meer. Nun sollten provinzielle Geschichten folgen, von denen man nur wenig erfahren würde. Endlich breitete sich die große Stille über alles. Zum ersten Mal fühlte Orest sich leichter. Er ging auf die siebzig zu, und irgend etwas trieb ihn zu jenen Stätten zurück, wo ihn der Wahnsinn am heftigsten überfallen hatte. Er zog sich nach Arkadien zurück. Die Rolle des mächtigen Herrschers entsprach ihm nicht,

auch wenn er ein großes Reich besaß. Er blieb stets der, der allein trinkt.
Nicht weit von der Stelle, wo er sich einen Finger abgebissen hatte, damit die Erinnyen weiß würden, wurde er eines Tages von einer Schlange in die Ferse gebissen, und er starb an dem Gift, so wie er stets mit dem Gift gelebt hatte, seinem einzigen Freund, außer Pylades. Und eines Tages suchte man dann nach seinen Gebeinen, aus Gründen, die denen glichen, aus denen man seinerzeit die Gebeine seines Großvaters Pelops gesucht hatte. Die Gebeine sollten helfen, eine Stadt zu Fall zu bringen. Diesmal keine so prächtige wie Troja, doch immerhin eine bedeutsame. Es handelte sich um Tegea, das die Spartaner seit Generationen vergeblich zu erobern suchten. Das Orakel sagte, daß die Gebeine des Orest an der Stelle gefunden würden, »wo Schlag und Gegenschlag tönt und Böses ruhet auf Bösem«. Schlag und Gegenschlag, Böses auf Bösem: die Gebeine des Orest, die in der Werkstatt eines Schmieds begraben worden waren, fuhren fort zu zittern bei den Schlägen von Eisen, das auf Eisen schlug.

VII

Voraussetzung für die Mysterien ist eine Begebenheit, die sich zwischen zwei göttlichen Brüdern zutrug, Zeus und Hades. Eines Tages sah Zeus im Olymp den mächtigen Bruder auf sich zukommen. Wenn Hades sich blicken ließ, dann wollte er ganz bestimmt etwas. Und Zeus wußte sehr genau, was. Das Zeitalter neigte sich also seinem Ende entgegen, wo Zeus auf der Erde Männer und Frauen erscheinen und verschwinden sah, ohne sich nach dem Grund zu fragen: harte, glänzende Menschen, doch immer noch in der Nähe der Metamorphose und bereit, eine kurze Spanne als Körper und eine wesentlich längere Zeit als erschöpfte Schatten im Hades zu leben. Zwischen Leben und Tod verlief ein glatter Trennungsschnitt, ähnlich der bronzenen Klinge, die auf die Opfertiere niedersauste. Für die Lust des Zeus konnte man sich keine bessere Ordnung denken. Zeus gefiel alles, was ohne Rechtfertigung existiert. Aber jetzt kam Hades und forderte eine Geisel. Er wollte eine Frau im Palast des Todes. Und es konnte nur eine Tochter des Zeus sein, eine Nichte, die Hades schon seit langem heimlich beobachtete: Persephone oder Persephatta, dunkle Namen, in denen die Wörter Mord (*phónos*) und Plünderung (*pérsis*) anklangen, hinter denen sich jedoch eine Schönheit versteckte, für die es keinen Namen gab als den, der das Mädchen als solches bezeichnet: Kore.

Zeus nickte. Bedurfte es etwa der Worte zwischen ihnen? Als es unter den Brüdern Zeus, Hades und Poseidon zur Urverteilung der Kampfesbeute kam, hatte Zeus Glück gehabt: für ihn hielt das Los ein Leben im Licht bereit. Poseidon zog sich unter die Meereswogen zurück und Hades in die Unterwelt. Aber wie lange konnte diese allzu saubere Aufteilung Bestand haben? So wie Zeus bisweilen ins Totenreich eingriff oder Poseidon bisweilen plündernd über die Erde streifte, so würde Hades eines Tages, es war unvermeidlich, zum Olymp hinaufsteigen, um von Zeus ein lebendiges Wesen zu fordern. Er wollte daran erinnern, daß sie eng verwandt waren, auch wenn sie nicht miteinander verkehrten, und ihre Verbindung würde jetzt noch enger werden. Auch er wollte eine Frau entführen, genau so, wie er es seine Brüder so oft hatte machen sehen, wenn er seinen Blick aus den unterirdischen Wohnungen nach oben richtete. Hatten sie denn, bevor sie die Lose über die Welt warfen, nicht vereinbart, daß einer dem anderen gleich wäre? Jetzt aber sah man auf der Erde, dem Tummelplatz der drei Brüder, vor allem Zeus und Poseidon sich austoben. Hades ließ sich nicht blicken: er nahm lediglich die Bilder der Toten in seiner gewaltigen, düsteren Herberge auf. Und doch hielt Hades die ungestümsten Pferde in seinen Diensten. Was anderes als eine Entführung erwarteten sie hufestampfend hinter den Toren des Palastes? Auf der Erde sollte sich das Los der Brüder wenigstens in einer Tat als gleich erweisen: im Raub von Frauen. Und während Zeus und Poseidon die Frau immer als Plural verstanden, würde sich Hades mit einem einzigen Unternehmen zufriedengeben. Ihm, so fügte er mit jener Ironie hinzu, in der ihm keiner je gleichkommen sollte, genügte eine einzige Frau. Er schwieg. Dann präzisierte er: dieses Mädchen müsse *das* Mädchen schlechthin sein: Kore. Er wolle, daß sie für immer auf dem Thron der Toten säße.

Hades entschwand aus dem Olymp, und Zeus blieb allein zurück. Nun begann Zeus an die Vergangenheit zu denken, an jenen Teil der Vergangenheit, den nur er unter den Zwölfen kannte und den er sich immer dann ins Gedächtnis rief, wenn sich ein zukunftsträchtiges Ereignis ankündigte. Hades' Besuch war eines dieser Ereignisse, vielleicht das größte. Noch wußte keiner davon, und nur wenige sollten in Jahrtausenden überhaupt darauf aufmerksam werden.
Zeus war in einer bereits alten, gefährlichen und von göttlichen Wesen bevölkerten Welt geboren worden. In seinem Leben hatte er nur eine Tat vollbracht, die seinem Beinamen

*Eros führt den Stier zu Europa
und ihren Gefährtinnen*

als Lebender für alles Lebende vollkommen entsprach. Noch war er in der Höhle der Nyx, der Götteramme, verborgen, die aus Ambrosia bestand. Nyx hatte ihm den Rat erteilt, Phanes zu verschlingen, den Protogonos, den Erstgeborenen unter den Weltenherrschern, und danach auch die anderen Götter und Göttinnen, die von ihm herstammten, und schließlich das All. In seinem heiligen Bauch verschwanden Götter und Göttinnen, der Erdboden und der Glanz der Gestirne, der Ozean und die Flüsse und die tiefe Unterweltshöhle. Im Bauch des Zeus fand sich alles wieder, was war und was sein würde.
Alles in seinem Inneren wuchs gleichzeitig, an seinen Eingeweiden festgeklammert wie eine Fledermaus an einem Baum oder ein Blutegel am Fleisch. Da wurde Zeus, der ein Titanensohn unter vielen anderen gewesen war, als einziger zum Anfang, zur Mitte und zum Ende. Er war männlich, aber er war auch eine unsterbliche Nymphe. Da sah Zeus in seiner alles überflutenden Einsamkeit das Leben, das seiner Geburt als Sohn des Kronos, den der Vater sogleich zu verschlingen drohte, vorausgegangen war. Da begriff er, warum sein Vater so grausam gewesen war. Im Grunde hatte sein Vater nichts anderes zu tun versucht als das, was allein ihm, Zeus, gelungen war. Doch nun erschien ihm alles klar und leuchtend, weil alles in ihm war. Mit Erstaunen fühlte er, daß er zum Einzigen geworden war. Er lebte in einem Zustand vollkommener Wachheit. Er ging vor die Zeiten seines Vaters Kronos zurück, immer weiter, bis er an einem Punkt haltmachte, der der letzte war, weil er der erste gewesen war.
Einen Weltraum gab es noch nicht, jedoch eine gewölbte und von tausend und abertausend Schuppen bedeckte Oberfläche. Sie breitete sich so weit aus, daß kein Auge sie erfassen konnte. Als er seinen Blick an den Schuppen nach unten gleiten ließ, erkannte er, daß sie an anderen Schuppen gleicher Färbung hafteten und sich mit ihnen in einer Vielzahl von immer enger werdenden Knoten verbanden. Sein Blick verwirrte sich, er konnte nicht mehr ausmachen, zu welcher

der beiden Schlangenhäute die Schuppen gehörten. Als sein Blick nach oben streifte, zu den Köpfen der beiden ineinander verschlungenen Schlangen, richtete sich der Körper der ersten Schlange auf, und die Schuppen gingen in etwas über, das nicht mehr zur Natur der Schlange gehörte: es war das Antlitz eines Gottes, das erste Antlitz, das offenbarte, was das Antlitz eines Gottes ist. Und seitlich davon ragten zwei große Köpfe hervor, ein Löwen- und ein Stierkopf, während sich im Rücken riesenhafte, dünne Flügel ausbreiteten. Ein weißer Frauenarm schlang sich oben um den Arm des Gottes, auf die gleiche Art, wie sich unten die Schwänze der beiden Schlangen umeinander wanden. Starr war das Antlitz der Frau auf das Antlitz des Gottes gerichtet. Mit dem anderen Arm, hinter dem ein riesiger Flügel zitterte, stieß sie bis zum äußersten Ende des Ganzen vor: wo die Spitzen ihrer Nägel hinkamen, war das Ganze zu Ende. Es war ein königliches, regloses Paar: es waren Alterslose Zeit und Ananke.

Aus dem Liebesakt, der sich in ihrem verschlungenen Knoten verhüllte, wurden Äther, Chaos und Nyx geboren. Dunkler Dampf umnebelte die beiden geflügelten Schlangen. Alterslose Zeit verdichtete diesen finsteren Dunst zu einer Hülle, die mehr und mehr eine längliche Form annahm. Indessen verbreitete sich ein Licht von jener Hülle, das wie eine weiße Tunika oder ein Nebelstreifen im Leeren schwebte. Dann, nachdem sie sich von Ananke gelöst hatte, ringelte die Schlange sich um das leuchtende Ei. Wollte sie es zerdrücken?
Am Ende zersprang die Form. Ein strahlendes Licht drang aus ihr hervor, es erschien das Erscheinen. Man konnte von diesem Licht nur überflutet werden, nicht aber die Gestalt erkennen, von der es ausging. Nur Nyx erblickte sie: vier Augen und vier Hörner, goldene Flügel, Widder-, Stier-, Löwen- und Schlangenköpfe auf einem jugendlichen Menschenkörper verteilt, ein Phallus und eine Vagina, Hufe. Nachdem der Schlangenvater die Hülle aufgebrochen hatte,

wickelte er sich um den Körper seines Sohnes. Oben erkannte man das Haupt des Vaters, der den Sohn anblickte, und das schöne Haupt eines Knaben, der in das Licht blickte, das sein Körper ausstrahlte. Dies war Phanes, der Protogonos, der Erstgeborene in der Welt des Erscheinens. Er war der »Schlüssel des Geistes«.

Das Leben des Phanes war keinem anderen Leben vergleichbar, das noch folgen sollte. Einsam in seinem Licht, »weidete er in seiner Brust die eilige, augenlose Liebe«. Er brauchte nichts zu betrachten außer dem Licht, denn alles war in ihm. Er begattete sich selbst und befruchtete seinen heiligen Schoß. Er gebar eine andere Schlange, Echidna, mit dem stolzen, von Haaren breit umrahmten Gesicht einer Frau. Von ihren duftenden Wangen, von ihrem unablässig funkelnden Blick ging Gewalt aus. Bis unter ihre weichen, weißen Brüste reichten die gesprenkelten Schuppen, wie Wellen eines wogenden Meeres. Dann zeugte Phanes die Nyx, die schon vor ihm da war: trotzdem mußte Phanes sie zeugen, weil er alles war. Die Nyx machte er zu seiner Geliebten. Er war Gast in ihrer Höhle. Weitere Kinder wurden geboren, Uranos und Gaia. Allmählich ließ Phanes mit dem Licht, das weiterhin aus seinem Haupt strömte, die Orte entstehen, wo die Götter und die Menschen leben sollten. Die Dinge traten ins Erscheinen.
Die Zeit verflog, und Phanes blieb in der Höhle, mit dem Zepter in seiner Hand. Er, der Erste König der Welt, wollte nicht regieren. So überließ er das Zepter der Nyx. Er ging allein fort. Nun, da der Kosmos geschaffen war, zog Phanes mit seinem Wagen und seinen Pferden hinauf auf den Rükken des Himmels. Und dort verweilte er lange, in Einsamkeit. Hin und wieder ritt er auf dem Weltenkamm. Doch niemand konnte ihn sehen. Im Inneren der Himmel vermehrten sich die Geschöpfe.

Seit Phanes sich an den weltabgeschiedensten Ort zurückgezogen hatte – dachte Zeus weiter –, hatten die Ereignisse angefangen sich zu ähneln. Jedesmal gab es einen Herrscher, gab es Söhne und Töchter, Feinde, Frauen, die helfen, und Frauen, die verraten. Er dachte an den unendlichen Beischlaf von Uranos und Gaia, an ihre Kinder, die in den Schoß der Mutter zurückgejagt wurden. Und an Gaia, die sich in ihrem Inneren ersticken fühlte und einen tiefen Groll hegte. Er dachte an die gezahnte Sichel aus unbesiegbarem, hellem Metall in den Händen ihres Sohnes Kronos, der dann sein Vater werden sollte, und an die Hoden des Uranos, die im Meer versanken. Auf der Wasseroberfläche bildeten sich verschiedene Kreise, und einer von diesen war von weißem Schaum umrandet. In seiner Mitte tauchte Aphrodite empor, umgeben von ihren ersten Dienerinnen, Apathe und Zelos, Täuschung und Eifersucht. Uranos war ein grausamer Vater, und nicht weniger grausam war Kronos, der seinen Platz einnahm. Aber sein Geist war krumm und mächtig. Kronos besaß die Maße des Kosmos.

Zu dieser Zeit hatten sich bereits viele Geschöpfe im Raum verbreitet, oben wie unten: die Titanen, die Zyklopen, die Hekatoncheiren. Und Kronos zeugte weiterhin Söhne und Töchter, indem er sich mit Rhea vereinigte. Damals wurde Zeus geboren, als einer von vielen. Wie viele andere sollte auch er vom Vater aufgefressen werden. Doch Rhea versteckte ihn in einer Höhle – und zu jener Zeit fügte sie ihrem Namen den Namen Demeter hinzu. Aus seiner frühen Kindheit erinnerte sich Zeus vor allem an ein Lärmen von Zimbeln, das aus der blendenden Helligkeit am Höhleneingang kam, an die Umrisse einer Frau, die sie gegeneinanderschlug, und an Schatten junger Krieger, die tanzten und schrien. Dann hatte Nyx, die Herrin dieser Höhle, dem kleinen Zeus einmal erklärt, daß er der fünfte Herrscher der Götter werden würde. Aber Zeus wußte nicht, wer die anderen vier gewesen waren. Er wußte nur, daß sein Vater ihn inmitten des Lichts erwartete, bereit, ihn zu verschlingen.

So wie Gaia die helle Sichel ihrem Sohn Kronos übergeben hatte, damit er die Hoden des Uranos abschnitt, so war es Nyx, die den Betrug ersann, mit dem Zeus sich des Kronos entledigen sollte. Damals mußte zwar der Mann die Tat vollbringen, doch nur die Frauen kannten die *mêtis*, jene Intelligenz, die das Handeln in der Stille der Gedanken vorbereitet. Nyx richtete ein großes Festmahl für Kronos aus. Zahlreiche Mägde und Diener wechselten sich ab, beladen mit Ambrosia, Nektar und Honig. Einsam und vergnügt hörte Kronos gar nicht mehr auf, sich am Honig zu laben, wie jemand, der in Wollust versinkt. Dann stand er trunken auf und legte sich unter eine Eiche. Seine Miene verriet noch immer die Sehnsucht nach einer Lust, die kein Ende kennt. Zeus war inzwischen auf dem Rücken eines Ziegenbocks zum Himmel aufgestiegen. Jetzt näherte er sich dem Vater auf leisen Sohlen. Er sah ihn an und schlang eine Kette um seinen Leib. Aber das war nur der Anfang des Plans der Nyx. Zeus sollte alles ergreifen, was durch die Welt streifte, es mit einer goldenen Kette fesseln und verschlingen. Als die Himmel, die Meere, die Erde und alle Götterwesen bereits in seinem Bauch verschwunden waren, dachte Zeus, daß er noch eine letzte Aufgabe zu erfüllen hatte: Phanes zu verschlingen. Da stieg er auf den Rücken der Welt, dorthin, wo Phanes mit seinen Pferden zurückgezogen lebte. Für ihn brauchte er keine List zu ersinnen, weil Phanes in sich selbst versunken und wehrlos war.

Dann wurde alles, was sich in Zeus' Bauch angesammelt hatte, nach und nach von ihm wieder ausgebrochen. Bäume kehrten zurück und Flüsse, die Sterne und das unterweltliche Feuer, die Götterwesen und die Tiere. Alles schien genauso auszusehen wie vorher, und doch war alles anders. Vom kleinsten Staubkorn bis zu den größten Himmelskörpern war alles durch eine unsichtbare Kette miteinander verbunden. Alles schien von Licht glasiert, als würde es zum ersten Mal entstehen. Doch Zeus wußte, daß es nicht so war: im Gegenteil, mit ihm entstand alles zum letzten Mal.

In den Götterherrschern gibt es eine Nostalgie, die sie antreibt, den Zustand des ersten von ihnen wiederherzustellen, den Zustand des Phanes. Für Zeus nahm die Sehnsucht nach Phanes in der Figur der Schlange Gestalt an. Nur Zeus konnte sich an den Anblick der beiden ineinander verschlungenen Schlangen vor dem Weltenanfang erinnern. Und Phanes war inmitten der Windungen einer Schlange erschienen. Als Zeus die Welt aus seinem Inneren ausgestoßen hatte, spürte er das Verlangen, sich mit seiner Mutter zu vereinigen. Dieses Verlangen wurde durch eine ferne Erinnerung ausgelöst. Die Mutter floh, doch Zeus wurde nicht müde, ihr nachzujagen. Schließlich verwandelte sich Rhea Demeter in eine Schlange. Daraufhin wurde auch Zeus zu einer Schlange, näherte sich der Mutter und preßte seine Schuppen in einem herakleischen Knoten an die der Mutter, dem gleichen Knoten, den die beiden Schlangen auf dem Hermesstab bilden. Es war ein Gewaltakt, dergestalt, daß ein antiker Kommentator den Namen Rhea Demeter (Deò) vom Verb *deioûn*, »verwüsten«, ableiten wollte. Aber warum wollte der Gott, um die Mutter zu schänden, unbedingt diesen Knoten bilden? In jenem Augenblick erinnerte sich Zeus an etwas – und wollte es wiederholen. So wie die Menschen sich eines Tages bei all ihren Handlungen eines göttlichen Präzedenzfalls erinnern würden, so erinnerte sich Zeus jener Götter vor den Göttern, die er hatte betrachten können, als er Phanes und seine Kräfte verschlang.
Zeus wiederholte das majestätischste Bild, das erste, an das er sich erinnern konnte: das von Altersloser Zeit und Ananke, verschlungen im herakleischen Knoten vor der Zeugung der Welt. Die Schändung der Rhea Demeter, Modell für viele andere Abenteuer des Zeus, war also keine prototypische Handlung, sondern richtete sich auf die Vergangenheit, eine Zeit, die Zeus vorausging und die nur er kennen konnte. Sie zu wiederholen war ein Zeichen der Treue. Von Schlange zu Schlange pflanzte sich die Welt in ihren Epochen weiter fort. Jedesmal wenn Zeus sich in eine Schlange

verwandelte, war der Pfeil der Zeit rückwärts gerichtet und bohrte sich in den Ursprung. Dann schien die Welt den Atem anzuhalten, damit diese Rückwärtsbewegung wahrnehmbar würde, die den Übergang von einer Epoche zur nächsten kennzeichnet. So war es, als in der Vereinigung des Schlangen-Zeus mit Rhea Demeter als Schlange Persephone gezeugt wurde, das »Mädchen, dessen Namen man nicht nennen darf«, das Einzige Mädchen, dasjenige, dem Zeus das Geheimnis der Schlange anvertrauen sollte.
Als Persephone geboren wurde, hatte ihr Aussehen alle entsetzt, nur ihren Vater nicht, der sie als einziger in dieser Gestalt betrachten konnte. Sie hatte zwei Gesichter, vier Augen und Hörner, die aus ihrer Stirn hervorwuchsen. Weder die Menschen noch die Götter konnten die Herrlichkeit der Persephone begreifen; doch Zeus begriff sie, der, wenn er die Tochter betrachtete, an das Auftauchen des Phanes im Licht erinnert wurde. Und so, wie sich vor Zeiten eine Schlange um das strahlende Fleisch des Phanes geschlungen hatte, so näherte sich Zeus eines Tages seiner Tochter, um sie mit seinen Windungen zu umschließen, nachdem er noch einmal die Gestalt einer Schlange angenommen hatte. Dies trug sich auf Kreta zu. Rhea Demeter hatte die Tochter in einer Höhle versteckt. Dort webte Persephone am steinernen Webstuhl ein geblümtes Gewand. Als Wächter lagen Schlangen auf der Schwelle zur Höhle. Doch eine andere Schlange, die Zeus war, schläferte sie mit ihrem Blick ein, während sie in die Höhle glitt. Und bevor Persephone sich zur Wehr setzen konnte, haftete ihre weiße Haut schon an den Schuppen dieser Schlange, die sie mit ihrem Liebesspeichel benetzte. In der Dunkelheit der Höhle strahlte der grauenerregende Körper der Persephone Licht aus, wie einstmals der des Phanes. Aus dieser gewalttätigen Vereinigung wurde Zagreus geboren, der erste Dionysos.

Die Kirchenväter glaubten nicht an den Beischlaf von Schlangen-Zeus und Demeter. Für sie war diese Geschichte noch viel schändlicher. Clemens erzählt sie streng und elliptisch. Aber der Afrikaner Arnobius kann kaum an sich halten, schäumt über in seiner Eloquenz, die der eines barokken, sich der *delectatio morosa* überlassenden Predigers gleichkommt. Seiner Meinung nach hat sich Zeus nicht etwa als Schlange, sondern als Stier mit Demeter vereinigt. »*Fit ex deo taurus*«: von dem Augenblick an, da Zeus zum Stier wird, wettert Arnobius. »*Cum in Cererem suam matrem libidinibus improbis atque inconcussis aestuaret* ...«. *Aestuare*: das Steigen der Flut, das Auflodern der Flamme: so sieht die Wollust des Zeus aus. Er ist ein Gott, der die Mutter hintergeht, indem er sich in einen Stier verwandelt, um sie zu vergewaltigen. Das ist der Moment, in dem Demeters Zorn hervorbricht, in dem die Göttin Brimo genannt wurde; nicht etwa, als ein anderer der Kronos-Söhne ihr die Tochter geraubt hatte.

Da lähmte Demeter zum ersten Mal die Welt und die Götter: »*adlegatur deorum universus ordo*«. Und Zeus griff, um sie zu besänftigen, zu einer ähnlich armseligen List, wie die Menschen sie dann gegenüber den Göttern anwenden sollten. Zeus suchte sich einen Widder mit großen Hoden und schnitt sie ab. Dann ging er mit betrübter, unterwürfiger Miene zur Mutter und warf ihr die Hoden des Widders in den Schoß, als wären es seine eigenen. Die Substitution im Opfer, die mächtige Waffe, mit der sich die Menschen eines Tages gegen die Götter wehren sollten, wurde in diesem Augenblick von Zeus ersonnen. Da besänftigte sich Demeter.

Im zehnten Monat wurde Persephone geboren. Zeus beobachtete, wie sie heranwuchs. Als er sah, daß sie stark, blühend und »voller Lebenssäfte« war, fühlte er sich unwiderstehlich getrieben, seine Taten noch einmal zu begehen: »*redit ad priores actus*«. Jetzt streift er als Schlange umher, umschlingt die Tochter mit großen Windungen, spielt zärtlich mit ihr, während er sie fest umschlossen hält, und umschmeichelt sie im Beischlaf, »*mollissimis ludit atque adula-*

tur amplexibus«. Demeter, die vom Samen des Stiers geschwängert worden war, gebar ein Mädchen: Persephone, die vom Samen des Schlangen-Zeus erfüllt wurde, gebar einen Stier.

Der Kosmos pulsiert zwischen Schlange und Stier. Eine sehr lange Zeit verging, bis auf die Schlange, Alterslose Zeit, der Pulsschlag des Stiers folgte, welcher Zeus war. Und eine viel kürzere Zeit verging, bis der Stier-Zeus mit Demeter die Frau zeugte, in der die Natur der Schlange wieder zu pulsieren begann: Persephone. Und nur sehr wenig Zeit verging, gerade so viel, daß das Verlangen erwachen konnte, bis Zeus erkannte, daß die kleine Persephone zu einem jungen Mädchen herangewachsen war und der Vater sich als Schlange mit der Tochter vereinigte und den Stier zeugte, Zagreus, den ersten Dionysos.
Die ganze Geschichte der Welt lag in dieser Stierwerdung und in der Rückverwandlung zur Schlange, durch die dann ein anderer Stier geboren werden konnte. Wenn Zeus sie erzählte, war es eine Geschichte, die vom Stier ausging und wieder zum Stier zurückkehrte. Wenn Alterslose Zeit sie erzählte, war es eine Geschichte, die von der Schlange ausging und darauf wartete, sich wieder mit der Schlange zu verknoten. Seitdem wartet Alterslose Zeit:

... Stier
Vater der Schlange und Schlange Vater des Stiers,
im Berg das Verborgene, o Hüter der Herden, der Stachel.

Theós, das unbestimmte Göttliche, war eine Überwältigung des Körpers und des Geistes. Es war das Eigenwerden dessen, was das Fremdeste ist. Und nichts ist fremder als die Schlange. Eine Hand näherte die Schlange dem Hals. Die Hand ließ die Schlange unter das Gewand des Initianden schlüpfen. Vom Hals über die Vertiefung zwischen den Brüsten, wenn es sich um ein Mädchen handelte, oder über die gespannte Brust, wenn es sich um einen Jungen handelte, fuhr die Schlange in der Dunkelheit, unter dem Stoff verborgen, zum Schoß hinab. Verweilte sie dort? Wand sie sich um die Taille dieses Körpers? Sie glitt über die Schenkel hinunter und kam unten, zwischen den Beinen, wieder heraus. »*Theòs dià kólpou*«: »Gott durch den Schoß«.

Das Meer ist das Kontinuum, die Vollkommenheit des Ununterschiedenen. Sein Abgesandter auf dem Land ist die Schlange. Wo die Schlange ist, da sprudelt Wasser. Ihr Auge ist flüssig. Unter ihren Windungen quillt beständig Wasser aus der Erde. Sie ist wendig, braucht keine Gelenke. Die gleichen Flecken kehren auf ihrer gesamten Haut wieder, die Schuppen sind gleichförmig, ihre Wellenbewegung erneuert sich ständig, wie die Wellen selbst. Die Schlange verhält sich zum Stier wie das Meer zum Land. Aus dem Meer taucht das Land auf wie der Stier aus der Schlange. Um Europa zu rauben, tauchte der Stier-Zeus aus dem Meer auf. Und ins Meer tauchte er wieder zurück. Während er die Wellen durchschnitt, hing ein Fuß der Europa ins Wasser, und mit einer Hand klammerte sie sich an seinem Rücken fest.

Im Reich der Kraft ist der Verband der Fremde, losgelöst vom Land und vom Wasser. Doch Apollon und Athene waren neidisch auf die Kraft, jene Kraft, die, als sie geboren wurden, bereits an die Enden der Welt verjagt worden war. Dort, in der Nähe des Schlangenkreises des Okeanos, lebten noch schlaflose oder lethargische Geschöpfe, die sich in Höhlen oder auf Bergen verborgen hielten. Noch steckte eine unausgerottete Kraft in ihnen. Apollon und Athene wußten, daß sie diese Geschöpfe aufstöbern, töten und sich zu eigen machen mußten.
Als Träger einer entgegengesetzten Vollkommenheit, einer neuen, unerhörten, waren Apollon und Athene neidisch auf die Vollkommenheit des Ununterschiedenen. Aber sie konnten nach der Aufteilung der Welt unter die drei Söhne des Kronos weder ins Wasserreich des Poseidon eingreifen

noch in das unterirdische Reich das Hades. So blieb als Spiel- und Tummelplatz nur die Erde, und als Gegenspieler blieb nur die Schlange. Athene tötete die schlangengekrönte Gorgo. Apollon tötete die auf der Kastalischen Quelle zusammengerollte Pythonschlange. Die Schlangen der Gorgo baumelten im Wind an der Brust der Athene. Sie waren die Fransen der Ägis geworden. Die Zähne und Knochen der Pythonschlange ruhten im Bronzekessel des Dreifußes, von dem aus die Pythia die Orakelsprüche Apollons verkündete. Die Schuppen der Pythonschlange waren rings um den Omphalos-Stein angeordnet. Der Nabel ist der Punkt, der einzige, der unentbehrliche Punkt, an dem sich das Vollkommene mit der Vollkommenheit des Ununterschiedenen verbindet. Er ist der Fuß der Europa im Meer.

Von Zeus gehen zwei göttliche Abstammungslinien aus: Dionysos und Apollon. Die des Dionysos ist dunkler und wird nur gelegentlich sichtbar. In Dionysos, Schlange und Stier, findet die gesamte Geschichte bis zu Zeus ihren abschließenden Ausdruck und öffnet sich neu. Die Linie Apollons tritt offener zutage, ist allerdings da noch stärker geheimnisumwittert, wo das Vergehen Apollons gegen den Vater berührt wird. Apollon ist weder Schlange noch Stier, sondern der, der Schlange und Stier tötet, indem er entweder selbst die Pfeile losschwirren läßt, wie es bei der Pythonschlange in Delphi der Fall war, oder einen Boten aussendet, nämlich Theseus, damit dieser, wie auf Kreta, die Schwertklinge in den Minotaurus stößt oder, wie in Marathon, den Stier einfängt.
Dionysos und Apollon: der eine ist die Waffe, der andere bedient sich der Waffe. Seit sie erschienen sind, bewegt sich das Leben der Psyche zwischen der Umarmung des einen und des anderen.

Als Hades ihn bat, Kore rauben zu dürfen, fühlte Zeus, daß der Augenblick gekommen war, dem Schlangenknoten ein neues Glied hinzuzufügen. Doch dieses Mal brauchte er nicht selbst zu handeln. Er würde nur Komplize und Zeuge sein. Auf den Körper des Sichtbaren machte das Unsichtbare jetzt seine Rechte mit strengerem Nachdruck geltend: ihre Beziehungen, die sich im Leben auf der Erde lange Zeit ausgebreitet und verschränkt hatten, sollten an einem anderen Ort ihren Schwerpunkt finden.

Hades beanspruchte die Oberhoheit über eine *andere* Welt: eine isolierte, ausgegrenzte, stille Welt. Aber diese andere Welt kulminierte in der Blume des Sichtbaren, und diese Blume war Persephone. Gleichzeitig mit ihr sollte das Geheimnis der Schlange, das – von Schlange zu Schlange – bis zum Schlangen-Zeus weitergegeben worden war, jetzt ins Unsichtbare abwandern, und Zeus selbst mußte es abgeben, damit es weiterwirken konnte. Dieser Besuch kündigte einen Augenblick größter Instabilität auf dem Olymp und auf der Erde an.

Dort, wo die Hunde die Fährte wegen des betäubenden Blumendufts nicht mehr verfolgen können, in einer von Wasseradern durchzogenen Wiese, die an ihren Rändern anstieg, um dann zwischen Felsen an der Nabelstelle Siziliens, in der Nähe von Enna, steil abzufallen, dort fand der Raub der Kore statt. In dem Augenblick, in dem sich die Erde auftat und das Viergespann des Hades aus ihr hervorbrach, betrachtete Kore die Narzisse. Sie betrachtete das Betrachten. Sie war im Begriff, es zu pflücken. Da wurde Kore vom Unsichtbaren ins Unsichtbare entführt. Kore bedeutet nicht nur »Mädchen«, sondern auch »Pupille«. Und die Pupille ist, wie Sokrates zu Alkibiades sagt, »der vorzüglichste Teil des Augs«, nicht nur, weil »sie es ist, die sieht«, sondern weil sie es ist, in welcher der Betrachter im Auge des anderen »dem Bild des Betrachtenden« begegnet. Und wenn nach Sokrates die delphische Maxime des »Erkenne dich selbst« nur dann verstanden werden kann, wenn sie in »Betrachte dich selbst« übersetzt wird, wird die Pupille zum einzigen

Mittel der Selbsterkenntnis. Kore betrachtete das gelbe »Wunder« der Narzisse. Aber warum ist diese gelbe Blume, die zugleich die Kränze des Eros und die der Toten schmückt, so wunderbar? Was unterscheidet sie von den Veilchen, den Krokussen, den Hyazinthen, von denen die Wiese in der Nähe von Enna überglänzt war? Die Narzisse erhielt ihren Namen von Narkissos, einem Jüngling, der sich in der Betrachtung seiner selbst verlor.
Kore, die Pupille, stand also auf der Schwelle zu einem Blick, in dem sie sich selbst gesehen hätte. Schon streckte sie die Hand aus, um diesen Blick zu pflücken. Doch da fuhr Hades dazwischen. Und Kore wurde von Hades gepflückt. Einen Augenblick lang mußte sich der Blick der Kore von der Narzisse abwenden und dem Auge des Hades begegnen. Die Pupille der Pupille wurde von einer anderen Pupille aufgenommen, in welcher sie sich selbst sah. Und diese Pupille gehörte dem Unsichtbaren.
Manche hörten in diesem Augenblick einen Schrei. Aber welche Bedeutung hatte dieser Schrei? Gab er lediglich dem Schrecken eines Mädchens Ausdruck, das von einem Unbekannten geraubt wurde? Oder war es der Schrei eines unwiderruflichen Wiedererkennens? Einige antike Dichter haben angedeutet, Persephone habe ein »düsteres Verlangen« verspürt, geraubt zu werden; sie habe sich durch einen »Liebesvertrag« mit dem König der Nacht verbunden; sie habe sich ohne jede Zurückhaltung mit der Unterwelt eingelassen. Kore sah in der Pupille des Hades sich selbst. Sie erkannte in dem Auge, das sich selbst betrachtet, das Auge eines unsichtbaren anderen. Sie erkannte, daß sie diesem anderen gehörte. In diesem Augenblick überschritt sie die Schwelle, die sie bereits im Begriff war zu überschreiten, als sie die Narzisse betrachtete. Es war die Schwelle von Eleusis.

Wenn die Pupille *kóre* heißt, folgt daraus, daß das Auge par excellence das des Hades ist: denn in seinem Auge sah sich Kore, während er sie raubte, reflektiert. Von jener Zeit an

wurde dieses Mädchen im Auge für alle zur Pupille. So als wäre das Auge gerade erst zu einem Raubzug aus dem Reich der Toten gekommen. Das Geschaute war eine Beute. Und plötzlich tauchte das Auge aus der Finsternis auf, um ein Mädchen einzufangen und sie in den unterweltlichen Palast des Geistes einzuschließen.
Die Bedeutung Kores im Auge des Hades: einerseits entdeckt Kore, indem sie sich im Auge ihres Entführers erblickt, das Spiegelbild, die Verdoppelung, den Augenblick, in welchem das Bewußtsein sich selbst sieht – und dieser doppelte Blick ist paradoxerweise die endgültige, nicht weiter aufspaltbare Anschauung, denn jede weitere Spaltung würde lediglich die erste verdoppeln; andererseits nimmt die leere Höhlung der Anschauung zum ersten Mal ihr Verlangen in sich auf und zieht es, indem die Pupille sich verengt, an sich: das Bild. Auf diese Weise sind die Extreme des Geistes für einen Moment im Auge eines Entführers gleichzeitig präsent.

Das Ereignis, das in Eleusis gefeiert wurde, war die Trennung und Wiedervereinigung der Dualgöttin Demeter-Kore (Deò), jener Göttin, die bisweilen in zwei kaum voneinander unterscheidbaren und in den gleichen Umhang gehüllten Gestalten auftritt. Es war das Drama des Spiegelbilds, das sich vom Körper, von jedem Gegenstand, von der Erde loslöst – und sich dann wieder mit seinem Ausgangspunkt vereinigt, jedoch nur in gewissen Momenten, die wiederkehren wie die Eklipsen.
Mit dem Auftreten Kores verlagert sich das Wunder vom Objekt auf den Blick. Zu Beginn ihres Abenteuers betrachtet Kore die Narzisse, »die wunderbar leuchtende Blume, ehrwürdig anzusehen, damals, für alle, für die unsterblichen Götter ebenso wie für die sterblichen Menschen«. Am Ende, als sie wieder auf der Erde erscheint, ist Kore selbst zu »einem Wunder für die Götter und sterblichen Menschen« geworden. Mit der Wiederholung der Formel wollte der an-

onyme Autor der homerischen *Hymnen* den Abschluß eines unwiderruflichen Prozesses besiegeln: den Übergang zur Seele. Und die Formel weist uns darauf hin, daß dieses Ereignis Verwunderung nicht nur in der Geschichte des Menschen erregte, sondern auch in der Geschichte der Götter.

Mit der Forderung nach einer lebendigen Frau, die Hades seinem Bruder Zeus vortrug, war das Gleichgewicht jener Ordnung in Gefahr geraten, die bis dahin nur ein überquellendes, von göttlichen Eingriffen aufgewühltes Leben kannte und die Toten dann einem leeren, trägen, körperlosen Weiterleben überantwortete. Zeus ließ seine sterblichen Geliebten nicht verschwinden: er nahm sie und verließ sie. Hades dagegen will Kore zur Frau, will eine Lebende neben sich auf dem Thron. Man könnte der Meinung sein, daß der Tod mit dieser Geste der Erde eine weitere Beleidigung zufügen will. Aber mit eben dieser Anmaßung betrügt der Tod sich selbst. Mit dem Raub der Persephone gewinnt der Tod einen Körper, wird er körperhaft: es gibt jetzt im Reich der Schatten wenigstens den Körper eines blühenden Mädchens.
Vorher genoß nur der eine oder andere Held das Vorrecht, mit seinem unversehrten Körper von einem Gott in die Elysischen Gefilde gebracht zu werden. Demgegenüber wurde der Hades als der Ort definiert, an dem es keinen Körper gibt. Jetzt aber dringt mit Kores Körper zugleich auch Eros ins Totenreich ein. Persephone mit den schlanken Fesseln ist der biegsame Pfeil, den Eros auf Hades abschoß, wie es ihm seine Mutter Aphrodite auf ihrer schwarzen Burgfeste von Erice befohlen hatte. Der Welt genügte nun nicht mehr die Ökonomie der Metamorphose, die sie so lange regiert hatte zur Zeit der Zeusschen Abenteuer. Alles hatte inzwischen das fließend Unbeständige des Anfangs verloren und einen festen Umriß angenommen – und von der Partie, die einstmals zwischen der einen Form und der anderen gespielt wurde, blieb jetzt nichts weiter übrig als der Wechsel von Erscheinen und Verschwinden. Zu akzeptieren war nicht

mehr bloß das Leben in Gestalt einer festgefügten Form, sondern die Gewißheit, daß diese Form verschwinden würde, ohne eine Spur zu hinterlassen. Der Zorn der Demeter ist der Aufstand gegen dieses neue Regime des Lebens. Doch wußte die Göttin nicht, daß in eben diesem Augenblick auch ein neues Regime des Todes begonnen hatte.

Als sich Persephone auf den Thron des Hades setzte und ihr duftendes Gesicht hinter dem Spitzbart ihres Gemahls auftauchte, als Persephone vom Granatapfel kostete, der in den Gärten der Finsternis gewachsen war, erfuhr der Tod eine nicht weniger einschneidende Veränderung, als sie das Leben erfahren hatte, seit ihm das Mädchen genommen worden war. Die beiden Reiche waren jetzt nicht mehr im Gleichgewicht, und jedes öffnete sich zum anderen hin. Hades setzte die Abwesenheit auf der Erde durch, er setzte durch, daß sich um jede Präsenz ein weitaus größerer Mantel aus Abwesenheit legte. Persephone setzte unter den Toten das Blut durch: doch nicht mehr das schwarze Blut der Opferungen, nicht mehr das Blut, an dem sich die Toten gierig satt tranken, sondern das unsichtbare Blut, das weiter durch ihre weißen Arme floß, das Blut dessen, der weiterhin ganz lebendig ist, auch im Palast des Todes.

Auf der Suche nach einer Öffnung zum Hades streifte Dionysos durch ganz Griechenland. Er wollte ins unterirdische Reich hinabsteigen, um seine Mutter Semele wieder ans Licht zu führen. Eines Tages stand er an den Ufern eines Sees in der Nähe von Lerna, dessen Wasser verdächtig still vor ihm lagen. Er wurde der Halkyonische See genannt. Die Wasserfläche war so unbeweglich wie eine Metallplatte. Das Schilf und die Sumpfgräser, die an seinen Rändern wuchsen, wiegten sich still im Wind. Dionysos sah, daß Prosymnos (oder hieß der Polymnos?) auf ihn zukam. Ihn fragte er nach dem Weg zum Hades. Prosymnos sagte, daß er ihm den Weg zeigen würde, sofern sich Dionysos wie eine Frau von ihm besitzen ließe. Dionysos willigte ein, verschob aber ihre Liebesspiele bis nach seiner Rückkehr aus dem Hades. Gemeinsam gingen sie auf das Wasser zu. Nichts Ruhigeres konnte man sich denken als diese glatte Wasserfläche. Doch der kleine Wasserspiegel hatte keinen Grund. Wer immer es gewagt hätte, darin zu schwimmen, wäre in einen Sog geraten und endlos nach unten gezogen worden. In dieses Wasser, so sagte Prosymnos, müsse Dionysos eintauchen, um in den Hades zu gelangen.

Alle haben über den Ausgang der Reise des Dionysos in den Hades geschwiegen, außer einem Kirchenvater. Mit der Brutalität jener neuen Christen, die selbst einmal in die Mysterien eingeführt worden waren, hat Klemens von Alexandria erzählt, wie Dionysos sich selbst sodomisierte: »Dionysos wollte unbedingt in den Hades hinabsteigen, kannte aber den Weg nicht. Da versprach ihm ein gewisser Prosymnos, ihm den Weg zu zeigen, allerdings nur gegen eine Belohnung (*misthós*); doch diese Belohnung war keine gute Sache, dem Dionysos allerdings schien sie angemessen; diese Gefälligkeit, diese von Dionysos verlangte Belohnung betraf die Lüste der Aphrodite; der Gott ist mit der Forderung einverstanden und verspricht, sie zu erfüllen, wenn es ihm gelinge zurückzukehren, und besiegelt sein Versprechen mit einem Schwur. Nachdem er auf den Weg geführt worden ist, dem er folgen soll, entfernt er sich; schließlich kehrt er zurück; doch findet er Prosymnos nicht mehr wieder (der war inzwischen gestorben); entschlossen, dem Geliebten die Treue zu halten, geht Dionysos voller Liebesverlangen zu dessen Grab. Er schneidet einen Ast von einem Feigenbaum, den er zufällig dort findet, und nachdem er ihm die Form des männlichen Gliedes gegeben hat, stülpt er sich über diesen Ast und erfüllt so das Versprechen gegenüber dem Toten.«

Dionysos war nicht der einzige Gott, der einen Menschen nach dem Weg zum Hades fragen mußte. Auch der auf der Suche nach ihrer Tochter Kore umherirrenden Demeter widerfährt es, daß sie Keleos, den König von Eleusis, nach dem

Ort fragen muß, wo sie ihre Tochter wiederfinden könnte. Keleos verwies auf den Hades. Zur »Belohnung« (*misthós*) gab Demeter ihm das Brot, erlaubte ihm aber auch, sich »unrechtmäßigerweise« mit ihrem Körper zu vereinigen. Dieses Mal ist es aber kein Kirchenvater, sondern ein obskurer Scholiast, der davon erzählt. Gregorios von Nazianz »schämt sich, über bestimmte Dinge, die Demeter tut oder erduldet«, zu sprechen. Der Anstoß, den Gregorios nimmt, ist begründet: ausgerechnet Demeter, die Göttin der *thesmoí*, der hehrsten Gesetze, willigt ein, sich *athésmos*, »gesetzlos«, einem Sterblichen hinzugeben. Und aus dieser Vereinigung sollte ein Sohn hervorgehen, »aufgrund sterblicher Notwendigkeit«, wie ein orphischer Hymnus das später nennen wird. Dies ist der Punkt der äußersten Verkehrung der Ordnung. Wie kann Ananke, die Notwendigkeit, die göttlicher ist als die Götter, weil sie den Göttern vorhergeht, jetzt plötzlich »sterblich« werden und sich als solche eine Göttin unterwerfen? Diese Demütigung der Göttin fand in Eleusis statt – und bezeichnete einen unwiderruflichen Schritt in der Geschichte der Olympier. Was hatte Dionysos und Demeter zu diesem Schritt gedrängt?

Die eleusinische Krise wurde durch das Auftreten einer bis dahin unbekannten Neugier der Olympier auf den Tod heraufbeschworen. Zeus trat seine Tochter Kore an Hades ab. Demeter gab sich einem Sterblichen hin. Um mehr über den Tod in Erfahrung zu bringen, mußten sich die Götter an die Menschen wenden, die in diesem einen Punkt mehr als sie wußten. Und um Hilfe von einem Menschen zu erlangen, mußten sich Dionysos und Demeter prostituieren. Für die Götter ist die Hingabe an den Menschen das gleiche, was für die Menschen die Hingabe an den Tod ist: jeder Tote muß eine Münze bei sich tragen, um sich den Übergang in den Hades zu erkaufen. Der Gott kennt keine Münze, deshalb gibt er seinen Körper hin. Darüber hinaus sind die Menschen vom Standpunkt der Olympier aus bereits tot, weil sie den Tod in sich verbergen.

Wie Persephone sich vom Herrn der Toten entführen ließ, so band Dionysos einen Feigenast um die Stele eines Verstorbenen und ließ ihn in sich eindringen, so gab sich Demeter dem Sterblichen Keleos hin. Die Erinnerung an diese göttliche Prostitution blieb tief in den Mysterien vergraben. Nichts würden wir darüber wissen, wenn uns nicht das rachgierige Aufbrausen eines Kirchenvaters und die Geschwätzigkeit eines Scholiasten einen Hinweis darauf gegeben hätten. Doch nachdem diese Taten dem Schweigen einmal entrissen sind, finden sich viele Stimmen, die eine Komplizenschaft zwischen Dionysos und Demeter und ihren Liebesaffären auf dem Weg zum Hades behaupten.
In Lerna, in der Nähe des Sees, wo Dionysos hinabgezogen wurde, verehrte man die Demeter Prosymna. Und Polymnia, die Parallelfigur von Polymnos, was wiederum die andere Namensform von Prosymnos ist, war die Mutter des Philammon, des Stifters der Mysterien von Lerna. Und eine Polymnia wird auch als Mutter des Knaben Triptolemos erwähnt, der von seinem geflügelten Wagen aus die Ähren der Demeter über der Welt verstreut. Und sein Vater soll Keleos sein: diese Polymnia nimmt mithin den Platz der Demeter ein. Eine Nymphe, Amme des Dionysos, heißt Polymno. Und *polýymnos* war ein Epitheton des Dionysos, bevor es dann die Bedeutung von »Hure« annahm. Beim Verständnis dieses Bedeutungswandels hilft uns Platon weiter. Polymnia (Polyhymnia) ist vor allem eine der Musen, zuständig für den lyrischen Gesang. Aber im *Symposion* wird präzisiert, daß Polymnia eine Muse sei, die man fürchten müsse, weil sie nicht etwa der »schönen Liebe dient, die himmlisch ist und mithin der Muse Urania zukommt«, sondern dem Eros *pándemos*, dem, der sich allen hingibt. Göttliche Prostitution und lyrischer Gesang sind dunkel miteinander verbunden. Unter den vielen, die die umherirrende Demeter aufnahmen, war auch Phytalos, der am Kephisos herrschte, an der Straße nach Eleusis. Der Festzug, der sich, von Athen kommend, nach Eleusis bewegte, hielt immer

dort an, um eine Pause einzulegen. Der Ort hieß »Heiliger Feigenbaum«, wo unter einem Schindeldach, das die eleusinischen Priester von Zeit zu Zeit reparierten, noch der Feigenbaum wuchs, den Demeter einst zum Geschenk gemacht hatte. Auf dem Grabstein des Phytalos war zu lesen: »Hier nahm einst der Herrscher und Heros Phytalos die herrliche Demeter auf, als sie zum ersten Mal die erste Frucht des Herbstes erscheinen ließ, die das Menschengeschlecht heilige Feige nennt.«

Als er in die Unterwelt hinabgestiegen war, um seine Mutter Semele zurückzuholen, stand Dionysos vor Hades wie vor einem Spiegel. Seine eigenen Augen schauten ihn an. Hades sagte ihm, daß er bereit wäre, Semele freizugeben, doch nur unter der Voraussetzung, daß Dionysos bereit wäre, ihm etwas sehr Kostbares abzutreten. Dionysos dachte nach. Dann reichte er dem Herrn des Unsichtbaren einen Myrtenzweig. Hades nahm ihn an. Wieso konnte diese schlichte Pflanze einen so außerordentlichen Pakt besiegeln? Mit Myrtenzweigen wurden auf der Erde die Brautleute bekränzt. Und Hades wünschte nichts sehnlicher als eine Vermählung. Er wollte, daß sich das Reich des Todes mit dem Reich des Eros mischte. Nicht um dieses zu überwältigen, noch um es zu unterjochen; denn schließlich willigte er ja, »mit Zustimmung der Parzen«, in den himmlischen Aufstieg der Geliebten des Zeus ein, der Sterblichen Semele. Was er wollte, war etwas anderes: die Vermischung. Die Myrte war in erster Linie eine Pflanze der Aphrodite, dann erst eine des Dionysos, und bis dahin war sie nur der willkürliche, flüchtige Duft der Liebesbegegnung gewesen. Aber von jetzt an würde sie auch den Duft einer anderen, einer unbekannten Welt verbreiten. So wurde die Myrte zur Pflanze des Eros und der Trauer.
Dionysos erschien wieder auf der Erde, und zwar an dem Ort, wo später die Stadt Troizen entstand. An seiner Hand führte er seine Mutter Semele. Jahre vergingen, und in der

Nähe der Stelle, an der Dionysos und Semele heraufgestiegen waren, befand sich ein Stadion. Täglich machte der Prinz Hippolytos dort seine sportlichen Übungen. Er war ein Orphiker, er aß keinerlei Tierfleisch und hielt sich von Frauen fern. Über Liebesdinge wußte er nur, was er im Theater oder in bildlichen Darstellungen gesehen hatte. Als Sohn einer Amazone lag ihm nicht viel daran, in der Stadt an erster Stelle zu stehen. Er glaubte nicht an die »Süße der Macht«. Sein Kult waren Bücher – und der betäubende Dunst »erhabener Worte«. Er machte seine Übungen, er verwandelte sich – und das war für ihn alles. Böse Zungen behaupteten, er pflege einen »Kult seiner selbst«. In Wahrheit verehrte seine ungetrübt in sich ruhende »jungfräuliche Seele« nur ein einziges ihm zugleich äußerliches und allernächstes Wesen: die jungfräuliche Jägerin, Artemis. Er jagte für sie in den Hainen, er diente ihr wie ein Knecht, er schützte ihre Bildnisse.

Hippolytos dachte, er wäre allein, während er nackt zu früher Morgenstunde seine sportlichen Übungen im Stadion machte. Sein Körper glänzte, war unberührbar. Doch die Augen einer Frau beobachteten ihn unablässig. In einer Warte oberhalb des Stadions im Tempel der Aphrodite Kataskopia, der »von oben spähenden« Aphrodite verborgen, kannte seine Stiefmutter Phädra jede Muskelbewegung des Hippolytos. Sie sah ihm zu und stöhnte vor Begierde, so einsam, wie der junge Hippolytos einsam war. In ihren feuchten Händen zerdrückte sie junge Myrtenblätter. Wenn ihre Begierde dann unerträglich wurde, löste sie eine Spange aus ihrem Haar und durchbohrte, während ihre Blicke auf jede Bewegung des Hippolytos geheftet waren, mit der Spangennadel die Myrtenblätter. *Mýrton* bedeutet nicht nur »Myrtenbeere«, sondern auch »Klitoris«.

Als ein von der Welt Abgewandter war Hippolytos noch nicht gegen die Zauberkünste der Welt gewappnet. Der Tod ereilte ihn an dem Tag, an dem seine Stutenfohlen scheuten vor Schrecken und die Flucht ergriffen, angesichts des gewaltigen Stiers des Poseidon, der aus den Wassern des Saronischen Golfs emporgetaucht war. Hippolytos versuchte vergebens, sie zu bändigen, und stürzte, sich in den Zügeln verfangend, zur Erde. Während die jungen Stuten seinen staub- und blutverschmierten Körper über spitze Felsen schleiften, die ihn in Stücke rissen, und Hippolytos »in seinem Hirn den Untergang herannahen« fühlte, wußte er auch, daß er das Myrtenblatt war, welches die kostbare Spangennadel der liebenden Frau durchbohrt hatte, die doch nur seinen Körper heimlich beobachtet und sich seinetwegen erhängt hatte: Phädra.

Hippolytos strömte seinen Todesgeruch aus, der sich in der Luft mit einem anderen, reineren Duft vermischte: dieser kündigte die Gegenwart der Artemis an. In Todesqualen liegend, sprach er mit ihr, doch schließlich wollte die Göttin ihn verlassen, auch wenn sie Hippolytos »den Teuersten unter den Sterblichen« nannte, denn Artemis kann »ihr Auge nicht mit dem Geröchel der Sterbenden verunreinigen«.

Als Persephone von ihrem Entführer in den Palast der Unterwelt eingeführt wurde, bemerkte sie, daß ein Mädchen »auf der Bettstatt des Aidoneus ausgestreckt lag«. Minthe, Nymphe des Kokytos, sagte man ihr. Dann wohnten die Nymphen also auch in diesen regungslosen, stillen Wäldern und auch in diesem eiskalten, sumpfigen, beizenden Fluß, über den die Toten zur Stätte ihrer Qual fuhren! Wo es Nymphen gibt, gibt es auch Verführung, den unbezähmbaren Trieb. So wie Zeus, ihr himmlischer Vater und Geliebter, herunterstieg und sie auf den Bergen überraschte, so vereinigte sich auch Hades, ihr wortkarger und gestenarmer Gatte, mit ihnen in seinem Bett. Der Verrat durchlief den Kosmos von einem Ende zum anderen.

Persephone packte Minthe, um sie ans Licht zu zerren, auf die Dünen von Pylos, dem Westlichen Tor. Und dort stürzte sie sich auf sie. Sie trat auf ihr herum, von jenem Zorn gepackt, den sie von ihrer Mutter geerbt hatte. Unter ihren

Füßen wollte sie Minthe töten, ihr die Knochen brechen wie einer irdischen Frau. Und während der weiche Körper der Minthe sich in einen Brei aus Blut und Fleisch verwandelte, entströmte ein intensiver, balsamischer Duft ihren leblosen Gliedern. Dies war die Wildminze, die seitdem auf den Hügeln des Samikon an der dem Meer zugewandten Seite wächst.

Nicht weit davon entfernt war sogar ihr göttlicher Liebhaber, Hades, einmal verwundet worden, als er, von Leichen umgeben, mit Herakles kämpfte, um Pylos zu verteidigen. Er wußte nicht mehr, ob es sich bei diesen Leichen um Untertanen seines Reiches handelte oder um gerade gefallene Krieger. Ein Pfeil des Helden bohrte sich in seine Schulter. Es war ein Augenblick der Verwirrung zwischen Himmel, Erde und Unterwelt, zumal am selben Tag auch die rechte weiße Brust der Hera von Herakles verwundet wurde. »Der abscheuliche Hades« stieg, von Schmerzen gepeinigt, zum Olymp hinauf, den er nur selten besuchte, um sich behandeln zu lassen. Auf diesem langen Strand von Elis hatte sich der Tod den Gefahren des Lebens ausgesetzt. Dort wollte Persephone aus dem Körper der Minthe einen sterilen, süßen Duft herauspressen.

Demeter saß, in ihren türkisfarbenen Peplos gehüllt, im Tempel von Eleusis: sie wartete darauf, daß die Menschen vor Hunger stürben; sie wartete auch darauf, daß den Göttern zum ersten Mal klar würde, was es bedeutet, keinen Opferrauch mehr zu empfangen. Sie wollte den Kreislauf des Lebens unterbrechen, jetzt, da die »unerträglichen Werke der seligen Götter« dafür gesorgt hatten, daß Persephone verschwunden war. Demeter selbst hatte den Bewohnern von Eleusis befohlen, diesen Tempel zu bauen; sie hatte ihnen die Rituale beigebracht, mit denen Demophon geehrt werden sollte, der kleine Knabe, welcher durch die bornierte Frömmigkeit seiner Mutter Metaneira, »*stulte pia*«, um die Unsterblichkeit gebracht worden war.

Doch sollte es den Tempel und die Rituale nur noch kurze Zeit geben: die gesamte Ebene von Eleusis war ein geschundener, ausgetrockneter Leib. Samen, Blüten und Früchte hatten sich in die Erde zurückgezogen wie in ein unverletzbares Gehäuse. Die Pflüge brachen Schollen auf, die zu Staubkörnern zerfielen.

Hermes erschien vor dem Thron des Hades und der Persephone und wiederholte Worte, die er schon häufig hatte wiederholen hören: Demeter wolle Persephone wieder »mit den Augen sehen«. Wie sonst hätte sie sie sehen können? In Demeters Beharren auf dieser eindeutig pleonastischen Formel lag eine verschleierte Botschaft an Hades, als würde Hades noch eine andere Form des Sehens kennen und ins Spiel bringen wollen, als wollte er die Menschen um das Sehen »mit den Augen« betrügen, vermöge einer anderen Sehweise, die kein Licht und keine Augen nötig hat, weil sie selbst Licht und Auge ist. So sprach Hermes, der Vollkommene unter den Boten, treulich und genau die Worte aus, die von Demeter zum Olymp hinaufgesandt worden waren und jetzt in der Dunkelheit widerhallten.
Hades deutete mit seinen Augenbrauen ein Lächeln an: wir haben keine Kunde von einem geheimnisvolleren Lächeln als dem, das damals die Stirn des Herrn der Toten kräuselte. Es war nicht das leichtfertige, unbeherrschte, nicht bewußte Lachen der Dienerin Iambe, welches mit unwiderstehlicher Gewalt Demeter angesteckt und ihre steinerne Starre erschüttert hatte. Sein Lächeln war das eines Wissenden, der mit diesem kaum wahrnehmbaren Zeichen seine Distanz zu allem, was sich ereignet, andeutet. Neben sich spürte Hades die Wärme seiner Königin, die er geraubt und auf den Thron gesetzt hatte. Niemand, nicht einmal Zeus, hätte sie ihm nehmen können, außer für eine befristete Zeit: und der Tod hat immer Zeit. Jetzt, da die olympischen Götter fühlten, daß sie ihn brauchten, und sogar den Intelligentesten unter ihnen zu ihm hinabsandten, um ihn zu überzeugen – ein

Zeichen, daß sie zitterten –, dachte Hades, daß er durchaus einmal so tun könnte, als würde er bei ihrer Posse, von der er ja normalerweise ausgeschlossen war, mitmachen. Zuvorkommend wandte er sich Persephone zu und betrachtete sie. Er streifte ihren Arm, und dieser Arm übertrug eine stumme Unruhe auf ihn. Vor dem olympischen Boten sagte er zu ihr, daß sie natürlich zu ihrer Mutter zurückkehren könne, doch solle sie sich einen heiteren Sinn erhalten. Auch diese Worte klangen geheimnisvoll und ironisch, denn bis zu diesem Zeitpunkt war Persephone bei ihm niemals heiter gewesen. Am Ende empfahl er ihr noch, sich ihres Gatten nicht zu schämen: im Grunde war er nämlich ein großer König und hatte sie zur Königin gemacht.
Persephone, die tagelang unbeweglich auf dem Thron gesessen hatte, sprang wie ein kleines Mädchen auf und strahlte vor Freude. Augenblicklich wollte sie abreisen. Hades erteilte Anweisung, seine Pferde der Finsternis vor den goldenen Wagen zu spannen. Dann richtete er es so ein, daß er mit Persephone in den wohlgepflegten Gärten der Unterwelt allein blieb. Während sie die Wege entlanggingen, pflückte er einen Granatapfel vom Baum und reichte seiner Gattin drei Kerne, Persephone war aber in ihren Gedanken woanders und lehnte ab. Doch Hades beharrte mit der ihm eigenen schmeichelnden Art. Persephone führte die Kerne gedankenverloren zum Munde, ihr Herz war wegen der Abreise aufgewühlt. Sie glaubten, allein zu sein, doch im Schatten beobachtete ein Gärtner diese Szene, Askalaphos, Sohn einer Nymphe und des Acheron. Eines Tages sprach er, und so wissen auch wir, was sich in diesem Garten zutrug. Diese kleine Geste der Persephone war vielleicht die folgenreichste Begebenheit, die sich jemals zugetragen hat, seit Zeus den Phanes verschlungen und sich auf dem Olymp niedergelassen hatte.
Jetzt stand der Wagen bereit, Hermes hielt die Zügel und die Peitsche. Langsam zogen die Pferde zum Palast hinaus, dann flogen sie davon. Von oben erblickte Persephone das Meer

wieder, die Flußbetten, die grasgrünen Täler, ähnlich wie sie sie zuletzt auf der Erde gesehen hatte. Oftmals, wenn sie auf dem Thron des unterirdischen Palastes saß, hatte sie gedacht, sie würde sie nie wiedersehen, wogegen sie jetzt wie in einem Spiel auftauchten und wieder verschwanden, wenn der Wagen aus dichten, zerfetzten Wolken herausfuhr. Am Ende kamen sie an einen Ort, den Persephone nicht kannte. Der Wagen hielt vor einem erst kürzlich erbauten Tempel, aus dem ein intensiver Geruch von Weihrauch drang. Zwischen den Säulen erschien Demeter. Wie eine Mänade auf den Bergen stürmte sie der Tochter entgegen.

Persephone sprang vom Wagen herunter, und sie fielen sich wortlos in die Arme. Dann spürte Persephone, daß ihre Mutter innehielt, das Gesicht von dem ihren löste und etwas sagen wollte. »Hast du je etwas gegessen, während du da unten warst?« Da erinnerte sich Persephone der Granatapfelkerne, ihres süßsäuerlichen Geschmacks, der in ihrem Speichel noch immer wie eine ferne Erinnerung präsent war. Dieser Geschmack des Unsichtbaren sollte sie für immer begleiten. Sie blieben stundenlang vor dem Tempel sitzen und erzählten sich ihre Abenteuer. Sie berührten sich an den Armen, sie drängten sich aneinander. Manchmal rückte Demeter von ihrer Tochter ab und sah sie starr an. Mit den Worten wich die Angst, und beide entdeckten die Freude wieder. Demeter erklärte ihrer Tochter die Folgen der drei Granatapfelkerne: alljährlich würde Persephone für die Hälfte des Jahres als Gattin zu Hades zurückkehren. Sie sprachen es nicht aus, doch beide nahmen jetzt diese Verfügung des Zeus hin. Die Starrheit des Steins war für immer aufgelöst.

An jenem Tag näherten sich ihnen lediglich zwei Frauen. Die erste war Hekate, rabenschwarz und nur von einem Diadem erhellt. Sie hatte der Mutter geholfen, als diese voller Verzweiflung umherirrte, und sie sollte nun eine wertvolle Führerin für die Tochter werden. Keine andere Frau kannte die Wege so gut wie sie, welche die Erde mit dem unterirdischen Reich verbinden. Danach erschien Rhea, die neue Botin des Olymps. Sie schüttelte ihr fülliges Haar, wiederholte die Versprechen des Zeus und besiegelte den Frieden. Demeter stand auf, um auf den Olymp zurückzukehren. Während sich die Göttin in ihrem langen türkisfarbenen Peplos entfernte, keimte die weiße Gerste wieder ans Licht, die sich boshaft im Erdreich verborgen gehalten hatte. Die verbrannten Furchen verwandelten sich in weiche, fette Erde, und Blätter und Blüten wandten sich erneut der Sonne zu, als wäre nichts geschehen und als würde die Natur träge aus einem langen Schlaf erwachen.

VIII

Zeus saß auf einem Schemel und blickte starr vor sich hin. Ein Lufthauch strich über seinen graumelierten Bart. Irgend etwas ging in seinem Kopf vor und rief eine trunkene Mattigkeit in ihm hervor. Als Zeus seine Gattin Metis getrunken hatte auf Anraten der Gaia und des Uranos, die der Meinung waren, daß Metis eines Tages einen stärkeren Gott als Zeus gebären würde, der in der Lage wäre, ihn zu verdrängen, war Metis bereits mit Athene schwanger gewesen. Das kleine Mädchen trieb im Körper des Zeus umher, und dort, in diesem sogar für die Götter unsichtbaren Versteck, hatte Zeus ihr seine alte Waffe, die Ägis, überlassen, die aus der abgezogenen Haut des Ägis bestand, des Ungeheuers mit dem glühenden Atem. Nun spürte Zeus, wie der spitze Speer der Athene an seiner Schädeldecke pochte. Alles an diesem Kind war spitz und scharf: der Blick, der Geist, der jetzt den Geist des Vaters bewohnte, der Umriß des Helms. Jede weibliche Vertiefung war bei ihr verborgen, wie die Rückseite ihres Schildes.

Zeus sah zwei Frauen, die Eileithyien, auf sich zukommen. Sie waren in Geburtshilfe kundig. Schweigend streckten sie eine Hand nach seinem Haupt, behutsam, ohne es zu berühren. Dann trat Hephaistos mit einer bronzenen Axt hervor. Noch bevor Zeus ein Wort sagen konnte, hatte Hephaistos die Axt auf sein Haupt geschlagen und floh, gefolgt von den Eileithyien. Warum floh er? Zeus schwieg auch weiterhin und fühlte in seinem Innern einen schrillen Schrei, ähnlich dem Ton einer tyrrhenischen Posaune.

Und plötzlich bemerkte er, daß er nicht mehr allein war: unhörbar waren aus allen Richtungen die anderen Götter zu ihm gekommen. Er erkannte Hera und Hebe; Demeter und Persephone, die auf ihrem Korb saßen; Dionysos lag ausgestreckt auf einem Pantherfell und hielt den Thyrsos in der Hand. Auf der anderen Seite waren Poseidon, Aphrodite, Eros, Apollon, Artemis, Hermes und die drei Moiren ver-

Zeus in der Götterversammlung mit Athena auf dem Schoß

sammelt, die sich Geschichten zu erzählen schienen. Alle hatten den Blick auf Zeus gerichtet, allerdings nicht auf seine Augen, sondern etwas höher: dort war Athene aus der Schädelspalte hervorgetreten, funkelte in ihren Waffen, während Nike sie mit einem Kranz in der Hand umflatterte.
Jetzt sah auch er sie: sie hatte ihre Füße auf den Boden gesetzt und entfernte sich von ihrem Vater. Sie war die einzige, die ihm in die Augen blickte, als sie den Kopf mit der Andeutung eines stummen Grußes zu ihm umwandte. Sah er seine Tochter oder sich selbst, der sich betrachtete? Dann wandte Zeus seinen Blick den anderen Göttern zu. Den ernsten, feierlichen Gesichtern konnte er entnehmen, daß eine neue Ära auf dem Olymp angebrochen war.

Athene ist das einzige Wesen, das bei seiner Geburt nicht nach etwas gegriffen, sondern etwas abgelegt hat. Der Wagen des Helios war am Himmel stehengeblieben, als die Göttin dem Haupt des Zeus entsprang. Die Luft zitterte auf dem Olymp vor Spannung, während Athene sich langsam ihrer Waffen zu entledigen begann. Sie legte den Schild nieder, den Helm, den Speer, nahm die Ägis ab, doch bevor sie den bis zu den Knöcheln reichenden Chiton fallen ließ, wurde sie von einer Gruppe libyscher Heldinnen umringt, die in rotgefärbte, mit reichen Fransen versehene Ziegenfelle gewandet waren.
Von diesen verborgen, begab sie sich zum Triton-See in Libyen. In ihn tauchte sie ein, als wolle sie eine Jungfräulichkeit erneuern, die sie niemals verlieren sollte. Aber es war etwas viel Intimeres, von dem sie sich lösen mußte: die Vermischung mit dem Körper des Vaters. Mit glänzendem, starkem Körper tauchte Athene in der trockenen Luft Afrikas aus dem Wasser empor. Die Heldinnen reichten ihr eine nach der anderen ihre Kleidungsstücke und ihre Waffen. Jetzt begann Athene zu leben.

Während ihrer Kindertage in Afrika spielte Athene Kriegsspiele mit Pallas. Sie waren zwei kleine Mädchen, die fast gleich aussahen, nur die Hautfarbe der Pallas war ein wenig dunkler. Athene war als Gast vom Himmel heruntergestiegen. Zeus hatte sie in die Obhut des Triton gegeben, damit dieser sie großzöge. Und Triton ließ sie den ganzen Tag mit seiner Tochter Pallas zubringen. Ihren Spielen hingegeben, sahen sie niemanden sonst. Sie waren wild und anmaßend und lagen sich deshalb oft in den Haaren. Sie besaßen auch schon Waffen, klein zwar, aber tödlich.
Eines Tages standen sie einander gegenüber, der Speer zitterte in ihren Händen. Man konnte nicht sagen, welche von beiden das Spiegelbild der anderen war. Zeus erkannte die Gefahr: vom Himmel senkte er seine Ägis herab, als Vorhang zwischen zwei kleine Mädchen. Pallas, den Speer in der Hand, erstarrte vor Staunen. Und einen Augenblick später war sie vom Speer der Athene durchbohrt. Dies war der erste und vielleicht größte Schmerz für Athene. Nachdem sie auf den Olymp zurückgekehrt war, wollte sie eine kleine hölzerne Statue der verstorbenen Freundin anfertigen und sie neben Zeus aufstellen. Das Bildnis war vier Cubiti hoch und entsprach damit mehr oder weniger der Größe der Pallas; seine Füße standen dicht zusammen. Als Athene die Statue fertig hatte, bedeckte sie ihr die Brust mit der Ägis, als wäre sie eine Puppe. Dann betrachtete sie die Statue und erkannte sich selbst.
Viele Männer und Ungeheuer sollte sie nach diesem Tag noch töten. Doch immer in vollem Bewußtsein. Unter ihnen gab es einen Giganten, der ebenfalls Pallas hieß. Sein Körper war, wie der anderer Giganten auch, teilweise mit Schuppen und Federn bedeckt. Er behauptete, Athenes Vater zu sein. Er versuchte sogar, sie zu vergewaltigen. Daraufhin tötete ihn Athene, und mit handwerklicher Geschicklichkeit zog sie ihm die Haut vom ganzen Leib ab. Sie konnte nicht genug Schuppen und Federn haben, um ihre Ägis damit zu schmücken. Doch das Mädchen Pallas, ihre kriegerische

Freundin, war dagegen das Opfer ihrer einzigen unbeabsichtigten Tat: derjenigen, mit der sie das eigene Bild tödlich getroffen hatte. Was damals in Afrika geschehen war, blieb ein Geheimnis der Athene. Nicht viele waren es, die diese Geschichte aus ihrer Kindheit kennenlernten.

Das Palladion, himmlisches Vorbild jeder archaischen Statue, war als Beschwörung einer Toten und als Doppelgänger einer ewig Lebenden entstanden. Es trug das Zeichen der Einzigkeit, weil keine menschliche Hand es geformt hatte, und Zeus wollte, daß es der einzigartige Wächter der einzigartigen Stadt Troja wäre. Aber die Duplizität wohnte seinem Ursprung inne und sollte bald schon zu wirken beginnen. Das ursprüngliche Bild der Athene stellte nicht Athene dar, sondern zwei andere Frauengestalten: Pallas mit dem Speer und Medusa im Zentrum der Ägis, die Freundin und die Feindin. Beidemal die andere, die einzigartige Andere, von Athene nur durch den Vorhang der Ägis getrennt.
Auch bei Medusa hatte die Ägis gewirkt. Auf dem Fußboden eines Athene-Tempels benetzte Poseidon mit seinem Meeresspeichel den perlfarbenen Körper der Medusa, der in der Dunkelheit weiß leuchtete. Athene stand vor ihnen, als Statue in der Cella, gezwungen mit anzusehen, wie die beiden erregten Leiber in der Stille des Tempels sich vereinigten. Sie war entsetzt angesichts dieser Schandtat, gleichzeitig aber wurde sie auch von einem heftigen Unbehagen durchdrungen, denn sie wußte, daß Medusa ihr allzusehr glich. Da hob sie die Ägis hoch, um ihr Bild auszulöschen, um sich von ihm loszureißen. Tief aus dem Inneren Athenes kam diese Geste, so wie bei Artemis die Geste des Bogenspannens. Während Athene sich hinter einem Vorhang aus Schuppenhaut abermals von allem löste, begannen die weichen, auf dem Boden ausgebreiteten Haare der Medusa zu schwellen, und an ihren Enden konnte man bereits lauter Schlangenköpfe erkennen.

Troja ist der Hügel der Verblendung, seit das Mädchen Ate, hinabgeschleudert von der kreisenden Hand des Zeus, dort aufschlug. Doch auf demselben Hügel schlug auch die kleine hölzerne Statue der Pallas auf, die man von nun an als Palladion bezeichnen sollte. Zeus hatte es vor Ilos' Zelt geworfen, zum Zeichen, daß dieser dort seine, des Zeus, Stadt gründen sollte. Die Verblendung und die Statue bewohnten nun denselben Ort: eine Stadt, die den Trugbildern unterworfen war. Und in Troja sollte Helena eintreffen. Körper oder Bild? Der Zweifel bestand zehn Jahre lang und sollte noch jahrhundertelang nachwirken. Doch der Zweifel kam von dieser im Tempel der Athene verborgenen Statue, vom Palladion selbst. Alles, was es an verwickelten Ereignissen um das Palladion gab, ist eng mit dem Problem der Kopie verknüpft.

Lange vor Platon beunruhigten an der Statue zwei Elemente: einmal, daß sie von anderer als von Menschenhand geschaffen sein könnte, und zweitens, daß es sich um eine Kopie handeln könnte. Diese beiden Extreme vereinigen sich im Palladion. Als die Achäer mit ihrer Belagerung begannen, dachten die Trojaner sofort daran, eine identische Kopie des Palladions anzufertigen. Wenn die Griechen es rauben sollten, würde Troja doch deshalb nicht fallen. Als Odysseus und Diomedes in den Tempel der Athene eingedrungen waren, entwendeten sie das Palladion. Doch an diesem Punkt häufen sich die unterschiedlichen Versionen, wie bei jeder gewagten Unternehmung: handelte es sich um das echte Palladion? oder raubten sie vielleicht zwei, ein echtes und ein gefälschtes? oder waren die Palladien, wie man ebenfalls zu bedenken gab, zahlreich, und das kleinste war das echte? oder waren die von den beiden Helden geraubten Palladien eins wie das andere Fälschungen, und das echte war das, welches Kassandra in jener Nacht, in der Troja gebrandschatzt wurde, umklammert hielt, als Ajax sie wie einen Sack über den Fußboden des Athene-Tempels schleifte? Nach Ansicht der Athener verblieb das Palladion, nachdem so viele darum gekämpft hatten, bei Demophon, Theseus' Sohn, der ein gefälschtes Palladion, als wäre es echt, gegen Agamemnon verteidigte und es ihm schließlich doch überließ, während er das echte bereits Buzyges übergeben hatte, damit es in Eleusis aufbewahrt würde.

Wenn wir erst einmal in die Galerie der Doppelgänger eingetreten sind, verflüchtigt sich alles und dehnt sich zu einer Perspektive, die keinen Abschluß kennt. In Athen wurde ein Ort Palladion genannt: ein Gericht, in dem nichtvorsätzliche Morde abgeurteilt wurden. Der erste Angeklagte war Demophon selbst, doch hinter ihm, gerade in seiner Schuld, huldigte man Athene, die ohne Vorsatz Pallas getötet hatte. Dies war der Ursprung, die erste Verletzung des Doppelgängers, die Gefahr der Athene, ihrer dem Schatten feindlichen Bewußtheit, welche den Doppelgänger hervorruft, ihn aber am Ende ins Herz trifft. Und der Doppelgänger rächt sich, indem er sich als Bild reproduziert im einzigen echten Palladion, dessen Augen leuchten und das sich mit salzigem Schweiß bedeckte, wenn die Göttin zu ihm hinabstieg; aber auch in den zahllosen anderen über die Welt verstreuten, trügerischen Palladien.

Die Fähigkeit zur Kontrolle (*sophrosýne*), die Fähigkeit zur Selbstbeherrschung, zum Standhalten, die Schärfe des Auges, die nüchterne Wahl angemessener Mittel zur Erreichung der Ziele: dies alles löst den Geist von den Mächten ab, erlaubt die Illusion, sich ihrer zu bedienen, ohne von ihnen vereinnahmt zu werden. Und es ist eine wirksame Illusion, die oftmals Bestätigung erfährt. Der Blick ist allem gegenüber gleichgültig und scharf geworden, bereit, jede sich bietende Gelegenheit aufzugreifen und Vorteil aus ihr zu ziehen. Und doch bleibt ein blinder Fleck in diesem umherschweifenden Blick, ein Punkt, den der Blick nicht sieht: sich selbst. Der Blick sieht den Blick nicht. Er erkennt nicht, daß er selber eine Macht ist wie jene, die er jetzt zu beherrschen glaubt. Der kalte Blick auf die Welt modifiziert die

Welt nicht weniger als der feurige Atem der Ägis, der eine ungeheuer große Landfläche verbrannte, von Phrygien bis Libyen.

Athene ist die Macht, die dem Blick hilft, sich selbst zu sehen. Ihr Verhältnis zu ihren Schützlingen ist so innig, daß sie sich in deren Geist niederläßt und mit dem Geist über den Geist spricht. Daher sagte der Vater des Ajax zu seinem Sohn: »Trachte im Kampf zu siegen, aber mit dem Gott stets zu siegen.« Ajax erwiderte: »Mit Göttern, Vater, kann auch ein Mann, der nichts vermag, den Sieg erringen; doch ich bin überzeugt, auch ohne sie werde ich mir Ruhm erwerben.« Daraufhin schreitet Athene ein und verwüstet Ajax' Geist, wie eine jener Städte, die die Göttin so gerne plündert: erbarmungslos gegen die, die ihre Insignien verwenden – den scharfen Blick, Geistesgegenwart, die Geschicklichkeit der Hand, die Intelligenz, mit der der Sieg errungen wird –, um sie zu vergessen. Und hier zeigt sich der Unterschied zwischen Odysseus und einem naiven, anmaßenden Helden wie Ajax. Für Odysseus ist die Gegenwart Athenes ein geheimes, fortdauerndes Gespräch: mit dem Schrei eines Reihers, dem dunklen Klang einer Stimme, den Flügeln einer auf einem Balken hockenden Schwalbe oder mit einer beliebigen Gestalt – weil, wie Odysseus die Göttin einmal erinnert, »du allen ähnlich wirst« und der Held weiß, daß er sie überall erkennen kann. Er weiß, daß er nicht jedesmal die blendende Herrlichkeit der Epiphanie erwarten darf. Athene kann ein Bettler sein oder ein alter Freund. Sie ist die schützende Gegenwart.

Es besteht ein altes Mißverständnis zwischen Athene und »dem Männlichen«, das die Göttin »von ganzem Herzen« liebt. Den Männern händigt Athene Waffen aus, mit denen sie sich der Unterdrückung zahlloser Herrscher entziehen können, vor allem aber von Himmel und Erde, die einmal bereits erschauerten, als sie den schrillen Schrei vernahmen, mit dem die Göttin dem Haupt des Zeus entsprang, erschauerten, weil sie in diesem kleinen Mädchen ihre neue Feindin erkannten; aber die Waffe, mit der sie sich der Athene entziehen könnten, gibt Athene den Männern nicht. Jedesmal, wenn der Mensch seine Autonomie feiert, mit plumpen Worten und mörderischen Taten, wird Athene beleidigt. Ihre Strafe läßt nicht auf sich warten und ist sehr hart. Wer sie dann noch nicht erkennt, ist kein anmaßender Held mehr wie Ajax, sondern einer der vielen von Ajax verachteten »Männer, die nichts vermögen«. Sie sind es, die hochmütig und unwissend vorwärts schreiten und die Erde verpesten. Die Erben des Odysseus dagegen unterhalten sich auch weiterhin in aller Stille mit Athene.

Die olympischen Götter besuchten sich gegenseitig in ihren weitläufigen Palästen. Abends versammelten sie sich zum Festmahl. Oder sie trafen sich wie eine Gruppe Neugieriger und wurden Zeugen irgendwelcher Begebenheiten: sie sahen etwa, wie Athene aus dem Haupt des Zeus entspringt; oder wie sich Aphrodite und Ares im goldenen Netz des Hephaistos verwickeln.

Aber auch der Olymp hatte seinen verbotenen Raum, einen versiegelten, unantastbaren Ort. Die Götter umgingen ihn und wußten, daß sie ihren Fuß nicht dort hineinsetzen durften. Es handelte sich um einen leeren viereckigen Raum ohne Fenster. Auf dem Fußboden durchbrach eine lichtumzüngelte Stange die Dunkelheit, ein Licht, das in der Stille lohte: der Blitz des Zeus. Dem, der es gewagt hätte, sich ihm zu nähern, hätte das züngelnde Licht die zarte Form von Lotosblättern enthüllt. Im Blitz blühte die »Feuerblume« auf.

Einstmals hatte Zeus Athene gebeten, ihm eine mächtige Waffe zu leihen, mit der sie sich häufig schmückte: die abgezogene Haut eines Ungeheuers, die Ägis. Als Gegenleistung dafür und auch, weil er unbeirrbar für seine Tochter eingenommen war, hatte er ihr angeboten, daß sie sich zuweilen dem Blitz nähern dürfe. Es gab kein Privileg, auf das Athene stolzer war. Sogar vor den athenischen Bürgern, zusammengerufen, um über das Schicksal Orests zu entscheiden, wollte Athene daran erinnern: »Ich als einzige unter den Göttern kenne die Schlüssel zu dem Raum, wo der Blitz versiegelt ist.«

Die Athener erklärten, sie seien vor allem aus zwei Gründen stolz auf sich selber: einmal, weil sie autochthon, das heißt aus der Erde Attikas hervorgegangen und nicht von anderswoher zugewandert wären; und zweitens, weil Athene ihre Schutzherrin sei. Doch um einem Landstrich zu entstammen, bedarf es in jedem Fall eines Samens und eines Schoßes – aber die Athener gingen einem Gespräch darüber lieber aus dem Weg. Warum nur?
Das Wesen olympischer Jungfräulichkeit erfuhr in Athene seine änigmatischste und provozierendste Ausprägung. Keine Frau hatte einen ähnlich tiefen und innigen Umgang mit Männern. Keine der Geliebten des Odysseus hörte jemals so nah die Stimme des Helden. Und dennoch verweigerte Athene sowohl den Göttern wie den Männern ihren Körper, denselben Männern, denen sie mit leidenschaftlicher Intelligenz beistand. Auch wenn sie sie bestrafte, hatte sie nichts von der Wildheit der Artemis. Als Teiresias sie beim Baden überraschte, blendete sie ihn, weil es ihre göttliche Pflicht war, wollte ihm aber die Gabe der Weissagung verleihen.
Eines Tages kam Athene zu Hephaistos, dem häßlichsten unter den olympischen Göttern, der aber gleichwohl jeden Abend Aphrodite auf seinem Nachtlager fand. Sie bat ihn um eine Rüstung. Mit ihrem ernsten Gesichtsausdruck fügte sie hinzu, daß sie nicht wüßte, wie sie ihn belohnen könnte. »Ich werde es um der Liebe willen tun«, sagte Hephaistos. Athene nickte zustimmend. Für Hephaistos war Athene die einzige Frau, die ihn Aphrodite vergessen lassen konnte. Während ihres Besuchs bei ihm hatte Athene nicht den Schimmer in seinen Augen bemerkt, weil sie auf dergleichen nicht zu achten pflegte.
Zeit verging. Als Athene wieder in der Schmiede des He-

phaistos erschien, um ihre Rüstung abzuholen, begann der göttliche Handwerker, in der Dunkelheit um sie herumzuhinken. Die Göttin spürte, wie nervöse lange Finger sie umfaßten und magere muskulöse Schenkel sie an die Wand preßten. Während die Göttin sich noch aus der Umklammerung befreite, verspritzte Hephaistos seinen Samen über einen ihrer Schenkel, knapp oberhalb des Knies. Dies alles verdiente nicht ein einziges Wort des Kommentars. Athene griff lediglich nach dem erstbesten Lappen, den sie in der Schmiede fand. Sie säuberte ihren Schenkel und warf den feuchten Lappen in die Tiefe: nie mehr wollte sie ihn wieder sehen. Der Lappen fiel auf Attika. Dort ging in diesem Augenblick Gaia vorüber, die Mutter Erde, vertraut mit urweltlichen Zeugungen. Der mit dem Samen des Hephaistos durchtränkte Lappen verschwand in ihrem Schoß und befruchtete ihn. Als Gaia niederkam und nicht wußte, was sie mit dem Neugeborenen anfangen sollte, entschloß sich Athene, das arme Geschöpf zu adoptieren, das niemand haben wollte, und tat dies mit der gleichen Schnelligkeit und Sicherheit, mit der sie den Samen des Hephaistos abgewischt hatte. Sie nahm das kleine Wesen in ihre Hände, dessen Leib in einem aufgerollten Schlangenschwanz auslief: Erichthonios.

Auch wenn sie nicht gern über seine Geburt sprechen, so verehren die Athener den Erichthonios doch. In ihm, als der Frucht des unerfüllbaren Verlangens eines Handwerkers nach einer Göttin, erkennen sie sich selbst. Weder Bauern noch Krieger noch Priester, wissen die Athener, daß ihr Ursprung im Samen eines Handwerkers liegt, ob es sich dabei um einen der geschwätzigen Handwerker handelt, die ihre Werkstatt auf der Agora haben, oder um den einsamen kosmischen Baumeister. Die Athener sind die, die Athene am meisten begehrt haben. Und dies rückt sie mehr als jedes andere Volk in die Nähe der unnatürlichen Götter des Olymps, der Götter der Distanz, die sich nicht mit der Natur und ihren Zyklen begnügen, sondern eine Form des Geistes suchen, die hart wie Kristall, die wie Kristall in sich selbst geschlossen, autonom und autochthon ist.

Kallimachos, der nie ein unbegründetes Wort ausspricht, bezeichnet den von Hephaistos in vergeblichem Verlangen nach Athene vergossenen Samen als »Tau«. Als er in die Erde eindrang, in den Schoß der Gaia, hatte dieser Tau das Schlangenkind gezeugt. Athene hob es mit ihren jungfräulichen Armen von der Erde empor. Aber sie konnte es nicht umarmen wie alle anderen Mütter. Athene war mehr als eine Mutter. Ihre erste Tat bestand darin, dem kleinen Knaben ein goldenes Kettchen um den Hals zu legen, das zwei Tropfen vom Blut der Medusa in sich verwahrte: der eine tötete, der andere heilte. Dann legte sie Erichthonios in einen verschlossenen und verschnürten Korb aus Weidenzweigen. Diesen übergab sie den drei Töchtern des Kekrops, des Königs von Athen, mit der ausdrücklichen Anweisung, ihn niemals und unter keinen Umständen zu öffnen. Die drei Mädchen wußten nicht, daß Athene in ihrer Liebe zu Attika Erichthonios unsterblich machen wollte, ohne daß die anderen Götter davon erführen.
Aber es kommt immer etwas dazwischen, wenn ein Gott oder eine Gestalt, die an der Göttlichkeit teilhat, ein kleines Kind unsterblich machen will. So geschah es auch der Thetis mit Achilles, der Demeter mit Demophon, der Medea mit ihren Kindern. Immer gibt es jemanden, der hereinkommt, der den heiklen Vorgang stört, ihn unterbricht. Sei es aus Zerstreutheit oder aus Neugier. Zerstreutheit und Neugier sind die beiden äußersten Sünden, Zeichen jener Ungeduld, derentwegen der Mensch den Eingang zum Paradies noch nicht wiedergefunden hat. Die drei Töchter des Kekrops waren nach den Namen des Taus benannt: Aglauros, »die Schimmernde«; Pandrosos, »die Allbetauende«; Herse, »Tau«. Mit der gleichen Ungeduld, mit der Hephaistos Athene umschlossen und dabei seinen Samen auf ihrem

Schenkel verspritzt hatte, öffneten zwei der Töchter des Kekrops den Korb und sahen das Schlangenkind unter dem Schutz zweier weiterer Schlangen, seiner »Leibwächter«, hervorkommen. Dieser Anblick hatte für die Kekropstöchter nichts Abstoßendes. Sie hätten in Erichthonios ebensogut einen kleinen Bruder erblicken können: lief denn nicht auch der Körper ihres Vaters in einem aufgerollten Schlangenschwanz aus? Doch fühlten sie, wie das Entsetzen sie allmählich ergriff, denn sie wußten, daß sie das Schlimmste getan hatten, was Griechen tun konnten: den geheimnisvollen Korb im falschen Augenblick zu öffnen.
Unterdessen kam Athene von Pellene zurück, wohin sie gegangen war, um ein Bollwerk für ihre Stadt zu finden. Mit einem riesigen Felsblock in ihren Armen kam sie zurück. Ihn wollte sie auf der Akropolis aufstellen, damit Athen uneinnehmbar würde. Ein Rabe flog ihr entgegen, Bote unheilvoller Nachrichten, und berichtete ihr, was die Kekropstöchter getan hatten. Aus Wut ließ Athene den riesigen Felsblock fallen, der sich für immer gegenüber der Akropolis in die Erde bohrte. Dies war der Lykabettos: noch heute beherrscht er Athen, verteidigt die Stadt aber nicht. Danach erschien Athene den Kekropiden, die entsetzt vor ihr flohen. Sie fühlten, daß eine harte Bestrafung sie erwartete, und während sie dies noch dachten, wurden sie bereits von Raserei erfaßt. Sie liefen zu den steilsten Felsen der Akropolis, blickte in die Leere unter sich und stürzten sich hinab. Sie wurden zerschmettert, und ihr Blut spritzte gegen die Felsen.
Athene nahm den kleinen Schlangenknaben zu sich. Wieder einmal war das, was sie tat, dazu bestimmt, sich selbst genug zu sein, in sich verschlossen zu bleiben. Sie richtete die Haut ihrer Ägis so, daß ein Beutel entstand, und in diesen steckte sie Erichthonios. Jetzt betrachtete der Schlangenknabe die Welt von oben, neugierig, und sein Kopf erschien vor der Brust der Athene neben dem Haupt der Medusa, die im Laufe der Zeit zu einer strengen Schönheit geworden war,

nicht sehr verschieden von der Göttin. Man konnte begreifen, wie gern sie mit Athene in einen Schönheitswettstreit eintreten wollte. Erichthonios lehnte sich an die großen, herrlichen Brüste der Athene, in deren Vertiefung er die Medusa mit ihrem Schlangenhaar erblickte, und ringsherum war das Flattern der Fransen der Ägis zu hören, die ebenfalls aus Schlangen bestanden. Auch für Medusa empfand der Knabe augenblicklich Zuneigung. Er wußte noch nicht, daß sie seine Schwester war, daß sie, wie er, aus dem Schoß der Gaia hervorgekommen war. Erichthonios fühlte sich glücklich, zu Hause, als Schlange unter Schlangen. Durch die getrocknete Haut der Ägis spürte er die verborgene Wärme seiner Adoptivmutter.

Je mehr er die Welt betrachtete, um so mehr war er davon überzeugt, nur Athene zu ähneln, dieser starken, strahlenden Frau, die mit Schlangen behängt war, die ihn nicht in ihrem Schoß getragen und den Samen verschmäht hatte, aus dem er geboren worden war. Aber diese beiden waren sich näher als irgendeine andere Mutter und ihr Sohn. Niemand sonst würde an dieser weißen, vollkommenen Brust ruhen, niemand sonst würde sie zu sehen bekommen, es sei denn im Eifer der Aktion, wenn eine Brust unter der Ägis hervorsprang. Und war denn die Ägis, die Erichthonios' Behausung war, nicht fast schon ein Teil des Körpers der Göttin? Sie war weniger eine Waffe als eine zweite Haut. Erichthonios verbrachte seine frühe Kindheit in der Angst vor der Trennung vom Körper der Adoptivmutter, von diesem kleinen Beutel in der Ägis; ihm war bang vor dem Ende einer dem Licht, dem Wind und dem Kampfesgetümmel ausgesetzten Schwangerschaft. Doch eines Tages setzte Athene ihn auf die Erde, in einen abgetrennten Bereich der Akropolis. Dort zog sie ihn weiterhin groß. Der Ort blieb heilig. Dann schieden sie traurig voneinander. Für Erichthonios war der göttliche Teil seines Lebens abgeschlossen. Er wurde König, einer der vielen Könige von Athen. Er heiratete eine Najade, gründete die Panathenäen, erfand die

Quadriga und das Geld. Im Tode wollte er zu seiner Adoptivmutter zurückkehren. Er wurde in dem abgetrennten Bereich bestattet, wo Athene ihn großgezogen hatte und wo jetzt eine Schlange lebte.

Die Athener waren sich ihrer Urschuld bewußt: der Tat der Kekropiden. Sie verehrten Athene, wohl wissend, daß die Göttin sie nicht hatte unbesiegbar machen wollen. Der Geist der Stadt war eine namenlose Schlange, die im Erechtheion lebte. Allmonatlich brachten sie ihr einen Brotfladen mit Honig dar, der für die Griechen eine Form des Taus ist. Eines Tages, als die Perser auf Athen vorrückten, ließ die Schlange den Brotfladen zum ersten Mal unberührt. Daraufhin beschlossen die Athener, aus der Stadt zu fliehen, weil die Göttin die Akropolis verlassen habe.

Siebenhundert Jahre später, als Athen nicht bedroht war, weil es bereits alles, außer seinen Statuen, verloren hatte, beobachtete der Reisende Pausanias eine Zeremonie, die ihn zutiefst verwunderte und über die nur wenige etwas Genaueres wußten. Jedes Jahr wurden in der Nähe der Heiligtümer der Athene Polias und der Pandrosos, der einzigen Kekropstochter, die das Gebot der Göttin befolgt hatte, für eine gewisse Zeit zwei Mädchen beherbergt, die zwischen sieben und elf Jahre alt waren und vom Archon König unter den ältesten Familien Athens ausgewählt wurden. Sie hatten einen abgetrennten Bereich, in dem sie Ball spielen konnten. In der Mitte dieses Bereichs stand die Statue eines kleinen Jungen zu Pferd. Die Mädchen wurden Arrephoren oder Hersephoren genannt, und diese Namen wurden als »Trägerinnen unaussprechlicher Dinge« (*árreta*) oder »Trägerinnen des Taus« (*hérse*) gedeutet. Sie waren beides. Eines Nachts kam die Priesterin der Athene zu den beiden Mädchen: »Sie tragen auf ihren Köpfen das, was die Priesterin der Athene ihnen zu tragen gibt, und diese weiß dabei nicht, was sie ihnen gibt, noch wissen es die, die es tragen.« Danach betreten die Mädchen einen unterirdischen Gang, der, am Heiligtum der Aphrodite-in-den-Gärten vorbei, an der steilen Nordseite der Akropolis hinabführt. Am Ende des Ganges »stellen sie das, was sie tragen, ab und erhalten dafür etwas anderes, ganz Verhülltes, das sie zurücktragen«.

Ein Tausch von Bündeln, ein nächtlicher, unterirdischer Weg, zwei Mädchen allein. Das bedeutet: ein Mysterium vollziehen. Damit zeigten die Athener dem blaugrünen Blick der Athene, daß sie ihrer Schuld eingedenk waren. Niemand hat jemals enthüllt, was die Arrephoren auf ihrem Kopf hin- und hertrugen. Aber wichtiger noch als der Inhalt der beiden Bündel war es, daß sie unversehrt blieben und daß die beiden Mädchen sie in der Dunkelheit von einem Ort zum anderen brachten.

Nach diesem Ritual wurden die Mächen wieder nach Hause geschickt. Im darauffolgenden Jahr nahmen andere ihre Stelle ein. Und eines Tages würden sie sich bewegt der »herrlichen Erziehung« erinnern, die Athene ihnen hatte zuteil werden lassen. So sprachen die Freundinnen der Lysistrata: »Mit sieben Jahren war ich Arrephore, mit zehn war ich *aletrís*, ich mahlte die heiligen Fladen im Dienste der Schutzherrin; dann, den safrangelben Peplos tragend, war ich Bärin bei den Brauronia, und als ich zu einem schönen Mädchen herangewachsen war, wurde ich Kanephore und trug eine Halskette aus getrockneten Feigen.« Sie hatten das Mysterium durchschritten wie einen Spielplatz, und jetzt, auf der Akropolis verschanzt, verwehrten sie ihren groben und lüsternen Gatten, ihre Körper zu berühren.

In die athenischen Angelegenheiten mischt sich immer wieder der »Glanz«, *lamprótes.* Harmodios und Aristogeiton, die beiden Vorbilder für jede Theorie der Verschwörung und des Tyrannenmords, haben sich nicht aufgelehnt, weil die Tyrannis der Söhne des Peisistratos unerträglich war, sondern weil Harmodios' Körper im »Glanz der Jugend« stand und Hippias, der Sohn des Peisistratos, ihn begehrte. Aber ebenso begehrte ihn Aristogeiton, Bürger des Mittel-

stands und Liebhaber des Harmodios. Der Grund für das Attentat war »Liebesschmerz«.
Und als die Athener schon im Morgengrauen begannen, scharenweise zum Piräus hinabzuziehen – an jenem Tag, von dem sie nicht wußten, daß es für sie der letzte eines gemeinsamen, mit Angst verbundenen Rausches sein sollte –, als die Flotte des Alkibiades aufs Meer hinaus nach Sizilien segelte, als Kühnheit, Eroberung und Tod in Aussicht standen, galt ihre Aufmerksamkeit dem »Glanz, der sich ihrem Blick darbot«, dem Glanz der reichverzierten Schiffe, bis der Herold die Trompete erschallen ließ; dann war Stille, und die Soldaten und Heerführer erhoben die goldenen und silbernen Schalen zum Zeichen des Trankopfers. Dies berichtet uns Thukydides, der nüchternste unter den Athenern.

Phye war ein schönes Mädchen vom Land, fast vier Cubiti groß. Sie lebte im attischen Demos Paiania. Als Peisistratos aus der Verbannung zurückkehren wollte, um die Tyrannis wieder aufzurichten, ging man sie suchen. Sie wurde in eine reiche Rüstung gekleidet, dann zeigte man ihr, wie sie sich zu bewegen hätte, um noch imponierender zu erscheinen. Danach ließ man sie einen Wagen besteigen, der sich nach Athen in Bewegung setzte. Vor ihr her ritten Herolde. Diese verkündeten der Stadt, daß Peisistratos zurückkehre und von der Göttin Athene, die ihn gern habe, zur Akropolis hinaufgeleitet würde. »In der Stadt glaubten alle, die Frau sei wirklich die Göttin; sie beteten ein menschliches Wesen an und nahmen Peisistratos auf.«
Herodot kommentiert, daß dieser Betrug »der bei weitem naivste war – zumindest seitdem sich in alten Zeiten von den Barbaren der Stamm der Griechen trennte, weil dieser umsichtiger und kindlicher Naivität mehr abhold war«. Doch wie stets enthüllt gerade der Betrug eine Wahrheit, die andernfalls nicht bemerkt worden wäre. Diese zweite Rückkehr des Peisistratos fiel ins Jahr 541, wenige Jahrzehnte bevor das Wirken des Heraklit seinen Höhepunkt erreichte. Ob-

gleich die Bürger von Athen außerordentlich umsichtig im Führen politischer Kämpfe waren, waren sie doch bereit, an die Möglichkeit zu glauben, daß eines Tages die Göttin Athene auf einem Wagen in ihre Stadt einziehen könnte.

Man kann sich leicht vorstellen, wie die Historiker das aufnahmen, was Gaetano De Sanctis als »den absurden Bericht über die schöngeformte Frau, die unter der vorgetäuschten Gestalt der Pallas Athene Peisistratos in die Stadt geführt haben soll«, bezeichnet hat. Es ist bekannt, daß die Gelehrten seit alters her gern mit dem Finger auf die »kindliche Naivität« Herodots zeigen, so wie Herodot bereits mit dem Finger auf die »kindliche Naivität« der Barbaren gezeigt hatte.

Tatsache ist allerdings, daß Aristoteles, von dem jeder, der sich mit der klassischen Antike beschäftigt, das Modell der Rationalität übernommen hat, die zweite Rückkehr des Peisistratos in der gleichen Weise erzählt wie Herodot, ja sogar noch ein paar genauere Angaben über die Gestalt der Phye hinzufügt und damit Gaetano De Sanctis durch »wertloses Geschwätz« noch mehr reizt, »das lediglich den mangelnden historischen Sinn dessen bescheinigt, der solche Nachrichten gesammelt hat«. Aristoteles schreibt: »Elf Jahre später wurde Megakles durch die eigene Partei so in die Enge getrieben, daß er mit Peisistratos unter der Bedingung, daß dieser seine Tochter heirate, Verhandlungen aufnahm und ihn auf eine den alten Zeiten angemessene und wirklich schlichte Weise zurückkehren ließ. Er verbreitete die Nachricht, Athene würde Peisistratos zurückgeleiten. Und nachdem er ein hochgewachsenes, schönes Mädchen mit Namen Phye, eine Blumenhändlerin thrakischer Abstammung aus dem Demos Paiania, wie Herodot sagt, oder aus dem Demos Kollyttos, wie andere behaupten, gefunden und so ausstaffiert hatte, daß sie der Göttin ähnlich sah, ließ er sie zusammen mit ihm in die Stadt einziehen – und Peisistratos vollzog seinen Eintritt in die Stadt auf dem Wagen mit der Frau an seiner Seite, und die Bürger fielen vor ihnen nieder und nahmen ihn mit staunender Bewunderung auf.«

Das wichtigste Detail im Text des Aristoteles ist das Urteil über die Rückkehr des Peisistratos: »auf eine den alten Zeiten angemessene und wirklich schlichte Weise«. Ein Jahrhundert früher mußte Herodot sich noch abmühen, diese neue wunderbare Tugend der Griechen zu üben, welche in der Umsichtigkeit bestand, »die jeder kindlichen Naivität abhold« war. Daher war er genötigt, die Rückkehr des Peisistratos wie ein geradezu unwahrscheinliches Ereignis darzustellen.

Der wesentlich nüchternere Aristoteles betrachtete die Dinge dagegen bereits mit einem völlig modernen Auge. Eben deshalb äußerte er sich in keiner Weise überrascht über die Fakten, weil er in dieser von der Blumenhändlerin als Göttin angeführten Rückkehr die letzte Erscheinung einer verlorenen Welt erblickte, in der die Trennungslinie zwischen Göttern und Sterblichen noch abenteuerlich und zitternd war. Die Rückkehr des Peisistratos konnte man wirklich »den alten Zeiten angemessen« nennen, in denen die Macht der Verwandlung noch so groß war, daß eine Blumenhändlerin in den Straßen von Athen mit einer Göttin verwechselt werden konnte.

Seit frühester Zeit stellt sich in Griechenland die Eleganz dem asiatischen Prunk entgegen, der Feierlichkeit und Überfluß unbedenklich miteinander verquickte. Für die Griechen kam die Eleganz aus dem Ausheben, der Höhlung. *Glaphyrós*, »hohl«, ein Wort, das Homer sowohl für Schiffe wie für Höhlen gebrauchte, nahm unmerklich die Bedeutung jener Politur, jenes Glanzes an, die der ausgehöhlten und geglätteten Oberfläche eigen ist. Entweder die schmucklose Einkerbung des Zeichens oder die kompakte, vibrierende Oberfläche: das war begehrenswert und in beiden Fällen dadurch erreichbar, daß man etwas wegnahm, das Material dünner machte.

Die Oberfläche griechischer Statuen hebt sich derart klar von der Umgebung ab, weil sie in die Luft hineingemeißelt ist, während sich die Bildhauerkunst Mesopotamiens oder Ägyptens wie etwas aus dem Erdboden Gewachsenes darbietet. Die den Versen Homers innewohnende Intensität rührt vor allem daher, daß das Wort sich vor dem Leerraum der mannigfaltigen Einzelheiten abhebt, die der Dichter uns versagt, Splitter, die dem Wort entrissen wurden. Danach öffnete sich die *glaphyría*, als sie das Reich der abtastbaren Oberflächen verließ, einen Weg ins Innere, in die Klarheit des Geistes. Und schließlich nistete sie sich in einer Oberfläche ohne jeden Halt ein – als Iamblichos von *glaphyría* sprach, um »die Eleganz« mathematischer Beweisführungen zu definieren.

Auf der einen Seite sehen wir lange Faltengewänder, unter denen lange, magere Füße hervorkommen, und Korsetts, die die überquellenden Brüste minoischer Frauen einzwängen; auf der anderen Seite Peplen ohne Nähte, an der Schulter nur von einer Spange zusammengehalten, die den Wechsel von weichem, gewelltem Faltenwurf, unter dem sich der Körper abzeichnet, und glatter, heller Stoffoberfläche bestimmt, die nicht erkennen läßt, was sich darunter befindet, so daß das Gewand, »wo es sein muß, verhüllt, ein großer Teil aber im Winde flattert«. Man könnte sich keine größere Unvereinbarkeit vorstellen als die, die in dieser Wandlung der Art, wie Frauen sich kleiden, zum Ausdruck kommt. Zwischen der einen und der anderen Art spielte sich jener Prozeß ab, der für uns immer im dunklen bleiben wird: die Herausbildung der griechischen Einzigartigkeit. Was ist in diesem Zeitraum vor sich gegangen? Die Dorer, das Kreuz der Archäologen, hinterließen keine Spuren, die ihnen mit Sicherheit zugeschrieben werden können, außer vielleicht einer einfachen Art der Bekleidung, einem rechteckigen Stück Stoff, das an der Schulter mit Schnallen zusammengehalten wurde.

Der Hauptfeind des Ästhetischen war die Bedeutung. Das Symbol tritt als Bild auf, das auch etwas anderes ist. Das Ästhetische erscheint in einer Gestalt, die *wie* viele andere ist. Der Gott ist ein Junge, er zeigt sich wie ein athenischer Junge, nackt wie dieser, mit einem leichten Lächeln. Oft hat er keine Attribute, die es erlauben, ihn zu erkennen. Er vertraut sich allein dem Erscheinen an. Die Gelehrten sind noch immer im Zweifel angesichts der *kórai*: handelt es sich um verstorbene Mädchen? oder Dienerinnen der Göttin? oder um die Göttin selber? oder um gestaltgewordene Gedanken, die das Grab eines Jungen oder eines Mannes umgeben, mit dem sie nichts zu tun hatten? An dieser Stelle scheint die Bedeutung sich zu zerstreuen, sie drängt sich nicht auf. Was sich aufdrängt, ist eine Gegenwart, wie die einer unbekannten Person. Und man denkt nicht gleich an die Bedeutung, sondern an die Erscheinung.
Demgegenüber fordert uns noch das kleinste mesopotamische Siegel zu seiner Entzifferung heraus: es ist eine in wenigen starren Kerben kondensierte Erinnerung. Es setzt einen Schauplatz voraus, eine Ordnung von Ereignissen und Gestalten. Die Statue weiß nichts von Entzifferung. Höchstens hält sie eine Frucht in der Hand. Doch wir spüren, daß sie, bevor sie etwas für uns bedeutet, bloß mit dem Auge aufgenommen werden – und sich darin einnisten will.

Der griechische Gott erläßt keine Gebote. Wie könnte er auch eine Handlungsweise vorschreiben, wo er selbst schon alle Taten begangen hat, gute wie böse? In Griechenland waren Maximen in Umlauf, die die gleiche Universalität beanspruchten wie die Gebote. Aber es handelte sich dabei nicht um vom Himmel herab ergangene Vorschriften. Wenn wir sie aus der Nähe betrachten, in ihrem Beharren auf dem *sophroneîn*, auf der Selbstbeherrschung, auf der Gefahr jeder Art von Exzeß, entdecken wir, daß sie einen völlig anderen Charakter haben: es sind Maximen, die Menschen ausgearbeitet haben, um sich gegen die Götter zu schützen. Die

Griechen besaßen keinerlei Neigung zur Mäßigkeit. Sie wußten, daß der Exzeß der Gott ist und daß der Gott das Leben auf den Kopf stellt. Je tiefer sie sich ins Göttliche versenkt fühlten, um so mehr wollten sie es auf Distanz halten, wie Sklaven, die sich mit ihren Fingern über die Narben fahren. Die abendländische Nüchternheit, die zweitausend Jahre später zum gesunden Menschenverstand eines jeden werden sollte, war zu Beginn eine im Sturm der Kräfte aufscheinende Fata Morgana.
Was also wollten die griechischen Götter von den Menschen? Gewiß nicht eine bestimmte Verhaltensweise anstelle einer anderen. Sie waren bereit, die ungerechte Handlungsweise eines ihrer Lieblinge zu rechtfertigen, wie die gerechte Handlungsweise eines ihnen Verhaßten zu verdammen. Was also wollten sie dann? Erkannt werden. Jedes Erkennen ist Anschauung einer Form. Daher läßt sich mit unserer kraftlos gewordenen Sprache sagen, daß das Gebot der Götter in erster Linie ästhetischer Natur war. Aber dieses Ästhetische war eben das, dessen Sinn sich im Lauf der Zeit aufgelöst hat: eine Hülle von Mächten, die in einer Gestalt, einem Körper, einer Stimme versammelt waren.

Wenn wir, aus einem altüberkommenen Zwang heraus, definieren sollten, was für die Griechen der Gott war, könnten wir, unter Verwendung der Occamschen Klinge, sagen: alles, was uns von dem durchschnittlichen Lebensgefühl entfernt. »Mit einem Gott zusammen lacht und weint man immer«, lesen wir im *Ajax*. Das Leben als bloße vegetative Kontinuität, als undurchdringlicher Blick auf die Welt, als Sicherheit, man selbst zu sein, auch wenn man nicht weiß, was man ist: all das braucht keinen Gott. Hier wirkt der spontane Atheismus des *homme naturel*.
Doch wenn etwas Unbestimmtes und Machtvolles den Geist und jede Faser durchfährt, das Knochengerüst zum Erzittern bringt, wenn derselbe Mensch, der eben noch träge und gleichgültig war, sich vor Lachen schüttelt und sich von

Mordlust, von Liebesverlangen, von der Halluzination der Form gepeitscht fühlt oder merkt, daß ihm die Tränen fließen, dann erkennt der Grieche, daß er nicht allein ist. Jemand ist an seiner Seite, ein Gott. In diesem Augenblick besitzt der Mensch nicht länger jene ruhige, klare Gestalt, die er in den mittelmäßigen Zuständen seiner Existenz wahrnahm, vielmehr ist diese Klarheit auf den göttlichen Gefährten übergegangen: leuchtend ist der Gott an den Himmel gezeichnet, unklar und überwältigt ist der, der ihn beschworen hat.

Wenn wir Athene betrachten, ihre schlangenbefranste Brust, ihr klares, monochromes Antlitz, spüren wir, was das Klassische ist: eine Mischform aus Barbarischem und Neoklassischem.

An einem bestimmten Punkt ihrer Geschichte, als ihre Paläste in Flammen standen, die schriftlichen Zeugnisse verloren und das Gold unauffindbar waren, an einem bestimmten Punkt ihrer Geschichte, über den wir nur wenig wissen, weil er uns keine Worte und Denkmäler hinterlassen hat, wählten die Griechen die Vollkommenheit, nicht die Macht. Die Macht träumt von unendlicher Ausweitung, die Vollkommenheit kann das nicht. Vollkommen ist nur einer unter den unzähligen Punkten des Prozesses, der das Bestehende unablässig verwandelt. Doch dieser Punkt hat eine Kehrseite, die die Griechen in Angst und Schrecken versetzt: der vollkommene Punkt ist der, der abschließt, der, der den Tod bringt. Lediglich in der Erfahrung von Eleusis schien sich diese enorme Schwierigkeit aufzulösen. Das war auch der Grund, weshalb die Griechen nichts so sehr respektierten wie Eleusis.
Es war keines der üblichen, höchst langweiligen agrarischen Mysterien, was in Eleusis gefeiert wurde. Es handelte sich dort um die gleichzeitige Präsenz von Vollkommenheit und Tod. Eleusis wandte sich nicht an Bauern, die um die näch-

sten Ernten bangten. Eleusis wandte sich an die, die an der Sehnsucht nach Vollkommenheit krankten, um sie von ihrer Krankheit zu heilen. Dort und nur dort bot sich eine Vollkommenheit dar, die nicht stirbt. Wer von Eleusis zurückkehrte, lachte und weinte wie alle anderen auch. Aber nur er allein konnte sagen, daß er lachte und weinte. Denn dieses Lachen und dieses Weinen traten nun *nach* der Vollkommenheit zutage und nicht als ihre schwächlichen Vorboten.

»Reinstes Licht des hohen Sommers« ist Dionysos für Pindar. Dionysos ist die *opóra*: die dem Aufstieg des Sirius folgenden fünfzig Tage nach der Julimitte. Wenn die *opóra* zu Ende ging, setzte sich der eleusinische Festzug von Athen aus in Bewegung. Das Fest wurde mit einem schrillen Schrei eröffnet und gipfelte in der Erscheinung eines »heiligen Knaben«. Für die Athener war er ein »schöner Gott«, der Gott dieser Stunde. Der Schrei und der Knabe hatten den gleichen Namen: Iakchos. Der Schrei war der Knabe.

Zu Beginn, wenn der Festzug an einem Nachmittag im September, dem Tag, an dem die Schlacht von Salamis stattgefunden hatte, das Dipylon hinter sich ließ und sich auf der Heiligen Straße fortbewegte, regte die Gegenwart des Iakchos, des »Weggefährten«, die jungen Tänzer zu einem Tanz an, der zwanzig Kilometer, bis Eleusis, dauern mußte. Die Menschenmenge von Kindern, Frauen und Alten ließ sich von diesem »Gott, der keine Erschöpfung kennt«, beherrschen. Iakchos war ein Klang und eine Fackel, die sich den vielen züngelnden Fackeln in der Ebene zugesellte, wo es blühte, auch wenn es September war und die Felder von der Hitze verbrannt waren.

Was sind die Mysterien? »Viel Lächerliches und viel Ernstes sagen«: so lautet die immer noch unerreichte Definition des Aristophanes. Inmitten »des Gelächters und des Spotts« heftet sich, während der Festzug voranschreitet, der verschlagene Blick eines Tänzers auf ein »junges, sehr anziehendes Mädchen, Tanzgefährtin, die aus einem Schlitz in ihrem

Chiton ihr Brüstchen hervorblicken läßt«. In der Luft liegt der Geruch von am Spieß gebratenem Schwein und Harz. Im Staub: Sandalen und zerfetzte Kleider, die noch mehr zerfetzt werden würden, weil »der, welcher die Mysterien feierte, das Gewand, das er während des Festes trug, so lange nicht ablegte, bis es völlig zerfetzt war«.

Sie bildeten ein Gefüge kleiner feindlicher oder in kühler Weise befreundeter Staaten. Und doch glaubten sie, daß sie alle gemeinsam etwas zu verteidigen hätten: *tò Hellenikón*, die »griechische Sache«. Sie machten sich keine Mühe, diese Sache zu definieren, denn sie kannten sie genau. Es waren keine Paläste mit hohen Decken, auch keine aufgereihten Wachmannschaften, auch keine willfährigen Minister und auch kein Gold. Sondern eine gewisse Nüchternheit im Verhalten, wie die Athleten, die sich in Schnelligkeit und in körperlicher Schönheit messen, in nichts sonst. Vielleicht war auch das ein Grund, weshalb sich die Griechen im Gegensatz zu den Barbaren, auch zu den kaiserlichen Barbaren, nackt zeigten. Und noch etwas gab es, worauf die Griechen, und die Griechen allein, hielten: auf einen leeren, sonnenbeschienenen, staubigen Ort, wo sie Waren und Worte austauschen konnten. Ein Markt, ein Platz.
Als Kyros der Große, der der erste ideologische Feind der Griechen war, einen drohenden Herold aus Sparta empfing, sprang er einen Augenblick lang von seinem Thron auf, um zu fragen, was es denn eigentlich mit dieser unbekannten Stadt auf sich habe, die sich Sparta nannte, und wie viele Männer sie ins Feld schicken könne. Ein griechischer Ratgeber setzte ihn ins Bild. Daraufhin antwortete Kyros mit Worten, die ein für allemal deutlich machten, weshalb die asiatische Macht die »griechische Sache« auf keinen Fall tolerieren konnte: »Niemals haben mir Männer Angst eingejagt, die einen besonderen Platz der Begegnung inmitten der Stadt haben, wo sie dies und jenes schwören und sich gegenseitig betrügen.«

Eines der bedeutendsten Epitheta des Zeus ist »*Phanaîos*«, »der Erscheindende«. So auch Apollon, »da durch ihn die seienden Dinge (*tà ónta*) erscheinen und das All erleuchtet wird«. Die Herrschaft der Erscheinung behauptet sich mit Zeus, und aus ihr kommen die griechischen Spannungen. Wenn Platon seinen verheerenden Angriff gegen die Erscheinung führen konnte, so deshalb, weil die Erscheinung ihm noch immer als herrschend entgegentrat. Botin des Reichs der Erscheinung ist die Statue. Keine andere antike Sprache verfügte je über einen solchen Reichtum von Bezeichnungen für die verschiedenen Arten von Bildern wie die griechische. Dieses eminent optische Vokabular stand aus griechischer Sicht im Gegensatz zu dem des Feindes schlechthin: der Perser. Hinter dem langwährenden geschichtlichen Streit erkennen wir einen unüberwindlichen metaphysischen Gegensatz, den Herodot beschrieb: »Es ist bei ihnen (den Persern) nicht üblich, Statuen, Tempel und Altäre zu errichten, ja, sie tadeln sogar die, die dergleichen tun, weil sie sie für wahnsinnig halten. Sie glauben nämlich nicht, wie mir scheint, daß die Götter menschliche Gestalt haben, wie die Griechen glauben. Statt dessen pflegen sie auf die höchsten Berggipfel zu steigen, um dem Zeus Opfer darzubringen, und nennen das gesamte Himmelsgewölbe Zeus.«

Im Unterschied zu den Griechen, die Steine und Holzstücke verehren, aber auch zu den Ägyptern, die sich vor Ibissen und Mangusten niederwerfen, verneigten sich die alten Perser nur vor »dem Feuer und dem Wasser, wie die Philosophen«. Da sich die Griechen von allem Anfang an von diesen Philosophen-Priestern, welche die Magier waren, trennten, brachten sie ein neues Geschlecht von Philosophen hervor, die keine Priester waren und keineswegs immer die Bilder auflösten, um danach auf die höchsten Berge zu steigen und das Himmelsgewölbe anzubeten. Einige lösten die Bilder auf und fanden dann nichts mehr, was sie hätten anbeten können. Doch bevor dies eintrat, mußte der Schein als eine unerhörte Kraft, eine Herausforderung auftreten.

An keinem Ort wurde die Herrschergewalt mit ihrem Doppelgesicht von Königtum und Priestertum so skrupellos beiseite gefegt wie in Athen. *Basileús*, »König«, wurde der Name für ein priesterliches Amt, das nur bei bestimmten Festen im Jahr genau umschriebene Aufgaben wahrzunehmen hatte, etwa zu den Anthesterien; für die übrige Zeit war der *basileús* ein Athener wie jeder andere. Und die Priester waren im allgemeinen würdige, körperlich unversehrte Mitglieder der Gemeinschaft, denen allerdings außerhalb der Rolle, die sie für den Kult spielten, keine Macht zugesprochen wurde. Sie waren Priester ohne Bücher, ohne eine einhüllende Geheimlehre.
Es gibt nichts Griechischeres als Herodots Verwunderung darüber, daß in Persien keine Opfer ohne die Oberaufsicht eines Magiers dargebracht werden können. In Griechenland kann jeder ein Opfer darbringen. Und es gibt niemanden, der darüber wacht. Doch das Bild des Magiers, dieses kalten Blicks, der anwesend ist, prüft und bewacht, sollte auf verborgenen Wegen bei der Ausprägung des Bildes einer unangreifbaren Macht mitwirken, die eine vollständige Kontrolle über die Realität ausübt. Die Wächter sind das eigentümliche Bild der Macht, das sich in Griechenland ausgeprägt hat, und zwar in zwei Varianten: eine praktisch-polizeiliche in Sparta mit den Ephoren; eine theoretische, ebenfalls grausame, jedoch an den Himmel der Ideen gebundene mit Platon.

Griechenland hat zwei Geheimnisse bewahrt: das von Eleusis und das von Sparta. Dem Geheimnis von Sparta kam Jakob Burckhardt mit der ihm eigenen Nüchternheit nahe: »Die Macht kann auf Erden einen hohen Beruf haben; vielleicht nur an ihr, auf dem von ihr gesicherten Boden, können Kulturen des höchsten Ranges emporwachsen; Spartas Macht aber scheint fast nur um ihrer selbst und ihrer Be-

hauptung willen auf der Welt gewesen zu sein, und ihr dauerndes Pathos ist die Knechtung der Unterworfenen und die Ausdehnung der Herrschaft, gleichsam als Selbstzweck.«
Gleichsam als Selbstzweck: wie oft werden wir diese Worte noch hören, und jedesmal mit einem Schauder von Faszination und Gefahr: im Hinblick auf das Geld, das gehortet wird, im Hinblick auf den Dandy, im Hinblick auf die experimentelle Forschung. Doch der erste *Selbstzweck* ist der der Lakonier: die Wortlosigkeit einer Kraft, die verschlingt, die nichts anderes zur Kenntnis nimmt, die nichts anderes braucht. Die erste Selbstgenügsamkeit – die Gleichgültigkeit gegenüber allem, das nicht der eigene Mechanismus ist, aufgrund jener göttlichen Einrichtung, die von einem Demiurgen geschaffen wurde, der zwar einen Namen, aber kein Profil hat: Lykurg. Der lakedämonische Staat unterwirft jede Form seiner Macht, ordnet jede Form seiner Existenz unter. Darin liegt die alte und ganz moderne Philosophie, welche die Spartaner mit allen Mitteln verbergen wollen, um als kriegslüsterne Tölpel dazustehen. Täten sie das nicht, würden auch ihre Feinde von diesem die Macht erhöhenden Mechanismus verführt werden, den die »Gleichen« für unbesiegbar halten. Das gäbe eine triste Verwirrung ... Diese Philosophie ist die wirksamste Waffe für Krieg und Selbsterhaltung. Und sie wurde nicht von den wie immer viel zu geschwätzigen, viel zu zerstreuten und viel zu eitlen Athenern entdeckt. Diese Philosophie ist *die* Entdeckung der Spartaner, die jede andere Entdeckung für sie überflüssig machte, vor allem aber jede andere Philosophie.
Dies macht uns die abgrundtiefe Ironie des Sokrates verständlich, die in seiner Gegenrede zu Protagoras liegt: »Die älteste und bedeutendste Philosophie unter den Griechen findet man in Kreta und in Sparta, und der größte Teil der Sophisten dieser Welt versammelt sich dort: doch sie verneinen dies und stellen sich unwissend, damit es nicht auffällt, daß sie, was Weisheit betrifft, eine hervorragende Stellung unter den Griechen einnehmen; vielmehr soll es so aussehen,

als würden sie sich nur im Kampf und in der Tapferkeit hervortun, weil sie befürchten, daß die anderen, wenn sie Kenntnis erhalten, worin sie sich auszeichnen, sich ebenfalls darin üben würden: in der Weisheit. Indem sie sich so verstellen, täuschen sie die Möchtegernlakonier in den anderen Städten, die sich die Ohren einschlagen, sich Kampfriemen an die Beine binden, Gymnasien besuchen und kurze Gewänder tragen, alles nur, um sie nachzuäffen, weil sie glauben, daß Sparta all dem seine Vorrangstellung unter den Griechen zu verdanken habe. Wenn nun aber die Spartaner frank und frei mit ihren Sophisten reden wollen und es leid sind, sich andauernd zu verstecken, vertreiben sie die Nachäffer aus ihrem Land, wie auch noch andere Fremde, die sich dort befinden, so daß sie mit den Sophisten zusammensein können, ohne daß die Fremden es bemerken; hinzu kommt, daß sie es keinem ihrer jungen Männer gestatten, in andere Städte zu gehen, und das gleiche machen auch die Kreter, damit sie die Lehre, in der sie unterrichtet worden sind, nicht verderben.«

Noch der alte Platon der *Gesetze* wandte seine Gedanken mit dunklem Bedauern nach Sparta: »Wenn wir noch einmal die Organisation betrachten, über die wir miteinander gesprochen haben, so scheint sie mir sehr schön. Hätten die Griechen sie gehabt, wäre sie ein wunderbarer Besitz gewesen, wie ich schon sagte, sofern damals jemand fähig gewesen wäre, in richtiger Weise Gebrauch von ihr zu machen.« Aus diesen Worten spricht die morgenfrühe Illusion von der Technik: die Anordnung einer perfekten Vorrichtung, die man auf das Gute ausrichten kann. Doch diese Vorrichtung gründete sich auf den Ausschluß von jeglichem Guten, das nicht das eigene Funktionieren wäre.

Alles wiederholt sich, alles kehrt wieder, doch immer mit einer leichten Veränderung der Bedeutung: in der modernen Zeit wird die Initiationsgruppe zum Polizeikörper. Genauso wie in der modernen Welt ein kleines, von den Anthropologen nicht durchforstetes Terrain, gleich einer archaischen Insel, überdauert: so treffen wir in der antiken Welt auf Emissäre einer Realität, die sich erst mehr als zweitausend Jahre später entfalten sollte.

Das spartanische Ausbildungsprogramm schließt die *krypteía* ein: »Damit verhielt es sich folgendermaßen. Die Anführer der Jünglinge schickten von Zeit zu Zeit diejenigen Jünglinge ins Land hinaus, die besonders aufgeweckt zu sein schienen, den einen hierhin, den andern dorthin. Sie waren mit Messern bewaffnet und nur mit den notwendigsten Nahrungsmitteln versehen, nichts anderem. Tagsüber verstreuten sie sich, hielten sich an unerkundeten Orten verborgen und ruhten sich aus. Nachts gingen sie auf die Straßen und brachten jeden Heloten um, dessen sie habhaft wurden. Oft auch unternahmen sie Streifzüge über die Felder und erschlugen die stärksten und tüchtigsten von ihnen.«

Der Nutzen der Geschichte und der Geschichtsschreiber liegt darin, daß sie uns Dinge vor Augen führen und berichten, deren Sinn sich aus dem Abstand von Hunderten, von Tausenden von Jahren erschließt. Burckhardt schreibt: »Es könnte z. B. im Thukydides eine Tatsache ersten Ranges berichtet sein, die man erst in hundert Jahren anerkennen wird.« Aber dann führt er keine Beispiele an. Wir aber können bei Thukydides ein Beispiel finden, das Burckhardt nicht hätte finden können, weil es sich in der nachfolgenden Geschichte noch nicht enthüllt hatte, weil Burckhardt die Stalin-Zeit nicht erlebt hatte: »Auch weil ihnen die Mißgunst und die Menge der Heloten Sorge machten (das Verhältnis der Lakedämonen zu den Heloten war immer schon von der Absicherung gegen sie bestimmt), unternahmen sie auch das folgende: sie verkündeten, daß jeder Helote, der der Meinung war, sich in vergangenen Kriegen höchste Verdienste erworben zu haben, seine Ansprüche geltend machen sollte. Und nach deren Prüfung könnte er dann mit der

Freiheit belohnt werden. Statt dessen handelte es sich um ein Experiment, weil diejenigen, die sich stolz für die Würdigsten hielten, zugleich auch diejenigen waren, die am leichtesten einen Aufruhr anzetteln konnten. Rund zweitausend gehörten zu den Auserwählten, sie wurden bekränzt und zogen von Tempel zu Tempel, so als wären sie freigelassen worden. Kurze Zeit später ließen die Spartaner sie verschwinden, und niemand weiß, auf welche Weise jeder von ihnen zu Tode gebracht wurde.«

»Diejenigen, die sie töten, töten die Spartaner nachts, tagsüber töten sie niemanden«, präzisierte Herodot, der ohne ersichtlichen Grund darauf einging.

Die Initiation ist Metamorphose in der Physiologie: der Kreislauf des Blutes und des Geistes nimmt eine neue Substanz auf, den Geschmack einer Weisheit. Dieser Geschmack ist der Geschmack des Ganzen: in der lakedämonischen Variante dagegen ist es der Geschmack der Gesellschaft als Ganzes. So geht man vom alten zum neuen Regime über.

Die Gleichheit ist eine durch die Initiation hervorgebrachte Eigenschaft. In der Natur kommt sie nicht vor, und die Gesellschaft wäre nicht in der Lage, sie zu konzipieren, wenn sie nicht von der Initiation ihre Impulse erhielte. Dann gibt es einen Moment, wo sich die Gleichheit in der Geschichte festsetzt, und von da an schreitet sie fort, bis die ahnungslosen Theoretiker der Demokratie sie zu entdecken glauben – und sie, *als ihr Gegenteil*, der Initiation gegenüberstellen.
Dieser Anfangsmoment ist Sparta. Die Spartiaten waren in erster Linie *hómoioi*, »Gleiche«, und zwar insofern sie Mitglieder derselben Initiationsgruppe waren. Aber diese Gruppe war die ganze Gesellschaft. Sparta ist der einzige Ort in Griechenland und in der nachfolgenden Geschichte

Europas, wo die gesamte Bürgerschaft eine Initiationssekte bildet.

Berauscht von der Macht, von ihrem Prinzip mehr als von ihrer Entfaltung, vergaßen und verachteten sie bald jeden anderen Unsterblichkeitstrank: der Wissenschaft vom Himmel konnten sie nichts abgewinnen (»Gespräche über Sterne und über das, was am Himmel vorgeht, können sie nicht ausstehen«, beobachtete Hippias verärgert); Dichtung war ihnen gleichgültig, auch wenn Alkman vor langer Zeit in bezaubernden Worten die Leukippiden-Mädchen besungen hatte, die wie Fohlen am Eurotas entlanglaufen. »Unter allen Menschen scheinen die Spartaner die Dichtkunst und den poetischen Ruhm am wenigsten zu bewundern.« Gegenüber jeder Form, jeder Kunst, jedem Verlangen entspricht ihr Verhalten dem, das sie zur Musik einnehmen: »Die Musik aber machten sie vor allem unschädlich und dann nützlich.«

Sie waren die ersten, die nackt ihre sportlichen Übungen machten und ihre Körper einölten, Männer wie Frauen. Ihre Gewänder wurden einfacher und praktischer. Sie waren die düsteren Väter einer jeden Funktionalität. Sie hielten die Heloten in Angst und Schrecken – waren aber gezwungen, in der Angst vor den Heloten zu leben. Sie gingen immer mit Lanze, weil auf Schritt und Tritt ein Hinterhalt auf sie warten konnte, weniger von seiten ihrer »Gleichen« als von seiten der vielen Stummen, die in ihrem Dienst standen, bevor sie dem Spott preisgegeben und dezimiert wurden.

Sparta umgibt die erotische Aura des Internats, der Garnison, des Sportplatzes, des Gefängnisses. Überall *Mädchen in Uniform*, auch wenn ihre Uniform eine straffe, glänzende Haut ist.

Mit einer Klarsichtigkeit, die es von jeder anderen Gesellschaft der Antike unterscheidet, hatte Sparta begriffen, daß der wahre Feind der zum Leben gehörende Überfluß war. Die beiden ominösen Gesetze (*rhêtrai*) des Lykurg, die jedem Gesetz vorausgehen und den Boden entziehen, befehlen lediglich, keine Gesetze zu schreiben und Luxus nicht zuzulassen. Dies ist vielleicht das schlagendste Beispiel für Lakonik, das uns aus Sparta erhalten ist, sofern wir die grimmigen moralischen Sentenzen, die uns überliefert sind, nicht als solche betrachten wollen. Hier dagegen merkt man wirklich den bösen Hauch des Orakels: das Schreib- und Luxusverbot bedeutet implizit die Verurteilung *all dessen*, was sich der Kontrolle entzieht.

»Schreiben und lesen lernten sie nur, soweit es unentbehrlich war.« In jedem Winkel des Lebens hatte Lykurg wie ein schlafloser Aufseher ein *Zuviel* entdeckt, das er erstickte, bevor es aufkeimen konnte. Von Überfluß konnten die Spartiaten nur in einem einzigen Augenblick etwas wahrnehmen: wenn nämlich die Flötenspieler Kastors Rhythmus anstimmten, der Paian antwortete und eine dichte Schar mit langem, aufgelöstem Haar sich in Gang setzte.
»Ein feierliches und Schrecken einflößendes Schauspiel«: es war der Krieg, der Augenblick, in welchem der Gott im Staat und in jedem einzelnen war, der einzige Augenblick, wo die Vorschriften es den jungen Männern erlaubten, »sich das Haar schön zu richten und sich mit Waffen und Mänteln zu schmücken«, wodurch sie Pferden ähnelten, »die stolz dahertraben und vor Kampffreude wiehern«. Wenn der Marsch zum Stillstand kam, »pflanzt sich der Spartiate mit gespreizten Beinen auf den Boden und beißt sich auf die Lippe«.

»So wie Platon sagt, daß der Gott gejubelt habe, weil die Welt geboren war und sich zum ersten Mal bewegt hatte: so war auch Lykurg froh und zufrieden angesichts der Schönheit und Größe seines Gesetzeswerks, das nun vollendet und in Gang gebracht war, und hatte den Wunsch, es für die

Zukunft, soweit dies menschlicher Voraussicht möglich wäre, als unvergänglich und unveränderlich zu bewahren.« Der Demiurg des *Timaios* fügt die Welt zusammen und harmonisiert sie: Lykurg ist der erste, der eine Welt zusammenfügt, die die Welt ausschließt: die spartanische Gesellschaft. Er ist der erste Experimentator am Gesellschaftskörper, legitimer Stammvater, den jeder moderne Herrscher, auch wenn er nicht den Drang Lenins oder Hitlers hat, nachzuahmen versucht.

Die Athener wußten, daß in ihrer Stadt die Schönheit die Macht übertraf. Sie sahen bereits die Ruinen von Athen. »Wenn dagegen«, wie Thukydides es sah, »die Stadt der Spartaner zur Einöde würde und nur die Grundmauern der Bauten übrigblieben, würden nach langer Zeit die Nachfahren wohl an ihrer vielgerühmten Macht gründlich zweifeln.«

Der Unterschied zwischen Athen und Sparta liegt im Tausch. In der einen Stadt ruft er Entsetzen hervor, in der anderen Faszination. So spaltet sich die Einheit des Heiligen in zwei chemisch reine Hälften. Nach Sparta kommt das Gold zwar herein, geht aber nicht hinaus: »Seit vielen Generationen wird es ihnen aus allen griechischen Gegenden und manchmal sogar aus barbarischen Ländern geliefert, aber es geht nie wieder hinaus.« Die Münzen sind so schwer und sperrig, daß man sie nicht mit sich führen kann. In Athen, »Freundin der Gespräche«, fließt das Wort spontan, es ist wie ein kleiner Bach, der jede Ader der Stadt bewässert. In Sparta lockert man dem Wort nie die Zügel.
Der lakonisch formulierte Moralismus bildet sich nicht auf der Grundlage der ernsten Sentenzen, welche das Wissen der Spartiaten zusammenfassen, sondern aufgrund der Entscheidung, das Wort als Feind zu betrachten, als den ersten Lobredner des Überschüssigen. Sparta ist eine Einrichtung, um den größtmöglichen Stillstand des Tauschs und die größtmögliche Fixierung der Macht durchzusetzen. Dies erklärt

die Faszination, die Platon, bis hin zu den späten *Gesetzen*, für Sparta empfunden hat: diese Ordnung versprach, dem Wuchern der Bilder Einhalt zu tun.

Und hier ist die Quintessenz des spartanischen Lebens, wie Platon es mit lakonisch-diffamierender Geste präsentiert: »Diese Männer ... sind wahrscheinlich gierig nach Reichtum und werden Gold und Silber insgeheim unbändig verehren, wahrscheinlich besitzen sie Lagerräume und häusliche Schatzkammern, wo sie diese Reichtümer verbergen können, und umzäunte Häuser, wahre Privatnester, wo sie für Frauen und wen sie sonst noch begehren Geld hinauswerfen und sich einem ausschweifenden Leben hingeben können ... Und wahrscheinlich geizen sie auch mit ihren Gütern, die sie insgeheim erwerben und verehren, nur mit den Gütern anderer gehen sie verschwenderisch um, weil sie auf sie versessen sind, und auch ihre Vergnügungen befriedigen sie heimlich und verstecken sich vor dem Gesetz wie Kinder vor dem Vater, wie sie auch nicht mit Überredung erzogen werden, sondern mit Gewalt, denn sie haben wohl die wahre Muse vernachlässigt, die sich mit Argumentieren und Philosophie beschäftigt, und die gymnastischen Übungen höher gestellt als die Musik.« Man kann der Gefühle Platons niemals ganz sicher sein.

Es war ein Verdienst der Spartiaten, als erste erkannt zu haben, in welchem Ausmaß die gesellschaftliche Ordnung auf Haß begründet ist – und nur auf der Grundlage des Hasses fortbestehen kann. Daraus zogen sie die Konsequenzen: gleich und austauschbar im Inneren, bildeten sie eine steinharte Oberfläche nach außen. Und draußen war die Masse (*tò plêthos*), die sie nicht – wie die Athener – glaubten verführen und manipulieren zu können. »Unter den Spartanern sind die, die besser denken können, der Ansicht, daß es keine sichere Politik ist, mit denen zusammenzuwohnen, denen man schwerstes Unrecht zugefügt hat. Ihre Art des

Vorgehens ist grundlegend verschieden: unter sich haben sie die Gleichheit eingeführt und die Demokratie, die notwendig ist für die, die eine fortwährende Einigkeit in den Zielen gewährleisten wollen. Das Volk dagegen haben sie in der Umgebung angesiedelt und seine Seelen nicht weniger versklavt als die ihrer Dienstboten.«

Die Spartiaten sahen mit perfekter Klarheit, was sie den anderen an Grausamkeiten zufügten. Auch nicht einen Augenblick lang haben sie gedacht, ihre Opfer könnten dies jemals vergessen. Daher mußte der Terror als Normalzustand beibehalten werden – und darin bestand ihre großartige Erfindung: so zu verfahren, daß der Terror als das Normale empfunden wird. Isokrates, der reine Athener, ist außer sich: »Aber was nützt es, sich über all die Gewalttaten auszulassen, die die Masse erleidet? Es soll hier nur die größte Bosheit genannt werden, alle anderen wollen wir einmal außer acht lassen. Die Ephoren haben das Recht, unter allen, die von Anfang an schreckliches Unrecht erfahren haben und sich unter den gegenwärtigen Umständen dennoch als nützlich erweisen, jeden Beliebigen auszuwählen und ohne Urteil zu töten; während für alle übrigen Griechen die Tötung auch des bösartigsten Dieners ein Verbrechen ist und gesühnt werden muß.« Die Ephoren sind hohe Bürokraten, und sie zeichnen sich nicht durch »großes Denken« (*méga phroneîn*) aus, wie die hervorragenden und gefürchteten Individuen Athens. Dafür können sie aber ohne ein Wort der Rechtfertigung jeden Augenblick jeden beliebigen Heloten aus der namenlosen Masse umbringen.

Athen hat Sparta im Ausmaß des Schreckens nie ganz erreicht, blieb aber auch nicht allzuweit dahinter zurück. Kaum hatte es die Freiheit entdeckt, diesen Geschmack, den sich niemand in Persien oder in Ägypten vorstellen konnte – da entdeckte es auch gleich neue Arten der Verfolgung, die subtiler waren als die von Großkönigen oder Pharaonen praktizierten. Das Volk der Denunzianten überflutete den

Platz und den Markt, nun aber nicht mehr als geheimes Polizeikorps, sondern als freies Kollektiv von Bürgern, die den Gemeinnutz wollen. Und auch dies: Athen entdeckte im gleichen Augenblick den hohen Rang des einzelnen – und das tiefe Ressentiment gegen diesen Rang. Keiner der großen Männer des fünften Jahrhunderts konnte in Athen leben ohne die ständige Furcht, möglicherweise aus der Stadt vertrieben und zum Tode verurteilt zu werden. Scherbengericht und Sykophanten bildeten die Zange, die die Gesellschaft umschloß. Jakobinische Engstirnigkeit besaß in der *pólis* große Macht, und es war Jakob Burckhardt, der sie als erster dort erkannte. Der Gemeinnutz konnte seine Opfer mit der gleichen stolzen Entschiedenheit einfordern wie zuvor der Gott. Und wenn der Gott sich der Seher oder der Pythia bediente, die in Hexametern und dunklen Bildern sprachen, so gab sich die *pólis* mit einem weniger feierlichen Apparat zufrieden. Ihr genügte die Meinung, jene schwankende, mörderische Stimme des Volkes, die alltäglich über die *agorá* schwirrte.

Athen hinterließ nicht nur die Propyläen als Vermächtnis, sondern auch die Grüppchen der Straßendiskutanten. Bezeichnend für die Stadt ist die Anekdote, die Plutarch uns überliefert hat: ein Analphabet kam auf Aristeides zu, den er noch nie gesehen hatte, und bat ihn, den Namen *Aristeides* auf eine Tonscherbe zu schreiben. Dies sollte seine Stimme beim Scherbengericht sein. Aristeides fragte ihn: »Aber was hat dir Aristeides denn getan?« Der Analphabet erwiderte: »Gar nichts. Und ich kenne diesen Mann auch nicht, aber es stört mich einfach, daß man ihn überall den Gerechten nennt.« Aristeides schrieb seinen Namen auf die Tonscherbe, ohne ein weiteres Wort zu sagen.

Es ist eine düstere Ironie der Geschichte, daß das Bild der Tugend in ihrer starrsten und widerwärtigsten Form stets mit Sparta in Verbindung gebracht wird, so als hätten die Gleichen die Härte des Gesetzes allem anderen vorgezogen und deshalb die Bürde eines schwierigen, abstoßenden und dennoch strahlenden Ruhms tragen müssen.

Statt dessen haben die Spartiaten etwas ersonnen, das weitaus effektiver war: nämlich nach außen die Verbreitung eines Bildes der Tugend und des Gesetzes als machtvolle Waffe des Betrugs, während ihnen im Inneren Tugend und Gesetz vollkommen gleichgültig waren. Sie überließen den Athenern mitleidig lächelnd die Redegewandtheit, weil sie wußten, daß gerade die Redegewandten die ersten wären, in denen sich Sehnsucht nach der nüchternen spartanischen Tugend regen würde, die hingegen von den Spartiaten lediglich als nützliches Werkzeug gebraucht wurde, um den Feind zu verwirren und zu schwächen. Kein Wunder, daß man in Sparta keine Fremden haben wollte und auf Geheimhaltung dessen hielt, was sich innerhalb der eigenen Grenzen ereignete. Eine genaue Beschreibung hätte nämlich ihre selbstgefällige Gleichgültigkeit gegenüber der Idee des Gesetzes selber enthüllt, die das Denken der Menschen außerhalb ihrer Grenzen so sehr in Bann schlug. Das eindringlichste Bild dieser Gleichgültigkeit gegenüber dem Unrecht wird uns nicht von den Tyrannen überliefert, diesen Raubtieren der Leidenschaft, sondern von den kaltblütigen Ephoren, diesen höchsten Wächtern des spartanischen Geheimnisses. Eine traurige private Geschichte zeigt sie uns von ihrer esoterisch-gnadenlosen Seite.

Skedasos war ein armer Mann und lebte in Leuktra. Er hatte zwei Töchter, Hippo und Miletia. Er war äußerst gastfreundlich, auch wenn er wenig anzubieten hatte. Eines Tages nahm er zwei junge Spartaner bei sich auf. Beide waren von der Schönheit der Jungfrauen verzaubert, hielten sich aber zurück, weil der Vater zugegen war. Danach setzten sie ihren Weg nach Delphi fort. Auf ihrem Heimweg kehrten sie wieder im Haus des Skedasos ein. Doch Skedasos war nicht in Leuktra. Die beiden Töchter nahmen die Fremden auf. Als diese erkannten, daß sie allein waren, vergewaltigten sie die Mädchen. Nun sahen sie, daß die Mädchen von

Schmerz und Leid zerrissen waren, und so töteten sie sie kurzerhand und warfen sie in einen Brunnenschacht. Als Skedasos nach Hause zurückkehrte, fand er nur den Hund, der winselnd von ihm zum Brunnen und wieder zu ihm zurücklief. Skedasos erahnte die Wahrheit und zog die Leichen seiner Töchter aus dem Schacht. Die Nachbarn berichteten ihm, daß die beiden jungen Spartaner in seinem Haus gewesen waren, und es wurde Skedasos klar, was vorgefallen war, weil die beiden »von den Mädchen so angetan waren und das Glück ihrer zukünftigen Gatten gepriesen hatten«.

Da brach Skedasos nach Sparta auf. Er wollte das, was geschehen war, den Ephoren zur Anzeige bringen. Eines Nachts befand er sich in einer Taverne. Neben ihm saß ein Alter aus Oreos, der auf die Spartaner fluchte. Skedasos fragte ihn, was sie ihm angetan hätten. Der Alte erzählte, daß die Spartaner einen Regierungsbeamten nach Oreos geschickt hätten mit Namen Aristodemos. Dieser Mann hatte sich in den Sohn des Alten verliebt. Sogleich habe er versucht, ihn von der Palästra zu entführen, doch der Sportlehrer habe das verhindert. Am folgenden Tag aber sei es ihm dennoch gelungen, er habe den Jungen auf ein Schiff gebracht, die Segel gehißt und sei zum Ufer losgefahren, das Oreos gegenüberliegt. Er habe versucht, den Jungen zu vergewaltigen, aber der Junge leistete Widerstand. Daraufhin schnitt er ihm die Kehle durch. Abends kehrte er nach Oreos zurück und gab ein Abendessen. Der alte Vater bestattete seinen Sohn und machte sich auf den Weg nach Sparta. Er bat darum, von den Ephoren empfangen zu werden. Aber die Ephoren hörten ihn nicht einmal an. Da nun erzählte Skedasos seine Geschichte. Als er damit zu Ende war, sagte der Alte zu ihm, daß seine Reise sinnlos wäre. Doch Skedasos wollte davon nichts hören. Er sprach mit den Ephoren. Aber sie hörten ihm nicht einmal zu. Daraufhin ging er zum König, er wandte sich an die Bürger, denen er begegnete. Nichts half. Am Ende brachte er sich um. Mit der Zeit fand diese Geschichte ihre Besiegelung. Die Macht Spartas wurde mit der Schlacht von Leuktra für immer gebrochen. Die Kämpfe jenes Tags fanden in der Nähe des Grabes von Skedasos' Töchtern statt.

In dichtem Schilf verborgen, nicht weit vom Eurotas entfernt, lag jahrelang das hölzerne Kultbild der taurischen Artemis. Orest hatte es aus dem Heiligtum gestohlen. Er zog lange umher, es fest in seinen Händen haltend während der ganzen Zeit, in der er die Drohung des Wahnsinns über seinem Kopf spürte. Dann meinte er eines Tages, daß er versuchen sollte, allein zu leben, und verbarg die Statue an dieser unwirtlichen Stelle. Zwei junge Spartaner von königlichem Geblüt, Astrabakos und Alopekos, entdeckten sie zufällig, als sie das Schilfrohr auseinanderbogen. Aufrecht stehend, mit Binsen umwickelt, starrte die Statue sie an. Da wurden die beiden Spartaner vom Wahnsinn gepackt, weil sie nicht wußten, was sie da sahen. Das ist die Macht des Bildes, das nur den heilt, der es kennt. Für die anderen ist es eine Krankheit.
Um dieses kleine, leichte Kultbild der Artemis bauten die Spartaner einen Tempel. Sie weihten ihn der aufrecht stehenden und von Binsen umwickelten Artemis Orthia und Lygodesma. Viele brachten dort Masken dar, grauenerregende im allgemeinen, Wesen der Nacht und der unterirdischen Welt. Wie seinerzeit bei den Taurern, als Iphigenie sie pflegte und wusch, erwartete die Statue, daß junges Blut für sie fließe. Doch auch die Spartaner konnten bisweilen einen Brauch mildern. Sie beschlossen, keine Knaben und Jünglinge mehr zu opfern, sondern sie vor der Göttin auszupeitschen bis aufs Blut. So konnte man erleben, daß die hochmütigsten Spartiaten, die, welche Streifzüge über die Felder unternahmen, um aus Spaß und zum Hohn Heloten zu töten, es hinnahmen, daß ein anderer Junge viele Male die Peitsche auf sie niedersausen ließ. Einige Auspeitscher waren etwas scheu, vor allem, wenn die Ausgepeitschten sehr schön wa-

ren oder den vornehmsten Familien angehörten. Das gefiel dem Kultbild gar nicht. Die Priesterin hielt es in der Hand, neben den ausgepeitschten Jungen. Doch wenn die Peitschenschläge zögernd kamen, wurde das Kultbild immer schwerer, wie ein Meteorit, der in die Erde einschlagen will, und sagte: »Ihr zieht mich hinab, ihr zieht mich hinab.«

Von Sparta hatte Platon gelernt, wie man, ohne Aufsehen zu erregen, eine Gruppe Eingeweihter an die politische Regierung bringen kann. *Éphoroi* und *phýlakes* stehen sich schon sprachlich sehr nahe: beide »Wächter«, Beobachter von oben. »Einer Herde«, sagt Platon; »eines Gebiets«, sagt Sophokles; »von Kindern«, sagt Platon wieder; »der Schlachtung«, sagt Euripides. Aber was müssen sie tun, um Wächter zu werden? Die Initiations-Folter ertragen. Der Anwärter muß »geprüft werden (*basanizómenon*) wie das Gold im Feuer«. Aber *basanízein* bedeutet da, wo es sich nicht um edle, tote Materie wie beispielsweise Gold handelt, »foltern«.

Die blutigen Peitschenschläge, die Artemis Orthia von den jungen *hómoioi* in Sparta forderte, sind nur ein Hinweis, ein kleiner Hinweis auf die »Leiden und Vergnügen … Mühen und Ängste und Erschütterungen«, die Platon den künftigen Wächtern auferlegen wollte. Hier enthüllt sich sein kühnster Plan: die Initiation zu säkularisieren, sie als eine gute Schule erscheinen zu lassen, schon etwas hart, so wie ein englisches College, doch zu rechtfertigen wie jede andere Ausbildung, etwa die der Soldaten oder Handwerker. Sie diente jedoch einem viel ehrgeizigeren Zweck: ein für allemal eine Gruppe auszusondern, die allein aufgrund ihrer Eingeweihtheit die Stadt insgesamt beherrschen soll. »In der Tat zögerten wir, mein Freund, zu sagen, was wir nun gleichwohl auszusprechen gewagt haben«, fügt Platon mit gespielter Vorsicht hinzu, so als wäre der kühnste Schritt der, zu sagen, daß »die vollkommensten Wächter die Philosophen sein müssen«. Und unterdessen deutet er die wirkliche Neuigkeit an: daß die Philosophen, um »vollkommene Wächter« zu sein, eingeweiht werden und sich folglich jenen exzessiven Leidenschaften unterwerfen müßten, die derselbe Platon so oft verurteilt hatte.

Aber wer ist ein Eingeweihter? Der, der mit einem Wissen in Berührung gekommen ist, das äußerlich nicht sichtbar und nicht mitteilbar ist, es sei denn durch den Prozeß der Initiation selbst. Diese Wesen, präzisiert Platon, sind notwendigerweise »wenige«. In der Tat ist ja die platonische Initiation, verglichen mit der spartanischen, wesentlich subtiler und schwieriger. Ihre Schwellen sind zahlreicher. Ist die letzte überschritten, kann es sein, daß als eingeweiht »nur einer« gilt. Und es könnte durchaus sein, daß ihm die Zeit nicht ausreicht, die Initiation weiterzugeben. Vor ihm könnte sich die Leere auftun. Dann wäre die Kette unterbrochen.
Also begann Platon eines Tages, den *Staat* zu schreiben. Und er schrieb diesen Text in dieser Form, damit jeder, der ihn verstehen wollte, »Leiden und Vergnügen ... Mühen und Ängsten und Erschütterungen« unterworfen würde. Die vielen, die ihn nicht verstanden und auch nicht verstehen sollten, waren der Meinung, einen Traktat über den vollkommenen Staat zu lesen.

Gleich nach ihrer Geburt wuschen sie sie mit Wein, um ihre Widerstandsfähigkeit zu prüfen. Die, die ein körperliches Gebrechen hatten, warfen sie auf die »sogenannte Müllhalde, eine Schlucht an den Hängen des Taygetos«. Sie kannten keine Windeln, sie kümmerten sich nicht darum, wenn die kleinen Kinder in der Dunkelheit schrien. Diese kleinen Kinder waren »ein Gemeineigentum der Stadt«, deshalb mußten sie so schnell wie möglich der Stadt dienen. Ihr ganzes Leben lang aßen sie in der Gesellschaft anderer Männer, oftmals eine schwarze Suppe. Die Erwachsenen liebten Possen und Geschichten vom Krieg. Man mußte imstande sein, die einen wie die anderen zu ertragen. Sie lernten schreiben und lesen, mehr nicht. Dies *mehr* verabscheuten sie, in allem. Heiraten bedeutete, den Schlafsaal der Gefährten in manchen Nächten zu verlassen, um sie bei der eigenen Frau zu verbringen. Es waren verstohlene, rasche Augenblicke der Liebe, ohne gemeinsamen Schlaf. »Manche hatten schon Kinder, ohne je ihre Frauen bei Tageslicht gesehen zu haben.«

Im Unterschied zu den »törichten Vielen«, die über ganz Griechenland verstreut sind, wissen sie von Anfang an, daß »alle während ihres Lebens einen ständigen Krieg gegen alle Städte führen müssen«. Aber die erste Stadt, gegen die sie Krieg führen, ist ihre eigene. Sie sehen die allzu zahlreichen Heloten, die auf den Feldern arbeiten, und wissen: eines Tages müssen sie ein paar von ihnen töten. Sie wissen auch, daß sie stets auf der Hut sein und eine Waffe tragen müssen, und sie wissen, daß sie ihre Türen mit Spezialschlüsseln abschließen müssen. Sie spüren den Haß der Heloten. Die Lust der Gleichen liegt nicht so sehr in der *pleonexía*, der Ursünde der Machtgier. Ihre, und nur ihre, Lust ist es, Polizisten zu sein, und diese Lust ist subtiler und dauerhafter: das Gefühl, daß das Leben anderer vom eigenen Gutdünken abhängt, dabei jedoch anonym, Teil eines Korps, einer Mannschaft von Wölfen zu bleiben. Über Lykurg wissen wir nichts Sicheres, außer der Bedeutung seines Namens: »der, der die Taten (Orgien) des Wolfs vollbringt (feiert)«.

Vor der Ehe zum Analverkehr verpflichtet (»für die Mädchen ist es gesetzliche Vorschrift, daß sie sich vor ihrer Hochzeit körperlich so vereinigen wie die Jünglinge«), in Eile während der Nacht von ihren Männern besucht, damit sie gebären können und »ein Funken von Begehren und Anmut« in ihnen bleibt, der Sorge um die Erziehung ihrer Kinder enthoben und sogar ohne Interesse an der Webkunst – was taten die Frauen von Sparta? Diese Frage bleibt ohne Antwort, wie die Fragen, die sich die Sophisten

bei den Gastmählern stellten: »Wie war der Gesang der Sirenen?«
Schon Platon beklagte, daß das Leben der spartanischen Frauen nicht mit der gleichen Genauigkeit wie das der Männer in allen Einzelheiten organisiert war und so einen Weg in die »Zügellosigkeit« offenließ. Die Athener in ihrer Boshaftigkeit wollten sich nur an die nackten Schenkel der spartanischen Frauen erinnern. Sie konnte man durch die seitlich geschlitzten Peplen erkennen. Der Lyriker Ibykos nennt die Spartanerinnen »Frauen, die ihre Schenkel zur Schau stellen«. Doch die Athener wußten auch die blühende Schönheit der Spartanerinnen zu würdigen. Lysistrata empfängt die Spartanerin Lampito mit den Worten: »Wie du vor Schönheit strahlst, du Liebste. Farbe hat dein Körper, und sein Fleisch ist fest. Du könntest einen Stier erwürgen.« *Lampito*: »Schon, ja, für die Dioskuren! Ich turne regelmäßig, und mit den Füßen tret' ich mir fleißig in den Hintern.« *Kleonix*: »Und was für schöne Brüste du hast.« *Lampito*: »Ihr betastet mich ja wie ein Opfertier.«
Bei den gymnastischen Spielen standen die nackten spartanischen Mädchen neben den nackten Jünglingen, »nicht nach geometrischer Notwendigkeit, sondern nach erotischer«, merkt Platon an. Sie ergreifen das Wort nur, um patriotische Gemeinplätze zu verkünden, und sie haben die traurigste Gestalt aus der Taufe gehoben: den Positiven Helden. »Wir allein gebären die Männer!« tönt die stolze Gorgo, Gattin des Leonidas, gegenüber einer Fremden, und bereitet damit Napoleons schlagfertige Antwort bei der ersten Begegnung mit Madame de Staël vor: »Wer ist für Sie die Erste unter den Frauen?« – »Die, welche die meisten Kinder zur Welt bringt, Madame.« – Uns aber würde etwas anderes viel mehr interessieren: was erzählen sich die Erbinnen der Leukippiden hinter der aufwirbelnden Staubwolke, während sie wie Fohlen am Eurotas entlanglaufen und »ihr Haar fliegt, gleich den Locken der thyrsosschwingenden Bacchantinnen«? Auch die lakedämonischen Sirenen schweigen.

Daß das Glück Vorbote von Unheil ist, daß dem Glück die Macht »innewohnt«, Unheil anzulocken, vor allem in Gestalt von Mißgunst (*phthónos*) sowohl auf seiten der Menschen wie auf seiten der Götter, ist eine Vorstellung, die sich bei den Griechen auch dann noch erhält, wenn fast alle anderen verblaßt sind. Dennoch strebten sie nach dem Glück. Jetzt versteht man, wieso die Spartaner sich von allen anderen Griechen getrennt haben und eine Insel ohne Anlegeplatz wurden. Wie sie die Gefahr des Tausches erkannt hatten, erkannten sie auch die Gefahr des Glücks. Wo sie bei Verhandlungen nicht sicher waren, zogen sie es vor, die Verbindung zu kappen. Lieber abschaffen als erleiden. So gaben sie denn dem härtesten Urteil, das Aristoteles über sie gefällt hatte, recht: »... sie fühlen nicht mehr das Glück zu leben.«

Innerhalb weniger Jahre ging in Sparta unter dem Namen des Lykurg eine Veränderung vor sich, die die politische Geschichte vom sakralen Königtum bis heute zusammenfaßt. Die Herrschaft, ursprünglich in den Händen von zwei Königen (eine archaische, in Dunkel gehüllte Herrschaftsform), ging auf die fünf Ephoren über (eine völlig neuartige Form absoluter Macht, die sich als Gerichtsbarkeit ausgab, hinter der sich wiederum ein priesterlicher Ursprung verbarg). Der lange Weg vom heiligen König zum Politbüro wurde mit einem Schritt bewältigt. Und die kühne Modernität dieses Unternehmens war um so größer, als man so tat, als würden die vorhandenen Formen nicht angerührt. Es war gar nicht nötig, den Königen den Kopf abzuschlagen. Sie sollten ihr Amt durchaus weiterführen, aber ohne jede Macht. Wenn sie ein Hindernis in den Weg legten, konnte es allerdings vorkommen, daß die Ephoren beschlossen, »sie ohne Verfahren zu töten«. Aber auch in einer sternklaren Neumondnacht, in der sie still den Himmel beobachteten, konnten die Ephoren beschließen, sie zu töten. Wenn eine Sternschnuppe den Himmel durchzog, hieß das, einer der beiden Könige hatte »gegen die Gottheit gefehlt«. Ursprünglich waren die Ephoren Beobachter, die ihren Blick hinauf zum Himmel richteten, später wurden sie die obersten Aufseher und »Wächter«. Sie wurden zu Augen, die von oben herab überwachten. Auf diese Weise konnten sie sich auch der eigenen Vergangenheit als Priester bedienen. Sie war ein schillernder Mantel, der das Geheimnis der Politik schützte.

Auf der einen Seite ein göttlicher König, der mit seinem Körper die Attribute kosmischer Herrschaft trägt; auf der anderen Seite Wesen, die im Grunde gesichts- und namenlos sind, Inquisitoren, die alles sehen: zwischen diesen beiden Extremen verläuft die gesamte politische Geschichte. Es ist die Geschichte der Verwandlung von liturgischer Macht in unsichtbare Macht. Diese Verwandlung, die sich noch über Jahrhunderte hin bis auf den heutigen Tag vollziehen sollte, hatte sich in Sparta innerhalb kürzester Zeit und mit geringstem Kraftaufwand vollzogen. Es ging lediglich darum zu vermeiden, daß dies alles von außen wahrgenommen würde. Alle sollten auch weiterhin an die harmlosen Geschichtchen von Disziplin, Mut und spartanischer Einfachheit glauben. Doch einigen Augen konnte nicht entgehen, was dort geschehen war. Denen des Thukydides nicht, aber vor allem nicht denen Platons.

Das gesamte politische Denken Platons wird von einer Gestalt beherrscht: der der Wächter. Seien diese nun Philosophen (wie es der *Staat* wollte) oder Männer, denen das Gute am Herzen liegt (mit dieser Forderung begnügen sich die *Gesetze*) – in den Wächtern konzentriert sich die höchste Macht. Allerdings waren diese Gestalten für Platon keineswegs nur hypothetischer Natur: es gab sie ja schon auf der reichen Peloponnes. Es waren die großen Sophisten, auf die Sokrates bereits im *Protagoras* hinwies, diejenigen, die sich der sophistischen Kunst nicht zur Vermehrung des eigenen Ruhms bedienten, sondern gerade um ihn zu verbergen. Es waren die Ephoren, erstes Beispiel einer durch und durch gottlosen Macht. Und auch dies gaben sie nicht zu erkennen, ja sie fügten den vielen vorhandenen Kulten noch einen weiteren hinzu, dem sie ergeben dienten. Sie errichteten der Furcht einen Tempel in der Nähe des öffentlichen Speisehauses. »Sie verehrten sie nicht wie einen finsteren Dämon, den man unter Kontrolle halten müsse, sondern weil sie der Meinung waren, daß die Fortdauer des Staats vor allem auf der Furcht beruhe.«

Die großen archaischen Gesellschaften sind das Abbild von etwas, das sie umfängt, sie haben die gleiche Gestalt wie der Kosmos. Der Sohn des Himmels ist zunächst die Achse der Welt, erst danach die Achse der Stadt. Erst mit der griechischen *hýbris* erhebt die Gesellschaft zum ersten Mal den Anspruch, ihren Wert in sich selbst zu haben. Das Große Tier wird geboren, das Platon beschreibt. Aus dieser *hýbris* folgen alle anderen Lossagungen: sie ist das Zeichen der ersten Loslösung vom Rest, der Abkapselung des Menschlichen als einer Angriffsformation.
Es ist Athen, ätzend in seiner Rede, grausam, buntscheckig. Es ist Sparta, langsam, vorsichtig, mörderisch, es will alles seinem eigenen Nutzen unterordnen. Dieser Stadt gelingt es sogar, sich einen Gesetzgeber zu verschaffen, Lykurg, der sich das Leben nimmt, weil er der Meinung ist, dies könne Sparta nützen. »Er hungerte sich also zu Tode in der Überzeugung, daß bei politischen Menschen auch der Tod nicht ohne Wert für die Gesellschaft und das Ende des Lebens nicht nutzlos sein dürfe, sondern in sich selbst Tugend und Wirksamkeit besitzen müsse.«

Möglicherweise ist Alkibiades tiefer als jeder andere in das »Geheimnis« der lakedämonischen Herrschaft eingedrungen. Als Exilierter bat er in Sparta um Aufnahme, er, ein Nachkomme der Eupatriden, die seit Generationen gastfreundschaftliche Beziehungen mit der Familie des Ephors Endios pflegten. »Er schor seinen Kopf kahl, er badete in kaltem Wasser, er gewöhnte sich daran, Fladenbrot zu essen

und die schwarze Suppe zu schlürfen.« Als einmal keine Marionette der Ephoren, sondern ein bedeutender General, Agis, König von Sparta war, »verführte er dessen Gattin Timaia, so daß sie von ihm schwanger wurde«. Ihm ist es zu verdanken, daß auch dieses archaische und etwas lächerliche Königsrecht zur Illegitimität erhoben wurde, und zwar in der Gestalt des kleinen Bastards Leothychidas, den »die Mutter im Haus vor ihren Freundinnen und Dienerinnen leise Alkibiades nannte, weil die Leidenschaft, von der sie beherrscht wurde, so übermächtig war«.
Alkibiades hat uns zwar keinerlei Enthüllung über Sparta hinterlassen, aber er hat mit Thukydides gesprochen. Und bei Thukydides scheint das Blendwerk Spartas völlig verschwunden zu sein. Er kennt und bewertet ihre Taten von innen heraus, als sähe er das Räderwerk vor sich, das von zwei starken Federn angetrieben wird: der Lüge und der Stärke. Bevor die Bewohner von Melos bis auf den letzten waffenfähigen Mann von den Athenern niedergemacht wurden, hofften sie auf die Hilfe der Spartaner. Die athenischen Abgesandten versuchten vergeblich, ihnen klarzumachen, wie fatal es wäre, auf die zu hoffen, die »deutlicher als alle, die wir kennen, das für schön halten, was ihnen gefällt, und das für gerecht, was ihnen zupaß kommt«.

Abydos liegt am engsten Punkt der Dardanellen und ist von Athenaios in die Liste der verdorbenen Städte aufgenommen worden. Alkibiades wählte sie zum Ziel seiner *grand tour*. »Kaum warst du volljährig, bist du, mit der Zustimmung deiner Tutoren, von denen du deine Habe abgeholt hast, nach Abydos gesegelt, doch nicht, um irgendwelche Schulden einzutreiben oder wegen irgendeines Konsulats, sondern weil du von den Frauen von Abydos die Verhaltensweisen erlernen wolltest, die deiner Neigung zu Gesetzwidrigkeit und Ausschweifung entsprächen, um sie anschließend in deinem Leben anzuwenden.« Dies sagt Antiphon mit rhetorischem Zorn.

Doch die Abreise des Alkibiades hat auch Anspruch darauf, von den Sophisten unter die Leidenschaften auf Distanz gerechnet zu werden, Leidenschaften, die allein aufgrund eines Namens, von Erzähltem oder von Traumbildern entstehen. Alkibiades war in der Tat abgereist, um die Hetäre Medontis aufzusuchen, von der er fabelhafte Dinge hatte erzählen hören. Auf dieser Reise wurde er von Axiochos begleitet, seinem Onkel und Liebhaber. Und hier nun nimmt Lysias den Platz von Antiphon ein; er wütet gegen Alkibiades und spitzt jede Verfehlung anekdotenhaft zu: »So segelten Axiochos und Alkibiades dem Hellespont entgegen, wo sie sich in Abydos beide mit Medontis vermählten und mit ihr zusammenlebten. In der Folge wurde ihnen eine Tochter geboren, doch wußten sie nicht, von welchem der beiden sie war. Als sie im heiratsfähigen Alter war, lebten sie mit ihr zusammen; wenn Alkibiades sie gebrauchte und besaß, sagte er, daß sie die Tochter des Axiochos sei; kam Axiochos an die Reihe, sagte er, sie sei die Tochter des Alkibiades.«

Es stimmt zwar, daß Alkibiades Gelegenheit gehabt hätte, als siegreicher Stratege zu Wasser und zu Lande mit seinem Purpursegel nach Abydos zurückzukehren. Aber wir können nicht sicher sein, daß die Geschichte von Medontis und ihrer Tochter mehr ist als eine von Lysias geschnittene Gemme, die als rhetorisches Exempel des Lasters dienen soll. Nur soviel können wir sagen: das Schicksal des Alkibiades scheint von Anfang an von einer souveränen Vorliebe für alles, was sich prostituiert, gekennzeichnet gewesen zu sein. Es ist, als wäre für ihn das Sichprostituieren das geheime Erkennungszeichen der Kraft und der Vortrefflichkeit. »Nachdem er die Frauen Lakoniens und Attikas verlassen hatte, erschien er fröhlich an den Türen der Hetären.« Und als er persönlich beim platonischen Symposion erscheint, »geschmückt mit einer Art Kranz aus Efeu und Veilchen und vielen Bändern um den Kopf«, da sind diese Blumen »der erste Schritt zu einer Begegnung und ein Beweis für die

Begierde … weil das Lockzeichen der frischen Blumen und Früchte den, der sie nimmt, dazu veranlaßt, sich mit den erlesenen Früchten des Körpers zu revanchieren«. So war es eine Hetäre, Timandra, die den von den Lanzen und Pfeilen der spartanischen Meuchelmörder durchbohrten Körper des Alkibiades aufhob. »Sie umhüllte und bedeckte ihn mit ihren Chitongewändern und bereitete ihm eine prächtige und ehrenvolle Bestattung, wobei sie benutzte, was sie um sich herum fand.« Als Vorahnung des Todes hatte Alkibiades kurz vorher geträumt, daß Timandra ihn in ihre Gewänder hüllte und sein Gesicht wie das einer Frau schminkte.

Beinahe alles, was wir über Sparta wissen, ist uns von Fremden erzählt worden. Die beiden einzigen Sänger der Stadt, Alkman und Tyrtaios, kamen wahrscheinlich anderswoher; jedenfalls lebten sie, bevor diese Reform des sechsten Jahrhunderts ein für allemal das Blendwerk von Sparta hervorbrachte. Kein Spartiate hat je gesprochen, wie auch kein Priester von Eleusis. Ihr wahrer Auftrag war nicht die Kunst der knappen Sprüche, sondern das Schweigen.

Was geschah in dem archaischen Griechenland und war vorher noch niemals geschehen? Eine Erleichterung. Der Geist entledigte sich der Welt in einer schroffen Tat, die einige Jahrhunderte andauerte. Als sich im geometrischen Wirrwarr Rechtecke mit schwarzen Figuren abzuheben beginnen, steht hinter diesen Figuren bereits die Leere, ein freier Bereich, der endlich keine Bedeutung mehr hat. Und möglicherweise aus Dankbarkeit gegenüber dieser anmaßenden Tat hat Griechenland auf der tragischen Bühne den Versuch gemacht – vergeblich zwar, aber wohl nur noch für kurze Zeit –, die Folgen der Tat, des Handelns abzuschütteln.
Dann, ganz allmählich, verdunkelten die Erinnyen die Luft immer seltener, und es wurde vor allem nach einer Möglichkeit gesucht, das Handeln zu kontrollieren, als würde die Kontrolle ausreichen, um sein tückisches Wesen zu neutrali-

sieren, als wäre die Kontrolle nicht wiederum ein Handeln, das ebenfalls seine Tücken hat. Das Fragment des Anaximander über die *díke*, die Vision Platons von der Wiese, um die herum sich die vier himmlischen und irdischen Schlünde öffnen, mit den Scharen der Seelen, die sich dort begegnen: dies sind seltene Anspielungen auf das *Karma* im strengen Sinn, das der hellenische Impuls ungeduldig auszulöschen suchte. Er würde sie bedenkenlos preisgeben und den Sekten, den Eingeweihten, den Ägyptern als Erbe überlassen. Doch die Bürger, die inzwischen zu Kosmopoliten geworden waren, sollten bald nur noch nach Possen und Tränen verlangen, wie die Figuren auf der Bühne. Der Kosmos zerbröckelte zu einer alexandrinischen Chronik.

Herodot hätte viel lieber über Werke der Ingenieurkunst als über Religion gesprochen, aber in Ägypten drangen die Kulte in jeden Spalt ein. Als eilige Beobachtung notierte er den Wesenszug, der Ägypten am schärfsten von Griechenland trennte: »Die Helden haben keinen Platz in der ägyptischen Religion.« In Ägypten wies die Vergangenheit keine Höhenunterschiede auf wie die Erde. Die einzige, minimale Höhendifferenz verdankte sich der Schlammschicht, die der Nil alljährlich ablagerte. Für die Griechen hatte es im fortschreitenden Verfall der Epochen, vom Gold bis zum Eisen, wenigstens jene Kräuselung gegeben, die Zeit der Heroen, auf die sich auch weiterhin alles bezog, auch wenn diese Epoche lediglich eine launische Locke der Zeit gewesen war.

Jetzt war ganz Griechenland mit Heldengräbern übersät, so wie Ägypten mit Katzenfriedhöfen. Helden und Tiere öffneten den Zugang zu den Toten. Und so wie in Griechenland die Helden auf die Götter abfärbten, indem sie deren Taten und Eigenschaften wiederholten, so erschienen in Ägypten die Tiere, die das tägliche Leben bevölkerten, in den Köpfen von Falken, Katzen, Ibissen und Schakalen wieder, die die Seele auf ihren himmlischen Reisen bewachten. Aber es gab keinen Anlaß, sich über diese Gegensätze allzusehr zu wundern. Im Grunde, so bemerkte Herodot mit seinem erstaunlichen gesunden Menschenverstand, ist die Religion etwas so Evidentes, daß um ihre Anerkennung keiner herumkommt. Deshalb, so schrieb er, »bin ich nicht willens, hier mitzuteilen, was man mir über die ägyptische Religion erzählt hat, denn ich glaube nicht, daß ein bestimmtes Volk wesentlich mehr über diese Dinge weiß als ein anderes«.

Sie steckten den Krokodilen Ohrringe an. Starben sie, beherbergten sie sie in ausgedehnten unterirdischen Räumen, Krokodilsstädten. Brach eine Feuersbrunst aus, kümmerten sie sich nur um die Rettung der Katzen. Und die Katzen wiederum warfen sich ins Feuer. Alles bei ihnen war größer, länger, flacher. Ein stiller Wahn trieb dort die Zahlen in schwindelerregende Höhen. Das waren die Ägypter. Ein Land, in dem alle Menschen und Tiere, kaum waren sie tot, den Einbalsamierern übergeben wurden – außer den Frauen, die erst drei Tage nach ihrem Tod übergeben wurden, damit die Einbalsamierer sie nicht schändeten.
Für sie war die Geschichte eine Abfolge von thronenden Statuen. Eine erste Sequenz in dieser Abfolge bestand aus Göttern. Eine zweite dagegen aus Menschen. Aber die einen unterschieden sich nicht wesentlich von den anderen. Und doch war die Distanz zwischen diesen Statuen unüberwindbar. Hekataios, ein Schwindler wie alle Griechen, behauptete einmal, daß seine Ahnenreihe in der sechzehnten Generation auf einen Gott zurückginge. Die Priester im ägyptischen Theben verstanden es jedoch, ihn mit einer einfachen Geste zu demütigen. Sie führten ihn in die Tempelhalle und zeigten ihm Hunderte von nebeneinander aufgestellten Holzstatuen: es waren die Oberpriester, die bis zu diesem Augenblick aufeinander gefolgt waren. Alle ziemlich ähnlich. Menschen, von Menschen geboren, sagten die Priester nüchtern sarkastisch. Herodot hörte von anderen Priestern die Aufzählung von dreihundertdreißig Herrschern,

die über Ägypten regiert hatten. Niemand von ihnen, so fügten sie hinzu, war der Erinnerung würdig, außer der einzigen Herrscherin, Nitokris, und dem letzten der Reihe, Moeris, der einen See mit Pyramiden hatte anlegen lassen.

Die Griechen, die in Naukratis an der Mündung des Nils an Land gingen, waren zumeist Händler, Reisende oder Söldner. Und sie blieben an diesem dichtbesiedelten Handelsplatz, der wegen seiner (»besonders schönen«, bemerkt Herodot) Hetären so berühmt wie Korinth war. Diese Griechen waren die ersten, die sich in Ägypten niederließen und eine andere Sprache sprachen. Sieben Söldner, die aus kleinen Städten in Ionien kamen, ritzten ein paar Worte und ihre Namen auf dem linken Bein einer Kolossalstatue von Ramses II. ein, in der Nähe des zweiten Kataraktes von Abusimbel. Sie waren zahlreich, diese Söldner: eine Fremdenlegion, die unter Amasis dreißigtausend Mann zählte.
Charaxos kam mit einem Schiff, das voll beladen war mit Wein aus Lesbos, nach Naukratis, um sich ein Vermögen zu verdienen. Er war der Bruder der Sappho. Statt dessen verschwendete er ein Vermögen aus Liebe zu Dorika, die auch Rhodopis hieß und eine Hetäre von großer Schönheit war. Sie kam aus Thrakien und war die Sklavin eines reichen Mannes von Samos. Ihr Gefährte in der Sklaverei war der Fabeldichter Äsop. Charaxos bezahlte das Geld für den Freikauf der Rhodopis und gab sich seiner Leidenschaft für sie hin. Auf Lesbos flehte Sappho mit feurigen Versen zu Aphrodite, daß ihr Bruder »unversehrt« und mit einem kleinen Rest seines Reichtums zurückkehren möge.
Schon Herodot war empört, weil einige die Pyramide in Mykerinos der Rhodopis zuschrieben. Wie konnte einer Hetäre ein Bauwerk gehören, »das tausend und abertausend Talente gekostet hat«? Doch lange danach, als Strabon die Länder des Mittelmeers bereiste und in Ägypten die Köpfe der Sphingen gerade noch aus dem Wüstensand ragen sah, zeigte man ihm die Pyramide des Mykerinos, die man Grab

der Hetäre nannte. Man sagte, daß sie von den »Liebhabern der Rhodopis« erbaut worden wäre. Und man erzählte dazu eine Geschichte. Eines Tages hatte Rhodopis ein Bad genommen. Ein Adler stahl eine ihrer Sandalen aus der Hand einer Dienerin. Er flog bis nach Memphis. Von oben ließ er die Sandale in den Schoß des Pharaos fallen, der unter freiem Himmel gerade zu Gericht saß. Der Pharao betrachtete die Schönheit der Sandale. Dann sandte er Männer in alle Richtungen Ägyptens aus, um die Frau zu suchen, der diese Sandale gehörte. Schließlich fanden sie sie in Naukratis. Sie wurde die Gattin des Pharaos. Als sie gestorben war, wurde sie mit der Pyramide geehrt.

Hermes litt Qualen, er war in Aphrodite verliebt, aber die Göttin wollte ihn nicht erhören. Zeus bedauerte ihn. Während Aphrodite im Acheloos badete, schickte er einen Adler, der ihr einen Pantoffel (*soccum*) stehlen sollte. Der Adler, mit dem Pantoffel im Schnabel, flog nach Ägypten, um ihn Hermes zu übergeben. Aphrodite verfolgte ihn bis zur Stadt Amitarnia. Dort fand sie den Pantoffel und den verliebten Gott. Im Tausch für den Pantoffel schenkte Aphrodite Hermes ihren Körper. Aus Dankbarkeit versetzte Hermes den Adler an den Himmel, oberhalb Ganymeds, der einst vom Adler entführt worden war.

In Delphi, zur Zeit des Plutarch, zeigten die Führer noch den leeren Platz, wo sich einmal die langen Spieße befanden, die die Hetäre Rhodopis dem Orakel geweiht hatte. Sie hatte, nunmehr frei und wohlhabend, mit dem zehnten Teil ihres Einkommens »ein Bauwerk errichten lassen, wie es kein anderer je ersonnen und zu einem Tempel bestimmt hat«. Das hatte sie getan, weil sie »von dem Wunsch beseelt war, in Griechenland ein Andenken zu hinterlassen«. Es sei ein Skandal, sagten einige. Aber darauf konnte man leicht antworten: wenn man von dem Platz nach oben blickte, konnte man die goldene Statue der Phryne sehen, die die

Herren von der Stoa verachtungsvoll als »Triumph griechischer Zügellosigkeit« bezeichnet hatten. Und dabei handelte es sich im Grunde nur um eine Hommage des Praxiteles für seine Geliebte. Phryne hatte ihren goldenen Körper wie eine Erstlingsfrucht neben vielen anderen »Erstlingsfrüchten und Zehnten von Metzeleien, Kriegen und Plünderungen« darbieten wollen, in der Nähe des »Tempels, der von Rüstungen und ähnlichen Trophäen überquoll, die man von anderen Griechen erbeutet hatte«. Jetzt waren nur noch die Rüstungen übrig. Und Griechenland war nur mehr ein Touristenziel, das man in Begleitung eines Fremdenführers, der auch Plutarch hätte sein können, besuchte.

So erzählen es die Griechen. Aber die Ägypter, die in allem »das Gegenteil« der Griechen sind, wie Herodot sagte, und immer bis zu weißhaarigen Zeiten zurückgehen, kennen diese Geschichte ganz anders. In seinem Kompendium der ägyptischen Herrscher nennt Manethon am Ende der sechsten Dynastie die Königin Nitokris, »die vornehmste und schönste Frau ihrer Zeit, von weißer Hautfarbe, und sie erbaute die dritte Pyramide«, die als Pyramide des Mykerinos bezeichnet wird. Nitokris war auch eine kühne Kriegerin. Ihre Herrschaft endete in politischen Wirren. Um ihren ermordeten Bruder zu rächen, ließ sie alle seine Feinde in einem unterirdischen Bau ertränken. Danach schloß sie sich in einem Raum voller Asche ein. In einer erhalten gebliebenen Inschrift erscheint uns Nikotris als »hellhäutig, rosenwangig«. Und *rhódopis* bedeutet »rosengesichtig«.
Zwischen dem Leben der Nitokris und dem der Hetäre, für die Charaxos sein Vermögen verschwendete, liegt ein Zeitraum von ungefähr eintausendfünfhundert Jahren. Und ungefähr sechshundert Jahre trennen das Leben der Sappho von Strabon. So viele Jahre waren vonnöten, damit eine ägyptische Königin zu einer hellhäutigen Hetäre würde, die als Sklavin aus Thrakien nach Ägypten kam, und damit die griechische Hetäre wiederum zu einer ägyptischen Herr-

scherin würde. In einer Pyramide sind sie vereint. Und die Zeit bewahrheitet immer noch die wenigen Verse, die Posidippos der Rhodopis widmete: »Dorika, dein Gebein schmückt ein Band für deine weichen Zöpfe / und ein duftender Schal, / in den du einstmals den schönen Charaxos hülltest, / Fleisch zu Fleisch, bis zum Kelch des Morgens. / Doch die weißen, tönenden Seiten des Gesangs / der Sappho bleiben und werden überdauern. / Glückselig ist dein Name, und Naukratis wird ihn beschützen, / bis das Schiff den stillen Nil hinab dem Meer entgegenfährt.«

Für die Helden, die vor den Mauern von Troja kämpften, stellte das Leben nichts dar, das verlangte, gerettet zu werden. Sie hatten nicht einmal ein Wort für »Rettung«, es sei denn *pháos*, »Licht«. Rettung war eine vorübergehende neuerliche Selbstbehauptung von etwas, das ist. Weder wollten sie das Bestehende retten noch sich vor dem Bestehenden retten. Das Bestehende war nicht zu retten. Das Leben: unheilbar, hinzunehmen, wie es war, in seiner Heimtücke und seiner Herrlichkeit. Man konnte nur begehren, sich noch ein wenig auf dem Wellenkamm zu halten, bevor man wieder steil in den Schatten des Strudels hinabstürzte. Das Wort, mit dem am häufigsten der Tod beschrieben wurde, war *aipýs*, »abschüssig«. Der Tod war der Sturz, der unmittelbar folgte, wenn der Grat des Erscheinens überschritten war.
Die beängstigendste Wirkung des homerischen Jenseits ist die Gleichgültigkeit, die sich im Nichtvorhandensein von Strafen offenbart. Warum zwischen Verdienst und Schuld unterscheiden, wenn dort ohnehin alle gleich wurden in ihrer Wehrlosigkeit, in ihrer Inkonsistenz, in ihrem Verlangen, Blut zu schlürfen, um die kümmerlichen Reste der Seele zu erquicken, die das Feuer der Brände nicht völlig verzehrt und von den weißen Knochen gerissen hatte? Diese Vorstellung konnte nicht lange währen in einer Zeit, die nicht mehr die der Helden war, sondern der Sänger, die die Geschichten der untergegangenen Helden erzählten.

Die homerischen Verse klangen allen im Ohr, als die ersten Vertreter einer Sekte des Buchs durch Griechenland zu schwärmen begannen: die Orphiker. Alles veränderte sich, wenn man den Reden dieser Sektierer zuhörte. Jede Tat, auch die lächerlichste, wurde von der kosmischen Buchhaltung registriert, und viele Verdienste konnte man sich dadurch erwerben, daß man funkelnde Worte aufsagte und Namen verehrte, die schon vor dem Olymp da waren. Die Sektierer klopften an die Türen der Reichen. Sie erschienen mit merkwürdigen Dingen – es waren Bücher, ein wirrer Haufen von Büchern – und wisperten, daß sie Zugang zu den Göttern hätten. Wenn jemand Schuld auf sich lasten fühle oder seinem Feind etwas Böses zufügen wolle: gegen geringes Entgelt wären sie bereit zu helfen. Opferung, Zauber, Reinigung. Und am Ende blickten sie den Kunden böse an: wer sich weigerte, ging schrecklichen Qualen entgegen, da unten, im Morast des Hades. Die Männer dieser Sekten, die Männer des Buchs, die Orphiker mit ihrem »Bücherhaufen«, die Pythagoreer, stets auf der Lauer nach gewissen Klangfetzen, als wollten sie »eine Stimme aus der Nachbarschaft auffangen«, wurden mißtrauisch und ungeduldig aufgenommen. Für die Erben des starken Griechenland, wie Platon und Aristophanes, hatten sie in ihrer Form etwas ärgerlich Unelegantes. Und doch waren sie es, die schließlich siegten, und ausgerechnet mit Hilfe Platons. Die dialogische Exposition verlagerte den dunklen Glockenton der Verse auf eine Bühne von übermäßiger Helligkeit und ironischem Spiel. Doch die Doktrin sickerte gleichwohl durch: »Befreiung von dem Kreis, der Leid und tiefen Schmerz bringt«, sich der Existenz entziehen wie einer Last und einer Schuld – dieses Gründungsdogma der Orphiker wurde mehr durch Platons Stil als durch die Formeln der Adepten bekannt und verschmolz schließlich mit der Aufforderung des Evangeliums, sich dem Fürsten dieser Welt zu entziehen.

Nur wer der Welt mit heidnischer und christlicher Besessenheit entflohen ist, nur wer in einem Winkel der von außen, von dort oben kommenden Seele zu Hause ist, nur wer der Welt nicht ganz angehört, kann die Welt derart effektiv und rücksichtslos gebrauchen und verwandeln. Und mit diesem letzten Schritt zur Tat beim Gebrauch der Welt treten wir in die Epoche ein, die weder heidnisch noch christlich ist, jedoch weiterhin, ohne sich dessen bewußt zu sein, diese Doppelbewegung der Loslösung der Welt und der Flucht aus ihr vollzieht, während sie zugleich ihre Klauen tief in die Erde und in den Mondstaub senkt.

Eine schwere Schuld Homers, die Platon nicht verzieh, bestand darin, daß er keinen angemessenen Hinweis auf das Gerüst des Kosmos gegeben hat. Die Himmelsräume wurden anonym und überflüssig. Zum Zweck der Erzählung wurden lediglich drei Schichten gebraucht: der Olymp im hohen Himmelsäther; die Erde, eine buntscheckige Scheibe, ein ausgedehnter Körper, an dessen Rücken sich ein unsichtbarer Parasit, nämlich Hades, festklammerte; und schließlich der eisige Tartaros. In der Mitte, zwischen dem Palast des Zeus und der Erde, zwischen der Erde und dem Eis des Tartaros: nichts, das Homer nennenswert gefunden hätte.
Diese riesige Leere, die sich unter der Erdoberfläche auftat, kündigte eine blasphemische Euphorie an. Auf diese Weise suchte man die Himmelsmaschine, das mathematische Werk des Weltbaumeisters, zu verschweigen und auszulöschen. Das erste, von der Dichtkunst angerichtete Unheil bestand darin, daß der Kosmos sich selbst vergaß. Doch mit den Orphikern, den Verehrern des Buchs, und schließlich mit Platon kam der chaldäische Gegenzug gegen Homer. Damals eroberten die treibenden Inseln der Himmelskörper, der fransige Verlauf der Milchstraße, die sanften Sphärenklänge ihre Privilegien zurück. Das wunderbare Flächige der homerischen Sichtweise verschwindet in den geordneten Abgründen, die sich wieder von Himmelsraum zu Himmelsraum auftun. Und Hades wird aus seinem unterirdischen Schimmel in die Atmosphäre katapultiert, in den

Schattenkegel zwischen der Erde und dem Mond, so als würde das Innenfutter der Erde sich nach außen stülpen, in den Himmel hinein, und dort in gebündeltem, bewegtem Dunkel die Scharen der Seelen sich selbst überlassen, die es bis dahin aufgenommen hatte. Dies ist der große Wartesaal der Toten, die die Winde mit sich forttragen.

Zwischen Homer und jeder nachfolgenden Theologie, einschließlich der des Hesiod, besteht ein grundlegender, Ärgernis erregender Unterschied. Homer weigert sich, wie es bei Plutarch angedeutet wird, zwischen Göttern und *daímones* zu unterscheiden: »Er scheint diese beiden Begriffe unterschiedslos zu gebrauchen und spricht von den Göttern wie von *daímones*.« Dies macht es unmöglich, die finsteren Taten der Götter auf die *daímones* abzuwälzen, und schließt jede Konzeption einer Stufenfolge des Seins aus, die es erlauben würde, daß der Mensch durch eine Reihe von Läuterungen zum Göttlichen aufsteigt oder, umgekehrt, das Göttliche in geordneter Weise zum Menschen herabsteigt. Eine solche Vorstellung, die die Initiationsbasis eines jeden Platonismus ist, war bereits durch die hesiodische Unterteilung der Wesen in vier Kategorien möglich geworden: Menschen, Heroen, *daímones*, Götter.
Homer dagegen weiß nichts von Vermittlung. Für ihn bedeutet »Held« ganz allgemein »Mensch«, und er fühlt sich auch nicht genötigt, eine autonome Klasse von *daímones* ins Spiel zu bringen. Hier liegen die Extreme dicht beieinander: nichts mildert die Härte des Zusammenstoßes. Doch die, so liest man weiter bei Plutarch, »die das Geschlecht der *daímones* nicht zugeben, sorgen dafür, daß die Angelegenheiten der Menschen und die der Götter nichts miteinander zu tun haben und nicht miteinander vermischt werden dürfen, wobei sie ›die interpretierende und dienende Natur‹, wie Platon dies nannte, ausmerzen, oder aber sie zwingen uns zu einer allgemeinen Vermischung und versetzen den Gott unter die Leidenschaften und menschlichen Angelegenheiten, indem

sie ihn, je nach den Erfordernissen des Augenblicks, herunterziehen, so wie man von den Frauen in Thessalien sagt, sie wären in der Lage, den Mond herunterzuholen«. Vielleicht ist das unüberwindliche Ärgernis Homers, des Feindes der Vermittlung, nie so deutlich benannt worden wie in diesem Passus des späten, weisen Plutarch. Als die Kirchenväter gegen die homerischen Unanständigkeiten wetterten, erneuerten sie im Grunde nur die Empörung Platons und seiner Schüler, die in Plutarchs Worten so klar zum Ausdruck kommt. Der weitere Verlauf der griechischen Kultur erscheint daher wie ein Prozeß, in dem die Gründerautorität nach und nach zum Skandal wird: Homer selbst.

Timarchos war ein junger Schüler des Sokrates und wollte »die Macht des Daimons« seines Lehrers kennenlernen. Er war »mutig und hatte seit kurzem von der Philosophie gekostet«. So beschloß er, sich einer gefahrvollen Prüfung zu unterziehen: er wollte in die Höhle des Trophonios in Lebadeia hinabsteigen, wo Kore einmal mit der Nymphe Herkyna gespielt hatte, die eine Gans im Arm hielt. Einen Augenblick lang paßte die Nymphe nicht auf, und die Gans verschwand in einer hinter einem Stein verborgenen Höhle. Da ging Kore in diese Höhle, um die Gans zu suchen, fing sie, hob den Stein auf, und ein Wasserstrahl ergoß sich aus der Dunkelheit nach draußen. Unter allen Unternehmungen der Kore war diese Variante die älteste und geheimnisvollste, und zwar so geheimnisvoll, daß niemand von ihr wußte: die einzige Erinnerung daran war die Statue eines Mädchens mit einer Gans im Arm im Heiligtum der Herkyna.
Nachdem er in Lebadeia angekommen war, verbrachte Timarchos einige Tage damit, sich im Haus zum Guten Glück und zum Guten Geist zu reinigen. Er badete im eisigen Wasser des Herkyna-Flusses. Er aß das Fleisch der bei den Opferungen dargebrachten Tiere. Und jedesmal, wenn die Priester ein Tier opferten, beschaute ein Seher die Eingeweide, um darin Anzeichen für das Verhalten des Trophonios ge-

genüber dem Besucher aufzuspüren, nämlich, ob er gesonnen war, ihn freundlich aufzunehmen oder nicht. Eines Nachts wurde Timarchos aus seinem Haus geholt und zum Fluß geführt. Zwei Jünglinge wuschen ihn, ehrerbietig wie Sklaven. Danach führten sie ihn vor die Priester in der Nähe der Quellen. Die sagten ihm, er solle Wasser aus zwei Quellen trinken. Die erste nannten sie das Wasser des Vergessens, die andere das Wasser der Erinnerung. Danach begab sich Timarchos in einem bändergeschmückten Leinengewand zum Orakel. An seinen Füßen trug er die schweren Stiefel, die dort üblich waren. Vor dem Sitz des Orakels ragten zwei bronzene, durch eine Kette verbundene Pfähle. Und dahinter erkannte man die Höhle: eine enge künstliche Öffnung wie bei Brotbacköfen.
Timarchos hielt eine leichte Leiter und mit Honig getränkte Fladenbrote für die Schlangen in seiner Hand. Er schlüpfte mit den Füßen voran durch die Öffnung, und sogleich spürte er, wie die Dunkelheit ihn aufsog. Dort warteten die Schlangen auf ihn. Lange lag er im Dunkel. Dann bemerkte er, daß sich seine Schädelnähte weiteten. Dort kam die Seele hervor und holte tief Atem, als wäre sie lange zusammengedrückt gewesen. Dann stieg sie langsam empor, schwoll an und breitete sich aus. Sie war ein Segel am Himmel. Das Meer, das sie durchfurchte, war mit »Inseln übersät, die einen milden Glanz ausstrahlten«, großen Inseln, aber von unterschiedlicher Größe, allesamt rund. Oben sah er das Antlitz des Mondes herankommen. Persephone lief durch den Himmel, und hinter ihr ihre Hunde: die Planeten. Aus der Tiefe, wo die Erde war, drang ein konfuses Stöhnen zu Timarchos herauf, wie von einem ewigen, fernen Tumult.
Als er sich in die Höhle des Trophonios hinabließ, hatte Timarchos gedacht, er stiege in den Hades hinab. Doch jetzt wurde ihm klar, daß sich Hades in den Himmel hinausgestülpt hatte, in den Schattenkegel zwischen Erde und Mond, und die Erde war nichts anderes als die Fortsetzung des

Hades in die Tiefe. Warum sollten sie sich auch so sehr unterscheiden, wenn beides Orte der Verbannung waren? Dieser Gedanke beschäftigte Timarchos' Seele, während sie beobachtete, daß sich dort, wo der Schattenkegel sich in der Nähe des Monds verjüngte, die gestrandeten Seelen in Scharen zusammendrängten. Sie versuchten, auf jenem Frauenantlitz zu landen, das sie immer mehr in Angst und Schrekken versetzte, je näher sie herankamen. Auf diesem Antlitz war Schminke, die aus feinem Staub bestand, in dem die Toten die Substanz anderer Seelen erkannten. Viele wurden gerade dann, wenn sie versuchten, sich an irgendeiner vorspringenden Stelle des Mondes festzuklammern, und die gleißende Helle sie blendete, von einer gewaltigen Brandungswelle zurückgespült, und ihr Sturz begann von neuem. Und dies wäre doch die Rettung gewesen, zum Greifen nah. Wenn es ihnen gelungen wäre, die Gegenerde der Persephone zu betreten, hätten sie eines Tages auch den zweiten Tod erlitten, der abgestufter ist und sanfter als der erste. Eines Tages würde Persephone den Geist (*noûs*) dieser Toten so von deren Seele lösen, wie Apollon es verstand, eine Rüstung von den Schultern eines Kriegers zu lösen. Wenn dann die Substanz ihrer Seele auf dem weißen Boden zurückgeblieben war und sie nur noch »Spuren und Träume des Lebens« bewahrten, krochen sie auf der anderen Seite des Mondes hervor, welche die Irdischen noch nie gesehen haben und wo sich die elysischen Gefilde ausbreiten. Als Timarchos mit den Füßen voran wieder aus dem Backofen-Orakelofen hervorkam, ging von seinem Körper ein Glanz aus. Drei Monate später starb er in Athen.

Platons Haltung zu den Mythen ist die, welche die Scharfsinnigsten unter den Modernen bisweilen einnehmen. Die Unbedarfteren streiten dagegen noch immer über das Wort *glauben*, ein fatales Wort im Hinblick auf die Mythen, als hätte es sich für die Alten darum gehandelt, mit der gleichen abergläubischen Überzeugung zu glauben, mit der die Philologen der Generation von Wilamowitz an das Aufleuchten einer Glühbirne auf dem Schreibtisch ihres Arbeitszimmers geglaubt haben. Nein, schon Sokrates hatte dies kurz vor seinem Tod geklärt: man tritt in den Mythos ein, wenn man sich der Gefahr aussetzt, und der Mythos ist der Zauber, den wir in diesem Augenblick in uns wirken lassen. Es handelt sich dabei nicht so sehr um einen Glauben als um ein magisches Band, das sich um uns legt. Es ist ein Zauber, den die Seele auf sich selbst anwendet. »Es ist ein schönes Wagnis, und es kommt bei diesen Dingen gleichsam darauf an, sich selbst zu verzaubern (*epádein*).« *Epádein* ist das Verb, das den »Zaubergesang« bezeichnet. »Diese Dinge«, auf die ein Pronomen geringschätzig hinweist, sind die Märchen, die Mythen.

In Griechenland entwich der Mythos aus dem Ritus wie der Geist aus der Flasche. Der Ritus ist an eine Handlung gebunden, und die Handlungen sind begrenzt: was konnte man mehr tun als verbrennen, ausgießen, niederknien, sich einölen, zu Wettkämpfen antreten, essen, miteinander schlafen? Doch wenn die Geschichten anfangen, sich zu verselbständigen, und Namen und Beziehungen entwickeln, wird man eines Tages bemerken, daß sie allein weiterleben. Als einzige im mediterranen Raum überlieferten die Griechen ihre Geschichten nicht durch eine priesterliche Autorität. Es waren wandernde Geschichten, und auch deshalb verwickelten sie sich mit so großer Leichtigkeit. Die Griechen gewöhnten sich daran, fanden es ganz normal, die gleichen Geschichten mit unterschiedlichen Plots zu hören. Und es gab keine letzte Autorität, auf die man sich hätte beziehen können, um zu erfahren, welche die richtige Version war. Homer war der letzte Name, den man anführen konnte: aber Homer hatte nicht alle Geschichten erzählt.
Die Abkehr der Mythen vom Ritus erinnerte an die dauernden ehebrecherischen Unternehmungen des Zeus. Mit seinen Übergriffen verriet der, welcher der Vater der Dike war,

des Sinnbilds für Recht und Ordnung, und sie zu seiner Rechten auf dem Thron Platz nehmen ließ, daß er »gegen die Gerechtigkeit« war und »Gedanken gegen die Ordnung« hegte. Daß die Willkür nicht auf ewig verdammt war, sondern zumindest von oben plötzlich hereinbrechen durfte: das war das Geschenk des Zeitalters, in dem Zeus herrschte. Die göttlichen Unternehmungen bedeuteten eine plötzliche Überfülle der Wirklichkeit. So war die Geschichte, verglichen mit dem kahlen rituellen Zwang, ein ständiges Überborden, von dem nachher nur noch die Relikte sichtbar waren: die Personen.

In den griechischen Mythen war vieles versteckt enthalten, was für uns verloren ist. Wenn wir den nächtlichen Himmel betrachten, ist der erste Eindruck der des Erstaunens angesichts einer stochastischen Fülle, die sich auf einem dunklen Hintergrund ausbreitet. Platon erkannte noch »die Friese am Himmel«. Und er war der Meinung, diese Friese wären »die schönsten und genauesten« Bilder im Bereich des Sichtbaren. Uns dagegen scheint die Wahrnehmung einer Ordnung, und erst recht einer Bewegung innerhalb dieser Ordnung, verwehrt, da, wo eine weiße ausgefranste Schärpe, die Milchstraße, unseren Blick trifft, der Gürtel einer Riesin. Und sofort denken wir an die Entfernungen, an die unvorstellbaren Lichtjahre. Wir haben die, auch optische, Fähigkeit verloren, die Mythen am Himmel anzusiedeln. Und doch erscheinen uns die auf die duftende Schale ihrer Geschichten reduzierten griechischen Mythen so miteinander verbunden und verkettet – auch in ihren kleinsten Varianten –, als wüßten wir, weshalb sie miteinander verkettet sind. Aber wir wissen es nicht. Ein Zug des Hermes, der Artemis, der Aphrodite oder der Athene ist Teil ihrer Gestalt, so als ob sich der gleiche Stoff in hier und dort verstreuten Fetzen wiederfände.
Wir dürfen dem Verlust vieler mythischer Geheimnisse nicht allzusehr nachtrauern, auch wenn wir lernen müssen,

den Mangel wahrzunehmen, den weiten Bereich des nicht Entzifferten. Es wäre, als erwarteten wir beim Blick zum Himmelsgewölbe, sieben Sirenen zu sehen, von denen jede einen Ton um einen der Himmel anstimmt. Wir erkennen nicht nur nicht die Sirenen, sondern wir sind auch nicht mehr in der Lage, die Himmel zu unterscheiden. Und trotzdem. Und trotzdem können wir uns immer noch in diese Stoffetzen, in diese verstümmelten Göttergeschichten einhüllen. Und dieser Stoff webt sich in der Welt ebenso wie in unserem Geist unaufhörlich weiter.

Seit Jahrhunderten spricht man von den griechischen Mythen wie von etwas, das wiedergefunden, wiedererweckt werden müßte. In Wirklichkeit aber sind es diese Geschichten, die noch immer darauf warten, uns aufzuwecken und von uns betrachtet zu werden, wie ein Baum vor unseren sich wieder öffnenden Augen.

Mythen bestehen aus Handlungen, die ihr Gegenteil in sich einschließen. Der Held tötet das Ungeheuer, aber in dieser Tat wird spürbar, daß auch das Gegenteil wahr ist: das Ungeheuer tötet den Helden. Der Held raubt die Prinzessin, aber in dieser Tat wird spürbar, daß auch das Gegenteil wahr ist: der Held verläßt die Prinzessin. Was gibt uns diese Gewißheit? Wir ersehen es aus den Varianten, die der Kreislauf des mythischen Bluts sind. Aber räumen wir einmal ein, alle Varianten eines bestimmten Mythos würden verschwinden, ausgelöscht von unsichtbarer Hand. Ist der Mythos dann noch derselbe? An diesem Punkt gelangt man zu der höchst subtilen Unterscheidung zwischen Mythos und jeder anderen Art von Erzählung. Auch ohne Varianten birgt der Mythos sein Gegenteil in sich. Welchen Beweis gibt es dafür? Die Kunst des Romans. Der Roman, diese Erzählung, die die Varianten abschneidet, unternimmt den Versuch, sie zurückzugewinnen, indem sie die Dichte des einzigen Textes, dem sie sich anvertrauen muß, steigert. Als strebe sie ihrem Paradies zu, zielt die Romanhandlung auf die Einbeziehung des Gegenteils ab, über das der Mythos von Geburt an verfügt.

Der Mythenerzähler lebt in einem ständigen chronologischen Wirbel, den er zu beseitigen vorgibt. Wenn er wie ein alter Haushofmeister, der die Familienangelegenheiten seiner Herrschaft besser kennt als sie selbst, auf einem Schreibtisch Ordnung in die Generationen und Dynastien bringt, kann man gewiß sein, daß unterdessen auf einem anderen Tisch das Durcheinander anwächst und die Fäden sich verwickeln. Keinem Mythographen ist es je gelungen, sein Material in zusammenhängender Folge darzustellen, und doch hatten sich alle vorgenommen, Ordnung zu schaffen. Darin blieben sie dem Mythos treu.
Die mythische Tat ist eine Woge, die im Augenblick, in dem sie sich bricht, ein scharfes Profil erkennen läßt, so wie geworfene Würfel eine Zahl ergeben. Doch wenn sie sich zurückzieht, wächst in ihrem Sog das unbewältigte Durcheinander und schließlich die Vermischung an: die Unordnung, aus der heraus eine neue mythische Tat entsteht. Das ist der Grund, weshalb der Mythos kein System zuläßt. Und das System selber ist in erster Linie ein Zipfel vom Umhang eines Gottes, eine weniger wichtige Hinterlassenschaft Apollons.

Die griechischen Mythen waren Geschichten, die mit Varianten überliefert wurden. Der Dichter – ob nun Pindar oder Ovid – fügte sie wieder zusammen, jedesmal in anderer Weise. Dabei ließ er aus und fügte hinzu. Aber neue Varianten durfte es nur wenige geben, und sie durften nicht auffallen. Auf diese Weise vergrößerte und verfeinerte jeder Dichter den Bestand der Geschichten. Auf diese Weise atmete der Mythos in der Literatur weiter.

Der erhabene Autor des *Erhabenen* führte die Literatur auf die *megalophyía* zurück, auf eine »Größe, die aus der Natur stammt« und der es bisweilen gelingt, eine ähnliche Natur im Geist des Lesenden zu entzünden. Aber wie kann die Natur, die »es doch liebt, sich zu verbergen«, die mächtige Klarheit des rhetorischen Apparats hinnehmen? Wie sich der Ostentation der *téchne* entziehen? Das *chassé-croisé* von Natur und Kunst, das zweitausend Jahre lang kommentiert und in Majuskeln des siebzehnten Jahrhunderts verewigt werden sollte, wurde in jener Zeit, zur Hochblüte der klassischen Dekadenz, kurzerhand mit einem Satz ausgeführt: »Mithin ist die Kunst in der Tat vollkommen, wenn sie wie die Natur erscheint, während die Natur ins Schwarze trifft, wenn sie die Kunst in sich verbirgt.«
Die Vollkommenheit, jede Art von Vollkommenheit, erfordert immer irgendein Verbergen. Das Vollkommene kann es nicht geben, wenn sich nicht etwas verbirgt oder verborgen bleibt. Aber wie kann der Dichter die Klarheit des Wortes und die seiner Figuren verbergen? Vermöge des Lichts. Der Anonymus schreibt: »Wie aber hat es der Rhetor fertiggebracht, die Figur, die er benutzte, zu verbergen? Es ist klar, daß er sie mit dem Licht selbst verborgen hat.« Mit dem Licht verbergen: eine griechische Eigentümlichkeit. Zeus hörte nicht auf, mit dem Licht zu verbergen. Daher ist alles Licht außerhalb des griechischen von anderer Art und weitaus weniger intensiv. Dieses Licht will das Verborgene aufstöbern, während das griechische Licht das Verborgene schützt. Es erlaubt, daß es sich als solches auch in der Klarheit des Tages zeigt. Mehr noch: es gelingt ihm sogar, die Klarheit zu etwas Verborgenem zu machen, das schwarz ist vor Licht, so wie die rhetorische Figur unerkennbar wird, wenn der Glanz in sie dringt und eine »sich überall ausbreitende Größe« sie überflutet. Zu diesem Ergebnis gelangte der Anonymus durch die literarische Analyse. Daher meinte er zu recht, daß »das Urteil über die Literatur das vollkommene Ergebnis einer großen Erfahrung ist«.

Als alter, erblindeter Mann verbrachte Homer den Winter auf Samos. Wenn der Mai kam, zog er an der Spitze einer Schar von Kindern von Haus zu Haus. Jeder hielt die *eiresióne* in der Hand, einen Olivenzweig, von dem nicht nur Bänder aus weißer und purpurfarbener Wolle herabhingen, sondern auch die Erstlingsfrüchte der Jahreszeit. Homer ging voran, umwogt vom Gesumm der Kinderlieder. Diese Lieder erzählten alle von der *eiresióne*, von getrockneten Feigen und von schaukelnden, dicken Broten, vom Honig und vom Wein. Sie trugen die *eiresióne* umher, damit sie, »trunken, einschlafen könne«, sagten sie.
Aber warum mußten sie ihren geschmückten Zweig einschläfern? Was hielt ihn so hartnäckig wach? Homer, gefolgt von den Kindern, näherte sich den Häusern der Reichen von Samos. Er verkündete, daß sich ihre Türen von selber öffnen würden und daß da, wo Reichtum blühte, Reichtum eintreten würde und mit dem Reichtum »ein fröhliches Herz und seliger Friede«. Der Sänger stimmt sein Lied an, der Reiche schaut heraus und gibt dem Alten mit seiner Kinderschar eine freundliche Gabe. Und gibt er nichts, so ist das auch nicht weiter schlimm. Homer wird wiederkommen, wie die Schwalben. Doch jetzt muß er gehen, denn er hat keine feste Bleibe. Eines Tages reiste Homer für immer ab, und die Kinder von Samos sangen beim Fest des Apollon weiterhin seinen Bettlergesang an den Türen der Reichen.

Das Heraustreten aus profaner Mattigkeit, die Intensivierung des Lebens in jeder Richtung, der der Ehre oder des Todes, des Siegs oder des Opfers, der Vermählung oder der flehentlichen Bitte, der Einweihung oder der göttlichen Besessenheit, der Läuterung oder der Trauer, eben auf all das hin, was erschüttert und eine Bedeutung verlangt, ging für die Griechen mit der Erscheinung der flatternden Wollbänder einher. Diese waren meist weiß oder rot, um die Stirn geknotet oder um den Arm, um einen Zweig, um einen Bug, um eine Statue, um eine Axt, um einen Stein, um einen

Dreifuß. Der moderne Blick begegnet ihnen überall in den erhaltenen Fragmenten, aber er sieht sie nicht: er entfernt sie aus dem Zentrum der Aufmerksamkeit als dekorative, bedeutungslose Einzelheit. Für den griechischen Blick galt das Gegenteil: diese leichten, bewegten Bänder waren es, die überhaupt erst die Bedeutung entfachten, abgrenzten und zelebrierten. Alles, was sich innerhalb des weichen Rahmens der Bänder abspielt, war von allem übrigen verschieden und abgetrennt. Was kündigten diese Bänder, die Schleifen an? Einen Überschuß, eine flatternde Spur, die sich an ein Wesen oder eine Sache heftete. Und zugleich eine Klammer, die dieses Wesen oder diese Sache festhielt.

Noch Isidor von Sevilla schrieb: »*Vittae dictae sunt, quod vinciant*«, »Die Bänder werden so genannt, weil sie binden.« Aber was war dieses Band? Es war das momentane Ans-Licht-Kommen einer Masche von jenem unsichtbaren Netz, das die Welt umhüllt, das vom Himmel auf die Erde herabreicht, sie miteinander verbindet und sich im Wind hin und her bewegt. Die Menschen könnten den dauernden Anblick dieses Netzes in seinem ganzen Umfang nicht aushalten: sie würden sich sofort darin verfangen und ersticken. Doch immer dann, wenn jemand etwas Erregendes, etwas, was Intensität und Bedeutung wachruft, vollbringt oder erleidet – aber jedes Vollbringen ist ein Erleiden, und jedes Erleiden ist ein Vollbringen –, erscheinen die Bänder. Ein Ende ist um den Körper gewickelt, und zwar in einem Knoten, der zur Schlinge werden kann. Das andere flattert durch die Luft, begleitend, geleitend, beschützend. Der siegreiche Athlet ist mit Bändern umschlungen, an Armen, Brust und Beinen; sie folgen ihm flatternd, wie ein triumphales Knäuel von Schlangen. Nike, die Göttin des Siegs, hält in ihren Händen immer ein Bündel mit diesen Bändern bereit, um sie unter ihre Auserwählten zu verteilen. Und der Eingeweihte hebt das Band, das er am Tag seiner Initiation trug, wie eine Reliquie ein Leben lang auf. Aber auch von den Hörnern geopferter Stiere hingen Bänder herab, die junge Mädchen

dort mit Sorgfalt vor der Zeremonie festgebunden hatten, ebenso wie die Brautmutter sie an die Hochzeitsfackeln aus Weißdornholz gebunden hatte oder wie die Verwandten sie ans Bett des Verstorbenen hängten.
Alle diese Bänder, diese geflügelten, nichtigen Schleifen, waren Nervenstränge des *nexus rerum*, der Verbindung von allem mit allem, die allein dem Leben einen Sinn gibt. In jedem Augenblick leben wir eingewickelt in diese Bänder: in weiße, weil die Farbe den olympischen Göttern gefällt, oder rote, weil das Blut uns mit dem Tod verbindet, oder auch in purpurne, gelbe, grüne. Doch wir können sie nicht immer sehen, und dürfen es nicht, weil wir sonst gelähmt und zu ihren Gefangenen würden. Wir fühlen sie um uns herumflattern, sobald etwas die Gleichgültigkeit durchbricht, und wir bemerken, daß wir in einen Strom hineingezogen werden, der in etwas anderes einmündet. Und nur in seltenen Fällen winden und flechten sich die Bänder um uns herum, bis ihr freies Ende sich mit einem anderen freien Ende verknotet. Dann sind wir sanft von Bändern umdrängt, die einen Kreis bilden. Und dies ist der Kranz, das Vollkommene.

Berauscht vom Nektar, hatte Poros sich in den Garten des Zeus gelegt. Er schlief – und in ihm dachte der Gedanke: »Was ist ein Garten? Der schmuckvolle Glanz des Reichtums.« Da erschien Aphrodite unter den Wesen. Sie war die Tochter des Gedankens. Bald schon gab es überall viele Abbilder der Aphrodite. Es waren Dämonen, jeder begleitet von einem anderen Eros, mit ihrem Bremsengesumm.

IX

Als Pausanias auf die Akropolis von Patras gelangt war, hörte er die Geschichte des Tempels der Artemis Triklaría: »Es wird erzählt, daß vorzeiten Komaitho, ein sehr schön anzuschauendes Mädchen, Priesterin der Göttin war. Nun begab es sich, daß sich Melanippos in sie verliebte, der seine Zeitgenossen in allem übertraf, vor allem aber durch sein anziehendes Äußeres. Als Melanippos die Liebe des Mädchens errungen hatte, bat er ihren Vater, sie ihm zur Frau zu geben. Nun scheint es eine Eigenart des Alters zu sein, daß es in vielen Dingen gegen die Jugend eingestellt ist und besonders gegen das Begehren dessen, der liebt. So geschah es auch mit Melanippos: obgleich beide die Heirat wollten, stieß er auf Ablehnung, und zwar sowohl bei seinen eigenen Eltern als auch bei den Eltern der Komaitho. Nun zeigte es sich in der Geschichte des Melanippos, wie auch in der Geschichte vieler anderer, daß es ein Wesenszug der Liebe ist, das Gesetz der Menschen zu stören und die Verehrung der Götter zu gefährden, denn Komaitho und Melanippos stillten das Verlangen ihrer Liebe im Tempel der Artemis und benützten ihn auch in der Folge wie ein Brautgemach. Infolgedessen begann Artemis, die Bewohner des Orts auszutilgen, die Erde brachte keine Früchte mehr hervor, merkwürdige Krankheiten traten auf und führten zum Tod. So flohen sie zum Orakel nach Delphi, und die Pythia erhob schwere Vorwürfe gegen Melanippos und Komaitho. Das Orakel verfügte, daß beide der Artemis geopfert werden sollten und daß alljährlich ein Jüngling und ein Mädchen, die schönsten von allen, der Göttin geopfert werden sollten. Wegen dieses Opfers wurde der Fluß beim Tempel Ameilichos der Erbarmungslose benannt; bis dahin hatte er keinen Namen. Diese Jünglinge und Mädchen, die umkamen, ohne Schuld auf sich geladen zu haben – ebensowenig wie ihre Angehörigen –, erlitten ein bitteres Schicksal. Dennoch bin ich der Meinung, daß es für Melanippos und Komaitho kein Unglück war;

denn das einzige, was für den Menschen das Leben aufwiegt, ist: eine erfüllte Liebe.«

Nicht Shakespeare, nicht *Romeo and Juliet* (wo sich das Opfer für Artemis Triklaría erneuert) sind es, die uns diesen so drastischen und klaren Anspruch der Liebe liefern, der die Fähigkeit besitzt, im Gehorsam gegenüber der »sogenannten Aphrodite der Unordnung«, die Platon fürchtete, das Gesetz zu verwirren und aus den Angeln zu heben. Und sicher finden wir ihn nicht im klassischen Griechenland, das den Überfällen des Dämons mißtraute. Ein solcher Anspruch kommt erst im griechischen Herbst auf, in der Prosa des Pausanias, dieses gelehrten Kommentators, der zwischen Ruinen umherging, in denen bereits Tiere grasten. Die Handlung, die sich hier abzeichnet, erinnert an diejenige eines alexandrinischen Romans. Doch ihre Bedeutung hat die Mysterien hinter sich gelassen und verweist auf die verborgene Spannung zwischen Hierogamie und Opfer.

Wenn für Komaitho und Melanippos die Opferung, die sie erleiden, nicht ausschließlich ein »Unglück« ist, so liegt das daran, daß sie von Anfang an Teil davon sind, und zwar der verborgenste Teil, den zu enthüllen sie die Frechheit besaßen. Der Eros läßt das zu Tage treten, was das Gesetz verbergen muß, aber in sich trägt: den Tempel als Brautgemach. Auch hier müssen wir wieder auf einen Alexandriner zurückgreifen, auf den nüchternen Lukian, bei dem wir geschrieben finden, daß die geheime Cella der »syrischen Göttin« *thálamos* genannt wird, Brautgemach. Und doch ist diese Bezeichnung wesentlich älter, und zwar so alt, daß sie in weniger unbesonnenen Zeiten gar nicht ausgesprochen zu werden brauchte. Wenn die Hierogamie das Geheimnis des Opfers ist, so dient das Opfer vor allem dazu, die Hierogamie zu verbergen. Es errichtet eine Barriere aus Blut und toten Leibern vor der Stelle, an der Komaitho und Melanippos sich ihrer ziemlich unwahrscheinlichen »erfüllten Liebe« hingegeben haben.

Die Außenseite des Tempels macht das »Gesetz der Men-

Hierogamie: Die Götter ergreifen Besitz von den Menschen

schen« geltend. Die Innenseite, das Brautgemach, stürzt es um. Doch wenn das Innere zum Äußeren wird, wird die Welt von jenem *diable au corps* der Heranwachsenden bedroht, der sich jetzt in der Welt breitmacht. Dann führt die Welt einen tödlichen Schlag aus. Opfer und Hierogamie sind Mächte, die beide jeweils Voraussetzung der anderen sind: die eine überlagert die andere, die eine ist jeweils in der anderen enthalten. Sie widerstreiten, aber sie stützen einander. Die eine ist die Aura der anderen. Das junge Mädchen, das geopfert werden soll, scheint ihren Bräutigam zu erwarten. Und der Hintergrund der erotischen Lust ist düster und blutig. Alles, was geschieht, ist eine Pendelbewegung zwischen diesen beiden Mächten. Sie stehen sich gegenüber, und jede reflektiert in ihrem Blick die andere. Die Hierogamie zielt auf eine Annullierung des Gesetzes ab, während das Opfer das blutige Fundament für das Gesetz errichtet. Um dieses Gleichgewicht zu zerstören, reicht es im Grunde schon, daß eine »Liebe erfüllt« ist. Doch die Geschichte sorgt dafür, daß dieses Gleichgewicht erhalten bleibt.

Hierogamie: das war die erste der verschiedenen Weisen, in denen die Götter sich den Menschen mitteilen wollten. Diese Annäherung war eine Inbesitznahme der Körper und des Geistes, die sich mit göttlicher Überfülle durchtränkten. Doch diese Überfülle ging bereits vom olympischen Eros aus. Als Zeus sich mit Hera auf dem Idagebirge vereinigte, hüllte eine goldene Wolke sie ein, aus der glänzende Tropfen zur Erde fielen.

Warum haben es die Menschen nicht verstanden, bei der Hierogamie zu bleiben? Wegen einer Schuld, der Schuld des Prometheus. Sie waren gezwungen, auf diese Inbesitznahme zu antworten, und entschieden sich für ihre eigene Weise, mit den Göttern in Verbindung zu treten: die Aufteilung ein und desselben Opfers, wobei sie das Fleisch und die Innereien aßen und den Göttern den Rauch überließen. Dies war die Grundlage des »olympischen Opfers«. Darum auch erhält das Wort *thýein*, »opfern«, die Bedeutung von »räuchern«: es war eine etwas heuchlerische Opfergabe an die Gottheit. Die Schuld des Prometheus ist die Natur der Menschen, die sie zwingt zu essen und mithin zu töten. Auf diese Weise verband sich für sie die Einverleibung auf immer mit der Tötung.

In der bunten Vielfalt seiner Formen läßt sich das Opfer auf zwei elementare Handlungen zurückführen: Ausstoßung (Reinigung) und Einverleibung (Kommunion). Diese beiden Handlungen haben nur das zerstörerische Element gemeinsam: das ausgestoßene Wesen töten oder auffressen oder einem sicheren Tod überlassen. Einmal tötet man, um zu essen, sich einzuverleiben; und ein anderes Mal tötet man, um zu trennen, auszustoßen. In allem anderen unterscheiden sich die beiden Handlungen.
In der extremen Form der Ausstoßung wird das Opfer gesteinigt, weil die Opfernden sich nicht dem Risiko einer Berührung aussetzen wollen; in der extremen Form der Einverleibung wird das noch zuckende Fleisch des Opfers verschlungen. Sollte es sich möglicherweise um eine verkehrte Übereinkunft, um einen antiken Irrtum handeln, daß jeder dieser beiden Vorgänge als *Opfer* bezeichnet wird? Diesen Eindruck könnte man gewinnen, solange man nicht bemerkt, daß sie genau in dem Augenblick konvergieren, in dem sich hinter ihnen eine andere Figur abzeichnet: die Hierogamie. Und doch fehlt der Hierogamie genau dieses zerstörerische Element, durch das allein die beiden höchsten Opferhandlungen zusammengehalten wurden. Welche Erklärung gibt es dafür? Die Hierogamie ist die Voraussetzung des Opfers, allerdings auf Seiten der Götter. Sie ist die erste Vermischung der beiden Welten, der göttlichen und der menschlichen, auf die das Opfer zu antworten versucht, und zwar mit einer Antwort ausschließlich von Menschen, Geschöpfen, die in der Unumkehrbarkeit leben und nicht einverleiben (oder ausstoßen) können, ohne zu töten. Auf das,

was die erotische Umhüllung des Körpers gewesen ist, antwortet jetzt das Messer, das zerfleischt, oder die Hand, die den Stein wirft.
Mit der Zeit fanden Menschen und Götter eine Lingua franca, die sich aus Hierogamie und Opfer zuammensetzte. Die Varianten ihrer Trennung, ihres Widerstreits und ihrer Vermischung waren so zahlreich wie die Sätze in dieser Sprache. Und als diese Sprache zu einer toten Sprache wurde, fing man an, von Mythologie zu reden.

Was Hierogamie und olympisches Opfer miteinander verbindet, ist die Inbesitznahme eines Körpers, der göttlich ergriffen oder aufgefressen wird. Doch um sich einen Körper so einzuverleiben, wie Prometheus es wollte, mußten die Menschen ihn töten und sein totes Fleisch verzehren. Währenddessen umhüllte der Rauch die Götter. Als Erwiderung darauf umhüllten die Götter die Körper wie eine Wolke und schlürften die im Eros freiwerdenden Säfte auf. Der Speichel ist das Opferelement schlechthin, das einzige, bei dem die zwei Opferhandlungen – Ausstoßung und Kommunion – ineinanderfließen. Der Speichel wird zwar als etwas Unreines ausgestoßen; aber im Eros vermischt er sich und assimiliert sich einer verwandten Substanz.

Hierogamie und Opfer überlagern sich für die Menschen nur im Unsichtbaren, in der Selbstopferung an das Selbst, in der *coniunctio* des Selbst mit dem Selbst. Was für die Menschen unsichtbar ist, ist für die Götter sichtbar. Das Erscheinen der Welt war die Vereinigung eines Gottes mit etwas, das der Gott nicht war; war Zerreißen und Zerstreuen der Glieder eines Gottes; war Ausstoßung eines verseuchten, vom Heiligen befallenen Brockens Materie in den Raum.

Die diskreteste und zarteste Handlung, mit der man den Göttern zu verstehen geben kann, was das Unwiderrufliche ist, die Wunde aller Menschen, ist das Trankopfer: das Ausgießen einer kostbaren Flüssigkeit auf die Erde, wodurch sie für immer verloren ist. Das war eine Geste der Verehrung, gewiß: das Anerkennen der Gegenwart und des Vorrechts eines Unsichtbaren. Aber es war auch noch etwas anderes, nämlich die Andeutung eines Gesprächs, gleichsam als wollte man den Göttern sagen: Was wir auch tun, wir sind diese ausgegossene Flüssigkeit.

Auch die Götter zeigen sich bisweilen mit dem Trinkkelch in der Hand. Aber für wen gießen sie ihre Gabe aus? Für sich selbst? Für das Leben? Und was bieten sie dar? Sich selbst? Doch wie können diejenigen etwas ausgießen, um es zu verlieren, die nichts verlieren können, für die alles immer unversehrt bleibt? Diese Handlung der Götter ist unentzifferbar geblieben. Aber vielleicht war dies eine Art, das Gespräch wiederaufzunehmen: ein bewundernder Hinweis auf die Schönheit eben dieser Geste, die die Menschen so oft unter den Blicken der Götter ausführten und die die Götter den Menschen jetzt nachtun wollten.

»So wie ihre Gestalten denen der Menschen gleichen, so auch ihr Leben.« Aristoteles beschrieb in seiner gewohnt nüchternen Art das anomale Phänomen, daß die hellenischen Götter durch und durch anthropomorph waren. Durch und durch? Außer in einem Punkt: der Speise. Die Speise der Götter ist anders als die Speise der Menschen, auch die Flüssigkeit in ihren Adern ist anders. Und Homer sagt bereits mit perfekter Klarheit, daß dies so ist, weil die Götter »ohne Blut sind und unsterblich genannt werden«. Die Götter sind unsterblich, weil sie keine unserer Speisen essen. Sie haben kein Blut, weil sich das Blut von den Speisen der Menschen nährt. In dieser Speise ist folglich der Tod enthalten, die Abhängigkeit vom Tod, die es notwendig macht zu töten, um wieder Speise zu essen, die den Tod fernhält. Aber nur für kurze Zeit.

Gerade weil die Griechen den Unterschied zwischen Göttern und Menschen auf ein Minimum zurückgedrängt haben, maßen sie mit grausamer Präzision den noch verbleibenden Abstand aus: und der war unendlich, unüberwindbar. Niemals wurde dieser Abstand mit größerer Klarheit behauptet als von den Griechen selbst. Dort, wo man sich dem Tod näherte, gab es keine Nebelschwaden, sondern, unüberschritten, einen Abgrund mit scharfen Rändern. Deshalb hatten die Griechen auch eine klare Vorstellung von der Ohnmacht des Opfers. Jede Zeremonie, bei der ein Lebewesen getötet wurde, war eine Erinnerung an die dem Tod geweihte Lage aller Opfernden. Und der den Göttern geweihte Rauch diente ganz fraglos nicht dazu, diese zu ernähren. Die Götter ernähren sich ausschließlich von Nektar und Ambrosia. Dieser Geruch von Rauch und Blut war eine Botschaft von der Erde, eine nutzlose Gabe, die die Olympier an die Vergänglichkeit erinnerte, die der Vergänglichkeit bewußt war, wie alle diese fernen Erdenbewohner sie teilten, welche ihnen in allem übrigen glichen. Und die Götter liebten an den Menschen genau diesen Unterschied, diese Vergänglichkeit, die sie nur durch die Menschen kennenlernen konnten. Darin lag ein Geschmack, den ihnen weder Nektar noch Ambrosia jemals hätten vermitteln können. Daher atmeten sie mitunter den Opferrauch ein, diesen Hauch aus einem anderen Leben, der das seltene Vorrecht besaß, die Luft des Olymps zu kräuseln.

Iphigenie, die Töchter des Erechtheus und schließlich die Koroniden: immer handelt es sich um strahlende Jungfrauen, die geopfert werden müssen. Und dieses Opfer schwankt ständig zwischen Selbstmord und Vermählungsritual. Innerhalb des Jahres, das die Totalität der Natur bezeichnet, gibt es »unheilvolle und finstere Tage«, an denen den jungen Mädchen die Kehle durchgeschnitten wird. Dies ist der Weg, der einzige den Menschen bekannte Weg, die Mädchen die Grenze des Unsichtbaren überschreiten zu lassen und sie den Händen der göttlichen Rächer zu übergeben, die sie gleich hinter der Schwelle erwarten.

Diese Rächer haben eine »rasende, tyrannische Begierde« nach diesen Körpern und belagern sie hartnäckig, und doch gelingt es ihnen nicht, sich einen Weg ins Sichtbare zu bahnen, um »sich mit diesen Körpern zu vereinigen und in sie einzudringen«. Daher sind es die Menschen, die dieser wütenden Ohnmacht der *daímones* entgegenkommen und die leblosen Körper der Mädchen auf der die Altäre durchquerenden Grenzlinie zurücklassen müssen. Hier liegt der Ursprung jeder schwarzen Erotik.

Zeus und Hera stritten schon immer. Da beschloß Hera, sich nach Euböa zurückzuziehen. Wenn eine hohe Göttin sich verbirgt, gerät die Welt bald aus den Fugen. Zeus suchte sie, »sinnlos umherirrend«. Er streifte durch Böotien. Was konnte er tun? Wie konnte er die Göttin aus ihrem Versteck hervorlocken?

Ein Mann war es, Alalkomeneus, der Zeus den geeigneten Trick verriet: Er sollte so tun, als würde er eine andere heiraten. Und diese andere sollte ein Block aus Eichenholz sein, behauen in Gestalt eines Mädchens und mit Schleiern umhüllt: eine reglose Geliebte, die man auf einen Wagen legen und zur Hochzeit fahren könne. Sie gaben ihr den Namen Daidala, was soviel wie Kunstwerk bedeutet, weil sie das erste Geschöpf war, das in sich die Kunst verkörperte. Als das Fest im Gange war und der Wagen mit der neuen, schamhaften Geliebten des Zeus bereits durch die Straßen von Platäa zog, konnte Hera nicht länger an sich halten. Sie bestieg voller Zorn ihren Wagen, blickte ihre unbewegliche Rivalin an und riß ihr dann die Schleier weg, wobei sie mit ihren Fingernägeln das Gesicht der Rivalin zu zerkratzen versuchte. Aber sie sah, daß ein *xóanon* sie anstarrte, eines jener zahlreichen Holzstücke, die in den Tempeln ganz Griechenlands aufbewahrt wurden. Da fing die Göttin an zu lachen. Es war ein helles, grausames Kindergelächter. Diesem Gelächter ist es zu verdanken, daß die Welt bis heute nicht auseinandergebrochen ist. Doch die Frauen von Platäa

dachten in diesem Augenblick nicht an so etwas. Sie beobachteten, wie sich die Göttin an die Spitze des Festzuges setzte – und stellten sich in einer Schlange hinter ihr auf. Zuerst halfen sie Hera, die Statue im Asopos zu baden wie eine Braut. Dann folgten sie dem Wagen bis zu einem von Eichen bekränzten Platz auf der Spitze des Kithairon. Die Göttin gab Anweisung, einen gewaltigen Holzstoß aufzuschichten. In seiner Mitte stellte sie die Statue mit ihren zerrissenen Schleiern auf. Ringsum auf die Scheite des Holzstoßes häuften die Frommen Tiere. Die Reicheren brachten auch Kühe und Stiere dar. Sie vergossen Wein und verbrannten Weihrauch. Dann zündete die Göttin das Feuer an.
Die Statue zerfiel zu Asche, während die Schreie der bei lebendigem Leib verbrennenden Tiere das Knistern der Flammen übertönten. Noch viele Jahre später wurden die Rituale an diesem Ort wiederholt. Pausanias sah den Holzstoß und sagte: »Mir ist kein Feuer bekannt, das so hoch lodert und von so weit her sichtbar ist.«

In dem, was Plutarch die »alte Physiologie« nannte und als »Darstellung der in Mythen gehüllten Natur« definierte, stellen Hierogamie und Opfer die beiden Extreme der Atmung dar: die eingeatmete Luft verbindet sich mit dem Blut und nährt es, wobei sie in der Vermischung nicht mehr zu erkennen ist (Hierogamie); die ausgeatmete Luft wird für immer ausgestoßen und vermischt sich mit der Luft der Welt (Opfer). Aber auch noch in der weitesten Entfernung und der größten Spannung überlagerten sich die beiden Extreme.
Ein hohes, vernichtendes Feuer; das Eindringen des Gottes in den Körper der Göttin. Zwischen diesen beiden Ereignissen gibt es ein Bindeglied: eine hölzerne Figur. Hera lachte, als sie die Schleier der unbeseelten Geliebten des Zeus zerriß. Und trotzdem verzichtete sie nicht darauf, sie wie eine gefährliche Nebenbuhlerin zu töten, indem sie sie zu Asche machte. Was Zeus angeht: wenn er die Göttin aus der Dun-

kelheit hervorziehen will, muß er der Welt ein Bild hinzufügen. Nichts anderes kann das Bindeglied bilden, das dem höchsten Herrscherpaar gestattet, sich wiederzufinden. Es ist eine kleine, in Schleier gehüllte Täuschung aus Holz, die der Welt hinzugefügt wird und sie rettet. Doch danach muß sie eingeäschert werden. Und das Bild muß verschleiert sein, weil es selbst ein Schleier ist, ein Übermaß, das verbirgt. Die Geliebte hüllt sich in Schleier, wie die Darstellung sich in den Mythos hüllt. Wird der Schleier weggerissen, bleiben nur das Gelächter und das Feuer. Zuerst um zu retten, dann um zu zerstören: doch in Wirklichkeit verlaufen die beiden Vorgänge simultan. Dies alles war Teil der »verschwiegenen Dinge«, die jeden Mythos und jede Liturgie umgeben – und immer sind sie »verdächtiger als die Dinge, über die man spricht«, erschienen.

Mehr als von den Christen ließ sich die heidnische Welt von sich selbst vernichten. Keine der geifernden Schmähungen der Kirchenväter hat die zerstörerische Kraft von *Alexander der falsche Prophet*, einem Buch, das ein perfekter Heide geschrieben hatte, Lukian von Samosata. Hierbei handelt es sich um das unübertroffene Porträt eines großen Mystifizierers, Vorbild für eine Zivilisation, die an Mystifizierungen reich sein sollte. Hat es Alexander von Abonuteichos wirklich gegeben? Ein paar Gemmen, ein paar Münzen und ein paar Inschriften bestätigen es. Doch abgesehen von diesen stummen Bildern hat sein Leben nur in dem wütenden Pamphlet des Lukian gegen ihn eine Spur hinterlassen. Dürfen wir Lukian Glauben schenken? Die Entscheidung fällt schwer, doch die schiere Kraft der Literatur nimmt uns gefangen.

Lukian, ein Mann, der alles lächerlich machte, erblickt in Alexander von Abonuteichos eine bösartige Wiederholung, einen schmachvollen Abklatsch des anderen Alexander, des ersten unter den Kaisern des Abendlands. War Alexander der Große denn etwa nicht als neuer Dionysos (der vierte, würden die Mythenerzähler sagen) zur Eroberung des Orients aufgebrochen? Hatte er etwa nicht als erster zu verstehen gegeben, daß ein Herrscher auch ein Gott sein konnte? Auch Alexander von Abonuteichos hatte wie ein Gott gelebt und sich entsprechend verhalten.

Genau wie der große Alexander war auch Alexander von Abonuteichos in der Provinz aufgewachsen (denn alles ist Provinz, was nicht Athen ist): in Paphlagonien. Doch am Ende seines Lebens hatte sich sein Ruhm über das gesamte römische Weltreich verbreitet. Von Kind an war Alexander von Abonuteichos unvergleichlich schön: helle Hautfarbe, weicher Bart und lange Haare, die zwar nicht alle seine eigenen waren, aber das merkte niemand. »Seine Augen leuchteten von ehrfurchtgebietender, göttlicher Begeisterung.« Seine Stimme war sanft und klar. Schnelligkeit und Schärfe seines Verstands versetzten alle in Erstaunen. Niemandem gelang es, eine Eigenschaft zu ersinnen, die er nicht besaß. »In der Tat gab es niemanden, der, nachdem er ihm zum ersten Mal begegnet war, wieder wegging ohne den Eindruck, er habe den rechtschaffensten und würdigsten Menschen der ganzen Welt gesehen, außerdem den bescheidensten und unaffektiertesten. Hinzu kam noch, daß er einen Zug ins Grandiose hatte wie einer, der sich nie mit Kleinigkeiten abgibt, sondern seinen Geist immer auf das Größte richtet.«

Sofort begann er, seinen Körper zu verkaufen, der sehr anziehend war. Und unter seinen Kunden begegnete er einem Scharlatan, einem, der Amulette, Zauberformeln und Landkarten von verborgenen Schätzen verkaufte. Von ihm erlernte Alexander das Metier. So wie der Scharlatan in Alexanders Körper verliebt war, verliebte sich Alexander in die Tricks des Scharlatans. Er erlernte sie alle. Doch der Freund starb schon bald, und Alexanders Körper hatte den Zeitpunkt bereits überschritten, wo es am einträglichsten war, ihn zu prostituieren. So wechselte er seinen Beruf und beschloß, dem Weg seines Freundes zu folgen. Er zog umher und verkaufte Zauberformeln. Auf seinen Wanderungen begegnete er einer reichen Frau aus Makedonien, die zwar schon ein bißchen verblüht, aber immer noch erpicht auf Liebschaften war. Mit ihr tat er sich zusammen, weil sie ihn gut bezahlte.

In Pellas, dem Heimatort dieser Frau, das einmal so ruhmreich war, jetzt aber nur noch wenige armselige Häuser hatte, fanden sie große Schlangen; die waren ungewöhnlich sanft, schliefen bei den Kindern und bissen nicht einmal dann zu, wenn man auf sie trat. Wahrscheinlich gab es in dieser Gegend viele. Und Lukian vermutete, daß eine dieser Schlangen sich vorzeiten einmal mit Olympias vereinigt habe, um Alexander den Großen zu zeugen. Nun aber sollten diese Schlangen für einen anderen Alexander von Nutzen sein. Er kaufte sie für wenig Geld und zog zufrieden von dannen. Gemeinsam mit seinem Freund Kokkonas, einem Dichter, der ihn auf seinen Streifzügen begleitete (denn jeder Betrug liegt auf zwei Schultern besser als auf einer), kam Alexander zu dem Schluß, daß es keine leichtere Art gab, Geld zu verdienen, als durch die Gründung eines Orakels. Aber ein Orakel bedarf vor allen Dingen eines geeigneten Orts. So machten sie sich auf die Suche nach einem Ort, wo die Leute besonders bereit wären, alles mögliche zu glauben. Nach vielen Diskussionen wählten sie schließlich Abonuteichos. Aber erst mußten sie ihre Ankunft vorbereiten: so vergruben sie im Asklepios-Tempel in Kalchedon ein paar Bronzetäfelchen. Danach gruben sie sie wieder aus und lasen die Orakelworte vor, die darin eingeritzt waren: Apollon, Vater des Asklepios, war im Begriff, sich in Abonuteichos niederzulassen. Diese Mitteilung erreichte sofort ihren Zielort. Und die Bewohner von Abonuteichos stimmten für den unverzüglichen Beginn eines Tempelbaus. Der Gott sollte sie nicht unvorbereitet finden.

Unterdessen starb Kokkonas. Eine Viper hatte ihn gebissen, während er sich in der Abfassung von Versen im Orakelstil übte. So erschien Alexander allein: die falschen Locken fielen ihm bis auf die Schultern herab, er war mit einem weißpurpurnen Chiton angetan, den ein Überwurf bedeckte, und trug ein gekrümmtes Schwert an der Seite, ähnlich dem des Perseus, dessen Nachkomme mütterlicherseits er zu sein behauptete. Die Paphlagonier kannten Alexander gut und auch seine bescheidenen Eltern: doch jetzt, angesichts der Orakelsprüche, die immer wieder verkündeten, auf welche Weise Podaleirios, Sohn des Asklepios, von Liebesraserei ergriffen, sogar aus Trikka gekommen war, um sich mit Alexanders Mutter zu vereinigen, verneigten auch sie sich. Aber nicht genug damit, daß Alexander hin und wieder stöhnte und, dank einer besonderen Wurzel, die er kaute, Schaum aus seinem Mund treten ließ – zu einem richtigen Orakel gehörten auch Schlangen. Und Alexander hatte die makedonischen Schlangen mitgebracht.

Eines Nachts ging Alexander zu einer Quelle nahe dem neuen Tempel, und es gelang ihm, außer einem Gänseei auch eine kleine Schlange dort zu finden. Diese sperrte er in die Eierschale und versenkte beides im Schlamm. Am darauffolgenden Morgen zeigte er sich wie ein vom Dämon Besessener auf dem Marktplatz und verkündete den staunenden Bürgern, nachdem er ein paar Worte in Hebräisch und Phönizisch herausgeschrien hatte, daß die Stadt nun den Gott in sich aufnehmen werde. Danach lief er zum Tempel.

Er stieg ins Wasser der Quelle und rief Apollon an. Dann bat er um einen Teller für das Trankopfer und tauchte ihn in den Schlamm ein. Der Teller kam mit dem Gänseei, das mit Wachs verschlossen worden war, wieder nach oben. Alle betrachteten es bestürzt. Da brach Alexander die Schale auf und ließ die kleine Schlange zwischen seinen Fingern spielen. Dies sei der neue Asklepios, sagte er. Die Bewohner folgten ihm voller Verehrung. Danach ließ Alexander sich einige Tage nicht sehen. Jetzt erwartete er den Andrang der Menge. Als sie mit erwartungsvollen Blicken herbeieilten, lag Alexander ausgestreckt auf einem Bett in einem kleinen Raum, wie ein Gott, und die makedonische Schlange wikkelte sich um seinen Hals, lag auf seinem Bauch und setzte ihre Windungen auf dem Boden fort. Neben seinem Bart ließ Alexander einen Kopf aus Stoff erkennen – Schlangen- und Menschenkopf in einem –, den er mit Roßhaar ausgestopft hatte. Die Besucher glaubten natürlich, dies sei der Kopf der Schlange. Im Raum war nur wenig Licht, und die Menge drängte sich, um die kleine Schlange zu sehen, die sich innerhalb weniger Tage auf wunderbare Weise in einen Drachen mit menschlichem Haupt verwandelt hatte. Aus Bithynien, Thrakien und Galatien eilten die Menschen herbei – und Alexander zeigte sich immer in der gleichen Position. Er beschloß, aus metrischen Gründen den Namen Glykon anzunehmen. »Ich bin Glykon, Enkel des Zeus und Licht für die Menschen.« Von diesem Zeitpunkt an brachte das Orakel etwas ein. Die Ratsuchenden schrieben ihr Begehren auf versiegelte Schriftrollen. Alexander öffnete die Siegel mit einer glühenden Nadel, danach verschloß er sie wieder tadellos und gab Antworten, die jedermann in größtes Erstaunen versetzten. Zwei Obolen für einen Rat.

Lukian behauptet, Alexander habe »zwischen siebzig- und achtzigtausend Drachmen jährlich« verdient. Einige waren derart darauf versessen, etwas zu erfahren, daß sie ihm sogar zehn und mehr Fragen unterbreiteten. Zu ihm kam auch Rutillianus, jener Mann, der die römische Macht in dieser Region repräsentierte. Er war reich an Erfahrung, aber gleichzeitig bereit, jeden gesalbten und bekränzten Stein anzubeten. Alexander brachte Rutillianus bald schon dazu, sich mit seiner Tochter zu vermählen. Er sagte ihm, sie sei aus seinem Liebesverhältnis mit Selene hervorgegangen. Ja, die Geschichte des Endymion habe sich bei ihm, Alexander, wiederholt, als die Mondgöttin seinen weißen Körper im Schlaf mit Licht übergoß. So erschien der sechzigjährige Rutillianus als Bräutigam und brachte der Mondgöttin, in der er seine Schwiegermutter sah, Hekatomben dar. Alexander liebte es, im Heiligtum Mysterien in Szene zu setzen. Allen voran das seiner eigenen Geburt. Am dritten Tag der Feier-

lichkeiten führte er seinen Beischlaf mit Selene vor. Vor den Zuschauern stellte er sich schlafend, und von der Decke schwebte, als käme sie vom Himmel, die anziehende Rutilia zu ihm hernieder. Sie war die Frau eines seiner Verwalter. Alexander und Rutilia liebten sich: jetzt hatten sie die Gelegenheit, sich ungestraft vor einem Publikum und dem Ehemann der Frau zu berühren. Hin und wieder, so, als wäre es Zufall, ließ Alexander einen Schenkel sehen, der von Gold glänzte. Da flüsterten die dort Versammelten, daß die Seele des Pythagoras in ihn übergegangen sein müsse. Unterdessen hatte er scharenweise Leute um sich, die ihm assistierten. Er ließ sich ganz junge Choristen aus Paphlagonien schikken, die über lange Zeit im Heiligtum dienen sollten. Er nannte sie die, »die im Kuß sind«. Aber es war seine eherne Regel, niemanden von ihnen zu küssen, der älter als achtzehn war. Aufgrund seiner guten Beziehungen zum Kaiser Verus konnte er Münzen schlagen lassen, die ihn, in Erinnerung an seine Vorfahren, mit den Bändern des Asklepios und dem Schwert des Perseus darstellten. Auf der Rückseite der Münze sah man eine menschenköpfige Schlange.
Alexander hatte prophezeit, er würde einhundertfünfzig Jahre alt werden und dann vom Blitz erschlagen werden. Er starb, bevor er siebzig war, weil eines seiner Beine brandig und von Würmern befallen wurde. Um sein Haupt mit Balsam einzuölen, mußten ihm die Ärzte das künstliche Haar entfernen. Auf wen würde das Heiligtum jetzt übergehen? Der immer noch gläubige Rutillianus verfügte, daß niemand die Stelle des Propheten einnehmen dürfe. Vor seinem Tod war es Alexander noch gelungen, den Namen von Abonuteichos durch die Behörde in Rom ändern zu lassen. Jetzt hieß die Stadt Ionopolis. Der Alexander-Kult dauerte dort ungefähr hundert Jahre. Noch heute heißt die Stadt Inebolu. Von Alexander von Abonuteichos werden wir niemals wissen, ob er der schamlose Betrüger war, als den Lukian ihn hinstellt, oder ein Weiser, der, in später Zeit, den Ursprung in Szene setzte. Da, wo die heidnische Selbstparodie oder die christli-

che Anklage Wogen schlagen, da, wo das Trübe und Lächerliche herrschen, da ruht oftmals das älteste Geheimnis.

In der Einsamkeit der Ursprünge spielten sich die göttlichen Ereignisse auf einer leeren Bühne ab und verdoppelten sich nicht in den Blicken. Es gab wohl ein Rauschen, aber es gab keinen Schrei. Von einem bestimmten Punkt an (welchem? und warum?) fing der Hintergrund an zu wogen, die Luft füllte sich mit dem Goldstaub von Gestalten, mit einem vielfachen schrillen Schrei. Daktylen, Kureten, Korybanten, Telchinen, Silene, Kabiren, Satyrn, Mänaden, Bacchantinnen, Lenäen, Thyiaden, Bassariden, Mimallonen, Najaden, Nymphen, Thityren: wer sind diese Wesen? Einen ihrer Namen heraufbeschwören bedeutet: sie alle heraufbeschwören. Sie sind die Assistenten, die Diener, die Wächter, die Zieheltern, die Tutoren, die Zuschauer der Götter. Der Wirbel der Metamorphose beruhigt sich, und die Götter sind bereit, in die ihnen vertrauten Charaktereigenschaften zu schlüpfen, seit diese ihnen ergebene und lärmende Schar sie umgibt, die manchmal als mörderische Meute auftritt, ein anderes Mal als eine Gruppe von Schmieden, dann wieder als eine Tanztruppe, und schließlich auch als Viehherde.
Diese Schar ist die erste Gemeinschaft, die erste Gruppe, die erste Wesenheit, die einen einzigen Namen für alle hat. Man weiß nicht einmal, ob es Götter sind oder *daímones* oder menschliche Geschöpfe. Doch was verbindet sie, was vereint sie, auch wenn sie verschieden und voneinander entfernt sind, zu einer einzigen Bande? Sie sind die Eingeweihten, die, die gesehen haben. Sie sind die, die sich vom Göttlichen berühren lassen. Wer waren die ersten unter ihnen? Wir wissen es nicht, denn für jeden Gott gibt es einen früheren Gott – oder eine Göttin –, in Asien oder in Thrakien oder auf Kreta, der sich bereits mit ihnen umgab. Doch von allen können wir behaupten, daß sie *Honigdiebe* waren.

»Es wird erzählt, daß es auf Kreta eine heilige, von Bienen bewohnte Höhle gibt, wo, nach dem Zeugnis des Mythos, Rhea den Zeus gebar, und es ist ein heiliges Gesetz, daß niemand, weder ein Gott noch ein Sterblicher, seinen Fuß dort hineinsetzen darf. Alljährlich, zu einer bestimmten Zeit, sieht man ein blendendes Feuer aus der Höhle hervorscheinen. Dies geschieht, nach dem Zeugnis des Mythos, wenn das Blut des Zeus kocht, das bei seiner Geburt vergossen wurde. Heilige Bienen, die Ernährerinnen des Zeus, wohnen in dieser Höhle. Laios und Keleos und Kerberos und Aigolios wagten es, dort einzudringen, in der Hoffnung, eine große Menge Honig einsammeln zu können; sie hatten sich mit Bronze bedeckt und nahmen den Honig der Bienen. Sie erblickten die Windeln des Zeus, und ihre bronzenen Rüstungen brachen längs ihres Körpers auf. Zeus donnerte und schwang den Blitz, doch die Moiren und Themis hielten ihn zurück; kein heiliges Gesetz war es in der Tat, daß jemand an diesem Ort sterben sollte. Daraufhin verwandelte Zeus sie in Vögel. Von ihnen leitet sich die Art der Vögel her, die Vorzeichen darstellen: die Sperlinge, die Grünspechte, die Drosseln und die Schleiereulen. Wenn sie erscheinen, bieten sie gute und zuverlässige Vorzeichen, wie es kein anderer Vogel kann, denn sie haben das Blut des Zeus gesehen.«

Die Geburtsstelle des Zeus, die kretische Höhle, durften also weder die Götter noch die Sterblichen betreten. Es war der Ort, an dem man nicht sterben kann. Diese Grotte beherbergte ein Geheimnis, das größer war als jedes andere. Wenn ein Ritus geheim ist, liegt das daran, weil er »die Natur des Göttlichen nachahmt, die sich unserer Wahrnehmung entzieht«. Aber hier wollte das Göttliche sich auch der Wahrnehmung der Götter entziehen. Was mußte Zeus denn um jeden Preis vor den anderen Göttern verbergen? Die vier kretischen Jünglinge tasteten sich in der Dunkelheit vorwärts, die vor Süße tropfte. Die Felswände waren mit Honig bedeckt. Der Honig haftete an dem Felsen wie ihre Körper an den Bronzerüstungen. Im Halbdunkel erkannten sie blutdurchtränkte Windeln. Kaum hatte Zeus die Augen aufgeschlagen, hatte er dieselben Felswände erblickt. Wie jedes kleine Kind war auch er »vom Blut und von den Flüssigkeiten der Mutter verschmiert und glich eher jemandem, der gerade ermordet worden war, als jemandem, der gerade geboren worden war«. Daran, an diese Blutspuren mitten im Honig, wie von einem Mord, dachten die vier jungen Männer, als sie spürten, daß ihre Bronzerüstungen von einem Ende zum anderen aufbrachen. Zeus donnerte. Und es wurde taghell.

Seit je liegt auf Kreta das Geheimnis vor aller Augen. Auf einem Berg zeigte man das Grab des Zeus. Man sprach die Wahrheit aus, die man nicht aussprechen darf. Niemand hat ihnen geglaubt. Von da an gab es den Spruch: Alle Kreter lügen.

Zeus ließ aus seinem Leben Kriege und Liebesabenteuer bekannt werden. Doch nicht viel mehr. Seine Geheimnisse teilte er zwischen seinen beiden Söhnen auf, Apollon und Dionysos, die eines fernen Tages zur Herrschaft kommen sollten. Jede Epoche lebt, ohne es zu wissen, den Traum der voraufgegangenen Epoche. So wie Zeus das gedacht hatte, was sein Vater Kronos träumte, so würden Dionysos und Apollon erleiden, was Zeus im geheimen bereits kennengelernt hatte. Die Welt sollte Dionysos und Apollon Unternehmungen und Leidenschaften zuschreiben, die im verborgensten Winkel des Lebens ihres Vaters zu Hause waren.
Doch Zeus kann keine Geheimnisse haben. Zeus *ist* ganz einfach. »Du bist immer«, sagte ein Dichter der Spätzeit. Und in Dodona sagten die ersten Frauen, die Verse sangen: »Zeus war und ist und wird sein, o großer Zeus.« Nun sollte das Geheimnis des Zeus sich in jenem düsteren, unzugänglichen Bereich ansiedeln, wo die beiden Götter in der Blüte

ihrer Jugend mit dem Tod verhandeln und ihn erleiden mußten. Das Geheimnis des Zeus bestand aus zwei Teilen: er hatte Typhoeus getötet; er war als Kind in der kretischen Höhle selber getötet worden. Zeus übertrug Apollon den ersten Teil: Apollon tötete Python. Und den zweiten Teil übertrug er Dionysos: der Knabe Zagreus wurde von den Titanen getötet. Sich in zwei Söhne spaltend, reproduzierte Zeus in jedem von ihnen die Totalität. Im Inneren ihrer Form beherbergen Apollon und Dionysos die Gegensätze und schwanken zwischen ihren Extremen hin und her. So wie Dionysos der Zerfleischende und der Zerfleischte ist, so ist Apollon der Verfolger und der Flüchtige.
Der delphische Jüngling, der alle acht Jahre beim Septerionsfest aus Delphi floh, ohne sich umzudrehen, während hinter ihm eine Hütte niederbrannte, an die er kurz vorher Feuer gelegt hatte, ahmte die Flucht Apollons aus Delphi nach, als er sich wegen der Tötung Pythons im Exil des Tempe-Tals reinigen wollte. Doch er wiederholte zugleich auch die Verfolgung des von den Pfeilen Apollons verwundeten Python. Der Gott verfolgte die Schlange auf der gleichen Straße, »die wir heute die Heilige Straße nennen«. Und er war zu spät gekommen, wenn auch »nur um weniges«, um ihrem Leiden ein Ende zu bereiten. Pythons Sohn, Aix, die Ziege, hatte den Vater, die riesige Schlange, der sterbend von Phokis bis Thessalien geglitten war, schon bestattet.

Daktylen, Kureten – und dann, in der Nacht, Titanen: sie sind die ersten *koûroi*: magere, hüpfende Finger; widerhallende Bronzeschilde; scharftönende Flöte. Kureten sind die »Augenblicke, Hirten der Zeit«, Durchlöcherungen des Kontinuums. Sie tanzen wirbelnd im Kreis und schwingen dabei Lanzen und Spielzeug. In der Mitte, verborgen, ein wehrloser Knabe: Zeus – oder Zagreus. Beschützen sie ihn? Oder wollen sie ihn töten? Sie bringen ihm die Rettung mit dem höllischen Lärm der Waffen; und sie täuschen ihn mit Spielzeug, bevor sie ihm das Messer ins Fleisch stoßen. Eingeweihte sind nicht nur die, die sich von der Schuld zu befreien verstehen, sondern auch die, die sie in besonderem Maße auf sich geladen haben. Die Komplizenschaft der Eingeweihten bezieht sich auf ein Wissen, aber auch auf ein Verbrechen. Niemand und nichts wird je die Verbindung zwischen der Gruppe der Eingeweihten und der Bande der Verbrecher durchtrennen können.

Bevor das Messer auf ihn niederfuhr, erkannte der Knabe Zagreus in den weißlichen Gestalten, die ihn umgaben und ihm Spielzeug anboten, seine Freunde, die Wächter. Kureten? Titanen? Das waren Unterschiede, die nur für die Mythopraphen eine Bedeutung haben sollten. In der Nacht sah Zagreus, daß diese Unbekannten oder vielleicht auch Bekannten mit ihren kreideverschmierten Gesichtern von einer schöneren, höhergewachsenen und weißeren Gestalt angeführt wurden, deren Weiße nicht vom Kreidestaub kam, sondern von einem natürlichen Leuchten. Und Zagreus hatte schon einmal gesehen, daß ebendieses Wesen (eine Frau? aber was war eine Frau?) seine Wächter, die Kureten, anführte. Schweigend, in Waffen leitete Athene die nun stattfindende Zerfleischung ihres Bruders Zagreus.
Der Knabe berührte sein Gesicht und fühlte den weichen Kreidebrei, mit dem die Titanen es eingeschmiert hatten. Jetzt gingen sie wieder kreisend um ihn herum, als würden sie dem Rhythmus eines Kinderliedes folgen, und Zagreus wußte genau, daß sie nur den richtigen Augenblick abwarteten, um ihn zu töten. Er betrachtete das Spielzeug, das um ihn herum lag: ein Kreisel, Puppen mit beweglichen Gliedern, goldene Bälle, ein Pinienzapfen, ein Spiegel. Er streckte seine Hand nach dem kleinen Spiegel aus und betrachtete sich darin. Er erblickte ein »gefälschtes Bild«, ein anderes weißes Gesicht. Er erkannte in sich selbst den, der ihn gleich töten würde.
Als wäre es seine Pflicht, verwandelte sich Zagreus, während die Klinge in der Hand eines Titanen bereits aufblitzte, in

einen jungen Zeus, in den alten Kronos, in einen kleinen Knaben, in einen Jüngling, in einen Löwen, in ein Pferd, in eine Schlange, in einen Tiger. Am Ende in einen Stier. Da hörte man in halber Höhe das gewaltige Muhen der Hera. Der verblüffte Stier behielt seine Gestalt eine Sekunde zu lang, gerade so viel, damit das Messer auf ihn niederfahren konnte. Der Stier stürzte nieder. Blutstrahlen spritzten auf die weißen Gesichter der Mörder, die das Messer vom einen zum anderen weiterreichten, bevor sie erneut zustießen.

Als sie die Gliedmaßen des Zagreus gekocht, gebraten, auf Spieße gesteckt und verschlungen hatten, wurden die Titanen vom Blitzstrahl des Zeus verbrannt. Nur eine schwarze Rußschicht blieb von ihnen auf dem Gras und den Büschen der kretischen Berge übrig. Da blickte Athene in der schwülen Luft umher und sah auf dem Boden ein übriggebliebenes, noch immer zuckendes Stück von den Eingeweiden. Dies war das Herz des Zagreus. Es schien ihm gleichgültig, daß es aus der Brust herausgerissen worden war. Es saugte eine unsichtbare Flüssigkeit ein und stieß sie ins Unsichtbare wieder aus. Athene war in den Anblick dieses roten zitternden Flecks versunken. Etwas in diesem formlosen Muskel sprach zu ihr, die grau, hellblau und klar in ihrer Rüstung von allem getrennt dastand, und verkündete ihr ihren Namen. *Pállein* bedeutet »pulsieren«: Pallas, »Pulsierende« – das war Athene hinter der kalten Fassade ihrer Rüstung, da, wo sie den unteilbaren Geist berührte, den sie jetzt zum ersten Mal außerhalb ihrer selbst in diesem verschmutzten, den Hunden überlassenen Stück roten Fleischs erblickte. Vorsichtig nahm sie das Herz in ihre Hände und legte es in einen Korb, den sie verschloß. Dann machte sie sich auf. Sie überbrachte das »denkende Herz« ihrem Vater Zeus.
Für lange Zeit versank Zeus in tiefe Trauer. Er erinnerte sich an Hera, die ihn verhöhnte wegen seiner Untätigkeit, während der Sohn in Stücke gerissen wurde. Als Zeus sah, daß sein Schmerz nicht vergehen wollte, nahm er Gips und be-

gann, die Statue eines *koûros* zu modellieren, so, als sollte sie eine blendende Rüstung werden. Als das Reich der Verwandlung zu Ende war, tat sich das Reich der Statue auf. Und wieder war Zeus der Ursprung: die erste aller Statuen stellte er für seinen verstorbenen Sohn auf. Sobald das Werk geschaffen war, legte er durch eine Öffnung das Herz des Zagreus ins Innere der Statue. Im dunklen Innenraum dieses Kunstwerks wachte das Herz wieder auf. Es dachte: wieder umgeben mich dieses Weiß, wie die weichen Gesichter der Mörder, und die Nacht. Doch diesmal ist der Drehtanz zu Ende, das Weiß ist reglos, wie ein Himmel, wie ein Sarkophagdeckel. Äußerlich stellte die Statue einen wunderschönen Jüngling dar, eine Grabfigur. Im Inneren aber schlug und dachte das Herz des Zagreus weiter.

Das *Etymologicon Magnum* erklärt den Namen »Zagreus« als »der Große Jäger«. Doch unter den Göttern gibt es noch andere Große Jäger. Zeus ist der Große Jäger. Und Hades ist der Große Jäger. Ein Senkblei kommt vom Äther herab, durchmißt die gesamte Erde und senkt sich bis in die innerste Tiefe der Unterwelt: es ist der Große Jäger. In keinem seiner Teile ist das Göttliche bereit, sich von der Geste der Verfolgung einer Beute zu trennen. Auf keiner Höhe – weder in der klaren Luft des Olymps, noch in der wirbelnden Erdenluft, noch auch in der stets düsteren Luft des Hades – löst sich der scharfe Umriß des Großen Jägers auf.

Eine Mänade wies auf ihrem weichen, unverhüllten rechten Arm die Tätowierung eines jungen Hirschs auf. Sie säugte einen jungen Hirsch, sie streichelte ihn und spielte mit ihm. Dann packte sie ihn, riß ihn in Stücke und schlug ihre Zähne in sein noch zuckendes Fleisch. Warum diese Abfolge? Und warum mußte sich diese Abfolge jedesmal wie ein plötzlicher Anfall wiederholen, wo es sich doch um ein Ritual handelte? Was spielte sich im Inneren der Mänade ab? Dionysos fuhr mit Wollust in ihre Adern. Die Mänade rannte und wußte nicht, wie sie antworten sollte. Das Opfer, diese langsame, feierliche Schlachtung, reichte nicht aus für ihre Raserei. Die einzige Antwort lag »in der Lust, lebendiges Fleisch zu verzehren«. Ohne einen Altar irrte sie zwischen den Bäumen umher. Indem sie den jungen Hirsch in Stücke riß, riß sie sich selbst, die vom Gott Besessene, in Stücke. Mithin verschlingt sie den Gott, indem sie den jungen Hirsch verschlingt. Wer besessen war, versuchte jetzt, einen Teil des Gottes zu besitzen. Doch was geschah anschließend? Eine große Stille trat ein. Die Schwüle des Waldes. Zwischen dem Laub sah man blutige Fleischstücke. Der Gott war nicht da. Das Leben unverständlich, undurchdringlich.

Für sehr kurze Zeit sitzt Zagreus, der Knabe und Herrscher, auf dem Thron, den Zeus verlassen hat, weil er jetzt auf Reise (wohin?) ist. Danach wird er zur ersten Beute und in Stücke gerissen. Dann wird er seine Adeptinnen anführen, damit sie andere zerreißen, die ihm ähnlich sind – vielleicht seine Priester. Er, der die Gestalt eines Stiers hat, führt die Bande an, die den Stier lebendig verschlingt. Dionysos Zagreus: mit ihm vollzieht sich die verwegenste Identifikation, nämlich die von Jäger und Beute.
Die *páthe* von Osiris und Christus fixieren sich auf das Bild des Opfers, das in Stücke gerissen oder ans Kreuz genagelt ist. Doch bei Dionysos Zagreus setzt der Kreislauf gleich wieder ein: vom Gott getrieben, wiederholen die Mänaden die Taten, die den Gott selbst getötet haben. Und vor allem töten sie den, der den Kreislauf unterbrechen will.

Orpheus löste sich vom Kult des Dionysos, wie der Entsagende vom Kult der Brahmanen. Bevor er sich in den Wald zu den wilden Tieren zurückzog, hatte auch er die »Lust, lebendiges Fleisch zu verzehren«, erfahren. Jetzt aber drückte sich sein neues Denken in zwei Worten aus: *phónon apéchesthai*, »sich der Tötungen enthalten«.

In allem anderen, so wie der Entsagende sich vor dem metaphysischen Gebäude der Veden verneigte, folgte Orpheus der olympischen Theologie. Doch er wußte, daß seine neue Vorschrift ausreichte, die Ordnung ins Wanken zu bringen. Er wußte, daß er den Wechsel von Töten und Getötetwerden aufgehoben hatte. Die Sonne ging klar und rein auf, und Orpheus begrüßte sie in weißem Gewand auf einer Bergspitze in Thrakien. Hinter sich im Wald hörte er, wie die Frauen, die bisher seine Gefährtinnen waren, die Bassariden, sich brüllend näherten, um ihn jetzt in Stücke zu reißen. Vom Körper des Orpheus blieb nur der Kopf übrig, der auf dem reißenden Wasser trieb, das sich talwärts ergoß – und immer noch sang er.

In der Zeit des Aristophanes kam es durchaus vor, daß jemand vom Fest der Bouphonien wie von einem Relikt aus alten Zeiten sprach, einem irgendwie unpassenden, vergleichbar der goldenen Zikade, die die Athener von Stand vorzeiten als Haarspange benutzten. Bruchstückhaft und dürftig sind die erhaltenen Texte über die athenischen Feste: diese wunderbar ineinandergreifende Konstruktion, die den Rhythmus der Stunden und der Bedeutungen angab. Aber einem glücklichen Umstand ist es zu verdanken, daß uns durch Porphyrios eine Stelle des Theophrast über die Bouphonien überliefert ist, die man als die bedeutendste und klarste mediterrane Darstellung der Metaphysik des Opfers ansehen kann:
»Wie ich bereits sagte, opferten die Menschen in alter Zeit den Göttern die Früchte, aber keine Tiere, und sie verwendeten sie auch nicht dazu, sich zu ernähren. Es heißt, daß während einer öffentlichen Opferfeier in Athen ein gewisser Sopatros, der nicht aus der Gegend kam, aber in Attika den Boden bestellte, vor aller Augen ein Fladenbrot und andere Süßspeisen auf den Tisch gelegt habe, um sie den Göttern zu opfern, als plötzlich ein von der Feldarbeit zurückkehrender Ochse auftauchte und die Opfergaben teils fraß, teils zertrat.

In hellem Zorn über das, was geschah, und da er nicht weit entfernt jemanden sah, der gerade damit beschäftigt war, ein Beil zu schleifen, packte er es und tötete den Ochsen. Als der Ochse tot und Sopatros aus seiner Raserei wieder zu sich gekommen war, wurde ihm bewußt, was für eine Tat er begangen hatte. Da bestattete er den Ochsen und begab sich freiwillig ins Exil nach Kreta, als hätte er sich einer gottlosen Tat schuldig gemacht. Eine Dürre brach herein, und die Folge war eine furchtbare Mißernte. Der Abordnung, die losgezogen war, um den Gott um Rat zu fragen, sagte die Pythia, daß der auf Kreta im Exil Lebende diesem Zustand ein Ende bereiten würde und daß die Dinge bessergehen würden, wenn sie den Mörder bestraften und das Tote in der gleichen Opferzeremonie, bei der es getötet wurde, wieder auf die Beine stellten; wichtig sei nur, daß sie von dem Getöteten ohne Bedenken äßen. So machten sie sich also auf die Suche nach Sopatros, der für diese Umstände die Verantwortung trug. Sopatros war der Ansicht, daß er sich von dem unglücklichen Zustand, in dem ihn seine Unreinheit hielt, dann befreien konnte, wenn alle wie er handeln würden. So verkündete er also denen, die ihn suchen gekommen waren, daß ein Ochse von der Stadt geschlachtet werden müßte. Da die anderen aber nicht wußten, wen sie wählen sollten, um das Tier zu töten, erbot er sich, es selbst zu tun, sofern sie ihn zum Bürger machen und die Tötung mit ihm gemeinsam begehen würden. Damit waren sie einverstanden, und als sie wieder in die Stadt zurückgekehrt waren, bereiteten sie die Handlung in der Weise vor, wie sie sich bis auf den heutigen Tag erhalten hat.
Sie wählten junge Mädchen als Wasserträgerinnen aus: sie bringen das Wasser für das Schleifen des Beils und des Messers. Als die Werkzeuge geschliffen waren, brachte einer das Beil, ein anderer traf den Ochsen, und ein dritter durchschnitt ihm die Kehle; danach machten sich wieder andere an die Häutung des Ochsen, und alle aßen von seinem Fleisch. Nachdem dies alles getan war, vernähten sie die Haut des

Ochsen, stopften sie mit Heu aus und stellten ihn wieder auf die Beine, und zwar in der gleichen Haltung, die er hatte, als er noch lebte; dann spannten sie ihn vor einen Pflug, ganz so, als würde er arbeiten. Danach ging man zur Gerichtsverhandlung über die Tötung über, und jeder, der daran teilgenommen hatte, wurde aufgerufen, sich zu rechtfertigen. Unter diesen wiesen die Wasserträgerinnen denen höhere Schuld zu, die die Klingen geschliffen hatten, während die Klingenschleifer auf den verwiesen, der das Schlachtbeil herbeigebracht hatte, dieser wiederum verwies auf den, der die Kehle durchgeschnitten hatte, und der das getan hatte, verwies auf das Messer. Und dieses wurde nun, da es keine Stimme besaß, der Tötung angeklagt. Von dieser Zeit an bis auf den heutigen Tag führen die Genannten im Verlauf der Dipolien auf Athens Akropolis das Ochsenopfer auf die gleiche Weise durch. Nachdem sie auf den bronzenen Tisch das Fladenbrot und andere Süßspeisen gelegt haben, lassen sie ausgewählte Ochsen um den Tisch herumgehen, und der, welcher die Opfergaben frißt, wird geschlachtet. Die, welche diese Rituale ausführen, gehören heute zu verschiedenen Familien. Alle Nachkommen des Mannes, der den Ochsen getötet hat, nämlich Sopatros, werden *boutýpoi* genannt (die, die den Ochsen töten); die Nachkommen dessen, der sie um die Opfergaben herumgeführt hat, heißen *kentriádai* (die mit dem Treiberstachel); und schließlich heißen die Nachkommen dessen, der dem Ochsen die Kehle durchschnitt, *daitroí* (die, die feiern), wegen des Festes, das auf die Verteilung des Fleisches folgte. Nachdem sie die Ochsenhaut ausgestopft hatten und vor Gericht erschienen waren, warfen sie das Messer ins Meer.«

Die ersten Gestalter des Opfers waren viel zu subtile Theologen, um zu behaupten, daß die Schuld ihren Ort nur in der Tötung eines lebendigen Wesens hätte: das überließen sie den künftigen Gerichten, die nur die enge Ordnung der Menschen kennen. Wenn es nur darauf ankommen würde, sich des Tötens zu enthalten, könnte das Leben ja auch unschuldig werden. In Wirklichkeit aber wohnt die Schuld dem Leben zutiefst inne – und kann sich höchstens verlagern, austauschen, enthüllen, feiern.

Die Urschuld besteht in der Handlung, die das Vorhandene zum Verschwinden bringt: in der Handlung dessen, der ißt. Die Schuld ist zwangsläufig und unaufhebbar. Und weil die Menschen nicht überleben, wenn sie nicht essen, ist ihnen die Schuld in ihre Physiologie eingewoben und erneuert sich unablässig. Aber wer steht nun am Ursprung der Schuld? Der Ochse, der Arbeitsochse, Gefährte des Menschen, der eines Tages das Fladenbrot und die anderen den Göttern dargebrachten Süßspeisen auffraß. Diese dumpfe und sanfte Tat war die erste Verletzung des Bestehenden, die jede weitere Verletzung in sich schloß: es war die Handlung, die das Bestehende verschwinden läßt, so wie Hades Kore verschwinden ließ. Von dieser Handlung leitet sich, in einer einzigen Kette, jede weitere Schuld ab. So tief ist die Schuld in die Existenz eingetrieben, daß zu ihrem ersten Auftritt ein Haustier ausreicht, welches sein Maul nach einem Bauernkuchen reckt.

Aber wem begegnen wir am anderen Ende der Schuld? Dem Messer, das »keine Stimme hat« (*áphonos*). Den beiden einzigen Verurteilten, dem Ochsen und dem Messer, fehlt das Wort. Wem das Wort fehlt, der wird auf der Stelle verurteilt. Wer das Wort besitzt – und gleichwohl schuldig ist –, lebt in einem ewigen Aufschub der Verurteilung. In der Mitte zwischen dem einen und dem anderen Ende der Kette, zwischen dem Ochsen und dem Messer, befindet sich jeder einzelne von uns: die reizvollen Wasserträgerinnen, die an die fünfzig Danaostöchter erinnern, Quellen, die Leben spenden und Tod; und die, die als kaltblütige Antreiber mit dem Treiberstachel in der Hand den Ochsen zum Fladenbrot lenken, damit er nur ja, unwissentlich, die schuldhafte Handlung begehe, um so zum Opfer bestimmt werden zu können; und die, die, in Gedanken vertieft, ihr Leben mit dem Schleifen von Beilen und Opfermessern zubringen; und die, die sich damit begnügen, das Beil dem zu reichen, der den entscheidenden Schlag führt; und der, der das Beil niedersausen läßt, während die Frauen die Stille mit einem schrillen Schrei (*ololugé*) der Freude und des Schreckens zerreißen; und die, die dem niedergestreckten Tier die Kehle mit dem Messer durchschneiden, weil, wenn das Blut nicht fließt, der Tod sinnlos ist und das Tote nicht gegessen werden kann; und die, die das gleiche Messer, mit dem die Kehle durchschnitten wurde, zur Aufteilung der Fleischportionen, für jeden Bürger eine, verwenden; und schließlich die, die bei der Schlachtung zusehen und das Fleisch des Tieres essen: alle.

Die delphischen Priester waren nicht nur Wächter des *lógos*, sondern auch der Opferlehre. Als die Athener nach der frevlerischen Tat des Sopatros das Orakel um Rat ersuchten, antwortete die Pythia mit brutalen Worten, die es dann möglich machen sollten, die Stadt, jede Stadt zu gründen, weil die Stadt sich ausschließlich auf die Schuld gründen kann. *Eßt das Tote und habt keine Bedenken*: mit diesen Worten wird die Zivilisation in Gang gesetzt. Der Rest ist Honig und Eicheln, orphisches Leben, Sehnsucht nach einem reinen Ursprung. Doch auch dieses Leben konnte der Erkenntnis nicht ausweichen, daß die Welt ein Verschwinden und Sich-Auflösen ist. Auf dem bronzenen Tisch liegt das süße Fladenbrot. Jetzt gibt es das Fladenbrot nicht mehr. Das Fehlen, das plötzliche, das unwiderrufliche Fehlen ist ein Hinweis darauf, daß das Verschwinden am Werk ist. Und jeder, jedes Wesen – sowohl der stumme Arbeitsochse wie der tötende Mensch wie auch die Metallklinge – hat Teil an diesem Werk. Die Schuld durchdringt alles Wirkende. Alles wird einem Urteil unterworfen sein. Doch nicht, weil die Schuld durch das Urteil entfernt und aufgelöst werden könnte. Nein: die Schuld ist von den Göttern vorgeschrieben, noch vor dem Gesetz.

Die Pythia bietet den Athenern ein aus fünf Teilstücken

bestehendes Änigma an: der Fremde muß aus dem Exil zurückberufen werden; die Schuld muß noch einmal begangen und mithin also betont werden; der Mörder muß sich einem Gericht stellen; der Tote muß »in der gleichen Opferzeremonie, bei der er getötet wurde, wieder auf die Beine gestellt werden«; die Menschen müssen das Tote essen ohne Bedenken. Nur wenn diesen fünf Bedingungen gleichzeitig entsprochen wird, könnten »die Dinge bessergehen«. Die Antwort der Pythia ist ein Gestrüpp von Widersprüchen. Der Fremde ist schuldig, soll aber aus dem Exil zurückberufen werden, mehr noch: dies ist die Voraussetzung für jede Rettung. Der Ochse ist schuldig, weil er die für die Götter bestimmten Opfergaben aufgefressen hat, muß aber als ausgestopftes Tier, auf den Beinen stehend, wiederkehren. (Und hier sei für den modernen Menschen, der dazu neigt, es sich mit jeder Auferstehung allzu leicht zu machen, darauf hingewiesen, daß der unter seinem blutigen Fell ausgestopfte Ochse *nicht* der auferstandene Ochse ist: er ist lediglich der Ochse, der *anwesend* ist »in der gleichen Haltung, die er hatte, als er noch lebte«, der nur wiedergekehrt ist, um daran zu erinnern, daß der eigentliche Frevel, noch vor dem Tod, im Verschwinden liegt.) Die Menschen müssen wegen der Tötung des Ochsen einem Urteilsspruch unterworfen werden, müssen aber auch sogleich von seinem Fleisch essen, »ohne Bedenken zu haben«.

Warum das alles? Den Göttern reicht es nicht, den Menschen die Schuld aufzubürden. Das ist viel zu wenig, da die Schuld ja bereits ein Teil des Lebens ist. Was die Götter verlangen, ist das Bewußtsein der Schuld. Und dies erlangt man nur vermittels des Opfers. Das Gesetz allein kann nur dazu dienen, die Schuld zu bestrafen, nicht aber dazu, das Bewußtsein von ihr zu vermitteln, was wesentlich wichtiger ist. Das Opfer ist der kosmische Mechanismus, der das schuldige Leben ins Bewußtsein hebt. Als Sopatros das Beil auf den Nacken des Arbeitsochsen hatte niedersausen lassen, kam er aus seiner Raserei wie aus einem Traum wieder zu

sich, und »ihm wurde bewußt (*synephrónesen*), was für eine Tat er begangen hatte«. Er warf das Beil weg und floh in die Ferne. Aber Sopatros handelte in diesem Augenblick allein, die Tat war die eines einzelnen. Und Sopatros war zaghaft. Er bestattete den Ochsen, statt ihn zu essen. Seine Schuld hatte kein Echo, sie drang nicht bis ins tiefste Innere.
Die Pythia fordert, das Beil des Sopatros solle unaufhörlich niedersausen, und jeder, das gesamte Gemeinwesen, die *pólis*, solle mit jedem einzelnen Gemeindeglied an diesem Akt teilnehmen und ihn bewußt vollziehen. Aber nicht nur das: jetzt wird die Stadt auch Sopatros, den Fremden, in sich aufnehmen – und sie wird ihn deshalb aufnehmen, weil er diese Tat begangen hatte, diese wilde Tötung eines Arbeitsochsen, der in seinem Maul ein süßes Fladenbrot verschwinden läßt.

Kore und Demeter sind auch vom Namen her (Deò) ein Dualwesen. Jeder Handlung der einen entspricht in einer bisweilen überwältigenden Transposition eine Handlung der anderen. Als sich ihre Geschichte einem Stillstand nähert, der fatal wäre – in Kores trauernder Reglosigkeit auf dem Thron des Hades, in Demeters beharrlichem Schweigen auf dem Stein, »der nicht lacht« –, ereignet sich etwas, das die Starrheit auflöst: Kore ißt, abgelenkt durch die Worte des Hades, einen Granatapfelkern; Demeter ißt, abgelenkt durch den obszönen Tanz der Baubó, die Kichererbse wie eine ausgehungerte Bettlerin. Diese beiden Handlungen waren der Ursprung der Mysterien. Indem sie eine Speise annehmen und essen, die weder Nektar noch Ambrosia ist, werden Demeter und Kore jener Schuld teilhaftig, die den Menschen eigentümlich ist; sie setzen sich damit dieser dem Menschen eigenen Schwäche aus, welche die Götter stets verlacht hatten: sie unterwerfen sich der Zeit, die die Lebewesen verschwinden läßt, und gleichzeitig nehmen sie die Komplizenschaft mit dem eigenen Vernichter hin, weil der Mensch nicht überleben kann, ohne etwas anderes verschwinden zu lassen. Die Mysterien sind die Wunde, die in der unversehrten Haut des Olymps klafft und sich in der Wiederkehr der Zeremonien vergeblich zu schließen sucht. Daß sich diese Wunde niemals schließen möge, ist die Hoffnung der Eingeweihten.

Der *palaiòn pénthos*, die »alte Trauer«, überdauert unversehrt die Zeit und fordert befreiende Taten durch die Menschen – sind die Mysterien denn nicht genau das? –, weil wir von umherstreifenden Rächern im Unsichtbaren umzingelt sind, die niemals die »alten Befleckungen« vergessen. Es ist ein olympisches Paradox, daß diese drohende Rache auch die Götter miteinbezieht. So sah man Apollon, den stolzesten und fernsten Gott, demütig die Menschen nachahmen, als er mit der Tötung Pythons sein Urverbrechen begangen hatte, er brachte Trankopfer dar und ging ins Exil, wie es eines Tages auch Ödipus und Orest geschehen sollte.
Wenn die Götter mit der Schuld in Berührung kommen, schlagen sie ihre Augen zu den Menschen nieder und beginnen, ihre Taten zu wiederholen, um sich zu befreien. So entsteht ein Parallelismus der Nachahmung zwischen Göttern und Menschen. Die Menschen, schrieb Strabon, »ahmen die Götter am besten nach, wenn sie das Gute tun oder, besser gesagt, wenn sie glücklich sind«. Umgekehrt ahmen die Götter die Menschen nach, wenn sie das Böse tun oder erleiden (und die beiden Dinge waren nach griechischer Anschauung vom selben Knoten zusammengehalten: *adikeîn*, *adikeîsthai*); oder, besser gesagt, wenn sie unglücklich sind. Einen solchen Zustand des Unglücklichseins der Götter bezeugt »das, was von den Göttern in den Mythen und in den Hymnen erzählt wird – Entführungen, heimliche Wanderungen, Exil, Knechtschaft«. Und genau aus diesen Elementen, die die wertvollen und einzig zugänglichen Spuren des Durchzugs der Götter darstellen, haben die Menschen die Mysterien geschaffen. Hier erreicht jede Handlung ihre höchste Dichte und fordert zum Schweigen auf: in den My-

sterien wiederholen die Menschen die Handlungen, mit denen die Götter die Menschen nachahmen wollten, um sich von einer göttlichen Schuld zu befreien. Hierin liegt das Schwindelerregende der Mysterien. Mehr noch als im Zustand des Glücks nähern sich die Menschen den Göttern in der Feier der von den Göttern im Zustand des Unglücks vollbrachten Handlungen.

Wer mit den Mysterien nichts zu schaffen hat, für den sieht es so aus, als hätten die Mysterien etwas mit der Unsterblichkeit der Menschen zu tun; wer aber in die Mysterien eingeführt worden ist, für den sind die Mysterien jene Gelegenheit, bei der die Götter etwas mit dem Tod zu tun haben. »Viele mit dem Tod und mit der Trauer verbundene Dinge sind in die Initiationsrituale gemischt«, sagt Plutarch. Aber noch genauer und zugleich brutal ist Clemens, der gefährlichste Überläufer aus dem Heidentum: »Die Mysterien sind, um es in zwei knappen Worten zu sagen: Tötungen und Bestattungen.«
Unsterblich sind nicht die Menschen, die die Mysterien durchschreiten, sondern die Mysterien selbst. Als der Rhetor Ailios Aristeides in Smyrna Nachricht erhielt, daß ein Überfall der Kostoboken Eleusis zerstört hätte, sprach er diese Worte aus: »Schlachten zu Wasser und zu Land und Gesetze und Verfassungen und hochmütige Verhaltensweisen und Sprachen und alles andere haben sich sozusagen in Luft aufgelöst: widerstanden haben nur die Mysterien.«

Pelasger, pelasgisch: so bezeichneten die Griechen den erratischen Block der Ursprünge: Pelasger fanden sich auf Samothrake: sie feierten Mysterien mit Kranichen und Zwergen; sie schnitten als erste Steine zu Vierecken, aus denen ein jugendlicher Kopf und ein aufgerichteter Phallus herausragten. Pelasger gab es in Arkadien, in Äolien, auf Lemnos, auf Imbros, in Argos und Athen. Von Ephoros bis zu Klages erstreckt sich das jahrtausendealte Bemühen, den Pelasgern ein Gesicht zu geben. Doch der Pelasger entzieht sich. Nichts kann ihm beikommen: er ist stets der stumme »Nachbar« (*pélas*), das, wovon sich das Wort, die Geschichte ablösen. Herodot sagt, ohne sich länger dabei aufzuhalten, daß »die Athener, die eigentlich Pelasger waren, ihre Sprache wechselten, als sie in den Verband der griechischen Stämme aufgenommen worden waren«. Die Athener erhoben also einen doppelten Anspruch: autochthon, erdgeboren zu sein, insoweit sie Pelasger sind; und zugleich die erdgebundene, verlorengegangene Sprache der Pelasger abgelehnt zu haben, die bereits für Herodot unverständlich war.

Was das zu bedeuten hatte, darüber sagt Herodot nichts. Doch als er als wißbegieriger Reisender nach Dodona kam, wurde es ihm von den drei Priesterinnen des Heiligtums, Promeneia, Timarete und Nikandra, mitgeteilt. In der alten Geschichte des Heiligtums gab es einen Augenblick, wo sich eine Gruppe von Pelasgern vor der Eiche des Zeus einfand (aber nannten sie ihn Zeus? oder war er lediglich *theós*?), um Rat von ihr zu erbitten. Bis dahin hatten die Pelasger »Opfer jeglicher Art dargebracht und zu den Göttern gebetet, doch ohne sie nach Namen und Titeln zu unterscheiden, weil sie nicht wußten, daß es so etwas gab«. Nun aber hatte ein Seefahrer die Namen der Götter von Ägypten mitgebracht. Doch war es richtig, diese zu verwenden? Und waren diese unbekannten Namen überhaupt angemessen? Die Eiche antwortete, daß diese Namen angemessen seien, und es sei auch rechtens, sie zu verwenden. Zeus ist der Gott, der es erlaubt, die anderen Götter zu benennen. Zeus ist der Gott, der erscheinen läßt.

Die Geschichte, die die drei Priesterinnen von Dodona Herodot erzählten, ist zugleich auch die Fabel, die den Gegensatz und die Überlagerung von *nómos* und *phýsis*, von Gesetz (oder Konvention) und Natur einführt, mithin das Denkgebäude, in dem wir seit jeher wohnen. Erst an diesem

Tag wurde in Dodona das Griechische zum Griechischen: sofern dies lediglich das Zusammenleben eines dunklen und jeder Macht hörigen Grunds, wie etwa das Rauschen eines Baums, mit einem Klang aus fremdem Land bedeutet, der diesen Grund auf ewig mit der herrischen Willkür des Namens überlagert. Die Pelasger gingen von einer stummen Verehrung der Götter zu einer Verehrung über, bei der sie die Götter mit fremden Namen anriefen, von denen sie nicht das geringste wußten. Auf diese Weise wurde der metaphysische Bogen in Griechenland gespannt; dies war der Stil, in dem sie ihn in die Hand nahmen.

Bis zum fünften Jahrhundert besaß Zeus keinen Tempel in Dodona, dem ältesten aller Orakel. Das Zentrum des Orakels bildete eine Eiche, die von einem Ring von Dreifüßen beschützt wurde. Davor öffnete sich ein breites, ebenes Tal. Seitlich stiegen lange, abgerundete Hügelketten auf, Hügel wie viele andere, deren Hänge mit Grün betupft waren, das zum Tal hin immer dichter und schließlich zu einem einzigen Grün wurde. Dodona ist kein gezeichneter, strategischer, exponierter Ort wie Delphi; auch kein geheiligter Ort wie Olympia. Dodona hat keine Kontur, während Delphi nichts anderes ist als Kontur. Doch Delphi ist Apollon. Und Feind des Apollon ist alles, was Apollon nicht ist. Während Zeus plan ist und alles aufnimmt.
Zeus besitzt keinen Charakter, er ist der Träger eines jeden Charakters. So wie seine Statue in Olympia der Träger aller Formen war, seine Parasiten, so nimmt seine Stätte jede nur mögliche Stätte auf. Und seine Stimme, das Rauschen der Eiche, kommt dem Ununterschiedenen am nächsten, dem, was auf dem Land am meisten ans Meer erinnert. Zeus allein versteht den flachen Grund der Existenz wunderbar zu machen. Allen anderen kommen die Formen zu, die Zeichen, die Konturen. Zeus aber der Grund und das Grundrauschen. Zeus ist Jegliches, Träger des Einzigen. Das Einzige besteht nicht ohne seinen Träger. Dagegen kann der Träger allein

bestehen. Das Einzige neigt zur Eifersucht, weil etwas nicht zu ihm gehört. Der Träger neigt zum Gleichmut, weil auf ihm alles ruht.

Auf den Bleitäfelchen, die die Ratsuchenden in Dodona benutzten, ist zu lesen: »Hat Pistos die Matratzenwolle gestohlen?«; »Eurydamas fragt, wo er die verlorene Tasse wiederfinden kann.« Doch neben diesen Anfragen, die mit häuslichen Angelegenheiten zu tun haben, lesen wir auch ganz andere: »Welchen Gott soll ich um Hilfe bitten, um das zu tun, was ich im Sinn habe?«; »Pythion fragt, ob es gut für ihn ist, zu Asklepios zu beten und ihm Opfer darzubringen«; »Hermon der Korinther fragt, welchen Gott er anrufen soll, um gute Kinder von seiner Frau Krataia zu bekommen.«
In Delphi befragten die Ratsuchenden die Pythia, um den Gedanken Apollons zu erkennen. In Dodona befragten die Ratsuchenden die Eiche, damit Zeus sie im Gewühl der Götter leite. Die Angst des Ratsuchenden entspringt nicht dem Zweifel, ob er opfern soll oder nicht. Die Angst entspringt dem Zweifel, ob er dem richtigen Gott opfert. Und es gibt nichts Traurigeres, als dem nicht zuständigen Gott sein Opfer darzubringen. Von diesen Opfern wird der größere Teil des Lebens bestimmt. Um eben die zu vermeiden, zogen die Ratsuchenden nach Dodona, auf den Spuren der Hyperboreer. Wie ein höchstes Postamt sortierte Zeus die Ratsuchenden und wies sie dem einen oder anderen Olympier oder Helden zu und empfahl ihnen denjenigen Wasserlauf des Unsichtbaren, der die Opfergabe aufnehmen sollte. Nichts war zu gering und nichts war zu groß, um von Zeus erbeten zu werden. Apollon schmiedete Komplotte mit seinen Ratsuchenden und empfing sie in einem mit Rüstungen überhäuften Tempel. Zeus dagegen wohnte im Stamm einer Eiche: von dort aus wies er, mit der Neutralität eines Führers, den Weg, auf dem man die verlorene Tasse wiederfinden oder die Gunst des jeweils zuständigen Gottes erlangen könne.

In Dodona überlebt zwischen zahlreichen Akazien und Pappeln nur eine Eiche, und die ist nicht einmal imponierend. Aber das eben ist Zeus: irgendeine Eiche. Zeus allein kann das Wunder der Normalität bewirken.

Die in den Stein von Palekastro gemeißelte Hymne nennt Zeus den *mégistos koûros*, »den größten unter den *koûroi*«, so, als hätte er sich gerade von seinen (identischen) Gefährten getrennt und wäre daraufhin zum Herrscher, zum Einzigen Zeus geworden; so, als wäre der Gott aus der Verdoppelung des Blicks der Eingeweihten hervorgegangen. Sie betrachten sich selbst im *koûros*, der einen Schritt aus der Reihe der anderen hervortritt. Sie sind die Kureten, die unter dem Klang der Schilde um das Kind Zeus herumgetanzt waren. Jetzt sind sie bereit, ihm über die Berge zu folgen, Vagabunden, Magier und Metallprüfer. Und auf derselben Stele von Palekastro wird Zeus als *pankratès gánous* angerufen, als »Herrscher über den feuchten Glanz«. Aber *gános* ist etwas, das kein Wort genau umschreiben kann. Das *Etymologicon Magnum* gibt ihm folgende Bedeutungen: *hydor chárma phòs lípos augè leukótes lampedón*: »Wasser Freude Licht Fett Schimmer Weiße Glanz«. Und fügt dann noch folgende, über Jahrhunderte nicht zur Kenntnis genommene Worte hinzu, die den Punkt bezeichnen, an dem sich in den Wassern des Mittelmeers die Essenzen von Athen und Jerusalem vermischen: »*Gános* bedeutet bei den Zyprern Paradies (*parádeisos*).«
Gános ist eine Substanz, ein Gefühl, ein Strahlen. Zeus besteht aus *gános*, die Zwölf bestehen aus *gános*. Zeus ist der Herr der strahlenden Materie, aus der er sich selbst formt und aus der sich der Kreis der Zwölf um ihn herum geformt hat. Ein Widerschein dieser Materie glänzte in der Statue auf, die Zeus schuf, um in ihr das Herz des Zagreus zu verbergen.

X

Von Zeit zu Zeit trafen sich die Heroen zu gemeinsamen Unternehmungen: zu einer Jagd, einer Eroberung, einem Krieg. Die Beute konnte ein seltenes Tier oder auch ein Kultbild sein: der kalydonische Eber, das Goldene Vlies, das Palladion von Troja. Die Helden bieten ein herrliches Bild, wenn sie sich diszipliniert auf den Bänken des Schiffes Argo versammeln und ihre Muskeln wie Flammen spielen. Dann schauen alle Olympier von der himmlischen Galerie zu ihnen herunter. Oder wenn Jason vor seiner Abreise das Gedränge der Magnesier durchbricht und die Priesterin der Artemis ihm die Hand küßt und ihn so voller Ergriffenheit anblickt, daß sie kein Wort hervorbringen kann, und Jason sie hinter sich zurückläßt, so wie die Jungen die Alten hinter sich zurücklassen. Oder wenn Pollux, der Faustkämpfersohn des Zeus, sich auf seinen Kampf mit Amykos, König der Bebryken, vorbereitet und Kraft ausstrahlt, seine Wangen jedoch erst von einem leichten Flaum bedeckt sind und seine Augen feucht glänzen, wie die eines kleinen Knaben. In solchen Augenblicken vibriert die Herrlichkeit der Helden viel mehr, als wenn sie kluge Schachzüge vorbereiten. Ausgenommen Theseus und Odysseus, die ihre größten Unternehmungen allein vollbringen, enthüllen die Helden, wenn sie zusammen sind, etwas, das sie bereits bedrückte, als sie noch allein waren: eine Art dunkler Vorhang liegt über ihrem Geist, eine hohe Dumpfheit begleitet sie.

Vor seiner Abreise ist Jason in trübe Gedanken versunken, weil er spürt, daß er dieses Unternehmen nicht im Griff hat, das nun mit der Begeisterung und dem Jubel der Natur selbst vonstatten gehen wird, zwischen dem Ruf des Hafens von Pagasai und dem des Schiffes Argo, der von dem »göttlichen Balken« ausgestoßen wird, der es durchzieht und als Eiche in Dodona gewachsen war. Die ersten Taten der Argonauten haben etwas Schlafwandlerisches an sich, so als würden sie einem höhnischen Automatismus gehorchen.

Alle stürzen sich, von wildem Verlangen ergriffen, geschlossen auf die Frauen von Lemnos. Eines Nachts begehen sie irrtümlich ein Massaker und bringen dabei die besten Dolionen um, die sie freundschaftlich aufgenommen hatten. Ein anderes Mal lassen sie Herakles und Polyphem an Land zurück und bemerken es erst, als es für eine Rückkehr zu ihnen zu spät ist. Nach und nach wird es immer deutlicher, weshalb die größten Helden so hartnäckig darauf bestehen, eingeweiht zu werden, wie Herakles und die Dioskuren in Eleusis oder die gesamten Argonauten in Samothrake: sie wissen, daß ihnen etwas Wesentliches fehlt, sie wissen, daß sie nicht vollkommen sind.
Die Intelligenz des Helden arbeitet anfangs nur mit Unterbrechungen und ist ganz auf die Rolle eines Töters von Ungeheuern festgelegt. Doch als es dem Helden schließlich selbst gelingt, den Rahmen seiner Rolle zu durchbrechen, ohne sie aufzugeben, als er schließlich lernt, auch Verräter, Lügner, Verführer, Reisender, Schiffbrüchiger, Erzähler zu sein, da wird er Odysseus, da kommt zu seiner ursprünglichen Berufung, der, alles zu besiegen, eine neue hinzu: die, alles zu verstehen.

Die Argonauten waren gerade in Thynias an Land gegangen, einer verlassenen Insel am Pontos. Sie waren erschöpft, nachdem sie einen Tag und zwei Nächte unablässig gerudert hatten, und schwitzten wie Ochsen unterm Joch. Jetzt näherte sich die Morgenröte. Eine Gestalt erschien, riesenhaft. Trauben blonder Haare fielen ihr über die Wangen. Ein silberner Bogen glänzte in der frühen Helle des Morgens auf; die Gestalt trug ihn in der linken Hand. Unversehens war das Meer in Bewegung geraten, die Erde bebte, und Wellen brachen sich wütend am Strand – der einzige Laut. Die Argonauten versanken in hilfloses Staunen, niemand wagte es, der Gestalt in die Augen zu blicken, während sie vorüberschritt, ohne von ihnen Kenntnis zu nehmen. Sie begriffen, daß es Apollon war, auf dem Weg zu den Hyperboreern, als

Die Säulen des Herakles

die Füße des Gottes die Insel bereits verlassen hatten und durch die Luft weiterschritten, schwebend über dem Meer. Die Argonauten verharrten mit gesenkten Köpfen. Schließlich sagte Orpheus: »Es war der Apollon der Morgenröte, laßt uns ihm einen Altar auf dem Strand errichten.«

Die Argonauten lagen im Hinterhalt, unsichtbar im Schilf. Jason war finster und verschlossen. Zwar besaß er die Kraft. Aber die Kraft lebt in der Erwartung, auf eine etwas größere Kraft zu stoßen, die sie zu Boden wirft. Und diese Kraft hatte er endlich wohl dort gefunden, in Kolchis, wo ein schlafloses Ungeheuer das Goldene Vlies bewachte, das an den Zweigen einer Eiche aufgehängt war. Jason wußte, daß nun der Augenblick gekommen war, in dem er entweder die Göttin in sich freilassen oder aber untergehen mußte.
Oben, in einem Schlafgemach des Olymps, trafen sich Athene und Hera zu einem Gespräch. Dann dachten sie: wo ein Ungeheuer ist, da ist eine Frau, wo eine Frau ist, da ist Aphrodite. Sie wollten ihr einen Besuch abstatten, nach langer Zeit. Aphrodite hatte gerade das Bett des Hephaistos in Ordnung gebracht, der zur Arbeit gegangen war, weit weg, auf einer treibenden Insel. Im Dunkel des Zimmers fuhr sie sich mit einem goldenen Kamm durch das lange Haar. Sie legte den Umhang ab, der ihre Schultern bedeckte, und flocht ihr Haar zu Zöpfen. Plötzlich fuhr sie auf. Aphrodite hatte keine Freundinnen, und ihr wurde bewußt, daß sie sich fast immer in der Gesellschaft von Männern befand. Sie war es nicht gewohnt, Besuch von den beiden angesehenen Göttinnen zu erhalten, die sie möglicherweise auch beneideten, ganz sicher aber für unfähig hielten, die großen Fragen zu begreifen. Sie begriff augenblicklich, was sie von ihr wollten: sie sollte wieder einmal ihren Sohn Eros in die Welt hinausschicken. Einen Moment lang ließ sie sich gehen und sagte die Wahrheit: daß ihr Sohn sie weniger als irgendeine andere respektierte, weil sie gleichen Wesens waren; daß er ihr offen ins Gesicht lachte und ihr gegenüber keinerlei Scham emp-

fand. Doch Athene und Hera hatten sich einen irritierenden Blick des Einverständnisses zugeworfen, als Aphrodite angefangen hatte, von ihren Leiden zu erzählen.
Dann eben nicht, dachte Aphrodite, es interessiert ja doch niemanden. Aber sie legte Wert darauf zu beweisen, daß sie auch etwas tat dieses Mal. Im Obstgarten des Zeus fand sie Eros. Der »unsagbare Lump«, *áphaton kakón*, spielte Würfel mit Ganymed, er gewann und er mogelte. Aphrodite wußte, daß nichts seine Aufmerksamkeit fesseln könnte, außer einer ganz bestimmten Art von Spielzeug: goldene Würfel, Kreisel, Kugeln. Dieses Mal aber würde sie ihm ein Spielzeug überlassen müssen, das Zeus gehört hatte und ihm von seiner Amme Adrasteia, einer Frau des Schicksals, geschenkt worden war: eine goldene Kugel, auf der viele Kreise eingeritzt waren, die von einer Emaillespirale durchzogen wurden. Warf man sie in die Luft, hinterließ sie eine flammende Spur. Noch während Aphrodite sie dem Eros beschrieb, wurde ihr klar, daß der kleine Knabe sich auf den Tauschhandel einlassen würde: die goldene Kugel gegen einen Pfeil für Medea, der hoffentlich bis zu den Federn in sie eindringen würde. So stieg Eros, die ewige, erbarmungslose Jugend der Welt, der, welcher trifft, doch nie getroffen wird, noch einmal vom Olymp herab. Aber er dachte schon wieder an seine Rückkehr, wenn er mit der goldenen, von jener Emaillespirale überzogenen Kugel spielen würde.

Zwischen dem Helden und der Prinzessin besteht ein Mißverständnis, das sich durch viele Geschichten von Männern und Frauen zieht, zumindest solange der Mann sich für den Helden und die Frau sich für die Prinzessin hält, also fast immer. Die Nacht, in der Jason sich in Kolchis bei Hof vorgestellt hatte, träumte die Prinzessin Medea, der Held wäre nicht gekommen, das Ungeheuer zu töten, sondern um sie zu rauben. Jason wußte, daß er, wenn er das Ungeheuer besiegen wollte, welches das Goldene Vlies bewachte, auf die Hilfe Medeas nicht verzichten konnte. Wenn sie ihm

helfen würde, würde die Prinzessin geraubt werden. Es war ein Spiel aus Schweigen und unterschwelligem Verstehen: sowohl der Held wie die Prinzessin – der eine gegenüber der anderen, die andere gegenüber sich selbst – wollten den Eindruck erwecken, als wäre die Tötung des Ungeheuers nur der Vorwand für den Raub.
Als Jason das Goldene Vlies erobert hatte und die Argo mit Medea an Bord nach Griechenland segelte, schien es, als hätte sich der Traum der Prinzessin erfüllt. Und gleich zu Beginn hatte Medea Jason wie in einer nächtlichen Vision erkannt, als »ihr Gedanke, der sich wand wie ein Traum, den Spuren folgte von ihm, der dahinglitt«. Wer erinnerte sich da noch an das Ungeheuer? Doch für den Helden ist das Ungeheuer nie nur ein einziges. Daher läßt es sich nicht vergessen: jedes Ungeheuer ist das Vorspiel zum folgenden Ungeheuer. Eher wird die Prinzessin vergessen. Ungeheuer besitzen eine ausgedehnte Identität, die sich in jedem Teilstück eines Ungeheuers wiederfindet und wiederholt, während jede Frau Kontur ist, und jeden Augenblick kann eine neue Kontur die anderen verdunkeln. Daher kommt es, daß die Geschichten zwischen Helden und Prinzessinnen dazu neigen, ein böses Ende zu nehmen. Vielleicht war Theseus auch hierin der klarsichtigste und eleganteste unter den Helden, denn er ließ Ariadne wenigstens auf einer Insel zurück, bevor er nach Hause kam.

Die Geschenke der Götter sind vergiftet und allesamt mit dem unheilvollen Mal versehen, das dem Unsichtbaren eigentümlich ist, wenn es berührbar wird. Sie gehen von Hand zu Hand und verströmen dabei ihr Gift. Aphrodite machte ihre Halskette und Athene ihren Peplos Harmonia zum Geschenk, als sie sich mit Kadmos vermählte, und diese Geschenke beschworen ein sich über zwei Generationen hinziehendes Massaker unter den Helden herauf: vom Zug der Sieben gegen Theben bis zu den Racheakten der Epigonen. So geschah es auch mit dem heiligen Purpurpeplos, auf dem

Dionysos, den Kopf an die schönen Brüste der Ariadne gelegt, eingeschlafen war. Dieser Peplos stach gegen den Sand von Naxos ab. Sein Stoff, von Glück durchtränkt, wurde eines Tages zum Banner der Verlassenheit, des Verrats, des Mords. Doch der Duft des Dionysos verflüchtigte sich nicht, und das »süße Begehren«, diesen Peplos zu berühren und zu betrachten, nahm niemals ab. Die Chariten hatten ihn für Dionysos gewoben, Dionysos hatte sich mit Ariadne in ihn gehüllt. Danach hatte er ihn seinem Sohn Thoas geschenkt. Thoas hatte ihn seiner Tochter Hypsipyle geschenkt, die ihn ihrem Liebhaber Jason schenkte, bevor dieser sie verließ. Und der Purpurpeplos des Dionysos war das Geschenk, das Jason und Medea für Apsyrtos, Medeas Bruder, vorbereiteten, als sie beschlossen, ihn zu töten.
Alles geschah ohne Zeugen auf der dunklen kleinen Insel an der Mündung der Donau, wo die Bryger der Artemis einen Tempel errichtet hatten. Ringsumher gab es keine andere menschliche Spur. Medea erwartete ihren Bruder in der Vorhalle des Tempels. Jason lag in der Dunkelheit auf der Lauer. Medea wandte die Augen ab und bedeckte sie mit einem weißen Schleier, während Jason Apsyrtos wie ein Ochsenschlächter niederstreckte. Apsyrtos sank in die Knie wie ein Stier mit mächtigem Kopf. Bevor er starb, sammelte er das schwarze Blut mit seinen Händen auf, und es gelang ihm, den weißen Schleier der Schwester damit zu bespritzen. Jason umschritt den toten Körper und schnitt ihm die Hände, die Füße und die Ohren ab. Erstlingsgaben. Dreimal leckte er das Blut des Toten auf und spuckte es ihm wieder in den Mund zurück. Medea hob die Fackel. Das war das mit den Gefährten ihres Geliebten verabredete Zeichen.

Die Enkelinnen der Sonne, Ariadne und Medea, waren wegen eines gewissen goldenen Lichts, das ihre Augen verströmten, sofort als Verwandte zu erkennen. Sie waren weit voneinander entfernt geboren, die eine tief im Süden, die andere hoch im Norden der Erde. Beide halfen einem

Fremdling, von ihm wurden sie geraubt, von ihm wurden sie verlassen. Sie sind sich nie begegnet. Ihre Verbindung bestand in einem Stück Stoff. Beider Hände hatten den Purpurpeplos berührt, der für einen Gott gewebt worden war und an dem noch der Duft seines verschwundenen Körpers haftete.

Unter den Mächten, welche die Griechen lenken, war Oistros, die Bremse, die die Rinder quält, die ungreifbarste und trotzdem allgegenwärtige. Ate, die Verblendung, die die Strafe bereits in sich schließt, versetzt dieses Tier unter die Schicksalsfrauen. Doch Oistros ist ein Junge und zeigt sich nur selten. In der mythologischen Hitze, in der ihre halbnackten Körper angesiedelt sind, bewegen sich Götter, Helden, Göttersöhne und Göttertöchter mit feuchten, lichterfüllten Augen, bis ein Summen aus dem Unsichtbaren auf sie zukommt. Ein Stich verwundete sie in der Seele, und dann brachen die Ereignisse herein. Die erotische und die mörderische Wut lassen sich am Anfang nicht klar unterscheiden. Beide entspringen diesem intermittierenden Gesumme, diesen plötzlichen Attacken eines kleinen, boshaften Tiers. Nur einmal begegnet uns Oistros als Gestalt in seiner ganzen majestätischen Fülle, und zwar auf dem prachtvollen Krater von Canosa, der sich jetzt in München befindet. Es handelt sich dabei um eine synchrone Vision der letzten Qual in der tragischen Geschichte der Medea. Die Personen werden auf drei Ebenen dargestellt. Oben, wie immer, geistesabwesende Göttergestalten: die Dioskuren blicken einander an, vielleicht unterhalten sie sich gemächlich. Die sitzende Athene stützt einen Arm auf den Schild, im anderen hält sie einen Helm. Herakles, nackt und in Waffen, betrachtet sie. In der Mitte: der Palast des Kreon. Kreusa, seine Tochter, sitzt hingegossen auf dem Thron; auf dem Haupt der vergiftete Kranz, ein Geschenk der vor Eifersucht rasenden Zauberin Medea: »*coronam ex venenis fecit auream.*« Kreusas Bruder Hippotes läuft herbei, um ihr den mörderischen Kranz vom Haupt zu reißen; der Vater Kreon führt verzweifelt eine

Hand an sein Haar. Andere kommen herbeigeeilt, auch ein Alter mit einem Stab. Und alle wissen, daß ihr Eingreifen unnütz ist. Ganz unten ist Medea zu sehen, die orientalische Enkelin der Sonne. Sie trägt die am reichsten verzierten Gewänder, die lediglich das schöne, starre Gesicht und die Hände frei lassen. In ihrer Rechten hält sie ein großes Schwert, mit der Linken greift sie ihrem Sohn von hinten in die Haare über der Stirn; der Sohn steht gleichsam tänzelnd auf Zehenspitzen auf einem Altarblock. Einen Augenblick später wird das Schwert seinen nackten Oberkörper durchstoßen. Rechts stürzt Jason herein, der Verräter, der überwältigte Held. Sein Körper ist straff und kräftig, stärker als der des Herakles, sein Ausdruck: wütende Ohnmacht. Noch weiter rechts, bewegungslos, eine weitere orientalische Gestalt, feierlich. Um ihren Kopf hat der Maler des Kraters geschrieben: »Bildnis des Aietes«.

Der Geist von Medeas Vater, der sich immer gegen ihre Leidenschaft für Jason gestellt hatte, wohnt der Auflösung bei, die er vorausgesehen hatte. Man erkennt auch zwei Gegenstände, die auf dunklem Grunde wie Spielzeug herumliegen: eine geöffnete Schachtel, in der Medea den vergifteten Kranz verborgen hatte; eine Hochzeitsschale, die, unbeobachtet, gerade umstürzt. Und in der Mitte dieser Szene, zwischen Medea und Jason: stillstehend, aufrecht, ein Jüngling mit langem Haar und einem zarten Oberkörper, der in jeder Hand eine Fackel trägt. Er steht auf einem Wagen mit schnellen Rädern, der von zwei langen, sich in harmonischen Windungen aufrichtenden Schlangen gezogen wird, die ihre gespaltenen Zungen auf Medea richten. Dieser Jüngling auf dem Wagen ist Oistros, er ist der Lenker der Ereignisse, der Einflüsterer, der Archon, der hier zum einzigen Mal im Glanz seiner Gestalt auftritt. Doch anderenorts, auch da, wo er in seinem Element, dem Unsichtbaren, verborgen bleibt, begleitet Oistros alle Maßlosigkeiten, alle wollüstige Gier, alle Rasereien, mit denen die Griechen über Jahrhunderte hin ihre Geschichten durchwoben haben.

Eines der faszinierendsten Rätsel der Antike ist das Leben des Nonnos. Über ihn wissen wir nichts Zuverlässiges, außer seinem Geburtsort: Panopolis in Ägypten. Und wann sein Leben anzusetzen ist, darüber haben die ratlosen Gelehrten die verschiedensten Vermutungen angestellt. Heute scheint jedoch allgemein anerkannt zu sein, daß er im fünften nachchristlichen Jahrhundert lebte. Doch das Rätsel wird durch die Abfolge seiner Werke aufgegeben: Nonnos hat uns die *Dionysiaka* in achtundvierzig Büchern (die gleiche Anzahl wie die Bücher der *Ilias* und der *Odyssee* zusammen) und eine *Paraphrasis* des Johannes-Evangeliums hinterlassen.

Dieser große Dichter, der oftmals mit der Absicht zu tadeln als »barock« definiert worden ist (aber aus dem gleichen Beweggrund könnte man ihn auch als rokokohaft bezeichnen), hat in seinem großen Epos sowohl kleinere wollüstige Episoden wie auch kosmologische Geheimnisse eingefangen. Die *Dionysiaka* stellen eine überbordende *Summa* der heidnischen Gedankenwelt dar, die ja längst im Sterben hätte liegen sollen und die sich hier wie eine mit Narzissen übersäte Wiese vor unseren Augen öffnet. Was an dieser Stelle jedoch für Verwirrung sorgt, ist der Umstand, daß Nonnos' einziges anderes Werk, die *Paraphrasis* des Johannes-Evangeliums, einen christlichen Autor voraussetzt. Aber keinerlei Indiz gestattet uns, dieses Werk in der Zeit nach der Abfassung der *Dionysiaka* anzusiedeln. Daher ergeben sich die folgenden Fragen: Feierte Nonnos das letzte und wahrhaft blendende Aufleuchten der heidnischen Welt mit seinem Epos über Dionysos, und bekehrte er sich danach zum neuen und bereits vorherrschenden Glauben, indem er die *Paraphrasis* schrieb? Oder vielleicht war es umgekehrt: War Nonnos ein Christ, und wurde er urplötzlich vom Blitz des Heidentums getroffen, so daß er von der *Paraphrasis* zu der mitreißenden Flut der *Dionysiaka* überging? Auch eine dritte Vermutung läßt sich aufstellen: nämlich, daß Nonnos die *Dionysiaka* und die *Paraphrasis* zur gleichen Zeit abgefaßt hat. Mit der einen Hand zeichnete er die Abenteuer des Dionysos, und mit der anderen ließ er den Prozeß Jesu neu erstehen. Sein Geist war von beiden göttlichen Gestalten berührt. Und vielleicht brauchte er sich nicht einmal zu fragen, ob er an beide glaubte, denn er schrieb sie ja.

Es gibt keinen konkreten Hinweis, der uns helfen könnte, dieses Rätsel zu lösen. Was bleibt, ist der Text, der Stil. Und was uns hier wie im gesamten Nonnos zuerst begegnet, ist die Redundanz. Die *Dionysiaka* sind die prunkvollste uns bekannte Feier der nutzlosen Variante, des ausufernden Überflüssigen. Doch Nonnos ist ein Dichter, in dem sich ein Theologe verbirgt. Daher wird sich die Hervorbringung dieser Buntscheckigkeit, eitel wie die Natur, als etwas herausstellen, das auf die letzte, höchste Wahrheit dessen verweist, was Gegenstand der Erzählung ist: als fänden sich diese unaufhörlich und grundlos schillernden Farben gleichsam im Herzen des Göttlichen. Wenn Nonnos die zahlreichen Götter verläßt und die Geschichte des einzigen Sohnes des einzigen Gottes erzählt, verändert er nicht schon damit seine Sichtweise. Die Form, die er dieses Mal wählt, ist nicht die des epischen Gedichts, das sich in eine Vielzahl von kleinen Episoden aufsplittert, sondern die der Paraphrase: das heißt, die Redundanz in ihrer reinsten Form, weswegen jeder der schlichten Sätze des Evangelisten gleichsam wie durch ein Treibmittel und ein ununterdrückbares Gären aufzuquellen scheint.

In dieser Wahl des Stilmittels kommt möglicherweise etwas von Nonnos' Glauben zum Ausdruck: eher als heidnisch oder christlich ist es ein Glaube an die Redundanz als Erscheinungsweise des Kosmos. Wenn wir dann die Erzählung in ihren Einzelheiten betrachten, so findet sich unter diesen zumindest eine, die dazu einlädt, der am wenigsten wahrscheinlichen Hypothese zu folgen: nämlich der, daß Nonnos in den gleichen Jahren – oder zumindest ohne einen Bruch zwischen dem einen und dem anderen Werk zu sehen – sowohl die *Dionysiaka* als auch die *Paraphrasis* schreibt. Die

Dionysiaka sind das von Oistros beherrschte Gedicht. Unendlich viele Male wird uns vorgeführt, auf welche Weise er wirkt, und zu einigen der hitzigsten Liebesszenen kommt es eben aufgrund des Bremsengesummes. Doch folgen wir Nonnos jetzt mit seiner Erzählung nach Palästina. Die Juden klagen Jesus an. Und da, wo es im Johannes-Text heißt: »Stimmt es denn nicht, daß du aus Samaria stammst und einen Dämon hast (*óti daimónion écheis*)?«, paraphrasiert Nonnos: »und jetzt treibt dich die umherirrende rächende Bremse (*alástoros oîstros*) des Dämons Lyssa [Wahnsinn].« Dies ist ein feiner, deutlicher Hinweis auf Nonnos' Beständigkeit: gerecht sowohl gegenüber Dionysos wie gegenüber Christus, begegnete er in ihren Geschichten immer wieder derselben dämonischen Bremse, die zum Rausch, zum rasenden Zorn, zum Wahn, zur Erleuchtung anstachelt.

Fünfzehn Jahrzehnte sind vergangen, und die Leser, die Nonnos verstanden haben, kann man an den Fingern einer Hand abzählen. Giovan Battista Marino, der Nonnos in der lateinischen Übersetzung von Eilhard Lubin (Hanau, 1605) las, hatte keinerlei Zweifel: Nonnos war der einzige Gegenspieler Homers, der einzige, der jede heroische Nüchternheit vom Vers abschütteln und zu jeder Spirale, zu jeder Voltige anfeuern konnte und seinen ungeheuer weitgesteckten Rahmen dennoch beibehielt. Das genau brauchte Marino für seinen *Adonis*: eine Unterstützung aus der Antike, um endlich jeder Befreiung des Heiligen Grabes oder jedem anderen ähnlich noblen Streben auszuweichen und sich ganz einem Projekt zu widmen, das bis dahin blasphemisch geklungen hatte – eine Vielzahl erotischer Girlanden in ein unendliches Epos einzuflechten.
So erwies Marino Nonnos mehrere Male die höchste Huldigung, die ein Dichter einem anderen Dichter bezeigen kann: den Diebstahl. Und den süßesten Diebstahl dazu, den, der ein Geheimnis der Komplizenschaft zwischen den beiden Autoren bleibt, da niemand sonst auf ihn aufmerksam wird.

In herausforderndem Ton schrieb Marino an Achillini: »Zu dem Meer, wo ich fische und meiner Arbeit nachgehe, kommen sie [die anderen Literaten] nicht hin, noch werden sie meine Beute erkennen, wenn ich selber sie nicht vorzeige.«

Bereits der Gelehrte Ouvaroff aus Petersburg, ein junger Freund des Senators, womit Joseph de Maistre gemeint ist, konnte in seinem Aufsatz *Nonnos der Dichter* (1817), den er Goethe zueignete, zu Recht beklagen: »Das blühende Feld der griechischen Poesie ist solchergestalt bearbeitet, daß man schwerlich einen Dichter finden würde, der nicht mit Sorgfalt, ja sogar mit Liebe, gewürdigt und beleuchtet worden wäre; Nonnos allein trägt die Schuld seines Zeitalters; sein Gedicht ist seit Jahrhunderten dazu verdammt, eine von Staub und Rost bedeckte Polterkammer zu sein, wo der Zutritt nur etwa den eifrigsten Mythographen erlaubt war. Es wird schwer, etliche wenige zu nennen, die ihn wegen seiner Dichtung früher gelesen hätten; noch schwerer einen, der kühn genug war, öffentlich zu behaupten, daß Nonnos wirklich ein Dichter, im vollen Sinne des Worts, gewesen ist.« Und noch einmal mußten einhundertfünfzig Jahre vergehen, bis Giorgio de Sàntillana bei einer Tagung in den *Dionysiaka* des Nonnos das »Aufknospen« jener »japanischen Blüte« erblickte, welche für ihn der »archaische Mythos« war.

Jason würde viel lieber als bürgerlicher Mensch in seinem Haus wohnen, so wie Nietzsche viel lieber Professor in Basel wäre als Gott. »Mir wär's genug, im Vaterlande zu leben, wenn Pelias mir dies zugestände. Wollten doch die Götter mich von meinen Unternehmungen befreien!« sagt Jason zu Hypsipyle. Hier spricht der Liebhaber, immer ein bißchen heuchlerisch, der versucht, die Grausamkeit des Verlassenseins zu mildern, aber auch der Held, der müde und distanziert den Schauplatz betrachtet, wo er töten, betrügen, reisen, verlassen und schließlich sich selber töten lassen muß, vielleicht gar von einem morschen Balken, während er im Schatten seines Schiffes schläft. Für den Helden gibt es den glücklichen Ausgang der Märchen nicht. Seine Rolle ist schon vor ihm aufgeschrieben worden, die Unternehmung existiert schon vor ihm: sie ist niemals freie Wahl, sondern kommt auf ihn zu wie eine hohe Welle.

Niemals, auch nicht für einen Augenblick, gelang es Jason, über seine Heldenrolle hinauszugehen. Das wurde ihm bald bewußt, und daraufhin verschloß er sich in düsterem Schweigen. Er arbeitete an seinen Unternehmungen: aber, eben, er arbeitete. Auch die Frauen, die ihm begegneten und sich normalerweise in ihn verliebten, gehörten zu seiner Arbeit. Er hatte Hypsipyle verlassen, weil er mit seinen Argonauten weiterziehen mußte. Er hatte Medea die Ehe versprochen, weil er mit ihrer Hilfe das Goldene Vlies gewinnen mußte. Er hatte die Vermählung mit ihr gefeiert, und das Goldene Vlies war ihrer beider lichtüberflutetes Hochzeitslager in der Grotte der Makris, weil König Alkinoos es so wollte. Er hatte Medea verlassen, weil er sich mit dem Herrscherhaus von Theben verschwägern mußte. Jede seiner Handlungen hatte eine bestimmte Funktion, jedesmal gehorchte Jason einem Befehl von oben. Dies verschaffte ihm an manchen Tagen Erleichterung in der Erinnerung an seine grausamsten Unternehmungen: er hatte sie vollbracht, weil sie ihm zufielen. Er hatte fernste Länder und fernste Menschen kennengelernt, und doch war er immer wie ein Esel gewesen, der um den Ziehbrunnen trottet.
Gegen Medea hatte er, obwohl sie wunderschön war, von Anfang an einen merkwürdigen Widerwillen empfunden. Sie war eine Frau, die nur zwei Seelenzustände kannte: entweder den eines heillosen Unglücklichseins, Verlassenseins, einsamen Mißgeschicks, hilflosen Ausgestoßenseins oder den einer strahlenden, flammenden Übermacht. Daß man mit einer solchen Frau vielfältige Abenteuer bestehen konnte, war durchaus denkbar (und sie konnte dabei auch

sehr nützlich sein, weitaus mehr als viele Helden); aber Tag für Tag mit ihr zusammenleben? Jetzt war Jason alt und wurde von allen gemieden. Seine Unternehmungen erzählte man den kleinen Kindern, daher fand er auch niemanden mehr, dem er sie noch hätte erzählen können. Er kehrte nach Korinth zurück, wo er viel Grauenhaftes gesehen, wo er aber auch geherrscht hatte. Dort lag, an Land gezogen, sein Schiff Argo. Dieses Schiff war sein erster, sein letzter, sein einziger Gefährte. Und er konnte ihn nicht einmal als stummen Gefährten bezeichnen, weil sein Mittelbalken eine Stimme hatte, und immer erinnerte Jason sich an ihren Klang, der ganz anders war als alle anderen. Es gab eine Zeit, da hatte sie ihn bestürzt, jetzt wurde er von Sehnsucht nach ihr durchwühlt, wie nach der Stimme einer Amme. Er betrachtete das Schiff, das er mehr geliebt hatte als jede Frau, und ganz gewiß mehr als Medea, diese Möchtegern-Wilde, die immer am Rand des Abgrunds zu stehen schien und im Grunde doch nur von einem Palast zum nächsten, von einem Königreich zum nächsten zog, immer Unheil säend und immer wieder sich rettend mit ihrem Wagen und ihren Schlangen. Die Zauber der Argo waren seltener und hochmütiger. Jason dachte nun, daß die Argo ihm eine letzte Gunst erweisen könne: am Holz ihres Bugs wollte er sich erhängen. Aber dann verfiel er wieder in sein brütendes Grübeln, mit dem Rücken hatte er sich an den Kiel gelehnt. Ein morscher Balken stürzte von der Brücke herab, traf ihn am Kopf und tötete ihn.

Die Erscheinung der Helden deckt nur einen sehr kurzen Abschnitt der griechischen Geschichte. Sie kannten sich untereinander oder hatten über die anderen Geschichten von denen gehört, die sie kannten. Wie die Kettenglieder eines Armbands fügen sich der kretische Zyklus, der Argonautenzyklus, der thebanische Zyklus, der trojanische Zyklus ineinander. Und alles vollzieht sich innerhalb weniger Jahre. Zwischen der Tötung des Minotauros und der Ermordung des Agamemnon lagen zwei Generationen. Theseus hatte sein Schwert in den Minotauros gestoßen, sein Sohn Akamas war einer der Achäer, die im trojanischen Pferd hockten. Der Niedergang Kretas, der Niedergang Mykenes, der Niedergang Trojas, das Aufstreben Athens: die Helden besiegelten die Ereignisse von Bedeutung und verschwanden. Schnelligkeit war ein Teil ihres Wesens. Es ist, als hätten die Griechen in einen sehr kurzen Zeitabschnitt alle Geschichten konzentrieren wollen, von deren Auswirkungen sie leben sollten. Die Heldenepoche war kurz und von Überfüllung und Ruchlosigkeit gekennzeichnet. Da beklagte sich die Erde, »weil das Gewicht der Menschen auf sie drückte, unter denen es keinerlei Frömmigkeit mehr gab.«

War der Ursprung aller historischen Schuld nach griechischer Anschauung im trojanischen Krieg zu suchen, so war der Ursprung dieses Kriegs keineswegs so klar auszumachen. Helena, die einzige Hauptzeugin und der Waagbalken in dieser Geschichte, schrieb ihn einer doppelten Absicht des Zeus zu: die Erde leichter zu machen und Achill zum Ruhm zu verhelfen. Ein scheinbar zusammenhangloser Plan: einerseits die scharenweise Tötung von Helden, als wären sie eine bloße Nummer ohne Namen, ein Übergewicht an Füßen, die auf dem Mutterleib der Erde herumtrampeln; andererseits die Verherrlichung eines einzelnen, der ebenfalls ein Held war, wobei es nicht so sehr um seine kurze, engbegrenzte Macht ging, sondern ausschließlich um seinen Namen, um den Klang seines Ruhms. Und dies alles sollte mittels eines einzigen Werkzeugs erreicht werden: durch Helena, jedoch nicht Helena selbst, sondern ihr »atmendes Bild«, ihren »Namen«. Wenn man die Natur des fatalen Werkzeugs betrachtet, erkennt man die Einheit in der Absicht des Zeus, die auf einen einzigen Punkt zuläuft: in die Materie einen Hohlraum zu graben, ihre Dicke zu verringern, einen Resonanzkasten zwischen Oberflächen und Schatten entstehen zu lassen. Die Fülle des homerischen

Worts, welches das, was es benennt, ohne Anstrengung wirklich werden läßt, ist das letzte Erbe der von Helden überfüllten und durch ihr liebevolles und grausames Getrampel unterdrückten Erde. Was folgt, ist eine neue Geschichte, wo etwas von der Dichte der Leiber weggenommen wird, um die Leere des Wortes aufzunehmen.
Zeus wollte dies, weil er wußte, daß sich mit Achilles nichts Geringeres als eine neue Ära ankündigte: die postume Ära von Zeus selbst, in der Achill, wenn auch nur für kurze Zeit (doch das Zeichen galt für immer) den Platz von jenem Sohn der Thetis, der Zeus hätte aus dem Sattel heben sollen, einnahm. Auch wenn Zeus' Herrschaft unversehrt blieb und dieser Sohn niemals geboren wurde, war das Ereignis in bestimmter Weise doch eingetreten: ein Gott kann lediglich die Bedeutung der Schicksalsformen verschieben, diese aber nicht auslöschen. Bei seinem ersten Auftreten ist das Symbol Selbstverteidigung der Götter gegen das Schicksal. Indem er der Erde den Befehl gab, unzählige Heldenleiber zu verschlingen, nahm Zeus es hin, daß auch sein eigener Körper an Dichte verlor. So öffnete er den Raum für das Wort, diesen leeren Zwischenraum im Körper des Gottes selbst, Erinnerung an jenen anderen Zeus, der vor Achill existiert hatte und den jetzt die Dichter besangen, weil er ihnen erlaubte, Achill zu besingen.

Was wir als *homerische Theologie* bezeichnen, war ein verwegenes Intermezzo im Leben der Götter. Für eine kurze Weile akzeptierte die Welt die Überlegenheit des Sichtbaren. Nicht, weil damals die Macht des Unsichtbaren in der einen oder anderen Weise geschmälert wurde. Niemand vermutete, die Macht sei anderswo zu finden. Doch zum ersten Mal akzeptierte das Unsichtbare es jetzt, sich in jedem Winkel nach den Regeln des Sichtbaren darzustellen, gleichsam als würde es für diese prekäre Weise des Seins eine unwiderstehliche Anziehung empfinden.
Wenn man es von der hohen Wohnstatt der Götter aus be-

trachtete, öffnete sich das Leben auf der Erde als großer, zitternder Fächer: es besaß seinen eigenen Wert, wie es sich da scharf im Licht abzeichnete, allerdings nur solange es dauerte. Hinterher gab es weder Bestrafung noch Lohn, sondern eine einheitliche Strafe für alle: das unterirdische Fortdauern einer kraftlosen Existenz ohne die Macht des Geistes, von der nur ein leises, wirres Murmeln übrigblieb, so wie vom Körper nur ein ungreifbarer Schatten und von der Stimme ein Fledermausschrei übrigblieben. Nur im homerischen Griechenland ist das Flehen eines Kriegers vorstellbar, der Zeus darum bittet, im Licht getötet zu werden: »Im Lichte zerstör uns, denn das ist es, was dir gefällt.« Das Licht dient nicht dazu, vor dem Tod zu fliehen, sondern vielmehr, ihn gastlich aufzunehmen. Ein Tod in den Ungewißheiten des Nebels wäre bereits ein Bruchstück der qualvollen Existenz nach dem Tod, ein kraftloses Hin- und Herwogen: während der Tod im Licht ein letzter Augenblick der Klarheit ist. Das vom Krieger angerufene Licht hat nichts mit Zarathustras Lehre vom Licht zu tun, das der Ursprung jeglichen inneren, verwandelnden Lichtes ist. Vielmehr ist es ein äußerliches, kompaktes Licht, in welchem sich bloß alle Dinge im strahlenden Glanz abzeichnen. Eine solche Sichtweise des Lebens und des Überlebens, das ihm höhnisch folgt, ist von einer Grausamkeit sondergleichen. Um so fortreißender mußte damals das kurze Leben im Licht erscheinen. Doch diese Spannung konnte nicht lange durchgehalten werden.

Die Helden rotteten sich vor den Mauern von Troja nicht nur deshalb aus, weil Zeus die Erde leichter machen wollte, sondern weil sie selber diese Lebensform nicht mehr ertrugen und es in stillschweigendem Einverständnis vorzogen, den Tod bei einer gemeinsamen Unternehmung zu suchen. Die Schlachtengetümmel vor Troja waren auch ein blutiges Festmahl des Abschieds.

Neoptolemos war ein Jüngling, ja, man hätte ihn sogar noch für einen Knaben halten können, wenn die Waffen ihn nicht beschwert hätten, als er das Schwert über das Haupt des greisen Priamos erhob. Er stemmte seine Füße fest auf die Erde, spannte seine kräftigen männlichen, in Beinschienen verschnürten Waden, bevor er die schwere Klinge auf das kahle, schon blutverschmierte und halb von verzweifelten Händen bedeckte Haupt niedersausen ließ, das sich ihm darbot. Zwischen Priamos' Fingern kamen ein paar Haare hervor wie bleiches Gras. Er saß auf dem gewölbten Stein des Altars des Zeus Herkeios, wo jahrelang viel Blut geflossen war, das lange Streifen und dunkle Flecken zurückgelassen hatte. Auf seinen Knien wiegte er einen Körper, der dem des Neoptolemos ähnlich war, doch nackt und an verschiedenen Stellen der Brust, des Bauches und eines Schenkels aufgerissen: Astyanax, der Sohn Hektors. In der Gestalt des Priamos vermischten sich das alte Blut der Opfer mit dem noch immer hervorquellenden Blut des Astyanax und dem seiner eigenen Wunden an Haupt und Schultern.
Gekommen war der Augenblick der Söhne. Jetzt töteten sie und ließen sich töten wie ihre Väter, nur rascher, ohne Tränen, ohne göttliche Raserei, ohne kraftvolle Worte: die Geschichten waren vollbracht, ihnen blieb nur, sie zu besiegeln. Während der dünne, sehnige Arm des Neoptolemos das Schwert emporhob, beugte die Palme neben dem Altar ihre Krone im Nachtwind und ließ den Raum frei, den das Metall durchfahren mußte, ehe es das Haupt des Priamos spaltete. Um dieses Haupt so still zu halten wie ein Holzscheit, packte Neoptolemos mit seiner linken Hand den blutüberströmten Chiton auf der Schulter des alten Mannes.
In diesem Augenblick streckte sich eine andere Hand nach einem anderen Körper in der raucherfüllten Dunkelheit des Athene-Tempels aus. Die Hand des Ajax Oileus schloß sich um die kurzen Haare, die den Nacken Kassandras nur eben bedeckten. Seine kräftigen Finger folgten der Bahn seines flammenden, gierigen Blicks. Wie ihr Vater Priamos lehnte

auch Kassandras Leib an etwas Heiligem: nicht am Stein des Zeus, sondern am Palladion. Diese kleine starre Statue, diese Athene mit dem Schild und der erhobenen Lanze, war Trojas Wächter. Die Stadt konnte nur da existieren, wo sich die Statue befand, so wie die Sprache nur dort existiert, wo ihr Dichter ist. Kassandra preßte ihren weichen Körper gegen die Statue; er war vollkommen entblößt, außer einem kleinen Schultertuch, das sie unter dem Hals verknotet hatte; dieses fiel ihr über die Schulter herab und war der Hintergrund für ihre hohen Brüste mit den auseinandergehenden Spitzen, so als wollten sie in entgegengesetzte Richtungen fliehen. Die Finger des Ajax Oileus umfaßten Kassandras Haare, während Kassandra die Hüfte des Palladions umfaßte. Die Gewalt übertrug sich von den Fingern des Kriegers über die Finger der Apollon-Priesterin in einem Stoß auf die Statue. Der Vater Priamos hatte seine Augen mit den Armen verdeckt, um ihn herum kauerten klagend und angstvoll andere Troerinnen, den Kopf zwischen ihren Händen haltend, doch Kassandra blickte fest und ruhig auf die Rüstung des Ajax Oileus, der sich auf sie stürzte: ja, mit ihrer freien Hand schien sie den Mörder sogar aufzufordern, indem sie sie zwischen dem Schwert und den Oberschenkeln des Helden öffnete und so den Stoß auf sich zog, ihn auslöste.

Woran wurden die Griechen durch die Stelen für die Toten erinnert, die zahlreich ihre Straßen säumten? An die Pferde Achills, die heiße Tränen um den getöteten Patroklos vergießen. Sie streifen den Staub mit dem Kopf, »gleich einer Stele, die fest in die Erde gepflanzt bleibt«, sagt Homer. Ringsumher klirren die Waffen. Die Griechen und die Trojaner entreißen sich gegenseitig den Leichnam des Patroklos und zerren an ihm wie an einer Stierhaut. Schweiß und Mühsal lösen die Körper auf. Doch Leiden versteinert sie. In ihren Grabstelen hielten die Griechen das versunkene, durchscheinende Leben der unsterblichen weinenden Pferde fest. Zeus, der von oben her zuschaute, empfand kein Mitgefühl für die im Schlachtengewirr gefallenen Krieger, sondern für die weinenden Pferde, die den gefallenen Anführer betrachteten, den Freund ihres Herrn. Mehr als jedem Menschen war Zeus diesen Tieren nahe, mit denen er die Unsterblichkeit teilte und die jetzt etwas den Unsterblichen Verbotenes taten: sie weinten.

Nach dem Tod des Patroklos, als Achill zähneklappernd ins Lager zurückkommt und von seinem Schild ein Licht leuchtet wie ein fernes Feuer für die Seefahrer, werden die Götter von Zeus zu einer neuen Versammlung zusammengerufen. Und dieses Mal auch die geringeren Nymphen und Flüsse. Alle warten auf ein Zeichen. Aber im Augenblick gibt es nichts zu entscheiden, und keine göttliche List muß den Kriegern eingeflößt werden. Alle, Götter wie Menschen, wissen gleichwohl, was geschehen wird. Achill wird bald sterben. Xanthos, das unsterbliche Pferd, weint bereits um seinen Herrn. Für Achill ist der eigene Tod greifbar, wie ein Helm auf dem Kopf. Aber genau da schickt Zeus die Meute der Götter ins Feld. »Und so gingen die Götter auf die Götter los.« Alle sind anwesend, sogar die, die wie Hephaistos oder Leto überhaupt nicht an diesem Krieg teilgenommen hatten.
Warum hat Zeus sie in dieses Schlachtengetümmel geworfen? Hier nähern wir uns dem Nerv der homerischen Theologie. In der vollständigen Nutzlosigkeit die strahlendste Herrlichkeit. Und das Reale strahlt stets, wenn sich sein Umfang verdoppelt; wenn dem Arm eines jeden Helden der Arm des Gottes entspricht, der ihn begleitet; wenn zwei Szenen – die eine sichtbar und die andere unsichtbar, weil sie blendet – sich gegenseitig durchdringen und jede Verbindungsstelle sich verzweifacht. Achill ist jede Möglichkeit genommen, sein Ende hinauszuzögern, das kommen wird – so ist es beschlossen –, und zwar auf eine bestimmte Weise, zu einem bestimmten Augenblick. Aber es gibt eine letzte Eh-

rung für Achill, und Zeus denkt nicht daran, sie ihm zu verweigern, auch weil diese Ehrung seine eigene Lust ist: das letzte Schlachtengetümmel wird schwierig, ungewiß, rasend sein.
Gleichzeitig wird Zeus von einer anderen Sorge umgetrieben: daß auf der Erde niemals jemand aufgrund bloßer Stärke in der Lage sein solle, etwas »jenseits des Schicksals« zu vollbringen und seine Grenze zu verrücken. Seine Wut könnte Achill befähigen, die Mauern Trojas zu erobern, die aber erst später fallen dürfen. Dies wäre eine Verletzung der Ordnung. So steigert sich die Spannung auf dem Schlachtfeld durch das Eingreifen der olympischen Götter ins beinahe Unerträgliche und wird doch gleichzeitig ausgeglichen. Der Waffenlärm schwillt an; damit wird bedeutet, daß eine ungeheuere Kräftekonzentration am Werk ist. Und dieser Lärm läßt sogar Hades zusammenfahren. Als einziger unter den Göttern, der auf dem Schlachtfeld nicht anwesend ist, empfindet Hades das Übermaß an Spannung auf der Erde und erhebt sich von seinem Thron, weil er fürchtet, daß sich der Grasmantel hebt und den ausgedehnten Schimmel des unterirdischen Reiches ans Licht bringen könnte, vor dem auch die Götter Grauen empfinden.

In der *Ilias* erklären alle, sogar das Pferd Xanthos, sogar der Fluß Skamandros, daß sie nicht der »Grund« seien und für nichts verantwortlich, allerdings nicht, um sich von einer Schuld zu entlasten. Diese Feststellung ist der höchste Akt homerischer Gottergebenheit, ein Beiseitetreten angesichts der überwältigenden Macht. Jede Selbstbehauptung eines Ich würde hier plump erscheinen, wo die Grenzlinie zwischen dem, was man allein zu vollbringen imstande ist, und dem, was der Gott einem zugesteht oder schenkt, äußerst subtil ist. Ein kaum spürbarer Hauch ist es, der über alles entscheidet, ein Rhythmuswechsel im Atmen des Massakers, der die Überlegenheit einer Partei über die andere herbeiführt.

Etwas trennt die homerischen Gestalten von allem, was vorher und nachher geschrieben worden ist. Sie verhalten sich wie jene perfekten Atheisten, die es niemals gegeben hat: sie sind davon überzeugt, daß das Leben mit dem Atmen identisch ist. Nach dem Tod gibt es für die wissenschaftlichen Atheisten nur ein nicht näher bestimmbares Nichts. Für die homerischen Gestalten gab es eine lang dauernde Folter, eine Sehnsucht ohne Gedächtnis, ohne Geist. Sicher aber kein anderes Leben und ebenso sicher keine lebenslängliche Strafe, sondern eine kraftlose, herumphantasierende Physiologie diesseits des Lebens.
Und doch, solange der Atem ging, war alles von Göttern erfüllt. Als Hekuba an Achill denkt, der jeden Morgen beim ersten Tagesdämmer Hektors Leichnam um den Scheiterhaufen des Patroklos schleift, sagt sie: »Auch das wird ihn nicht von den Toten erwecken.« Kein Kunstgriff, kein Ritual, kein Verdienst können diesen Tatbestand ändern. Die Götter »sind immer«, wie man in den formelhaften Wendungen unermüdlich wiederholt; wer die Götter erkennt, ist für eine kurze Zeit. In ihrer Bescheidenheit sind die Atheisten voller Dünkelhaftigkeit. Für die kurze Zeitspanne ihres Lebens sind sie der Überzeugung, daß sie etwas verwalten wie eine Insel der Autonomie, die sich dann in blinde Atome auflöst. Die homerischen Helden gaben sich keiner derartigen Tröstung hin: während sie lebten, wußten sie, wurden sie von etwas Fernem, Vollständigem getragen und durchzogen, das sie danach zurückließ wie Lumpen.

Die *Ilias* ist die Welt jäher, steiler Übergänge von einem Zustand zum anderen. Ihre vollendete Form begegnet uns in Achill. Mit Priamos, dem Vater seines Feindes, weint Achill gemeinsam, dann blickt er ihn voller Bewunderung an, dann – nur wenige Augenblicke später – muß er sich bremsen, um ihn nicht zu töten. Die Intensität ist in jeder Phase sehr hoch. Und jede Phase lebt für sich selbst, es kümmert sie nicht, was ihr vorausging oder was ihr folgt. Aus welchem

Grund sollte die eine aus der anderen folgen? Folgt denn ein regloser, blutüberströmter Körper notwendig aus einem im Wettlauf gespannten Körper? Die Zustände schließen aneinander an wie die Blöcke zyklopischer Mauern, die zu kleinen Stummeln geworden sind. Und jedesmal muß daran erinnert werden, daß diese Mauern eine einzige Linie bilden, auch in der machtvollen Isolierung der Quaderblöcke. Als Thetis ihren in Trauer um Patroklos versunkenen Sohn Achill besucht, versucht sie nicht, ihn schrittweise aus seinem Leid herauszuführen. Thetis blickt ihn an und erinnert ihn an die Existenz von Brot und Bett. Dann fügt sie hinzu: »Schön ist es, sich in der Liebe mit einer Frau zu vereinigen.«

Als die Christen Kirchen an den Stellen heidnischer Kultstätten errichteten und antike Kapitelle und Säulenschäfte in ihre Kirchenschiffe aufnahmen, verhielten sie sich wie Herakles zum Nemeischen Löwen oder wie Athene zu Gorgo. Im Umgang mit dem Ungeheuer ist vor allem dies eine wesentlich: daß das Ungeheuer den Schatz besitzt oder beschützt oder geradezu selber der Schatz ist. Das Ungeheuer töten heißt: es sich einzuverleiben, an seine Stelle zu treten. Der Held wird selber zum neuen Ungeheuer, überzogen von der Haut des alten und geschmückt mit dem einen oder anderen metonymischen Beutestück von ihm. So zeigt sich Herakles' Kopf nur noch hinter dem aufgerissenen Schlund des von ihm besiegten Löwen.
Das Ungeheuer ist der wertvollste aller Feinde: daher ist es der Feind, den man sucht. Die anderen Feinde können ganz einfach über uns herfallen: es sind die Giganten, die Titanen, die Vertreter einer Ordnung, die schon bald verdrängt wird oder sich dafür rächen will, daß sie verdrängt worden ist. Ganz anders verhält es sich mit der Natur des Ungeheuers. Das Ungeheuer wartet in der Nähe der Quelle. Das Ungeheuer *ist* die Quelle. Es braucht den Helden nicht. Aber der Held bedarf des Ungeheuers, um existieren zu können, weil seine Macht vom Ungeheuer gehütet werden wird und dem

Ungeheuer entrissen werden muß. Wenn der Held dem Ungeheuer gegenübertritt, besitzt er noch keine Macht und keine Weisheit. Das Ungeheuer ist sein heimlicher Vater, der ihn mit einer Macht und einer Weisheit ausstattet, die nur einem einzelnen gehören, und nur das Ungeheuer kann sie auf ihn übertragen.

Ursprünglich stand das Ungeheuer im Mittelpunkt, im Mittelpunkt der Erde und des Himmels, dort, wo die Wasser hervorsprudeln. Nachdem das Ungeheuer durch den Helden getötet worden war, zog sein in Stücke zerschlagener Körper von dannen und fügte sich an den vier Enden der Welt wieder zusammen. Dann umschloß es die Welt mit einem Kreis aus Schuppen und Gewässern. Dies war die aus verschiedenen Elementen bestehende Grenze des Alls. Der Rahmen. Daß der Rahmen der Aufenthaltsort des Ungeheuers war, wußten noch die Handwerker, die im Barock Rahmen herstellten: viel verschlungener, viel dichter, viel archaischer als alle Idyllen, die sie einrahmten – und eines Tages vielleicht ersticken würden. Dann kam der Augenblick, als man keine Rahmen mehr wollte. Die Museen beherbergten Bilder ohne Rahmen, die gleichsam entkleidet aussahen. Der Rahmen ist nicht das Antiquierte, sondern das Ferne. Verschwindet der Rahmen, verliert das Ungeheuer seine letzte Wohnstatt und beginnt aufs neue umherzuziehen, überall.

Die Griechen wurden vom Rätsel angezogen. Aber was ist das Rätsel? Eine geheimnisvolle Formulierung, sagt man. Und doch reicht dies nicht aus, um das Rätsel zu definieren. Man muß hinzufügen, daß die Antwort auf das Rätsel selbst ebenfalls geheimnisvoll ist. Dies unterscheidet für uns das Rätsel vom Problem, auch wenn diese beiden Kategorien sich in der Urzeit Griechenlands überlagerten. Wenn das Problem gelöst ist, lösen sich Frage und Antwort auf, werden von einem Automatismus aufgesogen. Eine Mauer hinaufzuklettern ist so lange ein Problem, wie man keine Leiter an die Mauer lehnt. Danach gibt es kein Problem und keine Lösung mehr, sondern nur noch eine Mauer und eine Leiter. So aber verhält es sich nicht mit dem Rätsel. Erinnern wir uns an das bekannteste, an das der Sphinx: »Welches Wesen hat nur eine Stimme und bisweilen zwei Beine, bisweilen drei, bisweilen vier, und um so schwächer es ist, je mehr Beine hat es?« Ödipus' Antwort: »Der Mensch.« Betrachten wir die Antwort: »Der Mensch« als Lösung des Rätsels ist gerade das, was die Rätselhaftigkeit des Menschen enthüllt. Was ist dieses widersprüchliche Wesen, das von der Tierheit des Vierbeiners zur Prothese (der Gehstock des Alten) übergeht, aber gleichzeitig immer nur eine Stimme behält? Die Lösung des Rätsels ist also ein neues und schwierigeres Rätsel.

Ein Rätsel auflösen bedeutet, es auf einer höheren Ebene ansiedeln, während die erste zusammenbricht. Die Sphinx deutete auf die Undechiffrierbarkeit des Menschen hin, ein flüchtiges und vielgestaltiges Wesen, dessen Definition nur wieder flüchtig und vielgestaltig sein kann. Die Sphinx zog Ödipus an. Das Rätsel der Sphinx wurde von Ödipus gelöst, der nun selbst zum Rätsel wurde. So zog Ödipus die Anthropologen an, die noch immer vor ihm stehen und sich Fragen zu Ödipus stellen.

Der unglücklichste und hilfloseste unter den Helden, zugleich aber auch der, der einen Schritt über die Helden hinausgeht, ist Ödipus. Das Verhältnis zum Ungeheuer ist ein hautnaher Kontakt. Ödipus ist der erste, der das Ungeheuer nicht berührt, sondern es anblickt und mit ihm spricht. Ödipus tötet mit dem Wort, wirft tödliche Wörter in die Luft, wie die Zauberformeln, die Medea auf Talos niederschleuderte. Nach der Antwort des Ödipus stürzte die Sphinx in den Abgrund. Ödipus stieg nicht hinab, um ihr die Haut vom Leib zu ziehen, die aus schillernden Schuppen bestand, welche Reisende anlockten wie die reichen Gewänder einer orientalischen Hetäre. Ödipus ist der erste, der beanspruchte, ohne Berührung des Ungeheuers auszukommen. Seine Schuld ist groß, aber die schwerste wirft ihm keiner vor: das Ungeheuer nicht berührt zu haben. Ödipus ist blind und bettelt, weil er keine Gorgo auf seiner Brust hat, die ihn verteidigt, nicht das Fell eines wilden Tiers über seinen Schultern trägt, keinen Talisman besitzt, den er in seiner Hand halten kann. Das Wort gewährt einen allzu reinen Sieg, der keine Kampfbeute zurückläßt. Aber gerade in der Kampfbeute verbirgt sich die Macht. Das Wort kann da siegen, wo jede andere Waffe versagt. Aber es bleibt nackt und einsam nach seinem Sieg.

Mit Ödipus spaltet sich die Tötung des Ungeheuers: auf der einen Seite haben wir eine vollkommen bewußte Tötung durch das Wort, das die Sphinx vernichtet; auf der anderen Seite haben wir eine vollkommen unbewußte Tötung, mit der Ödipus in einem Handgemenge unter Reisenden Laios aus dem Weg schafft. Seitdem besitzt das Bewußtsein eine unheilvolle Kehrseite seiner Klarheit. Darin liegt die Rache des Ungeheuers. Das Ungeheuer kann dem vergeben, der es umgebracht hat. Aber niemals vergibt es dem, der es nicht berühren wollte.

XI

Die lange Kette von Geschichten vor der Geschichte, in der die *Ilias* und die *Odyssee* einige Glieder bildeten, begann mit der Vereinigung von Uranos und Gaia und schloß mit dem Tod des Odysseus ab. Der Kreis öffnete sich mit der Verbindung von Himmel und Erde, er schloß sich mit einer armseligen Schlägerei, mit einem tödlichen Unglück, bei dem der junge Telegonos in fremdem Land unwissentlich seinen Vater, den alten Odysseus, mit einem Rochenstachel tötete. Nach Odysseus beginnt das Leben ohne Helden, in dem die Geschichten sich nicht beispielhaft ereignen, sondern sich wiederholen und sich erzählen. Was sich ereignet, ist bloße Geschichte.

Auch wegen seiner Nähe zu dieser Grenze, wegen seiner Entschiedenheit, sich an den Punkt zu begeben, wo der Kreis sich schließt, ist Odysseus der Held, der am häufigsten Geschichten erzählt. Begonnen hatte es mit der hehren, erstickenden Dunkelheit des Uranfangs, die Stille gebot; das Ende kam mit der Gestalt dieses als phönizischer Kaufherr verkleideten Kriegers, den einige jedoch verdächtigten, ein als Krieger verkleideter phönizischer Kaufherr zu sein. Odysseus forderte Respektlosigkeit und Mutmaßungen geradezu heraus. Kein anderer Held war so wenig achtunggebietend wie Odysseus. Man tuschelte sogar, er sei der Liebhaber Homers gewesen. Deshalb habe der Dichter ihn auch so gut behandelt und viele seiner schändlichen Charakterzüge verhehlt, was so weit gegangen sein soll, daß er die Gestalt des Palamedes aus der *Ilias* ausgemerzt habe, nur um keine Spur des von Odysseus ersonnenen Meuchelmordes an ihm zu hinterlassen. Deshalb hatte er erzählt, Odysseus habe die Sirenen überwältigt, während es in Wahrheit – wie manche grinsend feststellten – die Sirenen gewesen sein sollen, die diesen »für die erotischen Freuden zu verwelkten« Seefahrer »mit der plattgedrückten Nase« verschmähten. Wenn am Ende der *Odyssee* Zeus eine vorläufige Eintracht über Ithaka herabsenkt, um das Epos zum Abschluß zu bringen, sieht es so aus, als würde der Vorhang schnell heruntergelassen, bevor zuviel Fragen auftauchen. Doch in den Jahrhunderten, die auf Homer folgten, sollten gewisse Fragen zu Odysseus – und gewisse Antworten – auch weiterhin von Mund zu Mund eilen wie ein langdauernder Brand auf Stoppelfeldern.

Es gehört zum Wesen des Odysseus, der letzte der Helden zu sein, der, welcher den Kreis schließt. Und insoweit er der letzte ist, stößt er unmittelbar an das nachfolgende Leben an, das sich jedoch niemals zu einem Kreis schließt. Sein Fuß geht auf der Grenzlinie. Nicht die *Ilias*, dieser gewaltige, in der Ebene zurückgelassene Block, sondern die windungsreiche *Odyssee* überliefert uns als Hinterlassenschaft den vielgestaltigen Roman: »Eines Einzelnen Sache, nicht die eines Volkes«, wie Telemach seine Suche nach dem Vater beschreibt. Doch als letzter unter den heimkehrenden Helden ist Odysseus auch der, der den Kontakt – und wie eng ist dieser Kontakt – mit den Urgewalten bis zum Äußersten verlängert, die in den ersten Phasen des Zyklus aufgetreten sind. Seine Irrfahrten waren auch eine Zusammenfassung und ein namentlicher Aufruf jener Wesen und Stätten, die viele in der Erinnerung bereits verwechselten und in den Bereich der Märchen verbannten. Mit Odysseus dagegen sind sie ein letztes Mal gegenwärtig und mächtig, sie sind unversehrt und grüßen in ihm den letzten Reisenden, der sie mit eigenen Augen hat erblicken und bezeugen können.
Während Odysseus unter Mühen seiner Insel entgegensegelte, sang der Sänger Phemios in den Sälen des Palastes von Ithaka bereits von den Taten der Krieger, mit denen Odysseus vor Troja gekämpft hatte. Fast alles war bereits Wort. Nur eine einzige Lücke blieb: die Taten des Odysseus selbst – die Spange, die den Zyklus schließt. Odysseus, dieser Meister des Worts, war der letzte, der den Eindruck erweckte, daß nicht alles Wort ist, solange seine schillernde

Lampe in Gestalt einer Groteske

Beute von Geschichten fehlte. Nach seiner Rückkehr nach Ithaka, nach der *Odyssee*, ist der Besuch bei Wesen und Stätten der Urzeit nur noch durch die Literatur möglich.

Als einziger unter den achäischen Anführern hält Odysseus seinen Blick gesenkt. Doch nicht aus Furcht. Während er die Augen niederschlägt, konzentriert Odysseus seinen Verstand, trennt ihn vom übrigen, wie es seine Gefährten nie zu tun pflegen, schmiedet einen ränkevollen Plan, entwirft eine *mechané*. Er ist das Gegenteil eines Mannes, der ständig von den Kräften, den Mechanismen, den *mechanaí* der Natur und der Götter eingeengt wird. Diesem unsichtbaren Gewirr fügt Odysseus neue *mechanaí* hinzu, doch sind sie diesmal von ihm ausgearbeitet. Jetzt kennt er ihr Geheimnis und muß es nicht mehr nur ertragen. So vergrößert er das Durcheinander, danach bedient er sich seiner, um den Fallen zu entgehen. Das frontale Vorgehen des Helden übt auf ihn keine Faszination aus. Odysseus macht einen Schritt zurück auf den gewundenen Verstand des Kronos hin, um dann einen Anlauf zu nehmen und sich über den Heroen hinaus zu schleudern. Wenn die Helden tot oder veraltet sind, wird Odysseus noch immer aufs Meer hinausblicken, von wo er den Tod erwartet, und von seiner Abreise schwärmen, vielleicht zu dem Land, wo die Menschen das Salz nicht kennen.

Odysseus und Ödipus, die klügsten unter den Helden, wurden getötet und töteten selber aufgrund eines Irrtums. Odysseus wird von seinem Sohn Telegonos getötet, der ihn nicht erkannt hat; Ödipus tötet seinen Vater Laios, ohne ihn zu erkennen. In beiden Fällen wegen eines ganz geringfügigen Handgemenges: beim einen wegen des Vortritts an einem Dreiweg, beim anderen, weil die Wächter des Palastes von Ithaka mit einem Unbekannten streiten. Aus der Klarsichtigkeit des Odysseus und des Ödipus dringt ein tödlicher dunkler Rauch.

Nicht Sokrates war der erste Gerechte unter den Griechen, der getötet wurde, weil er gerecht war. Während des trojanischen Kriegs ist ihm Palamedes vorangegangen, der zwar noch kein Gerechter, aber ein Weiser war. Die zehn Jahre vor Troja waren nur zum geringen Teil mit Schlachtengetümmel im Staub und mit Waffengeklirr ausgefüllt. Mehr noch als die Angst war die Langeweile ständige Begleiterin der Krieger. In einer stumpfsinnigen Ebene Asiens hatten sie ihre Baracken errichtet und blickten zum Horizont. Frauen gab es keine, und sogar die Liebschaften mit Männern konnten ermüden. In all diesen Jahren hatten sie nur eine wertvolle Hilfe erhalten: ein Mann wie sie, ein Krieger, Palamedes, hatte ihnen das Würfelspiel, Dame und ein Spiel mit Knöchelchen beigebracht. Indem sie fest auf die kleinen rollenden Gegenstände oder auf die in Quadrate unterteilten Bretter starrten, gelang es ihnen, die Zeit zu vergessen. Man hat behauptet, daß Palamedes auch andere Erfindungen zuzuschreiben wären: einige Buchstaben des Alphabets, die Dauer des Monats, die Leuchttürme. Doch für die anonymen Soldaten war er der Erfinder des Spiels, eines Zaubers ohne Bewegung und ohne Ende. Ansonsten war Palamedes ein Fürst wie viele andere auch. Er hob sich nur dadurch ab, daß er keinen Bart trug. Aber es gab einen Mächtigen, der ihn haßte: Odysseus.
Auf Ithaka sah Odysseus eines Tages, als er sich verrückt stellte, um nicht nach Troja abreisen zu müssen, Agamemnon, Menelaos und Palamedes über die Felder auf sich zukommen. Er pflügte weiter. Er säte mit den Händen Salz in die Furchen, er hatte einen Esel und einen Ochsen ins Joch gespannt. Er säte das Meer, das keine Mahd kennt, in die Vertiefung der fruchtbaren Erde, er, der eines Tages, nachdem er alle Länder gesehen, mit seiner salzigen Haut an den Ort kommen würde, wo die Menschen das Meer nicht kennen. Aber damals war es für Odysseus noch zu früh, um zu wissen, daß er in jenem Moment sich selbst darstellte. Um der Verstellung auch noch die Unverschämtheit hinzuzufü-

gen, hatte er sich einen spitzen Hut auf den Kopf gedrückt: wie ein Kabire, ein Eingeweihter. Nur ein anderer Eingeweihter hätte sein Spiel verstehen können. Palamedes beobachtete ihn. Dann riß er der Penelope völlig unerwartet den kleinen Telemach aus den Armen und warf ihn in die Furche, direkt vor den Pflug. Da blieb Odysseus stehen. Er hatte den kürzeren gezogen. Palamedes hatte Odysseus gezwungen, an die Grenze der Verstellung zu stoßen. Es gab nichts, das Odysseus mehr verabscheute. Auch wenn er wußte, daß es nicht so war, durfte Verstellung für ihn keine Grenzen kennen. Darin lag sein ureigenstes Geheimnis, das ihn von dem kraftstrotzenden Stumpfsinn aller Ajaxe unterschied. Verstellung war ein Gleiten von oben über alles hinweg, das man mit dem Auge unter Kontrolle behält, ohne selbst je von einem anderen, noch höheren Auge kontrolliert zu werden. Palamedes war dieses andere Auge.
Odysseus schwieg und folgte ihm. In seiner Brust verschloß er einen Haß, wie kein anderer Feind ihn zu entfachen jemals in der Lage sein würde. Über Jahre kämpften sie Seite an Seite. Palamedes war im Vergleich zu Odysseus »noch klüger als jener, aber weniger fähig, seinen eigenen Zwecken zu dienen.« Seine Erfindungen, die die Soldaten verzauberten, dienten zu gar nichts. Sie gehorchten der Macht der Abstraktion und wiederholten zugleich den Lauf der Natur. Palamedes wußte das. Im Heiligtum der Tyche in Argos brachte er die Würfel, die er erfunden hatte, als Weihegabe dar. Tyche war damals eine wenig aufgesuchte Gottheit. Doch eines Tages sollten alle in ihr das der Natur am nächsten kommende Bild erkennen. Wenn das Leben alles ablegt, bleibt der Körper des Geschicks übrig. Was sich ereignet, ist ein ständiges Aufeinanderprallen geworfener Würfel. Dieses Bild setzte sich eines Tages in den Gedanken fest und wurde nie mehr verdrängt. Palamedes war der einzige vor Troja, der das Bild in seiner Blöße erkannt hatte. Dafür haßte ihn Odysseus, deshalb fühlte er sich ihm zu nah und konnte ihn nicht ausstehen. Seine Intelligenz brauchte die Einsamkeit

und den Abstand zu den anderen. Eine ungewollte Komplizenschaft konnte er nicht dulden.
Als es darum ging, Achill zu finden, um ihn nach Troja zu bringen, dachte Odysseus sogleich an die List, mit der Palamedes ihn entlarvt hatte. Als Kaufherr verkleidet, erschien er auf Skyros und ließ sich in die Frauengemächer führen. Er brachte ein riesiges Bündel wertvoller Waren mit und breitete sie auf dem Boden aus. Sofort befühlten Mädchenhände die Stoffe und kramten in den Schmuckstücken herum. Aber unter diesem Haufen waren auch ein Schild und eine Lanze. Und gleich griff ein rothaariges Mädchen danach, so, als wäre es immer schon mit diesen Dingen umgegangen. Das war Achill. Odysseus wußte, daß er in jenem Moment, als er den Trick des Palamedes anwandte, den Krieg gewonnen hatte. Mit dem Gewinn Achills war Troja bereits gefallen. Jetzt mußte er sich nur noch an Palamedes rächen.
Jahrelang sann er nach. Und am Ende wählte er die List, welche die feigste, die sicherste und die philosophischste zugleich war. Mit der Enttarnung des vermeintlichen Wahnsinns des Odysseus hatte Palamedes die Existenz einer Wahrheit hinter der Verstellung aufgezeigt. Eine Wahrheit der Handlung. Odysseus antwortete ihm, indem er das Gegenteil aufzeigte: daß die wahrhaftigste Handlung als perfekte Verstellung beurteilt werden konnte. Er nahm einen trojanischen Gefangenen und übergab ihm einen gefälschten Brief des Priamos, den er Palamedes aushändigen sollte. In dem Brief wurde von Gold für den Fall einer Übereinkunft gesprochen. Dann tötete er den trojanischen Gefangenen und richtete es so ein, daß der Brief wie zufällig gefunden wurde. Inzwischen aber hatte er Gold unter dem Bett des Palamedes versteckt. Als der Brief entdeckt wurde und Palamedes seine Unschuld beteuerte, empfahl Odysseus, doch einmal unter dem Schlaflager des Palamedes nachzusehen. Daraufhin wurde Palamedes von seinen Gefährten einstimmig verurteilt. Sie steinigten ihn. Jeder einzelne Würfelspieler schleuderte seinen Stein auf ihn, dazu auch die Anführer,

Odysseus, Agamemnon. Bevor er starb, sagte Palamedes nur, daß er um die Wahrheit trauere, die vor ihm gestorben sei. Diese Worte waren seine Erwiderung an Odysseus. Der Feind des Palamedes hatte bewiesen, daß eine vollkommene Übereinstimmung zwischen der Welt und dem Geist das Falsche selbst sein konnte. Alle hatten Palamedes mit aufrichtiger Empörung verurteilt. Alle hatten das Gold unter seinem Bett gesehen. Das Falsche war stimmiger als das Wahre. Odysseus konnte sich endlich wieder allein fühlen im berauschenden Gleitflug der Intelligenz.

Die Masse der Toten zeigte sich Odysseus im Hades als eine Horde von Frauen. Angetrieben wurden sie von ihrer Herrscherin, Persephone. Doch wie trieb sie sie an? Welches Mittel benutzte sie, um sie aus dem kühlen Hain zu locken und sie vor dem schwarzen Blut und diesem lebendigen Mann aufzustellen, über dessen mächtigen Schenkel ein Schwert herunterhing? Diese Frauen waren Töchter und Beischläferinnen von Helden gewesen. Einige auch von Göttern. Sie alle wollten Blut trinken und reden. Das Gedächtnis in seinem Naturzustand ist diese Frauenhorde. Jetzt gleichen sie sich alle, Teilchen einer einzigen Wolke. Der Geist empfindet Grauen vor dieser Wolke, die ihn immer begleitet. Und die Kraft des Geistes liegt in dem Kunstgriff, mit dem es ihm gelingt, diese Teilchen eins vom anderen zu trennen und dann zu befragen.

Odysseus zog drohend das Schwert aus der Scheide. Die Frauen stellten sich in einer Reihe auf. Eine nach der anderen trank Blut und begann dann zu sprechen. Odysseus wollte sie alle anhören. Er vernahm das Wissen in seiner Urform: der Genealogie. Eine sprach von den »Werken der Liebe« des Poseidon, die ihr in den Wassern eines Flusses angetan wurden, während eine Welle so hoch wie ein Berg sich auftürmte. Eine andere erzählte von einer Erhängten. Wieder eine andere von wertvollen Geschenken, die sie als Preis für Verrat angenommen hatte. Und wieder eine andere von ei-

ner Jagd auf nicht zu fangende Färsen. Und während Odysseus zuhörte, senkte sich das ausgefranste Spinnennetz der Ahnenreihen über seinen Geist: die Deukalioniden, die Inachiden, die Asopiden, die Atlantiden, die Pelasgiden. Nicht alle Fäden ordneten sich in dieses Spinnengewebe ein. Einige überlagerten und verknüpften sich; andere bildeten geschlossene, fragile Figuren, wieder andere hingen verlassen in der Dunkelheit.
Das Zeitalter des Odysseus, das hybride Zeitalter der Heroen, lag ganz in der Überschneidung dieser Namen, dieser Geburten und dieser Taten. Hätte er jeder einzelnen dieser Frauenstimmen unbegrenzt zuhören können, hätte er erfahren, was kein Mann erfuhr: die Geschichte, die Geschichte eines Zeitalters, das mit ihm erlosch. Doch bald – oder nach einer sehr langen Zeit – verjagte Persephone die Frauenhorde als ein Geschrei von Fledermäusen.

Nach dem heroischen Zeitalter maßen die Griechen die Zeit nach der Abfolge der Priesterinnen im Heiligtum der Hera in Argos. Während des heroischen Zeitalters wurde das Fließen der Zeit nach der Abfolge göttlicher Vergewaltigungen gemessen. Sechzehn führte der unbekannte Autor des *Frauenkatalogs* allein für das Geschlecht der Deukalioniden auf; und acht für die Inachiden; selten sind sie bei den Pelasgiden. Bei den Geschlechtern, in denen göttliche Vergewaltigungen häufig vorkommen, kommt es auch zu häufigem Kontakt, Austausch und Kreuzung mit fernen, märchenhaften Ländern. Dort tun sich Seewege auf, Königreiche erstehen und stürzen zusammen, Dynastien kommen und gehen. Bei jenen Geschlechtern dagegen, in denen göttliche Vergewaltigungen seltener vorkommen, bleiben die Ereignisse eingegrenzt und verschlossen, wie die Pelasgiden in den Bergen Arkadiens.
Ē hoíe, »Oder wie sie...«: dies war die ständig wiederkehrende Formel im *Frauenkatalog*, der jahrhundertelang Hesiod zugeschrieben worden war, ehe er verlorenging. So be-

gann unzählige Male die Geschichte einer neuen Frau des Katalogs. So öffneten sich jedesmal die Kettenglieder der Generationen. Nicht die Abfolge von Herrschern, sondern das Ineinandergreifen so vieler Geschichten von Mädchen, ihre eintönige und in Erstaunen versetzende Aufeinanderfolge waren die einzige Form, in der die heroische Vergangenheit von einem Ende bis zum anderen sich für die Griechen überliefern lassen wollte. Die *Ilias* und die *Odyssee* erzählten im Grunde ja nur wenige Tage und wenige Jahre, die letzten Schmerzkrämpfe des heroischen Zeitalters. Während man dieses Zeitalter in seinem gesamten Umfang nur als eine Abfolge von Frauengeschichten erzählen konnte, ähnlich wie man ein Familienalbum durchblättert. Für die gelehrten Genealogen, deren höchster Ehrgeiz darin bestand, den Baum der Zeit in all seine Verästelungen hinein zu verfolgen, boten sich als einziger Rahmen, der in der Lage war, das Zeitalter der Helden zu umschließen, diese beiden Worte an: »*È hoíe* ...«, »Oder wie sie ...«

Verglichen mit den Rassen, die ihnen voraufgegangen sind – die goldene, die silberne, die bronzene Rasse –, haben die Helden kein Metall, mit dem sie sich und die Welt modellieren können. Ihre physiologische Zusammensetzung ist zwar hybride, aber nicht greifbar, weil eine Hälfte ihres Wesens aus göttlicher Substanz besteht. Und ihr Auftreten unterbricht die Ordnung der Ahnenreihen, die von Metall zu Metall mehr und mehr degenerierte.

Plötzlich, als die bronzene Rasse, eine Rasse von Kriegern mit starken Armen, von der Erde zugedeckt worden war und nichts blieb als die Stille, weil sie sich gegenseitig ausgerottet hatten, ohne daß der Name und der Ruhm auch nur eines einzigen überdauert hätte, plötzlich also überkam Zeus die Laune, für eine gewisse Zeit die Kette der Rassen zu zerreißen, und er ließ es zu, daß die Götter, vor allem dem eigenen Beispiel folgend, sich mit den Töchtern der Menschen vermischten. Die Anziehung war kurz und gefährlich, und aus ihr entstand die Geschichte. Es war das heroische Zeitalter. Erst in ihm zeigten sich die Namen, die dauerhafter sein sollten als die Rasse, die sie hervorgebracht hatte. Dann, eines Tages, als Helena in Sparta gerade Hermione zur Welt gebracht hatte, begann Zeus nachzudenken, während um ihn herum der Streit unter den Göttern tobte. Er dachte also, daß auch diese Rasse zu Ende gehen müsse. Der Augenblick war gekommen. Auch die Helden, dieser Einschub im Ablauf der Geschehnisse der Welt und in der Abfolge der Metalle, mußten vernichtet werden. Was herandrängte, war die Zeit der Rasse des schwarzen Eisens, die in der Erinnerung an die Helden leben sollte. Zeus dachte nach, und um ihn her wurde es keinem anderen der Zwölf bewußt, was in diesem Augenblick geschah. Sie hatten sich so an die Helden gewöhnt und sich für sie begeistert, daß sie dachten, sie würden ihre Helden für immer leben sehen, gleichsam als wäre der Normalzustand für die olympischen Götter der, bewegliche, zauberhafte Spielzeuge auf der Erde zu haben, deretwegen sie inzwischen täglich in Streit gerieten.

Das Klima fing an sich zu verändern. Gewitter zu ungewohnter Jahreszeit, langdauernd und hartnäckig, erstaunten die Griechen, die in Aulis ihre Zeltlager aufgeschlagen hatten, und hinderten sie an der Ausfahrt. Auch sie wußten natürlich nicht, daß diese ungewöhnlichen Gewitter den Eintritt in den letzten Abschnitt ihrer Epoche verkündeten. Nur wenige Jahre verblieben, gerade so viel, daß sich alle die auslöschen konnten, die in den Kampf nach Troja zogen. Die Ereignisse jener Tage sollten in so vielen Einzelheiten erzählt werden, wie es noch nie zuvor geschehen war, gleichsam als wäre eine riesige Lupe vom Himmel herabgekommen, um jede noch so unwichtige Tat hervorzuheben. Zum Ende hin beschleunigt sich zwar die Zeit, doch die Aufmerksamkeit weitet sich auch: in dieser letzten Generation der Helden sollten auch die Namen derer, die im Schatten des Ruhms lebten, wie etwa ein Mundschenk, ein Steuermann, eine Magd, zum ersten Mal in die Luft geschnitten werden.

Warum hatte Zeus beschlossen, die Helden zu vernichten? Tausend Stämme liefen auf der Erde herum, und »als er das sah, überkam Zeus ein Erbarmen im Dickicht seiner Gedanken«. So sagt es uns der Sänger der *Kypria*. Aber warum machte Zeus, der sich nicht leicht rühren läßt, sich um den weiten Körper der Erde Sorgen, auf dem die Rasse der Helden, wie zahlreich sie auch immer war, von oben gesehen, nicht sehr verschieden von vielen anderen Parasiten erscheinen konnte, die sich an sie klammerten?

Die Schuld der Helden bestand wahrscheinlich nicht so sehr darin, daß sie auf der Erde herumliefen, sondern in ihrer Loslösung von ihr. Die Helden waren die ersten, die die Erde vor ihren Augen als Objekt betrachteten. Und wie ein Objekt schlugen sie sie. Ihr Vorbild war Apollon, der seine Pfeile auf Pythons Schuppen abschießt, die so gesprenkelt waren, wie der Berg von Delphi mit Buschwerk gesprenkelt ist. Wer die Schlange trifft, trifft die Erde, auf der sie sich windet, und das Wasser, das aus ihr hervorsprudelt. Jetzt ahmten die Helden Apollon nach, und Apollon hatte Zeus nachgeahmt. Die Nachahmung ist die für die Ordnung der Welt gefährlichste Handlung, weil sie dazu neigt, die Grenzen zu verwischen. So wie Platon die von ihm geliebten Dichter aus der Stadt vertreiben wollte, so wollte Zeus die von ihm geliebten Helden auf der Erde ausgelöscht sehen. Jetzt mußten sie verschwinden, bevor sie die Erde mit der gleichen Mißachtung zertraten, mit der die Olympier sie vor ihnen zertreten hatten.

Aber Zeus wollte nicht nur das Ende der Helden: »Er zwang zum Krieg das Land der Hellenen und die unglückseligen Phryger, damit die Mutter Erde sich von der Masse der Sterblichen erleichtere und der Stärkste in Griechenland berühmt gemacht werde.« Hier enthüllt sich das Abgründige an Zeus' Plan. Die Vernichtung einer Rasse ist notwendig gekoppelt an die ruhmvolle Verherrlichung eines einzelnen,

Achill – und zwar in einer Welt, die erst noch entdecken mußte, was der Ruhm ist, diese Macht, die über eine Rasse hinausreicht. Einem Helden Ruhm verleihen bedeutet, allen Helden Ruhm verleihen. Es bedeutet, den Ruhm zu beschwören, der der goldenen, der silbernen und der bronzenen Rasse unbekannt war. Ruhm ist ein Pakt mit der Zeit. Durch den Tod der Helden sollten die Menschen eine enge Verbindung zur Zeit gewinnen. Die schwierigste Verbindung und metaphysisch allen anderen überlegen. Zeus wollte, daß der Tod der Helden einen neuen Tod darstellte. Von der Erde zugedeckt werden: das war bis dahin der Tod. Bei den Helden dagegen fiel der Tod mit der Beschwörung des Ruhmes zusammen. Inzwischen war der Ruhm zu etwas geworden, das man atmen konnte. Die Menschen der eisernen Rasse sollten in Körper und Geist nicht wie die Helden zusammengesetzt sein, sondern bewegten sich in einer mit Ruhm durchtränkten Luft, so wie ihre Vorgänger inmitten der »in Nebel gewandeten« *daímones* gelebt hatten, jener dreißigtausend unsichtbaren »Wächter der Menschen«, in die sich die Wesen der goldenen Rasse verwandelt hatten.

Wie erklärten die Helden den Plan des Zeus, der sie zur Ausrottung verurteilte? Sie erklärten ihn nicht, sie erlitten ihn. Doch neben ihnen stehen zwei Gestalten, die das Motiv dieses Plans auszusprechen wagen: Helena und Alkinoos. Wenige Worte, die fast übereinstimmen. Helena spricht mit Hektor, und nachdem sie sich zweimal als »Hündin« bezeichnet hatte, sagt sie zum Schluß: »Zeus hat uns ein trauriges Ende bereitet, auf daß wir in Zukunft von Sängern besungen werden.« Alkinoos, dieser König eines Zwischenreichs, König eines Volks von Fährleuten, die sich mehr in der Zeit als auf dem Wasser bewegen, wendet sich an Odysseus, nachdem er ihn beim Bericht über die Plünderung Trojas heimlich hatte weinen sehen: »Dies ist das Wirken der Götter: sie erspannen den Untergang dieser Menschen, auf daß in Zukunft noch andere den Gesang besäßen.« Alkinoos, wie auch sein Volk, liebt die Feste, die Seefahrt und den Gesang. Er liebt »Gewänder, die oft gewechselt werden, und warme Bäder und die Betten«. Sonst nichts. Und seine beinahe perfekte Welt im Abseits ist vor allen anderen ziemlich gut geschützt. Helena ist das Gegenteil: Sie ist das Zentrum des vernichtenden Wirbels, der um ihren Körper kreist. Doch gibt es ihren Körper in der gleichen Weise wie alle anderen Körper? Und was spielt sich im Geist der Helena ab, um den sich niemand kümmert?

Der von Homer heraufbeschworene gewaltige Skandal liegt vor allem darin, daß er Helena den Fall Trojas hat überleben lassen. Telemach kam nach Sparta und sah, daß Helena sich auf einen mit Intarsien verzierten Stuhl neben Menelaos setzte und ihre Füße auf einen Schemel legte. In ihrer Hand hielt sie eine goldene Spindel und glich der Artemis. So hatte, viele Jahre zuvor, auch ein anderer Gast sie angetroffen: Paris. Der einzige Unterschied schien darin zu liegen, daß es jetzt Geschichten gab, die erzählt werden wollten. Schon bevor Helena sich zeigte, hatte Menelaos begonnen, den beiden unbekannten Gästen von seiner langen, beschwerlichen Heimkehr von Troja zu erzählen.

Kaum hatte Helena sich gesetzt, blickte sie Telemach genau an. Sie erkannte ihn gleich: er konnte nur der Sohn des Odysseus sein. Wenige Augenblicke später weinten alle, auch Helena. Sie waren zur gleichen Zeit vom »Verlangen zu schluchzen« ergriffen worden. Jeder von ihnen hatte verschiedene Tote zu beklagen. Und alle diese Toten waren Teil derselben Geschichte, die in dieser Halle ihren Anfang genommen hatte, während dort ein unbekannter Gast empfangen wurde und Paris Helena anblickte. Der erste, dessen Tränen trockneten, war der junge Peisistratos aus dem glücklichen Geschlecht Nestors, der Telemach begleitete. Er war zwar nicht in Troja gewesen, hatte dort aber einen geliebten Bruder verloren. Mit der zuvorkommenden Freundlichkeit seiner Familie schlug er vor, alles Weinen und Klagen auf den nächsten Morgen zu verschieben. Menelaos war dafür. Und so wandten sie sich wieder ihrem Fest zu.

Entfernen wir uns jetzt von den Männern und folgen dem Geist Helenas, dem unergründlichsten. Ein Gedanke durchfuhr sie. Sie nahm einen Krater, in dem man Wein mischt, und gab eine Droge hinein. Es war Opium, der eingetrocknete Saft jener Mohnblumen, die aus einer zauberreichen Erde hervorsprießen. Die Königin Polydamna hatte es ihr in Ägypten gegeben. Helena wußte, daß man mit dieser Droge einen ganzen Tag lang nicht weinte, auch wenn »einer mit eigenen Augen einen Bruder oder einen lieben Sohn unter der Bronze fallen sähe«. Sie wartete, bis die Männer den mit der Droge versetzten Wein getrunken hatten, dann lud sie sie ein, sich »der Lust der Gespräche« (*mýthois térpesthe*) zu überlassen. Und die wollte sie selbst in Gang bringen. Mit etwas »Angemessenem«, wie sie hinzufügte. Odysseus, sagte Helena, liebte es, sich als Bettler zu verkleiden. Und eines Tages hatte er diese List auf den Straßen von Troja ausprobiert. Niemand erkannte ihn, außer Helena. Zwischen ihnen kam es zu einem Wortgefecht, weil Odysseus ihr nicht traute. Dann aber entschloß er sich doch, ihr zu folgen. Helena wusch Odysseus, zog ihm neue Gewänder an und versicherte ihn ihrer Treue als Verräterin. Daraufhin zog Odysseus eine lange Klinge hervor, stürzte sich auf Trojaner und schlachtete sie ab. Später, als sie die Klagen der Frauen über den blutüberströmten Leibern hörte, jubelte Helena. Die *áte* der Aphrodite, jene Verblendung, die ihr Leben beherrscht hatte, schien sich aufgelöst zu haben. »Das Herz wandte sich zur Heimkehr.«

In dieser Nacht gelang es Odysseus, sich des Palladions im Athene-Tempel zu bemächtigen. Helena wußte, weil sie selbst ein Bildnis war, daß das Leben einer Stadt in einem Bildnis wohnt und daß die Stadt, wenn das Bildnis sie verläßt, verloren ist. Dies erzählte Helena, um damit eine der vielen Unternehmungen des Vaters ihres jungen Gastes in der Erinnerung zu feiern. Menelaos betrachtete sie glücklich,

aber sein Blick war trüb. Er finde diese Geschichte gut, sagte er zu ihr, und nannte sie »Frau«, gleichsam als handelte es sich um einen Abend nach einer Jagdpartie, wo jeder wartet, bis die Reihe an ihm ist, eine Episode zu erzählen, die sich während des Tages zugetragen hat.
Doch wenn man wollte, gab es noch anderes, was an Odysseus erinnerte. Zum Beispiel, sagte Menelaos, wie er sich verhielt in der Nacht, als Troja geplündert wurde. Als der Sänger Demodokos am Hofe der Phäaken jene Nacht in Versen wiedererstehen ließ, konnte Odysseus die Tränen nicht zurückhalten. Und für Demodokos war diese Nacht doch nur Literatur und gerade geschehene Geschichte. Aber nun wollte Menelaos von einer Nacht erzählen, die er, wie auch Helena, selber erlebt hatte. Er erzählte von der großen Tat eines verschollenen Freundes, um sie vor dessen Sohn in Erinnerung zu rufen.
Die Helden hockten im glatten Bauch des Pferdes. Den ganzen Tag über hatten sie in der Dunkelheit, in die nur wenig Luft durch ein Loch im Maul des Tieres eindrang, unablässiges Stimmengewirr gehört. Das Pferd war bis an die Mauern von Troja auf seinen großen Spielzeugrädern herangezogen worden. Danach hatten sie es unter großer Mühe bis zur Akropolis gehievt. Doch der Streit hörte nicht auf. Der eine wollte es aufschlitzen, der andere verbrennen, und wieder ein anderer wollte es als heilige Statue aufbewahren. Wenn man es von außen betrachtete, war das Pferd von »schreckenerregender Schönheit«. Seine Mähne war vergoldet, die flammenden Augen bestanden aus Beryll und Amethyst. Die Trojaner legten Girlanden aus noch feuchten Blumen um den Hals des Tiers. Auf der Erde hatten sie einen Rosenteppich vor ihm ausgebreitet. Die kleinen Kinder liefen lärmend um das Pferd herum.
Plötzlich übertönte die durchdringende Stimme Kassandras alle anderen. Sie sprach von Athene, der Plündererin der Städte, die diesen Betrug vorbereitet hatte. Sie sah Blut. Sie sprach die Wahrheit. Doch dann hörte man die Stimme des

alten Priamos, der von Tänzen, Honig und Freiheit sprach. Und er stieß die Tochter weg. Die Nacht brach herein, und die versteckten Krieger hörten nicht mehr streitende Stimmen, sondern Festlärm. Dann wurde auch der Lärm immer weniger. Das Fest ging zu Ende. Hufschläge, Stimmen, die sich entfernten. Da erschien Helena in Begleitung des Deiphobos, ihres neuen Gemahls.
Vor dem Pferd blieb sie stehen. Jetzt herrschte völlige Stille. Langsam ging sie um das Tier herum. Dann berührte sie den mit Kriegern angefüllten Bauch. Und plötzlich, während Helena mit ihrer Hand über die hölzernen Bretter fuhr und leise klopfte wie an die Tür eines Geliebten, hörte man ihre Stimme. Sie nannte Namen. Sie rief Menelaos, Diomedes, Odysseus, Antiklos. Für jeden Namen fand ihre Stimme einen anderen Tonfall. In der Dunkelheit wurden einige Helden unruhig und mußten darauf achten, mit ihren Beinschienen nur ja nicht aneinander zu geraten. Ein Seufzer legte sich erstickt über den anderen. Dies war der am wenigsten geeignete Ort und Augenblick für Sehnsucht und Verlangen. Und dennoch waren Menelaos und Diomedes dabei, sich aufzurichten. Antiklos konnte nicht widerstehen und wollte gerade auf Helenas Stimme antworten, da hielt Odysseus ihm den Mund zu und packte ihn am Hals. Helenas Stimme sprach weiter Namen aus, während Antiklos langsam starb, erwürgt. Einen Augenblick lang wand er sich. Dann legten ihn die anderen Helden vorsichtig auf das Holz und breiteten eine Decke über ihn.
Menelaos schwieg. Er war noch ganz in der Lust des Erzählens versunken. Telemach blickte ihn an und sagte in nüchternem Tonfall nur wenige Worte: Ja, es stimme, sein Vater Odysseus hatte »ein eisernes Herz«. Und doch habe auch er ein elendes Ende gefunden, wer wußte wo. Es sei der Augenblick gekommen, schlafen zu gehen, sagte er. Nun stand es jedem zu, »den süßen Schlaf zu genießen«. Helena hatte bereits Anweisung gegeben, die Schlaflager am Eingang für die beiden Gäste herzurichten. Dann entfernte sie sich in

ihrem langen Peplos in die inneren Räume, wo Menelaos sich neben ihr ausstrecken würde.

Menelaos erzählte Telemach nicht, wie diese Nacht in Troja endete. Nachdem Helena wieder gegangen war, sank eine Stille auf die Akropolis herab, die nicht einmal vom Jaulen der Hunde unterbrochen wurde. Die Helden rüsteten sich, zur Erde hinunterzuschwärmen »wie Bienen aus einem Eichenstamm«. Da nun begann das heimliche Schlachten in den Zimmern der Schlafenden. Menelaos und Odysseus blickten sich nicht einmal um. Sie drangen in das Haus des Deiphobos ein und fanden ihn in seinem Bett, das noch warm war vom Körper der Helena. Menelaos wollte an seinem Körper eine systematische Schlachtung vornehmen: er trennte ihm Hände und Ohren ab, er schlug ihm die Schläfenbeine ein und spaltete seinen Kopf in zwei Hälften, der Nasenlinie folgend. Dann drang er in die inneren Räume des weitläufigen Hauses vor. Und hinten im letzten Raum fand er Helena. Wortlos kam er näher, von seinem Schwert tropften Blut und Hirn, er hielt es auf ihren Bauch gerichtet. Helena sah ihn an und entblößte ihre Brust. Da ließ Menelaos das Schwert fallen.

Nach dem Zeugnis des Stesichoros und des Euripides war Helena *ein* Bild. Nach dem Zeugnis des Homer war Helena *das* Bild. Die homerische Sichtweise ist wesentlich schwieriger und mehr zu fürchten. Mit einem Bild umzugehen, von dem man weiß, daß ihm eine Realität gegenübersteht, impliziert eine geringere Spannung, als mit einem Bild zu verhandeln, von dem man weiß, daß es selbst auch Realität ist. Helena ist wie das Gold im Verhältnis zur Ware: zwar ist es selbst auch Ware, aber eine, die jede andere Ware darstellen kann. Bild ist eben dieses Darstellen. Während Troja brannte, fand sich Menelaos vor der entblößten Brust der Helena. Er hätte Blut darüber fließen lassen und Handlungen wiederholen können, die er gerade am ausgestreckten

Körper des Deiphobos vollzogen hatte. Aber wie kann man das Gold töten? Helena hätte in einer Nische des Geistes ihres Mörders weitergeatmet, wie auch im Geist all der anderen Krieger, die dem Ruf ihrer Stimme folgen wollten, als sie im Bauch des Pferdes eingeschlossen waren. Helena war ein Reflex im Wasser. Wie konnte man den Reflex töten, ohne das Wasser zu töten? Aber wie tötet man das Wasser? Zwar dachte Menelaos dies alles nicht, während er das Schwert fallen ließ, aber dies war es, was ihn dazu brachte, das Schwert fallen zu lassen.
Inzwischen dachte er an ganz anderes. Er dachte an Agamemnon. Er fürchtete, der Bruder könnte ihn für feige halten oder, wieder einmal, für einen Schwächling. So beschloß er, ebenfalls schlau zu sein. Er packte Helena am Handgelenk und schleifte sie mit sich fort, als ginge es zum Schlachthaus. Und endlich erschien Agamemnon. Menelaos mußte so tun, als würde er sich von ihm überreden lassen, Helena nicht zu töten. Agamemnon respektierte seine Rolle, ohne es zu wissen. Und Worte erschienen auf seinen Lippen, die Priamos einmal ausgesprochen hatte: »Nicht ist Helena der Grund.« Dem stimmte Menelaos ohne Zögern zu. Nun blieb nur noch ein letztes Hindernis: das Volk der Krieger. Auch dieses Mal entschloß sich Menelaos, als rächender Ehemann aufzutreten. Er näherte sich den Zelten der Achäer mit düsterer Miene und hielt Helenas Handgelenk fest umklammert. Die Menge teilte sich vor ihnen. Jeder hatte Steine in den Händen. Sie hatten sie für die Steinigung der Helena sorgfältig ausgesucht. Menelaos ging weiter, hinter sich zog er seine Gattin, die Verräterin, her, und während die Krieger einen Fächer um sie herum bildeten, war das dichte, dumpfe Aufschlagen der Steine zu hören, die, schon vergessen, zu Boden fielen.

In der tiefen Stille des Opiums stieß Menelaos, ohne den geringsten Groll, sogar zu der Erinnerung daran vor, daß Helena bis zum letzten Augenblick versucht hatte, den Untergang der Griechen herbeizuführen. Für sie war Antiklos erwürgt worden. Hätte Odysseus ihn aber nicht erwürgt, hätte einer der Helden auf die liebevollen Rufe geantwortet, wären sie möglicherweise allesamt bei lebendigem Leib im Bauch des Pferdes verbrannt. Oder die Trojaner hätten sich einen anderen grauenvollen Tod für sie einfallen lassen. Und dennoch erinnerte sich Menelaos an diese Episode vor Helena und den Gästen wie an ein Bild des Ruhms, das mit Lust genossen werden muß.

Immerhin hatte Menelaos nach zwanzig Jahren die eine oder andere Kleinigkeit über die Frau an seiner Seite begriffen. Er dachte nicht mehr daran, sie zu verdammen, wie er es immer wieder – und wie lange – geträumt hatte. Er gab sich damit zufrieden, von ihr so viel zu verstehen wie einen Zipfel ihres Peplos. Und so hatte er, unter anderem, folgendes verstanden: für die Griechen wie für die Trojaner hatte Helena die Gefahr des Bildes dargestellt. Mit dem Bild zu leben bringt Verderben, doch keine der beiden Seiten hatte darauf verzichten wollen. Für das Bild hatten sie gekämpft. Und jetzt bedrohte und verzauberte das Bild auch weiterhin das Leben in Griechenland.

In der Nacht, in der Troja angezündet worden war, hatte Helena die Gefahr sowohl für die Griechen wie für die Trojaner auf die Spitze getrieben, denn das war ihr Wesen. Sie ließ ihre Stimme in die zitternde Dunkelheit des Pferdes dringen und rüttelte an den Seelen der achäischen Krieger. Dann, nach nur wenigen Augenblicken, schwang sie, während sie mit anderen Troerinnen auf der Akropolis tanzte, die Fackel, die den auf ihren Schiffen wartenden Achäern das Zeichen zum Angriff gab. Zwei miteinander unvereinbare Handlungen, eine nach der anderen. Helena führte jede mit der gleichen ruhigen Gelassenheit aus. Diese beiden Taten waren Helena. Nie wie in dieser Nacht zeigte sich Helena in ihrer Fülle, wie ein großer, berauschender Mond, der sein Licht gleichmütig über alle ausgießt.

Was ist das Unglück des Exils? »Vor allem eines«, sagt Polyneikes: »nicht frei zu sein zu reden« (*parresía*). Und seine Mutter Jokaste fügt hinzu: »Ein Sklavenschicksal ist es, das nicht zu sagen, was man denkt.« Die Offenheit, der erste Wesenszug aristokratischer Ethik, säkularisiert sich mit der Demokratie zur Freiheit des Worts (*parresía*). Odysseus entzog sich beidem. Er verleugnete die Offenheit des Kriegers, als er sich in Ithaka verrückt stellte, um sich nicht nach Troja einschiffen zu müssen; er verleugnete die Freiheit des Worts, als er in die Rolle des umherziehenden Bettlers schlüpfte, der von jedem Diener zum Schweigen gebracht und fortgejagt werden konnte.
Odysseus ließ zum ersten Mal das Mittelbare über das Unmittelbare triumphieren, den Aufschub über die Anwesenheit, den gebogenen Gedanken über den geradlinigen Schwung. Alle Eigenschaften, die in den nachfolgenden Jahrhunderten den Kaufleuten, den Ausländern, den Juden, den Schauspielern nachgesagt wurden, wurden zuvor von Odysseus in seinem Inneren geprägt. Der Held nahm eine Lage vorweg, in der weder die aristokratische Offenheit noch die demokratische Freiheit des Worts angemessen sein würde. Viele Jahrhunderte später erscheint diese Lage normal, doch zur Zeit des Odysseus war dies eine Prophetie, die nur dem zuteil wurde, der viel zwischen Himmel und Erde herumgeirrt war. Auf diese Weise bleibt Odysseus so vertraut wie ein unsichtbarer Gefährte, während Achill und Agamemnon sich aus der Erinnerung abheben wie Relikte einer anderen Schöpfung, die in einer Katastrophe verschwunden ist. Jene Anwesenheit, die er als Unmittelbarkeit negiert hatte, wird durch den Lauf der Erinnerung und der Geschichte eingelöst. Achill muß erst heraufbeschworen werden; Odysseus aber steht längst an unserer Seite, überall und immer.

Während des gesamten Lebens des Odysseus, vor allem aber während der langen Jahre seiner Heimkehr von Troja, gab es ein unablässiges Flüstern zwischen seinem Geist und Athene. Nichts widerfuhr ihm, ohne daß dieses Flüstern daran teilgehabt hätte. Nur ein einziges Mal verschwand es ganz. Da mußte Odysseus sich wieder mit einer weiblichen Stimme in noch weiterer Ferne verbinden, jenseits deren sich jede andere Stimme verlor. Er hatte sich an das Floß geklammert, das er auf der Insel der Kalypso mit eigenen Händen gebaut hatte. Himmelhohe Wellen rissen am Mast. Nackt, an wenige Holzstämme gedrückt, war er wie der erste oder der letzte Mensch auf den Wassern der Sintflut. Er hörte Athenes Rufen nicht. Als er durch die wirbelnde Gischt aufblickte, sah er oben auf der Spitze des Mastes eine weiße Möwe, die ein purpurnes Band im Schnabel hielt.

Dieses Band erinnerte ihn an etwas, was zu dem Sturm nicht paßte. Der Versuch, sich genau zu erinnern, war absurd, wo eine Woge das Floß jeden Augenblick für immer versenken konnte. Und doch wollte Odysseus sich unbedingt erinnern. Eines Tages, auf Samothrake, als er in die Mysterien der Kabiren eingeführt wurde, war jemand ohne Namen auf ihn zugekommen und hatte ein purpurnes Band, das *krédemnon*, um seinen Bauch geschlungen. Und dieses purpurne Band im Schnabel der Möwe schien jetzt im Wind zu flattern. Odysseus erkannte, daß ihn nur ein Schleier vom Tod trennte, und dieser Schleier war die Einweihung. Wenn alles in seine kleinsten Elemente zerlegt worden und dabei ist, verschlungen zu werden, bleibt noch ein Band, das durch die Dunkelheit flattert.

Statt sich vor den Wogen zu schützen, bäumte Odysseus sich auf und streckte seinen Arm so weit empor, bis er das purpurne Band aus dem Schnabel der Möwe ziehen konnte. Dann band er es sich um seinen Bauch. Er wiederholte das gleiche, was in Samothrake getan worden war, nur daß dieses Mal die Hände des Unbekannten seine eigenen waren. Lange Zeit hatte dieses Purpurband, das Odysseus im Schiffbruch rettete, die Haare der Leukothea, der Weißen Göttin, umschlungen. Und bevor sie zur Göttin geworden war, die aus Meerestiefen zu Hilfe eilt, war Leukothea eine arme Ertrunkene, eine Wahnsinnige, die sich mit ihrem kleinen Söhnchen im Arm von einem Felsen hinab ins Wasser gestürzt hatte. Damals hieß sie noch Ino und war eine der vier Töchter des Kadmos. Sie hatte König Athamas zum Gatten. Mit ihrer Mutter Harmonia – und möglicherweise auch, weil Harmonia »viele Verbrechen kannte, die von Barbaren und Griechen schon begangen worden waren« – hatten sich die unterschiedlichsten und gegensätzlichsten Elemente bereitwillig unter ein Joch beugen lassen. Mit den Töchtern der Harmonia erlebte man unmittelbar, wie jede Einheit zerrissen und zergliedert wurde, so als hätten die Götter unverzüglich zu verstehen geben wollen, daß das harmonische Joch über den Elementen die unbeständigste aller Formen war.

Ino war die letzte unter den Töchtern des Kadmos, die wirr redete und tötete. Sie hatte Semele zu Asche zerfallen sehen, sie hatte Agaue ihren Sohn Pentheus in Stücke zerreißen gesehen, sie hatte Autonoë die Reste des Hirsches einsammeln sehen, der ihr Sohn Aktaion gewesen und von den Hunden der Artemis zerfleischt worden war. In Inos Pupillen hatten sich diese Schrecken reflektiert, bevor sie sich bei ihr selbst ein letztes Mal wiederholten, als sie den kleinen Melikertes in einen Kessel mit kochendem Wasser steckte, während ihr anderer Sohn, Learchos, vom Eisen seines Vaters Athamas durchbohrt wurde. Und doch wurde diese Prinzessin und Selbstmörderin gerettet und wurde zur Retterin. Warum? Sie hatte dem Waisenknaben Dionysos Gastfreundschaft gewährt, hatte ihn wie ein kleines Mädchen in ihrem Palast gekleidet, hatte ihm ihre weiße Brust gegeben wie ihrem Sohn Melikertes, hatte ihn in einem dunklen Zimmer versteckt, eingewickelt in einen Purpurschleier, während Mystis, die Magd, ihn zum ersten Mal den Klang von Zymbeln und Tamburinen hören ließ und ihm ihre mystischen Gegenstände als Spielzeug gab. Doch nicht nur Dionysos erinnerte sich Inos, auch Aphrodite. »*Spuma fui*«,

»Schaum war auch ich«, sagte die Göttin zu Poseidon, damit er Ino unter die Meeresgottheiten aufnahm. Dieser Schaum war das Haarband der Leukothea; er war der Schleier um die Hüften der Eingeweihten von Samothrake; er war das langsame Aufgehen des Lichts und das Heraustreten des Verborgenen in der Morgenröte; er war das Gleißende des Erscheinens und das hohe Purpur des Bluts, der einzige über den Schiffbruch gebreitete Schleier.

Der Schleier oder etwas, das bindet, einwickelt, schnürt, ein Band, ein Wickel, eine Binde, ist der letzte Gegenstand, den wir in Griechenland antreffen. Jenseits des Schleiers befindet sich nichts mehr. Der Schleier ist das andere. Er ist die Mitteilung, daß das Bestehende allein nicht standhält, daß es zumindest immer danach verlangt, bedeckt und entdeckt zu werden, zu erscheinen und zu verschwinden. Was man vollzieht – die Einweihung oder die Hochzeit oder das Opfer –, verlangt nach einem Schleier, eben weil das, was sich da vollzieht, das Vollkommene ist, das für das Ganze steht, und das Ganze schließt den Schleier in sich, diesen Überschuß, der den Wohlgeruch der Sache ausmacht.

Keine Frau war je so einsam wie Kalypso. Vom Eingang ihrer Grotte blickte sie auf die veilchenfarbenen Wellen und wußte, daß die anderen Götter sie nicht suchten. Hinter sich hörte sie das brodelnde Gurgeln der Tiefe, das in vier Richtungen Wasser an die Oberfläche spie. Sie war eine göttliche Wirtin, doch die Zeit verweigerte ihr die Gäste. Warum lag das Meer um sie herum öde da, und warum stieg von der Erde kein Opferrauch empor? Die Entfernung, die zwischen Kalypso und der Welt lag, maß man nicht nur am riesigen Rücken des Wassers, sondern vor allem nach der Zeit. Wie ihr Vater Atlas, »der die Tiefen des Meeres überall kennt« und über die großen Säulen wacht, die die Erde und den Himmel auseinanderhalten, lebte auch Kalypso an einem kosmischen Angelpunkt: Ogygia war eine Urinsel und mit keiner anderen Insel zu verwechseln, so wie das Wasser des Styx, das jedweden Stoff auflöst und sogar die Olympier in Schrecken versetzt, mit keinem anderen Wasser verwechselt werden kann. Doch niemand kümmerte sich um die beiden. Sie waren aus einem Zeitalter, dem gestürzten Reich des Kronos, übriggeblieben. Nun saßen die Götter auf einem Berg und glänzten im Licht.

Kalypso bedeutet Verhüllerin. Ihre große Leidenschaft war das Verhüllen, etwas in einen Schleier einwickeln, der denen glich, die ihr den Kopf bisweilen einhüllten. Doch sie hatte nichts, was sie verhüllen konnte, außer der unablässigen Vermischung der himmlischen und der irdischen Wasser unter ihrer Grotte, die unter dumpfem Dröhnen stattfand, das sie vom Dröhnen des Meeres vor ihr gut unterscheiden konnte. Als kleines Mädchen hatte sie auf blühenden Wiesen zusammen mit Persephone und anderen Nymphen gespielt. Jetzt waren die einzigen Lebewesen, denen sie begegnete, zwei Mägde, die bei ihr Dienst taten, und Vögel, die in den dunklen Bäumen um ihre Grotte saßen. Kalypso gegenüber fühlte Odysseus jene Anziehung, die Gilgamesch gegenüber Siduri, der Bierschenkin, empfunden hatte. Die Frau, die hinter einem Tresen zu trinken ausschenkt und spricht oder zuhört: was verbarg sich hinter dieser Anziehung? Odysseus wußte es noch: es ist die Frau, die im Vorraum des Totenreichs empfängt.

An diesem schwebenden Zwischenort, dem einzigen, wo man sich der Illusion hingeben konnte, jenseits des Lebens und jenseits des Todes zu sein, trinkt man und würfelt. Die Gespräche mit der Frau, die die Getränke bringt, durchziehen eine unendliche Nacht, ohne die Drohung der Morgendämmerung im Fenster. Nach Odysseus vergaßen die Menschen zwar: aber sie fühlten auch weiterhin eine dunkle Anziehung gegenüber den Wirtinnen, gleichsam als wäre jede Theke, an der man trinkt, die Schwelle zu einer anderen Welt.

Odysseus verbrachte sieben Jahre mit Kalypso; diese Zeit reichte dazu aus, daß viele seiner Untertanen ihn verschollen glaubten. Es waren die Jahre, in denen die Zeit ihn an einen wunderbaren abgeschlossenen Ort zurückgesogen hatte, die ein schwimmendes Grab war. Wenn er auf die Erde blickte, sah er Veilchen und Selleriestauden, mit denen man die Toten umgibt. Richtete er den Blick auf, sah er Erlen, Zypressen, Schwarzpappeln, Weiden: Bäume der Toten. Und alles war von urweltlicher Schönheit, die sogar die Götter sprachlos machte. Im Hades hatte Odysseus, als er mit Achill sprach, die Grausamkeit des Todes berührt. Jetzt umgab ihn ein anderer Tod, der sich mit den schwebenden Zügen eines besseren Lebens darstellte und ein statisches Versinken in die Zeit war. Odysseus wußte, daß es so etwas wie ein besseres Leben nicht gab. Wie die Elysischen Gefilde, wie der Garten der Hesperiden, so war Ogygia ein Ort, um Erkenntnis zu gewinnen, nicht um zu leben. Während vieler Tage, am Strand hockend, hatte Odysseus Kalypso vom trojanischen Krieg erzählt. Mit einem Stock zeichnete er die Heerlager und Stellungen in den Sand. Jedesmal veränderte er die Erzählung – oder die Art, wie er erzählte. Kalypso saß neben ihm, still, konzentriert. Dann verwischte eine stärkere Welle die Zeichnungen im Sand. Einmal sagte Kalypso zu ihm: »Sieh nur, dies vollbringt das Meer, und dem Meere willst du dich anvertrauen?« Nach jenem Tag kehrte Odysseus nicht mehr mit ihr an den Strand zurück. Jetzt saß er allein, auf einem Felsblock, der weit ins Meer ragte, und weinte. Bei Sonnenuntergang kehrte er in die Grotte zurück, als wenn sein Arbeitstag vorbei wäre. Und jeden Abend wiederholte sich die gleiche Szene. Von seinem goldenen Sitz streckte Odysseus die Hände nach seiner menschlichen Speise aus. Diese Speise stand neben dem Ambrosia und dem roten Nektar, mit denen Kalypso, die ihm gegenübersaß und ihn betrachtete, sich ernährte. Sieben Jahre lang, jeden Abend, hatte Kalypso gehofft, daß er davon kosten würde. Dann nämlich wäre er unsterblich geworden, alterslos, ein an die Grenzen der Welt verschlagener Halbgott. Doch Odysseus tat dies nie. Dann vereinigten sie ihre Körper auf dem Bett in der Tiefe der Grotte, und in diesen Nächten fühlte Kalypso, daß sie wirklich lebte, weil sie Odysseus zwischen ihrem großen Körper und den Bettüchern verbarg. Sonst war sie von Melancholie und Ungewißheit gequält, als wäre ihr Leben nicht wirklicher als diese Namen von Kriegern, die Odysseus ständig wiederholte und die für sie inzwischen zu vertrauten, ungreifbaren Gestalten geworden waren.

Als Kalypso ihm sagte, daß sie ihn ziehen lassen würde, argwöhnte Odysseus, daß diese Worte wieder eine List verbergen könnten, um ihn zu umgarnen, »ein anderes Übel«. Sie waren Feinde, die sich mit ihren Waffen bis zum äußersten bekämpften, schweigend und ohne Zeugen. Von Zärtlichkeit verletzt, nannte Kalypso Odysseus dann *alitrós*, »Schelm«, und »streichelte ihn mit der Hand«. Keine andere Frau hätte es gewagt, in Verbindung mit ihm ein so intimes und zugleich richtiges Wort zu gebrauchen.

Penelope war eine Kusine der Helena und mußte einen untersetzten Bräutigam heiraten, der im Wettlauf alle anderen schlug: Odysseus. Ihr Vater Ikarios war mit dieser Vermählung nicht zufrieden. Er reiste dem Hochzeitspaar nach und hielt es auf, als es schon weit von Sparta entfernt war. Doch Penelope gab nicht nach. Sie war eine starrköpfige Ente.

Jahre später, als Odysseus noch vor Troja kämpfte, erreichte sie die falsche Nachricht von seinem Tod. Da stürzte sich Penelope aus Verzweiflung ins Meer, doch eine Schar Enten folgte ihr unter Wasser und zog sie nach oben, indem sie ihre triefenden Gewänder in die Schnäbel nahm.

Pan, der wildeste und tierischste Gott, der Onanierer, der Schreckenerregende, suchte sich zur Mutter die Frau aus, die man über Jahrhunderte als Beispiel für Keuschheit und Treue nennen sollte: Penelope. Gespalten ist die Geschichte

um Pans Geburt. Einigen zufolge hat Odysseus, als er nach Ithaka zurückkehrte, »sein Haus bis auf die Fundamente von lüsternen Weiberdieben zerstört gefunden«. In ihrer Mitte Penelope, »die Bassaride, die Hure und Füchsin, die majestätisch ein Bordell unterhält und die Kammern ausräumt, um bei den Festmählern die Reichtümer des Unglückseligen zu vergeuden«. Der Unglückselige war er, Odysseus. Daraufhin warf der Held sie hinaus. Sie mußte zu ihrem Vater zurückkehren, den sie einmal, sich an ihren Gatten klammernd, gern verlassen hatte. So sah Penelope die Ebene von Sparta wieder und die Berge, die die Stadt umgaben. Auf den Höhen von Mantinea vereinigte sie sich mit Hermes. Dann starb sie, nachdem sie Pan zur Welt gebracht hatte. Seitdem läuft und tönt Pan über die Steilhänge Arkadiens.
Andere erzählen, daß Penelope, als Odysseus nach Ithaka zurückkehrte, bereits die einhundertacht Freier über ihren Körper hatte hinweggehen lassen. Mit ihnen hatte sie Pan gezeugt. Die Schritte des Odysseus hallten in den leeren Gängen des Palastes, während die Freier blutüberströmt am Boden lagen und Penelope noch schlief. Odysseus öffnete die Tür zu einem Zimmer, an das er sich nicht erinnerte. Es war vollkommen leer. In der Dunkelheit blickte ihn ein kleiner Knabe mit einem pfiffigen Gesichtsausdruck an, mit zwei unter den Locken hervorragenden zarten Hörnern und mit Ziegenfüßen. Zwei glänzende Hufe kamen unter dem Hasenfell hervor, in das der kleine Pan eingewickelt war. Odysseus machte die Tür sofort wieder zu. Ohne ein Wort zu sagen, ging er hinab zum Hafen von Ithaka und setzte erneut die Segel. Er wußte nicht wohin, und dieses Mal war er allein.

Die Leiber der Freier bildeten einen Teppich aus Fleisch, Blut, Eingeweiden und Staub. Draußen, vor dem Saal des Palastes, im Hof, schaukelten die aufgehängten Leiber der zwölf untreuen Mägde im Wind. Sonst war alles reglos, bis

auf die Mäuler der Hunde, die sich um die Hoden und den Penis des Melanthios balgten.
Penelope schlief noch immer. Der Schlaf dieser Stunden war der süßeste für sie in zwanzig Jahren. Sie versank in der unverantwortlichen Süße, ließ es zu, daß ein Joch auf ihre Lider drückte, während hinter der Tür und den dicken Mauern das dumpfe Aufschlagen der stürzenden Leiber und das durchdringende Schwirren des Bogens zu hören waren. Als Eurykleia sie wachrüttelte und ihr sagte, daß Odysseus zurückgekehrt sei und alle Freier getötet habe, empfand Penelope für die aufgeregte, zerzauste Alte nur Verachtung. Das Unmittelbare war für Penelope das Übel. Ihr ganzes Leben war ein kluges Ausweichen vor dem Unmittelbaren. Wie ihr Gemahl Odysseus vorzeiten seine Augen niederzuschlagen pflegte, weil er nachdachte, und sein Blick allen anderen entging, so hob Penelope ihren Peplos über die Wangen, wenn sie in den großen Saal hinunterging, damit man von ihrem Gesichtsausdruck so wenig mitbekam wie möglich. Doch jetzt mußte sie wieder hinuntergehen, um den – wie es hieß – heimgekehrten Odysseus zu empfangen.
Der Saal war leer und roch nach Schwefel. Mit Schwefel und Feuer hatte man versucht, den Geruch von verwundetem Fleisch zu überdecken. Sie saßen einander gegenüber, im Schein des Feuers. Odysseus hielt seine Augen wieder einmal niedergeschlagen. Penelope ließ ihren Blick langsam über ihn hinwandern. In diesem Augenblick stummer Spannung waren sie sich so nah und so feind wie noch nie. Es waren zwei »eiserne Herzen«, zwei in ihrem Geist verschanzte Menschen, die die Kraft und die Schönheit gelegentlich als Waffen benutzten, aber sogleich wieder auf ihre unsichtbare Akropolis zurückkehrten. Sie waren durch lange Gewohnheit vereinsamt, und nun zögerten sie, jemanden anzuerkennen, mit dem sie ihren Monolog teilen sollten. *Períphron*, *echéphron* ist Penelope; *polýmetis* ist Odysseus: Worte, die darauf hindeuten, daß bei beiden der Geist an erster Stelle steht. Für Penelope, insofern es sich um das

feine Gewebe einer aufmerksamen Kontrolle handelt; für Odysseus, insofern es um ein unablässiges, vielfältiges Erfinden geht. Ihre Komplizenschaft lag zuallererst in der Intelligenz, dann erst im Fleisch. Aber die Intelligenz ist isoliert und argwöhnisch: daher kam es zuerst zu einem Zusammenstoß, und erst danach erkannten sie sich.

Telemachos, beider Sohn, konnte dies alles nicht verstehen. Die Kälte der Mutter brachte ihn auf. Penelope antwortete, daß sie Odysseus nur an einem ihrer gemeinsamen »Zeichen, das allen anderen unbekannt ist«, erkennen könne. Da überkam Odysseus ein kurzes Lächeln. Ja, auch Penelope wollte »ihn auf die Probe stellen«. Dies war, im Grunde, das Beständige in seinem Leben. Auch Athene, seine rettende Göttin, hatte zugelassen, daß die Freier ihn beleidigten, damit »das Leid noch mehr das Herz des Laertessohnes Odysseus zerfresse«. Und bis zuletzt hatte sie »seine Stärke und seinen Mut« auf die Probe stellen wollen, als der Kampf gegen die Freier bereits im Gange war und die Göttin, in Gestalt einer Schwalbe, von einem Balken aus das Schauspiel des Massakers betrachtete. Die Gunst und das Verlassensein bildeten eine ununterbrochene Reihe von Höhen und Tiefen, deren Verbindung ausschließlich durch die odysseeische Fähigkeit geschaffen wurde, Gutes und Schlechtes zu ertragen. Alles Gute wie alles Schlechte ist eine Prüfung: die Herrschaft des Geistes liegt nur in der Fähigkeit, sie zu erkennen; ihnen als das zu begegnen, was sie sind; sie zu durchschreiten mit der heimlich gleichgültigen Neugier des Reisenden.

Odysseus erhob sich von seinem Sitz und begann, Anweisungen zu erteilen, als hätte er einen Sprung von zwanzig Jahren zurück gemacht. Penelope schwieg noch. Odysseus ließ sich waschen und einölen. Athene erschien ihm wieder: »Über Haupt und Brust goß sie Anmut aus.« Jetzt erkannte Penelope ihn. Doch bevor sie spürte, wie ihre Knie nachgaben, wollte sie ihm wenigstens eines ihrer geheimen Zeichen entlocken. Im Befehlston der Herrin wies sie Eurykleia an, das Bett des Odysseus zu verrücken. Und dieses eine Mal

ging Odysseus in die Falle. Dieses Bett könne nicht verrückt werden, sagte er, es sei denn, man spalte es entzwei. Odysseus hatte es mit seinen eigenen Händen aus einem mächtigen Olivenstamm herausgearbeitet. Das Zimmer war um den Olivenstamm herumgebaut worden.
Das war das Zeichen, auf das Penelope wartete. Da ließ sie es geschehen, daß ihre Knie nachgaben, sie fiel Odysseus in die Arme und weinte. Odysseus weinte ebenfalls lange. Als er wieder anfing zu sprechen, sagte er nichts über das Haus und die wiedergefundene Frau. Er sprach aber von Prüfungen, von einer letzten Prüfung, die sich in der Zukunft abzeichnete. »Wir sind, Frau, noch nicht an die Grenzen der Herausforderung gelangt. Eines zukünftigen Tages wird eine große, schwierige, gewaltige Mühe auf uns zukommen, die ich bewältigen muß.« Die ersten Worte des Odysseus an Penelope, nachdem er wiedererkannt worden war, deuteten auf eine neue Prüfung hin und auf ein neues Verlassensein. Aber die Prüfung war auch ihre geheime Sprache. Das, was sie im Leben auseinandertrieb, verband sie im Geist. Penelope war schon darauf vorbereitet, den Blick noch einmal nach vorne zu richten. Sie fragte nach Einzelheiten dieser Prüfung. Odysseus sprach von neuen Streifzügen, die auf ihn warteten, von Stadt zu Stadt, bis er eines Tages, ganz allein, zu denen kommen würde, »die das Meer nicht kennen«. Penelope sagte mit Nüchternheit nur: »Wenn dir die Götter ein besseres Alter zu leben gewähren, dann darfst du hoffen, daß die Übel schwinden.« Eurynome, die Magd im Haus, trat mit einer Fackel hervor und führte sie beide zu ihrem Bett mit den mächtigen Wurzeln.

XII

Zeus ist nie plump, denn er hält nicht auf Würde. »*Non bene conveniunt nec in una sede morantur / Maiestas et amor*«, sagt Ovid, der erotische Lehrmeister. Die Frauen mit dem Bündel der Blitze in der Hand zu erobern wäre unbesonnen und auch nicht erregend. Aber ein weißer Stier, ein Adler, ein Schwan, ein falscher Satyr, ein Hengst, ein Goldregen, ein aufloderndes Feuer: das ist göttlich. Nur dann gelangt Zeus dahin, »daß er dieses Wesen Zeus selbst außer acht läßt«. Wenn der Gott vom Olymp herunterstieg, um die eine oder andere Frau auf der Erde zu verführen, vermied er den Blitz. Zeus zog es vor, sich der Liebesglut, die ihn so stachelte und reizte wie jeden beliebigen seiner Untertanen auch, ohne Waffen auszusetzen. Eros ist die Wehrlosigkeit dessen, was herrscht: das Sich-Hingeben der Kraft an etwas, das sich ihr entzieht und sie anstachelt.

Zeus war gerade dabei, Pluto, die Nymphe, zu verführen, als Gäa, die Rächerin sämtlicher Opfer des Olymps, ihrem Sohn Typhoeus ein Zeichen gab, wie ein Meuchelmörder dem anderen. Man konnte beobachten, wie sich ein riesenhafter Körper zwischen Himmel und Erde aussstreckte: einer von zweihundert Armen, die von diesem Körper abstanden, erreichte den Olymp, und seine Finger stöberten hinter einem Felsblock herum, von wo kleine Rauchschwaden aufstiegen. Typhoeus' Finger umklammerten das Bündel mit den Blitzen des Zeus. In diesem Augenblick verlor der oberste Gott seine Waffe.

Da machte sich Schrecken breit im Olymp. Die Götter suchten das Weite, wie eine aufgescheuchte Herde. Ihre menschliche Gestalt konnten sie nicht mehr länger ertragen, sie war zu leicht erkennbar, einmalig. So verbargen sie sich zitternd hinter Tiergestalten: Ibisse, Schakale, Hunde. Und flogen nach Ägypten, wo sie sich unter Hunderten und Tausenden von anderen Ibissen, Schakalen und Hunden verstecken

konnten, diesen reglosen, bunt angemalten Wächtern der Gräber, der Tempel.
Während das Haar der Europa zu einem kleinen, sich in der Weite des Meeres verlierenden Punkt wurde, rief der alte König Agenor seine Söhne Kilix, Phoinix, Kepheus, Thasos und Kadmos herbei und erteilte ihnen den Auftrag, die Schwester wiederzufinden. In Sidon dürften sie nicht wieder erscheinen, ohne Europa mitzubringen. Bereits mit dem Vater waren sie lange herumgezogen, in Ägypten, Assyrien und Phönizien. Jetzt sollten sie wieder in verschiedene Richtungen auseinandergehen, aber allein. So begann für Kadmos eine lange Zeit des Umherirrens. Auch seine Brüder machten sich auf die Reise, aber schon bald vergaßen sie das Motiv, das sie angetrieben hatte. Kadmos dachte an den Stier, jenen Stier, »den kein Sterblicher zu finden vermag«.
Immer noch auf der Suche nach seiner Schwester, gelangte Kadmos auf die Berge Kilikiens. Er ging unter dichten Bäumen, als ein Vogelschwarm mit wirren Flügelschlägen über seinen Kopf hinweg nach Süden rauschte. Kadmos fühlte eine plötzliche Leere über und unter sich. Er wußte nicht, daß die Vögel dieses Schwarms die Olympier auf der Flucht nach Ägypten waren. In diesem Augenblick war der Olymp unbewohnt, ein Museum bei Nacht. In einer Grotte, nur wenige Meter von Kadmos entfernt, der sie aber noch nicht entdeckt hatte, lag Zeus, hilflos. Sich um den Körper des Zeus windend, war es Typhoeus gelungen, Zeus die diamantene Sichel zu entreißen und ihm die Hand- und Fußsehnen zu durchschneiden. Jetzt, wo die Sehnen aus seinem Körper herausgezogen waren, bildeten sie ein dunkel glänzendes Bündel von Stengeln. Sie sahen aus wie das Bündel mit den Blitzen, die gleich daneben lagen, die aber hell waren und rauchten. Der Körper des Zeus war im Halbdunkel zu erkennen, wie ein liegengelassener Sack. Seine Sehnen, die in eine Bärenhaut eingewickelt waren, wurden von Delphine bewacht, einem Mädchen, das zugleich eine Schlange war. Und aus der Höhle drang das vielfache Atmen des Ty-

phoeus, das seine hundert Tierköpfe und die Tausende von Schlangen aussandten, die diese Köpfe umrahmten. Das war die Niederlage der Olympier. Schon begann die Natur, langsam, zu entarten. Einziger Zeuge dieses Vorgangs war der in einem Wald verlorene Wanderer im Gewand eines Hirten. Kadmos fühlte eine neuartige Einsamkeit, die niemand vorher je gefühlt hatte. Die Natur verschwendete ihre Seele, die Ordnung röchelte, die Schicksale drängten sich in einem einzigen Punkt zusammen, in diesem Wald, am Eingang zu dieser Höhle, wo ein phönizischer Fürst sich einem urweltlichen, bösartigen Wesen entgegenstellte, dem Typhoeus. Kadmos besaß keine Waffen, außer unsichtbaren – Kunstgriffe des Geistes. Er erinnerte sich, daß ihm die Priester der ägyptischen Tempel in seiner frühen Jugend, als er mit seinem Vater auf Streifzüge ging, »die unsagbare Milch der Bücher« in seinen Mund geträufelt hatten. Und er erinnerte sich auch der größten Freude, die er kennengelernt hatte: Apollon hatte ihm, und nur ihm, eines Tages die »richtige Musik« geoffenbart. Was war die *richtige Musik*? Kein anderer hat es je erfahren, aber damals entschloß sich Kadmos, sie dem Ungeheuer als letzte Stimme aus der verlassenen Götterwelt zu Gehör zu bringen. Zwischen dichten Bäumen verborgen, spielte Kadmos auf seiner Hirtenflöte. Die Noten drangen in die Höhle zu Typhoeus und rüttelten ihn aus seiner glückseligen Stumpfheit auf. Da sah Kadmos ein paar Arme des Typhoeus auf sich zukriechen. Vor ihm erhoben sich viele Häupter, und das einzige menschliche unter diesen sprach freundlich zu ihm. Typhoeus forderte ihn zu einem Wettstreit auf: Hirtenflöte gegen Donner. Er redete wie ein Wegelagerer, der Gesellschaft sucht, die Gelegenheit aber sofort nutzt, um seine Macht zu zeigen. Mit der Wichtigtuerei eines Aufschneiders versprach er ihm herrliche Dinge, und doch war der Aufschneider in diesem Augenblick der einzige Herr des Alls. In seinem Gespräch machte er den ungeschickten Versuch, Zeus nachzuahmen, den er lange und voller Groll beobachtet hatte. Er sagte zu Kadmos, daß er ihn auf den Olymp bringen würde. Dort würde er ihm den unberührten Leib der Athene überlassen, und wenn Athene ihm nicht zusagte, dann könne er sich Artemis oder Aphrodite oder Hebe nehmen. Nur Hera dürfe er nicht anrühren, weil sie ihm, dem neuen Herrscher, zuständе. Nie war jemand so lächerlich gewesen und hatte gleichzeitig so viel Macht besessen.

Kadmos' Gesichtsausdruck war ernst und respektvoll, doch keineswegs erschreckt. Er sagte, daß es nicht der Mühe wert sei, mit der Hirtenflöte in einen Wettstreit zu treten. Doch mit der Lyra wäre das vielleicht eine andere Sache. Er fabelte, daß er mit Apollon schon einen Wettstreit ausgetragen hätte. Und daß Zeus, um die schmachvolle Niederlage seines Sohnes zu verhindern, die Saiten seines, Kadmos', Instruments zu Asche hätte werden lassen. Wenn er doch nur ein paar gute, widerstandsfähige Sehnen hätte, um sich ein neues Instrument zu bauen! Mit der Musik seiner Lyra, sagte Kadmos, könne er den Lauf der Planeten anhalten und die wilden Tiere verzaubern. Diese Worte überzeugten das einfältige Ungeheuer, das nur dann Freude empfand, wenn über Macht gesprochen wurde, über ungeheure Macht. Macht beherrschte seine Gedanken. Es willigte ein. Seine vielzähligen Köpfe zogen sich in die Höhle zurück, und kamen auch wieder daraus hervor. In einer Hand hielt er jetzt das glänzende Bündel mit den Sehnen des Zeus. Er übergab es Kadmos und sagte, sie wären ein Geschenk für den Gast. Er dachte, Herrscher verhielten sich so. Kadmos begann, die göttlichen Sehnen wie ein Handwerker zu befühlen, der sein Material untersucht, bevor er sich ans Werk macht. Dann zog er sich zurück, um sein Instrument zu bauen. Er versteckte die Sehnen des Zeus unter einem Fels. Dann drang er ins Dickicht ein und spielte eine Melodie, wobei er den Ton der Hirtenflöte schlauerweise immer sanfter werden ließ.

Typhoeus spitzte seine Hunderte von Ohren, um ihm zu lauschen. Er hörte zwar die Harmonie, verstand sie aber nicht. Doch sie fing an, ihre Wirkung auf ihn auszuüben.

Kadmos stellte seine Komposition mit den Worten vor, sie würde die Flucht der Götter vom Olymp feiern. Typhoeus' Freude war grenzenlos. Die Musik verwundete ihn mit einem süßen Stachel. Um sie besser hören zu können, wand er sich aus der Höhle hervor. Jetzt schien es ihm, als würde er zum ersten Mal verstehen, was Zeus empfunden haben mußte, wenn sein Blick sich auf die Brust und auf die Hüften einer Frau senkte, die sich ihm im nächsten Augenblick hingab. Dieses Gefühl war Typhoeus bis dahin unbekannt und unzugänglich. Doch jetzt würde er es kennenlernen, wenn ihm Zeus' Platz zustand. Typhoeus war in die Musik versunken, abgelenkt in allen seinen hundert Häuptern. Zeus nutzte diese Gelegenheit, aus der Höhle herauszukriechen, indem er sich unter Mühen vorwärtswand. Hinter dem Felsen holte er seine Sehnen hervor. Kurz darauf hielt er das Bündel mit den Blitzen in seiner Hand, das er in der Dunkelheit am Rauch erkannt hatte. Als Typhoeus wieder zu sich kam und in die Höhle zurückkehrte, war sie leer.

Bevor Kadmos sich in seinen musikalischen Wettstreit mit Typhoeus stürzte, war Zeus ihm in Gestalt eines Stiers erschienen. Er hatte große Angst, er fürchtete sich vor der Niederlage und der Lächerlichkeit. Er fürchtete sich davor, daß das All durch den Lärm eines höhnischen Lachens des alten Vaters Kronos aus seiner plötzlichen Stummheit erwachen könnte. Und er fürchtete sich auch vor »Hellas, der Mutter der Mythen«, das seine Geschichten neu mischen und auf Typhoeus jene süßen Beiwörter der Herrschaft übertragen könnte, deren Zeus sich erfreute. Da versprach auch der Stier dem Kadmos feierlich eine Frau und noch etwas mehr: er sollte der Bettgefährte der Harmonia werden und der »Retter der Harmonie des Kosmos«.

Und so machte sich der phönizische Wanderer Kadmos, nachdem er Typhoeus überlistet und Zeus diesen dank seiner wiedergewonnenen Blitze in die Tiefen unter dem Ätna

hinabgeschleudert hatte, erneut auf den Weg, dieses Mal aber auf der Suche nach zwei Mädchen: Europa und Harmonia. Das Ende des Winters war nahe, und Orion ging auf. Kadmos kam vom Taurusgebirge längs den safranumrandeten Bächen Kilikiens herab. Und wieder fuhr er übers Meer. Die »prophetischen Brisen« des Zeus trieben ihn vorwärts. Er wußte zwar nicht wohin, aber doch Harmonia entgegen. Die Seeleute des Kadmos legten sich am Strand von Samothrake hin, um zu schlafen. Die Wasser lagen spiegelglatt da, die Windstille schien für alle Ewigkeit dauern zu wollen.
Gegen Morgen wurde Kadmos von merkwürdigen Geräuschen geweckt. Dröhnende Trommelhäute, rhythmische Schritte, Rauschen von Eichen, Stimmen jenseits der Blätter. Er drang ins Innere vor. Als er in die Nähe der Stadt kam, begegnete er Wäscherinnen, die schmutzige Wäsche im Wasser traten und dabei sangen. Kadmos sah ihnen zu, neugierig, gedankenverloren, als wollte er die Stadt nicht zu rasch erreichen. Doch indessen befand er sich schon in ihren Gassen und gelangte schließlich vor den Palast. Der sah neu aus, er schimmerte, mit Ornamenten überladen. Bemalte Pfosten, blaßfarbene Stuckarbeiten, eine Kuppel, Palmen und Hyazinthen. In der Mitte des Gartens ein Brunnen, umstanden von Statuen goldener und silberner Jünglinge. Auch von Hundestatuen: Aber diese Hunde sprachen, mit künstlichen Automatenstimmen, und sie wedelten mit den Schwänzen, als Kadmos näherkam. Der König dieses Ortes hieß Emathion, er empfing Kadmos gastfreundlich und war von seiner Schönheit ebenso beeindruckt wie vom Ausdruck seiner Augen.
Am Ende des Festmahls erzählte Kadmos, wie es sich für jeden Fremdling geziemt, seine Geschichte. Die ersten Worte waren nicht sehr viel anders als die, die Odysseus später einmal am Hof des Alkinoos aussprechen sollte. Dann durchlief er seine verwickelte Genealogie, die mit Io begann, der über die Meere irrenden Färse, und mit einem aus dem Meer emportauschenden Stier aufhörte, der seine Schwester

Palastpforte: bemalte Pfosten,
blaßfarbene Stuckarbeiten

Europa geraubt hatte. »Ihretwegen und unablässig herumstreifend bin ich an diesen Ort gekommen.« Während er noch diese Worte sprach, wußte Kadmos genau, daß er das Wesentliche verschwieg. Auf der Suche nach der entführten Schwester war er nach Samothrake gekommen, um ein anderes Mädchen zu gewinnen, das ihm in diesem Augenblick in argwöhnischem Schweigen zuhörte.

Am Ende des Festmahls sah die Königinmutter Elektra, die neben dem fremden Gast gesessen hatte, einen Jüngling auf sich zukommen, dessen Lockenhaare über seine Wangen herabfielen. Es war Hermes. Der Gott nahm die Herrscherin beiseite und erklärte ihr, daß Zeus, ihr erster Geliebter, sie anwies, ihre Tochter Harmonia dem Fremdling zur Frau zu geben. Und dies eine Mal verfiel Hermes in einen feierlichen Ton: »Dieser Mann hat deinen Bettgefährten im Unglück verteidigt, dieser Mann hat dem Olymp den Tag der Freiheit aufgetan.«
Elektra dachte nach: Im Geiste kehrte sie in ihre Kindheit zurück, als sie noch mit ihren sechs Schwestern, den Pleiaden, zusammenlebte und Zeus sie bald darauf verführte. Dann kam Emathion zur Welt. Eines Tages, als sie ihn noch stillte, bekam sie Besuch von Aphrodite, die ein kleines Mädchen auf dem Arm trug. So kam es, daß Elektra zum ersten Mal Harmonia erblickte, die aus dem heimlichen Liebesverhältnis zwischen Aphrodite und Ares hervorgegangen war. Nun hatte die Mutter sie dem Olymp entzogen und wollte sie in die Obhut Elektras geben. Elektra legte Harmonia an ihre Brust, und von diesem Augenblick an behandelte sie das Kind wie ihre eigene Tochter. Doch so, wie sie eines Tages unerwartet aufgetaucht war, so war es dieser »vom Himmel herabgestiegenen Jungfrau« bestimmt, wieder zu verschwinden.
Es war nicht leicht, Harmonia zu überreden. Sie hatte sich in ihr Mädchenzimmer eingeschlossen und tobte unter Tränen, wobei sie die ihr lieben Dinge berührte, die sie nicht zurück-

lassen wollte. Warum hatte ihre Mutter beschlossen, sie diesem fremden Mann zu geben, der wenig glaubhafte Geschichten erzählte, der nichts zu bieten hatte, außer seinem Schiffszubehör, ein Wanderer, ein Flüchtiger, ein Seefahrer, ein Mann ohne Herd und Heim? Elektra war es nicht, die Harmonia überredete, sondern die Freundin Peisinoë, die sich mit Harmonia ins Zimmer einschloß. Sie wollte ihr gestehen, daß sie, gleich oberhalb des Magens, eine Leere verspürte und ein Brennen und daß sie gleichzeitig nicht aufhören konnte, an den schönen Fremdling zu denken. Sie sprach in einer Mädchenphantasie, und dabei beschrieb sie den Körper des Kadmos, sie träumte, daß seine Hand ungeniert ihre runden Brüste berührte und sie für ihn ihren Nacken entblößte. Harmonia hörte ihr zu und spürte, daß etwas in ihrem Inneren mit ihr vorging: sie verliebte sich in das Begehren der Freundin, blickte sich indessen weiterhin voller Verzweiflung um, denn sie wußte, daß sie dieses Zimmer, wenn sie erst einmal abreisen würde, nie mehr wiedersähe.
Zum ersten Mal fühlte sie sich von einem beharrlichen Stachel verwundet. In ihrem Inneren begann sie Worte des Abschieds zu sprechen. Sie sagte den Höhlen der Kabiren und der schneidenden Stimme der Korybanten Lebewohl, Lebewohl dem Palast, in dem sie aufgewachsen war, und den steilen Küsten Samothrakes. Und plötzlich begriff sie den Mythos, begriff, daß der Mythos jeder Tat vorausgeht als die unsichtbare Hülle, die sie begleitet. Sie brauchte die Ungewißheit nicht zu fürchten, die sich vor ihr auftat. In welche Richtung auch immer ihr umherschweifender Gemahl ziehen würde, ein flatterndes Band des Mythos würde das Mädchen Harmonia einhüllen. Für jeden Schritt war die Spur bereits vorgezeichnet. Und Harmonia ertappte sich dabei, daß sie die folgenden Worte aussprach: »Ich werde diesem Jüngling folgen, indem ich mir die Hochzeit der Göttinnen vor Augen halte. Führt mich mein Bettgefährte übers Meer nach Osten, werde ich das Begehren der Eos nach Orion feiern und mich der Brautgemächer des Kephalos

erinnern; reise ich aber zum nebelverhangenen Westen, wird Selene mein Trost sein, die gleiches ertrug auf dem Latmos für Endymion.« Als sie in den Hallen des Palastes wiederauftauchte, hatte Harmonia einen fiebrigen Blick. Sie betastetc die Türpfosten, umarmte die Mägde, dann kehrte sie in ihr Zimmer zurück und streichelte ihr Bett und die Wände. Sie nahm ein wenig Erde ihrer Heimat in die Hand und führte sie an ihre Lippen.

Der Augenblick der Abreise war gekommen. Kadmos und Harmonia setzten sich an den Bug, wie eine doppelte Galionsfigur, dem Wind ausgesetzt, der ihre Haare erfaßte und ineinanderwehte. Neben ihnen schwärmten unbekannte Reisende hin und her, größtenteils Kaufleute, die von den Küsten Asiens nach Griechenland wollten und dafür bezahlt hatten, daß sie aufs Schiff konnten. Jeder betrachtete die beiden jungen, dem Meer zugewandten Menschen, die in Gedanken versunken waren, wie zwei ganz gewöhnliche Reisegefährten, die eines Tages auftauchen und dann für immer aus dem Blick verschwinden. Der Schein ihrer Schönheit um sie herum war derart, daß die Reisenden darin ein gutes Vorzeichen für die Überfahrt erblickten.

Viele Tage sollten vergehen, und viele Abenteuer sollten sie zu bestehen haben, bevor Kadmos und Harmonia ihre Hochzeit feiern konnten. An der Spitze eines Schwarms umherstreifenden Volks, mit Wagen und Hausrat, erreichten sie Delphi. Und dort vernahm Kadmos von der Pythia die Worte, die sein Leben entschieden: »Vergebens, Kadmos, ziehst du deine irrenden Spuren; du suchst einen Stier, den keine Färse geboren; du suchst einen Stier, den kein Sterblicher finden kann. Verzichte auf Assyrien; als der Anführerin deines Zuges folge einer irdischen Färse und such nicht den Stier des Olymp. Kein Hirte wüßte Europas Bräutigam zu leiten: er stampft über keine Wiesen noch Weidland, und den Stachel, dem er gehorcht, gibt es nicht. Dieser Stier

sucht die zärtlichen Fesseln der Kypris, nicht aber das Pflugjoch. Sein Nacken bietet dem Eros sich dar, nicht der Demeter. Entsage dem Begehren nach Tyros und deinem Vater; bleib im fremden Land, gründe eine Stadt, die den Namen deiner Heimat tragen soll, des ägyptischen Theben; dort, wo die Färse einst, durch göttlichen Ratschluß, zur Erde sinken und ihre von Müdigkeit schwer gewordenen Hufe von sich strecken wird.«
Die Färse ließ sich im Tal von Tanagra nieder. Und gleich machte Kadmos sich auf die Suche nach einer Quelle, um sich zu reinigen, bevor er die Opferung der Färse vollzog. Er fand die Quelle. Geringelt um das kristallklare Wasser erwartete ihn die große Schlange des Ares. Vielen Gefährten des Kadmos brachen die Knochen in den Windungen der Schlange, noch bevor der Held sie angreifen konnte. Er fühlte seine Beine bereits in den Umschlingungen des Ungeheuers gefangen, als Athene ihm mit peitschenden Worten zu Hilfe kam. Dann entschwand die Göttin wieder und ließ in der Luft den Abdruck ihres Schritts zurück. In Kadmos' Brust strömte neue Kraft: er hob einen Felsblock auf und schlug ihn auf den Kopf der Schlange. Er zog das Opfermesser heraus, das ihm am Oberschenkel herunterhing, und stieß es in das Tier. Seine Gefährten beobachteten ihn, als er mit dem Messer den Kopf der Schlange umfuhr wie ein geübter Schlachter. Am Ende gelang es ihm, ihren Kopf abzutrennen, und er hob ihn in die Lüfte, während die Schlange sich im Staub noch immer zitternd wand.

Jetzt mußte Kadmos seine Stadt gründen. In ihrer Mitte sollte das Bett der Harmonia stehen. Und alles andere sollte ringsum entsprechend der Geometrie der Himmel angeordnet werden. Mit dem Messer markierte er das Gebiet, und die Berechnung legte die Punkte fest. Verschiedenfarbige Steine wurden aufgehäuft, wie die Signaturen der Planeten, Steine vom Kithairon, vom Helikon und vom Teumessos. Den sieben Himmelsstreifen entsprachen sieben Tore, jedes wurde einem Gott geweiht. Kadmos betrachtete die fertige Stadt wie ein neues Spielzeug und dachte, daß nunmehr die Hochzeit gefeiert werden könne.

In den vielen Sälen des Palastes in Theben vernahm man ein eifriges Schwatzen, ein Trippeln leichter Füße, Gesänge überlagerten sich. Alle Götter waren zur Hochzeit von Kadmos und Harmonia vom Olymp herabgestiegen. Sie streiften beschäftigt und gesprächig durch die Räume. Aphrodite sorgte für den Schmuck des Brautbetts. Ares, albern und heiter, hatte seine Waffen abgelegt und deutete einen Tanzschritt an. Die Musen boten den ganzen Fächer ihrer Gesänge dar. Nike, die sich damit vergnügte, die Brautjungfer zu spielen, streifte mit ihren Flügeln die des vorbeischießenden Eros.
Endlich zeigten sich die Brautleute: aufrecht wie Statuen auf einem Wagen, der von einem Löwen und einem Eber gezogen wurde. Apollon spielte neben dem Wagen auf der Leier. Niemand wunderte sich beim Anblick dieser ungewöhnlichen Tiere; bedeutete Harmonia denn nicht das Zusammenspannen des Gegensätzlichen und Wilden? Zur Dämmerstunde flammten Tausende von Fackeln auf. Zeus ging durch die Straßen von Theben. Diese Stadt fand sein Gefallen. Sie erinnerte ihn an den Himmel. Sie war wie ein Tanzplatz. Alle fanden sich beim Festmahl wieder, auf goldenen Stühlen. Zeus und Kadmos saßen am selben Tisch, nebeneinander, sie gossen sich abwechselnd den Wein ein. Zeus betrachtete Kadmos mit den Augen eines Freundes, der ein heimliches Versprechen gehalten hat. Als der Drache durch den Himmel zuckte, war dies der Augenblick, die Braut zu ihrem Bett zu geleiten. Da überreichten die Olympier nacheinander ihre Geschenke. Das geheimnisvollste und größte war das Geschenk des Zeus. Er schenkte Kadmos »alles Vollkommene«. Was bedeutete das? Kadmos verneigte sein Haupt, er war dankbar.
Aphrodite kam zu ihrer Tochter Harmonia und legte ihr

eine schicksalhafte Halskette um den Hals. War dies die wunderbare Arbeit, die Hephaistos eines Tages ziseliert hatte, um die Geburt des Bogenschützen Eros zu feiern? Oder war es das Halsband, das Zeus der Europa geschenkt hatte, als er sie unter einer Platane auf Kreta abgesetzt hatte? Harmonia errötete, sogar noch am Hals, während ihre Haut unter dem kalten Gewicht der Halskette zitterte. Sie bestand aus einer sternbesetzten Schlange, mit Köpfen an beiden Enden, die das Maul einander zugewandt aufrissen. Doch den beiden Schlangen gelang es nicht, die Zähne ineinanderzuschlagen: Zwischen den beiden Rachen und durchbohrt von ihren Zähnen, richteten sich zwei goldene Adler auf mit ausgebreiteten Schwingen. Eingelassen in den Doppelrachen der Schlange, fungierten sie als Verschluß. Von den Steinen ging Begehren aus. Sie waren Schlange, Adler und Stern, aber sie waren auch das Meer, und das Licht der Steine glitzerte in der Luft wie auf Wellen. In dieser Halskette kamen Kosmos und Ornament für einmal zusammen.
Unter den Eingeladenen war auch Iasion, Harmonias Bruder, aus Samothrake herbeigeeilt. Demeter erblickte ihn während der Festvorbereitungen und begehrte ihn auf der Stelle, und das mit der ihr eigenen Heftigkeit, die den Olympiern bekannt war. Alle drängten nun zum Schlafgemach. Als Zeus um sich blickte, bemerkte er, daß Demeter und Iasion verschwunden waren. Er ging in die Nacht hinaus. Hinter ihm blieb der Festlärm zurück. Er schritt über die Schwelle eines der sieben Stadttore. Jetzt umgab ihn die Dunkelheit der Felder, in der Ferne der Lichtschein der Fakkeln und der Palast. In einer tiefen Furche der schwarzen Erde erkannte er zwei vereinte Körper, die sich wild an die Erdschollen preßten und sich mit ihnen vermischten. Er erkannte Iasion und das Stöhnen der Demeter.

Nach dieser unklaren Zeit, in welcher die Götter vertrauten Umgang mit den Menschen hatten, wurden an die Olympier gerichtete Einladungen außerordentlich gefährlich und An-

laß zu Beleidigungen und Verfluchungen – Anzeichen für eine inzwischen unaufhebbare Mißstimmung zwischen Oben und Unten. Bei der Hochzeit von Kadmos und Harmonia schenkt Aphrodite der Braut eine Halskette, die, von Hand zu Hand weitergegeben, Unheil hervorbringt, bis hin zum Blutbad der Epigonen vor den Mauern von Theben und darüber hinaus. Bei der Hochzeit von Peleus und Thetis führt die unterlassene Einladung der Eris zur Entscheidung des Paris für Aphrodite gegen Hera und Athene und wird so zur Ursache für den Krieg um Troja. Das Gastmahl des Lykaion, bei dem Menschen- und Tierfleisch vermischt vorgesetzt wird, verursacht die Sintflut. Die Festtafel des Tantalos, auf welcher der mit den Gliedmaßen des kleinen Pelops bis oben angefüllte Topf steht, ist der Anfang einer Kette von pervers ineinandergreifenden Verbrechen, bis eines Tages der flüchtige Orest mit der Stimme der Athene losgesprochen wird.
Was folgt daraus? Eine Einladung an die Götter stört zwar die Beziehungen zu ihnen, setzt aber die Geschichte in Gang. Ein Leben, in dem die Götter nicht eingeladen werden, ist nicht wert, gelebt zu werden. Es wird zwar ruhiger verlaufen, aber dafür ohne Geschichte. Und denkbar ist auch, daß diese gefährliche Einladung jedesmal von den Göttern selber angezettelt wird, die sich langweilen angesichts von Menschen, die keine Geschichte haben.

Weder die Götter noch die Menschen wußten, daß diese Hochzeitsfeier in Theben der Augenblick ihrer größten Annäherung war. Am folgenden Morgen hatten die Olympier den Palast geräumt. Kadmos und Harmonia erwachten in ihrem von Aphrodite hergerichteten Bett. Jetzt waren sie nur mehr ein König und eine Königin.
Sie hatten vier Töchter: Autonoë, Ino, Agaue, Semele. Der knochige Kopf des Kadmos war mit weißem Flaum bedeckt, als er eines Tages, viele Jahre später, vor dem Grab seiner Tochter Semele, gleich außerhalb des Palasts, stehenblieb. Es

bestand aus einem klarumgrenzten Schutthaufen, von dem dünne Rauchfäden emporstiegen, und zwar an der Stelle, wo einst Semeles von Zeus besuchtes Bett gestanden hatte. Zwischen den zerfressenen Steinen wanden sich Rebblätter. In diesem Flecken der Verwüstung und des üppigen Wachstums erkannte Kadmos das Bild seines Lebens. Der Rauchfaden war die Spur, welche der Blitz des Zeus hinterließ, jener Blitz, den Zeus nur durch Kadmos' Hilfe aus der Höhle des Typhoeus hatte bergen können. Doch Kadmos hätte das niemandem erzählen können. Diese ferne Geschichte lag versiegelt in seinem Inneren. Es hätte unangemessen geklungen, daß Zeus einstmals nur dank irgendeines phönizischen Reisenden vor seiner Entmachtung bewahrt geblieben war. Noch viel weniger konnte man von den entwendeten Sehnen des Zeus sprechen. Niemand sollte je etwas darüber erfahren. Kadmos blickte weiter vor sich hin. Die abgebröckelten Säulen waren mit einer dünnen Schicht Asche bedeckt. Wer weiß, welcher Teil des weichen Körpers der Semele sich in diesen grauen Staub verwandelt hatte. Semele, die jüngste, die schönste, war von den anderen Schwestern, die ebenfalls wunderschön waren, gleich mit Neid betrachtet worden. Wie Europa auf dem Wasser, war Semele im Feuer verschwunden. Wieder war es Zeus, der Umzingelnde. Aber auch das konnte man nicht erzählen. Die anderen Kadmostöchter, von Wut gegen die Schwester erfüllt, behaupteten, sie habe sich schamlos einem Fremden hingegeben und anschließend angefangen, das Lügenmärchen von dem Gott, der sie besucht habe, zu erzählen. Die Schwestern waren froh, daß von Semele nur ein Häufchen Asche übriggeblieben war. Und Kadmos konnte sie nicht einmal als Mutter eines neuen und uralten Gottes beweinen und verehren, des Gottes, der sich in den gewundenen Weinblättern zwischen den auseinandergerissenen Steinen ankündigte und der im Grunde sein Enkel war: Dionysos.
Kadmos starrte weiterhin auf Semeles Grab. Noch hatten die Wogen des Unheils sich keineswegs geglättet. Bei der Hoch-

zeit des Mädchens Harmonia waren die äußersten Enden der Welt ein letztes Mal zu einem sichtbaren Einklang gelangt. Gleich darauf hatten sie sich voneinander getrennt und losgerissen. Semele wurde verbrannt; ihren Schwestern widerfuhr allen an einem bestimmten Wendepunkt ihres Lebens, daß sie in Stücke rissen oder gerissen wurden. Niemand hatte – sei es als Täter, sei es als Opfer – unter dem Zerreißen so zu leiden wie die Töchter der Harmonia. Aktaion, der Sohn der Autonoë, wurde von den Hunden der Artemis zerfleischt. Learchos, der Sohn der Ino, wurde von einem Spieß seines Vaters Athamas durchbohrt. Und noch weitere Zerreißungen hielt die Zeit bereit. Nun war Kadmos nicht mehr König von Theben. Er hatte den Thron seinem Enkel Pentheus, dem Sohn der Agaue, überlassen. Und dieser Enkel, der ihn für einen nutzlosen Alten hielt, wollte sich Dionysos entgegenstellen, dem neuen Gott, von dem er weder etwas wußte noch etwas begriff. Kadmos fiel die Rolle des etwas unanständigen Alten zu, der bei einem Tanz mit dem Thyrsos seine dürren Beine hebt. Pentheus beobachtete ihn voller Verachtung. Er glaubte, er selber sei die Stadt. Er wollte sich nicht daran erinnern, daß Theben ein von Wildgräsern bewachsener Hügel war, bevor Kadmos die Grundlinien dort einfurchte. Ein Alter, gestützt auf den anderen, so machten Kadmos und Teiresias sich auf den Weg zu den vom Wahn der Mänaden bewohnten Bergen. Verloren unter ihnen, unerkennbar zwischen diesen schlafenden oder begeisterten Leibern, waren auch die drei Prinzessinnen: Autonoë, Ino, Agaue. Vorsichtig stiegen Kadmos und Teiresias weiter den Wald hinauf. Sie wußten, daß man sich dem Gott nicht widersetzt.

Gerade noch rechtzeitig erschien Kadmos wieder in Theben, um die Stücke des Körpers des Pentheus in die Hand zu nehmen, den seine Mutter Agaue auf den Bergen eigenhändig in Stücke gerissen hatte. Er rief seine betagte Gemahlin Harmonia herbei und sagte ihr, sie solle sich bereithalten,

noch einmal aufzubrechen. Sie hatte ihn als Umherirrenden kennengelernt, und als Umherirrende sollten sie sterben. Kurz darauf erschien Dionysos in Theben. Er nahm die Stadt in Besitz und vertrieb aus ihr Agaue, Kadmos und Harmonia. Nach dem schrecklichen Ende des Pentheus waren sie alle Träger einer Befleckung. Kadmos, dem seine Knechte halfen, stellte ein paar Säcke auf einen großen Wagen. Harmonia hielt schon die Zügel in der Hand. Dionysos wies ihnen den Weg. Sie sollten an die westlichen Grenzen der Erde ziehen, zu den Nebelschwaden Illyriens.
Am Tag ihrer Hochzeit hatten sich Kadmos und Harmonia jugendlich strahlend auf einem von einem Löwen und einem Eber gezogenen Wagen stehend gezeigt. Nun waren die beiden aus ihrem Haus vertriebenen Alten auf einen von zwei einfachen Ochsen gezogenen und mit Erinnerungen vollbeladenen Wagen gestiegen. Als dieser sich in Bewegung setzte, standen die Körper von Kadmos und Harmonia nebeneinander, und die Thebaner sahen, wie sich die Rücken der beiden Ehegefährten in den Schuppen einer einzigen Schlange verknoteten. Kadmos und Harmonia zogen fort: Schlangen mit aufgerichtetem Haupt, deren Leiber unten ineinandergeschlungen waren. So erscheinen sie auch heute noch auf einem Stein, der ihre Grabstätte bezeichnet »am Rande der finsteren Schlünde des illyrischen Flusses«.

Während er, an seine Gemahlin geknotet, den Wagen westwärts lenkte, wie ein halsstarriger Auswanderer, der nach einer neuen Stadt sucht, auch wenn es bereits zu spät dazu ist, dachte Kadmos über das Vergangene nach. Was blieb? Das eine oder andere Bündel mit Gegenständen auf dem Wagen und hinter ihnen eine Stadt, die Dionysos gerade durch ein Erdbeben erschüttert hatte. Kadmos hatte zwar Zeus gerettet, aber der Gott hatte ihn nicht vor dem wechselhaften Schicksal bewahrt. Er war ausgezogen, um seine Schwester Europa zu suchen, und hatte das Mädchen Harmonia gewonnen. Über Europa hatte ihm ein Reisender berichtet, sie sei Herrscherin auf Kreta geworden. Harmonia war an seiner Seite, eine alte Schlange. Er fühlte sich wie an dem Tag, als er auf Samothrake an Land gegangen war: ein Mann ohne Geschenke, denn alles, was er besaß, fand auf einem Wagen Platz. Doch sein Geschenk war nicht mit Händen greifbar.

Ein anderer König, der aus Ägypten gekommen war, Danaos mit seinen fünfzig blutrünstigen Töchtern, hatte Griechenland das Geschenk des Wassers gebracht. Kadmos hatte Griechenland »mit Geist begabte Geschenke« gebracht: an kleinste Zeichen gespannte Vokale und Konsonanten, »eingegrabenes Vorbild einer Stille, die nicht schweigt« – das Alphabet. Mit dem Alphabet würden die Griechen sich dazu erziehen, die Götter in der Stille des Geistes zu erleben und nicht mehr in der vollen und normalen Gegenwart, wie er sie noch hatte erleben können am Tag seiner Hochzeit. Er dachte an sein zerfallenes Reich: zerfleischte und zerfleischende Töchter und Enkel, solche, die von siedendem Wasser verbrannt, die durchbohrt oder im Meer versunken waren. Auch Theben war ein Trümmerhaufen. Doch niemand würde mehr diese kleinen Buchstaben auslöschen können, diese Fliegenbeinchen, die Kadmos der Phönizier über die Erde Griechenlands verstreut hatte, wohin ihn die Winde getrieben hatten auf der Suche nach Europa, die von einem aus dem Meer emporgetauchten Stier entführt worden war.

QUELLEN

Die Zahl vor dem Komma verweist auf die Seite,
die hinter dem Komma auf die Zeile, in der das Zitat endet.

8, 2: *Homerischer Hymnus an Demeter,* 5
8, 6: *Ibid.*, 10-11
11, 15: Lykophron, *Alexandra*, 1293
11, 21: *Ibid.*, 1297
12, 26: Herodot, *Historien,* I, 4, 2
12, 29: *Ibid.*, I, 4, 3
13, 34: G. Moreau, *Pasiphaé*, in *L'assembleur de rêves,* Fata Morgana, Fontfroide, 1984, S. 69
14, 13: Diodoros Siculus, *Historische Bibliothek,* V, 77, 3
17, 13: Plutarch, *Leben des Theseus,* 19, 6
20, 4: Vergil, *Äneis,* VI, 397
25, 20: Ovid, *Die Fasten,* III, 498
26, 1: Chairemon, *Der Kentaur,* 71 F 11, in *Tragicorum Graecorum Fragmenta (TrGF),* vol. 1, ed. Bruno Snell
28, 16: Plutarch, *Leben des Theseus*, 20, 8-9
28, 20: Euripides, *Hippolytos,* 339
29, 34: *Ilias,* XIV, 296
30, 1: Kallimachos, *Aitia,* II, fr. 48 (Pfeiffer)
30, 21: *Ilias,* XIV, 349
33, 25: Nonnos, *Dionysiaka,* XLVIII, 372
37, 14: *Ibid.*, XV, 409
41, 2: *Ibid.*, X, 339
44, 15: F. Solmsen, *Eratosthenes' Erigone. A Reconstruction,* in »Transactions of the American Philological Association«, 78, 1947, S. 262
44, 17: Hyginus, *Astronomie,* II, 4, 2
45, 5: Ovid, *Metamorphosen,* VI, 125
46, 18: Eratosthenes, *Erigone,* fr. 22, in I. U. Powell, *Collectanea Alexandrina*
46, 25: R. Merkelbach, *Die Erigone des Eratosthenes,* in »Miscellanea di studi alessandrini in memoria di A. Rostagni«, Turin, 1963, S. 472
48, 17: *Rigweda,* VII, 87, 5
49, 2: Nonnos, *Dionysiaka,* XLVII, 135
49, 22: *Ibid.*, XLVII, 190, 249

51, 28: Diodoros Siculus, *Historische Bibliothek,* III, 65, 2
51, 35: Plutarch, *Isis und Osiris,* 364 d
52, 2: Nonnos, *Dionysiaka,* XVI, 229, 252
52, 2: *Ibid.*, XVII, 184; XXXVI, 469
52, 6: Clemens von Alexandrien, *Aufmunterung an die Griechen,* II, 39, 3
52, 9: *Loc. cit.*
58, 25: Nikolaos von Damaskus, H 90 F 38, in F. Jacoby, *Die Fragmente der griechischen Historiker (FGrH),* II, A, S. 345
62, 11: Hyginus, *Märchen,* CCII, 1
62, 14: *Frauenkatalog,* fr. 60 (Merkelbach-West)
63, 4: Hesiod, fr. 298 (Merkelbach-West)
63, 9: Isyllos, *Grabstele von Epidauros,* in I. U. Powell, *Collectanea Alexandrina,* S. 134, V. 47
63, 15: *Odyssee,* XI, 581
63, 19: Pausanias, *Beschreibung Griechenlands,* X, 4, 3
63, 23: *Ibid.*, X, 4, 1
64, 17: München, Museum antiker Kleinkunst, 2309 (in *Corpus Vasorum Antiquorum,* Deutschland, München, vol. IV, bearbeitet von R. Lullies, Abb. 161)
64, 26: Pindar, *Pythische Oden,* III, 15
64, 28: *Ibid.*, III, 20
64, 33: *Ibid.*, III, 21–23
65, 12: Apollonios Rhodios, *Die Argonautenfahrt,* IV, 612–614
66, 15: Plutarch, *Leben des Theseus,* 6, 9
66, 18: *Ibid.*, 6, 8
68, 4: *Ibid.*, 6, 4
68, 7: Isokrates, *Lobpreis der Helena,* 23
68, 12: Pausanias, *Beschreibung Griechenlands,* I, 39, 3
68, 35: J. J. Bachofen, *Das Mutterrecht,* in *Gesammelte Werke,* Schwabe, Basel, vol. II, 1, 1948, S. 271
69, 11: Diodoros Siculus, *Historische Bibliothek,* IV, 28, 4
69, 21: Plutarch, *Leben des Theseus,* 30, 5
69, 21: *Ibid.*, 29, 3
70, 5: Tzetzes, *Scholion zum Pluto des Aristophanes,* 627 b, 1–4, in *Scholia in Aristophanem,* pars IV, ed. Lydia Massa Positano, Bonma, Groningen, 1957
70, 8: Plutarch, *Leben des Theseus,* 35, 7
71, 28: Aischylos, *Die Schutzflehenden,* 9
73, 16: Pindar, *Pythische Oden,* IX, 114
74, 15: Strabon, *Geographie,* VIII, 6, 8
74, 23: Aischylos, *Die Grabspenderinnen,* 631
76, 4: Aischylos, *Die Danaiden,* fr. 44, in *TrGF*, vol. 3, ed. S. Radt

76, 16: Aischylos, *Die Schutzflehenden,* 291
76, 21: J. J. Bachofen, *Das Mutterrecht,* cit., vol. II, 1, S. 288 f.
78, 18: Aischylos, *Die Myrmidonen,* fr. 136, in *TrGF,* vol. 3, ed. S. Radt
79, 10: Pseudo-Lukian, *Liebesgeschichten,* 48
79, 28: Kallimachos, *Hymnen,* II, 49
80, 8: Plutarch, *Der Daimon des Sokrates,* 591b
80, 11: Euripides, *Alkestis,* 962-963, 965-966
81, 19: Plutarch, *Über die Liebe,* 768e
82, 1: Platon, *Symposion,* 179c
82, 5: *Ibid.,* 179d
83, 8: Herodot, *Historien,* VII, 129, 1
84, 2: Hesychios, *Lexikon,* A 1156
84, 8: Plutarch, *Über die Liebe,* 761e
85, 15: Aischylos, *Die Schutzflehenden,* 214
85, 31: Euripides, *Alkestis,* 147
86, 14: Platon, *Symposion,* 182a
86, 35: *Ibid.,* 182d
87, 6: *Ibid.,* 183b
87, 23: Theokrit, *Idyllen,* XII, 13
87, 25: Platon, *Symposion,* 184e
87, 27: *Loc. cit.*
87, 31: *Loc. cit.*
88, 9: Anakreon, fr. 125 (Gentili)
88, 13: Pseudo-Lukian, *Liebesgeschichten,* 42
88, 18: *Ibid.,* 39
88, 25: Achilles Tatius, *Die Abenteuer von Leukippe und Kleitophon,* II, 38, 3-4
89, 2: Aischines, *Gegen Timarchos,* 185
89, 13: Pseudo-Lukian, *Liebesgeschichten,* 41
90, 24: Plutarch, *Über die Liebe,* 750c
90, 30: Pseudo-Lukian, *Liebesgeschichten,* 4
91, 29: *Ibid.,* 5
92, 8: *Ibid.,* 12
93, 9: *Ibid.,* 16
93, 16: *Ibid.,* 17
94, 9: Theokrit, *Idyllen,* XVI, 108-109
94, 16: Simonides, in *Anthologia Palatina,* VII, 25, 3
94, 21: Plutarch, *Über die Liebe,* 751d
95, 4: Strabon, *Geographie,* X, 4, 21
95, 16: Plutarch, *Über die Liebe,* 751c
95, 20: Aristophanes, *Die Wolken,* 978
95, 33: Xenophon, *Symposion,* VIII, 21

96, 9: Plutarch, *Über die Liebe*, 751e
96, 16: Platon, *Symposion*, 180b
97, 6: Herodot, *Historien*, II, 53, 1
97, 10: *Ibid.*, II, 53, 2
97, 15: Hesiod, *Theogonie*, 885
98, 23: *Ilias*, I, 184, 323, 346
98, 25: *Ibid.*, I, 143, 310, 369
98, 26: *Ibid.*, I, 298
99, 2: *Ibid.*, I, 304
99, 3: *Ibid.*, I, 13
99, 4: *Ibid.*, I, 23, 111, 377
99, 5: *Ibid.*, I, 447
99, 12: Thukydides, *Historien*, I, 11, 1
99, 16: M. Parry, *The Making of Homeric Verse*, Clarendon Press, Oxford, 1971, S. 97
99, 30: Apollonios Rhodios, *Die Argonautenfahrt*, IV, 794-795
99, 33: *Ibid.*, IV, 799
100, 3: *Ibid.*, IV, 796
100, 10: Aischylos, *Der gefesselte Prometheus*, 768
100, 10: Pindar, *Isthmische Oden*, VIII, 36
100, 15: Apollonios Rhodios, *Die Argonautenfahrt*, IV, 804
100, 25: *Ilias*, I, 395
101, 12: Aischylos, *Der gefesselte Prometheus*, 762
101, 26: *Ibid.*, 768
102, 6: *Ilias*, III, 164
102, 31: Sophokles, *Antigone*, 613-614
104, 10: *Ilias*, III, 394
104, 16: *Ibid.*, I, 599
104, 18: *Ibid.*, VI, 138
104, 23: Lukian, *Bildnisse*, 21
105, 6: *Ilias*, XIX, 125
105, 20: Pausanias, *Beschreibung Griechenlands*, II, 4, 7
105, 29: *Ilias*, XIII, 359-360
106, 11: Parmenides, fr. 8, 30-31 (Diels-Kranz)
106, 15: Platon, *Der Staat*, 616c
106, 20: *Ilias*, IX, 337-338
106, 28: R. B. Onians, *The Origins of European Thought*, Cambridge University Press, Cambridge, 1951, S. 333
106, 35: P. Chantraine, *Dictionnaire étymologique de la langue grecque*, A-K, Klincksieck, Paris, 1968, S. 83
107, 4: Sophokles, *Die Trachinierinnen*, 831-832
107, 30: Arrianos, *Die Anabasis Alexanders*, II, 3, 6-7
107, 34: *Ibid.*, II, 3, 7

108, 1: *Ibid.*, II, 3, 8
108, 2: *Ilias*, XIII, 359-360
108, 14: Macrobius, *Saturnalien*, I, 19, 17
108, 19: Simias, *Die Flügel der Liebe*, in *Anthologia Palatina*, XV, 24, 3-4
108, 20: *Ibid.*, XV, 24, 12
108, 22: *Loc. cit.*
109, 18: *Ilias*, XIV, 214-217
110, 3: Sophokles, *Die Trachinierinnen*, 443-444
110, 17: *Ilias*, XVI, 433
110, 18: *Ibid.*, XVI, 441
110, 21: *Ibid.*, XVI, 436-437
110, 32: *Ibid.*, VII, 58-62
111, 11: *Ibid.*, V, 593
111, 12: Philostratos, *Bildnisse*, II, 29, 2
111, 21: Kallimachos, *Hekale*, fr. 238, 15-16 (Pfeiffer)
113, 10: *Ilias*, X, 247
113, 19: *Ibid.*, X, 246-247
114, 16: *Ibid.*, X, 280
114, 22: *Ibid.*, X, 272
114, 26: Hölderlin, *Brief an Böhlendorff vom 4. Dezember 1801*
114, 34: Hölderlin, *Über Achill*, II
115, 28: Philostratos der Jüngere, *Bildnisse*, 392, 2
116, 7: Euripides, *Iphigenie in Aulis*, 959-960
116, 14: *Ibid.*, 987-989
117, 18: *Ibid.*, 1083
117, 19: *Ibid.*, 1083-1084
118, 7: *Ibid.*, 1318
118, 8: *Ibid.*, 1378
118, 11: *Ibid.*, 1400-1401
118, 12: *Ibid.*, 1401
119, 13: *Ibid.*, 1218-1219
119, 17: *Ibid.*, 1250-1251
119, 33: Plinius, *Naturgeschichte*, XXI, 8, 11
120, 24: Aischylos, *Die Sphinx*, fr. 235, in *TrGF*, vol. 3, ed. S. Radt
120, 31: Hyginus, *Astronomie*, II, 15, 4
121, 8: Aischylos, *Der befreite Prometheus*, fr. 202, in *TrGF*, vol. 3, ed. S. Radt
121, 18: Athenaios, *Die Sophisten beim Gastmahl*, XV, 674c
121, 31: Ch. Daremberg – Edm. Saglio, *Dictionnaire des antiquités grecques et romaines*, Hachette, Paris, 1887, vol. 1/2, S. 1524
121, 31: Chairemon, *Der Kentaur*, 71 F 11, in *TrGF*, vol. 1, ed. Bruno Snell

122, 3: Aristoteles, *Symposion*, fr. 101 (Rose[3])
122, 4: *Ilias*, I, 470
122, 13: Athenaios, *Die Sophisten beim Gastmahl*, XV, 674 f.
122, 16: Lukian, *Über die Opferungen*, 12
122, 30: Sappho, fr. 81b, 1-4 (Lobel-Page)
123, 17: Sappho, fr. 58, 25 (Lobel-Page)
125, 17: Athenaios, *Die Sophisten beim Gastmahl*, VI, 233a
125, 20: Diodoros Siculus, *Historische Bibliothek*, XVI, 64, 2
126, 10: Platon, *Der Staat*, 493c
126, 17: Platon, *Gesetze*, 967a
126, 26: Aischylos, *Agamemnon*, 923-924
126, 35: Euripides, *Iphigenie in Aulis*, 10
127, 22: *Ilias*, I, 277-281
128, 1: *Ibid.*, IX, 665
128, 7: *Ibid.*, IX, 637
128, 8: *Ibid.*, IX, 638
128, 25: *Ibid.*, IX, 406-409
129, 16: *Odyssee*, XI, 476
129, 18: *Ibid.*, XI, 483
129, 19: *Ibid.*, XI, 485
129, 25: *Ibid.*, XI, 488-491
131, 19: Aischylos, *Agamemnon*, 231-247
131, 36: Euripides, *Hekuba*, 553-554, 557-570
132, 3: *Scholion zur Hekuba*, 574
133, 17: *Ilias*, XIX, 325
133, 19: Lykophron, *Alexandra*, 171-173
134, 15: *Etymologicon Magnum*, 328, 7
134, 27: Euripides, *Andromache*, 598-599
134, 34: Ovid, *Heroiden*, XVI, 149-152
135, 27: *Ibid.*, XVI, 250
137, 8: *Ibid.*, XVI, 101
137, 28: *Ilias*, IX, 571; XIX, 87
138, 31: *Kypria*, fr. 6, 5 (Kinkel)
138, 31: *Ibid.*, fr. 6, 10 (Kinkel)
139, 3: *Ibid.*, fr. 6, 3 (Kinkel)
139, 6: *Ibid.*, fr. 6, 5-6 (Kinkel)
141, 2: Theokrit, *Idyllen*, XVIII, 24
142, 14: Herodot, *Historien*, II, 113, 2
142, 31: *Ilias*, VI; 289-292
143, 6: Herodot, *Historien*, II, 116, 1
144, 22: Isokrates, *Lobpreis der Helena*, 49
144, 25: *Ibid.*, 53
144, 33: *Loc. cit.*

145, 9: *Ibid.*, 68
145, 14: *Ibid.*, 18
145, 26: *Ibid.*, 16
145, 31: *Ibid.*, 25
145, 32: *Ibid.*, 37
146, 2: *Ibid.*, 59
146, 4: *Loc. cit.*
146, 7: *Ibid.*, 60
146, 9: *Loc. cit.*
146, 17: *Ibid.*, 16
146, 24: *Ibid.*, 65
146, 33: Athenaios, *Die Sophisten beim Gastmahl*, XIII, 592b
147, 8: Plutarch, *Lebensbeschreibung der zehn Redner*, 838b
148, 9: Stesichoros, fr. 46, 4-5 (Page)
148, 15: Aischylos, *Agamemnon*, 62
148, 16: Euripides, *Die Troerinnen*, 936
148, 33: Dares der Phrygier, *Das Blutbad von Troja*, XII
149, 6: Aristophanes, *Lysistrata*, 155-156
149, 16: Horaz, *Satiren*, I, 3, 107-108
149, 17: Athenaios, *Die Sophisten beim Gastmahl*, V, 191b
149, 19: *Ibid.*, V, 190f
150, 5: Euripides, *Der Kyklop*, 179-181
152, 33: Emmianus Marcellinus, *Historien*, XIV, 11, 26
152, 35: *Loc. cit.*
154, 5: Pausanias, *Beschreibung Griechenlands*, VII, 5, 13
155, 7: *Ibid.*, X, 5, 5
155, 9: *Ibid.*, X, 12, 2
155, 17: *Ibid.*, X, 12, 6
156, 33: *Ibid.*, X, 7, 2
158, 18: Pindar, *Päan*, VIII, 65-67 (Snell)
158, 22: *Ibid.*, 68-71
158, 25: Pausanias, *Beschreibung Griechenlands*, X, 5, 12
159, 11: Pindar, *Pythische Oden*, IV, 216
159, 33: *Ibid.*, IV, 213
164, 15: Museum von Olympia, B 4422
166, 2: Apollonios Rhodios, *Die Argonautenfahrt*, II, 501-502
167, 8: Platon, *Phaidon*, 75d
170, 8: Euripides, *Ion*, 505
171, 7: *Ibid.*, 1013
171, 12: *Ibid.*, 1615
171, 33: Herodot, *Historien*, I, 47, 3
172, 2: *Ibid.*, I, 48, 2
174, 17: *Ibid.*, I, 30, 1

176, 12: Euripides, *Andromache,* 1092-1093
176, 18: Pausanias, *Beschreibung Griechenlands,* X, 21, 3
177, 1: *Ibid.,* 22, 4
178, 1: *Ibid.,* X, 23, 7
178, 7: *Ibid.,* X, 23, 8
179, 6: Plutarch, *Griechische Fragen,* 293e
179, 22: Plutarch, *Über das Prinzip der Kälte,* 953d
180, 28: Plutarch, *Über das Epsilon am Tempel in Delphi,* 387a
181, 30: Plutarch, *Griechische Fragen,* 293b
182, 22: Pausanias, *Beschreibung Griechenlands,* V, 8, 5
182, 26: *Ibid.,* V, 8, 6
182, 29: *Ibid.,* V, 8, 7
183, 1: Quintilian, *Unterweisung in der Redekunst,* V, 7, 1
185, 24: Pausanias, *Beschreibung Griechenlands,* V, 7, 1
185, 25: *Ibid.,* V, 7, 3
185, 26: *Ibid.,* V, 13, 11
186, 2: *Ibid.,* VI, 22, 9
186, 3: *Ibid.,* VI, 22, 10
187, 24: *Ibid.,* V, 7, 2
188, 3: *Ibid.,* V, 7, 3
197, 20: *Ibid.,* V, 13, 1
198, 3: *Ibid.,* V, 20, 1
199, 4: *Ibid.,* V, 13, 5-6
202, 4: *Odyssee,* I, 29
210, 16: Herodot, *Historien,* I, 67, 4
215, 6: *Orphische Fragmente,* 82 (Kern)
215, 9: *Loc. cit.*
219, 8: Euripides, *Helena,* 1307
220, 7: Arnobius, *Gegen die Nationen,* V, 20
220, 9: *Loc. cit.*
220, 18: *Ibid.,* V, 21
220, 31: *Loc. cit.*
220, 33: *Loc. cit.*
221, 1: *Loc. cit.*
221, 26: Anonymus Tarentinus, in: Clemens von Alexandrien, *Aufmunterung an die Griechen,* II, 16, 3
222, 5: *Orphische Fragmente,* 31, 24 (Kern)
224, 30: Platon, *Alkibiades,* 133a
224, 32: *Loc. cit.*
225, 24: Vergil, *Georgica,* I, 37
225, 25: Lucanus, *Pharsalia,* VI, 740-741
226, 32: *Homerischer Hymnus an Demeter,* 10-11
226, 24: *Ibid.,* 403

229, 32: Clemens von Alexandrien, *Aufmunterung an die Griechen,* II, 34, 3-4
230, 2: *Scholion zu Aristeides,* 22, 4
230, 4: *Loc. cit.*
230, 8: Gregor von Nazianz, *Reden,* 39, 4
230, 13: *Orphische Hymnen,* 41, 9
231, 30: Platon, *Symposion,* 187d-e
232, 9: Pausanias, *Beschreibung Griechenlands,* I, 37, 2
232, 24: Hyginus, *Märchen,* CCLI
233, 8: Euripides, *Hippolytos,* 1013
233, 10: *Ibid.,* 957
233, 12: *Ibid.,* 1080
233, 13: *Ibid.,* 1006
233, 32: Rufus, *Über die Namensgebung,* 112 (Daremberg-Ruelle)
234, 7: Euripides, *Hippolytos,* 1352
234, 17: *Ibid.,* 1333
234, 18: *Ibid.,* 1438
234, 21: Oppianos, *Über den Fang von Meerestieren,* III, 488
235, 17: *Ilias,* V, 395
235, 29: *Homerischer Hymnus an Demeter,* 344-345
235, 35: Ovid, *Die Fasten,* IV, 555
236, 10: *Homerischer Hymnus an Demeter,* 350
246, 9: Sophokles, *Ajax,* 764-765
246, 11: *Ibid.,* 767-769
246, 24: *Odyssee,* XIII, 313
246, 30: Aischylos, *Die Eumeniden,* 737
246, 30: *Ibid.,* 738
247, 27: *Chaldäische Orakelsprüche,* 34, 2 (Des Places)
248, 3: Aischylos, *Die Eumeniden,* 827-828
250, 6: Kallimachos, *Hekale,* fr. 260, 19 (Pfeiffer)
251, 3: Euripides, *Ion,* 22
253, 34: Pausanias, *Beschreibung Griechenlands,* I, 27, 3
254, 4: *Loc. cit.*
254, 17: Aristophanes, *Lysistrata,* 640
254, 24: *Ibid.,* 641-647
254, 33: Thukydides, *Historien,* VI, 54, 2
255, 2: *Ibid.,* VI, 59, 1
255, 10: *Ibid.,* 31, 6
255, 27: Herodot, *Historien,*I, 60, 5
255, 31: *Ibid.,* I, 60, 3
256, 9: G. de Sanctis, *Atthis,* La Nuova Italia, Florenz, 1975, S. 348
256, 22: *Ibid.,* S. 347
257, 2: Aristoteles, *Die athenische Verfassung,* XIV, 4

258, 13: Jamblichos, *Einführung in die Nikomachische Arithmetik*, 38
258, 24: Lukian, *Bildnisse*, 7
260, 27: Sophokles, *Ajax*, 383
262, 9: Pindar, fr. 140 (Bowra)
262, 15: Hippolytus, *Über die Verwerfung sämtlicher Häresien*, 5, 40, 8
262, 15: Aristophanes, *Die Frösche*, 395
262, 22: *Ibid.*, 396
262, 25: Euripides, *Die Bakchen*, 194
262, 31: Aristophanes, *Die Frösche*, 389-390
262, 32: *Ibid.*, 392
263, 1: *Ibid.*, 410-412
263, 6: *Scholion zu Pluto*, 485
263, 35: Herodot, *Historien*, I, 153, 1
264, 1: Euripides, *Rhesos*, 355
264, 4: Cornutus, *Kompendium der griechischen Theologie*, 32, S. 67, 3-4 (Lang)
264, 24: Herodot, I, 131, 1-2
264, 29: Berossos, fr. 11, in Jacoby, *FGrH*, III, C, S. 394
266, 3: J. Burckhardt, *Griechische Kulturgeschichte*, in *Gesammelte Werke*, Schwabe, Basel, 1978, Bd. V, S. 93
267, 19: Platon, *Protagoras*, 342a-d
267, 26: Platon, *Gesetze*, 686d
268, 17: Plutarch, *Leben des Lykurg*, 28, 3-5
268, 24: J. Burckhardt, *Griechische Kulturgeschichte*, cit., Bd. V, S. 9
269, 9: Thukydides, *Historien*, IV, 80, 3-4
269, 11: Herodot, *Historien*, IV, 146, 2
270, 8: Platon, *Hippias maior*, 285c
270, 13: Pausanias, *Beschreibung Griechenlands*, III, 8, 2
270, 16: J. Burckhardt, *Griechische Kulturgeschichte*, cit., Bd. V, S. 110
271, 13: Plutarch, *Leben des Lykurg*, 16, 10
271, 20: *Ibid.*, 22, 5
271, 25: *Ibid.*, 22, 1
271, 26: *Loc. cit.*
271, 29: Tyrtaios, *Elegien*, 7, 31-32 (Gentili-Prato)
272, 2: Plutarch, *Leben des Lykurg*, 29, 1
272, 15: Thukydides, *Historien*, I, 10, 2
272, 23: Platon, *Alkibiades*, 122e
272, 25: Platon, *Gesetze*, 641e
273, 22: Platon, *Der Staat*, 548a-c
274, 6: Isokrates, *Panathenaikos*, 178

274, 23: *Ibid.*, 181
275, 30: Plutarch, *Leben des Aristides*, 7, 7
277, 11: Plutarch, *Liebesgeschichten*, 773e
279, 11: Platon, *Der Staat*, 459e
279, 11: Sophokles, *Ödipus auf Kolonos*, 145
279, 12: Platon, *Phaidros*, 265c
279, 13: Euripides, *Rhesos*, 30
279, 16: Platon, *Der Staat*, 503a
279, 22: *Loc. cit.*
279, 32: *Ibid.*, 503b
279, 34: *Loc. cit.*
280, 9: *Loc. cit.*
280, 13: *Ibid.*, 540d
280, 20: *Ibid.*, 503a
280, 27: Plutarch, *Leben des Lykurg*, 16, 2
280, 30: *Ibid.*, 15, 14
281, 8: *Ibid.*,15, 19
281, 9: Platon, *Gesetze*, 625e
281, 12: *Loc. cit.*
281, 29: Athenaios, *Die Sophisten beim Gastmahl*, XIII, 602e
281, 32: Plutarch, *Leben des Lykurg*, 15, 10
282, 6: Platon, *Gesetze*, 637c
282, 11: Ibykos, fr. 65 (Edmonds)
282, 19: Aristophanes, *Lysistrata*, 79-84
282, 22: Platon, *Der Staat*, 458d
282, 26: Plutarch, *Leben des Lykurg*, 14, 8
282, 35: Aristophanes, *Lysistrata*, 1312-1313
283, 2: Aischylos, *Agamemnon*, 832
283, 14: Aristoteles, *Politika*, 1333b
283, 31: Plutarch, *Leben des Kleomenes*, 10, 6
283, 35: Plutarch, *Leben des Agis*, 11, 5
285, 7: Plutarch, *Leben des Kleomenes*, 9, 2
285, 27: Plutarch, *Leben des Lykurg*, 29, 8
285, 29: Thukydides, *Historien*, V, 68, 2
286, 1: Plutarch, *Leben des Alkibiades*, 23, 3
286, 4: *Ibid.*, 23, 7
286, 10: *Loc. cit.*
286, 23: Thukydides, *Historien*, V, 105, 4
286, 34: Antiphon, fr. 67 (Blass)
287, 19: Lysias, fr. 30 (Gernet-Bizos)
287, 32: Athenaios, *Die Sophisten beim Gastmahl*, XIII, 574d
287, 35: Platon, *Symposion*, 212e
288, 3: Athenaios, *Die Sophisten beim Gastmahl*, XII, 554a

288, 9: Plutarch, *Leben des Alkibiades*, 39, 7
289, 19: Herodot, *Historien*, II, 50, 3
290, 8: *Ibid.*, II, 3, 2
291, 8: *Ibid.*, II, 135, 5
291, 27: Sappho, fr. 5, 1 (Lobel-Page)
291, 32: Herodot, *Historien*,, II, 134, 2
292, 2: Strabon, *Geographie*, XVII, 1, 33
292, 16: Hyginus, *Astronomie*, II, 16, 2
292, 30: Herodot, *Historien*, II, 135, 3
292, 31: *Loc. cit.*
293, 2: Plutarch, *Die Orakelsprüche der Pythia*, 401a
293, 6: *Ibid.*, 401c
293, 9: *Loc. cit.*
293, 14: Herodot, *Historien*, II, 35, 2
293, 20: Manethon, *Über Ägyptisches*, fr. 20 (Waddel)
293, 27: *Ibid.*, fr. 21, b (Waddel)
294, 10: Posidippos, in Athenaios, *Die Sophisten beim Gastmahl*, XIII, 596, c-d
294, 23: *Ilias*, XVII, 365; XVIII, 129
295, 19: Platon, *Der Staat*, 364e
295, 21: *Ibid.*, 531a
295, 29: *Orphisches Täfelchen von Turi*, 6 (Colli 4 [A 65])
297, 13: Plutarch, *Über die untergegangenen Orakel*, 415a-b
298, 3: *Ibid.*, 416f.
298, 14: Plutarch, *Der Daimon des Sokrates*, 590a
298, 16: *Loc. cit.*
299, 25: *Ibid.*, 590c
300, 24: Plutarch, *Über das in der Mondscheibe erscheinende Gesicht*, 944f
301, 11: Platon, *Phaidon*, 114d
302, 3: Nonnos, *Dionysiaka*, XXXI, 87
302, 3: *Ibid.*, XXXI, 95
302, 17: Platon, *Der Staat*, 529c
302, 18: *Ibid.*, 529c-d
305, 3: *Über das Erhabene*, 13, 2; 36, 4
305, 5: Heraklit, fr. A 92 (Colli)
305, 14: *Über das Erhabene*, 22, 1
305, 22: *Ibid.*, 17, 2
305, 33: *Ibid.*, 17, 2-3
305, 36: *Ibid.*, 6, 1
306, 11: Plutarch, *Leben des Theseus*, 22, 7
306, 18: Pseudo-Herodot, *Leben des Homer*, 17
307, 14: Isidor von Sevilla, *Etymologien*, XIX, 30, 4

310, 2: Pausanias, *Beschreibung Griechenlands*, VII, 19, 1-5

310, 7: Platon, *Gesetze*, 840e

310, 27: Lukian, *Die syrische Göttin*, 31

314, 20: Aristoteles, *Politika*, 1252b

314, 27: *Ilias*, V, 342

315, 30: Plutarch, *Über die untergegangenen Orakel*, 417c

316, 1: *Ibid.*, 417d

316, 5: *Loc. cit.*

316, 13: Plutarch, *Moralia*, fr. 157, 6 (Sandbach)

317, 18: Pausanias, *Beschreibung Griechenlands*, IX, 3, 8

317, 19: Plutarch, *Moralia*, fr. 157, 1 (Sandbach)

317, 20: *Loc. cit.*

318, 15: *Loc. cit.*

319, 14: Lukian, *Alexander oder Der falsche Prophet*, 3

319, 25: *Ibid.*, 4

322, 14: *Ibid.*, 18

322, 21: *Ibid.*, 23

323, 14: *Ibid.*, 41

325, 24: Antoninus Liberalis, *Metamorphosen*, XIX

325, 31: Strabon, *Geographie*, X, 3, 9

326, 8: Plutarch, *Über die Liebe zu den Nachkommen*, 496b

326, 30: Kallimachos, *Hymnen*, 1, 9

326, 32: Pausanias, *Beschreibung Griechenlands*, X, 12, 10

327, 21: Plutarch, *Griechische Fragen*, 293c

327, 22: *Loc. cit.*

327, 29: Porphyrios, *Über Götterbildnisse*, fr. 8 (Bidez), in: Eusebios, *Praeparatio evangelica*, III, 11, 37

328, 31: Nonnos, *Dionysiaka*, VI, 173

329, 31: *Orphische Fragmente* 210 (Kern)

331, 4: Euripides, *Die Bakchen*, 139

331, 32: *Loc. cit.*

331, 34: Aristophanes, *Die Frösche*, 1032

334, 30: Theophrast, *Über die Frömmigkeit*, fr. 18 (Pötscher), in: Porphyrios, *Über die Abstinenz*, II, 29-30

339, 6: Pindar, fr. 133, 1 (Snell)

339, 10: Plutarch, *Über die untergegangenen Orakel*, 418e

339, 23: Strabon, *Geographie*, X, 3, 9

339, 31: Plutarch, *Über die untergegangenen Orakel*, 417e

340, 14: *Ibid.*, 415a

340, 18: Clemens von Alexandrien, *Aufmunterung an die Griechen*, II, 19, 2

340, 26: Aristides, *Eleusinische Rede*, XXII, 8 (Behr)

341, 7: Herodot, *Historien*, I, 57, 3

341, 22: *Ibid.*, II, 52, 1
343, 6: Museum von Ioannina, M 34, M 42
343, 13: *Ibid.*, M 21, M 31, M 12-2941
344, 6: *Hymnus von Palekastro,* 2
344, 17: *Ibid.*, 3
344, 23: *Etymologicon Magnum,* 223, 47-48
344, 28: *Ibid.*, 223, 48
345, 31: Apollonios Rhodios, *Die Argonautenfahrt,* I, 526
347, 5: *Ibid.*, III, 129
349, 12: *Ibid.*, III, 446-447
350, 6: *Ibid.*, IV, 429
351, 34: Hyginus, *Märchen,* XXV, 2
355, 8: *Johannesevangelium,* 8, 48-49
355, 10: Nonnos, *Paraphrasis des Johannesevangeliums,* VIII, 158-159
356, 5: G. B. Marino, *Lettera al Signor Claudio Achillini,* in: *Epistolario,* Laterza, Bari, 1911, Bd. 1, S. 260
356, 21: S. Ouvaroff, *Nonnos der Dichter,* in: *Études de philologie et de critique,* Imprimerie de l'Académie Impériale des Sciences, Saint-Pétersbourg, 1843, S. 248
356, 25: Giorgio de Santillana, *Les grandes doctrines cosmologiques,* in: *Reflections on Men and Ideas,* M.I.T. Press, Cambridge, Mass., 1968, S. 281 f.
356, 30: Apollonios Rhodios, *Die Argonautenfahrt,* I, 902-903
359, 13: *Kypria,* fr. 1 (Kinkel)
359, 30: Euripides, *Helena,* 34
359, 30: *Ibid.*, 43
361, 12: *Ilias,* XVII, 647
363, 29: *Ibid.*, XVII, 434
364, 21: *Ibid.*, XX, 75
365, 7: *Ibid.*, XX, 30
365, 24: *Ibid.*, XXI, 370; III, 164; XIX, 86; XIX, 410
366, 16: *Ibid.*, XXIV, 756
366, 18: *Ibid.*, XXI, 518; XXIV, 99; *Odyssee,* I, 263; I, 378; II, 143; III, 147; IV, 583
367, 12: *Ilias,* XXIV, 130-131
371, 32: Philostratos, *Heroikos,* 11
371, 33: *Loc. cit.*
372, 16: *Odyssee,* III, 82
375, 22: Ovid, *Metamorphosen,* XIII, 37-38
377, 30: *Odyssee,* XI, 246
381, 6: *Kypria,* fr. 1, 3 (Kinkel)
381, 34: Euripides, *Helena,* 38-41

382, 18: Hesiod, *Werke und Tage*, 255
382, 20: *Ibid.*, 253
382, 27: *Ilias*, VI, 344, 356
382, 30: *Ibid.*, VI, 357-358
383, 1: *Odyssee*, VIII, 579-580
383, 4: *Ibid.*, VIII, 249
383, 27: *Ibid.*, IV, 183
384, 12: *Ibid.*, IV, 225-226
384, 14: *Ibid.*, IV, 239
384, 16: *Loc. cit.*
384, 29: *Ibid.*, IV, 260-261
385, 2: *Ibid.*, IV, 266
385, 27: Triphiodoros, *Der Fall Trojas*, 103
386, 31: *Odyssee*, IV, 293
386, 34: *Ibid.*, IV, 295
387, 8: Triphiodoros, *Der Fall Trojas*, 534
388, 21: Quintus von Smyrna, *Die Zeit nach Homer*, XIII, 412
390, 2: Euripides, *Die Phönizierinnen*, 391
390, 4: *Ibid.*, 392
392, 8: Pausanias, *Beschreibung Griechenlands*, IX, 16, 4
393, 1: Ovid, *Metamorphosen*, IV, 538
393, 31: *Odyssee*, I, 52-53
396, 13: *Ibid.*, V, 179
396, 17: *Ibid.*, V, 182
396, 17: *Ibid.*, V, 181
397, 3: Lykophron, *Alexandra*, 770-771
397, 7: *Ibid.*, 771-773
398, 28: *Odyssee*, XXIII, 172; IV, 293
399, 10: *Ibid.*, XXIII, 109-110
399, 12: *Ibid.*, XXIII, 114
399, 16: *Ibid.*, XVIII, 347-348
399, 17: *Ibid.*, XXII, 237
399, 32: *Ibid.*, XXIII, 162
400, 15: *Ibid.*, XXIII, 248-250
400, 25: *Ibid.*, XXIII, 269
400, 27: *Ibid.*, XXIII, 286-287
401, 2: Ovid, *Metamorphosen*, II, 846-847
401, 9: Lukian, *Karidemos*, 8
402, 15: Nonnos, *Dionysiaka*, IV, 295
403, 16: *Ibid.*, IV, 267
403, 19: Pindar, *Hymnen*, fr. 2 (Puech)
405, 26: Nonnos, *Dionysiaka*, I, 385
405, 31: *Ibid.*, I, 396-397

406, 6: *Ibid.*, III, 42
407, 2: *Ibid.*, II, 319
407, 17: *Ibid.*, III, 440-441
407, 31: *Ibid.*, III, 376
409, 3: *Ibid.*, IV, 191-196
410, 8: *Ibid.*, IV, 293-306
411, 33: *Ibid.*, V, 127
416, 24: Apollonios Rhodios, *Die Argonautenfahrt*, IV, 516
417, 10: Nonnos, *Dionysiaka*, IV, 260
417, 12: *Ibid.*, IV, 263

ABBILDUNGSVERZEICHNIS

Bernard de Montfaucon, L'antiquité expliquée, Paris, 1719;
W. H. Roscher, Ausführliches Lexikon der griechischen und römischen Mythologie, Leipzig, 1884–1937;
O. Jahn, Die Entführung der Europa auf antiken Kunstwerken, Wien, 1870;
A. B. Cook, Zeus, Cambridge, 1914–1940;
Ch. Daremberg – Edm. Saglio, Dictionnaire des antiquités grecques et romaines, Paris, 1877–1919;

Die Abbildungen zwischen Seite 32/33 und Seite 108/109 wurden dem Band *Roscher, Lexikon* entnommen. Die Abbildung Seite 212/213 stammt aus dem Band *Jahnn, Entführung der Europa.* Die Abbildung zwischen Seite 240/241 wurde dem Band *Zeus* von *Cook* entnommen. Alle übrigen Bilder wurden dem Werk *L'antiquité expliquée* von *Montfaucon* entnommen.

Kulturgeschichte
im insel taschenbuch

Ernst Batta: Römische Paläste und Villen. Annäherung an eine Stadt. Mit zahlreichen Abbildungen. it 1324

Jean Anthèlme Brillat- Savarin: Physiologie des Geschmacks oder Betrachtungen über das höhere Tafelvergnügen. Ausgewählt, übersetzt und eingeleitet von Emil Ludwig. Mit Holzschnitten der Ausgabe von 1864. it 423

Kai Brodersen: Die Sieben Weltwunder. Philon von Byzanz und andere antiken Texte. Zweisprachige Ausgabe von Kai Brodersen. Mit zahlreichen Abbildungen. it 1392

Goethes Feste. Festliche Texte. Ausgewählt und mit einem Nachwort versehen von Uwe Hebekus. Mit zahlreichen Abbildungen. it 1325

Dietmar Grieser: Wiener Adressen. Ein kulturhistorischer Wegweiser. it 1203

Victor Hehn: Olive, Wein und Feige. Kulturhistorische Skizzen. Herausgegeben von Klaus von See unter Mitwirkung von Gabriele Seidel-Leimbach. Mit farbigen Abbildungen. it 1427

Freia Hoffmann: Instrument und Körper. Die musizierende Frau in der bürgerlichen Kultur. it 1274

Adolph von Knigge: Über den Umgang mit Menschen. Herausgegeben von Gert Ueding mit Illustrationen von Chodowiecki und anderen. it 273

Michael Schroeder: Kleine Wappenkunst. Mit farbigen Abbildungen. it 1281

Was wir gespielt haben. Erinnerungen an die Kinderzeit. Herausgegeben von Ingeborg Weber-Kellermann und Regine Falkenberg. Mit zahlreichen Abbildungen. it 1371

Das Wiener Kaffeehaus. Herausgegeben von Kurt J. Heering. it 1318

166/1/8.92

gischow – Kerzner 265